Le château de Beauharnois

Yvon Thibault

LE CHÂTEAU DE BEAUHARNOIS

roman

www.quebecloisirs.com

UNE ÉDITION DU CLUB QUÉBEC LOISIRS INC.
© Avec l'autorisation du Groupe Ville-Marie Littérature inc.
© 2008, VLB Éditeur et Yvon Thibault
Dépôt légal — Bibliothèque et Archives nationales du Québec, 2009
ISBN Q.L. 978-2-89430-923-0
Publié précédemment sous ISBN 978-2-89649-022-6

Imprimé au Canada

À ma femme Carmen,
à mon fils Marc
et à ma fille Chantal.

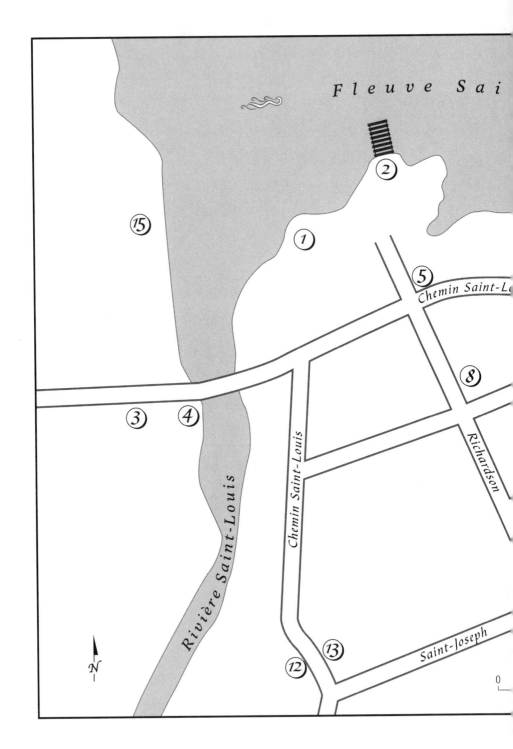

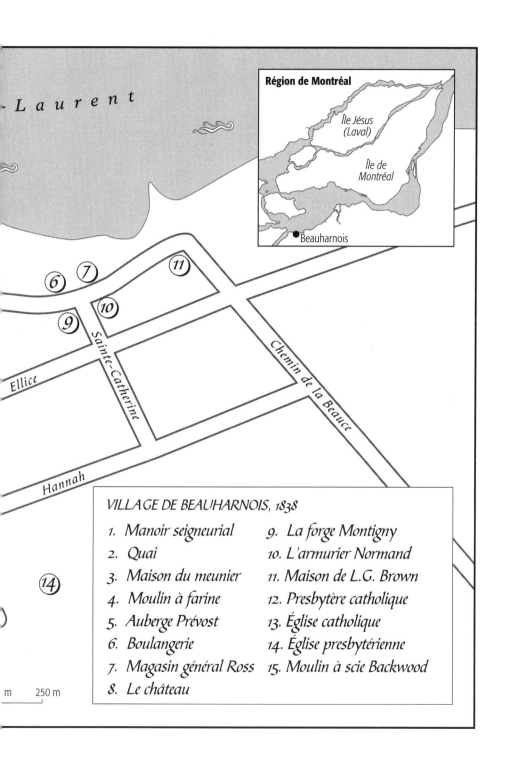

- L a u r e n t

Région de Montréal

Île Jésus
(Laval)

Île de
Montréal

● Beauharnois

6 7 11

10

9

Sainte-Catherine

Chemin de la Beauce

Ellice

Hannah

14

m   250 m

VILLAGE DE BEAUHARNOIS, 1838

1. Manoir seigneurial
2. Quai
3. Maison du meunier
4. Moulin à farine
5. Auberge Prévost
6. Boulangerie
7. Magasin général Ross
8. Le château
9. La forge Montigny
10. L'armurier Normand
11. Maison de L.G. Brown
12. Presbytère catholique
13. Église catholique
14. Église presbytérienne
15. Moulin à scie Backwood

Chapitre premier

En ce matin de février 1838, le blizzard souffle sur un village canadien situé au bord du fleuve Saint-Laurent. Le noroît assaille les maisons, plaquant la neige contre les murs, gémissant dans les corniches et volant sur les toits. Il balaie ensuite la colline située derrière, par rafales. L'église catholique, érigée au sommet, s'oppose à son avance, mais les bourrasques aveuglent ses fenêtres et comblent de neige les joints de ses pierres grises. Par temps clair, le tintement des cloches voyage jusqu'au village et dans les terres de la paroisse pour appeler les fidèles à la messe, mais aujourd'hui, le vent du nord fait le jeu du diable et l'appel de Dieu se perd dans la tourmente. Derrière l'église, la tempête survole les morts qui dorment sous le linceul blanc et dont seules les pierres tombales se dressent encore contre la fatalité. Les vents polaires se perdent ensuite dans les grands espaces des terres et des forêts.

À l'ouest du village, les vents se sont engouffrés dans l'embouchure de la rivière Saint-Louis et remontent ensuite la croûte glacée qui cache ses eaux cascadant vers le fleuve. Tout près, à l'abri des cèdres, des pins, des sapins, des érables et des bouleaux jaunes, le manoir seigneurial d'Edward Ellice est un havre de paix.

Plus haut, en amont de l'affluent, l'habitation en pierres des champs du meunier fait face au vent nordique et la fumée blanche de sa cheminée s'envole à l'horizontale. Le moulin à farine situé derrière a été amputé de sa roue à aubes pour l'hiver et semble abandonné.

La rue Saint-Laurent, qui traverse le village en longeant le fleuve, est déserte. Les vents virevoltent et la poudrerie envahit les lieux. Les commerces sont fermés et les habitants traînent au lit. Le boulanger entretient quand même le feu dans son four pour la fournée du lendemain matin. Le forgeron maintient lui aussi son feu pour avoir des cendres chaudes.

Seule l'auberge, sise au coin de la rue Richardson, a ouvert vers dix heures. C'est une belle construction en bois, de deux étages, avec deux cheminées et une toiture à pic percée de lucarnes. Le toit, qui se prolonge sur la devanture de l'édifice, protège deux grandes galeries superposées qui courent sur toute la largeur. Les murs de la façade sont percés de grandes fenêtres à carreaux qui illuminent l'intérieur de la salle à manger du rez-de-chaussée et des chambres à coucher du premier étage. Quelques carrioles et berlots sont alignés devant la porte d'entrée. Leurs propriétaires, des Canadiens, sont à l'intérieur en train de trinquer plutôt qu'à l'église catholique pour assister à la messe. Heureusement qu'ils ont pensé à couvrir leurs chevaux d'une toile pour les garder au chaud !

Plusieurs n'iront pas au service religieux aujourd'hui, car les rues sont encombrées de neige et les chevaux peinent à grimper la côte du chemin Saint-Louis qui mène à l'église du curé Michel Quintal. Ce dernier a pourtant préparé un beau sermon. Homme corpulent aux cheveux blancs malgré ses quarante et un ans, ses épaules tombantes supportent une tête carrée aux traits rudes et prononcés qui lui donnent un air renfrogné. Dévoué envers l'Église, il ne s'encombre pas de scrupules pour arriver à ses fins et se sert même de sa prestance pour impressionner ses paroissiens.

Ce matin, il est furieux de voir l'église à moitié vide. Debout devant l'autel, tournant le dos aux fidèles, il marmonne des prières en latin. Au moment de l'Évangile, il se dirige vers la chaire d'un pas rapide, l'air maussade, et grimpe lourdement les marches de la tribune. Le livre biblique est devant lui, ouvert à la bonne page. Comme le texte ne cadre pas avec ce qu'il veut dire, il décide d'omettre sa lecture et appuie ses mains sur la balustrade, puis penche le torse en avant pour intimider les fidèles. Il laisse alors éclater sa colère.

– Je sais qu'il n'y a pas d'écoles catholiques dans la paroisse, mais ça ne veut pas dire que vous avez le droit d'envoyer vos enfants dans les écoles protestantes, gronde-t-il du haut de sa tribune.

La voix caverneuse du prêtre résonne dans les oreilles de l'assistance.

– Si vous continuez à n'en faire qu'à votre tête, vous ne serez pas enterrés dans le cimetière à votre mort, continue-t-il, et vous serez damnés !

Il arrête sec sa tirade, descend de la chaire et retourne devant l'autel pour continuer à dire la messe. Des murmures se font entendre dans l'assemblée.

Dans ce village de deux mille âmes, situé à trente milles à l'ouest de l'île de Montréal, sur la rive sud du fleuve, une centaine d'Anglo-Saxons contrôlent l'économie locale. Ils gèrent la seigneurie, en plus de posséder la tannerie, l'usine de tissage, la fabrique de potasse, la tonnellerie et les moulins à farine et à scie construits le long des berges de la rivière Saint-Louis. D'autres commerces leur appartiennent, comme le magasin général, l'armurerie, la sellerie, la boucherie, ainsi que des boutiques que l'on trouve rue Saint-Laurent, où leurs riches épouses se procurent des produits importés d'Angleterre. Les Canadiennes y viennent rarement, ayant juste assez d'argent pour les nécessités de la vie. Leurs filles servent chez les Anglais et leurs maris cultivent la terre. Ces derniers doivent exercer un deuxième métier pour pourvoir à l'entretien de la famille : bûcheron, menuisier, charpentier, scieur, charretier, maçon, forgeron, cordonnier ou simple journalier.

– C'est à cause de la prise de Québec que le monde est pauvre ! déplore vivement l'aïeul de Beauharnois. J'étais petit dans ce temps-là, mais je m'en souviens encore. Les Anglais ont déclaré que l'argent français ne valait plus rien, et mes parents ont été ruinés. Ils ont dû vendre leur ferme et travailler à des salaires de misère pour nous faire vivre. Nous étions huit enfants. Le père et la mère sont morts d'épuisement, ça n'a pas été long. Mes frères, mes sœurs et moi, nous avons été placés dans des familles. C'est là que nous avons commencé à travailler. Plus tard, mes sœurs se sont mariées, et mes frères et moi, nous nous sommes exilés sur des terres boisées dans le fond des concessions. C'est de même qu'on s'est refait une vie.

Aujourd'hui, pour la majorité des Canadiens, c'est encore la misère, car les maladies ont de nouveau détruit les récoltes de blé, d'orge, d'avoine, de sarrasin et de blé d'Inde, l'été dernier. Aussi, la neige des hivers trop longs couvre les champs jusqu'à la mi-mai et retarde les semences. Et cette saison qui n'en finit plus avec les froids qui gèlent les labours jusqu'à trois pieds de profondeur! On manque déjà de tout ou presque, et les réserves de pommes de terre, de fèves, de blé d'Inde, de pois, de carottes, de navets et de choux sont épuisées. Certains en sont réduits à manger leurs chevaux pour survivre. L'argent est rare et plusieurs familles passent des journées entières le ventre vide. Aucun médecin ne pratique au village. Les plus riches sont l'aubergiste, le quincaillier, le charron, le meunier, les deux notaires, le boulanger, le maître de poste et la couturière.

Il y a aussi les Pitre – François, Geneviève et leurs enfants Jacques, Judith, Madeleine et Louis –, qui vivent dans l'opulence de leur maison en pierres des champs de la rue Richardson, entre les rues Saint-Laurent et Ellice, au cœur du village. Les gens l'ont surnommée le Château à cause de ses deux cheminées, ses six lucarnes et sa porte d'entrée française surmontée d'un vitrail en demi-cercle. Une veuve dans la quarantaine prénommée Rosalie y est domestique. Laissée seule, sans enfants ni dot, à la suite du décès de son mari, Rosalie faisait des ménages chez les Anglais pour payer le loyer d'une maison rue Saint-Laurent, que lui louait à fort prix Lawrence Brown, l'agent du seigneur Ellice. Quand Mme Pitre lui a offert une place au Château, Rosalie l'a acceptée avec empressement. Elle a ensuite déménagé ses effets personnels dans une chambre à l'étage, à côté de celles des enfants. Ces derniers ont vite aimé cette femme grassouillette à l'air enjoué, et elle fait maintenant partie de la famille.

Dans la quarantaine, François Pitre est capitaine de milice, en plus d'être marguillier de la paroisse. En raison de son dévouement pour l'Église et de son expertise dans les armes blanches, le curé l'a recommandé à Lawrence Brown qui lui a attribué des contrats du gouvernement concernant l'ajustement de sabres et de baïonnettes pour l'armée. Depuis, les commandes affluent, si bien que François a dû construire une grande forge, qui se trouve à droite de sa maison. De la fenêtre de la cuisine, il en voit la façade. Il a aussi embauché un apprenti en plus de son fils Jacques, déjà formé aux rudiments du métier.

Jacques, devenu à dix-sept ans presque un adulte, est un jeune homme svelte au teint basané avec les traits fins, les yeux bleus et les cheveux châtains. Il est plus petit que son père de quelques pouces, tenant plutôt de sa mère sur cet aspect. Par contre, il ressemble à son père par sa détermination et il sait pouvoir compter sur celui-ci, qui lui a toujours donné l'appui nécessaire. D'ailleurs, cette confiance est réciproque et le père, en son absence, laisse souvent à son fils la responsabilité du commerce et de l'apprenti. Parfois, Jacques travaille aussi à la ferme familiale, sur le chemin de la Beauce, gérée par son oncle, Pierre Pitre, et sa tante Adeline.

Après le souper, la tempête a cessé et laissé la place à la pleine lune, qui éclaire le village comme en plein jour. La neige crisse sous les pas et l'air sec et froid fait se coller les narines, obligeant les marcheurs à respirer par la bouche en laissant s'échapper des vapeurs blanches.

Jacques est dans la cuisine, le dos tourné à la grande fenêtre à carreaux percée dans la façade de la résidence, des cartes à jouer étalées sur la table, devant lui. Il porte une chemise blanche en lin et un pantalon d'étoffe du pays retenu par des bretelles. Geneviève, sa mère, est assise en face de lui avec son petit frère, qui est occupé à dessiner des animaux de la ferme sur une feuille de papier. La mère a repoussé devant elle la nappe en coton brodée de jolies fleurs sauvages et rédige une liste de provisions. Rosalie, la servante, s'occupe des fèves à la mélasse qui cuisent sur le poêle à bois dont le tuyau rejoint la cheminée du foyer. Autour, les murs de plâtre sont brûlants au toucher, et au-dessus, les plafonds en planches de pin sont abîmés par la chaleur. La bonne a soulevé le couvercle de la marmite en fonte pour brasser les fèves et éviter qu'elles ne collent au fond. Une odeur sucrée se répand dans la pièce. Satisfaite, elle s'essuie les mains sur son tablier.

— N'oubliez pas la sarriette, Madame, dit-elle, il m'en faut pour la soupe aux pois.

— J'allais oublier, répond Geneviève en l'inscrivant sur sa liste.

— J'aime beaucoup cette soupe-là! déclare le petit Louis.

À gauche du poêle, la boîte à bois est remplie de bûches. C'est le travail du benjamin d'assurer l'approvisionnement en bois de chauffage. Il le fait lorsqu'il revient de l'école, le midi, et aide aussi son grand frère à le corder dans la remise située entre la forge et l'écurie. Cette tâche l'occupe régulièrement, car, chaque année, une quarantaine de cordes sont nécessaires pour le chauffage de la maison et la cuisson des aliments. Il déteste en revanche son autre corvée: vider son pot de chambre dans les seaux à l'extérieur avant de partir pour l'école, le matin. «Compte-toi chanceux d'être petit, lui a dit sa mère. Un jour, tu devras prendre ton tour pour aller vider les seaux dans la bécosse.»

Sur le mur du fond, une glacière jouxte un comptoir équipé d'une pompe à eau en fonte et d'un évier en grès sous la fenêtre qui donne sur la cour. Judith, qui, à dix-huit ans est l'aînée des enfants, lave la vaisselle en revivant mentalement ses fiançailles, au Noël dernier, pendant la messe de minuit, avec Richard Ross, un Écossais, le fils du propriétaire du magasin général. Madeleine, sa sœur, essuie les couverts.

– J'ai froid! se plaint tout à coup cette dernière. Je vais chercher mon châle.

– J'espère que tu ne couves pas une grippe! s'alarme la mère en la regardant s'éloigner.

À son retour, la jeune fille range la vaisselle de tous les jours dans les armoires de chaque côté de la fenêtre. Celle des grands jours va dans le vaisselier en érable de la salle à manger.

Le père est au bout de la table, à gauche de Jacques, et lit le journal que lui apporte un bateau à vapeur de Montréal. Musclé, large d'épaules et doté de grosses mains, il dégage force et énergie. Sa femme a été conquise par son visage à la fois doux et viril et sa nature généreuse. Par contre, il est peu loquace et bougon à ses heures.

– Il y a un remplaçant au gouverneur à Québec, dit François de sa voix un peu rauque.

Intéressé, Jacques lève la tête et regarde son père, qui sait que sa femme n'aime pas la politique.

– Ah oui… répond Geneviève pour faire plaisir à son mari. Comment est-ce qu'il s'appelle?

Cette dernière, qui a près de quarante ans, montre un beau visage au teint clair et des lèvres généreuses. Elle est la plus petite de la famille, faisant à peine cinq pieds, avec une taille mince en dépit de ses grossesses. Elle aime se parer de jolies robes pour les sorties, mais comme elle reste à l'intérieur aujourd'hui, elle porte une blouse blanche en coton à l'encolure boutonnée et une jupe de lin grise. Femme orgueilleuse au franc-parler, elle impose le rythme de la maisonnée. Elle est aussi superstitieuse et invoque souvent la religion, allant même jusqu'à accomplir des rites pour éloigner le malheur.

– C'est le colonel John Colborne, continue François. Tu te souviens de la rébellion de l'automne dernier contre le gouvernement? C'est son armée qui a envahi les villages et brûlé les maisons des rebelles à Saint-Denis et à Saint-Charles-sur-Richelieu.

– C'est lui qu'on surnomme le Vieux Brûlot, intervient Jacques en tournant la tête vers sa mère.

– Je sais, répond Geneviève en regardant son fils de biais. Il a jeté tout le monde dans la rue au début de l'hiver. C'est épouvantable de maltraiter les gens de même! Heureusement qu'ils ont pu se loger chez leur parenté.

Jacques baisse les yeux. Il continue à jouer à la patience avec ses cartes, tout en écoutant la conversation de ses parents.

– Ouais! convient le père. Ils ont tout perdu: leur mobilier, les bâtiments, les animaux. Ils devront recommencer de zéro.

– Ils ne s'en remettront jamais, François.

– C'est la loi martiale, Geneviève.

– Ce n'est pas une raison! réplique-t-elle, indignée.

Jacques a levé la tête. Il est habitué aux emportements de sa mère, mais, depuis quelque temps, il ne peut plus supporter son tempérament agressif.

Aux petites heures du matin, le lendemain, il est réveillé par la clarté qui s'insinue entre les rideaux mal fermés. Il entend ses parents ricaner dans leur chambre, juste sous la sienne. Il a encore sommeil et tire la courtepointe sur sa tête pour tenter de se rendormir. À peine a-t-il fermé les yeux qu'il est dérangé par le bruit que fait son petit frère en se levant.

— Où tu vas? demande-t-il.

Le gamin ne répond pas.

— Tu vas rejoindre les parents, je suppose.

— Ce n'est pas de tes affaires! lance Louis en sortant de la chambre.

Jacques décide de se lever, motivé par une odeur de bacon qui flotte dans l'air. Il entend alors son père réprimander son frère.

— Tu le sais que tu dois frapper avant d'entrer! Sors d'ici, nous devons nous habiller!

— Remue-toi, lui dit la mère, tu dois déjeuner avant d'aller à l'école.

Jacques descend l'escalier et entre dans la cuisine. Ses deux sœurs sont déjà attablées devant les œufs et le bacon. Son petit frère, l'air renfrogné, est assis à côté de la bonne.

— Tu as encore changé de place, fait remarquer le père en pénétrant à son tour dans la pièce.

— Il change toujours de place quand il est fâché contre quelqu'un, explique Madeleine, qui s'affirme avec aplomb depuis les fiançailles de sa sœur.

Louis ressemble à ses parents, un mélange de leurs traits physiques et de leurs tempéraments. Déjà grand pour ses six ans, il dépassera sûrement son frère. Il a les yeux bleus et les cheveux blonds du père.

— Je dois sortir tout à l'heure, reprend François à l'intention de Jacques. Tu partiras le feu de la forge. Je te rejoindrai plus tard.

— Il faut que je passe le rouleau dans l'entrée de la cour, répond le jeune homme. Il faut aussi déblayer les portes des bâtiments et de la maison. Je vais demander à l'apprenti de m'aider.

— Fais comme tu veux.

Il s'étire pour humer les mets dans les assiettes.

— Bon Dieu que j'ai faim ! s'exclame-t-il.

— J'ai bien vu ça ! se moque la mère en apparaissant derrière lui.

Geneviève et ses filles échangent un regard pendant que le père, pudique, lève les épaules en signe de protestation. Les deux sœurs se couvrent la bouche pour étouffer leurs rires. La plus jeune, qui se sent pleine d'énergie, voit l'occasion d'agacer son frère aîné.

— Les garçons ne comprennent jamais rien ! lance-t-elle.

Jacques sourcille, mais continue à manger sans relever la pointe.

— Ce n'est pas vrai ! se récrie le petit Louis, qui se sent obligé de défendre les hommes.

— Laisse-la faire, conseille son frère, elle essaie encore de commencer une chicane.

— Avec toi, c'est facile, réplique Madeleine.

— Garde tes forces pour faire le ménage ! riposte Jacques.

— Tu sauras que je suis aussi capable que toi ! rétorque-t-elle, piquée au vif.

— Je vais aller voir Brown, tout à l'heure, intervient le père d'une voix forte pour faire cesser la dispute.

– Quelque chose qui ne va pas? demande Geneviève, inquiète.

– Non, non, répond-il en trempant un bout de toast
dans son jaune d'œuf. C'est pour signer le renouvelle-
ment du contrat avec l'armée à propos des sabres et des
baïonnettes. Ça ne devrait pas être long.

Le calme est revenu, mais Madeleine boude, humiliée par la remarque de Jacques, qui sourit. Louis ne dit
rien. Judith mange dans l'indifférence, la perspective de
son mariage prochain la rendant imperméable aux chi-
canes entre ses frères et sa sœur.

– Avez-vous vu la neige, dehors? demande la servante Rosalie en revenant s'asseoir à table, une assiette à
la main.

Tout le monde regarde par la fenêtre.

– Ouais! fait le père. Il va falloir s'habiller chaudement.

– J'espère que l'hiver ne sera pas aussi long que les
autres années, s'inquiète la mère en beurrant ses toasts.
Je me demande si nos réserves de nourriture suffiront.

– Je vais demander à Pierre de faire de la nouvelle
terre, déclare le père en dégustant une tranche de bacon
croustillant. Ça fait longtemps que j'y pense.

– Ah! répond sa femme, surprise. Tu penses que ton
frère a le temps de t'aider?

– Il n'est pas très occupé, l'hiver. Ça lui donnera
l'occasion de faire de la potasse. À vingt piastres le petit
baril, je suis certain que ça va faire son affaire.

– Il y a tellement de monde qui crève de faim! se
désole la bonne.

– Justement! s'exclame la mère qui profite de l'ouverture. Le curé a demandé de nous priver un peu et de
penser aux pauvres. Apparemment, le révérend Walter

Roach a demandé la même chose aux protestants. Nous allons manger du hareng salé pour souper, ce sera notre part.

— Pour un presbytérien, c'est un bon prêtre, commente le père.

— J'ai su que M. Brown organisait une course de voitures sur glace demain après-midi, annonce Jacques. Il va bien y avoir juste des Anglais! Les chevaux des Canadiens sont trop maigres pour courir, on leur voit les côtes.

— Même s'ils sont pauvres, ils vont y aller quand même, assure Geneviève.

— En tout cas, dit François, moi, je vais faire courir Noiraud. J'ai demandé à l'Indien de conduire la carriole pour moi.

— Il s'appelle Tom, papa, corrige Madeleine sur un ton de reproche.

— Je pourrais conduire le traîneau à sa place, lance Jacques.

— Je le sais, mon gars. Mais j'ai demandé à Tom parce qu'il ne mange pas tous les jours, sa mère non plus. Tu sais que les gens n'engagent pas facilement les Indiens. Ça leur fera un peu d'argent. De toute façon, Noiraud ne gagnera pas, il n'est pas assez vite. Ne le dis pas à Tom, ça le blesserait.

Judith est toujours silencieuse au déjeuner. Elle aussi ressemble à son père avec ses longs cheveux blonds et ses yeux bleus. Elle écoute distraitement la conversation tout en buvant lentement son thé. Des coups à la porte avant la font sursauter. Elle se lève rapidement en posant sa tasse sur la table et se dirige vers le vestibule en fermant l'encolure de sa jaquette pour se protéger du froid. Quand elle ouvre la porte, une femme au visage creusé par la misère apparaît. Elle est couverte d'une vieille capote en laine grise refermée à la taille par une corde de chanvre. Elle a remonté le capuchon par-dessus sa tuque de laine rouge. La pauvrette, qui n'a même pas trente ans, a l'air d'en avoir quarante.

— Entrez, madame Guérin! s'écrie Judith en la prenant par le bras. Vous allez attraper froid.

— Non, non, je ne peux pas rester! Mes enfants et mon mari m'attendent à la maison.

Se fiant à son instinct, la mère s'est levée.

— Entrez! insiste Geneviève en reconnaissant la visiteuse. Enlevez votre manteau et venez vous asseoir.

Intimidée, l'habitante franchit le seuil et enlève sa tuque. Elle éclate aussitôt en sanglots, son visage caché dans ses mains. La mère la prend dans ses bras.

— Pleurez, ça fait du bien. Après, vous me direz ce qui vous tracasse.

La malheureuse redresse lentement la tête en reniflant. De sa manche, elle essuie ses larmes.

— Je ne sais plus quoi faire! se lamente-t-elle, les bras ballants de chaque côté du corps.

— Dites-moi ce qui ne va pas.

La pauvre regarde Mme Pitre avec des yeux suppliants.

— On m'a dit que je pouvais venir vous voir, bafouille-t-elle, la gorge serrée.

— Dites-moi ce que je peux faire pour vous.

— On n'a plus de farine, répond la femme, gênée. Il ne nous reste plus de patates non plus, juste des navets et des oignons.

— Ne vous tourmentez pas, la rassure Geneviève, je vais vous en donner.

— On ne peut plus nourrir notre vache, ajoute l'indigente, des sanglots dans la voix. On va être obligés de la tuer pour la manger avant qu'elle meure de faim.

— Nous avons du foin en masse!

— Ça me gêne de venir quêter! se lamente l'habitante en reniflant un reste de larmes. On pourra vous rembourser à l'automne prochain, après les récoltes.

— Ne vous en faites pas pour ça. Mon garçon va mettre de la farine et des patates dans votre berlot. Il ira vous porter du foin plus tard.

— Je suis venue à pied, madame Pitre. Notre cheval est trop faible pour être attelé. Je vais revenir plus tard avec une traîne sauvage.

— Ça n'a pas de bon sens d'avoir marché tout ça, vous habitez de l'autre côté de l'église! Vous devez être gelée, vous avez les lèvres bleues.

La femme referme instinctivement sa capote et croise les bras sur sa maigre poitrine.

— Venez boire un peu de thé, ça va vous réchauffer, continue Geneviève en la prenant par le bras. Mon garçon va aller vous reconduire après.

Attirée par l'odeur du bacon et des toasts, la Guérin se laisse entraîner jusque dans la cuisine. Craintive, elle pétrit sa tuque dans ses mains. M. Pitre s'est levé de sa chaise, par politesse. Hésitante, la femme s'assoit pendant que Rosalie lui verse du thé. La bonne lui présente ensuite des toasts beurrés.

— Mangez, dit-elle, ça va vous donner des forces.

La femme garde la tête baissée et n'ose pas bouger dans le silence intimidant qui s'est fait autour de la table, où la curiosité s'est installée.

– Vous pouvez manger, madame, lâche le petit Louis en poussant le pot de confitures vers elle, c'est bon!

Humiliée par la remarque de l'enfant, elle lève les yeux et tend la main vers le pain en s'efforçant de sourire. Sentant la situation tendue, François avale d'un trait son reste de thé.

– Nous devons aller travailler, dit-il à son fils Jacques en se levant de table. Louis, ajoute-t-il à l'intention de son plus jeune, dépêche-toi, c'est l'heure d'aller à l'école.

Le petit se lève et suit les hommes vers la porte de derrière, un bout de pain entre les dents. Il chausse ses mocassins et décroche sa capote de laine du portemanteau. Puis il enfonce sa tuque sur la tête et enfile ses mitaines en peau de porc doublée de laine.

– Tu as oublié ton sac d'école sur le comptoir de la cuisine, fait remarquer le père.

Le garçon part aussitôt le chercher. Il embrasse vite sa mère et sort ensuite dans le froid.

– N'oublie pas de prendre une poche de farine dans le grenier, rappelle le père à son plus vieux en descendant les marches de la galerie.

– D'accord! répond Jacques en se dirigeant vers l'écurie.

Le petit Louis part en direction de la rue Ellice. Il a de la neige jusqu'aux cuisses et avance péniblement dans la rue presque ensevelie sous les bancs de neige à mi-hauteur des façades des maisons. Les gens sont dehors, occupés à dégager les portes d'entrée et les fenêtres. Le père s'éloigne vers la rue Saint-Laurent. Brown, son associé, est déjà là, avec les hommes de la voirie qui déblaient la rue Richardson en direction du fleuve. Il a même amené des chevaux de trait pour tirer les énormes rouleaux de bois franc qui servent à fouler la neige.

Chapitre ii

Le lendemain, jour du Mardi gras, le soleil brille et la neige éblouit les yeux. Malgré la température hivernale, on sait que la période des grands froids tire à sa fin.

Jacques déteste les mardis, car c'est jour de lessive et ça encombre la cuisine. Sa mère déroge rarement de sa routine et, dès le réveil, elle sort la cuve, la planche à laver et les pains de savon du pays. Judith et la bonne, qui sont habituées à ce rituel, s'occupent de remplir d'eau les marmites en fonte. Elles déjeunent ensuite pendant que l'eau chauffe sur le poêle.

– Nous étendrons le linge dans la cuisine demain, dit la mère. Je ne veux pas manquer les courses sur la glace, cet après-midi. Il trempera dans la cuve en attendant.

– Je suis contente, Madame! se réjouit la servante.

Après le dîner, tout le village se dirige vers le quai pour voir le spectacle annoncé depuis une semaine sur les affiches placardées dans les vitrines des commerces. Dans les rues, la neige compactée par les rouleaux a durci pendant la nuit, ce qui facilite les déplacements. Les gens sont de bonne humeur et ont envie de s'amuser. Ils tirent leurs bambins sur des traîneaux ou des traînes sauvages tandis que d'autres arrivent, qui en raquettes, qui dans des berlots ou des carrioles fabriquées par Toussaint Rochon, le charron de la paroisse.

À l'entrée près du quai, l'agent seigneurial Lawrence Brown a fait installer une guérite, où un journalier perçoit les droits de péage. Des résineux ont été plantés dans la neige tout le long du rivage sur une centaine de pieds de chaque côté, afin de forcer le public à passer par le poste de péage. Des miliciens patrouillent devant la clôture improvisée pour refouler les délinquants.

À l'intérieur du périmètre, c'est tout un spectacle! Une grande piste ovale est tracée sur le fleuve, entourée de quelques conifères qui servent de balises. Une plate-forme en bois garnie de bancs s'élève à l'ouest du circuit, de façon que les notables aient le vent dans le dos. Des kiosques, à la façade tournée vers l'est, sont érigés au sud de la piste. De vieux barils métalliques bourrés de bûches apportent une chaleur momentanée aux frileux qui viennent s'y réchauffer.

Le premier kiosque près de l'estrade appartient aux Prévost, les propriétaires de l'auberge, qui y vendent du rhum et du whisky, au grand déplaisir des femmes. Le deuxième kiosque offre des biscuits à l'avoine. Son voisin fait chauffer du thé sur une petite truie en fonte qu'il a surélevée au moyen de bûches. Quelques-uns se spécialisent dans les biscuits au sucre d'érable, les beignes, les pets-de-sœur et les bonbons. Plus loin, on propose des vêtements en laine, des bibelots, des articles de maison, des outils usagés, des potions d'amour et des crèmes miracle contre les rides. Un vrai bazar, quoi! Les fouineurs vont d'étal en étal pour examiner la marchandise et tâter un peu. Brown perçoit une taxe sur toutes les échoppes et exige aussi un pourcentage des profits de la vente d'alcool, qu'il tolère malgré l'opposition du curé et du pasteur, car elle rapporte beaucoup.

Au-delà de la piste, le sentier de pêche a disparu sous la neige, et seules les épinettes à demi ensevelies en tracent encore le parcours. Brown a installé une cabane où il vend des vers, des alevins et des agrès pour la pêche. Il a laissé à d'autres le perçage des trous, «qui ne rapporte pas assez», a-t-il dit. Même les coupeurs de glace qui se rendent sur le fleuve avec leurs bobsleighs doivent payer un permis d'affaires.

Des voitures sont alignées près de l'entrée du site, devant les conifères, des carrioles élégantes ayant la forme de petites calèches à deux passagers et reposant sur des lames d'acier qui se terminent en belles volutes, à l'arrière. Divers motifs sculptés ornent les côtés et accentuent leurs lignes effilées. Quant aux berlots, ils sont peints de toutes les couleurs avec des motifs personnalisés et font penser à de grosses boîtes en bois montées sur patins. Ils sont équipés de bancs amovibles, que les coureurs enlèvent pour alléger le poids de la voiture.

Emmitouflés jusqu'au nez, les Pitre viennent de passer la guérite. Jacques marche devant, en compagnie de son oncle Pierre Pitre. Ce dernier, qui a six ans de moins que son frère, est aussi plus grand et plus mince, et on le prend souvent pour un Anglais. Sa femme Adeline le tient par le bras. Elle est petite et grassouillette avec un teint rosé de bébé malgré ses trente-quatre ans. Tout le monde l'aime en raison de son caractère enjoué. Leur unique garçon et leurs trois fillettes les suivent.

Richard Ross vient d'arriver sur le site dans la carriole de son père, heureux de se montrer à ses futurs beaux-parents, François et Geneviève, et surtout à leur fille Judith, qui s'est précipitée vers lui pour l'embrasser sur la joue. Il a l'air fier, son grand fou d'Écossais de vingt et un ans, la bouche fendue jusqu'aux oreilles et la tuque enfoncée sur sa tête rousse. Il se tient droit comme un piquet avec les brides de son beau cheval noir dans les mains.

François et Geneviève abandonnent leur progéniture aux soins de l'oncle et de la tante et vont s'asseoir dans l'estrade. Le curé Quintal, le révérend Roach et sa jeune épouse s'y trouvent déjà, avec les notaires, industriels, commerçants et autres personnalités de Beauharnois, qu'ils saluent.

Lawrence Brown et sa femme Anna, qu'il a épousée en secondes noces, apparaissent bientôt. Celle-ci, une costaude au visage couvert de taches de rousseur, tient la main de sa petite Caldwell. Brown, qui habite le manoir seigneurial depuis dix-sept ans, est maître et seigneur de Beauharnois en l'absence du vrai. C'est un homme orgueilleux, colérique et dur en affaires. Approchant de la cinquantaine, il est aussi bailli et commandant du deuxième bataillon de Beauharnois dans lequel son associé François Pitre sert comme capitaine. Il a le grade de lieutenant-colonel et les gens l'appellent poliment « mon colonel ». Les époux échangent des poignées de main avec les invités, dont les Pitre, avant de s'asseoir à la place d'honneur.

Jim Brown, lieutenant de la marine marchande à Montréal, les accompagne. Âgé de vingt-cinq ans, il est né du premier mariage de l'agent dont il est tout le portrait, à l'exception des grands yeux verts qu'il a hérités de sa défunte mère. Ce dernier détail lui a épargné bien des rebuffades.

Sa sœur Caroline, plus jeune de cinq ans, se promène en carriole sur la piste avec les autres concurrents pour réchauffer sa monture. Elle a remarqué l'arrivée de sa belle-mère dans les estrades. Après la naissance de son unique enfant, Anna est devenue hargneuse avec ceux du premier lit. Heureusement pour Jim, son métier l'a obligé à déménager à Montréal, mais la situation est différente pour Caroline, qui doit subir son harcèlement en attendant de se marier.

Les coureurs paradent devant l'estrade avec leurs attelages en attendant le moment du départ. Outre Richard Ross dans sa carriole rouge, il y a Caroline dans sa carriole bleu foncé, Joseph Daigneault dans un berlot jaune, John MacDougall dans un berlot brun et Tom dans la carriole verte des Pitre, dont chaque portière est ornée d'une étoile dorée.

Autour de la piste, les spectateurs, debout ou assis dans la neige, discutent des qualités de l'une ou l'autre des montures, certains pariant même sur l'issue des courses. Jacques, ses sœurs et son petit frère ont trouvé une place dans une courbe, avec leur oncle, leur tante, les enfants de ces derniers et la servante. De là, ils pourront mieux voir la course. Depuis le début, Jacques ne cesse de reluquer Caroline Brown, entourée de jeunes Anglais qui lui font des façons. Madeleine lui donne un coup de coude dans les côtes pour le taquiner.

– Tu es fatigante! lance-t-il, blessé dans son orgueil.

Enfin, les chevaux prennent position sur la ligne de départ. Lawrence Brown est debout à côté de la piste, sa main dans les airs tenant un pistolet. Il fait feu. D'un seul mouvement, les attelages s'ébranlent sous les cris des conducteurs qui abattent les rênes sur le dos des bêtes pour encourager ces dernières.

C'est la première fois que la fille de l'agent participe à l'événement. Aussi maintient-elle sa monture sur l'extérieur de la piste. Les fouets claquent et les chevaux expulsent par leurs naseaux dilatés des jets rapides de fumée blanche. Leurs sabots défoncent la croûte glacée qui s'est formée par-dessus la neige lors du redoux de janvier. Les spectateurs crient pour les encourager et s'exclament quand ils trébuchent.

Tom est derrière MacDougall, qui tente de pousser l'attelage de Ross vers l'extérieur pour le faire déraper. Mais le rouquin est habile et réussit à se faufiler entre les montures. Daigneault peste contre MacDougall, qui lui a barré le passage par sa manœuvre. Il le rejoint finalement sur sa gauche et le menace du poing. L'autre coupe aussitôt vers l'intérieur pour l'envoyer vers les épinettes. Le procédé scandalise l'assistance qui se met à crier des injures. MacDougall continue quand même à repousser Daigneault, qui peine à forcer sa bête à garder une ligne droite. Désespéré et furieux, celui-ci lève son fouet et frappe MacDougall dans le dos. Ce dernier rend coup pour coup. Les spectateurs gesticulent en hurlant pour encourager le duel entre les concurrents. On se croirait à une course de chars du temps des Romains.

Soudain, le berlot de MacDougall fait un saut en roulant sur une bosse de glace. Le conducteur est déséquilibré. Tom en profite pour se glisser à sa droite, attrape le fouet de son adversaire par l'extrémité qui flotte dans les airs et le lui arrache des mains. Les amateurs sont hystériques, leur nouveau héros a maté le forcené. Ils applaudissent à tout rompre le jeune Iroquois.

– L'Indien, l'Indien, l'Indien ! acclament-ils alors qu'il dépasse l'autre.

Entre-temps, essayant de rejoindre Ross, Caroline Brown s'est rapprochée. Daigneault a aussi profité de l'intervention de Tom pour passer. L'Écossais, ahuri, est rouge de colère.

À force de passer et de repasser dans leurs traces, les bêtes ont complètement cassé la croûte glacée. Les conducteurs doivent ralentir l'allure des chevaux dans les courbes pour éviter de faire des embardées. MacDougall a finalement rejoint le peloton et lui et Daigneault chevauchent côte à côte. Leurs traîneaux se frappent sans cesse et les deux hommes tentent mutuellement de se faire basculer. Ross est en tête avec une bonne avance, suivi par Caroline et Tom.

– Richard va gagner ! s'exclame Judith en sautant de joie.

– Si c'était moi à la place de Tom, déplore Jacques, je gagnerais facilement.

– Jaloux ! réplique sa sœur.

– Ce n'est pas ça. Je connais Noiraud bien mieux que lui.

Richard Ross a remporté la course. Il se tient debout dans sa voiture sur la ligne d'arrivée et salue la foule qui l'applaudit. Dans les estrades, son père John et sa mère Elizabeth jubilent. Judith crie le nom de son amoureux en agitant les bras pour attirer son attention, mais les applaudissements et le brouhaha couvrent ses efforts. Jacques boude, les bras croisés sur la poitrine.

De nouveaux concurrents entrent en lice. Ils font un tour de piste pour reconnaître le terrain et exhiber leurs attelages. MacDougall veut profiter de cet intermède pour relever le défi de Daigneault. Il descend de sa voiture et se dirige vers lui, mais, apercevant Geoffroy Hébert, il s'arrête et hésite. Hébert est un géant comparé à Daigneault, et c'est aussi son ami. Malgré sa forte carrure, MacDougall rebrousse chemin sans s'être fait voir des deux hommes, l'honneur intact.

Les courses qui suivent sont monotones, car les coureurs prennent moins de risques. Quand arrive la quatrième épreuve, le public apprend que MacDougall et Daigneault ont été disqualifiés. Les gens se mettent à hurler leur mécontentement.

– Les Canadiens sont de vrais sauvages! déclare le père Ross devant tout le monde.

Les Anglais connaissent bien le propriétaire du magasin général. D'un tempérament nerveux, il ne se gêne pas pour exprimer son opinion, ce qui lui attire souvent des ennuis. Ils sourient alors que les Canadiens dévisagent avec dégoût le petit homme court et maigre dont la tête est couronnée de cheveux roux. Sa femme Elizabeth est embarrassée.

– Maudit *bloke*! lâche un spectateur debout à côté de l'estrade.

Les Anglais ont entendu l'injure. Ils tournent la tête pour voir qui est le malotru, mais il a disparu. Soudain, des acclamations annoncent l'arrivée de Tom sur la piste. Le signal du départ est donné, et le jeune homme lance son attelage à fond de train encore une fois. Richard Ross et les autres le talonnent.

Les spectateurs autour de la piste ont froid et piétinent pour activer la circulation de leur sang. Quelques-uns vont se réchauffer près des barils et reviennent en apportant des boissons chaudes et des galettes ainsi que des sucreries pour les enfants. Plusieurs restent à placoter autour des feux, d'autres se promènent d'un kiosque à l'autre, s'attardant à celui des Prévost pour prendre un verre de rhum ou de whisky, tout en jasant avec des compères.

Les Pitre sont assis dans la neige, chaudement enroulés dans des couvertures de laine. Las de ne rien faire, le cousin Jean quitte discrètement le groupe et va rejoindre des garnements qui lancent de la neige aux chevaux, sur la piste. Les garçons se ressemblent tous avec leurs parkas gris, leurs tuques bleues et leurs mocassins doublés de fourrure. Jean, qu'on surnomme Ti-Jean par moquerie, les dépasse de quelques pouces. Il est si mince qu'il fait penser à un roseau. «Tu ressembles à ton père», lui dit-on constamment. Et on le prend souvent pour un adulte, mais, lorsqu'il parle, on se rend compte qu'il est encore un enfant.

— Je vous parie que je vais en attraper un! dit-il pour se vanter.

— Il veut montrer qu'il est meilleur que les autres! nargue un des jeunes.

— Tu vas voir! défie Jean du haut de ses quatorze ans.

Aussitôt, il lance de toutes ses forces un morceau de neige durcie et atteint le cheval de Caroline Brown à l'oreille. Surprise, la bête se secoue la tête de douleur et fonce tout droit dans la courbe devant elle, en direction de Jacques. La conductrice n'a pas le temps de corriger l'écart de sa monture. Apeurés, les Pitre se sauvent en criant pour laisser passer l'attelage fou. Le traîneau frappe un amas de neige en bordure de la piste et se renverse, projetant la conductrice dans les airs. La jeune Écossaise s'affale dans la neige, sur le ventre, où elle reste étendue, sans bouger, comme une morte. Son père est debout dans l'estrade et se ronge d'inquiétude. Sa belle-mère, qui est demeurée assise sur son banc, observe froidement la scène en retenant sa petite Caldwell qui veut aller rejoindre sa demi-sœur et la secourir.

Jacques s'est précipité vers la jeune femme. Il s'enfonce jusqu'aux genoux dans la neige, mais l'élan de son cœur lui donne des ailes. Heureusement, Caroline semble saine et sauve. Elle se tourne lentement sur le dos pour reprendre ses esprits. Le soleil brillant l'aveugle et lui fait cligner les yeux. Elle se redresse et aperçoit Jacques accroupi auprès d'elle, tandis qu'autour, soulagés de voir qu'elle va bien, les gens applaudissent. Jacques lui offre son bras, et elle sourit en guise de réponse. De retour sur ses pieds, elle chasse la neige de ses vêtements pendant qu'il lui nettoie le dos. Comme une caresse, elle sent sa main s'attarder. Légèrement troublée, elle tourne la tête pour le regarder.

– Vous en avez plein les cheveux, dit-il en les touchant.

Elle secoue sa longue chevelure brune ondulée et un nouveau sourire se dessine sur ses lèvres. Le froid et l'émotion ont rougi ses joues, ce qui accentue les traits fins de son visage. Jacques ne peut s'empêcher de regarder sa bouche entrouverte qui aspire avidement l'air. Souriant toujours, elle passe une main dans ses cheveux pour les replacer. Jacques est transi d'admiration. Il la trouve magnifique et cherche comment le lui dire. Elle lui prend alors le bras et ils retournent sur la piste.

Pendant ce temps, deux miliciens en faction sur le quai ont vu Jean et ses amis se sauver le long de l'embarcadère. Les jeunes sont si énervés qu'ils ne les ont pas remarqués.

– Halte! crie le plus vieux des miliciens en leur faisant signe d'une main.

Surpris, les garçons s'arrêtent. Ils sont apeurés et regardent autour d'eux, à la recherche d'une issue. Se sentant pris au piège, ils baissent les bras dans l'attente de leur sort, sauf Ti-Jean qui fonce pour s'échapper. Le jeune milicien le rattrape aussitôt et l'agrippe par le manteau pour le ramener à son père. Après une courte explication, ce dernier saisit son fils par la nuque en le serrant fort d'une seule main.

– Tu vas aller t'excuser tout de suite! ordonne Pierre.

La carriole de Caroline a été ramenée sur la piste et Jean marche piteusement dans sa direction, poussé par la main ferme de son père. Forcé de se placer devant la jeune femme, il l'affronte du regard avant de toiser son cousin Jacques.

– Qu'est-ce que tu attends? demande son père.

– Excusez-moi, marmonne le garçon, l'air fanfaron.

– Plus fort, commande le père, je n'entends rien!

– Excusez-moi, articule-t-il plus clairement.

– C'est mon fils qui a fait s'emballer votre cheval, mademoiselle. Il aurait pu vous blesser. Je vous assure qu'il va être en pénitence pour un bon bout de temps!

– Merci, monsieur.

– Il n'y a pas de quoi.

Jacques observe la scène sans dire un mot. Son oncle lui fait soudain un clin d'œil, puis s'éloigne avec son fils. Caroline, qui a vu le signe de connivence, sourit. Jacques rougit sans pouvoir détacher ses yeux de la belle Écossaise. Elle l'impressionne tellement qu'il en reste paralysé. Ne sachant ni quoi dire ni quoi faire, il se contente de sourire.

— Comment t'appelles-tu ? lui demande-t-elle, à son grand soulagement.

— Vous êtes belle ! bafouille-t-il, le regard admiratif.

Caroline se met à rire. Jacques, confus de son cafouillage, rougit encore plus.

— Excuse-moi ! dit-elle, la main sur le cœur. Je te trouve tellement mignon.

— Je m'appelle Jacques, finit-il par répondre, rassuré.

— Merci beaucoup de ton aide, Jacques !

Lentement, sans le quitter des yeux, elle grimpe dans sa carriole et reprend sa place parmi les coureurs. Jacques reste là, hébété, à la regarder s'éloigner. Des gens lui crient de s'enlever, tandis que d'autres rient de le voir planté là. Madeleine, qui s'est approchée de lui, le prend par le bras pour le sortir de sa torpeur.

— Ne reste pas là ! lui enjoint-elle.

— Quoi ? demande-t-il en se rendant compte de sa présence.

— Je suis venue te chercher, grand nigaud ! Tout le monde rit de toi, viens-t'en !

Le frère et la sœur se dirigent vers le bord de la piste quand des admirateurs se mettent à siffler Madeleine. À quinze ans, elle est superbe et ses grands yeux verts pétillants accrochent les garçons. Elle s'est laissé embrasser à quelques occasions pour voir l'effet, a-t-elle déjà confié à sa sœur, mais elle ne se sent pas prête pour des fréquentations assidues. Elle aime encore partager les jeux des garçons, qui l'appellent familièrement Mado en signe d'amitié. Ils connaissent son caractère soupe au lait, qu'elle a hérité de sa mère, tout comme ses cheveux noirs. Cependant, elle se sent gênée, là, tout à coup, et part en courant en direction des siens, abandonnant son frère.

— Selon moi, ça ne sera pas long que tu vas avoir un cavalier ! lui lance la tante Adeline en l'accueillant.

— J'ai froid aux pieds, se plaint aussitôt Judith qui a deviné l'embarras de sa sœur et qui vient ainsi à son secours. Allons boire quelque chose de chaud pour nous réchauffer.

— Moi aussi, j'ai froid, se lamente le petit Louis.

— Suis-moi ! répond la grande sœur en lui tendant la main.

— Je vais aller vous rejoindre plus tard, dit Jacques. Je veux regarder la dernière course.

— On est derrière vous, fait savoir la tante Adeline en prenant la main de Marguerite. Ses deux autres filles et la servante lui emboîtent le pas.

— Grouille-toi ! gronde le père à l'intention de Ti-Jean, qui boude.

L'épreuve sportive se termine sans autre incident. Les spectateurs se dirigent ensuite vers l'estrade pour voir Richard Ross, le grand gagnant de l'après-midi, recevoir le prix de dix piastres des mains de l'agent seigneurial. Puis, Judith rejoint le vainqueur, et les fiancés se promènent dans la foule, bras dessus bras dessous.

Jacques s'est approché de Brown pour mieux voir sa fille. Caroline, qui le cherche des yeux depuis quelques instants, l'aperçoit au premier rang de la foule. Les deux jeunes gens se sourient sans oser s'approcher l'un de l'autre. Ce n'est ni l'endroit ni le moment. Un coup sur l'épaule fait tourner la tête au jeune homme. Son oncle Pierre le regarde en fronçant les sourcils.

– Fais attention, c'est une Anglaise ! Tu vas aller en enfer !

– Pff ! rétorque Jacques d'un air détaché.

– Arrête donc de l'étriver ! intervient Adeline.

Les gens commencent à se retirer. Des bambins aux joues rouges dorment déjà, recroquevillés dans leurs couvertures. Les Brown s'apprêtent à partir. Jacques et Caroline ne se quittent pas des yeux. Il la salue de la main, discrètement, et elle répond en hochant la tête. Avant de partir, il se retourne une dernière fois, et elle fait de même. Jacques jubile.

Chapitre iii

Le grand air creuse l'estomac et tout le monde a faim. Comme la bonne manque de place à cause de la cuve de rinçage au milieu de la cuisine, les hommes s'empressent de transporter cette dernière dans le passage.

– Faites attention de ne pas renverser d'eau sur mon plancher! prévient Geneviève.

Une heure plus tard, on passe enfin à table. Les omelettes au jambon, les fèves à la mélasse et les patates bouillies sont vite englouties dans le silence. Le père et le benjamin ne peuvent s'empêcher de bâiller malgré le bavardage de l'oncle Pierre, tandis que la tante Adeline ne cesse de rabrouer son fils Jean qui continue de se montrer de mauvaise humeur. Même Madeleine ne se sent pas d'attaque pour se moquer de la gêne de Jacques devant Caroline Brown.

Sitôt le repas terminé, la jeune fille monte dans sa chambre et redescend avec un masque en cuir, de couleur vert pomme, entouré d'une fine broderie et de délicates plumes de serins, qu'elle a fabriqué elle-même durant la semaine. Elle a aussi fixé des cornes de chèvre à une bande de cuir, qu'elle a passé au travers d'une tuque noire, pour imiter le diable.

– C'est des affaires de bébé! se moque le cousin Jean.

Madeleine l'ignore et continue de fixer la tuque sur la tête de son petit frère. Elle se dépêche, car ils doivent aller chez les Rochon pour la veillée. Quant à sa sœur et son fiancé, ils iront danser à l'auberge. Mais la mère impose une condition.

– Jacques va y aller avec vous.

– Voyons, maman, proteste Judith, nous sommes fiancés! Richard et moi, nous n'avons pas besoin de chaperon.

– Madame Pitre, ajoute le fiancé avec gravité, je vous donne ma parole d'honneur que…

– Je préfère qu'il soit avec vous, de toute façon, l'interrompt gentiment Geneviève. J'ai confiance en toi, Richard, mais on ne sait jamais ce qui peut arriver dans ces lieux publics.

– Je ne veux pas que tu prennes d'alcool, mon gars! prévient François en regardant son fils.

Jacques est content, car il n'est jamais allé à l'auberge auparavant. La confiance de ses parents le remplit de fierté.

Il y a toujours plus de garçons que de filles à ces fêtes. C'est pourquoi les mères craignent ces veillées où l'alcool rend les hommes trop entreprenants. Les plus hardies, comme Caroline Brown, sont assises sur des bancs disposés autour de la grande salle chauffée par le feu pétillant du foyer, dont les lueurs dansantes jouent avec la lumière des lanternes qui se balancent au plafond. Dès que le violoneux attaque, les garçons invitent les filles à un *reel* à neuf danseurs. Jacques est resté assis timidement pendant que sa belle Écossaise est partie s'amuser avec

Richard et Judith. Il réussit finalement à surmonter sa gêne et l'invite à danser un quadrille. Au début, il se concentre sur les pas pour cacher son embarras. Après quelques mouvements, sûr de lui, il accélère la cadence en souriant à sa belle qui lui rend la pareille. Ils se tiennent la main, avançant, reculant et tournant, suivant le jeu du musicien. Ils ne se lâchent pas des yeux, au point d'oublier les autres danseurs. Ils prennent toute la place, rayonnants. On a formé un cercle autour d'eux et on tape des mains au rythme de la musique pour les encourager.

La danse terminée, ils vont s'asseoir sur le banc comme des amoureux. Caroline tente de faire la conversation, mais Jacques est si réservé qu'il se contente de répondre par des oui et par des non. Quand retentissent les premières notes d'une plongeuse, il l'entraîne de nouveau sur la piste de danse. À tour de rôle, les couples passent sous une arche formée par les bras des autres danseurs. Caroline s'imagine être à un mariage militaire, au sortir de l'église, et sourit à son cavalier.

Jacques laisse passer la danse suivante pour être seul avec elle. Il aime sa présence et son odeur lui chatouille les narines. Quand un rigodon est annoncé, il l'invite à rejoindre sa sœur et son beau-frère. Ils sautent et tapent du pied pour marquer la cadence. Puis, ils tournent et tourbillonnent au rythme du violon. Les jupons volent dans une ronde endiablée.

Comme par magie, des bouteilles de p'tit blanc et de vin de blé sont apparues. Des rires fusent de toutes parts. Un vieil habitant danse au milieu de la place en jouant de l'accordéon. Des plus jeunes l'imitent en riant, réchauffés par le rythme de la musique. Dans les brumes des pipes des fumeurs, du foyer et de l'alcool, le violoneux fougueux et infatigable accélère les coups d'archet. On s'amuse et on s'étourdit.

John MacDougall, le visage rouge, s'approche de Judith en titubant pour l'inviter à danser. Il est ivre et empeste le rhum.

— Je veux me reposer, prétexte-t-elle poliment.

Obstiné, il la tire brusquement par le bras. Elle tente de se libérer en le repoussant de l'autre main, mais il la retient fermement contre lui.

— Lâche-moi! crie-t-elle, effrayée.

— Lâche-la! lui intime Richard en se levant du banc.

Faisant fi de l'ordre donné par son ami d'enfance, l'ivrogne entraîne sa victime au milieu de la piste. Ross tente de lui arracher sa fiancée, mais reçoit un coup de poing sur la joue, qui l'envoie au plancher.

— Si elle est bonne pour toi, elle est bonne pour moi! gueule le forcené.

Le violoneux a ralenti la cadence. Les danseurs forment un cercle autour du couple sans oser intervenir.

— *Big bully!* lance Judith à MacDougall.

MacDougall ignore l'insulte et continue à maintenir sa prisonnière par la taille pour la forcer à danser. Judith le gifle, mais il ne bronche pas et s'entête à vouloir la faire tourner au faible son du violon. Jacques survient derrière lui et le tire par l'épaule. On dirait David et Goliath.

— Lâche ma sœur! ordonne-t-il.

Surpris, le colosse lâche sa victime. Judith court vers son fiancé, qui vient à peine de se relever, pendant que son frère fait face au monstre, les poings serrés. Il se retrouve vite par terre à son tour, le nez saignant abondamment. Caroline se précipite sur lui pour le secourir.

– Tenez, mademoiselle, lui dit l'aubergiste en lui apportant un linge rempli de glace, mettez-lui ça.

– *Bitch!* jette rageusement MacDougall à Judith.

Il quitte ensuite la salle, donnant au passage un coup de pied dans les côtes de Jacques, étendu sur le plancher. Le jeune homme se recroqueville de douleur en gémissant.

Refroidis, les danseurs sont retournés s'asseoir sur les bancs. Quelques âmes charitables aident Caroline à soulever le blessé. Le vieil accordéoniste attaque une nouvelle valse pour les ramener sur la piste de danse, mais rien n'y fait. Personne n'a plus le cœur à la fête, même si le violoneux commence à jouer un cotillon.

Soudain, le curé apparaît à la porte d'entrée, vêtu de sa soutane noire. Il bloque le passage et se gonfle la poitrine tout en fixant les veilleux pour les intimider. On dirait que le temps vient de s'arrêter. Tout le monde le regarde. On entend crépiter le feu dans l'âtre. Les flammes oscillent sous la brise glacée qui s'engouffre à l'intérieur.

– *Shut the door!* crie un Anglais.

– Il est minuit, tonne le curé, avez-vous oublié l'heure? Je veux vous voir à la messe demain, pour les Cendres! C'est le début du carême, allez-vous-en chez vous!

Les catholiques se sentent coupables. Ils chaussent leurs mocassins, enfilent leurs capotes et quittent l'auberge, tête basse, devant le prêtre qui s'est poussé pour les laisser passer. Les protestants, eux, continuent à boire et à bavarder, sans se préoccuper du papiste, qui claque la porte derrière lui en sortant.

Dans la nuit froide et enneigée, les jeunes gens frissonnent. Richard frotte sa mâchoire endolorie tandis que Jacques se lamente tout en se tenant les côtes. Il a de la difficulté à respirer et Caroline le soutient pendant qu'il marche à petits pas vers le Château. Il y a encore de la lumière à l'intérieur. Judith se réfugie dans la maison avec son fiancé. Jacques reste devant l'entrée avec sa belle Écossaise.

– Viens veiller avec nous, lui propose-t-il.

– Tu es gentil, mais je dois m'en aller. J'ai promis à mes parents que je serais de retour vers onze heures. Je suis déjà en retard.

Elle s'en va lentement, tournant constamment la tête pour le regarder, flattée et intriguée en même temps. Il la suit des yeux jusqu'à la rue Saint-Laurent, où elle disparaît en direction du manoir.

CHAPITRE IV

Jacques a mal dormi à cause de sa douleur aux côtes. Il a aussi le nez enflé. Heureusement, il n'a rien de cassé.

– Debout! commande sa mère. Ton oncle et ton cousin sont en train de déjeuner! Tu vas les accompagner pour faire le tour de la paroisse.

– Pour quoi faire?

– Pour aider les pauvres qui en ont besoin.

Elle a certes remarqué l'œil au beurre noir de son fils, mais elle n'en parle pas, se disant qu'il le verra bien lui-même. Elle redescend à la cuisine, où tout le monde est attablé. Le père a l'air maussade, car la bagarre de la veille l'inquiète. Jacques arrive enfin. Il est embarrassé par l'apparence de son visage et pose souvent la main sur son côté en grimaçant. Soudain, son cousin se met à rire de lui.

– Tu as reçu toute une raclée! Si tu as besoin d'aide à l'avenir, tu n'auras qu'à me le demander.

– Si tu avais plus de tête, Jean, réplique Jacques, tu serais moins fanfaron.

– Il m'a défendu contre MacDougall! plaide Judith.

– Je te félicite, mon neveu, approuve l'oncle Pierre. Ça montre que tu es un homme.

Jacques le remercie du regard. Son cousin détourne la tête, humilié par la remarque de son père.

– J'espère que mon futur cavalier sera aussi courageux que toi, déclare Madeleine sur un ton admiratif.

– Merci, répond Jacques, touché par l'élan de sa sœur.

– Les émotions, ça donne faim ! s'exclame Pierre en voyant la servante déposer un grand plat de gruau bouilli sur la table.

L'oncle aime son gruau avec du lait et du sirop d'érable. Il mange de si bon appétit qu'il fait plaisir à voir. Avec son tempérament jovial et ses cheveux châtains qui frisent naturellement, il attire les femmes. Heureusement, sa belle Adeline n'est pas jalouse.

– On va prendre mon berlot, dit-il à son neveu entre deux bouchées, il est déjà attelé. On va commencer par le chemin de la Beauce. Il y a des fermes isolées, là-bas. Demain, on montera le chemin Saint-Louis jusqu'au chemin Saint-Georges, passé l'église.

– N'oubliez pas de venir nous rejoindre à la messe de onze heures pour les Cendres, rappelle Geneviève. Vous pourrez retourner sur la route après le dîner. Une autre fois, n'oubliez pas d'aller chez l'Indienne, à la pointe du Buisson. Je suis certaine qu'elle n'a plus rien à manger. Elle doit tout garder pour son fils, Tom.

– Vous devriez y aller, Madame, suggère la bonne. Ça vous ferait une balade.

– Je n'ai pas le temps, Rosalie. Je dois faire sécher la lessive si je veux faire mon repassage demain.

– Laissez faire, Madame, je vais m'en occuper.

– Tu en as déjà assez avec le ménage et les repas. Les filles vont me donner un coup de main.

– On pourrait étendre le linge dehors, propose Judith en déposant sa tasse de thé. Ça sent si bon, après.

La mère se tourne pour regarder par la fenêtre.

– Le ciel est gris, répond-elle. Le linge n'aura pas le temps de sécher, c'est trop humide. De toute façon, il fait trop froid. Il va geler raide.

Jacques, qui s'est empiffré de toasts et de fromage, s'apprête à se lever quand son père lui dit :

– N'oublie pas de prendre le mousquet. Il ne faut pas courir de risque avec les loups.

– Ils doivent être affamés, confirme l'oncle, on leur voit les côtes. Pourtant, ce ne sont pas les cerfs qui manquent. Ils sont peut-être malades.

– Louis, veux-tu bien te remuer ! gronde la mère. Tu vas être en retard à l'école !

– Je n'ai pas fini, proteste l'enfant.

– Si tu mangeais au lieu de grignoter, ça irait plus vite.

– Il va être en retard à ses noces ! raille Madeleine, qui reçoit aussitôt une grimace en guise de réponse.

Durant les semaines qui suivent, le trio ratisse le village et la campagne pour repérer les pauvres, auxquels ils apportent nourriture et vêtements. Ils ramènent parfois avec eux un enfant maigre, déshydraté, fiévreux ou trop faible pour se tenir debout.

Dans le salon transformé en infirmerie, la mère et ses filles soignent les jeunes malades couchés sur des paillasses posées directement sur le plancher. Elles se lèvent souvent la nuit pour calmer leurs cauchemars et leurs pleurs. Elles les consolent aussi de l'absence de leurs parents. Comme le docteur habite à Châteauguay, à quinze milles du village, il ne vient dans la paroisse qu'une fois par mois. La mère paye donc l'Indienne pour obtenir des potions de plantes médicinales et des liniments.

Les premières fois que les enfants voient la guérisseuse dans ses habits tristes et décolorés, ils ont peur et se cachent derrière Geneviève. L'Indienne a le teint basané, les yeux noirs et les dents jaunes parsemées de caries. Ses cheveux pendent en tresses sur sa maigre poitrine. Ses mains sont calleuses et ses jointures, enflées par l'arthrite. La femme paraît beaucoup plus âgée que ses trente-sept ans. Elle sait la frayeur qu'elle inspire aux enfants, aussi apporte-t-elle toujours des porte-bonheur, des bracelets et des capteurs de rêves pour les amadouer. Le stratagème est efficace et ils éprouvent vite de l'attachement pour elle, allant jusqu'à se chamailler pour savoir qui sera le premier à lui raconter ses songes. Ils adorent aussi Tom qui, malgré ses dix-neuf ans, joue avec eux et leur raconte des légendes indiennes.

Finalement, les soins, la nourriture, la chaleur et l'attention remettent vite sur pied ces marmots un peu sauvages, qui vivent isolés dans les rangs avec leur famille et ne connaissent rien du monde extérieur. Ils reprennent vie et égaient la maison. Puis, Geneviève les renvoie à leurs parents avec un cadeau, non sans avoir versé quelques larmes.

La générosité dont elle fait preuve est rapidement connue de la paroisse, si bien que les indigents se présentent en grand nombre à sa porte. Elle leur donne du lait, des pommes, des patates, des légumes et parfois même un peu d'argent pour des médicaments. Elle ne les laisse jamais partir sans leur servir un bol de soupe au poulet, que la bonne garde au chaud sur le poêle.

— Je ne sais plus quoi leur offrir les vendredis, Madame, demande la servante. La viande est défendue, ces jours-là, c'est contraignant.

Les deux femmes se consultent du regard.

— Il n'y a pas grand-chose à manger à part le poisson, déplore sa maîtresse.

— Je pourrais faire une bonne soupe à la morue salée, suggère Rosalie. Tout le monde aime ça.

— Bonne idée! Fais cuire des omelettes aussi, même si c'est défendu. Tu leur en donneras autant qu'ils en désirent. Les privations du carême, c'est fait pour les riches.

Ce jour-là, après le souper, la mère reste assise à table en sirotant sa tasse de thé, sans rien dire, pendant que ses filles essuient la vaisselle. Pour une fois, Jacques leur donne un coup de main. Le père est à l'autre bout de la table et feuillette le journal. Sentant le regard de sa femme sur lui, il lève les yeux. Son air songeur le surprend.

— À quoi tu penses? demande-t-il en délaissant sa lecture.

— Je vais manquer de nourriture pour les pauvres, répond-elle. Les gens me donnent du lait, des patates et même des vêtements, mais ce n'est pas assez. Il faudrait organiser une deuxième guignolée.

— Je pourrais en parler au curé ou à Brown.

— Surtout pas à Brown! s'écrie-t-elle. Ce serait comme si tu lui arrachais une dent.

Le père soupire d'exaspération.

— Es-tu au courant de ce qu'a fait Nelson? demande-t-il pour changer de sujet.

— Tu ne trouves pas que j'ai assez de soucis de même! s'exclame-t-elle. Tu ferais bien mieux de me donner des idées, à la place!

Le mari passe outre à la remarque de sa femme. Jacques regarde sa mère de biais, insulté. Ses sœurs jettent aussi un regard vers elle. Le petit Louis a envie de pleurer. Il n'aime pas voir ses parents se chicaner.

– C'est important que tu le saches, insiste calmement le père, parce que c'est la politique qui mène le monde.

La mère lâche un soupir.

– Si tu le dis! persifle-t-elle.

– Le docteur Robert Nelson a créé un gouvernement provisoire, reprend le père. Il a même fait une déclaration d'indépendance en vue de créer la république du Canada.

– Je ne savais pas qu'il était revenu, commente-t-elle, étonnée.

– Oui. Mais il est reparti tout de suite aux États-Unis, parce que le gouverneur a un mandat d'arrestation contre lui pour haute trahison.

– C'est lui, le nouveau chef de la rébellion, maman! intervient Jacques, excédé par son ignorance. L'ancien, c'était Louis-Joseph Papineau.

– C'est bien beau, mais ça ne m'aide pas! réplique-t-elle pour clore la discussion.

– Ça va sûrement inciter des têtes chaudes à agir, déplore le père en se tournant vers son fils. Plusieurs de mes miliciens ont démissionné. J'espère qu'ils vont arrêter Nelson bientôt.

– J'espère que non! répond vivement Jacques.

– Tu ne sais pas de quel bord ton pain est beurré, mon garçon, réplique le père.

– C'est ça! explose la mère en se levant brusquement. Continuez de parler de politique pendant que j'essaie de nourrir des gens qui crèvent de faim!

Apeuré, le petit Louis se réfugie derrière ses deux sœurs.

– Baisse le ton, gronde le mari, tu fais peur aux enfants! Tu le sais que je vais t'aider. Je voulais juste que tu m'écoutes pendant deux minutes. Ce n'est pas trop demander, je pense. Demain, je vais aller voir le curé, vu que tu es si pressée.

La mère est satisfaite. Trop orgueilleuse pour s'excuser, elle se réfugie dans sa chambre. Dans la cuisine, les enfants regardent leur père en essayant de comprendre ce qui s'est passé. Ce dernier lâche un soupir.

– Vous direz à votre mère que je suis parti chez le notaire Leblanc, dit-il en se levant de table. Je vais essayer de convoquer une réunion d'urgence des marguilliers pour demain soir.

Le lendemain matin, vers neuf heures, Geneviève chausse ses mocassins d'hiver qui sèchent dans le vestibule sur le paillasson. Elle met son manteau de loup blanc et enfile ses gants de cuir noir doublés.

– Je m'en vais au magasin général, dit-elle à ses filles.

Perplexes, elles regardent leur mère sortir dans le froid. Dehors, il neige doucement. Une heure plus tard, elle revient.

– Qu'êtes-vous allée faire, maman? demande Judith, intriguée.

– Ta future belle-mère, Mme Ross, a accepté de placer un tronc sur le comptoir du magasin général pour recueillir des dons, annonce Geneviève, emballée. Elle a même dit qu'elle placerait des boîtes avec un écriteau pour que le monde y dépose de la nourriture, des vêtements, enfin tout ce qu'ils voudront!

– Félicitations, maman!

– C'est un bon début. Et puis, Elizabeth Ross et moi, nous nous entendons sur tout. Je suis bien contente !

– Avez-vous vu Richard ? s'enquiert Judith après une hésitation.

– Oui, mais je n'ai pas pu lui parler, il servait un client.

Le soir même, le père se rend au presbytère avec le notaire. Quand il revient, sa femme l'attend dans le salon, une bouteille de porto et deux verres posés sur une petite table à côté d'elle. Les enfants jouent aux cartes sur le plancher, à l'exception du petit Louis, qui est parti se coucher.

– Est-ce que tu prendrais un petit boire ? demande-t-elle en l'invitant à s'asseoir à côté d'elle, sur le sofa.

– Pourquoi pas ! répond-il.

Les enfants se sont arrêtés de jouer pour écouter, craignant une autre dispute. S'efforçant de sourire pour retenir son impatience, elle sert un verre à son mari. Sans attendre, il se mouille les lèvres pour y goûter.

– Ça s'est bien passé, dit-il finalement.

La mère exhale un soupir. Rassurés, les enfants se remettent à jouer aux cartes.

– Le curé a accepté d'utiliser les revenus de la quête de l'Enfant-Jésus pour acheter de la nourriture et des médicaments, continue le père. Nous avons aussi parlé de l'argent de la fabrique.

Geneviève jubile.

– Le curé dit qu'il peut disposer d'une petite partie seulement, précise François. Il faut bien qu'il se nourrisse et qu'il voit à l'entretien de l'église. En plus, il y a son salaire de deux cent cinquante piastres par année. Il y a aussi la part de l'évêque. Il n'en reste pas beaucoup pour les pauvres, mais ils pourront le rendre plus tard avec la dîme, quand les affaires iront mieux.

– Je suis bien contente ! Veux-tu un autre verre ? demande Geneviève en versant le liquide rouge dans le verre de son mari sans lui laisser le temps de répondre.

Ce dernier trouve un air coquin à sa femme.

– Est-ce que tu aurais l'intention de me saouler ? demande-t-il, l'air narquois.

– Peut-être !

Leurs filles pouffent de rire. Jacques ne rit pas. Il se sent seul, tout à coup.

– Je vais me coucher, annonce-t-il.

Il se lève et monte dans sa chambre où il s'étend dans son lit, tout habillé. Il a le cœur lourd, sans savoir pourquoi. Caroline envahit lentement son esprit et il s'endort paisiblement.

Le lendemain, Geneviève est debout avant tout le monde.

– Avec le secours du curé et de Mme Ross, je vais m'occuper à temps plein des pauvres, dit-elle à François en le voyant entrer dans la cuisine pour déjeuner. J'ai tout organisé dans ma tête.

– Je sais, répond-il. Tu as tourné dans le lit toute la nuit.

– Je vais demander aux filles de soigner les enfants. Toi, Jacques, tu vas te charger du transport des malades, des médicaments et des vivres.

– Quand est-ce que vous voulez que je fasse ça ? demande le jeune homme, ennuyé. J'ai mon travail à la forge.

– Je suis sûre que tu as du temps libre. Tu t'arrangeras avec ton père.

Jacques n'est pas content. Il craint de ne pas avoir assez de temps pour revoir Caroline.

Durant la première semaine, les choses vont doucement, car la mère n'est pas encore organisée. La semaine suivante, Jacques commence à courir à gauche et à droite. Le père s'en plaint, car il a des commandes à exécuter. Dans la troisième semaine, les deux hommes doivent travailler le soir pour arriver à accomplir toute leur besogne.

Jacques souffre en silence de ne pouvoir voir Caroline, car elle accapare toutes ses pensées. Il n'ose en parler à personne de peur qu'on ne se moque de lui. Il y a assez de Madeleine qui s'en fait un devoir quotidien. En plus, sa mère le réprimande pour des riens. Il préfère attendre avant de s'en ouvrir à son père.

Un matin, rue Saint-Laurent, alors qu'il revient du magasin général, il aperçoit Caroline et sa belle-mère qui avancent vers lui sur le trottoir. Il ralentit le pas, le cœur palpitant. Caroline lui sourit, au grand déplaisir de sa belle-mère, qui la réprimande publiquement. Jacques aimerait crier son mépris à cette femme, mais il n'ose pas. Quand les deux jeunes gens se croisent, leurs yeux se soudent et leurs mains se touchent. Il se tourne ensuite pour la regarder. Caroline lui envoie la main, par-derrière. Jacques rit du manège de la jeune fille, et sourit de se sentir aimé.

Chapitre v

Au grand bonheur de tous, le printemps est arrivé en saison, gage de succès pour les récoltes à venir. Le soleil est plus haut dans le ciel et les jours rallongent. La neige compactée des chemins fond lentement, et les nuits froides transforment l'eau en plaques glissantes sous les sabots ferrés.

C'est aussi le temps des sucres. L'oncle Pierre et son fils Jean sont occupés à entailler les érables et à insérer des goudrelles dans les troncs pour recueillir la sève sucrée. Ils ont amené leur chien, Ti-Gars, un bâtard noir et blanc au museau allongé dont la seule présence suffit à tenir les loups et les ours à distance. Ils utilisent un sentier qui contourne les érables, dont ils ont foulé la neige durant tout l'hiver afin de le garder carrossable. Il est gelé sur plus de deux pieds d'épaisseur et supporte aisément le poids d'un attelage et de son chargement.

Chaque année, François Pitre et sa famille viennent aider Pierre à l'érablière. C'est une sorte de tradition, un prétexte pour briser la routine. Jacques a invité Caroline à ramasser l'eau qui s'accumule rapidement dans les seaux.

L'oncle Pierre et la tante Adeline les attendaient, de même que le cousin Jean et ses trois petites sœurs. On s'embrasse. Jacques fait ensuite les présentations. Ti-Jean est intimidé par la présence de Caroline et esquisse un sourire gêné.

– Où est Judith ? demande sa mère.

– Elle s'occupe de deux enfants malades à la maison, répond Geneviève.

Le temps de se mettre dans l'ambiance, la collecte de l'eau commence. Raquettes aux pieds, les hommes décrochent les seaux des arbres. Un récipient plein à ras bord dans chaque main, ils reviennent ensuite au sentier tout en s'enfonçant dans la neige. Caroline verse le liquide dans un énorme baril de chêne installé sur un bobsleigh. Madeleine conduit l'étalon belge, qui avance ou arrête au son de sa voix comme un vieil habitué. Chaque fois que Jacques revient au traîneau, il sourit à sa blonde.

– Tu es en amour vrai, le jeune ! lui lance Pierre, moqueur.

Jacques ne répond pas, préférant ignorer la boutade de son oncle. Caroline l'a entendue et rougit, ce qui fait ricaner Madeleine.

– Ne t'en fais pas, dit-elle pour rassurer sa nouvelle amie, il aime taquiner le monde.

Sa mère et sa tante entretiennent le feu sous la chaudière d'acier. Elles le nourrissent de bûches d'érables, de bouleaux, de hêtres, d'ormes et de vieux chênes desséchés, que transportent Ti-Jean et ses sœurs, du tas de bois à l'extérieur.

– Vous chauffez le feu trop fort ! reproche Pierre en entrant à l'intérieur de la cabane.

Il jette aussitôt une boulette de saindoux dans la chaudière, ce qui calme l'ardeur du bouillonnement.

Au rythme où travaillent les hommes, la cueillette de l'eau se termine vers midi. Affamés, ils s'empressent de monter une table rudimentaire avec deux chevalets et des planches, puis approchent les bancs rangés au fond de la cabane pendant que Geneviève met la nappe. Madeleine dresse le couvert tandis que la bonne sort les provisions des paniers. Jacques fouille déjà dans les plats. Il reçoit une tape sur les doigts.

– Ôte-toi de là! gronde Rosalie.

– Est-ce que je peux vous aider? demande Caroline.

– Ce n'est pas nécessaire, ma fille. J'ai tout préparé d'avance.

– Jean! appelle la tante Adeline. Mets le chien dehors, il n'arrête pas de rôder autour.

Le grand air et le travail ont aiguisé les appétits. Le jambon à la mélasse et la salade aux patates sont vite dévorés. Deux pains y passent, en plus d'une jarre de betteraves marinées et une grosse pointe de fromage du pays.

– J'ai apporté deux tartes au sirop d'érable, annonce Adeline aux jeunes.

– Je veux du lait! réclame le petit Louis.

– Le thé s'en vient, fait savoir Madeleine, qui a mis l'eau à bouillir.

Dehors, le soleil est à son zénith et fait luire la neige tout en éblouissant la vue. Les hommes sortent pour profiter du beau temps en sirotant une deuxième tasse de thé. Le chien va de l'un à l'autre, quêtant de la nourriture, et s'arrête finalement au benjamin, qui a caché un morceau de jambon dans la poche de son manteau. Jacques et

Caroline sont à l'écart, couchés sur le dos dans la neige, les bras en croix. Ils clignent des yeux sous la lumière blanche.

— Le soleil est trop fort! se plaint la jeune femme en se couvrant les yeux. Je vais faire une promenade.

Jacques bondit sur ses pieds.

— Attendez-moi! demande Madeleine.

— Je veux y aller! s'écrie le petit Louis, qui se tiraille avec le chien.

Jean s'empresse aussi de rejoindre Caroline.

— Venez donc tous! lâche Jacques, dépité.

Fâché, il se tourne vers sa mère en signe de protestation. Mais elle lui sourit sans dire un mot. Déçu, il court rejoindre le groupe qui s'éloigne déjà. Il marche derrière Caroline, accaparée par Madeleine et le petit Louis qui lui tient la main. Ti-Jean est à côté de lui et raconte ses exploits. Le jeune homme déteste entendre les vantardises de ce dernier. Il aimerait mieux écouter les confidences de sa sœur à Caroline. Tout l'énerve, même le chien qui n'en finit pas de renifler les pistes d'animaux. À quelques reprises, le cabot s'éloigne dans le bois et Ti-Jean se met alors à crier et à siffler pour le rappeler. Parvenu au chemin de la Beauce, le groupe fait demi-tour.

À la cabane à sucre, les femmes sont encore assises dehors à se faire chauffer au soleil. Les fillettes de tante Adeline jouent à la cachette pendant que les hommes sont dans la cabane où ils vérifient le degré de cuisson.

— Je vais faire de la tire d'érable! s'écrie la tante en voyant les jeunes arriver.

— Hourra! s'écrie le petit Louis.

Ses trois cousines arrivent en courant.

— J'ai hâte d'y goûter! se réjouit Caroline.

Adeline est entrée dans la cabane. Elle en ressort presque aussitôt avec un pot de sirop épais et fumant, puis se dirige vers le côté du bâtiment.

– Suivez-moi! lance-t-elle en faisant un geste de la main.

Pendant qu'elle cherche un peu de neige propre, chacun casse des bouts de branches en guise de palettes. Adeline étend ensuite avec une louche une mince couche de sirop sur la neige immaculée. Au contact des minuscules cristaux de glace, le liquide se fige et se transforme aussitôt en tire épaisse. Tiffanie, Élodie et Marguerite, les trois filles d'Adeline, sont les premières à y goûter. Impatient, Jean pousse le petit Louis pour prendre sa place. Furieux, le gamin se campe devant sa sœur, il ne veut pas être le dernier. Jean a encore la bouche pleine, mais il se faufile devant Caroline pour en reprendre. Jacques le repousse vivement.

– Attends ton tour! tonne-t-il pour l'intimider.

Les amoureux se servent chacun une portion, puis s'éloignent pour se régaler. Cherchant à se venger de son cousin, Ti-Jean se met à l'embêter.

– Ton Jacques n'est pas fort! raille-t-il devant Caroline. Il s'est fait battre par un Anglais, l'autre soir, à l'auberge.

– Veux-tu bien nous laisser tranquilles! rétorque Jacques, l'air menaçant.

– Tu es bien trop belle pour lui! continue le jeune garçon. Sais-tu qu'il n'a jamais embrassé une fille?

Caroline garde un visage impassible alors que Jacques est rouge de colère. Il court après son cousin, qui détale comme un lièvre sur le sentier de l'érablière. Croyant à un jeu, le chien poursuit Ti-Jean et lui saute sur le dos.

– Laisse-le faire ! crie Caroline à Jacques.

– Deux jeunes coqs qui veulent se battre ! déplore Pierre.

– Mon garçon a grandi plus vite que je pensais, soupire Adeline.

Jacques s'est arrêté au cri de sa belle. Il revient lentement vers elle, encore bouillant de colère.

– Allons marcher, suggère-t-elle.

Elle le prend par le bras et l'entraîne sur le sentier, en direction opposée de son cousin. Ils disparaissent bientôt derrière une dénivellation du terrain.

– Merci d'avoir pris ma défense, dit-elle en l'embrassant sur la joue.

– C'est normal !

Elle esquisse un sourire avant de se sauver en courant. Le cœur du jeune homme ne fait qu'un bond, il se lance à sa poursuite. Profitant de son avance, elle se retourne pour le narguer.

– Tu ne me rejoindras pas ! Je suis trop loin pour toi !

– Je vais t'attraper, assure-t-il.

Elle se remet à courir, mais il la rejoint rapidement et la saisit par la taille. Ils se tournent l'un vers l'autre, leurs cœurs palpitants, leurs souffles rapides. Ils sont si près l'un de l'autre qu'ils se frôlent le nez et hument leurs haleines sucrées. Dans un même élan, ils s'embrassent. Après quelques secondes étourdissantes, Caroline se dégage pour reprendre son souffle.

– Il peut venir quelqu'un, murmure-t-elle.

Docile, Jacques la prend par la main. Le couple continue sa promenade dans la forêt blanche. Soudain, Caroline se sauve de nouveau. Jacques la pourchasse entre les arbres. Ils s'enfoncent dans la neige jusqu'aux genoux et en profitent pour s'embrasser encore. Ils s'entraident ensuite pour ressortir et repartir de plus belle en riant aux éclats.

Caroline s'est arrêtée pour faire une boule de neige, qu'elle lance aussitôt sur son amoureux. Atteint à la tête, il pousse un cri en penchant la tête de côté, la main sur l'oreille.

– Ça fait mal! se lamente-t-il.

Penaude, elle s'approche. Il se redresse aussitôt et l'attrape par la taille pour l'embrasser, mais elle met rapidement la main sur sa bouche.

– Coquin! proteste-t-elle.

Encouragée par le chant printanier des mésanges, elle cède. Soudain, ils entendent quelqu'un les appeler, au loin.

– Jacques, Caroline! Venez-vous-en, il faut partir!

– C'est Madeleine, dit la belle Écossaise.

Ils constatent alors que le soleil a allongé leurs ombres. Déçu par l'apparition de sa sœur, Jacques reste muet, alors que les deux filles bavardent et rient. À la cabane, tout le monde les attend. Sa mère a les mains sur les hanches et les dévisage d'un air accusateur.

– Il est trop tôt pour s'en aller! dit Jacques.

– Il est passé quatre heures! répond-elle sur un ton sec.

Sur le chemin du retour, Jacques et Caroline changent de place avec Madeleine et Rosalie dans le berlot. Ils sont collés l'un contre l'autre comme deux tourtereaux. Madeleine fait des gros yeux à son frère pour qu'il garde ses distances.

– Si maman te voit, prévient-elle, tu vas passer un mauvais quart d'heure!

Caroline arrive au manoir juste à temps pour le souper. Après un brin de toilette, elle se hâte vers la salle à manger. Son père est assis au bout de la table. Sa belle-mère, qui occupe l'autre extrémité, affiche un visage dur et froid. Ignorant sa hargne, la jeune femme s'assoit en face de sa demi-sœur, comme elle en a l'habitude. Aussitôt la soupe servie, Anna Brown commence à lui faire des remontrances sur ses fréquentations.

— Je te l'ai déjà dit que je ne veux pas que tu fréquentes les Canadiens.

— Vous n'êtes pas ma mère et vous n'avez pas à me dire quoi faire. Je suis assez vieille pour savoir ce qui est bon pour moi.

Insultée, la mégère regarde son mari dans l'espoir qu'il prenne son parti, mais l'homme avale son bouillon de bœuf sans dire un mot. Après quelques secondes, il lève les yeux et les plonge dans ceux de sa femme pour qu'elle cesse ses jérémiades. Faisant fi de l'avertissement, elle reprend :

— Tu vas rester dans la maison pendant quelques jours. Ça va te faire réfléchir.

Quand arrive le dessert, Lawrence Brown, empoisonné par le venin de sa femme, consent finalement à restreindre les sorties de sa fille. La chipie sourit de satisfaction. Caroline se sent injustement traitée. Elle fulmine et se lève prestement.

— Je vais quand même aller à la cabane à sucre, demain ! riposte-t-elle.

— Non, tu vas rester ici ! ordonne sa belle-mère.

Caroline jette un regard désespéré à son père, puis va s'enfermer dans sa chambre. Elle se laisse tomber sur son lit en pleurant. Un riche mobilier français meuble la pièce aux murs tapissés de motifs fleuris. Elle se réveille au milieu de la nuit, frissonnante. Sans même se déshabiller, elle se glisse sous les couvertures, un oreiller serré contre elle pour se consoler, en s'imaginant étreindre Jacques.

Après deux jours interminables, elle n'en peut plus. Au petit matin, elle se sauve sans déjeuner et va rejoindre son amoureux qui monte à l'érablière chercher des caisses de sirop. Quand elle apparaît à la porte du Château, le jeune homme ne peut dissimuler sa joie. Il ose même poser un baiser rapide sur sa joue devant sa mère. L'idée que Caroline accompagne son fils ennuie Geneviève, qui demande à Madeleine de les accompagner. La jeune fille est enchantée, car elle s'est prise d'amitié pour la belle Écossaise.

Tout le long du trajet, les amoureux ne cessent de se bécoter. Madeleine rit avec nervosité. Bientôt, ils arrivent à l'entrée du sentier qui mène à l'érablière.

– Vous devriez marcher jusqu'à la cabane, suggère Madeleine, l'air espiègle. Je vous attendrai là-bas.

– C'est une bonne idée, convient Jacques.

Jacques attend que le traîneau disparaisse entre les érables avant de prendre la main de sa blonde. Ils parlent peu et se jettent des regards amoureux, tandis que le sentier se déroule lentement sous leurs pieds. Au loin, on entend les aboiements du chien. Ils savent qu'ils ne seront bientôt plus seuls. D'un seul mouvement, ils se tournent l'un vers l'autre pour s'embrasser.

– Tu me serres trop fort, dit-elle.

Confus, le jeune homme relâche un peu son étreinte. Il promène doucement ses lèvres sur les siennes, les caressant du bout de la langue. Elle ne bouge pas et accepte l'intrusion comme un avant-goût de leur désir partagé. Leurs lèvres se soudent et leurs narines inspirent l'air chaud qu'ils s'échangent. Leurs cœurs battent si fort que Jacques tremble de fébrilité. Son sexe durci presse le ventre de Caroline. Se sentant emportée par le désir charnel, elle a peur et se dégage. Elle pose ensuite le front sur le sien, les yeux fermés, écoutant le battement de son cœur. Un geai bleu, perché sur une branche, jase pour donner l'alarme.

– Partons, suggère Caroline.

Il ne répond pas et continue de couvrir son visage de baisers.

– Ton oncle et ta tante nous attendent ! insiste-t-elle en riant.

– Je sais bien, mais je n'ai pas envie de m'en aller.

– Moi non plus.

Quand le couple arrive à la cabane, Madeleine a les guides dans les mains et s'apprête à partir. Le berlot est chargé de caisses de jarres de sirop d'érable.

– Salut, la belle fille ! s'exclame l'oncle Pierre en apercevant Caroline. Je vous pensais perdus dans la forêt ! ajoute-t-il pour se moquer.

Jacques rougit sans répliquer. Il se dirige aussitôt vers sa tante et l'embrasse sur la joue. Ses trois jeunes cousines sont avec elle.

– Salut, les filles ! dit-il.

Leur grand frère ne manque pas l'occasion de faire le fanfaron.

– J'ai tout chargé moi-même ! déclare-t-il pour se faire valoir devant Caroline.

– Tu es fort ! répond-elle, l'air sérieux.

Le visage de Jean s'illumine.

— C'est le temps de partir! annonce Jacques pour mettre fin aux vantardises de son cousin.

— Je te ferai savoir quand sera la prochaine livraison, dit l'oncle.

— Rendez-vous directement à la Société d'agriculture, recommande la tante. Les employés chargent les bobsleighs après le dîner. Ils montent à Montréal demain matin.

— D'accord, fait Jacques en grimpant dans le traîneau.

— À la prochaine! lance Madeleine en faisant claquer les guides sur le dos du cheval.

Le berlot descend lentement le chemin de la Beauce. La conductrice tente d'éviter les bosses et les creux de la route qui font s'entrechoquer les jarres malgré la paille qui les enveloppe. Jacques tient la main de Caroline.

— Je ne savais pas que vous vendiez du sirop à Montréal, dit cette dernière, étonnée.

— Il y a longtemps, répond Jacques. Une fois, j'y suis allé avec mon père. J'étais petit, dans ce temps-là, et j'avais trouvé ça loin.

— Tu as dû avoir peur en traversant le fleuve.

— Non, répond-il sans hésiter, la glace était solide. Tu aurais dû voir le monde qu'il y avait! C'était venteux et ça poudrait fort. Près de la rive, à Montréal, il y avait des hommes qui sciaient des blocs de glace énormes. Je me suis approché pour voir. La glace avait quatre pieds d'épaisseur. Je voyais le courant passer dans les trous. L'eau était noire. J'ai eu peur de tomber dedans.

— Ils font ça aussi, au village.

— Oui, mais en plus petit.

— Ça fait bien soixante milles aller-retour. Vous avez dû coucher en ville.

–Pas du tout! répond fièrement Jacques. On est partis en carriole vers huit heures du matin. On est arrivés à La Prairie quelques heures plus tard, et là, on a changé de cheval, à l'auberge, pour traverser le pont de glace jusqu'à Montréal. L'angélus sonnait quand on est entrés dans une écurie, à la pointe à Callières. On est partis à pied pour aller manger des steaks à l'hôtel Rasco, rue Saint-Paul. On est ensuite allés à l'édifice de la Société d'agriculture pour vendre le sirop. On en a profité pour se promener un peu. Mon père a acheté deux ceintures fléchées dans un grand magasin de la rue Notre-Dame. Il a payé quinze piastres pour les deux! J'ai trouvé ça cher, mais il a dit qu'elles venaient de loin et que ça valait la peine. Elles étaient tissées par les femmes des voyageurs de la Compagnie de la Baie d'Hudson. Ma mère n'était pas contente quand elle a su le prix. On a aussi visité la cathédrale Notre-Dame et le marché public. À la brunante, on a repassé sur le fleuve pour aller souper à La Prairie. On est arrivés à la maison vers neuf heures du soir.

–J'aurais aimé être avec toi.

Jacques sourit en guise de réponse. Puis, il l'embrasse sur la joue.

Chapitre VI

Les belles journées ensoleillées sont rares en avril et les pluies froides anéantissent l'espoir d'un renouveau hâtif. Au village, l'eau s'est insinuée sous la glace des fossés et déborde dans les rues. C'est l'inondation. La voirie s'affaire à briser la glace des larges canaux qui conduisent l'eau vers le fleuve.

La crue a gonflé la rivière Saint-Louis et provoqué la débâcle. Des blocs de glace sont projetés sur les arbres qui bordent le cours d'eau, sectionnant des grosses branches et des troncs entiers, allant jusqu'à déraciner les plus faibles. Ils s'empilent et s'emmêlent en des enchevêtrements diaboliques pour former des embâcles. Le cours d'eau sort alors de son lit et recouvre les terres des cultivateurs jusqu'aux seuils des demeures.

Sur le fleuve, la glace a perdu sa transparence et son lustre pour devenir blanchâtre. Seuls les habitués s'aventurent entre les mares d'eau de fonte qui n'ont pas eu le temps de geler. La nuit, les bruits secs de la glace qui fend résonnent comme des coups de canon dont les riverains ont l'habitude, de sorte que, s'ils ouvrent un œil, ils se rendorment aussitôt. C'est le signal, pour les pêcheurs, de commencer à ramener leurs cabanes sur la rive. Ces minuscules constructions en bois, percées d'une fenêtre et montées sur des lisses, glissent facilement sur la glace. Brown a déjà fait enlever sa guérite. Les marchands démantèlent tour à tour leurs kiosques. Mais la mère de Jacques s'inquiète.

– J'espère qu'Adeline va obliger son garçon à enlever sa cabane de bonne heure, dit Geneviève à son mari. L'année passée, il l'a enlevée à la dernière minute. Il prend des risques inutiles.

– Ils le laissent trop faire à sa guise, répond François. Il va lui arriver malheur, un jour.

Le carême est terminé. C'est déjà Pâques. Jacques se lève avant l'aube pour aller puiser de l'eau miraculeuse dans la rivière avec sa famille. Son père est resté couché sous prétexte qu'il travaille le lendemain. Il fait noir quand ils sortent de la maison. Assaillis par une bruine glaciale, ils avancent lentement dans la rue Saint-Laurent, collés les uns aux autres. Jacques transporte une palanche sous son bras, tandis que ses sœurs portent les seaux. Ils ne sont pas seuls ; plusieurs personnes, des femmes surtout, vont aussi cueillir de l'eau de Pâques. On ne se salue pas, à cette heure, même si l'on se connaît, le silence étant de mise.

– Attendez-moi ! crie le petit Louis, qui traîne la patte. J'ai de la boue en dessous des bottines, elle ne veut pas décoller.

– Chut ! reproche la mère, un doigt sur sa bouche. Tu vas réveiller tout le monde.

Le garnement s'avance près des marches d'entrée d'une maisonnette pour dégager les mottes collantes sous ses semelles. Il court ensuite rejoindre les siens. Sous le pont chambranlant qui enjambe la rivière, des gens puisent déjà de l'eau. La berge à pic est enneigée.

– Descendez, je vais vous tenir, dit Jacques à ses sœurs.

– Faites attention de ne pas glisser! recommande la mère.

Une après l'autre, Judith et Madeleine descendent en tenant le bras tendu de leur frère, les pieds enfoncés dans la neige. Le bambin regarde la scène, agrippé au manteau de sa mère. Madeleine se penche au-dessus du courant et plonge le seau dans l'eau glacée. Elle le remplit à ras bord et le donne à sa sœur, qui le passe à Jacques. Elle remplit ensuite l'autre seau. La mère est contente. Ses filles remontent sur la rive, saines et sauves, et tous se rendent sur le pont.

– Cette eau-là, c'est aussi bon que de l'eau bénite, assure Geneviève. Ma mère en buvait quand elle était malade. Elle en jetait aussi sur les fenêtres quand il tonnait.

Près d'eux, un père et ses enfants viennent d'arriver.

– Si nous restons assez longtemps pour voir le soleil se lever, il va danser, prétend l'homme, l'air coquin.

Peu après, l'étoile apparaît en haut de la côte, jaunâtre, entourée d'un halo brumeux.

– Le voyez-vous tourner dans son anneau? demande-t-il. Regardez, il danse.

Les enfants regardent, bouche bée.

– Si vous ne le voyez pas, je ne vous ramènerai plus! prévient-il.

– Oui, oui, papa, je le vois! s'écrie la bambine. Il tourne vite!

Madeleine ne peut s'empêcher de rire, au grand déplaisir du père qui la regarde avec dédain. Geneviève, mal à l'aise, tire sa fille par le bras.

– Pardonnez-nous, monsieur!

Jacques en profite pour soulever la palanche sur ses épaules, un seau accroché à chaque extrémité. De retour au Château, on s'empresse de déjeuner. Un soleil radieux s'est levé dans le ciel, tel le Christ ressuscité.

– Le beau temps est de retour, enfin! s'exclame la mère.

On se prépare ensuite pour aller à la messe. À cause des chemins boueux, on sort la charrette pour les hommes. Les femmes se rendent à l'église dans la calèche, la capote de cuir rabattue malgré le temps frais. Pour l'occasion, elles portent un manteau plus léger et un nouveau chapeau. Elles ont aussi troqué leurs mocassins d'hiver pour des bottillons raffinés en cuir lisse. Elles ne sont pas seules à s'endimancher, d'autres femmes suivent aussi la mode. «Elles veulent accueillir le printemps!» se moque Jacques, un peu poète. Le curé a endossé sa chasuble blanche pour souligner la résurrection du Christ. Il a aussi enlevé les voiles noirs qui couvraient les stations du chemin de croix depuis quarante jours.

Au retour de la messe, Jacques n'a pas faim et ne fait que grignoter, contrairement à son habitude. Il a commencé à tousser et son nez coule. Le lendemain, il se rend à la forge malgré une légère fièvre, mais, à l'heure du souper, il bout presque. Sa mère a beau lui mettre de la glace sur le front, la fièvre ne baisse pas. Elle lui fait aussi boire de l'eau de Pâques.

– Je déteste voir les enfants malades! se lamente-t-elle, énervée.

– Tu t'en fais trop! reproche le père pour cacher sa propre inquiétude. Il est jeune, il va s'en remettre facilement.

– Demain, je vais faire sécher le linge dans la cuisine, dit-elle. L'humidité va l'aider à respirer. Je n'ai pas envie que toute la famille y passe.

Au réveil, Jacques tousse creux et se plaint d'une douleur à la poitrine. Alarmée, la mère envoie Judith consulter l'Indienne. En attendant son retour, elle prépare un cataplasme à la farine de moutarde et le place sur la poitrine de Jacques, qui se met aussitôt à chialer.

– Ça brûle!

– C'est pour ton bien, dit-elle pour le raisonner. Essaie de l'endurer tant que tu seras capable, ça va t'enlever le mal en dedans.

Elle enveloppe ensuite des morceaux de camphre dans une pochette de flanelle, qu'elle attache au cou de son fils avec son scapulaire.

– C'est pour dégager les bronches, explique-t-elle.

Quelques heures plus tard, Judith revient enfin avec du sirop de résine de sapin. Jacques passe la journée étendu sur un des sofas du salon. Quelques jours s'écoulent ainsi.

– Il va un peu mieux, dit-elle à son mari qui demande constamment de ses nouvelles. Les râlements diminuent même si la fièvre continue.

Au soir du quatrième jour, Jacques est épuisé et sa fièvre a remonté. Sa mère lui éponge le front avec des débarbouillettes d'eau froide. Il soupire d'aise en fermant les yeux. Après s'être assoupi pendant quelques minutes, il se réveille en sursaut. Se sentant perdu, il appelle sa mère, qui s'empresse de le calmer et de le rafraîchir, remplie d'inquiétude.

Judith est calée dans un fauteuil, attentive aux mouvements de ses doigts et de son aiguille, en train de broder des fleurs sur une taie d'oreiller pour son trousseau de mariage. Madeleine est installée sur une causeuse, occupée à changer une corde de sa guitare.

— Vas-tu jouer du gros violon ? demande Jacques, qui a ouvert un œil.

Surprise par son comportement, la mère met la main sur son front pour vérifier sa température.

— Ta fièvre est tombée, s'exclame-t-elle, un vrai miracle !

Jacques sourit. Depuis quatre jours, il ne cesse de réclamer Caroline dans son cœur. Il a eu peur de mourir sans la revoir.

— On va fêter ça ! s'écrie Madeleine.

Elle s'assoit sur le tapis, les jambes croisées. Les sons clairs et joyeux de sa guitare remplissent bientôt la pièce. Sa mère et sa sœur se mettent à chanter *À la claire fontaine* en suivant les notes. Elle entreprend ensuite de jouer *Marianne s'en va-t-au moulin*. Le père dépose son journal pour chanter les bouts de phrase qu'il connaît.

Jacques aussi chantonne. Il s'est redressé sur un coude, content de penser qu'il va bientôt revoir sa blonde.

— À quel âge vous êtes-vous marié, papa ? demande-t-il à brûle-pourpoint.

Surpris par la question, les parents se regardent. Judith a levé la tête, intriguée, tandis que Madeleine dissimule difficilement l'envie de se moquer de lui.

— J'avais vingt-cinq ans, répond le père.

— Ah !

— Pourquoi veux-tu savoir ça ?

— Comment avez-vous fait pour avoir une terre ? demande encore le jeune homme sans répondre à la question.

Madeleine jette un coup d'œil à sa mère, qui, le front plissé d'inquiétude, se mord les lèvres pour se retenir de faire un commentaire.

— J'ai lu une annonce dans le journal et j'ai écrit à M. Brown, répond le père.

— Vous avez acheté la terre ?

— Non, il me l'a cédée à condition que je bâtisse une maison et que je paye une rente à M. Ellice.

— Est-ce cher ?

— Non, c'est raisonnable. Je paye trente cents par arpent de front à chaque année, à la Saint-Martin. Je dois aussi faire moudre le blé au moulin seigneurial.

— Pourquoi veux-tu savoir ça ? intervient la mère, excédée.

— Il veut épouser Caroline, j'en suis sûre ! s'exclame Madeleine, qui ne peut plus se contenir.

— Veux-tu bien arrêter, fatigante ! riposte son frère.

— En tout cas, ce n'est pas pour demain ! lance la mère. Tu es trop jeune pour fréquenter une fille de cet âge-là.

Tout le monde se tourne vers elle.

— Fais-tu exprès ? reproche le père.

Jacques est en colère. L'émotion le fait tousser comme un tuberculeux. Il se retient pour ne pas crier des injures à sa mère. Il se lève, traverse la pièce en chancelant, le visage rouge, et monte bruyamment l'escalier vers sa chambre.

— Elle ne viendra pas me dire quoi faire ! grommelle-t-il entre les dents.

Chapitre VII

Un peu de neige et de glace s'accroche encore aux sillons des labours gorgés d'eau. Les chemins sont défoncés et impraticables et les voitures s'y embourbent jusqu'aux essieux, surtout que, depuis quelques jours, une pluie diluvienne s'abat sur la région. Les gens n'osent pas sortir pour aller faire leurs emplettes et envoient leurs enfants acheter le strict nécessaire. Mais parfois, quelques curieux se rendent au bord du fleuve après le souper pour tenter de prédire le jour de la débâcle, et Jacques et Caroline sont de ceux-là. Tout le monde parle de la seule cabane de pêche qui se dresse encore sur le fleuve.

– Les gens disent qu'elle appartient à ton cousin Jean. Est-ce que c'est vrai ? s'inquiète Caroline.

– Ouais !

– S'il n'était pas si faraud, ça ferait longtemps qu'il l'aurait enlevée ! affirme un homme âgé, près d'eux.

– Ses parents le laissent trop faire à sa tête, ajoute sa femme. Il a besoin de discipline.

En ce dimanche après Pâques, dans l'après-midi, Ti-Jean profite d'une éclaircie pour descendre le chemin de la Beauce avec son cheval harnaché pour le trait. Il emprunte la rue Saint-Laurent jusqu'à la petite pointe

qui s'avance dans le fleuve. Il longe ensuite la berge maré-
cageuse parsemée de cèdres et de pruches pour éviter de
se faire voir et apparaît subitement près du quai, sous les
yeux incrédules des promeneurs. Jacques n'en revient
pas et gesticule pour attirer son attention.

– Jeaaaan! hurle-t-il. N'y va pas, c'est trop dangereux!

Au même moment, une volée de corneilles passe
au-dessus d'eux en croassant, leurs grandes ailes noires
déployées. Jean se tourne vers son cousin.

– Tu es un peureux! lance-t-il.

Il s'avance alors sur le sentier de glace recouvert
d'eau.

– Il va se tuer! dit Caroline d'une voix angoissée.

– *He's crazy!* affirme un Anglais, tout près.

– C'est toujours la même chose à chaque année!
déplore un autre homme. C'est à croire qu'il est arriéré,
cet enfant-là!

– Voyons donc! répond sa femme. C'est à son père
de l'empêcher!

– Tu sais comment sont les jeunes, ma femme, ils
n'écoutent jamais personne.

– Je l'attacherais si j'étais son père.

Jean a atteint sa cabane sans encombre. À travers les
larges fissures de la glace, il entend le clapotis de l'eau. Il
se dépêche d'attacher sa baraque au harnais de son cheval. Les deux pieds dans l'eau de fonte, il tire l'animal
par le licou pour le faire avancer.

– Hue! commande-t-il.

Les patins glissent facilement sur la glace. Satisfait,
Jean grimpe sur le dos de l'animal.

– Hue, hue! crie-t-il en talonnant sa bête dans les
flancs.

Sur la grève, les promeneurs suivent des yeux l'équipage insensé qui se hâte vers la rive. Soudain, d'immenses pans de glace gonflés par la chaleur printanière se mettent à onduler sous l'effet de la pression. Jean a peur. Son cheval, les yeux exorbités, patine dans l'eau et la neige détrempée.

— Il ne passera pas ! s'inquiète Caroline, la main sur la bouche pour étouffer ses émotions.

Jacques a le cœur qui bat. Craignant le pire, il trépigne d'impatience et hurle des insanités pour cacher son impuissance.

— Remue-toi, sans dessein ! Ça prend-tu un imbécile pour aller sur la glace ! Grouille-toi !

— Tu ne sais plus ce que tu dis, Jacques, arrête ! intervient Caroline.

Elle se met ensuite à crier pour encourager Jean.

— Vite, dépêche-toi ! Tu vas l'avoir, vite !

Tout le monde crie avec elle.

Soudain, le cheval, terrorisé, s'abat sur la glace. Jean est projeté en avant. Les témoins sur la rive retiennent leur souffle. Heureusement, le garçon et sa monture sont sains et saufs. Ils se relèvent rapidement et reprennent leur progression vers la terre ferme. La mer est ivre et accentue le mouvement des glaces, qui montrent leurs arêtes et font valser l'équipage selon leurs caprices. Le cheval est comme fou, mais tente d'obéir à son maître pour sauver sa vie.

Dans un fracas infernal, des blocs de glace de trois pieds d'épaisseur se dressent soudainement l'un contre l'autre. Ils s'affrontent pendant quelques secondes et s'écroulent ensuite pêle-mêle en faisant jaillir l'eau sur leurs flancs. Le sentier de glace est assailli et s'effondre sous l'attaque sournoise du fleuve. Le cheval bascule et tombe à l'eau, entraînant son cavalier. Les câbles qui le relient à la cabane sont coupés net, et l'animal coule à pic dans l'eau glacée. Ti-Jean tente de s'agripper aux blocs de glace, mais ils se referment et l'emprisonnent dans leurs tenailles épaisses. Il est décapité. Des jets de sang saccadés jaillissent de son cou. Sa tête roule sur une plaque de glace en répandant du sang partout. L'étau de glace s'ouvre ensuite pendant un court instant et la tête est avalée par le fleuve. La baraque, qui ballotte au gré du combat, explose en morceaux.

– *My God, it's horrible!* se lamente Caroline en enfouissant son visage dans ses mains.

Jacques est figé de stupeur.

– *Do something!* ajoute-t-elle dans un cri.

Il tourne la tête pour la regarder, puis détale comme un lapin. Elle se met à courir derrière lui, les yeux remplis d'eau. Ni l'un ni l'autre ne se soucient de la boue qui les éclabousse à chaque pas. Rue Saint-Laurent, les gens les regardent passer et devinent que quelque chose de grave est arrivé. Le couple entre en coup de vent au Château.

– Ti-Jean s'est noyé! bredouille Jacques, énervé, en tentant de reprendre son souffle.

Caroline pleure à chaudes larmes. Elle se précipite dans les bras de Geneviève, qui s'est avancée vers eux en les voyant désemparés. Le père les entraîne au salon, où Jacques se laisse tomber dans un fauteuil. Le visage bouleversé, il raconte le drame d'une voix saccadée. Alertés, les autres membres de la famille les ont suivis dans la pièce et écoutent, atterrés, le récit. Quand Jacques arrête de parler, un silence lourd s'installe, que rompt le père après quelques minutes.

– Bon Dieu de bon Dieu! s'écrie-t-il. Il va falloir aller annoncer la nouvelle à votre oncle et à votre tante. Je n'en ai pas le courage.

– Je vais y aller avec toi, dit la mère. Tu vas venir toi aussi, ajoute-t-elle à l'adresse de Jacques.

Chapitre VIII

La nouvelle de la mort de Jean se répand comme une traînée de poudre. Malheureusement, il est impossible de faire des recherches pour retrouver le corps, car la débâcle ne fait que commencer.

Une semaine plus tard, un chenal commence à se former au milieu du fleuve. Les blocs de glace s'y engouffrent, les plus gros fracassant les plus petits. Un voyageur installé à l'auberge raconte à tout le monde avoir vu la tête de Jean sur une plaque de glace, qui descendait le fleuve, en face de Longueuil. «Tu as trop bu! lui reproche l'aubergiste. Arrête de dire des bêtises!» Le buveur obtempère à l'ordre du jeune patron, qui ne souffre pas d'être contrarié.

Puis, le mois de Marie arrive. Le soleil détache les dernières glaces encore soudées aux rives du fleuve et libère le cours d'eau de ses entraves. Les bateaux à vapeur peuvent accoster de nouveau le quai. Le meunier installe sa grande roue pour faire tourner sa meule. Les hommes reviennent du chantier où ils ont passé l'hiver à abattre des arbres qu'ils ont ensuite charriés au nouveau moulin à scie situé sur la rive ouest de la rivière, près de l'embouchure. Le propriétaire, le gros Ralph Blackwood, a ouvert l'atelier voilà quelques jours et commence à produire des planches et des colombages.

En cacardant, les bernaches fendent le ciel, en route vers le Grand Nord. Comme elles suivent la fonte des neiges, elles ont passé quelques semaines dans les champs à fouiller la terre en quête de nourriture. Les oies blanches les suivent de près, rasant la cime des arbres avant de se poser dans les battures et dans les champs, loin de leurs cousines avec lesquelles elles ne s'entendent pas. C'est l'occasion rêvée pour les habitants de refaire leur provision de viande avant que les oiseaux ne repartent pour le lac Saint-Pierre et le cap Tourmente. Terrés dans les fossés et les trous boueux qu'ils ont creusés dans les champs, les chasseurs les abattent facilement avec leurs canardières.

La vue des grands oiseaux attriste l'oncle Pierre, qui ne peut s'empêcher de penser à son fils envolé vers les cieux. Il connaît le sort que le fleuve lui a réservé, mais il garde quand même l'espoir de retrouver son corps. Un soir, il dit à son frère :

— Maintenant que la glace est partie, nous allons le chercher.

Le lendemain, les préparatifs de recherche attirent des curieux sur la plage. En plus de son frère et de son neveu, plusieurs voisins viennent donner un coup de main à Pierre. Les chaloupes sont alignées sur la berge, des grappins et des gaffes reposent au fond. Au signal du père éploré, les hommes poussent les embarcations à l'eau et se mettent à ramer, en file indienne, vers l'endroit que Jacques leur a indiqué. Ils jettent bientôt l'ancre. La proue des embarcations se tourne aussitôt face au courant, formant une ligne perpendiculaire au rivage.

Les hommes entreprennent alors de ratisser le fond de l'eau. Après quelques heures de recherches infructueuses, ils changent de place en se laissant dériver un peu. La journée terminée, ils installent des bouées pour indiquer la zone couverte. Les équipes se relaient quotidiennement. Après quatre jours, le corps de Jean n'a pas encore été repêché. Ses parents désespèrent, car les équipes de recherche parlent d'abandonner. Le curé Quintal décide d'intervenir.

— Demain, je vais y aller avec vous! annonce-t-il pour les encourager.

Après avoir célébré sa messe matinale, à laquelle seuls quelques veuves et vieillards ont assisté, le prêtre bénit une miche de pain, l'enveloppe dans un linge blanc et l'emporte jusqu'au lieu du drame. Il y a foule au bord de l'eau. Quelques protestants en profitent pour se moquer de lui. Le prêtre embarque quand même avec les sauveteurs.

— Vous serez confondus! clame-t-il haut et fort, debout dans l'embarcation.

Les chaloupes dépassent bientôt les bouées.

— Continuez! ordonne le curé.

Une vingtaine de pieds plus loin, il leur enjoint de jeter l'ancre. L'eau, à cet endroit, est agitée par de fortes ondulations. Les barques sont installées en cercle pour une meilleure visibilité. Le curé a planté des chandelles dans le pain, sous les yeux ébahis des sauveteurs.

— Quelqu'un a des allumettes? demande-t-il en tendant la main.

Après avoir allumé les mèches, il lâche la miche dans le tourbillon causé par d'immenses roches de fond. Elle se met aussitôt à tournoyer. Les hommes surveillent le pain qui tourne inlassablement en suivant les remous.

– Il va couler! se moque nerveusement un sceptique.

– Chut! proteste un croyant, offusqué.

Soudain, les langues de feu vacillent et la miche détrempée se met à aller à rebours au pied des roches, puis s'immobilise.

– Cherchez là! commande le curé de sa voix de stentor.

Incrédules, les hommes lancent leurs grappins dans l'onde et grattent le fond granuleux.

– J'ai quelque chose! s'écrie tout à coup un homme de proue.

Toutes les têtes se tournent vers lui. Sur le visage de Pierre se lit l'espoir mêlé de crainte. Dans le silence total, l'homme tend son câble pour assurer sa prise avant de le ramener vers lui. Seuls les cris stridents des oiseaux troublent l'air. Pierre tremble de tout son être. Quand la main de son fils sort subitement de l'eau, il lâche un cri et s'élance pour l'attraper. Se rendant compte de la futilité de son geste, il s'effondre en larmes.

Sur la plage, la foule muette observe la malheureuse chaloupe.

– Je le tiens! crie l'homme.

Le bras émerge lentement de l'eau, comme un appel à l'aide. Les sceptiques n'en croient pas leurs yeux et se signent. Quelques-uns pleurent ou se laissent tomber à genoux sur la terre détrempée en priant Dieu de leur pardonner leur manque de foi. Les vrais incrédules se hissent sur la pointe des pieds pour mieux voir.

Quand le corps du décapité apparaît, les sauveteurs détournent la tête, horrifiés. Pierre a la gorge serrée. Son cœur bat si fort qu'il se tient la poitrine pour le calmer. Les hommes sont penchés par-dessus le tronc et le remontent lentement. Pierre a baissé les yeux pour ne pas voir, mais il sent la main compatissante que son frère a posée sur son épaule. Celui-ci fait signe aux rameurs de se diriger vers le rivage.

Les deux frères débarquent lentement pour retarder le moment de l'inévitable vision cauchemardesque. Ils s'approchent de l'autre barque et aperçoivent le corps au fond, gonflé et exsangue. Une vertèbre surgit entre les deux clavicules parmi les lambeaux de chair déchirés. Pierre chancelle, puis s'écroule sur la grève mouillée. François se précipite sur lui pour le ranimer.

Les sauveteurs sortent Jean de la chaloupe et le déposent sur le gravier, aux pieds des badauds, qui reculent, effrayés. François tend sa veste de laine à Jacques.

– Couvre-le, dit-il.

Pierre a repris ses sens. Il est assis sur le sol, tout près de son fils. Bouleversé, dans un geste insensé, il allonge le bras pour le toucher. Au contact de la peau glacée, il se met à sangloter sans retenue.

– Je vais m'occuper de Jean, lui dit son frère. Va rejoindre ta femme.

Le curé est penché sur le jeune corps pour le bénir. Pierre se lève péniblement, avec l'aide de son neveu. Il a envie de vomir. Son âme est remplie de révolte et de désespoir. Il marche en titubant au milieu de la foule silencieuse.

– Je vais aller vous reconduire, offre Jacques.

L'oncle refuse et monte dans sa calèche. Les guides pendent dans ses mains. Le cheval se met à avancer de lui-même, lentement, sans attendre l'ordre de son maître dont le dos courbé supporte toute la misère du monde.

Chapitre ix

Après le dîner, Jacques et Madeleine se rendent chez Toussaint Rochon pour louer une deuxième calèche, la leur n'étant pas assez grande pour transporter toute la famille et les provisions que leur mère veut apporter pour la veillée mortuaire. Elle devance aussi l'heure du souper pour que tout le monde ait le temps de s'endimancher. On mange en silence, chacun pensant à la triste soirée qui s'annonce.

Le repas terminé, la mère va dans sa chambre à coucher pour s'habiller. Elle fouille dans les tiroirs de sa commode pour trouver ses gants noirs avec des dentelles aux poignets, qu'elle a enveloppés dans du papier de soie. Elle sort un chapeau et un voile de leur boîte de carton. Elle décroche aussi sa robe sombre à grandes manches, à l'encolure fermée. Ses filles viennent voir ce qu'elle va revêtir.

— Ce n'est pas nécessaire de porter des gants, fait remarquer Judith, c'est juste une veillée!

— Je ne sais plus ce que je fais, répond Geneviève, je suis toute bouleversée.

— Vous ne devriez pas porter de chapeau, non plus, suggère Madeleine.

– Tu as raison. Je vais attendre les funérailles.

Seules des boucles d'oreilles et des broches ornent les tenues des femmes.

– Vous êtes élégantes! s'exclame le père en les voyant apparaître dans le salon.

Il est entouré de ses fils et du fiancé de Judith. Les hommes portent leur redingote, une cravate noire et des souliers en cuir. Même le petit Louis a les siens.

Ils roulent en direction de la ferme sur la route défoncée qui les secoue dangereusement. On s'agrippe l'un à l'autre de peur d'être projeté en bas des voitures. À mi-chemin, les pins gigantesques qui entourent la vieille maison de billots apparaissent au loin. C'est dans cette demeure que Geneviève a connu le bonheur des premiers temps avec François, dans ce premier nid d'amour qu'ils ont bâti ensemble. C'est aussi là que ses enfants sont nés, à l'exception du petit Louis. Aujourd'hui, elle a un pincement au cœur, car le malheur y est entré. Elle pense même rebrousser chemin. Quelques larmes silencieuses coulent sur ses joues, qu'elle essuie discrètement avec un mouchoir de soie niché dans la manche de sa veste. Elle serre la main de son mari, qui ressent son angoisse et se tourne vers elle. Elle fronce un peu les sourcils. Il la regarde tendrement et lui fait un clin d'œil pour la rassurer. Ce geste lui met du baume dans le cœur et elle se colle à lui.

Quand la voiture s'engage dans l'entrée, elle porte son regard sur la grande croix que son mari a plantée au bord du fossé. Elle lui apparaît telle une révélation, avec ses grands bras ouverts pour accueillir les chrétiens. Le supplice du Christ transpercé de clous lui fait penser à la souffrance de sa belle-sœur.

Aussitôt descendu de la calèche, le petit Louis se dirige en courant vers le chien. L'animal, attaché à une laisse à la galerie, se met à hurler.

– Laisse-le tranquille! s'impatiente le père. Il pleure parce qu'il s'ennuie de ton cousin.

Ils sont accueillis à la porte par la douce Tiffanie, qui les étreint à tour de rôle. Sa mère est dans la cuisine, assise sur une chaise berçante, à côté du cercueil de pin verni qui repose sur une table devant la fenêtre. Le couvercle est fermé et surmonté d'une croix en fer clouée au centre. Des pots d'œillets blancs et des chandelles allumées sont placés à chaque extrémité, et un prie-Dieu en érable prêté par le curé est installé devant.

Adeline a les yeux rougis et le teint blafard. Ses cheveux sont retenus à l'arrière par deux larges peignes. Un crucifix délicat en argent ciselé pend à son cou et se découpe sur sa robe noire. Elle se lève pour accueillir la parenté. Geneviève s'avance vers elle pour l'embrasser. François tend la main à son frère, qui semble remis de ses émotions malgré ses traits tirés.

– Nous sommes contents de l'avoir retrouvé, dit Pierre. Nous pouvons enfin dormir en paix.

Durant la soirée, plusieurs voisins et amis viennent partager la douleur de la famille. Ils apportent des mets, qu'ils déposent sur la table de cuisine, poussée contre le mur du fond pour laisser la place à ceux qui veulent s'agenouiller devant le mort pour prier. Le petit Louis et ses cousines pensent plutôt à aller jouer dehors.

– Faites attention de ne pas vous salir! prévient Geneviève. Restez sur la galerie.

– Je vais m'occuper d'eux, Madame, dit Rosalie.

Vers neuf heures, Geneviève s'agenouille devant le cercueil pour réciter une dizaine de chapelet. Les gens se groupent derrière elle pour répondre à ses prières. Ils quittent ensuite la maison, car Pierre et Adeline sont épuisés par les émotions. François et la famille s'en vont aussi, sauf Jacques et Madeleine qui restent veiller le corps toute la nuit.

— Assurez-vous que les chandelles ne s'éteignent pas, les supplie la tante avec un regard apeuré, sinon son âme va errer pour l'éternité!

Pendant deux jours, un grand nombre d'habitants viennent prier pour l'âme de l'enfant. Ils témoignent ainsi leur reconnaissance pour l'aide que Pierre leur a apportée durant l'hiver. Quelques notables se présentent aussi, ainsi que Laurence Brown et Elizabeth Ross.

Chaque nuit, Madeleine, Judith et Jacques se relaient. Ils sortent souvent dehors pour se tenir éveillés. Au petit matin, Jacques a les yeux rouges et brûlants de fatigue, alors que ses sœurs dorment depuis longtemps dans le fauteuil. Il évite de chauffer le poêle à bois et ouvre grandes les fenêtres pour chasser l'odeur nauséabonde qui se dégage de la dépouille, mais ce n'est pas suffisant. Il fait donc brûler, dans une soucoupe, des rognures de cèdre dont la fumée âcre erre dans la pièce en chatouillant le nez.

Vendredi matin. Une pluie fine jette un voile gris sur les trois jours d'exposition. Adeline se tient debout à côté de sa belle-sœur pour la prière. Par la fenêtre, elle a vu le corbillard blanc entrer dans la cour. Elle n'en dit mot à personne pour retarder l'inévitable, mais quand elle entend le croque-mort grimper les marches de la galerie, la détresse l'envahit. Elle se jette aussitôt sur le cercueil qu'elle enserre en sanglotant. Geneviève l'entoure de ses bras pour la consoler, mais elle ne peut l'arracher à son enfant. Les femmes ont la larme à l'œil et les hommes, la gorge serrée. Seul l'employé des pompes funèbres ne semble pas ému dans son habit noir, son chapeau à la main.

— Laisse-moi l'emporter, dit doucement Pierre à sa femme.

Elle se tourne vers lui et se réfugie dans ses bras. Leurs fillettes les regardent avec de grands yeux tristes. Adeline refuse que le croque-mort s'approche de Jean. L'homme retourne donc près de sa voiture.

Jacques, son père et sa jeune sœur aident l'oncle à soulever le cercueil et à le transporter à l'extérieur. Le corbillard est superbe, composé de quatre colonnes de chêne en torsade qui soutiennent un toit. Enjolivé d'une corniche à la frise ornée de dorures, il est surmonté d'une croix plaquée d'argent. Au sommet des colonnes, des petits anges avec des trompettes et recouverts de feuilles d'or sont tournés vers le ciel.

Le croque-mort a ouvert la porte arrière vitrée de la voiture funéraire. Les porteurs glissent le cercueil sur les rouleaux de la plate-forme, entre les tentures noires décorées de glands qui ornent l'intérieur des côtés vitrés. Après avoir assuré la tombe au moyen de chevilles, il referme la porte, puis grimpe sur la banquette avant du corbillard. Ses deux chevaux sont habillés de filets noirs parsemés de glands et leur attelage en cuir noir est rivé de cuivre. Il s'engage ensuite sur le chemin de la Beauce, sous l'averse, suivi par le cortège.

Caroline Brown attend dans sa calèche au bord du chemin, un peu avant l'église. Elle est habillée de noir et porte un joli chapeau de feutre orné d'une plume de paon. Elle se fait petite sous son parapluie et jette constamment des regards au curé et aux deux enfants de chœur à l'abri à l'intérieur des portes ouvertes. L'homme de Dieu refuse d'inviter la protestante à l'intérieur malgré les regards suppliants des garçons, surtout depuis qu'il connaît sa relation avec Jacques. Le jeune homme, qui l'a aperçue de loin, lui sourit en passant à côté d'elle.

Une heure plus tard, dans le cimetière derrière l'église, serrés l'un contre l'autre sous un parapluie, le père et la mère regardent le cercueil descendre lentement dans le silence de la terre. Ils se soutiennent pour ne pas défaillir. Quand la boîte atteint le fond, le croque-mort retire les câbles et les emporte avec lui. Ti-Jean est au fond de l'abîme.

– Il fait noir! constate la petite Marguerite, penchée au-dessus de la fosse.

Le prêtre a ramassé un peu de terre mouillée qu'il présente aux parents en leur faisant signe de la tête. Ils laissent tomber chacun une pincée dans le gouffre. Les grains s'éparpillent sur le couvercle de la tombe et disparaissent pour l'éternité.

La pluie descend maintenant en diagonale, poussée par un vent fort venant du fleuve. Les gens frissonnent et se sauvent vers l'église pour s'abriter. Le fossoyeur, indiscret, est adossé au charnier, une pelle à la main, et attend la fin de la cérémonie pour combler le trou. Pierre réussit à arracher sa femme à ce qui reste de leur fils pour aller se mettre à l'abri, suivi par François et les siens. Jacques tient Caroline par la main.

Chapitre x

Malgré les humeurs de la saison, le soleil revient s'installer. Les bourgeons sont maquillés d'un vert tendre. Les hirondelles bicolores, arrivées du Sud les premières, se gavent des minuscules mouches noires qui s'insinuent sous les vêtements et arrachent des parcelles de peau. Par les journées sans vent, le petit Louis ne peut sortir jouer dehors, car trop de piqûres d'insectes le rendent fiévreux. Son frère a suspendu une mangeoire à une branche du pommier, dans le jardin, où les mésanges et les sittelles viennent à tour de rôle comme des enfants bien élevés. Les merles fouillent le sol à la recherche de vers.

Après le souper, on s'habille chaudement pour aller veiller sur la galerie de derrière que le soleil couchant n'atteint jamais. La brise éloigne heureusement les mouches. La mère, qui n'a plus d'enfants malades à soigner, se berce en placotant avec Judith, installée sur le grand banc. Le père a la tête dans son journal. Le petit Louis a entraîné Madeleine dans le jardin pour jouer à la cachette. Jacques est parti faire une promenade.

— Je suis certaine qu'il est parti rejoindre la fille de Brown, se plaint Geneviève à son mari.

À peine a-t-elle exprimé sa crainte que Jacques apparaît au bout de la galerie, sa main dans celle de Caroline. Le visage de la mère se rembrunit.

– Bonsoir! lance la jeune femme, joyeuse.

Geneviève répond sèchement. François a levé les yeux de son journal pour la saluer d'un signe de tête. Judith l'invite à s'asseoir à côté d'elle. Jacques s'installe près des filles.

– J'ai un peu froid, annonce soudainement la mère. Je pense que je vais rentrer.

Jacques la regarde d'un air fâché. Caroline se sent de trop.

– Je devrais m'en aller, dit-elle en se levant. Après tout, ce n'est pas dimanche.

– Ne vous en faites pas, mademoiselle, intervient le père, vous pouvez jaser à votre aise.

Caroline se rassoit, hésitante.

– Je vais te parler de mon mariage, dit Judith pour la mettre à l'aise.

– Avez-vous fixé une date? demande aussitôt Caroline, intéressée.

– Nous pensons au 23 juillet. Il fait toujours beau, dans ce temps-là. Richard va demander ma main à mon père, dimanche. Je suis tout excitée!

– Je suis contente pour toi! As-tu terminé ton trousseau?

– Presque! J'ai un rouet à filer, une cassette qui ferme à clé, des oreillers de plumes, des draps en lin. Il me reste seulement à bourrer le matelas avec de la laine, ajoute-t-elle en rougissant.

Elle redevient ensuite si sérieuse que Jacques la regarde, l'air intrigué.

– Le père de Richard ne veut pas qu'il se convertisse au catholicisme pour m'épouser, raconte-t-elle.

– Quoi? fait Jacques, ébahi.

– Ça ne me surprend pas, moi, répond Caroline. Il n'aime pas les Canadiens! Il n'est pas le seul, de toute façon, ma belle-mère est pareille. Qu'est-ce que tu vas faire?

– Il n'y a rien à faire, il est trop ancré dans ses idées. Le révérend Roach a aussi menacé Richard de l'enfer s'il m'épousait. Il m'a traitée de papiste.

Le père a levé la tête.

– Pour un jeune pasteur, je le pensais plus ouvert que ça! déplore-t-il.

– Le père Ross a l'air d'une fouine avec son lorgnon! se moque Jacques.

– C'est vrai qu'il est tout petit, approuve Judith en souriant. Même sa femme est plus grande que lui. Puis, elle est tellement gentille! Il me semble qu'ils ne sont pas faits pour être ensemble.

– Ils font un drôle de couple, concède Caroline.

– Elle veut toujours que je l'appelle Elizabeth, continue Judith, mais je n'en suis pas capable. Je n'ai pas été habituée à cela. Elle dit que lorsqu'on aime quelqu'un, ça ne fait pas de différence de quel bord on est. Son mari a même essayé de payer M. le curé Quintal pour annuler la publication des bans de mariage.

– C'est effrayant! s'exclame Caroline en grimaçant.

– C'est pourtant vrai, confirme François. Le curé m'en a parlé.

– Vous auriez pu me le dire, papa! reproche Judith d'un ton offusqué.

—Je ne voulais pas te faire de peine, ma fille. Tu oublies que ton beau-père est un marchand anglais et qu'il est influent.

—C'est un Écossais! insiste Judith.

—Anglais ou Écossais, c'est pareil! réplique Jacques, agacé. Les deux parlent la même langue.

Après un moment de silence, Judith reprend, en regardant Caroline:

—Je pense que M. Ross est jaloux de son fils.

—N'oublie pas que la terre que Richard possède, dans la rue Hannah, il l'a héritée de sa grand-mère maternelle, réplique le père en baissant son journal. Son père, lui, est parti de rien. Il a dû hypothéquer sa maison pour ouvrir son commerce.

—Nous travaillons fort pour construire la nôtre, proteste Judith.

—Si j'avais le temps, intervient Jacques, je vous donnerais un coup de main.

—La mère de Richard nous a promis cent piastres en cadeau de noces pour nous aider à bâtir.

La porte s'ouvre alors et Geneviève apparaît, un châle sur les épaules, l'air hautain. Caroline se redresse, tendue. Jacques s'éloigne un peu de sa blonde, par précaution. Le père reprend la conversation.

—Ta mère et moi, on a décidé de vous donner un attelage complet en cadeau de noces, dit-il à Judith, les chevaux et la voiture avec.

—C'est bien trop! s'exclame-t-elle en se précipitant sur lui pour l'embrasser.

—Tu m'étouffes, serre moins fort!

Elle se tourne ensuite vers sa mère et la presse tendrement sur son cœur.

— Je vous aime tellement ! dit-elle.

— Ça nous fait plaisir, ma fille ! On est fiers de toi !

— Richard va continuer à travailler au magasin général, continue Judith, volubile. Ses parents ne peuvent plus se passer de lui. Même s'il n'a que vingt et un ans, c'est lui qui voyage à Montréal pour acheter les marchandises. Ils ont confiance en lui, il connaît tout le monde, et tout le monde l'aime.

— C'est un garçon sérieux et nous l'aimons beaucoup, assure la mère avec un sourire attendri.

— J'ai pleine confiance en lui, ajoute le père.

— N'oubliez pas d'aller chez le notaire avec M. Ross pour le contrat de mariage, papa, rappelle Judith. C'est pour la donation de mille deux cents piastres de Richard en cas de décès.

— Ton avenir est assuré, ma fille, répond le père.

Le soleil vient de descendre sur le fleuve. Personne ne dit plus rien, chacun se contentant d'écouter les oiseaux qui s'installent graduellement dans les arbres pour la nuit. Geneviève se frotte les bras pour se réchauffer, car la brise est plus fraîche.

— Je retourne dans la maison, dit-elle en regardant Caroline.

— Je dois partir, fait la jeune femme en se levant lentement du banc, il est assez tard. J'ai passé une belle soirée.

— Je vais aller te reconduire, propose Jacques.

Chapitre XI

On est déjà à la mi-mai. Le poirier, le pommier et le prunier éclatent de blancheur dans la cour du Château. Les sanguinaires blanches et les hépatiques roses montrent déjà leurs couleurs dans les plates-bandes.

Mardi, après le dîner, Jacques se rend au quai avec son oncle. Les deux hommes s'assoient sur des ballots de laine que les employés de la Société d'agriculture ont déchargés de leurs charrettes. Ils attendent le vapeur *Henry Brougham*, qui transporte deux percherons que le père de Jacques a achetés à un éleveur de Montréal. Pour passer le temps, ils observent le va-et-vient des journaliers qui charrient des marchandises provenant des ateliers et des manufactures du village. Des jarres de sirop d'érable empaquetées dans des caisses de bois reposent à côté d'eux. Au loin, on voit s'approcher peu à peu la fumée du bateau à vapeur.

Sur la rive du fleuve, à l'embouchure de la rivière Saint-Louis, de grands radeaux en pin ou en pruche blanche sont ancrés. Des cageux s'activent à y empiler du bois de chauffage, des billots équarris, des planches et des madriers, qu'ils transporteront au débarcadère de la rue Saint-Sulpice, à Montréal. Les cages seront aussi vendues neuf piastres chacune. Certains radeaux peuvent mesurer quelques centaines de pieds de long et supporter une baraque construite au centre, en guise de logement. Avec leur mât muni d'une voile carrée, ils descendent jusqu'à Québec, où le bois est vendu localement ou transbordé sur des navires en partance pour l'Europe.

Sur la plage, des vieillards tentent de prédire lequel des deux bateaux, le *Henry Brougham* ou son jumeau, le *Dragon*, s'approche de l'embarcadère. Ils aiment les voir accoster le long de l'appontement de billots de cèdre et de poutres équarries, dans une manœuvre de renversement de leur roue à aubes. Ce sont de gros navires avec une coque de cent cinquante pieds propulsée par deux moteurs de soixante-quinze chevaux-vapeur chacun. Leur arrivée donne une occasion de passer le temps agréablement et de voir débarquer de nouveaux visages.

C'est le jeune lieutenant Jim Brown, le frère de Caroline, qui commande le lancement de la passerelle et le transport du fret. Les matelots, habiles à manœuvrer sur les planches chambranlantes, s'affairent à descendre les poches de courrier pour le maître de poste ainsi que les ballots de marchandises pour le magasin général Ross. On devine facilement les caisses de mousquets et de munitions pour l'armurerie de David Normand.

Les deux percherons qu'attendent Jacques et son oncle sont détachés du bastingage à la toute fin. Apeurés, ils descendent nerveusement la passerelle. Jacques les attrape par la courte bride en leur parlant à voix basse pour les calmer pendant que son oncle est occupé à signer le manifeste de Brown. Il le rejoint ensuite, et les deux hommes grimpent sur les énormes bêtes.

— Au feu, au feu! hurle soudainement quelqu'un du pont du navire.

Toutes les têtes se tournent vers lui. La cheminée du vapeur fume normalement.

— Là-bas! crie le matelot énervé en pointant une colonne de fumée qui s'élève dans les airs de l'autre côté de la rivière.

— Je vais aller voir! lance impulsivement Jacques en empoignant la crinière de son percheron.

Il donne du talon dans les flancs de l'animal, qui part en trombe. Des passagers qui attendaient là s'écartent de peur d'être piétinés. Jacques se faufile parmi les gens et les charrettes, et saute par-dessus des ballots, suivi par son oncle. Ils galopent vers la rue Saint-Laurent, traversent le pont de la rivière et coupent à travers la propriété du meunier. Sa femme est sur la galerie de derrière et hurle le nom de son mari. Ses enfants regardent, terrorisés, sortir la fumée et les flammes par les portes ouvertes du quai de déchargement du moulin* situé tout près, derrière. On entend le bruit sourd du feu à l'intérieur du bâtiment, laissant deviner l'intensité du brasier nourri par le vent d'ouest. La cloche de l'église, de l'autre côté de la rivière, sonne le tocsin sans arrêt.

Devant le moulin, les cavaliers sautent en bas de leurs montures, qui s'enfuient aussitôt vers le chemin. Les mains placées de chaque côté de la tête pour mieux voir, ils regardent par les fenêtres du rez-de-chaussée. Les vitres sont presque opaques à cause de la poussière des

* Le moulin de Beauharnois a véritablement brûlé et a dû être reconstruit. Ces événements se sont déroulés aux mêmes dates que dans mon histoire, mais en l'année 1837.

grains venue s'y coller. N'y voyant rien, ils courent à l'arrière du bâtiment rectangulaire. Pierre doit pousser la porte à deux mains pour l'ouvrir, et à peine l'a-t-il entrebâillée qu'une centaine de rats et de souris se sauvent à l'extérieur en criant. Les deux hommes se reculent instinctivement devant la masse répugnante. Ils pénètrent ensuite à l'intérieur et grimpent les marches de l'escalier en courant pour atteindre la salle de meulage, qui sert aussi d'entrepôt à grains. Tout en hurlant le nom du meunier, ils cherchent à travers la fumée âcre en se couvrant la bouche d'un pan de leur chemise pour ne pas étouffer. Une meule géante règne au milieu de la pièce, mais l'homme est introuvable. Ils se rendent ensuite jusqu'au quai, où les flammes jaillissent du plancher. Devant la chaleur vive et la fumée étouffante, ils doivent reculer. Tels des feux follets, les flammes sautent de gauche à droite en dansant, léchant ensuite le mur pour grimper jusqu'au plafond. Ne voyant pas le meunier, Pierre fait signe à Jacques. Ils rebroussent chemin pour dévaler l'escalier jusqu'au rez-de-chaussée.

La fumée n'a pas encore envahi cet espace humide et noir. Des rongeurs courent en tous sens sur la terre battue. Les hommes s'orientent difficilement parmi les engrenages et les axes de la meule, éclairés seulement par la faible lueur du jour qui entre par les fenêtres crasseuses. Ils atteignent un réduit situé sous le quai, où sont entreposés les fanaux.

Le feu a déjà dévoré deux murs et le plafond du cagibi et s'est propagé à l'étage en se nourrissant du bois sec du plancher. Une odeur pestilentielle de cochon brûlé leur fait lever le cœur. Derrière la porte, le meunier gît sur le sol humide, presque nu, le corps noirci. Quelques rats se promènent sur lui en sentant la chair consumée, qui montre des trous noirs sur les jambes et les cuisses. À l'apparition des deux sauveteurs, les bestioles se sauvent en criant leur frustration.

Les souliers en cuir de bœuf de l'homme sont carbonisés. La terre imbibée d'huile brûle encore à ses pieds, à côté d'un fanal brisé noirci par la suie. Une petite fiole débouchée, une boîte cylindrique ouverte et des allumettes sont éparpillées sur le sol.

— Faites attention de ne pas vous couper, prévient Jacques, il y a de la vitre partout!

Saisissant le brûlé par les bras et les jambes, ils le transportent hors de la pièce et le déposent sur le sol, un peu plus loin. Pierre colle ensuite son oreille sur la bouche du meunier pour écouter sa respiration. Des coulées de sang séché lui sortent du nez et des oreilles.

— Il ne respire plus, annonce-t-il à son neveu.

Il appuie sur la poitrine du meunier pour insuffler de l'air dans ses poumons. Après quelques tentatives infructueuses, il soulève l'homme par les épaules pour l'asseoir, le balance ensuite de l'avant vers l'arrière pour le ranimer, mais la tête ballotte en tous sens. Craignant de lui casser le cou, il l'allonge par terre sur le ventre et entreprend de lui donner des tapes dans le dos.

Le meunier semble mort. Jugeant la situation critique, les deux sauveteurs le tirent par les bras pour l'amener à l'extérieur. Le corps est lourd et se laisse porter mollement, la tête pendant vers l'arrière et le bassin traînant sur la terre humide. Ils s'arrêtent un instant devant les engrenages de la meule pour s'orienter et repartent ensuite vers la sortie. Le soleil les éblouit quand ils ouvrent la porte. Ils soulèvent le corps pour franchir le seuil et le traînent à bonne distance du moulin, jusqu'aux pieds des curieux.

À l'autre bout du bâtiment, de bons samaritains arrivés en courant avec des seaux ont formé une chaîne qui va de la rivière au quai de déchargement, qu'ils arrosent copieusement. Une autre chaîne débute dans l'escalier de derrière et monte jusqu'à la salle de meulage.

Les flammes ont atteint les sacs de grains de maïs avariés oubliés depuis l'automne dernier. Les grains, gonflés sous l'effet de la chaleur intense, éclatent en s'éparpillant dans toutes les directions, semant le feu sur le plancher. Les pompiers improvisés reculent devant l'assaut, puis se ressaisissent et accélèrent la cadence. Hélas, les flammes courent sur le plafond et les prennent en tenailles. Incommodés par la chaleur et suffoqués par la fumée, ils se sauvent en abandonnant leurs seaux.

De son presbytère, le curé Quintal s'est rendu en hâte au moulin. Il l'asperge d'eau bénite avec son goupillon en espérant faire cesser l'incendie. Quant au révérend Roach, qui a lui aussi accouru sur les lieux, il le bénit avec une croix. On dirait une compétition entre le gros curé et l'athlétique révérend aux cheveux blonds.

Lawrence Brown est au milieu des curieux, les traits crispés. Mal à l'aise en sa présence, les gens sont soulagés de le voir faire le tour du bâtiment. Il arrive à l'arrière pour jauger l'ampleur du sinistre, n'ayant cure du meunier qui gît par terre devant lui.

— Maudits Canadiens, ils vont me payer ça! maugrée-t-il.

Jacques et son oncle lèvent la tête pour savoir qui a dit ça. Furieux, Brown veut s'en aller, mais les gens se sont rassemblés autour de lui et forment un bloc compact. Il les pousse brutalement pour se frayer un passage.

Les Pitre sont partis à pied vers l'incendie après avoir entendu le tocsin. Le père a demandé à l'apprenti de les accompagner pour aider à combattre le feu. Seule la bonne est restée à la maison. Sur le pont, ils croisent Brown qui s'en retourne chez lui d'un pas pressé.

– Bonjour ! lance François.

L'autre s'arrête brusquement et le regarde, l'air enragé.

– Les maudits rebelles ont mis le feu ! s'indigne-t-il. Ils vont brûler le manoir de M. Ellice si ça continue !

– Qu'est-ce qui vous fait dire ça ? s'étonne François.

– Ils n'arrêtent pas de manigancer dans notre dos ! Le gouvernement des États-Unis les supporte, en plus ! Puis vous le savez aussi bien que moi ! ajoute-t-il, excédé.

– Qu'est-ce que vous allez faire ?

– Ils ne perdent rien pour attendre ! fulmine l'agent.

Sur ce, il repart, oubliant de saluer. Les Pitre reprennent leur marche vers le brasier, d'où s'échappent d'immenses langues de feu. Derrière, ils aperçoivent Pierre, accroupi auprès de la meunière qui sanglote en secouant la tête de son époux dans l'espoir de le ranimer. Ses enfants sont agrippés à elle et se lamentent.

Geneviève s'approche pour aider la femme, mais le petit Louis s'accroche à sa jupe, apeuré. Fâchée, elle le repousse d'une main.

– Veux-tu bien me lâcher !

Elle s'agenouille et prend la meunière dans ses bras, mais celle-ci se dégage vivement et s'effondre sur la poitrine de son mari. Elle paraît hystérique tant sa douleur est vive. Judith et Madeleine tentent d'éloigner les enfants, qui se débattent comme des chatons sauvages.

Tout à coup, un mouvement se fait dans l'attroupement de curieux et toutes les têtes se tournent vers le nouvel arrivant, le docteur Brien, qui, passant à proximité, a répondu à l'appel du tocsin. En voyant l'attroupement autour du meunier, il saute de sa calèche et se faufile vers lui.

L'oreille posée sur la poitrine de l'homme, il écoute son cœur. Sa femme ne pleure plus et suit ses gestes attentivement, soutenue par Geneviève. Le docteur a sorti un petit miroir ovale de sa mallette et l'a placé devant la bouche du meunier, mais aucune buée n'y apparaît. Insatisfait, il recommence. Après quelques tentatives, il se relève.

— Il ne respire plus, déclare-t-il.

Atterrée par son verdict, la meunière s'évanouit en glissant des bras de Geneviève. Affolés, ses enfants se précipitent sur elle. Geneviève les repousse.

— Ôtez-vous de là, ordonne-t-elle, vous allez l'étouffer!

Judith et Madeleine les retiennent pendant que le médecin fait respirer des sels à leur mère. Elle reprend vite ses sens et s'assoit par terre, ses marmots se pressant sur elle. Elle les chasse pour se lever.

— Le docteur va s'occuper de votre mari, lui dit le curé. Pour l'instant, pensez à vos enfants. Je vais envoyer chercher votre sœur pour vous aider.

Geneviève et Judith raccompagnent la femme et sa marmaille chez elle. Jacques a repris les brides des percherons qu'un jeune garçon lui a ramenés. Il a aussi aperçu Caroline, qui s'en vient à pied, son cheval marchant derrière elle. Elle est là depuis un bon moment et a vu Jacques sortir le meunier à l'extérieur avec l'aide de son oncle. Souriante, elle s'avance vers lui, les yeux remplis d'admiration, et l'embrasse sur la joue.

Des sifflements acclament son geste. Jacques se sent rougir, son cœur bat la chamade. Il est incapable d'articuler quoi que ce soit. Les amoureux se dévorent des yeux, laissant leurs cœurs se parler comme s'ils étaient seuls.

— Je suis content de te voir! finit-il par dire en souriant.

— Moi aussi!

Soudain, un des percherons se cabre, effrayé par la vue du cadavre. Jacques a de la difficulté à le retenir et doit le conduire à l'écart pour le calmer. Caroline saisit la bride de l'autre cheval et le suit. Le couple est content de sa complicité.

Madeleine et son petit frère regardent leur père et leur oncle soulever la dépouille brûlée pour la déposer dans la charrette du croque-mort. La jeune fille fait une moue et se détourne, prise d'une nausée.

— Ce n'est pas un spectacle pour vous, lui dit le docteur avec un sourire.

Madeleine rougit.

Le docteur Brien est nouveau dans la région. Il songe à s'établir à Sainte-Martine, un gros village au sud-est de Beauharnois, en dépit de la présence d'un autre docteur. Il est petit et frêle comme un adolescent.

François regarde sa fille avec un air de reproche.

— Ramène ton frère à la maison! ordonne-t-il.

Dépitée, Madeleine serre la menotte du petit Louis.

— As-tu entendu ce que papa a dit, maugrée-t-elle, il faut s'en aller!

– Tu me fais mal, se plaint le gamin, lâche-moi!

Soudain, dans une pétarade de craquements, la toiture du moulin s'effondre à l'intérieur des murs de pierre. Apeurés, les spectateurs reculent pendant qu'une myriade d'étincelles et de flammèches sortent du cratère. Des flammes jaillissent du trou et des débris s'envolent dans les airs en se consumant.

Puis, lentement, l'intensité du brasier diminue et les badauds s'en vont, impuissants devant cette force maléfique.

– Je dois partir, dit Caroline. J'aimerais faire une promenade avec toi, une autre fois, si tu veux?

Jacques est enchanté.

– D'accord, répond-il, quand tu voudras!

Frondeuse, elle l'attire entre les chevaux pour déposer un baiser sur ses lèvres. Enhardi, Jacques la saisit par la taille. Elle met un doigt sur sa bouche.

– Pas maintenant, dit-elle.

Fort de sa promesse, il la regarde monter en selle, puis s'éloigner. Son père et son oncle s'approchent de lui. Pierre lui ébouriffe les cheveux pour le taquiner.

– Belle fille! s'exclame-t-il. Tu as du goût, mon neveu!

François vient se planter entre les deux hommes et les prend par les épaules.

– Je suis fier de vous! dit-il.

Chapitre XII

Le samedi suivant, après le dîner, Jacques monte rapidement à sa chambre pour se changer. Il a donné rendez-vous à Caroline pour l'après-midi. Il n'en a pas parlé à sa mère, de peur de subir ses remontrances, et a attendu d'être seul avec son père pour lui demander congé.

— Il a l'air pressé, fait remarquer la mère en regardant son mari.

— Je lui ai donné congé.

— Je ne le savais pas, répond-elle, frustrée d'avoir été exclue.

— Où est-ce que tu vas? demande-t-elle à son fils, qui dévale l'escalier.

— Je vais me promener à cheval avec Caroline.

Prise au dépourvu par sa franchise, elle ne sait pas quoi dire. De toute façon, Jacques est déjà dehors, en direction de l'écurie.

— Tu aurais pu m'en parler! reproche-t-elle à son mari, devant les enfants et la bonne.

Un silence se fait autour de la table.

— Je ne vois pas pourquoi, réplique le père, ce n'est plus un enfant!

Jacques chevauche dans la rue Saint-Laurent. Des gens le saluent et d'autres le montrent à leurs enfants. Il est un peu le héros du village, aujourd'hui, et il en est fier, même si les compliments qu'on lui adresse le gênent. Il pense à son père, qui se querelle peut-être avec sa mère à son sujet. Il ne comprend pas l'acharnement de cette dernière à vouloir diriger sa vie. Il a hâte de vivre comme il l'entend.

Le bruit des sabots de son cheval sur les traverses du pont chasse ses pensées. Caroline est au bord du chemin, un peu plus loin. Elle est montée en amazone et ressemble à une grande dame avec son chapeau gris en feutre, ses cheveux en chignon et des anneaux en argent qui pendent à ses oreilles. Elle porte une veste noire échancrée sans manches par-dessus un chemisier à jabot blanc à manches longues qui bouffent légèrement aux poignets. Une jupe de couleur grise cache le haut de ses bottes en cuir noir dont la gauche est munie d'un éperon. Elle tient une courte baguette à la main droite.

— Tu es élégante! dit Jacques, impressionné par son allure.

— Merci! répond-elle avec un sourire.

— Où veux-tu aller te promener?

— À la pointe du Buisson.

Chevauchant côte à côte, les amoureux suivent le chemin du Roy. Ils s'échangent des regards complices et rient de leur bonheur d'être ensemble sous le soleil perché haut dans le ciel bleu. Au trot de leurs montures qui les amènent vers l'inconnu, ils contournent les bosses et les trous qui les éloignent et les rapprochent constamment comme un jeu. Ils ricanent à chaque retrouvaille.

— Faisons une course! propose-t-elle.

Sans attendre, elle cravache son cheval. Pris au dépourvu, Jacques veut lui emboîter le pas, mais ne réussit qu'à faire se cabrer le sien. Il flatte l'animal sur une joue pour le calmer. Puis, stimulée par une claque sur la croupe, la monture part au galop d'un coup de reins. Jacques la talonne pour rejoindre Caroline, qui fait lever la poussière derrière elle. Il la rattrape finalement après un demi-mille.

– Bonne cavalière! lance-t-il en s'approchant d'elle.

– Merci! répond-elle fièrement.

Il lui prend la main. Au contact de sa peau, le cœur de Jacques se gonfle. La belle Écossaise, un peu craintive malgré son tempérament frondeur, rougit devant le regard affectueux qu'il pose sur elle. Ils s'épient pour mieux s'apprivoiser, sous les rayons éblouissants du soleil qui leur fait cligner les yeux. Ils avancent lentement sur le chemin cahoteux. Sous la brise, les feuilles des peupliers tournoient et chantent pour eux. Les hirondelles valsent au-dessus de leurs têtes. Les amoureux longent les pâturages et les terres en friche en humant l'odeur du fleuve qui leur offre sa fraîcheur.

Ils ont déjà parcouru les quelques milles qui les séparent de la pointe du Buisson. La maison en bois rond de l'Indienne apparaît bientôt. Une fumée blanche monte de la cheminée. Sur le toit en bardeaux de cèdre s'agrippent des herbes et des fleurs sauvages.

Caroline lâche la main de Jacques pour le devancer dans le sentier qui longe la cabane, zigzaguant entre les buissons dénudés et les hautes herbes mortes écrasées par l'hiver. Le couple passe près d'un puits en pierres des champs surmonté d'une toiture en bardeaux de cèdre. Un seau pend à la manivelle et une louche est accrochée à un clou sur des poteaux qui supportent le toit. La cour arrière est déserte. Des cordes de bois sont alignées le long du mur de la masure. Au fond s'élèvent une écurie et un petit bâtiment annexé qui abrite une calèche et un berlot. Au-delà, une bécosse en planches grisâtres penche légèrement à cause de sa vétusté et du vent d'ouest.

Soudain, ils aperçoivent l'Indienne derrière l'écurie. Elle porte une blouse rouge décolorée à grandes manches et une jupe de lin grise et usée. Deux tresses de cheveux pendent sur sa poitrine. Le dos courbé sur une bêche, elle retourne la terre du jardin potager. Son fils Tom fend des bûches. Une vieille brouette grise avec sa roue en fer rouillé gît de côté comme un animal blessé. Penchée sur son outil, la mère a levé la tête un instant, pour les regarder.

La femme est originaire de la réserve mohawk de Caughnawaga, près de Châteauguay. Elle en a été chassée par les mères de clans après avoir épousé un Blanc. Déchue de ses droits, elle s'est installée à Beauharnois avec son mari, dans une maison louée par l'agent Brown. Peu de temps après la naissance de leur fils, le père, un cageux, s'est noyé dans les rapides de Lachine. Elle s'est alors mise à faire des ménages chez les Anglais. Des maigres revenus qu'elle en tirait, elle a élevé son garçon, qui aimait beaucoup épater ses copains avec des tours de force que lui seul pouvait faire. Ils le trouvaient sans malice. Le gamin a grandi rapidement et n'a jamais fréquenté l'école. Sa mère lui a enseigné les langues mohawk, anglaise et française tout en l'encourageant dans cette voie. Tout jeune, il était déjà sollicité pour servir d'interprète pour des contrats verbaux et divers textes qu'on lisait à voix haute et il était payé pour ses services. Puis, sa mère a eu des rechutes d'une vieille consomption et ils ont vécu de la charité publique. Réduits à la misère, ils ont été chassés de leur logis et ont quitté le village pour s'installer à la pointe du Buisson.

Tom dépose sa hache pour saluer le couple.

— Où est-ce que vous allez de même ? demande-t-il.

— Faire un tour, répond Jacques.

— Nous allons voir les rapides, ajoute Caroline. L'eau doit être haute, à ce temps-ci de l'année.

— C'est bien sûr, dit Tom avec un sourire. Bonne promenade !

Jacques suit Caroline sur le sentier sinueux qui les mène dans un boisé d'érables. Sous le couvert de la jeune frondaison, le tapis de feuilles mortes feutre leurs pas. Une odeur d'épices emplit leurs narines. Une mer verdâtre de plants d'ail sauvage s'étale devant eux, telle une oasis dans la forêt grise. Plus loin, des branches jonchent le sol et quelques arbres déracinés reposent sur des plus forts en attendant de dessécher. Des épinettes resplendissent au soleil, ajoutant de la couleur au tableau inachevé du printemps. Le couple a l'impression de pénétrer dans un lieu magique. Caroline s'arrête brusquement en se tournant vers Jacques, l'air craintif.

— Il y a une grosse toile d'araignée qui bloque le chemin, se plaint-elle en la montrant du doigt.

— Je vais l'enlever, répond-il pour la rassurer.

Il descend de son cheval et s'approche de la petite bête noire et velue, immobile sur un tronc d'arbre, en bordure du filet qu'elle a tendu en travers du sentier entre deux érables. Quelques petits insectes sont déjà enroulés dans la soie. Du bout du doigt, Jacques touche le centre de la toile. La chasseresse, qui attendait patiemment une proie, s'y précipite. Elle cherche pendant un instant sans rien trouver et s'en retourne à la hâte pour se réfugier dans une déchirure de l'écorce de l'arbre et y attendre une meilleure occasion.

— Elle est grosse! commente Caroline en faisant une moue de dégoût.

— Elle est belle! réplique Jacques.

— Elle est affreuse! rétorque-t-elle en grimaçant. J'ai toujours peur qu'elles me piquent.

Jacques détruit le piège soyeux et se frotte les mains pour décoller les filaments qui adhérent à ses doigts.

Les amoureux poursuivent ensuite leur route, l'un derrière l'autre, jusqu'au fleuve. En aval, des Iroquois pêchent près des joncs. Les hommes et les enfants ont des cheveux longs, noirs et luisants, qui pendent dans leur dos. Ils sont presque nus dans l'eau, où ils harponnent des poissons. Sur la berge, des femmes aux cheveux tressés entretiennent le feu d'un fumoir. Des canots d'écorce sont à la renverse sur la terre humide et spongieuse. À quelques pas, un cercle de pierres attend le feu du soir devant un abri de branches de sapin.

Caroline se trouve indiscrète.

— Les moustiques vont nous dévorer tout rond, prétexte-t-elle. Allons-nous-en!

Les jeunes gens repartent sur le sentier de portage et croisent bientôt le sentier de pêche qui mène au bord de l'eau. Un peu plus loin, une éclaircie révèle les rapides et les remous qui tourmentent le fleuve. Ils continuent jusqu'à une élévation de terrain.

— Regarde comme c'est beau, ici, s'exclame-t-elle, on voit le fleuve et les îles! Il y a toujours une brise. Nous ne serons pas ennuyés par les mouches noires.

Ils descendent de leurs chevaux, qu'ils attachent à un arbre. Caroline sort ensuite un piqué aux couleurs vives de la sacoche de cuir qui pend sur le flanc droit de sa monture, puis grimpe sur le monticule et étend la couverture par terre entre les arbres. Assis sur le coussin moelleux, ils regardent l'écume blanche descendre le courant. Le bruit de l'eau vive cascadant sur les rochers couvre les battements de leurs cœurs. Ils sont gênés de se retrouver seuls, si bien que ni un ni l'autre n'ose faire le premier geste.

– Il fait chaud, finit par dire la jeune femme.

Elle enlève son chapeau et le dépose sur le sol, à côté d'elle, effrayant une rainette qui saute sur sa jupe.

– Oh! s'écrie-t-elle en sursautant.

Jacques tourne la tête. Leurs regards se rencontrent et leurs yeux parlent de désir. Ils s'embrassent alors passionnément, savourant leurs lèvres charnues.

Un peu essoufflée par l'ardeur du baiser, Caroline relâche son étreinte et pose son front sur l'épaule de son amoureux. Quand elle relève la tête, elle voit son visage empreint d'amour et de passion. Blottis l'un contre l'autre, ils restent là, silencieux. Au cri des goélands, ils tournent la tête pour les regarder frôler la surface des eaux tumultueuses à la recherche de poissons. Soudain, Jacques se penche sur Caroline et lui mordille le bout de l'oreille. Elle sent un doux frisson lui courir dans le dos. Il fouille dans ses cheveux avec son nez pour humer son odeur, puis ses lèvres glissent sur son cou et se délectent du sel de sa peau.

– Tu goûtes bon! dit-il.

Elle se tortille de plaisir et les rires de la jeune fille encouragent le garçon. Elle sent son corps trembler et elle s'abandonne sur le dos, entraînant son amoureux avec elle. Il l'embrasse sur la bouche. Sa verge durcie se presse contre le pubis de Caroline et il lui palpe la poitrine sous la veste. Elle déboutonne nerveusement sa blouse et libère un sein blanc. Jacques ne peut résister à la vue de cette chair immaculée. Il pose ses lèvres sur le long mamelon brun pour le sucer. Elle retient la tête de Jacques sur sa propre poitrine en soupirant d'excitation pendant qu'il savoure son ivresse.

Soudain, elle a peur, lâche son étreinte et se redresse. Il craint de lui avoir déplu par sa hardiesse, mais elle lui sourit.

– Je m'en vais dans l'eau, dit-elle. Viens-tu?

Jacques la regarde, excité, pendant qu'elle reboutonne sa blouse devenue trop petite pour ses seins gonflés.

– Dieu que tu es belle! s'exclame-t-il.

Elle glousse à son compliment. Il l'embrasse ardemment sur la bouche en caressant de nouveau sa poitrine. Elle le repousse pour enlever ses bottes, puis se lève ensuite et se sauve dans l'eau. Jacques se déchausse lentement en la regardant s'aventurer sur les rochers. Elle tient sa jupe relevée, dévoilant ses cuisses blanches. L'eau glacée lui couvre les mollets et elle sent le froid éteindre son feu intérieur.

Il est embarrassé de se montrer en sous-vêtement, mais elle l'encourage d'un air coquin. Pour l'impressionner, il saute dans une chaudière creusée dans la roche. Il a de l'eau jusqu'aux cuisses. L'eau glaciale lui coupe le souffle et il se met à crier et à gesticuler. Elle rit de le voir ressortir du trou aussi vite qu'il y était entré. Il l'attrape par la taille pour tenter de l'embrasser, mais elle résiste à ses avances.

– Il peut venir quelqu'un! argue-t-elle.

Déçu, il se laisse entraîner par la main vers la rive.

Chapitre XIII

C'est le début de juin, et les marmottes sont sorties de leurs terriers pour se dorer au soleil. Le temps des gelées nocturnes est terminé et celui des semailles est arrivé. Hier, à la messe, des cultivateurs ont apporté des graines à l'église, qu'ils ont placées sur la balustrade pour que le curé les bénisse afin d'assurer une bonne récolte.

Durant l'après-midi, Jacques a labouré le grand jardin potager de sa mère, qui s'étend de la rue jusqu'à la haie de framboisiers qui longe la forge. Elle peut enfin planter ses semences tout en gardant un coin pour les fines herbes. Madeleine lui donne un coup de main. Quant aux concombres, citrouilles, melons et courges, la mère préfère les faire pousser dans des lits de fumier au fond de la cour, derrière les arbres fruitiers, afin de laisser courir leurs tentacules.

Dans les plates-bandes, des ancolies rose et rouge et des sabots de la Vierge sortent lentement de terre pour remplacer les fleurs de mai. Elles régneront bientôt sur les anémones, le thé des bois, le cornouiller blanc, la menthe verte et les fraisiers qui couvrent le sol. Le muguet répand son parfum jusqu'à l'intérieur de la maison.

Les hirondelles ont fait leurs nids dans les arbres et dans les granges. Certaines fouillent le sol et transportent de la terre pour solidifier leurs anciennes demeures installées sous les corniches de l'écurie et de la forge. Un couple a construit le sien dans une cabane suspendue à une branche du pommier. En bordure du jardin, les chardonnerets s'agrippent aux chardons séchés, alors que les moineaux envahissent déjà les écuries.

Les maringouins, qui ont remplacé les mouches noires, sortent en masse pour planter leurs dards dans la chair tendre de leurs victimes et en extraire du sang. Les mouches à cheval envahissent aussi les écuries et les mouches à chevreuil attaquent les enfants pour leur arracher des bribes de peau. Geneviève n'en finit plus de mettre du vinaigre sur les plaies des enfants.

La famine continue à sévir. En attendant les premières récoltes, dans deux mois, les plus pauvres survivent grâce à l'argent fourni par la fabrique et aux dons recueillis au magasin général par Elizabeth Ross. Geneviève Pitre et elle continuent à se soutenir amicalement dans leur dévouement pour les moins nantis. La Société d'agriculture fait crédit à ceux qui manquent de blé et d'orge. Par contre, ils doivent payer les semences nécessaires à la culture des patates, des fèves, des pois, du maïs et du sarrasin. Les hommes passent leur temps à la chasse. Certains se nourrissent des marmottes ou des oiseaux que leurs enfants ont réussi à abattre avec une fronde. La mélasse est devenue un luxe.

Jacques continue à livrer de la nourriture, des vêtements et des médicaments à ceux qui sont malades. Les autres doivent se présenter au Château pour y recevoir des dons.

Avec le beau temps, la rue Saint-Laurent retrouve son effervescence et sa bonne humeur. Les gens vont d'une boutique à l'autre, contents de se saluer en passant. Le quai est envahi de promeneurs qui viennent respirer l'air nouveau rempli de douceur.

Le lendemain de leur promenade, après le dîner, Jacques et Caroline se retrouvent avec d'autres jeunes près du rocher au bout de la grève. Les amoureux ont grimpé sur le rocher d'où ils contemplent le fleuve. Le temps passe vite pour les amants, et le soleil est déjà à l'ouest.

– Il doit être passé cinq heures! déplore Jacques. On se revoit chez moi après le souper?

Caroline l'embrasse sur la joue pour exprimer son accord. Elle se laisse glisser sur le sol et se met à courir en direction du manoir, tout près. Arrivée à la clôture, elle le salue de la main avant de disparaître dans l'ouverture faite par deux planches manquantes.

Les parents de Jacques sont sur la galerie, et son petit frère est assis sur une marche, mangeant un biscuit. Le père lit son journal, tandis que la mère reprise un bas troué. D'autres sont empilées à côté d'elle, sur le bout du banc. Des balles de laine de différentes couleurs sont enfouies au fond de sa corbeille en osier. Lorsque son fils apparaît, Geneviève sursaute.

– Il était temps que tu arrives! lance-t-elle comme un blâme.

Jacques ne répond pas. Il s'assoit sur le grand banc, à côté de Madeleine qui gratte sa guitare. Judith est assise sur une chaise droite et a l'air de s'ennuyer.

– Tu penses à Richard? lui demande sa sœur.

– Oui, avoue Judith. Il me semble que je ne le vois pas souvent.

– Tu exagères! réplique Madeleine. Il vient veiller trois fois par semaine en plus du samedi.

Judith lâche un long soupir.

– J'ai hâte d'être tout le temps avec lui, dit-elle.

Se tournant ensuite vers Jacques, elle demande :

– Est-ce que Caroline vient après souper?

– Oui, répond-il.

– Qu'est-ce que tu lui veux? demande Geneviève à sa fille aînée.

– Rien, fait Judith, surprise par la question. J'aime jaser avec elle, c'est tout.

Le père pousse un soupir. Il reprend son journal pour se cacher derrière. Geneviève se lève.

– Madeleine, viens avec moi. On va mettre la table.

Après le repas, Jacques essuie la vaisselle avec Judith tandis que Rosalie la lave. Son père et sa mère sont sortis sur la galerie et Louis joue à la cachette dans le jardin avec Madeleine.

– Qu'est-ce qu'elle a, la mère, de ce temps-là? demande-t-il.

La bonne poursuit son travail sans dire un mot. Elle n'aime pas ce genre de conversation devant elle. Ça la met mal à l'aise.

– Elle trouve que Caroline est trop vieille pour toi, répond franchement Judith. Elle a peur qu'elle tombe enceinte.

– Je ne lui ai rien fait! s'empresse de rétorquer Jacques, outré.

Judith se met à rire. Rosalie intervient.

– Les mères sont comme ça, dit-elle. Elles sont toujours inquiètes pour leurs enfants.

Judith adresse un sourire à son frère, qui fait la moue. Des grincements de roues se font alors entendre, provenant de l'entrée.

– Je m'en vais sur la galerie, annonce Jacques, la vaisselle est terminée.

C'est Lawrence Brown. Caroline l'accompagne. Jacques se dit que la présence du père avec sa fille équivaut à une approbation de leur fréquentation. Sa mère ne pourra pas dire grand-chose.

– Bonsoir, mes amis! lance l'agent sur un ton enjoué.

Il saute en bas de sa calèche sans attendre que le cocher l'ait arrêtée et se dirige vers la galerie, l'air pressé. Il s'installe devant François.

– Avez-vous lu les nouvelles? demande-t-il.

– À propos du nouveau gouverneur, le comte de Durham?

– Oui! Est-ce que vous saviez que c'est le cousin d'Edward Ellice junior, le garçon du seigneur Ellice, qu'on ne voit pas souvent par ici, d'ailleurs. L'arrivée du comte est de bon augure pour la paroisse.

– Prenez le temps de vous asseoir, glisse Geneviève.

– Merci quand même! répond l'homme. Il faut que j'aille chez le comptable, à Maple Grove. Je reviens de Québec, où j'ai rencontré le jeune Ellice. Il m'a demandé de reconstruire le moulin. Il pense, comme moi, qu'il ne faut pas laisser le temps aux rebelles de jouir de leur méfait.

– Les rebelles n'ont rien à voir là-dedans! proteste François, impatient. Assoyez-vous, vous m'énervez!

– Je n'ai pas le temps! répète Brown, irrité. Je sais qu'il y a une centaine de miliciens qui ont quitté le bataillon jusqu'à présent et je suis persuadé qu'ils ont mis le feu au moulin pour soulever la population contre M. Ellice. Il représente le gouvernement, après tout!

– Voyons donc! Vous savez comme moi que c'est un accident! Et même si plusieurs miliciens ont démissionné, ça ne veut pas dire qu'ils sont tous des rebelles.

– Vous faites erreur! affirme Brown.

Jacques est attentif à la conversation des deux hommes. Caroline s'est assise sur le grand banc, entre Judith et lui. Soudainement inquiète, la mère jette un coup d'œil dans le jardin pour voir si ses enfants y sont toujours. Madeleine, qui a aperçu Caroline, s'en vient. Le petit Louis est mécontent d'avoir perdu sa compagne de jeu.

– Il faut que je parte, dit Brown pour couper court à toute discussion. Salut la compagnie! À tout à l'heure! ajoute-t-il à l'intention de sa fille.

Il s'en retourne aussi rapidement qu'il était arrivé. Jacques, qui a pris le journal, relève le menton avec un air hautain. Il tend le bras, la main ouverte, vers le petit Louis qui s'est assis sur les genoux de sa mère.

– Laissez-moi vous présenter M. John George Lambton, comte de Durham.

Caroline le regarde, amusée. Ses deux sœurs attendent la suite. Sa mère se montre ennuyée tandis que le gamin glousse, flatté de la comparaison.

– Est-il marié? demande Judith.

– Marié et quatre enfants, répond son frère.

– Il doit être vieux!

– De l'âge de papa, dit Jacques en riant.

Sa sœur est embarrassée. On rit de sa gêne.

– Puis-je vous présenter son épouse? continue Jacques sur un ton emprunté en montrant sa mère.

– Voici Lady Louisa Elizabeth Grey, dit-il en s'inclinant devant Judith. Elle est la fille de l'ancien premier ministre d'Angleterre.

– Elle va trouver ça différent par ici, répond Judith, un brin d'envie dans la voix.

– Sachez que M. Edward Ellice junior les accompagne, poursuit Jacques. Son épouse, Jane Balfour, ajoute-t-il en se penchant devant Caroline, a traversé la mer pour l'accompagner.

La jeune femme se couvre la bouche pour ne pas rire.

– Quelle dévotion! se moque Madeleine.

– De la politique familiale! raille la mère.

– Il y a aussi le lieutenant-colonel Charles Grey, le frère de la comtesse, reprend Jacques sur un ton rauque.

Le père, jusque-là silencieux, s'amuse de la comédie.

– J'ai lu que Lord Durham est un grand défenseur de la démocratie, dit-il.

– C'est un assoiffé de pouvoir comme les autres! réplique sa femme.

– On ne sait jamais, répond-il. On verra bien ce qu'il va proposer. Je me demande s'ils vont venir par ici.

Une idée a germé dans la tête de Jacques.

– J'aimerais travailler à la construction du moulin, dit-il doucement pour ne pas provoquer d'esclandre. Ça me ferait changement. Vous pourriez engager Tom à ma place.

Son père est surpris. Sa mère le regarde de travers.

– Non, répond-elle. Tu as trop d'expérience dans la forge pour t'en aller travailler comme journalier sur un chantier.

– Ta mère a raison, approuve le père.

Jacques fait la moue, déçu. Il s'éloigne ensuite au bout de la galerie avec Caroline et ses deux sœurs pour avoir un peu d'intimité. Il n'ose pas prendre la main de sa blonde à cause de sa mère.

– Penses-tu avoir beaucoup d'enfants? demande Caroline à Judith.

– Trois ou quatre, répond cette dernière, incertaine. Toi? demande-t-elle, intriguée.

Caroline jette un coup d'œil craintif vers la mère de Judith pour savoir si elle les épie. Cette dernière regarde droit devant elle, l'air songeur. Les berceaux de sa chaise font couiner les planches de la galerie. Son mari a repris la lecture de son journal. Caroline songe tout à coup que la vie les a façonnés différemment, chacun à sa manière.

– Deux ou trois enfants, répond-elle en se tournant vers son amoureux.

Jacques rougit un peu. Madeleine se pince les lèvres pour ne pas rire.

– Ça fait plusieurs années que les récoltes sont mauvaises, continue Judith. Avec les hivers qu'on a, ça m'inquiète.

– Papa dit que ce sont les maladies qui font pourrir les récoltes, dit Jacques. Il suffirait de cultiver autre chose pendant quelques années pour s'en débarrasser.

– J'ai hâte d'aller vivre avec Richard, reprend sa sœur. Puis, il a un bon emploi au magasin, il reçoit cent piastres par année en salaire. Je trouve que c'est bon pour un jeune homme.

– C'est normal, commente Jacques, le commerce appartient à son père.

– Avec la ferme que vous êtes en train de bâtir, vous allez bien vivre, assure Caroline. C'est ce que mon père a dit, en tout cas.

Judith est contente de l'entendre dire par la fille de l'agent seigneurial.

– Tu es gentille ! dit-elle. Ça me rassure.

Sans qu'ils s'en aperçoivent, l'obscurité les a enveloppés. Les lucioles batifolent dans le jardin et les chauves-souris zigzaguent pour leur chasse nocturne. Il est temps pour Caroline de rentrer chez elle.

Chapitre XIV

Dix jours plus tard, le soleil est au rendez-vous pour l'inauguration des travaux de construction du moulin. Les gens affluent pour assister à la cérémonie. Le Tout-Beauharnois est là : le curé Quintal, le révérend Roach et son épouse, des industriels, les marchands, les notaires, les maîtres d'école et le maître de poste. Joseph Daigneault, Geoffroy Hébert et d'autres miliciens démissionnaires se sont mêlés aux ouvriers dans l'espoir d'être engagés. Jacques a beau chercher, il ne voit pas Caroline ni les parents de cette dernière, d'ailleurs. Il se dit qu'ils doivent être à la veille d'arriver.

Des tas de pierres, des piles de planches et de poutres équarries attendent le début des travaux. Six grands échafaudages s'élèvent à l'intérieur des murailles du vieux solage de pierre traversé de troncs de pins, d'où pendent des palans avec des chaînes qui descendent jusqu'au sol pour soulever les poutres de la charpente et du plancher du premier étage de l'édifice. Les chevaux se reposent en attendant de tirer les lourds matériaux sous les poulies.

Après une attente interminable, l'agent Brown arrive enfin avec sa femme et ses deux filles. Il est suivi par deux hommes dans une voiture louée.

Le père de Jacques s'avance et aide Mme Brown à descendre de voiture. Elle accepte son bras avec un sourire forcé, car les gens les regardent. Caroline descend en aidant la petite Caldwell.

Les Brown font le tour des invités afin de leur présenter l'ingénieur et le constructeur du moulin.

– Ils viennent de Montréal, dit l'agent chaque fois, pour se faire valoir.

– Nous les hébergeons au manoir, ajoute sa femme pour en remettre.

Depuis une demi-heure, les riches parlent entre eux en examinant les travaux, tandis que les ouvriers et les badauds attendent leur bon plaisir. Caroline placote avec Jacques et ses sœurs pendant que sa belle-mère se montre plutôt froide avec Geneviève. L'agent en profite pour entretenir François de la sécurité du site.

– Je veux prévenir les incidents, dit-il. Mettez le nombre d'hommes qu'il faut, jour et nuit. Nous devons montrer aux rebelles que nous sommes plus forts qu'eux.

François ne veut pas argumenter avec lui.

– Ne vous inquiétez pas, dit-il, je vais m'en occuper.

Daigneault et Hébert apparaissent soudainement à côté d'eux. Le premier, qui vient d'avoir vingt-deux ans, n'a pas froid aux yeux. L'autre, qui est presque du même âge, le suit partout. C'est son protecteur.

Jacques et Caroline, qui connaissent bien les deux hommes, les saluent.

– Monsieur Brown, interpelle Daigneault, nous aimerions travailler sur le chantier!

– Je n'engage pas de rebelles, répond calmement l'agent sans se retourner.

Le jeune père de famille est surpris par la franchise de la réponse. Jacques se sent mal à l'aise et Caroline a perdu son sourire.

— J'ai une femme et des enfants à nourrir, insiste Daigneault.

— J'engage juste des amis du gouvernement, rétorque Brown tout aussi calmement.

— Vous refusez d'aider des chômeurs! proteste l'autre.

S'excusant auprès des parents de Jacques, l'agent part rejoindre des invités rassemblés autour d'un morceau de roc posé sur deux chevalets.

— Nous nous reverrons! hurle Daigneault en levant son poing dans les airs.

Son cri attire l'attention et tout le monde lève la tête. Apeurée par la menace, Anna Brown entraîne Caroline et sa fille avec elle et se rapproche de son mari. Daigneault s'en va d'un pas rapide. Jacques, révolté par l'arrogance de l'agent, regarde son père. Ce dernier lit dans ses yeux.

— C'est ça la politique, mon gars! déplore-t-il.

— Je commence à penser que les rebelles ont peut-être raison! réplique le fils, sur un ton amer.

Les gens sont groupés autour de Brown, qui fait un signe au maçon Goyette. L'homme, qui a la carrure et les mains du métier, s'approche de son neveu pour transporter la première pierre, symbolique, à sa place dans le mur et l'asseoir sur une mince couche de mortier. Ils présentent ensuite la truelle à l'agent pour en sceller les côtés et l'enchâsser dans la construction. Les invités applaudissent. Arrivent ensuite le curé Quintal et le révérend Roach dans leurs vêtements sacerdotaux, pour asperger la pierre d'eau bénite.

La cérémonie est terminée. Les spectateurs quittent les lieux. Seuls les ouvriers attendent encore le départ des dignitaires, qui continuent à parler entre eux.

Chapitre XV

Cette année, les Pitre ont offert au curé Quintal d'installer le reposoir de la Fête-Dieu au Château. Avec l'aide de Jacques, la mère accroche des banderoles blanches en satinette sur les murs de pierre de la façade. Au-dessous, une table recouverte d'une nappe blanche sert d'autel. Au centre repose un tabernacle blanc rehaussé de dorures. Derrière, un Christ de plâtre cloué à une croix de bois de dix pieds de hauteur surplombe la scène.

Jeudi matin, dix heures. Les catholiques sont rassemblés en face de l'église pour le départ de la procession. Le champ qui s'étend à côté est encombré de chevaux, de calèches et de charrettes, que quelques gamins dégourdis surveillent. Sur un signal du curé, le cortège s'ébranle. Le père de Jacques ouvre la marche, tenant, à la verticale, un bâton de chêne verni au bout duquel est fixé un crucifix en argent massif. Ses nièces Tiffanie et Élodie, costumées en anges, l'accompagnent. Leur mère Adeline a mis beaucoup d'heures à confectionner les robes blanches et les ailes de papier parsemées d'étoiles. Deux enfants de chœur vêtus de soutanes rouges et de surplis blancs suivent, un cierge allumé dans les mains. Viennent ensuite deux capitaines de milice, qui marchent à reculons en balançant l'encensoir devant le prêtre, chacun à tour de rôle. Un doux parfum d'épice se répand dans l'air. Le curé marche à l'ombre d'un dais rectangulaire soutenu par quatre paroissiens endimanchés. Vêtu d'une chape brodée de fils d'or, il porte en l'air un ostensoir en or pur. On dirait un soleil avec ses rayons. Au centre, un boîtier circulaire contient une grosse hostie, le saint sacrement, qu'on peut voir à travers le couvercle vitré.

Derrière le prêtre suit la chorale paroissiale conduite par le maître de chœur, qui dirige les chants liturgiques en latin de sa belle voix de ténor. Puis viennent les deux familles Pitre, les notables et les fidèles. Sur le parcours du cortège qui descend lentement la côte Saint-Louis vers le village, toutes les maisons sont décorées de banderoles blanches. Des gens sont sortis sur leur galerie et s'agenouillent au passage du saint sacrement.

Au coin de la rue Saint-Laurent, la procession tourne à droite. C'est le va-et-vient habituel des calèches, des charrettes et des banneaux remplis de marchandises. Les protestants ont ouvert leurs commerces comme d'habitude et les affaires vont bon train.

– On aurait dû passer par la rue Ellice, fait remarquer le père de Jacques.

– La rue appartient à tout le monde, réplique le curé.

D'un pas lent et régulier, le marguillier impose sa présence dans la rue poussiéreuse. Les protestants regardent passer les catholiques d'un air exaspéré. Certains se mettent à crier.

– Allez parader ailleurs! Enlevez-vous du chemin!

John Ross et sa femme sont sortis de leur magasin pour s'enquérir de la source de ce tumulte.

– Ils n'arrêteront jamais de nous narguer! se plaint l'homme sur un ton méprisant. Nous devrions faire intervenir la milice.

– Es-tu devenu fou! s'écrie Elizabeth. As-tu oublié que ton fils va épouser une Canadienne! Remercie Dieu qu'ils ne t'entendent pas!

– Le gouverneur est trop bon avec eux, renchérit le bedonnant Ralph Blackwood, derrière eux. Ils se croient tout permis.

– Vous ne semblez pas en souffrir, pourtant! raille la marchande avec un sourire.

Offusqué, le propriétaire du moulin à scie se met une chique de tabac dans la bouche pour mordre quelque chose.

– Madame, dit-il sur un ton ferme, ils doivent être britanniques comme nous, s'ils veulent survivre. Ils ne peuvent pas gagner, nous gouvernons le monde entier. Ce n'est pas moi qui le dis, madame, c'est le vieux père Ellice.

– Vous lisez dans mes pensées, mon cher, fait John Ross.

Anna Brown, sa petite Caldwell et sa belle-fille Caroline se sont arrêtées devant une boutique pour regarder passer la procession.

– C'est honteux de parader ainsi au milieu de la rue! s'indigne Anna. Et les femmes ne sont pas mieux que leurs maris! Elles devraient rester à la maison et s'occuper de leurs intérieurs.

– Les Canadiennes n'ont pas peur de s'affirmer, elles! proteste Caroline.

Relevant les pans de sa robe, elle part aussitôt dans la poussière de la rue en direction des pèlerins.

— Reviens ici ! s'écrie sa belle-mère.

Si Jacques est enchanté de voir apparaître sa blonde, sa mère l'est moins. « Elle ne le laissera donc jamais tranquille ! » pense-t-elle, fâchée, en saluant froidement la jeune femme. Par contre, ses filles l'accueillent avec joie. Le petit Louis l'embrasse même sur la joue.

Les Anglais sont scandalisés du comportement de la jeune Brown.

— *Go home, frogs !* hurle quelqu'un.

D'autres se joignent à lui et, bientôt, les cris fusent de partout.

— C'est vous, les étrangers, *limey* ! riposte Pierre, dont la voix se perd dans le tumulte.

— Tais-toi donc, lui enjoint Adeline, tu vas attirer les ennuis !

Devant la menace, la procession s'arrête et les Canadiens serrent instinctivement les rangs. Ils sentent le poids des insultes et des regards méprisants. Les hommes pestent et veulent attaquer les Anglais. Leurs épouses tentent de les calmer.

— *Froggy, froggy !* ne cessent de crier de jeunes fanfarons, de l'autre côté de la rue.

— *Limey, limey !* répond-on de la parade.

Jacques et Caroline se tiennent par le bras, imperméables aux injures. Soudain, des garnements se mettent à lancer des cailloux dans les vitres des commerces, qui éclatent en mille morceaux. Les passants se sauvent et les voitures s'éloignent rapidement. De part et d'autre, on fait semblant de ne rien voir, car on se déteste. Daigneault et Hébert hurlent des encouragements aux voyous. On entend aussi crier les Masson.

Le dais a été rabaissé et le curé presse l'ostensoir contre lui. Geneviève a placé le jeune Louis entre elle et ses filles. L'oncle Pierre et la tante Adeline veillent sur leur petite Marguerite, leurs deux autres fillettes sont cachées derrière François. Jacques, qui tient la main de Caroline, presse le pas pour rejoindre son père. Le curé lui jette un regard méprisant, car il n'apprécie pas la présence de la protestante à la tête de la procession.

– Retournez en arrière! ordonne-t-il.

Jacques ne bouge pas. Tout à coup, John MacDougall arrive en trombe au milieu de l'échauffourée avec sa charrette et cabre son cheval pour effrayer les pèlerins. Jacques recule un peu en entraînant Caroline. Son père a agrippé sa croix comme un bâton. Il assène un coup de crucifix sur l'oreille du cheval et en fait jaillir du sang. La bête hennit de douleur et secoue la tête dans tous les sens. Elle se dresse et rue dans les brancards. Elle donne ensuite un grand coup de reins vers l'avant, faisant basculer Mac-Dougall dans la caisse de la voiture, et part à vive allure.

On s'esclaffe quand on voit les Anglais se sauver en tous sens.

– Avance! ordonne le curé à son marguillier.

Le prêtre, qui craint pour la sécurité de ses ouailles, s'énerve.

– Plus vite, plus vite! crie-t-il.

François accélère le pas. Jacques et Caroline ont pris la main de Tiffanie et d'Élodie. La colonne désordonnée s'étire imprudemment devant les protestants qui hésitent à laver l'affront. Les deux camps s'épient. Finalement, les catholiques atteignent sains et saufs le chemin de la Beauce, où ils s'arrêtent. Le curé, impatient, commande aussitôt aux porteurs du dais d'avancer. Surpris, le troupeau se remet en marche et emprunte la rue Ellice. Au coin de la rue Richardson, le reposoir apparaît, couvrant toute la façade du Château. Des vases d'iris violets colorent l'autel immaculé. De chaque côté du tabernacle est posé un ciboire en or rempli d'hosties.

Plusieurs personnes n'ont jamais vu de si près l'habitation de pierre qui se dresse au milieu des potentilles jaunes, des arbustes de thé, des sureaux et des cornouillers. Les regards se promènent des fenêtres à carreaux flanquées de volets jusqu'à la toiture aux corniches dentelées. Devant l'élégance et la richesse des lieux, les pauvres habitants admiratifs écarquillent les yeux.

Le curé s'assoit sur une chaise sous le dais à côté de l'autel. Il attend que les paroissiens prennent place devant lui pour commencer à célébrer la messe.

— Je dois partir, dit Caroline à Jacques.

— Je vais te reconduire.

— Non, c'est trop dangereux! Ne t'inquiète pas, je vais rentrer par la rue Ellice. À samedi soir, au quai!

Les amoureux se quittent en se prenant affectueusement la main. Caroline s'en va d'un pas rapide, inquiète de la réaction de sa belle-mère.

Le curé est monté à l'autel rejoindre les petits anges postés de chaque côté de la table sacrée, face aux fidèles. Quand la chorale entonne le *Tantum ergo,* il se tourne vers la foule pour présenter l'ostensoir. Les catholiques s'agenouillent dans la poussière de la rue et se signent, pendant que le prêtre fait le signe de la croix avec la pièce d'orfèvrerie liturgique. Sur un signal du chantre, les gens se lèvent ensuite et entonnent des chants religieux avec la chorale. Quand arrive le temps de la communion, ils défilent devant le prêtre pour recevoir l'hostie.

C'est presque la fin de la messe, et les hommes discutent à voix basse. Les femmes s'efforcent quant à elles de calmer les garçons excités par l'aventure. Il fait chaud sous le soleil de midi et les enfants chialent de fatigue et de soif. Le curé s'adresse alors à la foule.

— Vous avez montré beaucoup de courage, aujourd'hui! proclame-t-il de sa voix forte. Et comme nous enseigne le Christ, aimons nos ennemis et prions pour ceux qui nous persécutent.

— Êtes-vous fou, curé! lance Joseph Daigneault. Ce n'est pas les aimer qu'il faut faire, c'est s'en débarrasser!

Des rires fusent de partout dans l'assemblée.

— Tu lui as bien dit ça! soutient Hébert.

— Allons-nous-en! tranche Daigneault en faisant signe à la foule de le suivre.

Les gens se regardent, cherchant un accord tacite. Le rebelle s'éloigne, fier de lui, mais il se retourne souvent pour voir si on le suit. Soudain, les hommes partent en bloc, abandonnant leurs familles sur place. Les femmes sont surprises par le geste de leurs maris. Les plus jeunes se mettent à courir avec leurs enfants pour les rattraper.

Déçu, le prêtre congédie d'un geste les quelques fidèles qui restent. Les petits anges n'ont pas bougé et observent l'homme de Dieu incliné devant la grande croix. Il a l'air abattu, la tête penchée vers l'avant, et récite une prière. Il est si bouleversé qu'il ne se rend pas compte qu'il parle à voix haute.

— Seigneur, donnez-moi la force de rassembler mes brebis comme vous l'avez fait en sacrifiant votre vie pour eux. Envoyez-moi un signe.

L'angélus se met alors à sonner. Persuadé que Dieu lui parle, le curé lève les bras au ciel pour le remercier, le visage empreint de satisfaction.

– Pauvre homme! s'apitoie Geneviève. Ça doit être difficile pour lui, il est toujours seul.

Elle l'invite donc à dîner pendant que sa belle-sœur appelle ses filles.

Le samedi soir, marchant rue Saint-Laurent, les Canadiens et les Anglais font comme si rien ne s'était passé, résignés à s'endurer, mais en s'épiant du coin de l'œil. Le temps est nuageux et frais. Les hommes portent une veste et les femmes ont couvert leurs épaules d'un châle. Des couples s'arrêtent parfois pour échanger quelques nouvelles. Ils finissent leur promenade en passant par le bord de l'eau afin de voir le grand fleuve et les prises des pêcheurs.

Jacques, Caroline, Judith, Richard et Madeleine sont au quai avec leurs amis, dont Tom. S'y trouvent aussi John MacDougall et son groupe, à l'écart un peu plus loin. Les filles parlent de mode vestimentaire et de coiffure, se font part des dernières rumeurs, mais leur sujet préféré reste leurs amours. Les garçons discutent plutôt de politique. Certains parlent même de rejoindre les rangs des rebelles, alors que d'autres arguent que ce n'est qu'une lutte de pouvoir et d'argent.

– C'est à cause des Anglais qu'on est pauvres! soutient l'un d'eux. Il faut se battre pour prendre l'économie en main.

– Les rebelles se font manipuler par des politiciens, commente un autre.

– Tu parles comme le curé, rétorque le premier.

Ils discutent âprement, et ça ennuie les filles.

– Changez donc de sujet de conversation! prie Judith.

Quelques couples décident d'aller se promener sur la grève. Les autres continuent à placoter en attendant le retour des amoureux.

Joseph Daigneault et Geoffroy Hébert sortent alors de l'auberge, ivres. Jetant un coup d'œil vers l'embarcadère, ils aperçoivent les jeunes et décident de se joindre à eux pour s'amuser. Ils s'approchent en titubant avec de grands gestes comiques pour faire rire. Quand ils passent devant John MacDougall et ses copains, ceux-ci se mettent à rire pour les provoquer. L'alcool ayant engourdi l'orgueil des deux comparses, ils ne répliquent pas et continuent leur chemin. Ils sont accueillis par les cris de joie de leurs amis. Craignant les démonstrations excessives, les filles se reculent un peu. La bonne humeur des hommes l'emporte bientôt, et elles s'amusent des mimiques d'Hébert et du tour de force de Tom, qui réussit à lever Jacques à bout de bras pour les épater.

– C'est facile, se moque MacDougall, il n'est pas plus gros qu'un pou!

– Dépose-moi par terre! enjoint Jacques à son ami.

Maintenant debout sur ses pieds, Jacques veut affronter MacDougall. Caroline le retient par le bras.

– Laisse-le faire, prie-t-elle, il cherche la bagarre!

MacDougall rit en montrant ses poings pour l'inviter à se battre.

– Tu n'es même pas capable d'écraser une mouche, *froggy*! Approche donc, voir!

– Laisse-nous tranquilles, John! intervient Richard.

– *Fuck you, traitor!*

Depuis que Richard fréquente Judith, certains Écossais le renient carrément.

— Ne parle pas de même à mes amis! prévient Tom en s'avançant vers MacDougall.

— Ne te mêle pas de ça, l'Indien! riposte l'autre.

— Ne fais pas ça, Tom! le conjure Madeleine. Reviens ici!

— Non! répond-il sans se retourner. Je ne peux pas laisser insulter mes amis.

— Laisse-le faire! supplie Jacques.

Des promeneurs, surtout des hommes, se sont attroupés autour des jeunes. Le Mohawk, un peu craintif, n'entend plus que son cœur qui bat fort dans sa poitrine. Devant tous ces spectateurs, il sent que son honneur est en jeu et il toise l'Écossais.

— Je parie deux piastres sur l'Iroquois! lance quelqu'un.

— *I bet on MacDougall!* renchérit un Anglais.

Les gageures se multiplient pendant que les deux adversaires se font face et se menacent de leurs poings. L'Écossais prend l'initiative et atteint l'Iroquois sur la joue. Les filles lâchent un cri d'effroi. Les enchères montent aussitôt en faveur de MacDougall. Les hommes crient des encouragements aux combattants. Les garçons des deux camps se tiennent derrière leur héros, agités et nerveux, en attendant de se lancer aussi dans la bagarre. Les filles se sont éloignées, faisant taire leurs émotions. Les deux costauds maintiennent une distance de sécurité entre eux, esquivant les coups, qui ne les atteignent qu'aux avant-bras et aux épaules. Ils se rendent coup pour coup.

Jacques est fébrile. Son instinct de survie est en éveil et il respire rapidement. Il sent ses tempes battre à tout rompre. L'énervement lui rougit le visage et il serre et desserre constamment les poings, ses ongles laissant des marques dans ses paumes. Il se retient difficilement de rejoindre Tom. Quand une Anglaise crie « *bitch* » à Judith, il bondit sur ses ennemis en entraînant ses compagnons derrière lui. C'est la mêlée sur le quai.

Effrayées, les filles reculent encore plus loin. Malgré leurs cris, les garçons persistent à se battre, emportés par le désir de vengeance. Quelques-uns roulent par terre sur l'appontement et continuent à se frapper mutuellement. MacDougall saigne du nez et Tom a une joue enflée. Ce dernier profite d'une ouverture de l'Écossais pour lui envoyer un coup au menton. MacDougall s'affale en se cognant la tête sur une poutre de cèdre et reste immobile sur le dos, évanoui.

Sa défaite décourage sa bande, coincée au bout du débarcadère, qui abandonne aussitôt la bagarre. Les garçons ont le visage éraflé et tuméfié. Ceux qui sont par terre se relèvent, les vêtements en pagaille.

– Sautez! ordonne Jacques.

Les malheureux perdants regardent l'eau froide, hésitant à se jeter dans le fleuve. Les Canadiens s'avancent sur eux. Les Anglais s'élancent aussitôt dans l'eau, sous les moqueries des parieurs et des badauds. Ils nagent ensuite jusqu'à la plage où leurs blondes, apeurées, se sont réfugiées. Humiliés, ils refusent brutalement leur aide et restent sur place à grelotter dans leurs vêtements dégoulinants. Leur chef clopine dans leur direction en se frottant la mâchoire d'une main.

– *I will kill you, Pitre!* lâche-t-il en passant devant Jacques.

Les jeunes vainqueurs se tiennent fièrement sur l'appontement. Des promeneurs, qui s'étaient arrêtés sur la

rive pour regarder la bagarre, sont scandalisés par la défaite. Les parieurs ont disparu et les pêcheurs sont retournés à leur tâche, comme si de rien n'était.

— Je vais vous dénoncer à votre père! crie un vieux
protestant à Caroline.

Judith a pris Richard par le bras.

— Allons-nous-en! supplie-t-elle.

— Partons! dit Caroline en regardant Jacques dans
les yeux.

— Ils peuvent revenir avec des renforts! avertit Madeleine.

— Allons-y! décide enfin Jacques.

— On y va! seconde Tom, la joue enflée et heureux.

Les parents sont assis sur la galerie et jasent de choses et d'autres. Le petit Louis est installé à côté d'eux,
occupé à tracer des voyelles d'après celles que sa mère lui
a écrites sur une feuille de papier. Quand ils aperçoivent
les visages tuméfiés des garçons, le père et la mère bondissent. Le bambin a levé la tête pour voir. Geneviève
s'empresse de les examiner, pendant que François écoute
le récit de la bagarre. Il n'entend pas à rire et se fâche
contre Jacques.

— Veux-tu me faire perdre les contrats avec l'armée?
J'ai beaucoup de relations parmi les Anglais. Tu vas tout
gâcher si ça continue.

— Je suis bien d'accord avec toi, mon mari, intervient
la mère, mais tu sais bien que MacDougall est un fanfaron. Depuis la parade de la Fête-Dieu, il veut se venger.

— Ouais! répond le père, dépité. Quand je pense que
Richard s'est battu aussi, je n'en reviens pas.

— J'en ai assez d'eux, monsieur Pitre. Mais s'ils me
cherchent, ils vont voir de quel bois je me chauffe!

– C'est de ma faute, papa! interjette Judith sur un ton grave. MacDougall m'en veut parce que j'ai refusé de danser avec lui, le soir du Mardi gras.

– Tu as bien fait de ne pas plier devant cette brute, dit la mère.

– Et tu es ma promise, après tout, fait remarquer Richard, pas la sienne.

– Qu'est-ce que tu as à dire, toi? demande le père en regardant Tom.

– Je me suis battu pour l'honneur, monsieur! répond le jeune homme en gonflant la poitrine.

Tout le monde pouffe de rire, et les héros s'en vont à l'évier de la cuisine pour se nettoyer, heureux que Geneviève ait pris leur défense. Le petit Louis les harcèle de questions. Ils retournent ensuite sur la galerie, où la bonne a déposé un pot de lait et des biscuits à l'avoine sur une desserte.

– Servez-vous, dit la mère.

– Le thé s'en vient, ajoute la servante.

– Il faut fêter ça! lance Madeleine avant de disparaître à l'intérieur.

Le père s'est levé pour aller dans la cuisine. Il revient avec sa pipe fumante dans la bouche.

– C'est rare que vous fumez, papa! s'étonne son petit dernier.

– C'est à cause des contrariétés, mon gars.

Il le prend ensuite sur ses genoux. Le gamin lui montre son poing fermé.

– Quand je vais être grand, dit-il sur un ton ferme, je vais donner un coup de poing à MacDougall.

On s'esclaffe. Le père se contente de jeter un coup d'œil à sa femme, qui esquisse un sourire forcé. Madeleine gratte les cordes de sa guitare pour montrer son approbation.

Le lendemain, à la messe, les visages boursouflés des garçons piquent la curiosité. Des jeunes filles tournent la tête pour les dévisager avec des sourires coquins. Les parents sont de marbre. Jacques ne sait pas s'il doit baisser la tête ou sourire. Il subit aussi le regard de son frère, qui surveille ses réactions. Il sursaute quand Madeleine lui donne un coup de coude dans les côtes.

– Arrête! la somme-t-il sur un ton grognard.

– Chut! intervient Judith.

Le curé, qui a remarqué l'agitation, fait mine de rien. Après la lecture de l'évangile, il se met les mains sur les hanches et prend une grande respiration.

– Votre comportement n'est pas chrétien, déclare-t-il sur un ton accusateur. Depuis plusieurs mois, il y en a parmi vous qui sèment la discorde. Certains vont même jusqu'à se battre avec les Anglais. Le village est en train de se diviser en deux camps. Ça ne peut plus durer, m'entendez-vous? Je veux vous voir à la confesse plus souvent, vous en avez besoin. Je vais être dans le confessionnal après la messe et je vous attendrai. Je vous l'ai répété cent fois: l'Église ne peut pas absoudre ceux qui se révoltent en paroles ou en gestes contre l'autorité civile, à plus forte raison les insurgés qui parlent de prendre les armes contre la reine. Si vous mourez sans vous être repentis, vous serez privés de la sépulture chrétienne. C'est ce qui est arrivé aux dizaines de rebelles qui sont morts l'automne dernier à la bataille de Saint-Charles-sur-Richelieu. Ils ont été enterrés en dehors du cimetière, comme des païens.

Les fidèles sont écrasés par les reproches du curé, dont la grosse voix résonne jusqu'au fond de la chapelle.

De jeunes enfants apeurés se mettent à pleurer. On entend aussi des raclements de gorges, des toux soudaines et des soupirs coupables.

– J'ai écrit tout cela à l'évêque, continue-t-il avec un sourire narquois. Je lui ai même donné les noms des plus séditieux d'entre vous.

Des malicieux gloussent en regardant autour d'eux pour voir les réactions. Certains sont mal à l'aise et essuient la sueur sur leur front. Jacques s'est tourné vers son oncle, qui reste impassible. D'un geste théâtral, le prêtre exhibe un document qu'il a emporté en chaire.

– Je ne vous nommerai pas ces personnes, reprend-il sur un ton sévère, car vous les connaissez tous. Je vais plutôt vous lire la réponse de l'évêque :

Je suis entièrement d'accord avec vos démarches, mais faites-leur comprendre que ni vous ni moi ne pouvons changer les lois de l'Église.

– Amen ! conclut le curé.

Il plie ensuite la lettre, la remet dans sa poche et tourne les talons pour se diriger vers l'autel.

Chapitre XVI

Après la messe, Jacques est allé avec son oncle installer une pancarte sur la porte de l'église, pour annoncer les festivités de la Saint-Jean. Daigneault et Hébert l'ont aperçu et s'empressent de le rejoindre.

– Félicitations, le jeune! s'exclame Daigneault en lui tendant la main. C'est la plus belle bataille que j'ai jamais vue.

– Tu as bien fait ça! continue Hébert en lui tapant sur une épaule.

Pierre se tourne vers son neveu.

– Deux fois héros, se moque-t-il, c'est rare!

Jacques rougit.

– N'exagérez pas, mon oncle!

Des gens se sont approchés pour lire la pancarte, mais Daigneault et Hébert sont devant. D'autres pointent Jacques du doigt. Ses parents, qui l'attendent sur le parvis avec sa tante, sont inquiets.

– Partons! suggère la mère en prenant la main du petit Louis.

– Moi, je reste! proteste sa belle-sœur en se redressant.

Le père retient sa femme par le bras.

– Attends, ils s'en viennent.

Jacques a remarqué l'air contrarié de ses parents. Tante Adeline est un peu à l'écart, ses filles collées à elle.

– Le curé n'ose pas se montrer sur le parvis! lance Pierre avec insolence. Il a peur de se faire poser des questions!

– C'est qu'il ne cherche pas la chicane, réplique son frère.

Au cours du dîner, personne ne fait mention de l'incident. Jacques et son oncle partent ensuite installer des pancartes sur les façades des commerces des Canadiens.

Durant la semaine, les gens accrochent des guirlandes et des banderoles sur les balustrades de leur galerie. Ils font aussi flotter d'anciens drapeaux français. Les plus hardis hissent le drapeau rebelle à bandes horizontales verte, blanche et rouge. Dans la rue Saint-Laurent, la prudence est de mise. Depuis la bagarre, les jeunes Canadiens ne vont plus au bord de l'eau, car MacDougall et ses camarades, plus nombreux que jamais, ont pris d'assaut le quai.

À peine trois jours après avoir été installées, les pancartes de la Saint-Jean traînent dans la poussière de la rue, découpées en menus morceaux. Elles ont été arrachées par des mains criminelles. C'est l'aubergiste qui s'en est aperçu quand il a ouvert la porte de son commerce, le matin. Il est en colère.

– Ça doit être le maudit MacDougall qui a fait ça! s'indigne-t-il devant sa femme.

La mère de Jacques, qui a l'habitude de faire une promenade durant l'après-midi pour se distraire, s'efforce de se montrer calme et forte malgré l'inquiétude qui la tenaille. Les Anglais de sa connaissance font semblant de ne pas la voir et les marchands restent polis, sans plus. Seule Elizabeth Ross continue de lui témoigner son amitié et de l'inviter dans son magasin et dans son salon pour jaser avec elle. Les enfants ne jouent plus ensemble, non plus, préférant s'injurier mutuellement, se lancer des cailloux ou se battre pour un rien. Des rebelles provoquent ouvertement les protestants en les insultant publiquement, alors que d'autres commettent des vols dans les magasins. Comme l'avait craint le curé, le village est maintenant divisé en deux clans et la haine gruge la quiétude comme un cancer. Geneviève prie souvent pour demander au ciel de protéger sa famille.

Le samedi, veille de la Saint-Jean, des commerçants passent la journée à monter des kiosques à côté de l'église, où ils vendront des friandises, des pâtisseries et des boissons durant la veillée, sauf de l'alcool, que le curé a interdit. Ils doivent, cependant, payer une redevance à la fabrique pour la location du terrain.

Un énorme bûcher en forme de pyramide se dresse dans le terrain vague en face. Jacques et son oncle, qui a encore été nommé responsable du feu par le curé, ont passé plusieurs soirées à transporter des billots, des branches mortes et des rameaux d'épinettes.

Il est à peine quatre heures quand des Canadiens commencent à arriver, un panier de provisions au bout d'un bras, des couvertures sous l'autre. Cachés dans l'herbe fraîchement fauchée, les maringouins en profitent pour tourmenter les gens, malgré la graisse d'ours dont ils se sont enduits.

La plupart ont soupé de bonne heure pour ne pas manquer le spectacle. Les Pitre se sont installés en face de l'estrade décorée de banderoles qui s'élève à côté des kiosques. Pierre est là aussi, avec sa famille. Les hommes ont étendu des toiles par terre pour être à l'aise. Caroline est assise à côté de Jacques.

Toussaint Rochon, le maître de cérémonie, est debout sur l'estrade dans son habit du dimanche. Jeune et bien bâti, c'est le chanteur romantique de la paroisse et le *caller* par excellence.

Il commence la veillée en chantant quelques ballades, accompagné d'un joueur d'accordéon, puis il enchaîne avec des chansons à répondre pour réchauffer la foule. Des joueurs de cuillères s'installent ensuite sur des bancs pour faire claquer leurs instruments. Caroline et Jacques se sont levés pour mieux voir. Les gens tapent du pied au rythme des gigues à la mode. C'est l'euphorie quand les danseurs aux souliers ferrés s'élancent au rythme des gigues et des rigodons des violoneux, en faisant des claquettes. On applaudit à chaque danse. Des veilleux s'agitent aussi sur une piste improvisée dans l'herbe. Emportés, nos jeunes amoureux font quelques tours de danse. Des amateurs montent même danser sur la scène pour s'exhiber. De temps en temps, Rochon commande une valse à ses musiciens. Geneviève et Adeline entraînent alors leurs époux.

Le petit Louis trouve ses cousines bien jolies. Tiffanie, une fillette au corps élancé, porte une robe bleu foncé ornée de rubans dorés, qui sied à son teint pâle et à ses cheveux blonds comme les blés. Élodie, une brunette plus costaude à la peau cuivrée qui ressemble à son père, sourit dans sa robe pêche garnie de dentelles blanches. Marguerite, qui a gardé ses rondeurs de bébé, porte une robe bourgogne avec des rubans plus pâles qui s'harmonisent bien avec ses longs cheveux châtains. Le quatuor s'est joint aux autres marmots, qui font la ronde au son de la musique et s'amusent à exécuter des courbettes pour imiter les grands.

Les garçons plus vieux lorgnent les filles, qui ricanent de se voir remarquées par ces beaux mâles aux habits propres et bien pressés. Madeleine change plusieurs fois de cavalier pendant que sa sœur virevolte dans les bras de Richard. Son frère enlace la belle Caroline, qui s'enivre de musique et attire le regard des hommes.

Neuf heures et demie. Un soleil rougeoyant se couche sur le fleuve tranquille, signe annonciateur de beau temps pour le lendemain. Vêtu de sa soutane noire et portant une étole blanche, le curé s'est avancé vers le bûcher. Il l'asperge d'eau bénite avec son goupillon argenté en dessinant le signe de la croix. Il prend ensuite une torche et la promène autour de l'amas de résineux, qui s'enflamme rapidement en répandant sa lumière jaunâtre sur les spectateurs. Hypnotisés par les flammes dévorantes, les gens fixent le feu qui grimpe rapidement le long de la pyramide de bois en crépitant et en projetant des étoiles vers le ciel. Des veilleux forment une chaîne autour du brasier et tournent dans un sens puis dans l'autre sur les paroles de Rochon, au rythme des violoneux.

Des mères assises par terre sur des piqués entourent leurs petits de leurs bras. Les marmots s'endorment pendant que les plus vieux dansent. D'autres s'excitent à jouer à celui qui s'approchera le plus près du feu, comme font les papillons de nuit qui viennent s'y brûler les ailes.

Un groupe d'hommes se tient à quelque pas pour jaser. Certains boivent du rhum à même les flacons qu'ils ont cachés sur eux. Ce sont d'anciens miliciens qu'on dit être des rebelles. Le curé, qui d'ordinaire quitte rapidement ces fêtes, décide de les ignorer et de rester malgré les excès de ses paroissiens. Il s'approche des Pitre pour discuter avec François. Arrivent aussi le notaire Ovide Leblanc et François-Xavier Prévost, l'aubergiste. Jacques a toujours craint le notaire, un homme dans la quarantaine au regard sévère et d'une maigreur cadavérique. Il contraste avec l'autre homme, beaucoup plus jeune et de belle apparence.

Pierre sentait déjà le whisky quand il est arrivé. Il a rejoint ses amis miliciens et continue à boire en s'appuyant sur ses amis pour ne pas tituber. L'aubergiste se tourne vers le prêtre.

— Je n'ai pas le droit de vendre d'alcool, mais il y a des gens qui se sont arrangés pour en avoir !

Personne ne fait de commentaires, mais Pierre se sent visé. Il gesticule et parle fort. Tout le monde le regarde. Même Caroline ne peut s'empêcher de jeter un coup d'œil vers lui. Jacques est surpris par le comportement de son oncle.

— Regardez ! s'exclame Pierre en pointant à gauche et à droite. D'ici, on peut voir les feux de Châteauguay et de Saint-Timothée. On voit même ceux de l'autre bord du fleuve. Ça va nous faire plein de nouveaux chasseurs, ajoute-t-il en insistant sur les deux derniers mots.

Joseph Daigneault lui donne aussitôt un coup de coude pour l'inviter à se taire. Pierre, qui a levé son flacon pour porter un toast, renverse du whisky sur André Montigny, un compagnon du même âge. Le forgeron, qui a un visage taillé à la hache, a l'air belliqueux avec sa canine brisée. François, craignant une bagarre, s'est approché de son frère.

— Il me semble que tu as assez bu ! lui reproche-t-il.

– Laissez-le faire, s'interpose Geoffroy Hébert, il a du plaisir !

– Ce n'est pas grave ! dit Montigny.

Le curé a un geste d'impatience.

– Il est assez tard, prétexte-t-il, je vais me coucher !

Il met alors la main sur l'épaule de François, en signe de sympathie. La femme de l'aubergiste arrive à temps pour sauver son mari.

– Viens danser ! dit-elle en l'entraînant vers le feu.

– Je dois vous quitter, s'excuse aussi le notaire, j'ai des documents urgents à signer. Bonne nuit !

Se sentant abandonné, François va rejoindre sa femme et sa belle-sœur. Jacques et Caroline ne sont plus avec elles. Il scrute les alentours sans les apercevoir. Son jeune fils en profite pour s'asseoir sur ses genoux. Le père l'entoure de ses bras en le pressant contre sa poitrine pour se réconforter.

– Jacques est en amour ! lance alors la mère.

– Ça ne durera pas longtemps, répond-il, c'est un amour de jeunesse.

– N'oublie pas qu'elle est la fille de Brown et que sa femme ne veut pas qu'elle fréquente des colonisés comme nous, ajoute sa belle-sœur, sarcastique.

– Elle a vingt ans, réplique François. Elle sait ce qu'elle a à faire.

– Peut-être elle, convient Geneviève en haussant le ton, mais pas notre fils ! C'est un garçon et il a juste dix-sept ans. Il est bien trop jeune pour sortir avec une fille de cet âge-là.

– Ça nous ferait une belle femme de plus dans la famille ! s'exclame-t-il pour se moquer d'elle.

– Tu la trouves de ton goût? demande-t-elle, fâchée.

– Je vais lui parler, grogne-t-il.

– J'aimerais que Pierre arrête de boire, leur confie soudainement Adeline. Depuis la mort de notre Jean, il n'est plus le même homme. Il ne voulait pas venir ce soir, parce que c'est à côté du cimetière.

Les confidences de la belle-sœur ne reçoivent aucune réponse. Il est près de onze heures et le feu éclaire toujours la fête. De jeunes couples s'en vont avec leurs enfants. Les plus vieux continuent à danser ou à bavarder devant les kiosques, tout en mangeant et en buvant. La fête se poursuivra ainsi pendant une bonne partie de la nuit. Judith et Richard reviennent s'asseoir en essuyant la sueur sur leur front.

– Il est tard, dit Adeline, je vais rentrer à la maison.

– Je suis fatiguée, moi aussi, enchaîne Geneviève. Nous allons vous suivre.

– Pierre n'est pas en état de conduire la calèche, prévient François. Jacques va aller vous reconduire.

– Je suis capable de me débrouiller, proteste Adeline. Pierre n'aura qu'à s'asseoir à l'arrière.

– Il va être malade, c'est sûr. Il n'est pas habitué de boire autant.

– Je ne veux pas vous déranger.

– Ça ne nous dérange pas, assure Geneviève.

– Je vais aller chercher Jacques, dit François en se levant.

Il fait un détour pour éviter son frère. Ne trouvant pas son fils près du feu, il se dirige vers les kiosques. Jacques s'y trouve avec Caroline, Madeleine et d'autres jeunes, en train de s'empiffrer de beignes.

– Quand tu auras terminé, dit-il, tu iras reconduire ta tante chez elle. Ton oncle n'est pas en état de tenir les rênes.

Déçu, Jacques se tourne vers sa blonde.

– Je ne pourrai pas te raccompagner chez toi, dit-il, désolé.

– Judith et Richard me ramèneront, répond-elle. Tu connais ma belle-mère. Elle va surveiller mon arrivée par une fenêtre. C'est préférable qu'elle ne nous voie pas ensemble à cette heure-ci de la nuit.

L'oncle, qui a quitté ses compagnons de beuverie, surgit alors à côté d'eux, sentant l'alcool à plein nez. Il ne manque pas de presser son neveu contre lui.

– Pas si fort, mon oncle! se plaint Jacques en détournant la tête pour ne pas sentir l'haleine de son parent.

Pierre relâche son étreinte pour se tourner vers Caroline.

– Je suis trop costaud pour lui, ma belle fille! dit-il pour se moquer.

– Il est bien assez fort à mon goût, répond-elle.

Blessé dans son amour-propre, Jacques veut mettre un terme à cet échange de propos futiles.

– Je dois aller vous reconduire chez vous, annonce-t-il sèchement. Partons.

Il dépose un baiser sur la joue de Caroline et l'abandonne aux soins de sa sœur. Puis, sans saluer personne, il se dirige vers la charrette, suivi docilement par son oncle, qui chancelle à chaque pas. Il leur faut un bout de temps pour atteindre la voiture. Sa tante, exaspérée d'avoir attendu, pousse un soupir en les voyant arriver. Jacques aide l'homme à grimper dans la boîte, où il se laisse choir sur le dos.

– On voit ce que ça donne d'être grand! nargue Jacques.

Il allume ensuite une lanterne et grimpe sur le siège à côté de sa tante. Ses cousines sont à l'arrière avec leur père et s'amusent à lui ouvrir les yeux pour voir ses pupilles.

– Hue! commande Adeline au cheval.

L'animal part brusquement.

– Comment allez-vous, mon oncle? demande Jacques.

– Ne roule pas trop vite, mon garçon, j'ai mal au cœur.

Il se met à râler et ses filles se moquent de lui. Arrivée au Château, Adeline tente de convaincre son neveu qu'elle peut rentrer sans lui.

– Je suis capable de conduire, assure-t-elle. Tu te fais du souci pour rien.

– Je ne peux pas vous laisser partir seule, ma tante. S'il arrivait quelque chose, je m'en voudrais toute ma vie.

– Bon, d'accord! cède-t-elle, résignée.

Jacques descend de la voiture et va chercher Noiraud dans l'écurie, qu'il attache derrière la voiture. Son oncle a pris place sur le siège et s'appuie sur sa femme pour ne pas tomber. Jacques grimpe donc dans la caisse, avec ses cousines.

Adeline fait claquer les guides et l'équipage se met en marche. La lune éclaire comme en plein jour. La tête de Pierre ballotte au rythme des trous et des cahots.

– Racontez-nous une histoire de loup-garou, papa, demande Élodie.

– Oui, oui! encouragent les deux autres.

– Il est tard! objecte leur mère, couchez-vous pour dormir.

Marguerite proteste en faisant semblant de pleurer.

– Je ne veux pas t'entendre chialer! gronde la mère.

Jacques prend les couvertures de laine qui gisent dans le fond de la caisse pour couvrir les petites filles. Dans le silence de la nuit, elles se laissent bercer par le trot de l'animal. Elles contemplent le ciel, s'imaginant s'envoler vers la lune ronde. Elles s'endorment rapidement, blotties les unes contre les autres.

À leur entrée dans la cour de la ferme, le chien court vers eux en aboyant. Les fillettes ouvrent les yeux. Les poules, qui dormaient sur une barrière en bordure de l'entrée, se mettent à voleter en tous sens.

— Vous avez oublié de rentrer les poules, mon oncle, fait remarquer Jacques.

L'oncle, dont la tête dodeline, se redresse. Tout à coup, un volatile affolé le frappe au visage d'une aile en tentant de survoler la voiture. Pierre tombe presque en bas de son siège.

— Damnées poules! jure-t-il.

La charrette s'est arrêtée devant la galerie. Adeline secoue ses filles à demi éveillées pour les faire descendre.

— Ça fait longtemps que je ne les porte plus dans mes bras, dit-elle à son neveu, elles sont bien trop pesantes.

Les fillettes titubent vers la galerie, pendant que leur père tente de descendre seul de la charrette.

— Tenez-vous à moi, mon oncle, offre Jacques.

À peine Pierre a-t-il mis le pied par terre qu'il doit s'appuyer aux brancards de la voiture pour vomir. Jacques recule pour ne pas être éclaboussé. Après un moment de répit, l'oncle se dirige vers la galerie et s'assoit sur le bord. Son chien veut lui lécher le visage pour montrer son affection, mais il subit une rebuffade de son maître.

— Ça va mieux, dit-il ensuite. Je vais marcher un peu, ça va me faire du bien.

– Je vais vous accompagner, dit Jacques.

– Ce n'est pas nécessaire, répond Pierre en voyant sa femme arriver sur la galerie. Ta tante est là. Je te remercie d'être venu nous reconduire.

– Tu es très gentil! dit la tante en l'embrassant sur les joues. Mais il se fait tard et tes parents vont s'inquiéter.

Jacques détache sa monture, maussade, ayant l'impression d'être chassé. Après avoir parcouru quelques centaines de pieds sur l'étroit chemin de la Beauce, il doit se tasser dans le champ pour laisser passer la calèche de Toussaint Rochon, qui s'en vient à toute allure. L'homme, qui est accompagné de l'aubergiste Prévost et du nouveau notaire Louis Hainault, ne lui retourne même pas son salut. Dans une voiture qui les suit à courte distance, il reconnaît Damase Masson, accompagné de deux jeunes inconnus. Intrigué, il reste sur place, car deux autres voitures s'en viennent au loin. À leur passage, il salue le fermier Charles Roy et son fils Joseph, qui avait servi de garde du corps au curé à la procession de la Fête-Dieu. Suivent le forgeron Désiré Bourbonnais, l'homme à tout faire des Brown, et André Montigny, un compagnon de métier. Personne ne répond au salut de Jacques.

Intrigué par le nombre de voitures qui circulent en pleine nuit, Jacques se lève sur les étriers pour voir où elles se dirigent. Il suit des yeux les fanaux allumés des calèches qui lui semblent s'arrêter dans la cour de son oncle. Il aimerait bien savoir ce qui se passe, mais l'heure tardive l'en empêche. Plus loin, il doit encore se ranger pour laisser passer les deux Goyette, qui travaillent au moulin comme maçon et charpentier. Au coin de la rue

Ellice, il croise Joseph Daigneault et Geoffroy Hébert, les seuls qui lui rendent son salut.

La fraîcheur du fleuve fait frissonner Jacques. Il boutonne le col de sa chemise pour conserver sa chaleur et ne se donne plus la peine de saluer les gens qu'il croise. Il est fatigué et a hâte d'arriver chez lui.

Il tourne bientôt dans la cour du Château et s'empresse de conduire son cheval à l'écurie et de se réfugier dans la maison. Ses parents et ses sœurs l'attendent dans la cuisine, les yeux lourds, devant une tasse de thé froid. Le petit Louis et la bonne sont déjà partis se coucher.

— J'ai faim! dit-il en entrant.

— Rosalie t'a préparé un sandwich au porc frais, répond la mère en se levant pour aller chercher du thé chaud.

— Alors? demande le père à son fils.

Affamé, Jacques mord dans son sandwich et bredouille quelques mots incompréhensibles.

— Tu es bien impoli! lui reproche Madeleine. Tu aurais pu attendre pour manger.

Il la toise en avalant sa bouchée avec du thé. Puis, il raconte son histoire. La mère regarde son mari chaque fois que son fils mentionne le nom d'un visiteur nocturne.

— Ça va fêter tard! s'exclame le père.

— Il n'était plus capable, papa, réplique Jacques, il vomissait.

— Depuis le temps que je te dis qu'il se passe quelque chose, fait la mère en élevant la voix.

— Vous oubliez que c'est la Saint-Jean, aujourd'hui, reprend le père.

— C'est quand même étrange qu'il n'y ait pas de femmes avec les hommes, non!

— Bah! Ils veulent juste prendre un coup entre hommes, insiste le père.

Des plis creusent son front. Il connaît la vérité, mais elle le gêne. Son manège apparaît clairement aux yeux de sa famille.

— Je vais me coucher, dit-il pour s'esquiver.

— Qu'est-ce qui se passe, maman? demande Judith.

— Votre père craint que votre oncle fasse des bêtises.

— Quelles bêtises?

— C'est juste un mauvais pressentiment, ne vous en faites pas. De toute façon, il est assez tard, montez vous coucher.

— Voyons, maman, proteste Jacques, nous ne sommes plus des enfants!

— Ça ne vous regarde pas! répond-elle sèchement.

Le lendemain matin, Jacques doit s'arracher du lit pour aller travailler. Assis au bord du lit, la tête inclinée en avant par la fatigue, il se demande comment il fera pour passer la journée. Dans le lit voisin, son frère dort comme un loir, comme s'il n'avait pas d'école. La mère a oublié de le réveiller, pense Jacques. Soudain, il se rend compte que c'est dimanche. Heureux de ne pas avoir à se lever, il se recouche aussitôt.

— Jacques, lève-toi! lui crie sa mère, du bas de l'escalier. Tu dois aller à la messe.

— Il est bien trop de bonne heure!

— Il est neuf heures, mon garçon. Tu as dormi deux heures de plus que d'habitude.

Réveillé par la voix de sa mère, le petit Louis se lève et va la rejoindre. Jacques s'étire péniblement dans son lit. Après avoir fait sa toilette et endossé ses vêtements du dimanche, il descend à la cuisine, où Judith et le petit

Louis s'empiffrent de jambon rôti et de crêpes arrosées de sirop d'érable. Jacques en a l'eau à la bouche. Madeleine, penaude, les regarde manger. Seule une tasse de thé noir repose devant elle. Sa mère non plus ne mange pas et boit son thé à petites gorgées.

— Ah, c'est vrai, faut communier! se lamente Jacques, l'air affligé.

— Je vais en faire cuire une grosse pile quand vous allez revenir de la messe, promet la bonne.

— Je suis sûre que tu vas avoir assez de forces pour voir Caroline, aujourd'hui! se moque Madeleine.

— Je ne la verrai pas, réplique Jacques, attristé. Elle est partie visiter de la famille à Montréal avec son frère.

La mère ne permet plus à Judith de jeûner, car elle blêmit chaque fois. Il lui est arrivé de s'évanouir pendant la messe, quand elle était plus jeune. Son petit frère est pareil. La mère prétend que c'est mauvais pour eux de sauter un repas. Mais elle leur permet de communier quand même à condition qu'ils ne le disent à personne. Évidemment, elle n'en a pas parlé au curé et prend sur elle cette transgression d'une règle de l'Église. «Je suis certaine qu'on n'ira pas en enfer pour ça», dit-elle quand on lui pose la question.

Le père vient d'arriver dans la cuisine. Il a les yeux cernés et la lumière vive le fait ciller.

— Je ne suis pas tout seul à être fatigué! se moque Jacques.

— Je suis trop vieux pour veiller tard, répond le père.

Il s'approche de sa femme et l'embrasse sur la joue.

— Merci de m'avoir apporté une couverture pendant la nuit, dit-il, j'étais gelé!

— Cette idée d'aller dormir sur le sofa, aussi! Tu aurais pu revenir dans la chambre.

– Je n'étais pas capable de dormir.

– Tu t'inquiètes trop pour ton frère. À l'âge qu'il a, il est capable de faire la différence entre le bien et le mal.

Étonnés, les enfants regardent leurs parents en espérant un éclaircissement. Ils sont déçus.

Le lendemain matin, retour à la forge. Comme l'apprenti n'est pas encore arrivé, Jacques ajoute du charbon aux cendres encore chaudes du feu. Il active ensuite le soufflet pour arriver à une chaleur suffisante. Son père a de la difficulté à attacher son tablier de cuir. Il a l'air préoccupé. Après avoir mis lui aussi son tablier et ses gants de cuir, Jacques va chercher une longue pince sur l'établi. Il saisit ensuite une garde d'épée pour la déposer au cœur du feu. De l'autre main, il actionne le soufflet pour maintenir une chaleur égale. Son père se tient debout devant l'établi, immobile et songeur.

La garde de l'épée est rouge. Jacques la sort du feu pour la placer sur l'enclume et la marteler afin de lui donner une forme arrondie. Il la plonge ensuite dans l'eau pour faire durcir le métal. Il recommence jusqu'à ce qu'il soit satisfait de son travail. Son père tournicote depuis une heure sans se décider à travailler. Une petite fille apparaît tout à coup à la porte. Sûre d'elle, elle échange un regard avec le père, qui lui sourit.

– Mon frère ne pourra pas venir travailler, annonce-t-elle, il a un gros rhume.

– Merci, mademoiselle! répond le père. Vous êtes gentille d'être venue me le dire.

La fillette s'en retourne aussitôt.

– Elle me fait penser à Marguerite, dit Jacques.

– Tu as bien raison, fait le père.

Ce dernier semble de meilleure humeur, comme si la visite de la petite fille avait chassé ses idées noires.

– Il faut que je te dise quelque chose, reprend-il après un moment de silence.

Il s'adosse à l'établi, les bras croisés sur la poitrine. Jacques s'inquiète.

– Tu vas me jurer de ne jamais en parler à personne, exige-t-il. Même pas à ta blonde ni à tes sœurs, et surtout pas à ton oncle! C'est un secret entre nous deux. Je ne veux pas que ta mère sache que je te l'ai dit, non plus.

– Je vous le jure, papa!

– Ce que tu as vu samedi soir sur la route en revenant de chez ton oncle, c'était une réunion des rebelles. Ton oncle en fait partie. Ça fait longtemps que je m'en doute, mais je ne pensais pas qu'il aurait organisé ça à la ferme.

Jacques est bouche bée. Son bras a cessé d'actionner le soufflet. Il dépose la garde d'épée sur l'enclume, à côté de lui.

– J'ai pensé juste à ça une bonne partie de la nuit, continue le père.

Soudain, son visage devient dur.

– Tu as vu la petite fille, tout à l'heure. Je ne laisserai pas ton oncle risquer la vie de ses enfants pour une cause perdue d'avance! tonne-t-il. Il y a eu assez de morts et de maisons incendiées l'automne passé à Saint-Charles-sur-Richelieu! Je ne laisserai pas le malheur entrer dans notre famille.

Jacques se sent petit devant son père et en même temps grand de la confiance qu'il lui témoigne. Il ne l'a jamais vu si déterminé de sa vie. Dans son lit, ce soir-là, il réfléchit longtemps à ce que lui a dit son père et seule la pensée de Caroline parvient à l'apaiser.

CHAPITRE XVII

Le vendredi suivant, jour de la fête de saint Pierre, il pleut comme toujours. Pour combattre l'influence des catholiques, Lawrence Brown a décrété que cette date serait le Jour du recrutement de la milice, un spectacle que les habitants ne manquent jamais.

C'est une pluie fine, une bruine plutôt, qui mouille les chemises de lin des soixante-dix hommes alignés sur deux rangs dans la rue Saint-Laurent, face à la plage près du quai, qui est encombrée des charrettes et des calèches des miliciens. Des chiens rôdent, excités, autour des chevaux, comme s'ils sentaient monter un orage.

Les Canadiens ont apporté leur canardière ou le vieux mousquet français de leur ancêtre. Les Anglais sont équipés de mousquets Brown Bess, de calibre soixante-quinze, fournis par le gouvernement. La compagnie est divisée en trois pelotons dirigés chacun par un capitaine et un lieutenant, un étendard détrempé flottant mollement sur chaque unité. Le père de Jacques est responsable d'un peloton. Il a revêtu son uniforme de milice : un caban rouge orné de boutons argentés avec, à la taille, une large ceinture rouge. Il porte un baudrier blanc éclatant avec, au centre, une plaque ovale en argent où sont gravés les mots *Beauharnois Militia*. Le collet et les poignets blancs sont aussi décorés de boutons argentés et les épaules sont garnies de larges épaulettes blanches. Un pantalon de laine blanc complète l'uniforme. Il est coiffé d'un shako noir surmonté d'un plumet blanc sur fond rouge et muni d'une visière en cuir noir, verni. Un sabre pend à sa hanche, dans son fourreau en cuir noir.

Tout en tenant son cheval par la bride, François parle avec l'adjudant Damase Masson, le notaire Ovide Leblanc et le jeune Joseph Roy, deux autres capitaines. Il n'a jamais aimé ce dernier, avec son nez d'aigle et ses yeux de belette. En revanche, le regard tranquille de Masson le rassure, et le notaire Leblanc est un ami depuis longtemps.

Jacques s'est rendu tôt pour avoir une bonne place. Sa mère a refusé d'y aller, disant craindre les affrontements entre les Canadiens et les Anglais. Ses filles l'ont imitée, au grand déplaisir du petit Louis qui s'est mis à chialer. Son oncle ne s'est pas montré non plus. Caroline aime les parades et a rejoint Jacques aux premiers rangs de la foule en face des miliciens. Leurs amis sont là aussi, de même que la bande de MacDougall. Les deux clans s'épient du coin de l'œil.

Lawrence Brown s'en vient à pied du manoir, avec le major Robert Norval, qui est aussi le comptable de la seigneurie. L'homme, dans la quarantaine, est svelte, avec de fines rides aux yeux que son sourire accentue. Il a l'allure d'un gentleman. Les deux officiers portent leur baudrier blanc et leur sabre par-dessus leurs vêtements civils. Ils rejoignent leurs subalternes rassemblés en face des troupes.

— Il manque beaucoup d'hommes, fait observer le lieutemant-colonel à son état-major. Où sont-ils ?

– Ils n'ont pas répondu à l'appel, explique Joseph Roy.

Tous les autres officiers le regardent, intrigués.

– Pourquoi ? demande Brown.

– Vous connaissez la situation politique, répond le jeune capitaine.

– La milice, c'est autant pour les Canadiens que pour les Anglais ! s'écrie Brown, irrité.

– Rassurez-vous, dit l'adjudant Masson, nous avons assez d'hommes pour assurer la sécurité.

– Je vais leur parler ! grogne Brown.

Les capitaines et les lieutenants enfourchent leurs chevaux et viennent se placer en face des pelotons. Le major et l'adjudant sont restés auprès du lieutenant-colonel, qui a grimpé sur le siège d'une charrette pour être mieux vu et entendu. D'un geste la main, il impose le silence à la foule.

– Miliciens, dit-il d'une voix forte, au nom de la population, je suis fier de vous voir ici ce matin ! Ainsi, nous pourrons continuer à assurer la paix dans notre communauté.

L'adjudant Masson regarde Brown, droit comme une statue, dominant ses troupes.

– Plusieurs de vos compagnons ont préféré trahir leur serment pour épouser une cause utopique, poursuit le lieutenant-colonel. Sachez que le gouvernement est toujours généreux envers ceux qui lui sont fidèles ! En retournant chez vous, tout à l'heure, je vous demande de parler à vos fils, à vos voisins. Nous avons besoin de nouvelles recrues pour remplir notre rôle.

Brown marque une pause.

— J'ai une bonne nouvelle pour vous! reprend-il d'une voix forte pour capter l'attention. M. Edward Ellice junior passera l'été parmi nous.

Des cris de joie s'élèvent des rangs. MacDougall et sa bande hurlent comme des démons. La foule se joint à eux. Jacques applaudit poliment, alors que Caroline est exubérante. Les Anglais sont si excités qu'ils envahissent la rue Saint-Laurent pour montrer qu'ils n'ont plus peur des rebelles. On les voit se féliciter en pleine rue.

Caroline devine l'amertume de son amoureux. Elle lui fait une grimace pour ramener le sourire sur ses lèvres. Elle l'embrasse ensuite sur la joue et part rejoindre son père, avec l'impression qu'un voile s'est glissé entre eux. Pour se rassurer, elle se dit qu'il ne l'aurait pas invitée à visiter la ferme de son oncle, dimanche, s'il ne l'aimait plus.

Deux jours plus tard, à l'église, la messe traîne en longueur, à cause du sermon du curé qui n'en finit plus d'admonester ses paroissiens. Jacques brûle d'impatience, car il a rendez-vous avec Caroline.

Au Château, l'horloge du salon vient de sonner une heure de l'après-midi. Presque aussitôt, des coups retentissent à la porte d'en avant. Le petit Louis va ouvrir, la bouche pleine de tarte au sirop d'érable. Surpris d'apercevoir Caroline, il avale sa bouchée et lui saute au cou pour l'embrasser. Il l'entraîne ensuite par la main jusqu'à la salle à manger.

— Tu arrives juste à temps, dit Jacques en se levant de table, je suis prêt.

— Je ne savais pas que vous étiez en train de dîner, s'excuse la jeune femme, confuse.

— Ce n'est pas grave, répond son amoureux, nous avions terminé.

– J'adore ton habit! s'exclame Madeleine.

– Merci, répond la jeune Écossaise en souriant. C'est mon habit d'équitation.

– C'est chic! ajoute Judith.

– Si tu étais poli, tu lui offrirais une tasse de thé, fait remarquer Madeleine à son frère.

– Merci! décline Caroline. Peut-être plus tard.

Le petit Louis lui tient encore la main.

– Me donnes-tu ma blonde? lui demande Jacques.

– Non! répond-il en faisant une grimace. Elle est à moi aussi.

Caroline se penche vers le gamin et l'embrasse sur la joue.

– Je dois m'en aller, chuchote-t-elle.

– Vas-tu revenir?

– Tout à l'heure, peut-être! dit-elle d'une voix hésitante en libérant sa main.

– Aimeriez-vous rester avec nous? propose soudainement la mère. Nous allons cueillir des fraises, cet après-midi.

– J'ai dit à mon oncle et à ma tante que nous serions chez eux après le dîner, intervient vite Jacques.

– Comme vous voulez, se résigne la mère.

– Soyez prudents! recommande le père, sans savoir pourquoi.

Les parents se lèvent pour suivre le jeune couple à l'extérieur. De la galerie, ils les regardent s'éloigner à cheval. Le père envie leur bonheur insouciant, tandis que sa femme s'inquiète de l'avenir. Judith a deviné leurs pensées.

– Vous vous inquiétez pour rien, dit-elle. Je suis fiancée à un Écossais et nous n'avons pas de problèmes. Je ne vois pas pourquoi ils en auraient, eux.

– Ça fait longtemps que vous vous fréquentez, répond la mère. Les Anglais n'ont pas chialé, même si Richard est un bon parti pour leurs filles.

– Ce n'est pas pareil pour ces deux-là, ajoute le père. Elle est la fille de Brown. Si les rebelles déclarent la guerre, ils seront les premiers à en pâtir.

– Jacques est trop jeune pour fréquenter une fille de cet âge-là, de toute façon, déclare la mère qui a conscience de se répéter. Il va se faire emberlificoter.

– Vous êtes trop sévère, maman.

À peine le jeune couple a-t-il tourné dans la rue Ellice qu'on les perd de vue. Jacques lance aussitôt son cheval au galop.

– Essaye de m'attraper! crie-t-il à Caroline.

Surprise, la jeune femme part à sa poursuite. Elle le rattrape au bout du village.

– Tu as hâte de voir ton oncle et ta tante! dit-elle pour se moquer de lui.

– Ce n'est pas ça, réplique-t-il, blessé par la remarque. Je voulais m'amuser un peu.

– D'après moi, tu as une idée derrière la tête, toi.

– Non! proteste-t-il, rouge de confusion. C'est parce que je t'aime.

– Moi aussi! répond-elle en lui soufflant un baiser.

Le couple a tourné sur le chemin de la Beauce. Après quelques milles, le domaine familial apparaît au loin, avec ses pins gigantesques qui protègent la vieille maison contre les canicules de l'été. Les amoureux longent les terres cultivées de l'oncle Pierre. Au fond, on voit les parcelles de nouvelle terre qu'il veut ensemencer. Soudain, le chien surgit du côté de Jacques en aboyant pour les accueillir.

À gauche de l'entrée, sous les pins, les trois cousines se poussent à tour de rôle sur les balançoires que leur père a suspendues à une grosse branche. Elles abandonnent aussitôt leur jeu pour courir vers les amoureux. Le couple passe devant tante Adeline, qui leur sourit de la galerie, et continue jusqu'à l'étable en prenant garde de ne pas écraser les poules qui vont et viennent librement sur la propriété. À peine sont-ils descendus de leurs montures que les trois fillettes se jettent sur eux pour les embrasser.

– Salut les filles! fait Jacques.

– Tu es trop lourde! se plaint Caroline à Tiffanie, pendue à son cou.

Jacques enlève ensuite la selle de son cheval pour le relâcher dans l'enclos près de la grange.

– Il a de beaux chevaux, ton oncle, fait remarquer Caroline en libérant sa monture.

Ils se dirigent ensuite vers la maison. Jacques embrasse sa tante sur les deux joues.

– J'espère qu'on ne vous dérange pas, dit-il.

– Pas du tout, rassure la tante, on vous attendait.

Elle embrasse aussi Caroline.

– Comment vas-tu? demande-t-elle.

– Bien, merci.

– Vous avez l'air en amour! s'exclame-t-elle.

– Vous nous gênez, ma tante! proteste Jacques.

– Je vous trouve beaux.

Jacques est mal à l'aise devant les compliments.

– Mon oncle est-il ici? demande-t-il pour faire diversion.

– Il est à la porcherie. J'y pense, avez-vous dîné? Il me reste du poulet et de la tarte aux fraises.

— Non merci, répond Jacques. J'ai bien mangé.

— Moi aussi, madame.

— Il faut me tutoyer ! Et appelle-moi Adeline !

— Nous prendrons le thé plus tard, ma tante ! dit Jacques en entraînant sa blonde.

— Je vais attacher le chien, dans ce cas-là. Sinon, il va vous suivre partout.

Elle appelle l'animal pendant que les amoureux se dirigent vers le caveau à légumes situé à l'ombre des grands pins en entrant sur la propriété. Sur le côté du monticule de terre, une porte donne accès au caveau en billots de cèdre et en pierres des champs. Jacques allume le fanal accroché au cadre intérieur de la porte et descend ensuite quelques marches, suivi par sa blonde. Un peu craintive, elle laisse la porte entrouverte derrière elle.

— Il fait froid ! se lamente-t-elle, les bras croisés sur la poitrine pour se réchauffer. On se croirait dans une crypte.

Le couple patauge dans l'eau laissée par des blocs de glace empilés sur le mur du fond et emmitouflés dans de la sciure de bois. Un tuyau de fer de trois pouces de diamètre traverse le plafond jusqu'à l'extérieur pour permettre l'évacuation de la chaleur et de l'humidité. Au-dessus de la glace, des quartiers de bœuf recouverts d'une croûte noirâtre sont suspendus. À côté, dans un grand bac en bois, des flancs de porc sont enfouis dans le sel. Des bidons de lait sont alignés devant le mur de gauche en attendant les clients coutumiers. Au-dessus, des tablettes supportent des livres de beurre, des pots de crème et des paniers d'œufs. Sur le mur de droite, de larges bacs carrés remplis de sable servent à la conservation des carottes. Des poches de jute vides, empilées sur un étal de fortune, attendent les patates, les navets et les oignons de la prochaine récolte.

– Sortons, supplie Caroline, mal à l'aise.

Jacques souffle le fanal et s'assure de bien fermer la porte derrière lui. Leur parviennent alors des cris horribles. Caroline se réfugie instinctivement derrière son amoureux, effrayée.

– Qu'est-ce que c'est?

– Viens, je vais te montrer! répond Jacques en ricanant.

À demi rassurée, elle se laisse entraîner jusqu'au fond de la cour, où s'élève une palissade en bois. Derrière, des cochons en colère sortent en trombe d'une construction en bois rond annexée à l'étable. L'oncle Pierre est dans la porte de la porcherie, et chasse les bêtes à l'extérieur à coups de bâton.

– Salut, les jeunes! s'écrie-t-il parmi les grognements des porcs.

– Qu'est-ce qui se passe? demande Jacques.

– Ils ne sont pas contents d'aller dehors! Ils trouvent qu'il fait trop chaud! Il faut bien que je nettoie leur soue, de temps en temps!

– Bonjour, monsieur! fait Caroline.

– Bonjour, Caroline! Ne m'appelle pas monsieur, appelle-moi Pierre.

– Nous ne voulons pas vous déranger! s'excuse Jacques. Je vais faire le tour de la ferme avec Caroline.

– Faites comme chez vous.

Jacques prend la main de sa blonde et se dirige vers l'étable.

– Sais-tu que la porcherie est l'ancienne forge de mon père? dit-il.

— Je ne savais pas que vous aviez habité ici.

— Je suis né ici avec mes sœurs. Nous avons déménagé au village à cause des contrats avec l'armée. C'était trop petit, ici.

— Vous avez vendu à votre oncle?

— Jamais de la vie! s'exclame le jeune homme. C'est notre gagne-pain au cas où on perdrait les contrats avec l'armée. Mon oncle et ma tante sont les gérants de la ferme.

— Ah! fait Caroline, surprise.

À l'intérieur de l'étable, l'air est chaud et humide, presque étouffant. Une odeur âcre de lait caillé mêlée à celle du fumier les prend à la gorge. La paille, qui couvre le sol, feutre leurs pas. De chaque côté de la porte se trouvent les stalles pour les chevaux. Devant, le long du mur, les stalles des vaches s'alignent côte à côte. Au bout à droite, près de la porte qui ouvre sur la porcherie, l'avant-dernier emplacement est réservé à une pauvre chèvre qui sert d'émissaire pour empêcher que les autres animaux soient malades. Dans la dernière stalle, des outils de ferme, des câbles, des seaux à lait et des sacs de chaux sont placés le long des murs. Sur les planches grises de la stalle, des blanchissoirs en crin de cheval ont laissé des coulées blanches de chaux. Des sacs d'avoine pour les chevaux et de la moulée pour les poules finissent de remplir l'espace.

À gauche de la porte principale, dans l'avant-dernière stalle, des harnais sont accrochés aux colombages. Dans la dernière, plus large que les autres, un joug énorme gît par terre.

— C'est la stalle du bœuf, précise Jacques.

Passé l'enclos, ils pénètrent dans la bergerie. Sur le mur du fond, une porte basse, installée récemment, donne sur l'extérieur, derrière l'étable, où se trouve le tas de fumier. Ils traversent la bergerie et entrent dans le poulailler. Des volailles, apeurées, se sauvent dehors en caquetant. De larges tablettes fixées sur les murs servent de nids aux volatiles. Caroline prend un œuf brun picoté dans ses mains.

— Il est drôle, celui-là! dit-elle en riant.

Jacques tient sa blonde par la taille. Isolés dans cet espace restreint, à l'abri des regards indiscrets, il la presse contre lui pour l'embrasser. Elle accepte son étreinte et lui rend son baiser. Mais la chaleur et l'odeur d'ammoniac du fumier les chassent rapidement à l'extérieur et ils se retrouvent dans un grand enclos dont la porte a été laissée ouverte.

— Les poules vont pondre partout sur le terrain, fait remarquer Caroline.

— Ça arrive, mais c'est rare.

— Oh, regarde le coq, il est tout rouge! Il est bien beau!

Attendrie, elle tend la main vers l'oiseau.

— N'y touche pas, l'avise Jacques, il pourrait te donner des coups de bec.

Étonnée, elle retire vite sa main. Puis, changeant d'idée, elle demande où sont les moutons.

— Ils sont dans le pacage, viens!

Les amoureux longent l'étable et aperçoivent bientôt les grands champs verts. Des animaux y paissent.

— Il y a des bébés! se réjouit Caroline. Comme ils sont beaux!

— Je vais aller voir où est le bœuf, fait savoir Jacques. Attends-moi ici.

Il part en courant vers la clôture de perches de cèdre et grimpe sur les travers de bois que le temps a fait grisonner.

– Il n'y a pas de danger, crie-t-il, il est au bout du champ !

Il déplace ensuite quelques perches pour ouvrir un passage à sa blonde, qui se dirige aussitôt vers un agneau. L'animal l'a vue venir et se cache derrière sa mère. La brebis regarde brièvement l'intruse et, rassurée, continue à brouter. La jeune femme s'approche lentement du petit pour fouiller sa fourrure frisée avec ses doigts. Elle caresse sa tête laineuse et met ensuite les bras autour de son cou pour la serrer contre elle. Jacques fait la moue.

– Il est chanceux ! dit-il pour se lamenter.

– Jaloux ! se moque-t-elle en souriant.

L'agneau bêle sans que sa mère s'en préoccupe et se secoue la tête dans tous les sens pour tenter de se libérer. Caroline abandonne l'animal pour se diriger vers un veau du printemps, qui les observe de loin. Apeuré, il se sauve vers sa mère. La vache examine nerveusement l'importune, puis se remet à paître sans s'inquiéter de sa présence. La jeune femme pose la main sur la tête du veau pour le calmer.

– Tu as de beaux yeux ! dit-elle.

L'animal est pétrifié par la peur. Tout à coup, il fait un pas en arrière pour s'esquiver. Caroline l'attrape et le serre dans ses bras. Surpris, il se laisse câliner un peu, puis donne un coup de tête qui projette Caroline par terre. Jacques s'esclaffe. Elle se relève en nettoyant sa jupe, vexée.

– Coquin ! lance-t-elle à la bête.

Le veau meugle en la toisant de ses grands yeux, bien campé sur ses quatre pattes.

– Veux-tu voir la grange ? demande son amoureux pour la consoler.

Elle fait signe que oui en esquissant une moue.

Il lui prend la main et l'entraîne vers un bâtiment moderne avec un grenier. Il est recouvert de larges planches de pin verticales, avec un toit pentu en bardeaux de cèdre. La grange s'élève juste à côté de la maison, face à la porcherie. Des cordes de bois sont alignées entre elle et l'habitation.

Les grandes portes ouvertes laissent voir une calèche, un wagon à foin, un tombereau à fumier, une charrette, un banneau, un berlot et une charrue. Au fond sont rangés deux rouleaux en bois franc qui servent à aplanir la terre ensemencée au printemps et à fouler la neige des chemins en hiver.

– C'est plein, là-dedans, fait remarquer Caroline.

– Mon oncle a l'intention de bâtir une remise pour les voitures et l'équipement.

À droite, la tasserie est vide, à l'exception d'une vieille botte de foin, au milieu, et de quelques poches de jute dont le contenu s'est écoulé par les trous que les souris y ont percés.

Tournés l'un vers l'autre, les amoureux se sentent à l'abri des regards. Jacques tente d'embrasser sa blonde, qui se sauve en riant. Il part à ses trousses en faisant mine de ne pouvoir l'attraper. Elle court autour de la botte de foin en continuant à rire et en s'amusant de leur jeu. Finalement, elle se laisse choir dans le foin, les bras en croix, sur le dos, et le regarde, aguichante. Attiré par son air mielleux, il feint de se laisser tomber sur elle pour lui faire peur. Caroline lâche un cri.

Jacques la couvre de son corps. Leurs visages se touchent et leurs haleines s'entremêlent. Ils n'osent pas bouger et se dévorent des yeux en laissant leurs désirs les guider. Elle déborde d'amour et de passion pour lui et passe les bras autour de son cou pour l'embrasser. Il fouille sa bouche avec sa langue, qu'elle emprisonne de ses lèvres pulpeuses. Un sentiment nouveau l'envahit et il cherche à se fondre en elle. Il se sent excité et gêné à la fois par son sexe en érection, qui presse sur sa jambe. Puis, guidé par son instinct, il se glisse entre ses cuisses ouvertes.

Soudain, elle le repousse et court vers une grande échelle appuyée sur une poutre qui monte au grenier. Elle pose le pied sur le premier échelon, se tourne vers lui et lui lance une œillade. Incertain, il se lève pour la rejoindre.

– Passe avant moi, dit-elle avec un sourire en coin, je te trouve trop malin.

Il se dépêche de monter, suivi par sa bien-aimée, qui a retroussé sa jupe pour ne pas s'empêtrer dans les barreaux.

L'endroit est lumineux, on dirait une cathédrale de lumière. Les rayons du soleil, qui s'infiltrent par les interstices des planches des murs, font briller les poussières en suspension dans l'air comme des myriades d'étoiles. Tout autour, c'est un fouillis, un dépôt de vieilleries : des chaises aux barreaux brisés et aux sièges percés, des commodes disjointes aux tiroirs disloqués, des armoires françaises aux portes pendantes, des fauteuils au tissu déchiré, des tables aux panneaux de bois fendus et des objets domestiques de toutes sortes. Il y a aussi d'anciens outils, de vieux attelages, un berlot chambranlant et une carriole démontée aux patins encore en bon état.

Les tourtereaux se promènent dans ce bazar tout en respirant la magie du lieu, envahis par une sensation de calme et de bien-être. Une calèche sans roues ni essieux gît sur le plancher. Caroline grimpe sur le siège capitonné en invitant son amoureux du regard. Enhardi, il la rejoint sous la toiture en cuir déchiré et décoloré. Il presse ses lèvres sur sa bouche et l'embrasse avec passion pendant que sa main court sur la poitrine de Caroline. Elle lui rend ses caresses et touche sa verge durcie pardessous son pantalon. Il sursaute et se dresse, gêné.

Lentement, elle déboutonne sa blouse, l'enlève en gonflant sa poitrine. Fasciné et intimidé par son geste, il ne bouge pas. À genoux devant elle, il promène ses yeux ébahis sur le contour de ses seins qu'il devine sous sa camisole. Satisfaite de son effet, elle soulève lentement son vêtement de dessous pour révéler son ventre plat. Jacques sent son cœur battre plus fort au fur et à mesure que monte le tissu sur la peau soyeuse. Soudain, elle hésite, puis, d'un geste rapide, elle expose ses seins. Les mamelons pointés vers le visage de son amoureux, elle sourit, un peu gênée. Jacques est si troublé qu'il en tremble. Il la trouve splendide, encore plus belle que ses sœurs dont il a déjà entrevu les formes. Caroline se tourne pour étendre sa blouse sur le siège et lui offre maintenant son profil, son dos à l'échine incurvée et ses hanches prometteuses. Ses cheveux noirs couvrent ses épaules. Il est séduit par tant de grâce. Elle se retourne en glissant ses doigts dans sa chevelure et l'attire vers son cou dont il goûte le sel. Son odeur le grise et il se perd dans ses cheveux. Il glisse sur ses frêles épaules, descend vers sa poitrine et lèche les mamelons durcis et la chair de ses seins blancs.

Elle s'allonge sur le dos, ferme les yeux et s'agrippe aux cheveux bouclés de son amant, qui continue sa quête en caressant son ventre avec ses lèvres. Elle soupire de plaisir.

Il se lève ensuite pour s'étendre sur elle, mené par un désir impérieux. Elle glisse ses hanches sous son corps pour mieux sentir son pénis, et il pousse fort, guidé par son instinct.

– M'aimes-tu? demande-t-elle, soudainement réservée.

Il la regarde tendrement.

– Oui, je t'aime!

Le couple s'embrasse longuement. Jacques se redresse pour ôter sa chemise. Il presse son torse nu contre le sien. Leurs cœurs battent à tout rompre tandis qu'ils explorent leurs corps de leurs mains. Elle tâte de nouveau la bosse dans son pantalon, et la verge de Jacques se dresse encore plus. Il n'est plus timide, et elle lit le désir dans ses yeux.

– Je te veux en moi, chuchote-t-elle à son oreille.

Elle relève sa jupe pour retirer sa culotte. Ses cuisses blanches sont invitantes. Jacques déboutonne son pantalon, tremblant d'anticipation.

– Dieu que c'est gros! s'émeut Caroline.

Elle s'allonge de nouveau en amenant son amant avec elle.

– Viens! dit-elle, suppliante.

L'hymen se déchire sous la force du jeune mâle. Elle grimace un peu, puis le mouvement de va-et-vient l'excite, et elle répond aux élans de son amoureux. Elle s'agrippe à son dos en gémissant de plaisir. Trempés de sueur, leurs corps glissent l'un sur l'autre. Elle se mord les lèvres pour retenir ses cris. Quelques larmes coulent de ses yeux. Elle est comblée.

Jacques ne peut plus se retenir. Il réprime un grand cri surgi du fond de son être. Caroline sent le liquide chaud pénétrer son âme. Elle retient son corps contre le sien.

– Ne bouge pas, dit-elle.

Il pose la tête sur son épaule, à bout de souffle. Lentement, son cœur reprend son rythme normal. Il embrasse sa maîtresse et s'allonge à côté d'elle, une main sur un sein. Elle se tourne vers lui et l'enlace en blottissant sa tête au creux du bras du jeune homme. Au bout d'un long moment, elle sursaute, inquiète de l'heure.

– Ça fait longtemps que nous sommes ici, dit-elle, ils vont nous chercher.

Jacques se relève à contrecœur, n'ayant d'yeux que pour le corps de sa blonde. Elle aime son regard lascif et elle lui sourit en se rhabillant. Il n'a pas vu les gouttes de sang séché qui rougissent sa cuisse. Il la prend de nouveau dans ses bras pour l'embrasser, mais elle le repousse gentiment.

– Nous devons partir, insiste-t-elle.

– Je t'aime, dit-il. Je veux que tu deviennes ma femme.

– Je le serai un jour, répond-elle.

Ils sont amants et heureux, et Jacques sent le besoin d'exprimer son bonheur. Il lâche un grand cri, qui effraie Caroline.

– Pourquoi est-ce que tu cries ainsi? demande-t-elle.

– Ça me tentait.

Ils ajustent leurs vêtements, replacent leurs cheveux et descendent l'échelle. En sortant de la grange, ils sont aveuglés par le soleil. La main au-dessus des yeux pour se protéger de la lumière vive, ils se dirigent vers la maison, où l'oncle et la tante se bercent sur la galerie, le chien allongé à côté d'eux. Le jeune couple fait penser à deux gamins qui ont fait un mauvais coup. Leurs yeux et leur allure trahissent leur secret.

— Prendriez-vous une bonne tasse de thé avec nous ? demande la tante avec un sourire.

— Non, merci, dit Jacques en rougissant un peu. Nous devons partir, il est assez tard.

— Merci beaucoup pour la visite ! ajoute Caroline.

— De rien, ma belle fille ! répond Pierre. À la prochaine !

Pendant que les amants se dirigent vers l'enclos à chevaux, Adeline fait remarquer à son mari les brindilles de foin dans les cheveux en pagaille de Caroline.

— Geneviève ne sera pas contente de savoir ça, dit-elle.

— Tu n'es pas obligée de le lui dire. As-tu oublié nos amours ?

— Pas si fort, grand bêta, ils vont t'entendre.

Chapitre XVIII

L e lendemain, au Château, au moment où la famille se met à table pour le souper, on cogne à la porte. La bonne quitte son poêle pour aller répondre.

– Madame, c'est le quêteux! crie-t-elle du vestibule.

– Fais-le entrer! répond Geneviève en se levant de sa chaise.

– Déjà! s'exclame François.

– C'est le temps de l'année pour sa tournée, papa, rappelle Judith. On est le 2 juillet.

L'homme aux cheveux ébouriffés et à la barbe longue et enchevêtrée s'appuie sur un bâton. De l'autre main, il retient une poche de toile cirée, qui pend par-dessus son épaule jusque dans son dos. Il porte de vieux vêtements usés et sales. On ne peut pas dire son âge, même si la peau de ses mains aux ongles crasseux est sèche et ridée avec des taches brunes. Ses grands yeux tristes sont constamment remplis d'eau et implorent la pitié. Il s'est incliné devant Geneviève venue l'accueillir.

– Bonjour, madame! La charité, s'il vous plaît, pour l'amour de notre Seigneur Jésus!

– Nous vous attendions, Gédéon, entrez!

Louis, qui a suivi sa mère, se cache derrière elle et regarde l'homme du coin de l'œil.

— Bonjour, mon petit gars, dit doucement le vieillard.

L'enfant s'accroche à la jupe de sa mère, effrayé par les dents jaune et noire du quêteux. Déçu, ce dernier entre dans le vestibule, dépose son bâton derrière la porte et suit Geneviève vers la cuisine.

— Bonjour, monseigneur! lance-t-il haut et fort en pénétrant dans la pièce.

François se lève pour lui tendre la main.

— Si vous voulez vous rafraîchir, suggère Geneviève, il y a de l'eau à l'évier. J'espère que vous allez rester à manger avec nous.

— Vous êtes bien bonne, madame.

— Donnez-moi votre veste, dit le père, je vais aller l'accrocher dans l'entrée. Il fait trop chaud dans la cuisine.

Le mendiant a toujours fasciné les deux sœurs et attisé la curiosité de leur petit frère. Quant à Jacques, il se méfie de lui sans trop savoir pourquoi. Tout le monde épie ses gestes.

— Aidez Rosalie à servir, ordonne la mère à ses filles. Ça vous tiendra occupées.

— Qu'est-ce qu'il y a dans votre poche? demande Louis, qui a suivi timidement l'homme jusqu'à l'évier.

— Tu veux voir? répond Gédéon.

Il se penche sur le sac à ses pieds et dénoue la corde qui en ferme l'ouverture. L'enfant a déjà presque le nez plongé à l'intérieur. Quelques vieux bols en grès, un pot de miel, des couverts et une tasse apparaissent, entourés de carrés de lin usé et grisâtre. Il y a aussi une cape en toile cirée roulée, un chapeau de pêcheur à grand rebord, de la corde de chanvre, un grand mouchoir noué, un bougeoir en argent et quelques bouts de chandelles de cire jaune.

– Ça pue! grimace le gamin.

– Sois poli! réprimande sa mère.

– Qu'est-ce qu'il y a dans le mouchoir?

– C'est un secret.

– Qu'est-ce qu'il y a en dessous?

– C'est mon chapeau de renard. Je le porte quand il fait froid, la nuit.

– Vous n'en avez pas besoin pour dormir. Il fait chaud dans les maisons.

– Parfois, je couche dehors.

Louis est surpris par la réponse. À voir l'expression sur son visage, il réfléchit.

– Je pense que vous lui en avez bouché un coin, dit Madeleine.

Le père fait se déplacer Jacques, afin d'asseoir le mendiant entre eux.

– Approchez-vous! dit-il en invitant l'homme à table.

Jacques s'est éloigné exagérément pour ne pas sentir l'odeur du quêteux ni être touché par lui. La bonne a déposé une assiette de viande au centre de la table, devant Gédéon.

– Des bonnes saucisses au porc! s'exclame le vagabond.

– Il y a de la sauce aussi, fait savoir Louis.

– Tu aimes ça, toi, la sauce, mon gars! lance Gédéon pour plaisanter.

– Oh oui! s'exclame l'enfant avec les yeux ronds.

François bénit la miche de pain, après quoi chacun se recueille pour le bénédicité. Puis, Madeleine commence à servir, tandis que Rosalie apporte un plat de patates bouillies sur la table, suivi d'un autre, aux motifs fleuris, rempli de petites carottes.

— Je les ai fait pousser dans notre jardin! se vante Louis au quêteux.

— Je suis certain que ce sont les meilleures du village, assure Gédéon.

Il se tourne ensuite vers Jacques, dont il sent la méfiance.

— Tu as accompli tout un exploit, mon gars! dit-il pour l'apprivoiser pendant que la bonne lui sert une assiette bien garnie. Ça prend du courage pour entrer dans le moulin en feu. Tu es comme ton père: quand c'est le temps d'agir, tu n'hésites pas.

— Je n'étais pas seul. Il y avait aussi mon oncle.

— Je sais, un bien brave homme. En tout cas, ta blonde doit être fière de toi!

Sur ce, il met le nez dans son assiette et, affamé, engloutit son souper. Jacques rougit de savoir que l'étranger est au courant de ses amours. Madeleine rit de sa réaction.

— On dirait que vous aimez les saucisses, monsieur, observe le benjamin en faisant rire tout le monde.

La mère tend l'assiette de saucisses au mendiant.

— Prenez-en d'autres!

— Je prendrais bien aussi une autre patate, s'il vous plaît.

— Parlez-moi de ça, quelqu'un qui a bon appétit! approuve la bonne.

— C'est délicieux, madame!

Gédéon fait toujours la conversation. C'est sa manière de remercier ses bienfaiteurs.

– Tu dois être à veille d'aller à l'école, dit-il à Louis.

– Je suis en première année.

– Il a commencé après Noël, dit la mère, flattée de l'intérêt du vieillard pour son rejeton. C'est notre bébé, ajoute-t-elle sur un ton confidentiel. C'était notre cadeau, à mon mari et à moi, pour fêter notre nouvelle maison.

L'homme sourit, alors que le père se rembrunit. «Pourquoi diable qu'elle lui dit ça? pense-t-il. Il va le répéter à tout le monde.»

– Six ans déjà! s'exclame Gédéon. Démon que ça va vite! Le curé ne doit pas aimer ça qu'il aille à l'école protestante, surtout que votre mari est marguillier.

– Il va à l'école privée, réplique le père, choqué. Tout le monde sait qu'il n'y a pas d'école catholique au village.

– C'est une ancienne maîtresse d'école qui lui fait la classe, continue la mère. Ils sont quelques Canadiens à y aller.

Au dessert, c'est le silence ou presque. On déguste un gâteau à la mélasse arrosé de crème.

– Allez-vous nous raconter des histoires, tout à l'heure? demande Madeleine.

– Oui, mademoiselle. J'ai plein de nouvelles, aussi.

– Depuis combien de temps avez-vous repris la route? s'enquiert le père pour se montrer amical.

– Depuis quasiment deux mois.

– Vous avez sûrement fait le tour de la paroisse?

– Loin de là! J'en ai au moins jusqu'à la fin du mois. En plus, il me reste Saint-Timothée et Sainte-Martine à visiter.

Après le souper, on se réunit sur la galerie autour d'une théière. On laisse la chaise berçante au quêteux, afin qu'il soit installé confortablement pour raconter les histoires et les rumeurs qui courent dans la paroisse. Gédéon a sorti sa blague à tabac et bourré sa pipe de plâtre. Il frotte une allumette de bois sur la balustrade et l'approche du fourneau. On voit encore ses dents gâtées pendant qu'il aspire la fumée pour attiser le feu. Un parfum âcre de tabac canadien nargue les narines. L'homme s'est aperçu que le petit Louis suit chacun de ses gestes.

– Veux-tu voir quelque chose de magique ? propose-t-il sur un ton invitant.

– Oui ! fait le gamin en écarquillant les yeux.

Gédéon fouille dans la poche gauche de son pantalon et sort une minuscule boîte cylindrique en fer-blanc. Il en dévisse une des extrémités et des allumettes tombent dans sa main. Il dévisse ensuite l'autre bout pour en extirper une fiole de phosphore.

– Regarde bien, mon petit gars !

Le vieillard débouche la fiole et y trempe son allumette. Tout le monde l'observe avec attention. Une flamme jaillit comme par magie. Surpris, les spectateurs ont un mouvement de recul. Louis tend la main vers la boîte.

– Je veux l'avoir ! réclame-t-il.

– Non ! s'écrie prestement Geneviève. Je ne veux pas, c'est trop dangereux !

– C'est trop cher pour toi, renchérit Gédéon. Quand tu seras grand, tu pourras t'en acheter une.

– Ah ! soupire le garnement, déçu.

– Où avez-vous pris ça ? demande Jacques, intrigué.

– C'est quelqu'un de Montréal qui me l'a donnée en cadeau.

Le mendiant parle ensuite de la naissance des triplets dans le chemin de la Beauce, de l'attaque d'apoplexie d'un père de famille sur le chemin Saint-Georges, d'une grange qui a été frappée par l'éclair et d'une jeune femme qui a tellement maigri qu'elle en est morte. Elle souffrait de consomption. Il prédit aussi la fin des mauvaises récoltes, ce qui fait sourire le père.

— Comment savez-vous ça? demande Madeleine, étonnée.

— L'expérience, ma fille. Je me promène dans tous les rangs et dans toutes les rues des villages. J'entre dans toutes les maisons. Je sais tout et je peux prédire des tas de choses.

— Vous êtes sorcier! s'affole-t-elle.

— Si tu veux. Je suis capable d'arrêter le sang et d'enlever les verrues, aussi. En tout cas, malheur à ceux qui se moquent de moi, je peux leur jeter un sort! J'y pense, lance-t-il tout à coup, il y a un nouveau docteur à Sainte-Martine.

— Oui, je l'ai vu! répond Madeleine avec empressement.

Soudain, elle rougit, embarrassée par sa réaction spontanée. Sa mère et sa sœur sourient, son père, non.

— Il vient d'un village de l'île Jésus, au nord de Montréal, continue le vagabond. Il s'appelle Henri Brien. Je ne sais pas ce qu'il vient faire par ici, parce qu'il y a déjà un docteur à Sainte-Martine. Il me semble qu'il aurait fait plus d'argent ici, dans le village. En tout cas, les gens l'aiment bien, là-bas, et ils disent qu'il est un bon médecin.

— Il est célibataire et c'est un beau parti, commente Geneviève en souriant à sa cadette.

François est exaspéré par son insistance.

– J'ai appris que les Ellice vont bientôt arriver de Québec, continue Gédéon.

– Ils viennent passer l'été, précise le père. Ils doivent avoir des affaires à brasser.

– Les Brown vont-ils être obligés de déménager ? s'informe Jacques.

– Oui, répond son père, ils vont retourner dans leur ancienne maison.

– Au coin du chemin de la Beauce ?

– Oui.

– Il y a déjà une famille qui vit là.

– Brown va les mettre à la porte, dit Geneviève avec cynisme. Ça ne sera pas la première fois, il l'a déjà fait avec Rosalie.

Jacques reste songeur. Il connaît la mauvaise réputation du père de Caroline, mais de là à jeter du monde à la rue, il n'en revient pas. Il se dit qu'il devra se méfier de lui, dorénavant.

Le petit Louis, que la conversation des adultes ennuie, se tortille sur sa chaise.

– Vous, elle est où, votre maison ? demande-t-il au vagabond.

– Je n'en ai pas.

– Où vous habitez, l'hiver ?

– Au Grand Marais, chez les Poissant. Du bien bon monde !

– C'est où ?

– Au bout du chemin Saint-Georges, un peu avant d'arriver à Sainte-Martine.

Depuis deux heures que l'on placote, l'obscurité assombrit déjà le jardin.

— Je vais aller coucher Louis, annonce Geneviève.

— Je veux rester debout, rouspète le bambin. Je ne veux pas me coucher. Je veux écouter les histoires du monsieur.

— Il est assez tard. Tu le verras demain matin en te levant.

— Vous êtes bien bonne de me garder pour la nuit, dit Gédéon, reconnaissant.

— Ça nous fait plaisir! répond-elle en se tournant vers son mari. Nous vous connaissons depuis si longtemps.

François n'écoute pas. Ses pensées sont ailleurs.

— Bien sûr que vous pouvez coucher ici, finit-il par dire. Pardonnez-moi, j'étais distrait!

Geneviève entraîne le petit Louis, qui pleurniche.

— À demain, monsieur! lance-t-il avant de disparaître dans la maison.

— Bonne nuit, mon petit gars! répond le quêteux.

Judith s'est levée du banc.

— Je vais faire une promenade.

— J'y vais avec toi, dit Madeleine.

— Il est tard! proteste le père. Restez dans la rue pour que je vous voie.

Restés seuls sur la galerie, les trois hommes ne disent rien, chacun dans son monde.

— Ai-je manqué quelque chose? demande Geneviève en revenant s'asseoir.

— Non, répond François. Rien de particulier.

— Je trouve que votre mari a raison de dire à vos enfants de faire attention aux Anglais, enchaîne le quêteux. Ils sont plus méchants que d'habitude, ces jours-ci.

— J'ai peur que ça finisse mal! dit Geneviève.

— En venant ici, je me suis fait accoster par Mac-Dougall et ses voyous devant le magasin général Ross, reprend Gédéon. Ils se sont moqués de moi, puis ils m'ont volé mon sac avec tous mes effets. Je tirais dessus pour le leur arracher des mains, mais ils me poussaient pour me faire tomber par terre. Le bonhomme Ross est sorti sur la galerie et les a regardés faire. Il s'est mis à crier après moi devant tout le monde : « Je n'ai pas besoin de guenillou devant mon magasin ! Allez-vous-en, vous nuisez à mon commerce ! » Personne ne faisait rien pour me défendre. Il y en a qui riaient de me voir me débattre. Heureusement que l'Indien est arrivé. Il leur a enlevé mon sac. Je vous dis que les Anglais ont eu peur de lui. Ils se sont sauvés, ça n'a pas été long.

— Pauvre vous, compatit Geneviève, j'espère qu'ils ne vous ont pas fait mal.

— Non, ça va.

Jacques trouve le vieillard plus sympathique, maintenant. Il y a quelque chose d'indéfinissable dans l'air, quelque chose qui ne se dit pas. Sa mère est très attentive, mais le père a plutôt l'air ennuyé, mal à l'aise devant les banalités du quêteux. Un silence gêné s'est installé. C'est peut-être ce qu'attendait Gédéon pour se dévoiler.

— Je voulais vous parler en confidence, lâche-t-il tout à coup. Mais je ne sais pas par où commencer, c'est délicat. Je ne voudrais pas vous offenser, surtout.

— Ne vous en faites pas, rassure François, dites ce que vous avez à dire.

— L'autre nuit, commence le vieillard sur un ton hésitant, j'étais chez votre frère.

— Quand ça ?

— La nuit de la Saint-Jean.

Geneviève regarde son mari, l'air victorieux.

— Je savais qu'il se passait quelque chose ! dit-elle pour le narguer.

Elle se tourne ensuite vers Jacques.

— C'est quelque chose de confidentiel entre nous, dit-elle. Va rejoindre tes sœurs.

— Non, non, fait père, je veux qu'il reste. Il est au courant de tout.

L'air offusqué, sa femme lui décoche un regard sévère. Intérieurement, elle pense qu'il lui a encore caché quelque chose. Jacques se fait tout petit pour ne pas lui déplaire.

— J'aime donc pas ça ! bafouille le mendiant, nerveux. Promettez-moi de ne pas vous fâcher ni l'un ni l'autre, implore-t-il en joignant ses mains. Ça fait trop longtemps que je vous connais, il faut que je vous le dise.

— Je ne me fâcherai pas, promet François.

Geneviève s'abstient de répondre, par orgueil.

— Ce soir-là, reprend le quêteux, je suis allé dans la grange pour me coucher. En entrant, j'ai remarqué que les voitures et les équipements étaient sortis à l'extérieur. J'en ai pas fait de cas et j'ai grimpé à l'échelle jusqu'au grenier pour aller dormir. Au milieu de la nuit, j'ai été réveillé par du bruit. Je pensais que c'étaient des voleurs.

Il marque une pause.

— Continuez ! dit Geneviève, curieuse.

— C'étaient des hommes qui arrivaient en calèche, explique-t-il en expirant une bouffée de fumée bleuâtre. Je les entendais parler. À un moment donné, votre frère est entré dans la grange avec des fanaux. Plusieurs hommes le suivaient. Ils ont installé une table avec des chandelles, au milieu de la place. Il faisait si clair qu'on se serait cru en plein jour.

– Mon Dieu, s'écrie la mère, une messe noire!

– Non, non, ce n'est pas ça, madame! la rassure Gédéon. Des voitures continuaient d'arriver dans la cour, poursuit-il, et ç'a duré de même une bonne partie de la nuit. Je ne connaissais pas tout le monde et je n'osais pas sortir de ma cachette. Les hommes qui étaient dans la grange avaient mis un mousquet et un couteau sur la table. Ils criaient aux autres, dehors, d'entrer deux à la fois. Puis, ils leur bandaient les yeux et les faisaient mettre à genoux devant eux.

François est penché en avant, le visage crispé. Comme Jacques, il fixe le quêteux afin de ne rien perdre de ses paroles. Gédéon se racle la gorge et avale sa salive.

– Ensuite, raconte-t-il, ils demandaient aux hommes ce qu'ils voulaient voir. Ils répondaient «la lumière». Ils étaient alors reçus membre de l'Association des Chasseurs. On leur commandait d'obéir aux règlements et d'aider les autres membres dans le besoin. On leur présentait ensuite la Bible en leur faisant prêter serment, la main sur le saint Évangile, et on les avertissait de garder cela secret. Après leur avoir enlevé le bandeau, deux hommes se plaçaient de chaque côté en pointant un mousquet et un couteau sur eux pour les effrayer. «C'est ça qui va vous arriver si vous parlez!» qu'ils disaient. Ils leur montraient aussi une torche en disant qu'ils brûleraient aussi leur maison.

– Mon Dieu, c'est effrayant! s'exclame Geneviève. Vous avez dû avoir peur. Vous êtes chanceux qu'ils ne vous aient pas découvert.

– Le bon Dieu était avec moi, madame. Selon moi, votre beau-frère m'avait oublié. Sans ça, j'étais un homme mort, c'est certain.

– N'exagérez pas, se récrie François, fâché, mon frère n'est pas un assassin!

Il se rassoit droit sur sa chaise pour se calmer, Jacques aussi. L'histoire du quêteux l'a énervé. D'un naturel sceptique, il veut en savoir plus.

– Pourquoi est-ce qu'ils se font appeler des chasseurs? demande-t-il en se souvenant des paroles de Pierre, le soir de la Saint-Jean, quand il parlait des nouveaux chasseurs.

– Pour cacher leur identité, je suppose. Ce sont eux, les rebelles.

– Qu'est-ce qu'ils veulent faire? Est-ce qu'ils ont un plan? Est-ce qu'ils en ont parlé?

– Ils ont dit qu'ils voulaient renverser le gouvernement et fonder une république.

– Quoi d'autre?

– Ils ont des signes de reconnaissance. Ils se croisent les doigts du milieu de la main comme ça : le majeur par-dessus l'index. Ils peuvent aussi toucher le bas des manches de l'autre avant de se donner la main. Quand ils se rencontrent, ils peuvent dire «il fait beau, aujourd'hui!». Si on est lundi, par exemple, l'autre répond en ajoutant deux journées, «il fera beau mercredi aussi».

– C'est enfantin! se moque Jacques.

– Oui, mais c'est facile à retenir, fait remarquer le mendiant. De toute façon, ils pourront toujours se reconnaître avec ça, ajoute-t-il en exhibant une petite croix qui pend à son cou, sous sa chemise.

– C'est un mélange de plomb et d'étain, constate François en la tâtant. Elle a été faite avec un poinçon.

– Il y a une fleur de lys à chaque extrémité, dit Jacques. Je me demande qui a pu fabriquer ça!

Il s'est penché vers le quêteux pour mieux voir.

– Ça doit être Bourbonnais ou Montigny, répond son père.

François regarde ensuite le quêteux.

– Qui était là, à part mon frère ? Vous devez avoir reconnu des visages.

– Il y en avait plusieurs de Sainte-Martine, quelques-uns de Saint-Timothée et beaucoup d'ici, révèle l'informateur.

– Qui ça, d'ici ?

– J'ai reconnu Joseph Daigneault, Geoffroy Hébert, François-Xavier Prévost, le notaire Hainault, Toussaint Rochon, Désiré Bourbonnais et André Montigny. Il y avait aussi Joseph Roy, Damase Masson et son père Eustache, et plusieurs autres anciens miliciens.

– Ce sont les mêmes que j'ai vus l'autre soir ! s'exclame Jacques.

François se passe la main sur le front, comme s'il avait mal à la tête. Le mendiant jette un œil à Jacques.

– Il y avait beaucoup de cultivateurs et de journaliers, reprend-il. J'y pense tout à coup, il y avait un homme qui boitait d'une jambe et qui parlait tout le temps avec le docteur Brien. On aurait dit qu'il était le chef. Je ne le connais pas.

Au nom de Brien, le père se tourne vers la mère, avec un air de reproche. Geneviève feint de l'ignorer.

– Continuez, dit-il ensuite au quêteux.

– C'est tout, répond Gédéon. J'ai terminé.

– Ton frère va nous attirer des malheurs ! se plaint aussitôt Geneviève à son mari. Je le pensais plus intelligent que ça. Tu dois lui faire entendre raison.

– Il va se sauver aux États-Unis si je lui parle maintenant, réplique François. D'ici aux récoltes, les choses vont peut-être changer. Nous avons besoin de lui en attendant.

— Tu dis peut-être vrai, convient Geneviève.

Le père se tourne vers le vieillard.

— Ne répétez jamais à personne ce que vous m'avez dit!

— Juré, monseigneur! promet l'autre en crachant en bas du perron.

Dégoûtée par le geste du vagabond, Geneviève a un mouvement de recul.

Le retour des enfants lui permet de rompre le silence pesant qui est tombé.

— Les enfants reviennent, dit-elle. Il est temps d'aller se coucher. Nous allons faire la prière, nous en avons besoin.

Gédéon se lève en cognant sa pipe sur le bord de la galerie pour la vider. Il suit ensuite la famille au salon, où tous s'agenouillent devant un Christ en plâtre cloué sur une croix noire, au-dessus du foyer. Geneviève récite une dizaine de chapelet. Le dernier *Je vous salue Marie* terminé, elle requiert le silence pour des intentions personnelles. «Sainte Vierge, protégez ma famille, prie-t-elle intérieurement, et je vous promets de faire brûler un lampion à l'église chaque dimanche.» Elle se signe et se lève pour signifier que les prières sont terminées.

La bonne entreprend aussitôt de préparer un lit pour le quêteux sur un des sofas. Il l'arrête.

— Je vais coucher sur le tapis, c'est meilleur pour mon dos.

— Comme vous voulez, dit Rosalie.

On se prépare ensuite pour la nuit. À peine Jacques s'est-il endormi qu'un orage éclate. Il se réveille en sursaut à cause du tintamarre que fait la pluie sur le toit. Son frère est assis dans son lit et regarde autour, la bouche ouverte et les yeux lourds. La chambre est illuminée par les éclairs qui sillonnent le firmament. La terre tremble sous les coups du tonnerre. Jacques entend ses parents en dessous.

– C'est un signe du ciel, dit la mère.

– Tu es bien trop superstitieuse! répond le père.

Jacques se dit qu'elle doit être en train d'asperger les fenêtres d'eau de Pâques. Puis, le silence revient. Au matin, la pluie tombe toujours. Les yeux cernés de ses parents trahissent leur état d'âme. Le déjeuner se passe en silence. La mère tente de sourire malgré l'air soucieux du père.

– Est-ce que c'est l'oncle Pierre qui vous tracasse comme ça, papa? demande Madeleine, facilement inquiète.

– Je vous ai déjà dit que ça ne vous regarde pas! lance sèchement Geneviève.

La jeune fille et sa sœur se cachent derrière leurs tasses de thé. Le quêteux trouve plus sage de ne pas traîner à table.

– Je dois m'en aller, dit-il en se levant de sa chaise, j'ai de la route à faire.

– Ne partez pas tout de suite, proteste Louis, il pleut!

L'homme se dirige déjà vers le vestibule, tout le monde derrière lui.

– J'ai un vieux chapeau de pêcheur en caoutchouc, répond-il en le sortant de son sac. J'ai aussi une cape, ajoute-t-il en la dépliant. Je vais être à l'abri.

– Pourquoi vous n'attendez pas que la pluie arrête? insiste Judith. Il n'y a rien qui vous presse.

– Je ne vais pas loin, juste à côté.

François s'approche du vagabond.

– C'est pour vous, dit-il en déposant dix piastres dans sa main.

– C'est beaucoup trop, monseigneur! s'écrie Gédéon en tendant la main pour remettre l'argent. C'est une vraie fortune, je ne saurai pas quoi faire avec.

– N'exagérez pas!

Les enfants, qui ont vu l'argent, restent muets d'étonnement.

– Que Dieu vous bénisse! dit le vieillard après une hésitation.

– Revenez nous voir n'importe quand, répond chaleureusement le père. Vous êtes chez vous, ici.

Le quêteux enfile sa veste et balance sa poche sur le dos. Avant de passer dans le pas de la porte, il reprend son bâton.

– Que Dieu vous protège! dit-il encore.

CHAPITRE XIX

Depuis l'annonce de la venue d'Edward Ellice, la tension n'a pas cessé d'augmenter au village. Les Anglais se sentent plus à l'aise dans les rues et sur le quai, et ne fraternisent plus avec les Canadiens. Ils se montrent même méprisants. Ils se disent protégés par le colonel Brown et John MacDougall, et traitent ce dernier comme un héros : les hommes lui payent à boire à l'auberge et les femmes lui font les yeux doux. Fort de cet appui, l'Écossais se pavane avec sa bande et provoque des disputes et des bagarres. Sur l'insistance du père de Jacques, des miliciens ont été placés en sentinelle.

Au magasin général, les Anglaises regardent les Canadiennes de haut et les bousculent sans s'excuser pour prendre leur place au comptoir. John Ross se montre froid envers elles en les fixant, le lorgnon logé dans l'œil, d'un air sévère pour les intimider. Il coupe le crédit aux plus pauvres tout en continuant à monter ses prix. Il va jusqu'à qualifier de voleurs les enfants qui tournent autour des comptoirs à friandises et leur donne même des taloches derrière la tête. Heureusement, Elizabeth et son fils font toujours preuve de gentillesse.

– Vous allez ruiner le commerce si vous continuez ainsi ! le prévient Richard. N'oubliez pas qu'il y a mille huit cents Canadiens dans la seigneurie, mais seulement une centaine d'Anglo-Saxons.

– Ça ne fait rien, réplique le père pour se justifier, ils n'ont pas d'argent et nous, nous en avons.

– Ce ne sera peut-être pas toujours comme ça, père. Et puis, moi, je me marie avec une Canadienne et je veux faire des affaires avec les Canadiens.

Dans les usines et les ateliers, les patrons sont intransigeants avec leurs employés. Ils les congédient ou les disciplinent à la moindre faute, allongent les heures de travail sans augmenter les salaires. Le propriétaire du moulin à scie, Ralph Blackwood, justifie ces mesures en arguant que l'entretien de la bâtisse lui coûte cinquante piastres par année et que les trois scies coûtent encore plus cher, surtout la scie circulaire. Tous les ouvriers savent qu'il ment. De plus, il n'accorde des promotions qu'à ses compatriotes.

De riches presbytériens se sont rendus à plusieurs reprises chez Brown pour le convaincre de congédier Damase Masson, le maître de poste.

– C'est le seul fonctionnaire canadien que nous avons et nous le payons à moitié prix, a objecté l'agent. C'est une économie pour le gouvernement.

Insatisfaits, ils se sont retournés vers son épouse afin qu'elle le persuade. Elle s'y applique si bien que ce jour-là l'homme s'impatiente et la gifle.

– Je t'ai avertie maintes fois de ne pas m'ennuyer avec ça ! tonne-t-il.

Elle se met à pleurer et semble inconsolable, car son monde vient de s'effondrer. Elle cherche réconfort auprès de Caroline qui, cette fois, écoute ses jérémiades avec patience.

—Je ne pourrai plus dormir dans la même chambre que ton père, se lamente-t-elle, il ne m'aime plus!

Au Château, la mère de Jacques essaie de chasser son humeur en arrachant les mauvaises herbes dans son jardin potager et en rechaussant les plants. Elle ne cesse de blâmer Brown d'avoir fait empirer la situation avec son réquisitoire devant les miliciens.

—Il l'a fait exprès, j'en suis sûre! se plaint-elle à son mari. Jacques m'a rapporté toutes les paroles qu'il a dites. Fais attention à lui, ne lui tourne pas le dos!

Elle revient trop souvent sur le sujet à son goût, même s'il a le même sentiment qu'elle. Pour l'instant, il préfère ignorer l'attitude de son associé, pour le bien de sa famille. Le samedi soir, à l'heure du souper, la mère s'aliène ses enfants en exigeant d'eux qu'ils restreignent leurs fréquentations.

—Voyons, maman, s'indigne Judith, je suis fiancée avec Richard! Aussi bien me demander de rompre avec lui!

—Je veux seulement que vous cessiez de sortir en public pour l'instant, explique-t-elle. Ce sera plus sûr.

—Vous vous tourmentez pour rien, maman. Depuis que papa a fait placer des sentinelles, le calme est revenu. MacDougall et sa bande sont tranquilles.

—Ça ne me tente pas de rester dans la maison, moi non plus, proteste Jacques à son tour.

—Si c'était juste de moi, tu ne fréquenterais pas une fille plus vieille que toi! explose la mère.

—Qu'est-ce que ça peut bien faire? rétorque-t-il, insulté.

— Tu peux te monter la tête facilement, puis d'autre chose!

Le jeune homme rougit de colère, indigné du mépris de sa mère, les yeux menaçants. Il se tourne vers son père pour obtenir de l'aide.

— Je vais le savoir quand les troubles vont commencer, grogne le père, je suis bien placé pour ça.

— Tout ça m'énerve, se lamente la mère, intimidée par le regard incisif de son fils.

— J'espère que cela ne retardera pas notre mariage, s'inquiète Judith.

— Je trouve que les gens sont méchants, intervient Madeleine.

— Ce sont seulement les Anglais qui sont de même, affirme Jacques. Des fois, je me demande si les rebelles n'ont pas raison.

— Un autre comme Pierre! s'emporte de nouveau la mère.

— Veux-tu bien réfléchir avant de parler, gronde le père en se tournant vers son fils. Ta mère est déjà assez inquiète de même!

— Qu'est-ce qui se passe, maman? demande Madeleine.

— Votre oncle fait partie des rebelles, déclare-t-elle en défiant son mari du regard. Vous le savez tous, maintenant! Votre frère n'a plus qu'à faire comme lui, ajoute-t-elle pour le narguer.

— Voyons, maman! se défend Jacques. Je n'ai pas l'intention de me battre contre les Anglais, même si je suis en faveur de la république.

— J'espère bien que non! s'exclame-t-elle.

Debout derrière elle, la servante hoche la tête en signe d'approbation.

— Moi aussi, je veux être un rebelle, déclare le petit Louis.

Tout le monde s'esclaffe nerveusement, sauf la mère. La bonne humeur revient lentement, et le père se lève pour embrasser sa femme sur la joue afin de la rassurer. On se retrouve ensuite sur la galerie pour le thé. Seul le bambin reste fâché qu'on se soit moqué de lui. Madeleine a apporté sa guitare, Judith son tricot, et le père, son journal. On sent que Jacques et sa mère sont distants. Cette dernière caresse le petit Louis pour le consoler.

— On devrait faire un pique-nique, demain après la messe, propose Jacques sur un ton adouci pour faire la paix. Vous aviez parlé d'aller ramasser des fraises, l'autre jour, maman.

— Oui, oui! fait Louis en levant la tête vers elle.

— C'est une bonne idée, soutient le père, ça nous ferait du bien.

— Richard va venir, se réjouit Judith, j'en suis sûre.

— Je vais inviter Caroline aussi, dit Jacques.

Geneviève le regarde d'un air sévère.

— Il ne peut pas se passer d'elle! se moque Madeleine.

Jacques ne relève pas la remarque.

— D'accord, dit la mère, nous partirons après la messe. Mais je veux que tout le monde ramasse, précise-t-elle en levant le ton, pas juste les femmes.

Le père toise sa femme sans rien dire. Jacques dévale déjà les marches pour aller inviter Caroline.

Le lendemain, le soleil est au rendez-vous. Mais, pour Jacques, les choses ne se déroulent pas comme il l'aurait souhaité, car il ne peut s'approcher de Caroline, que Geneviève ne quitte pas des yeux. Cette dernière ne l'invite pas non plus à souper, comme elle le fait avec son futur gendre. Heureusement, les amoureux retrouvent un peu d'intimité en passant par le bord de l'eau pour retourner au manoir.

De retour à la routine, le lundi matin, Jacques se sent morose. Les femmes ont devancé le jour de la lessive, qu'elles ont entreprise aussitôt le déjeuner terminé, car elles veulent assister à l'arrivée du jeune seigneur Ellice et de son épouse, prévue pour le lendemain.

François est songeur. Depuis la visite du quêteux, l'atmosphère est lourde dans la maison. La mère est inquiète et lui, maussade. De plus, il n'aime pas voir débarquer de hauts personnages dans le village, car c'est toujours le prélude à des dissensions et à des déchirements entre les Canadiens et les Anglais. Avec le climat tendu qui règne dans la place, il se demande ce qu'apporteront les Ellice.

À l'heure du souper, le benjamin se met à rechigner. Il a faim et le repas n'est pas prêt.

— Tiens-le occupé, enjoint la mère, impatiente, à Madeleine.

— Ce ne sera pas long, Madame, s'excuse la bonne. Les commissions ont pris plus de temps que je pensais. Ils servaient toujours les Anglaises en premier. On aurait dit qu'ils faisaient exprès.

Le lendemain matin, Geneviève demande à tous d'enlever les draps et les matelas de plumes de leurs lits. Normalement, ce serait une journée à consacrer au repassage, mais elle a décidé de laver les paillasses.

— Avec le soleil qu'il fait dehors, dit-elle à ses filles, nous allons pouvoir refaire les lits ce soir. Nous ferons le repassage demain.

Jacques et son père sont à la forge, comme de coutume. Les femmes sortent les paillasses dans la cour et en décousent les extrémités pour les vider de leur vieille paille. Cela fait, elles retournent les enveloppes de toile à l'envers, les empilent dans la charrette et s'en vont au bord de l'eau.

À midi, elles sont de retour. Avant de dîner, elles prennent le temps d'étendre les paillasses dans l'herbe pour les faire sécher, puis toute la famille se rend au quai pour voir arriver les Ellice. Une foule est déjà rassemblée sur la plage.

– Ne me lâche pas la main! dit la bonne au petit Louis. Il y a beaucoup de monde, je ne veux pas te perdre.

Les Anglais sont massés à l'entrée du débarcadère pour accueillir le couple seigneurial. Quelques centaines de Canadiens se tiennent plus loin sur la grève, craignant d'instinct ce fils d'aristocrates qu'ils ne connaissent pas et qui vient visiter leur pays pour la première fois.

Les Pitre prennent place parmi les Anglo-Saxons, malgré les murmures de protestation qui accueillent leur arrivée. Surpris par le sourire que leur adresse John Ross, ils s'installent à côté de sa famille. Heureux de voir apparaître Judith, Richard l'embrasse sur la joue. Sa mère aussi l'embrasse, tandis que son père fait semblant de ne pas la voir.

– C'est un grand jour! s'exclame ce dernier. Nous allons voir Edward Ellice, le fils de notre *lord*.

Geneviève, qui le trouve un peu trop pompeux, sourit pour être polie. Elle se tourne ensuite vers Elizabeth pour jaser. Au loin sur le fleuve, on aperçoit la fumée d'un bateau à vapeur qui arrive de Lachine. Soudain, Lawrence Brown surgit. Les Anglais se tassent pour le laisser passer.

– Suivez-moi, dit-il à François, je dois vous parler.

Il l'entraîne à l'écart.

– Qu'est-ce qu'il y a? demande François.

– Tous les miliciens ont démissionné! annonce l'autre.

– Les trois compagnies au complet? demande François, éberlué.

– Oui! Cent cinquante-cinq hommes au total! Il reste juste le capitaine Ovide Leblanc et trois lieutenants canadiens.

– Damase Masson? Joseph Roy?

– Ils ont démissionné.

– Il reste juste les Anglais, comme ça, une trentaine d'hommes!

– Ouais! J'ai peur pour M. Ellice! J'espère qu'il n'arrivera rien. Je n'ai pas eu le temps de me préparer.

– S'il arrive quelque chose, vous pourrez compter sur moi.

Le *Henry Brougham* s'apprête à accoster l'appontement. Les Anglais, excités, observent le jeune officier Jim Brown terminer sa manœuvre. Les nobles apparaissent enfin sur le pont. Ils attendent l'installation de la passerelle pour descendre. Belle comme une princesse avec ses longs cheveux roux, Jane Ellice a l'arrogance de ses vingt-six ans. Elle se protège du soleil sous une ombrelle en tenant le bras de son époux, un grand brun grassouillet de vingt-huit ans, au visage sympathique encadré de favoris qui descendent jusqu'au menton. C'est leur premier voyage à Beauharnois et ils n'osent pas saluer cette foule qui les dévisage. Près d'eux, deux militaires en tunique rouge scrutent l'assistance pour garantir la sécurité du jeune couple. Sur le quai, au pied de la passerelle, Lawrence Brown, sa femme Anna et leurs deux filles, tous endimanchés, attendent que le jeune couple descende pour l'accueillir.

Les Canadiens gloussent de voir les Ellice chasser les maringouins de leurs mains. Les Anglais, eux, s'en désolent.

– Il ne doit pas y avoir beaucoup de bibites dans leur château, en Angleterre! se moque Madeleine.

– C'est un pays civilisé, là-bas! réplique M. Ross, offusqué.

Les militaires descendent du navire. Edward Ellice s'engage derrière eux sous les applaudissements des spectateurs. Sa frêle épouse le suit, en s'appuyant sur son épaule pour ne pas glisser sur les madriers usés de la rampe.

Poussée dans le dos par sa mère, la petite Caldwell Brown s'avance vers la dame, un bouquet d'asters violets dans les mains. Jane Ellice l'embrasse sur la joue sous l'œil bienveillant du père de l'enfant, qui se présente alors au couple et qui présente sa famille. Après un bref échange de courtoisies, le groupe se dirige vers l'assemblée des admirateurs qui tendent le bras pour serrer la main des Ellice. On leur ouvre un passage en les acclamant. Heureux, ils sourient en retournant les salutations. Quand Brown aperçoit les Pitre, il s'arrête pour les présenter à ses patrons. John Ross, qui ne se contient plus, se présente lui-même en bafouillant des compliments qui font sourciller Jane Ellice. Caroline sourit à Jacques.

Les mondanités traînent en longueur. Quand le couple peut enfin se libérer, l'agent offre de l'escorter jusqu'au manoir. Jane Ellice, charmée par Caroline, en profite pour lui prendre le bras.

Chapitre xx

Dès le lendemain, Jane Ellice va se promener dans les rues, abritée sous son ombrelle. Ses bras et ses jambes sont enflés à cause des piqûres des moustiques. Même le cou n'a pas été épargné. Aussi souffre-t-elle d'une légère fièvre. Elle va de magasin en magasin pour acheter des produits locaux et des souvenirs, qu'elle a l'intention de rapporter en Angleterre. Les Canadiennes la regardent passer, tandis que les Anglaises s'empressent autour d'elle pour la toucher. Au magasin général, elle croise la mère de Jacques.

– Je suis contente de vous revoir! s'exclame-t-elle avec un accent britannique. Notre agent nous a tellement parlé de vous et de votre mari.

Les Anglaises dévisagent Geneviève, la hargne peinte sur le visage.

– Nous aimerions vous recevoir à souper, samedi soir. Il y aura aussi d'autres personnes que nous voulons mieux connaître.

– Ce sera un honneur, madame, répond Geneviève en inclinant légèrement la tête.

– Vous me faites plaisir. Nous vous attendons de bonne heure, vers cinq heures. N'oubliez pas d'amener votre fils, Jacques.

Geneviève est surprise.

— Caroline Brown sera là aussi, fait savoir la dame. Je suis une incorrigible romantique! ajoute-t-elle avec un sourire.

— Nous n'y manquerons pas, madame.

Encore troublée par l'invitation, Geneviève s'en va en oubliant d'acheter ce qu'elle était venue chercher. Elle se rend directement à la forge.

— Je suis énervée sans bon sens! déclare-t-elle en entrant dans la boutique.

Jacques tourne la tête pour la regarder. L'employé la dévisage aussi. Intimidée par leur présence, elle se rapproche de son mari pour lui annoncer la nouvelle.

— Je n'ai pas de robe à me mettre, chuchote-t-elle aussi à son oreille, je ne sais pas ce que je vais faire.

— Tu n'as qu'à mettre celle que tu as achetée pour le mariage de Judith.

— Voyons donc, je ne peux pas faire ça, notre fille serait insultée! Je vais aller chez la couturière pour m'acheter la robe verte que j'ai vue dans sa boutique, l'autre jour.

— Comme tu veux.

— Tu pourras mettre ta redingote marron avec ton nœud papillon et tes souliers vernis, dit-elle en l'embrassant sur la joue. Tu es beau là-dedans.

— Voyons donc, c'est mon habit de noces!

— Pour les hommes, ce n'est pas pareil, réplique-t-elle.

Samedi midi, juste avant le dîner, on entend gronder le tonnerre.

— Ah non, il va pleuvoir! lance la mère, contrariée.

Le père s'approche de la fenêtre et constate que le ciel est bleu et sans nuages.

– Ce n'est pas le tonnerre, dit-il. On aurait dit un coup de canon.

– Ça venait d'en haut de la côte, ajoute Jacques.

– Ça doit être les damnés rebelles! s'écrit le père. Je gagerais qu'ils ont fabriqué un canon en bois.

Soudain, la porte d'entrée claque.

– Louis! appelle la mère, alarmée.

Le garçon entre dans la cuisine.

– Oui, maman!

– Je voulais juste savoir où tu étais, dit-elle, je m'inquiétais.

La journée ne s'écoule pas assez vite à son goût. L'attente la rend anxieuse et l'excite en même temps. C'est la première fois qu'elle est reçue chez un noble.

– Tu devrais aller t'étendre, suggère le père, ça te ferait du bien.

Même allongée sur son lit, elle ne cesse de se morfondre. Quand Jacques amène la calèche dans la cour, elle doit s'arrêter à mi-chemin entre la maison et la voiture, la main sur le cœur, pour se calmer.

– Ça n'a pas d'allure de s'énerver de même! reproche le père. Prends une grande respiration.

– Tu peux bien parler, réplique-t-elle, tu es habitué au grand monde, toi!

– J'aimerais être à votre place, dit Judith en l'embrassant sur la joue. Il va y avoir plein de belles robes, de belles coiffures et des bijoux, sans parler des beaux uniformes.

Le manoir seigneurial est une habitation de soixante pieds de façade, en bois équarri, qui date de vingt-huit ans déjà. Le toit en pente, recouvert de bardeaux de cèdre et percé de six lucarnes et de deux cheminées, se prolonge au-dessus d'une grande galerie qui occupe tout le devant du castel. Un bureau d'affaires construit en annexe, sur sa gauche, lui donne un air exagérément long.

Le majordome, qui est en faction devant la double porte d'entrée, les fait pénétrer dans le hall. Une causeuse et quelques fauteuils meublent la pièce. Un chandelier qui pend du plafond éclaire les murs tapissés et ornés de riches tableaux aux cadres dorés. Le plancher est recouvert d'un tapis persan.

Ils passent ensuite dans le salon, à gauche de la pièce. Le curé Quintal y converse avec les Brown et les Ellice. Par crainte du prêtre, Caroline se tient à côté de la femme du seigneur. Ce dernier vient vers eux avec deux coupes de champagne. Il en présente ensuite une à Jacques, malgré les regards désapprobateurs de ses parents. Le curé est content de les voir, ainsi que Lawrence Brown qui se montre exubérant. Sa femme reste polie, sans plus.

Quand elle aperçoit son amoureux, le visage de Caroline s'éclaire. Elle l'entraîne à l'écart pour jaser. Elle est heureuse de se retrouver au manoir où elle a passé la plus grande partie de sa vie. C'est un peu sa maison, et son amant y entre pour la première fois. Elle lui montre les grandes fenêtres à carreaux, les murs de plâtre et les plafonds en planches comme au Château. Elle le conduit ensuite à l'autre bout du salon double dont la partie arrière sert de bibliothèque ou de salle de musique, selon les jours. Tous les planchers sont recouverts de tapis, comme dans les riches demeures anglo-saxonnes du village.

Robert Norval et sa jeune épouse Helen sont bientôt annoncés, suivis de près par Eustache Masson et sa femme Scholastique, toujours souriante. Jacques pense aux révélations du quêteux.

Des servantes se faufilent entre les invités avec des plateaux remplis de canapés pendant que les Ellice font la conversation avec leurs invités. Caroline se rapproche d'eux, entraînant son amoureux avec elle.

— Comment s'est passée votre traversée en mer? demande la mère de Jacques à la seigneuresse.

— J'ai eu le mal de mer au début, mais tout était calme ensuite.

— Combien de temps comptez-vous rester à Beauharnois? demande Anna Brown, pressée de revenir habiter au manoir.

— Jusqu'au début de novembre, environ.

— Si vous restiez plus longtemps, vous pourriez voir notre hiver, suggère Mme Masson.

— Non, merci! Je ne veux pas être ensevelie sous la neige pendant six mois! L'hiver de l'Angleterre me suffit.

— Comment va le nouveau gouverneur, Lord Durham? demande le père Masson.

— Il est en voyage avec sa famille, répond Edward Ellice. Ils remontent le fleuve jusqu'aux chutes du Niagara pour se faire une idée du pays.

— Les chanceux! s'exclame Mme Masson avec envie.

— J'espère que ça ne lui sera pas trop pénible, commente Jane Ellice.

Jacques et Caroline écoutent en silence.

— Que voulez-vous dire? demande le curé, intrigué.

— Il souffre de consomption et les attaques l'affectent beaucoup, raconte la dame, l'air affligé. Un si charmant homme!

— Pauvre lui! sympathise Helen Norval.

– Il a aussi des migraines terribles, révèle Jane. Avec son travail, il peut difficilement se reposer, il n'arrête jamais.

– On dit qu'il a beaucoup souffert de la perte de sa première femme et de ses trois filles, se navre Mme Brown. De quoi sont-ils morts ?

– De consomption.

Cette fois, le mot est tombé comme une condamnation. On se regarde d'un air effaré.

– Le premier fils de son deuxième mariage en est mort aussi, continue Jane Ellice. C'est une vraie malédiction que cette maladie !

– J'espère que sa dame et ses autres enfants seront épargnés ! souhaite Mme Brown.

– Prions le Seigneur qu'ils restent en santé ! ajoute Helen Norval.

– Vous aurez l'occasion de les voir, annonce Jane Ellice. Ils passeront quelques jours ici, sur le chemin du retour.

Les invités sont surpris par la nouvelle. On se regarde, bouche bée.

– Ce sera un grand honneur pour le village ! s'exclame le curé.

– Quand est-ce qu'ils doivent arriver ? demande Scholastique Masson, moins gênée que les autres.

– Dans une semaine environ, répond Edward Ellice. Au fait, monsieur Masson, nous aimerions réserver deux chambres au-dessus de votre quincaillerie. Nous avons l'intention d'y emménager avec notre bonne, le temps que le gouverneur habitera dans le manoir.

– Ce sera un honneur pour nous, milord !

— Venez, mesdames, dit Jane Ellice en prenant Caroline par le bras, je vais vous faire visiter la maison !

Geneviève fait signe à Jacques de la suivre. La dame traverse le hall pour pénétrer ensuite dans le lieu de travail de son mari, dont se sert l'agent en son absence. Au milieu de la pièce inondée de lumière trône un grand bureau en chêne. Des documents sont empilés sur le meuble ainsi que quelques livres et un plan de la seigneurie. Des fauteuils en bois et des chaises droites complètent l'ameublement. On se rend ensuite à l'étage pour voir la chambre à coucher des seigneurs. Un grand lit à baldaquin encombré d'oreillers et de coussins règne au milieu de la pièce, entouré d'un grand filet transparent qui protège les époux contre les moustiques. Un riche mobilier français est disposé le long des murs tapissés de motifs fleuris. Jacques et Caroline échangent un regard furtif.

Passant devant les chambres des serviteurs sans s'arrêter, Jane Ellice et sa suite redescendent et se dirigent vers la cuisine, où un chef et ses aides s'affairent à la préparation du souper. Elle entraîne ensuite les visiteurs vers la véranda, qui s'étend sur toute la largeur de la maison à l'arrière, endroit qu'elle affectionne particulièrement.

— C'est féerique ici, quand le soleil descend sur le fleuve ! s'exclame-t-elle devant ses invités, qui acquiescent aussitôt d'un signe de tête, par politesse.

De retour à l'intérieur, elle descend au sous-sol, précédée par le majordome, qui tient bas deux fanaux pour éclairer les marches menant à la cave à vin. L'humidité de la terre leur remplit les narines. Craignant de glisser, Geneviève s'accroche au bras de son fils. Elle descend lentement les huit marches en les tâtant du pied. Quand elle touche la surface dallée, elle se sent rassurée, sans toutefois lâcher le bras de Jacques. Devant eux, un grand espace noir que la lumière ne parvient pas à délimiter les fait s'arrêter. Leurs yeux cherchent à percer les ténèbres. Caroline, qui craint la présence de rats, a agrippé le bras de Jane Ellice. Jacques et sa mère suivent la lueur des fanaux jusqu'aux casiers de bouteilles adossés à un mur de maçonnerie. La moitié est remplie de vins de toutes sortes.

— C'est mon petit caprice, explique la propriétaire.

— Moi, j'apprécie surtout le sherry, fait savoir Anna Brown.

— J'ai un faible pour les vins français, avoue Geneviève.

— Personnellement, je préfère les vins italiens, dit la seigneuresse. Je les trouve plus savoureux, plus ensoleillés.

— C'est ce que je dis à mon mari, soutient la mère Masson.

— Il y en a de plusieurs pays! s'étonne Helen Norval en lisant les étiquettes.

— Oui, confirme Jane. Nous avons apporté plusieurs caisses de bouteilles de vin sur le bateau. Nous aurons le bonheur d'en boire, tout à l'heure.

— Vous parlez un français impeccable, ma chère, fait remarquer Geneviève à Mme Norval.

— Je suis née De Blaquière, répond la femme.

Après avoir fait le tour du cellier et apprécié les différents cépages avec les yeux, on remonte au rez-de-chaussée. Jane Ellice les précède dans un long couloir, où elle s'arrête devant des portes closes.

— C'est la salle à manger, dit-elle. Je vous la montrerai tout à l'heure, ce sera une surprise.

Elle les ramène au salon, devant des paravents chinois aux motifs fleuris qui cachent un chevalet installé devant les grandes fenêtres de la pièce.

— C'est le meilleur endroit de la maison pour la lumière naturelle, assure-t-elle.

Une aquarelle inachevée est posée sur le chevalet. À côté, sur une desserte, sont installés des pots de pigments de couleurs, de l'eau et des pinceaux. La seigneuresse enlève la toile qui recouvrait le tableau.

— Le manoir! s'exclame Caroline. Que c'est joli! On voit aussi le fleuve et une partie du village.

— La vue est splendide de l'autre côté du pont, commente Scholastique Masson. J'aime vos couleurs, madame Ellice. Quelle légèreté!

— La nature a une telle grandeur! s'émeut Mme Norval.

— Je trouve que c'est harmonieux et paisible, juge Anna Brown.

— J'ai l'intention de peindre toute la région, ajoute Jane Ellice. C'est d'une telle beauté sauvage.

— J'aimerais l'acheter quand elle sera terminée, intervient le père de Jacques, attiré par les commentaires des femmes.

— Vous me flattez, monsieur, mais elle n'est pas à vendre. J'ai l'intention de la rapporter en Angleterre. Ça me fera penser à vous.

L'atmosphère est détendue et les invités parlent fort en buvant du champagne. Finalement, la seigneuresse les prie de passer dans la salle à manger. La vaste pièce est arrangée avec toute la finesse aristocratique et anglo-saxonne de Beauharnois. Au milieu repose une grande table ovale en chêne aux énormes pieds de lion sculptés. Un vase de fleurs coupées est placé en son centre, sur une grande nappe brodée. Deux chandeliers illuminent les plats et les couverts en argent, la vaisselle de porcelaine et les verres en cristal.

Les Ellice s'assoient à chacune des extrémités de la table. Anna Brown et son mari s'installent à la droite du jeune seigneur, suivis par les parents de Jacques et par le curé. Caroline s'assoit à droite de l'hôtesse, suivie par Jacques, les Masson et les Norval.

Lawrence Brown est excité de se retrouver à côté de Geneviève, car il peut la frôler sans s'excuser. «Dieu qu'elle est belle!» pense-t-il en lui souriant avec convoitise. Il pense souvent à elle et, depuis quelque temps, il se surprend à faire des visites impromptues au Château dans l'espoir de la voir, ne fût-ce qu'un instant. Quand vient la nuit, il la désire en secret.

Il la dévisage d'un air langoureux. Son parfum lui chavire l'esprit. Il a le cœur qui bat la chamade. Quelque part, au loin, la voix de sa femme l'appelle:

– *Honey! Honey!*

Il tourne la tête, les yeux hagards, et prend conscience de la présence d'Anna et des autres convives. Tout le monde le regarde.

– *Yes, dear!* répond-il, tel un gamin pris en faute.

– Veux-tu du vin? demande-t-elle sèchement, les yeux pleins de colère.

Le majordome est à côté de lui, une bouteille de rouge à la main.

– Oui, oui! fait-il, empressé de plaire.

Embarrassée, Geneviève a baissé la tête. Son mari, les mâchoires serrées, brave Brown du regard. Elle lui prend la main pour le rassurer. En face, leur fils se sent humilié. Caroline est éberluée et ne sait plus quoi penser. Scholastique Masson trouve la situation amusante alors qu'Helen Norval est scandalisée. Le curé fronce les sourcils en soupçonnant qu'il a manqué quelque chose, tandis que les Ellice continuent à sourire, ne voulant rien laisser paraître de leurs émotions.

Sur un signe de l'hôtesse, les servantes enlèvent les couvercles des plats. Un rôti de bœuf fumant trône au centre d'une assiette d'argent, entouré de légumes arrosés de beurre et parsemés de persil.

— Levons nos verres à Lord Durham! propose Ellice en levant sa coupe.

— Au nouveau gouverneur! acclament les convives.

Il est six heures du soir et on mange avec appétit. Les émotions calmées, on parle du voyage des Ellice. Lawrence Brown tente de se racheter en étant attentif à sa femme. Alors que les convives attendent le dessert, Jane Ellice annonce :

— Mes amis, nous allons remettre le dessert à plus tard, afin de profiter de la clarté pour faire une balade sur le fleuve. L'air frais nous fera du bien. Suivons mon mari.

Les convives se regardent, surpris, et se lèvent pour suivre Edward Ellice. Ils suent à grosses gouttes à cause de la chaleur humide et du repas trop lourd. Le gros curé, qui s'est empiffré, respire bruyamment.

Ils traversent la grande maison, sortent par la véranda et se dirigent vers la berge, près de l'embouchure de la rivière Saint-Louis. Le soleil brûlant est encore haut dans le ciel et se mire dans le fleuve. On sent la fraîcheur des rapides au loin, transportée par la brise. Des canots d'écorce et une chaloupe sont amarrés. À côté des embarcations, deux tortues retenues par des laisses tentent en vain de se sauver dans l'eau.

— Pauvres petites bêtes ! s'apitoie Caroline.

Elle ôte aussitôt ses souliers, relève le bas de sa robe et s'avance dans l'eau sous le regard d'Edward Ellice, qui n'ose pas avouer que c'est sa femme qui a fait prisonniers les animaux. La jeune femme libère les bêtes, qui se mettent à nager vers le large. Jane arrive à ce moment-là avec sa guitare.

— Ne vous inquiétez pas pour vos robes, mesdames, rassure-t-elle sans remarquer l'absence des tortues, j'ai fait placer des coussins dans les embarcations.

Se tournant vers le prêtre, elle dit :

— Vous embarquez avec nous, monsieur le curé.

Caroline s'approche de la dame et lui chuchote quelque chose à l'oreille. Cette dernière a un sourire approbateur.

— Nos jeunes amoureux ne nous suivront pas, annonce-t-elle à ses invités. Ils vont nous attendre sur la véranda.

La mère toise son fils d'un air sévère. Anna Brown fait de même avec sa belle-fille. Même le curé semble contrarié.

— Vous savez comment sont les amoureux ! s'exclame la seigneuresse pour apaiser les esprits. Nous avons tous été jeunes, un jour.

Seule Scholastique Masson sourit. Les hommes se déchaussent et roulent les jambes de leurs pantalons. Le curé entre dans l'eau en tenant sa soutane relevée pour ne pas la mouiller. Les femmes montent à bord des canots pendant que leurs époux tiennent les embarcations en équilibre. Les hommes s'agenouillent ensuite au fond pour pagayer, en suivant la chaloupe des Ellice conduite par le curé qui rame à contre-courant en longeant la rive.

Jacques et Caroline les saluent de la main avant de retourner au manoir.

À l'arrière de la propriété, la vue s'ouvre sur le grand lac formé par le fleuve à cet endroit. Des vignes sauvages pendent des arbres vers l'eau en formant des havres de paix à l'abri du soleil. On dirait que le temps s'est arrêté dans ce lieu de beauté et de richesse, où l'âme se remplit de douceurs célestes. Rêveur, Jacques se sent emporté et prend Caroline par la taille pour l'embrasser.

Main dans la main, ils empruntent le sentier qui longe la maison. Devant le manoir, ils continuent dans l'allée qui mène au chemin. De chaque côté, des feuillus se mêlent aux pins gigantesques. Il y a des fleurs partout, et les papillons voltigent en tous sens à la recherche de nectar. Des oiseaux sautillent de branche en branche et leurs chants emplissent l'air. Au moindre bruit, les écureuils roux grimpent dans les arbres. Les amants marchent lentement pour profiter de l'ambiance feutrée. Ils arrivent bientôt devant la barrière, où ils rebroussent chemin et vont s'asseoir au bord de l'eau.

Dans un élan violent, ils s'embrassent encore. La main de Jacques est posée sur la poitrine de Caroline. Sa verge durcie fait une bosse dans son pantalon.

– J'ai aimé ça dans la grange, dit-elle, le regard invitant.

Il l'embrasse en engouffrant sa langue dans sa bouche. Il est passé huit heures et le soleil s'est rapproché de l'horizon. Le fleuve est calme comme une mer d'huile, et on voit les canots se rapprocher, au loin.

– Allons les rejoindre! dit-elle en se levant.

De retour dans la salle à manger, les invités prennent place autour de la table, où deux grands bols de fraises et de framboises agacent la gourmandise. Un sucrier en porcelaine et un pichet en argent rempli de crème sont là pour accompagner les fruits, ainsi que des biscuits au sucre d'érable artistiquement empilés dans des assiettes. Une tasse et une soucoupe en porcelaine, aux motifs fleuris, sont posées devant chaque convive.

Après avoir servi le dessert, les servantes versent le thé et le café aromatisé au moka.

– Les rebelles s'entraînent à tirer au canon, dit Edward Ellice pour engager la conversation.

– Gardons cela pour tout à l'heure, chéri! interjette aussitôt sa femme. Savourons plutôt ces merveilleux fruits.

– Pardonnez-moi, ma chère! s'excuse Edward.

Le repas terminé, les hommes se rendent dans la bibliothèque pour déguster un porto. Jacques se sent obligé de les suivre. Les femmes s'installent au salon, s'affalant dans les sofas avec chacune un verre de sherry à la main. Elles savent que les hommes vont parler de politique. Deux énormes chandeliers au plafond répandent de belles lueurs. Caroline est à côté de la seigneuresse.

– Saviez-vous que ce sherry vient d'ici? demande Jane Ellice en indiquant son verre.

– Vraiment! s'exclame Scholastique Masson.

– C'est M. Brown qui l'a fait. Nous avons l'intention d'en rapporter des barriques en Angleterre pour le faire goûter à des amis.

– Vous êtes gentille de le mentionner, la remercie Anna Brown.

– Madame Ellice, intervient Geneviève, j'aimerais profiter de l'occasion pour vous inviter au mariage de ma fille Judith, dans neuf jours.

—J'en serais ravie! s'exclame la dame, surprise. Qui épouse-t-elle?

—Richard Ross, le fils du propriétaire du magasin général.

—Ce sont des gens très bien, m'a-t-on dit.

—Le pauvre garçon a dû se convertir au catholicisme! lance malicieusement Anna Brown, en prenant un air piteux.

Les mots perfides sont lâchés. Geneviève est rouge de colère. Jane Ellice continue à sourire pour sauver la face. Scholastique Masson se fait menue, ne sachant pas comment réagir. Caroline Brown bout intérieurement et se retient de dire sa pensée à sa belle-mère. Helen Norval est la seule qui n'est pas troublée.

—Moi-même j'ai dû devenir presbytérienne pour épouser Robert, dit-elle.

Tous les regards convergent vers elle. Une expression reconnaissante apparaît sur le visage de Geneviève. Les autres femmes sont bouche bée. Jane Ellice profite de l'occasion pour continuer sa conversation avec Geneviève.

—J'ai bien hâte de voir votre château, dit-elle. J'en ai tellement entendu parler.

—Ça me fera un immense plaisir, madame! répond Geneviève, soulagée. Il est plus humble que le vôtre, cependant.

Puis, risquant le tout pour le tout, elle demande:

—Croyez-vous que le gouverneur accepterait mon invitation?

—Je me charge de le convaincre personnellement.

Geneviève est si heureuse qu'elle en rougit d'émotion, ce qui fait sourire la seigneuresse. Anna Brown ne peut cacher sa rage. Caroline sourit, ainsi qu'Helen Norval. Mme Masson la félicite.

Dans la bibliothèque, les hommes en sont à leur deuxième verre de porto.

– Le gouverneur sera choqué d'apprendre que les rebelles ont des canons, dit Edward Ellice. C'est un homme de cœur, un libéral, et la reine Victoria attend beaucoup de lui.

– Que voulez-vous dire? s'enquiert le père Masson en mettant son lorgnon.

– Un bon exemple est la décision de Lord Durham, rendue publique le jour du couronnement de la reine, il y a deux semaines, d'accorder l'amnistie à une centaine de prisonniers de la rébellion de l'automne passé.

– Il en a déporté certains aux Bermudes, oppose le marchand au crâne dénudé.

– Je vois que vous suivez de près la politique, fait remarquer Robert Norval en regardant le quinquagénaire d'un air suspicieux.

Jacques écoute sans dire un mot.

– C'est parce que mon neveu est parmi les déportés, avoue tout bonnement M. Masson.

– Comment s'appelle-t-il? demande le comptable.

– Hyacinthe Masson. Il est médecin! ajoute-t-il fièrement.

Le quincaillier a tout à coup le sentiment d'avoir trop parlé.

– Il habite loin d'ici, s'empresse-t-il de préciser pour corriger sa bévue.

– J'espère que vous ne suivez pas son exemple! nargue Brown.

– Ils ont été déportés parce qu'ils étaient des chefs, affirme Edward Ellice. J'étais à Québec quand ils sont arrivés, à bord du *Canada,* tard dans la nuit. On les avait amenés du Pied-du-Courant, à Montréal, d'où ils étaient partis le lundi après-midi. Au matin, on les a embarqués sur le *Vestal,* un vaisseau de guerre, à destination des Bermudes. Des sympathisants avaient organisé une collecte pour les prisonniers. J'ai aussi aidé à ravitailler le navire, qui a appareillé vers quatre heures de l'après-midi. Je peux vous assurer que tout le monde était en bonne santé.

– Je suis bien aise d'apprendre ça, dit le vieux Masson.

– Vous oubliez, mon cher Eustache, une vingtaine de chefs qui se sont sauvés aux États-Unis et qui ont été bannis, rappelle le père de Jacques.

– Je trouve que le gouvernement a été trop généreux, commente Brown. Personne n'a été pendu.

– Vous êtes un homme dur ! reproche le curé.

– Tout cela montre que M. Durham est magnanime, clame Ellice. Il désire la paix entre les Anglais et les Canadiens.

Jacques a un goût amer dans la bouche. Il n'aime vraiment pas Brown, ni Norval d'ailleurs. Par contre, il trouve M. Masson sympathique. Il a l'impression que son père joue sur les deux tableaux, pris entre les contrats du gouvernement et ses sentiments patriotiques. Il l'a déjà entendu faire des commentaires déplaisants contre les Anglais. Il en conclut que sa relation avec Brown n'est pas une relation d'amitié, mais bien une relation d'affaires.

La soirée se poursuit avec les civilités coutumières. Brown a apporté des cigares de La Havane, qu'il distribue généreusement aux hommes. Jacques ne fume pas. Les femmes les expulsent aussitôt à l'extérieur pour qu'ils n'empestent pas la maison. Elles les rejoignent peu après sur la véranda. Une lune énorme suspendue dans le ciel inonde le jardin de lumière. À travers les arbres, l'astre trace un sillon argenté sur l'onde noire du grand fleuve. Caroline prend le bras de Jacques pour se presser contre lui.

– C'est beau, dit-elle, si romantique !

Plus tard, quand la fraîcheur tombe, Jane Ellice ramène ses invités au salon, où Edward les divertit en jouant du piano. Après quelques pièces réussies qui lui attirent des applaudissements, il attaque une valse. Bientôt sonne minuit à la grande horloge en chêne. Les hommes sortent leur montre pour vérifier l'heure. Les Masson veulent partir, faisant prendre conscience aux autres qu'il est tard. Jacques et Caroline doivent se quitter.

Chapitre XXI

L e lendemain, jour du Seigneur, il fait un temps splendide. C'est le moment le plus beau de l'année, la période des canicules, avec ses chaleurs intenses et le toucher brûlant du soleil dans un ciel bleu à l'infini. Il fait trop beau pour travailler, et comme ça ne dure que quelques semaines, les habitants en profitent pour organiser des pique-niques, aller à la pêche, faire un tour dans les villages avoisinants ou se promener en chaloupe ou en canot sur le fleuve. Les plus riches vont visiter la grande ville de Montréal ou descendent jusqu'à Québec. Même les oiseaux partent se rafraîchir dans les bois ou sur les rives du fleuve.

Après la messe, les parents de Jacques invitent l'oncle et la tante à dîner. Le dîner du dimanche est un événement important pour les Pitre, une sorte de fête familiale où l'on prend le temps de manger et de placoter. Geneviève met toujours une belle nappe blanche avec de la dentelle et sort sa belle vaisselle et des couverts en argent. En saison, elle aime placer un vase de fleurs au centre de la table pour ajouter de la fantaisie et de la couleur. La bonne fait cuire une poule grasse, qu'elle accompagne de patates pilées épicées avec de la sauge, de pois verts et d'une sauce mi-épaisse mijotée dans le gras de la volaille, avec un peu de farine, du sel et du poivre. Elle n'oublie jamais le dessert, qu'elle fait varier chaque fois : gâteaux blancs, à l'érable, au moka ou à la mélasse, tartes aux pommes, aux petits fruits, à la farlouche, au sirop d'érable, yogourt et un tas d'autres gâteries dont elle réserve la surprise.

Le dîner s'étire et Jacques trépigne d'impatience, car il a promis à Caroline qu'ils iraient se baigner. Ses trois cousines l'énervent avec leurs enfantillages.

— Mon Dieu que tu as l'air pressé ! lui reproche sa mère.

— Je veux aller me baigner avec Caroline, répond-il.

— Où ça ?

— À la pointe du Buisson.

— Je veux y aller avec vous, dit Madeleine.

— C'est une bonne idée, approuve Geneviève en regardant son fils.

Jacques n'est pas content et affronte sa mère du regard. Puis, il baisse la tête en signe de soumission.

— Je vais aller me changer tout de suite, fait savoir Madeleine en sortant de table en toute hâte.

— N'oublie pas d'apporter un piqué et d'attacher tes cheveux, rappelle la mère.

Jacques monte l'escalier jusqu'à sa chambre sans se presser, avec le sentiment que l'après-midi avec Caroline est fichu. Quelques instants plus tard, il redescend avec Madeleine, un sac de toile sur l'épaule. Il tient aussi une couverture enroulée sous son bras. Dans l'écurie, il laisse éclater sa colère.

— Je suis obligé de te traîner avec moi ! gueule-t-il.

— Je suis assez vieille pour prendre soin de moi, tu sauras ! Je n'ai pas besoin de toi !

– On ne dirait pas! Il faut toujours que tu viennes te mettre dans nos jambes!

La pauvre Madeleine se met à pleurer.

– Je veux juste aller me baigner! se lamente-t-elle. Je suis toujours seule! Maman ne veut jamais que je sorte!

Jacques est déconcerté. Il ne s'attendait pas à cette réponse. Aussi se radoucit-il rapidement.

– Attends, je vais t'aider, dit-il en plaçant la selle sur le dos du cheval de sa sœur.

– Merci! répond-elle en séchant ses larmes du revers de la main.

Quand ils arrivent au moulin à farine, leur point de rencontre, Caroline est déjà là. Jacques s'approche et pose un baiser sur sa joue, gêné par la présence de sa sœur. Caroline le retient par le bras et l'embrasse sur la bouche. Les deux jeunes femmes pouffent de rire en voyant qu'elles portent une jupe presque identique et une blouse blanche à grandes manches.

Le trio passe à côté de la maison du défunt meunier, puis s'engage sur le chemin cahoteux. Contente d'être là, Madeleine s'est placée entre les deux amoureux sans s'en rendre compte. Elle parle de tout et de rien, jusqu'à en oublier son frère.

Ils aperçoivent bientôt Jane Ellice en bordure d'un champ, assise sur un banc devant son chevalet. Elle les salue de la main.

– Je la connais bien, dit Caroline en s'arrêtant. Je vais aller la voir.

Madeleine étant intimidée et Jacques se méfiant des aristocrates, ils ne bougent pas et regardent la belle Écossaise sauter le fossé pour rejoindre la seigneuresse.

– Belle journée! lance Caroline.

– La lumière est parfaite ! se réjouit Jane Ellice.

– La vue est belle, d'ici.

– C'est la nature originelle.

– Que peignez-vous ?

– Le manoir.

– C'est la même peinture que vous nous avez montrée à la réception, hier ?

– Oui ! J'ai bien hâte de la terminer.

– Je dois vous laisser, fait savoir Caroline en se tournant vers ses amis. Nous allons nous baigner à la pointe du Buisson.

– Chanceuse ! Amusez-vous bien !

– À la prochaine !

Jacques se place entre Caroline et sa sœur pour le reste du trajet. Embarrassée, Madeleine se contente de contempler le paysage autour d'elle. Elle est étonnée d'arriver si rapidement à la pointe du Buisson. L'aspect rudimentaire de la maisonnette de Tom et de sa mère, qui lui apparaît au loin, la frappe tout à coup. Ce n'est pourtant pas la première fois qu'elle la voit, mais aujourd'hui, son cœur lui joue des tours.

– Ils sont bien pauvres ! s'exclame-t-elle, attristée.

Son frère ne répond pas à la remarque. L'endroit est désert.

– Ils doivent être partis soigner quelqu'un, dit Jacques.

Ils empruntent le sentier qui mène au bord de l'eau et, après quelques minutes, atteignent le campement de pêche iroquois en aval. Il n'y a personne non plus.

– Allons-y ! propose Madeleine.

– Pourquoi pas ! répond Caroline.

Grâce à leurs grandes jupes qui les protègent des regards, les jeunes femmes peuvent enfiler discrètement leurs pantalons de plage. Pour la robe de bain qui descend jusqu'aux genoux, avec de grandes manches en laine, c'est autre chose et elles doivent se servir du piqué comme d'un paravent. Jacques feint quelques tentatives pour voir sa blonde, mais sa sœur le rabroue.

– Ne regarde pas, cochon !

Moins pudique, il se contente de leur tourner le dos pour enlever son pantalon. Il a les fesses à l'air, le temps de passer son maillot de laine moulant qui le couvre du cou jusqu'aux chevilles. Caroline a un fou rire alors que Madeleine s'indigne.

– Je vais le dire à maman !

– Bébé la la ! réplique-t-il.

L'eau du fleuve est froide, mais les jeunes gens se baignent comme si de rien n'était. Jacques s'amuse à se laisser flotter sur le dos tout en projetant des jets d'eau dans les airs avec sa bouche. Soudain, il saisit Caroline par la taille pour l'embrasser.

– Fais attention, murmure-t-elle, il peut venir du monde !

Il se met à l'arroser en frappant l'eau de ses mains. Elle se sauve vite vers Madeleine. Il la poursuit et un combat s'engage entre les trois belligérants. On s'éclabousse à qui mieux mieux en poussant des cris de joie. Tout à coup, Madeleine s'arrête et se frotte un œil.

– Ça brûle ! gémit-elle.

Jacques n'ose pas s'approcher, craignant ses réactions parfois vives. Caroline ramène sur la berge la pauvre fille, qui a appuyé la paume de sa main sur son œil rougi.

L'après-midi s'écoule lentement à ramasser des coquillages et à faire rebondir des cailloux sur l'eau. À l'approche de Madeleine, des malards s'envolent dans un vacarme de clapotis et de froissements d'ailes. Plus loin, des bécasseaux se sauvent également. Un mâle lâche des cris aigus en feignant d'avoir une aile cassée pour attirer l'intruse loin de son nid. Comme elle ignore son manège, l'oiseau change de tactique et l'attaque en fonçant sur elle. Madeleine trouve finalement les quatre œufs chamois au fond d'une légère dénivellation de terre pierreuse, dans un nid d'herbe séchée. Contente de sa découverte, elle abandonne les œufs à l'oiseau, qui s'empresse de revenir couver sa progéniture. Elle rejoint ensuite les amoureux qui se font chauffer au soleil sur la couverture. Elle s'allonge à côté de son frère, qui lui prend la main. Elle lève la tête, heureuse, et regarde Caroline en souriant.

Chapitre XXII

Lawrence Brown passe la semaine à parcourir la seigneurie pour annoncer la venue prochaine du gouverneur. Les rebelles ne perdent pas de temps et font aussitôt le tour de la paroisse et des villages environnants, de porte en porte, pour décourager les Canadiens d'assister à l'événement.

La veille de l'arrivée du dignitaire, en dépit des menaces des rebelles, la population de Beauharnois a triplé. Des habitants de La Prairie, de Châteauguay, de Napierville, de Sainte-Martine, de Saint-Timothée, de Huntingdon et de Dundee, près de la frontière américaine, sont arrivés en foule pour voir Lord Durham. Il y a du monde partout dans les rues et dans les magasins, malgré la pluie qui tombe dru. Une vraie mine d'or pour les commerçants. L'auberge est bondée et la salle à manger ne suffit pas à nourrir tous ces ventres affamés. C'est aussi un coup d'argent inattendu pour les habitants qui hébergent des visiteurs dans leurs granges.

Le samedi matin, sous un ciel gris, le colonel Brown et ses officiers mettent leurs plans en œuvre en vue d'assurer la sécurité du gouverneur. Redoutant une action des rebelles, ils font planter des poteaux de cèdre tous les douze pieds du quai jusqu'au manoir, avec un câble qui les relie entre eux. Des miliciens sont postés tout le long du parcours, et un détachement est placé en faction à l'entrée de l'embarcadère pour en contrôler l'accès. Un mât est dressé juste à côté, au sommet duquel flotte le drapeau britannique. Des badauds observent les préparatifs.

Après le dîner, la fanfare s'installe sous le drapeau avec ses tambours, flûtes et cornemuses. Les musiciens, qui portent tous le kilt écossais, s'exercent en attendant l'occasion unique de jouer pour un si haut personnage. Leur chef est nerveux et ne cesse de réaligner ses hommes.

Quand Jacques arrive avec sa famille et celle de son oncle, des milliers de personnes sont déjà rassemblées derrière les câbles. Les Ellice conversent avec les notables et les officiers à côté d'un landau, devant le quai. Le curé Quintal et le révérend Roach, accompagné de son épouse, font semblant de s'ignorer. Geneviève Pitre confie ses enfants à Adeline et traverse le cordon de sécurité pour rejoindre son mari. Elle est accueillie avec réserve par Lawrence Brown, que sa femme surveille depuis sa bévue à la réception des Ellice. Ayant vu Jacques, Caroline abandonne aussitôt la main de la petite Caldwell et accourt auprès de lui.

La foule est bruyante. Plusieurs pestent contre le landau qui les empêche de voir le débarcadère. Les plus hardis tentent de s'aventurer au-delà des câbles, mais ils sont vite repoussés par les miliciens. Geneviève est inquiète et prend le bras de son mari.

– J'ai un mauvais pressentiment, dit-elle.

– Ne t'inquiète pas, la rassure François, nous avons placé tous les miliciens que nous avons pu trouver. Il y a beaucoup d'Anglais qui sont venus nous aider. Les rebelles ne pourront pas faire grand-chose.

Les vapeurs, qui transportent Lord Durham et sa suite, viennent d'arriver à l'appontement. Dans le silence de la foule, le *Henry Brougham* accoste avec souplesse sous un tonnerre d'applaudissements. L'officier Jim Brown fait jeter la passerelle. Les fantassins du 71e régiment de la Highland Light Infantry descendent les premiers.

Les soldats viennent de Kingston, une garnison située en bordure du fleuve, à cent quarante-cinq milles à l'ouest de Beauharnois. Ils portent des cabans rouges dont les épaulettes se terminent par des houppes de laine blanche. Les baudriers blancs, qui se croisent sur leur poitrine, retiennent une giberne sur leurs reins et un fourreau de cuir noir pour baïonnette sur le côté gauche. Ils portent aussi un pantalon de laine vert foncé, avec de larges carreaux rouge et vert, et sont coiffés d'un shako noir à la visière vernie. Un havresac charge leurs épaules, où s'appuie le canon d'un mousquet Brown Bess dont la crosse repose dans leur main droite.

Sur l'ordre de leur commandant, le lieutenant-colonel Charles Grey, les soldats se mettent en rang sur la passerelle pour former une haie d'honneur. L'homme de trente-quatre ans, grand et mince avec un visage allongé, porte des épaulettes avec des franges argentées. Un sabre pend sur sa hanche. Jacques est impressionné. Il se dit que les rebelles vont avoir affaire à forte partie.

Le *Dragon* accoste derrière le *Henry Brougham* sous les cris de joie du public. Lord Durham apparaît alors sur le pont. Il porte une tunique rouge et un pantalon bleu marine. C'est un homme de belle prestance, svelte, plutôt petit pour un Anglo-Saxon. Ses cheveux ondulés sont de longueur moyenne avec des favoris courts, à la mode militaire. Sur sa poitrine est épinglée la décoration de l'Ordre militaire du Bain, une croix surmontée d'une couronne dont les branches sont séparées par des lions.

La fanfare commence à jouer le *God save the Queen*. Le gouverneur se tient immobile tout en saluant l'Union Jack. Il offre ensuite son bras à sa femme, appuyée sur la balustrade. Ils descendent lentement la passerelle sous les applaudissements des spectateurs. Lady Durham a les épaules couvertes d'un châle rose pâle, qui s'harmonise bien avec sa robe gris pâle et qui met en valeur son visage empreint de douceur. Elle paraît calme et sans prétention, ne portant pour tout bijou que des perles aux oreilles. Le jeune fils et les trois filles du couple descendent derrière lui. Suivent Caroline Farquhar, l'épouse du lieutenant-colonel, quelques officiers de l'armée, des gentilshommes et des serviteurs.

La famille Durham traverse la haie d'honneur et est accueillie par les Ellice. Le seigneur serre la main du gouverneur et baise celle de son épouse, Louisa Grey, qui se trouve être sa cousine. Jane Ellice arbore son sourire habituel. Le couple accueille aussi Charles Grey, le frère de Louisa, et son épouse Caroline. Cette dernière ressemble beaucoup à la seigneuresse, avec quelques années en plus, neuf exactement.

Edward Ellice est content de se retrouver en famille et procède rapidement à la présentation de son agent, du curé et du pasteur, des notables, des commerçants, des industriels et des officiers de milice. «Mon Dieu qu'il a l'air jeune!» pense Geneviève quand le gouverneur et sa femme lui sont présentés. «On ne dirait pas qu'il est plus âgé qu'elle de cinq ans. » Elle le trouve beau avec ses cheveux noirs, ses grands yeux et sa bouche charnue.

Lord Durham monte dans le landau avec les siens. Il se tient debout et salue la foule qui l'acclame. Touché par les cris de joie et les applaudissements nourris de ses admirateurs, il descend de la voiture et parade devant la haie des miliciens en serrant les mains tendues vers lui. Sa femme, plus réservée, est restée assise dans la voiture avec les enfants.

Pendant que Lord Durham se pavane, la fanfare joue des airs écossais. Soudain, le gouverneur se retrouve par terre sous le poids de deux hommes qui se battent. Dans l'ardeur du combat, les assaillants ont traversé les câbles sans que les gardes puissent intervenir. Le plus costaud, un homme d'une quarantaine d'années, est par-dessus l'autre et tente de l'étouffer. Il essuie les coups de son adversaire sans se soucier de l'aristocrate qui gît sous eux et qui tente de se protéger de ses avant-bras. Lady Durham s'est levée et cache sa stupeur, la main sur la bouche. Son fils George, âgé de dix ans, a sauté du landau pour secourir son père. Charles Grey, qui suit son beau-frère comme son ombre, s'est déjà précipité sur le colosse, qu'il écarte de toutes ses forces. L'homme en profite pour s'enfuir pendant que Durham repousse l'autre assaillant. Grey appuie un genou sur la gorge du garçon, et le jeune Lambton lui donne des coups de pied aux jambes.

—*Bad man, bad man!* crie-t-il.

Le batailleur, à demi étouffé, se débat pour respirer, les yeux exorbités. Aucun son ne sort de sa bouche grande ouverte. Lawrence Brown et ses officiers accourent pour aider Grey. Autour d'eux, des gens affolés hurlent de peur, et certains s'éloignent en toute hâte. D'autres, les yeux agrandis, regardent constamment autour d'eux, prêts à défendre leur vie à la moindre alerte. Ceux qui sont derrière tentent de se frayer un chemin pour mieux voir. Les miliciens les repoussent pour laisser la place à leurs officiers, qui maintiennent le bagarreur par terre. Ce dernier est maintenant inconscient, assommé par un solide coup de poing au menton.

Edward Ellice s'occupe du petit George, pendant que Jane Ellice et Caroline Grey réconfortent Lady Durham. L'aînée de la comtesse, Mary, âgée de dix-neuf ans, tient ses deux jeunes sœurs contre elle. Des soldats ont quitté leur poste sur le quai pour entourer le gouverneur, leur baïonnette pointée sur la foule. Les spectateurs, énervés, regardent Lord Durham se relever. Il a le visage crispé et les cheveux en bataille. Il est furieux et frotte énergiquement sa tunique rouge pour en enlever la boue. Son fils est à côté de lui et le regarde avec fierté.

Jacques s'est hissé sur la pointe des pieds pour mieux voir. Caroline tient sa sœur apeurée dans ses bras. Soudain, l'assistance se met à acclamer Lord Durham, son chef. On hurle de joie en l'applaudissant. Le visage de l'orgueilleux homme s'éclaire d'un sourire.

Entre-temps, le prisonnier a repris conscience. Sur le conseil de Lawrence Brown, le lieutenant-colonel Grey l'abandonne à ses miliciens. Des fanatiques se jettent soudainement sur l'homme, un jeune Canadien aux cheveux blonds. Certains l'ont aperçu, la veille, chez Joseph Daigneault. On lui donne des coups de pied aux jambes et des coups de poing dans le dos, sur les épaules et sur la tête. À chaque coup asséné, le garçon gémit. Il tente de se protéger avec ses bras, car les miliciens sont débordés. John MacDougall et ses acolytes continuent quand même à le frapper.

– C'est assez! tonne le capitaine François Pitre.

D'un bond, il se lance sur MacDougall et l'envoie au sol. Avec l'aide du capitaine Ovide Leblanc et d'un détachement de miliciens, il entraîne le jeune homme en se frayant un passage parmi les exaltés, qui crient leur haine et tentent de le leur arracher.

– À l'échafaud! hurlent les Anglais.

– Assassin!

Des cailloux atteignent le garçon à la tête. Du sang coule sur son visage. Les spectateurs jubilent. Le pauvre est étourdi et François doit le soutenir jusqu'à l'auberge. Les clients ont peur en l'apercevant sur le seuil de la porte. Sans perdre un instant, on le mène au dernier étage, dans une chambre qui sert de prison temporaire.

Repue, l'assistance reporte son attention vers Lord Durham, qui a pris la main de son fils pour retourner vers sa famille. Le landau, tiré par deux chevaux blancs, est conduit par le cocher du manoir revêtu de son uniforme noir de laquais et coiffé d'un chapeau haut-de-forme. Il est assis bien droit dans la grande décapotable beige décorée de rubans rouges et verts, dont les capotes avant et arrière sont chargées de fleurs.

Lord Durham est un homme qui aime le faste et les Ellice ont voulu lui faire plaisir en faisant venir une belle voiture de Montréal. On l'applaudit encore tandis que le landau s'éloigne lentement au son des cornemuses, escorté par des fantassins.

Quelques spectateurs montent sur le débarcadère pour mieux voir le vapeur nettoyé et repeint à la hâte pour l'occasion. Ils sont vite repoussés par les soldats. Déçus, ils vont en direction du manoir, où ils se heurtent aux sentinelles qui en gardent la barrière d'entrée. Ils se rendent à l'arrière, mais des gardes y sont aussi en faction.

Après le souper, Jacques, sa blonde et ses sœurs se joignent aux curieux qui cherchent à voir le gouverneur prendre le dessert dans le jardin, mais il y a trop de soldats en armes près de la clôture. Arrive Joseph Daigneault, qui se met à les injurier. Un militaire le frappe au ventre avec la crosse de son mousquet et il s'effondre en râlant, le souffle coupé. Se précipitant pour l'aider, Jacques manque d'être frappé. Caroline est fâchée. Les habits rouges se mettent à rire.

– *Go home, frenchy!* ordonne un caporal.

La peur s'empare de Jacques, qui retourne chez lui avec sa blonde et ses sœurs pendant que Geoffroy entraîne son ami, qui se tient le ventre.

Au Château, onze heures sonnent à l'horloge du salon. Jacques est affalé dans un fauteuil et attend son père, en compagnie de sa mère et de ses sœurs. La bonne songe à aller se coucher, car il est tard. Le petit Louis est monté dans sa chambre depuis longtemps. Soudain, on entend la porte avant s'ouvrir.

– Est-ce que c'est toi, François? demande la mère.

– Oui, c'est moi!

Il entre dans la pièce.

– J'ai faim! grogne-t-il.

– Tu n'as pas encore soupé?

– Nous n'avons pas eu le temps, nous avons dû interroger le jeune homme.

– Allons dans la cuisine, dit Geneviève, je vais te servir quelque chose. Tu me raconteras ça en même temps.

On accompagne le père à table pour entendre la suite de l'histoire. Les yeux et les oreilles grands ouverts, on se tortille d'impatience. Geneviève sort le porc frais de la glacière pendant que les patates brunes chauffent dans la poêle en fonte. Elle a aussi déposé le pain de ménage et le beurre sur la table.

—Il me reste un peu de betteraves marinées. En veux-tu?

—N'importe quoi! répond le père.

—Madeleine, sors la moutarde, s'il te plaît!

François mange avec appétit. Les autres le regardent d'un air impatient. La bonne a sorti les biscuits à l'avoine et les confitures aux fraises pour calmer les petits creux des enfants. Elle a aussi préparé du thé.

—Il vient de Saint-Timothée, révèle le père entre deux bouchées. Ça fait juste un an que sa famille est dans la région. Ils sont de Longueuil.

—Comment est-ce qu'il s'appelle? demande Judith.

—Claude Vincent. Il a dix-sept ans.

—Il a mon âge! s'étonne Jacques.

—Pourquoi est-ce qu'il a sauté sur le gouverneur? demande Geneviève.

—Il prétend qu'il est tombé sur lui, répond François. Il se défendait contre un Anglais qui le harcelait, parce qu'il était dans les premiers rangs avec eux. L'Anglais l'insultait en lui disant d'aller rejoindre les *froggies,* en arrière. Ils ont commencé à se pousser et ils se sont vite retrouvés de l'autre côté de la clôture.

—Il est courageux! s'exclame Jacques.

—Il est plutôt stupide! rétorque la mère. Ne répète jamais à personne ce que tu viens de dire! Ils vont croire que nous appuyons la cause des rebelles!

– Qu'est-ce qui va lui arriver ? s'enquiert Judith.

– Il va rester enfermé à l'hôtel en attendant son procès pour avoir troublé la paix, répond François.

Pendant que le père mange, on en profite pour se gaver de biscuits. À un moment donné, François fouille dans sa poche et sort une petite croix avec des fleurs de lys aux extrémités, pendue à un cordon de cuir.

– Il avait ça autour du cou, dit-il. Je l'ai oublié dans ma poche.

– C'est la même croix que le quêteux nous a montrée ! s'exclame Jacques.

– Je veux la voir ! fait Geneviève.

Tout le monde regarde, intrigué.

– Je n'en reviens pas, commente la mère, un Chasseur à son âge !

Jacques se dit qu'il n'y a pas d'âge pour être patriote. Cependant, son enthousiasme le met mal à l'aise, car il y a Caroline dont il doit tenir compte. Certains jours, il ne sait plus quoi penser.

– Il avait un couteau de chasse sur lui, lâche François, tout à coup.

– Voyons donc, réplique Geneviève, il n'aurait pas osé attaquer le gouverneur !

Tous fixent le père, étonnés.

Chapitre XXIII

En ce lundi 23 juillet au matin, la fébrilité est palpable chez les Pitre. C'est aujourd'hui le mariage de Judith. Pour Jacques, le mariage de sa sœur apparaît comme une magnifique occasion de fête. Il y a quelques jours, il a répandu de l'eau savonneuse sur les murs extérieurs du Château et dans le jardin pour éloigner les moustiques. Sa sœur Madeleine a nettoyé les murs et les parquets du salon et de la salle à manger avec l'aide de Rosalie. Son père et Judith ont suspendu des banderoles en satinette blanche aux plafonds des deux pièces.

Pour Geneviève, c'est le branle-bas de combat. Elle harcèle ses filles pour qu'elles soient prêtes à temps : déjeuners, bains, poudrage, manucure, maquillage et dernier essayage de robes. Elles sont pressées, car il y a le père et les garçons qui doivent faire leur toilette et s'habiller, ainsi que la bonne.

— Je n'aurai jamais le temps de me préparer ! se lamente-t-elle. François, occupe-toi des garçons ! ajoute-t-elle, énervée. Je veux qu'ils mettent leur redingote, leur veste et leur chemise blanche, qui sont dans le garde-robe ! Tout est repassé ! N'oublie pas les cravates ! Il y a des bas en laine fine d'Angleterre et des souliers neufs !

Ils sont sur la commode dans la chambre ! Jacques, Louis, continue-t-elle, vous viendrez vous montrer quand vous aurez fini de vous habiller ! Je veux voir de quoi vous avez l'air !

Robes, voiles, gants, bas, chaussures, fleurs, rien ne manque pour les filles. La mère a tout placé sur le lit pour ne rien oublier. Vers neuf heures, la coiffeuse arrive et s'installe à la table de la cuisine, qu'elle encombre de peignes, de brosses et d'autres accessoires de beauté. Les garçons l'observent.

— Allez vous préparer ! gronde Judith en les chassant d'un signe de la main.

Se présentent ensuite l'aubergiste et ses aides, les bras chargés de victuailles, qui vont aménager le salon et la salle à manger pour la réception.

— Rosalie, prie Geneviève, veux-tu t'occuper de Mme Prévost, s'il te plaît !

Plus tard, les invités commencent à arriver devant la maison pour la sortie de la fiancée. L'oncle Pierre et la tante Adeline sont là avec leurs trois fillettes. Il y a bientôt tant de calèches dans la rue que l'accès au Château est bloqué. Les Ross doivent se faufiler pour y parvenir.

— Ils arrivent, maman ! s'écrie le petit Louis, qui surveille par la fenêtre.

Jacques se précipite aussitôt pour tenter de voir Caroline. Sa mère, énervée, porte une robe bouffante jaune au corsage légèrement décolleté et couronné de dentelles. Sa sœur Madeleine est resplendissante dans sa robe orangée. Quant à François, il porte son uniforme de milice.

Judith sort au bras de son père. Elle a l'air d'un ange dans sa robe blanche et son voile diaphane piqué de roses rouges, qui coule sur ses longs cheveux blonds ondulés. Les gens applaudissent en la voyant. Le cœur serré, elle cherche son promis des yeux parmi les voitures. Il lui sourit, assis sur son siège, raide comme un piquet. Rassurée, elle monte dans une belle calèche blanche au siège capitonné de cuir, que son père a louée à Toussaint Rochon, le charron. Sa sœur a décoré la voiture de rubans, de roses et d'œillets roses. Les grelots, qu'elle a attachés à l'attelage du cheval, tintent au moindre mouvement de l'animal. Le père prend place à côté de sa fille, tandis que Jacques monte sur le banc du conducteur. Madeleine tient les guides de la calèche familiale où sa mère, son petit frère et la servante se sont installés.

Le cortège emprunte la rue Ellice, puis la côte Saint-Louis et s'arrête devant la chapelle, où le curé et les enfants de chœur attendent sous le portail. Les fiancés, escortés de leurs témoins, pénètrent dans le sanctuaire orné de sculptures et de dorures. Ils traversent la nef aux murs parsemés de têtes d'anges en bois aux joues rouges, aux cheveux noirs et aux yeux bleus, qui les regardent passer. Dans le chœur, les statues de la sainte Famille et des saints imposent leur présence sur leurs socles. Les fiancés se signent et suivent ensuite le curé vers la sacristie pour la confession. L'église est bondée d'invités.

Comme le veut la coutume, la parenté de l'épouse occupe les bancs de gauche. La famille de l'époux est placée à droite. Derrière les aristocrates sont assis les Ross, suivis par les Brown et leur petite Caldwell, Jim et Caroline. On y voit aussi les Norval, les Normand, les Blackwood ainsi que quelques amis anglo-saxons.

À gauche, derrière les Pitre, l'oncle Pierre, sa femme Adeline et leurs trois filles occupent un banc. Suivent les célibataires : les notaires Ovide Leblanc et Louis Hainault ainsi que le docteur Henri Brien. Sont là aussi les Masson, les Rochon, les Prévost, les Roy, la maîtresse d'école du petit Louis et plusieurs amis canadiens.

Personne n'a osé s'asseoir avec le clan adverse. Jacques et Caroline n'en ont cure et se jettent constamment des regards complices. Comparées aux Canadiennes, qui portent des robes colorées et légères, les protestantes détonnent avec leurs robes sombres, serrées au cou par des nœuds papillon. Leur apparence sévère est cependant atténuée par de larges collets brodés, qui couvrent leurs épaules et descendent en pointes sur leur poitrine. Les poignets de leurs longues manches sont aussi ornés d'une étroite bande de broderie. Elles ont la tête couverte d'une coiffe blanche plissée à la hauteur des oreilles, qui ne laisse sortir que quelques boudins de cheveux courts. Des bracelets en cuivre, des broches, des colliers en argent et de courts pendants d'oreilles complètent leur habillement.

Judith et Richard reviennent de la confession. Ils s'assoient devant la balustrade, face à l'autel, dans des fauteuils en chêne au siège rembourré recouvert de velours pourpre et enjolivé de franges dorées. Pour épargner leurs genoux, des coussins du même tissu recouvrent la marche du prie-Dieu en érable placé devant eux. Les rayons colorés du soleil traversant les vitraux viennent dessiner des arabesques sur les visages des futurs époux. Au-dessus d'eux pend la lampe du sanctuaire que le bedeau a allumée pour la cérémonie. Il a aussi déposé des vases d'ancolies, de lobélies du cardinal et de sabots de la Vierge sur l'autel. Sur la nappe brodée qui le recouvre, les flammes de nombreux lampions vacillent comme des âmes en allégresse autour du tabernacle paré de dorures.

Au-dessus, le Christ est crispé de douleur sur une petite croix recouverte de feuilles d'or.

Soudain, un mouvement se fait dans l'assistance et des murmures d'étonnement accueillent l'arrivée des Durham, des Grey et des Ellice, qui s'avancent dans l'allée. Lord Durham a fière allure dans sa tunique rouge au collet romain qui monte jusqu'à son menton. Son épouse arbore une coiffe blanche parsemée de minuscules roses en tissu. Elle a jeté sur ses épaules un voile transparent qui s'allonge sur le devant de sa robe bouffante de couleur vert forêt, aux poignets brodés de délicates fleurs rouges. Un collier en or pend à son cou et de nombreuses bagues ornent ses mains. Les enfants sont habillés aussi richement que les parents.

La tête haute, son épouse à son bras, Charles Grey marche lentement, comme s'il voulait donner le temps à chacun d'admirer ses épaulettes garnies d'argent. Sa femme Caroline, qui porte une haute coiffe diaphane, semble rajeunie dans sa robe couleur de pêche à l'encolure échancrée, rehaussée aux épaules par un voile bouffant qui laisse voir la blancheur de ses bras. Une bague en or sertie de diamants étincelle à sa main gauche, alors que l'autre est colorée d'un rubis.

Derrière eux, sourire aux lèvres, Edward et Jane Ellice sont resplendissants, lui dans sa redingote brune avec une cravate beige qui fait ressortir son teint basané et ses cheveux bruns, et elle, couronnée d'une coiffe diaphane et vêtue d'une robe bleu ciel, du même genre que celle que porte Caroline Grey. De longs pendants en or se balancent à ses oreilles et caressent ses jeunes épaules dénudées, où flottent deux longs rubans qui sortent de sa coiffure.

Les murmures se sont amplifiés, l'assemblée est excitée d'assister à un mariage en compagnie du gouverneur. Les Ellice prennent place, avec les Grey, sur le banc derrière les Durham. Des soldats sans armes se tiennent debout à l'arrière de l'église, près des portes. Jacques se demande si son mariage sera aussi pompeux. Sa mère ne peut s'empêcher de sourire de satisfaction en saluant les nobles d'un signe de tête.

— Ça va faire des jaloux! chuchote-t-elle fièrement à son mari.

Le curé apparaît derrière l'autel, surgissant par une porte dissimulée dans le mur, vêtu d'une chasuble blanche ornée d'une grande croix tissée de fils d'or. Il s'incline devant les aristocrates, jette un coup d'œil aux amoureux et se tourne face au tabernacle pour dire la messe. Il parle le latin et sa voix résonne dans l'enceinte. Jacques trouve le temps long. Seuls les chants de la chorale et la musique de l'orgue le désennuient un peu.

Pour la lecture de l'épître, le curé se dirige vers le gros livre du célébrant placé sur un lutrin en érable, près de la balustrade.

— Que les femmes soient soumises à leur mari comme au Seigneur! proclame-t-il d'une voix ferme en regardant l'assistance. Le mari est le chef de la femme, de même que le Christ est le chef de l'Église, son corps, dont il est aussi le Sauveur! Ainsi, de même que l'Église est soumise au Christ, que les femmes le soient aussi en tout à leur mari. Maris, aimez votre femme comme le Christ a aimé l'Église en se livrant pour elle, afin de la sanctifier en la purifiant par l'eau du baptême avec la Parole. Il voulait ainsi se la présenter toute glorieuse, sans tache, ni ride, ni rien de semblable, sainte et irréprochable. Ainsi, les maris doivent-ils aimer leur femme comme leur propre corps. Qui aime sa femme s'aime lui-même! Au moins, que chacun de vous aime sa femme comme soi-même et que la femme respecte son mari.

Jacques trouve la formule compliquée. Les enfants se trémoussent sur leurs inconfortables bancs en érable. Ils jacassent, ricanent et pestent contre la monotonie de la cérémonie. Par les fenêtres ouvertes, on entend le hennissement familier des chevaux qui attendent le retour des maîtres, les aboiements des chiens qui rôdent autour des voitures et les voix aiguës des jeunes garçons qui gardent les bêtes tout en lançant des cailloux dans une flaque d'eau. Soudain, leurs joyeux cris s'arrêtent et on entend des voix qui s'approchent.

Le curé ne peut pas laisser passer l'occasion de tenir un discours à saveur politique. À la lecture de l'évangile, il monte en chaire et se gonfle le torse, prêt à haranguer la foule.

– Mes biens chers frères, commence-t-il sur un ton mielleux, je veux d'abord souhaiter la bienvenue aux futurs époux. Je veux également dire combien nous sommes honorés par la présence de notre gouverneur, Lord Durham, et de sa charmante famille. Je dois aussi mentionner le lieutenant-colonel Charles Grey et son épouse, ainsi que notre seigneur Edward Ellice et son épouse, qui nous font le plaisir d'être là. Je veux également souligner la présence des notables et des officiers de la milice. Bienvenue donc, nobles seigneurs et dames, et vous tous qui êtes rassemblés aujourd'hui pour célébrer l'union de Richard Ross et de Judith Pitre. Mes amis, continue le curé en haussant la voix, voici ce qu'a dit le Seigneur aux pharisiens qui lui demandaient si l'homme avait le droit de répudier sa femme. L'homme quittera son père et sa mère pour s'attacher à sa femme, et les deux ne feront qu'une seule chair. En vérité, je vous le dis : ce que Dieu a uni, que l'homme ne le sépare pas !

Le prêtre fait ensuite une pause calculée. Ce qu'il a à dire est important.

— Je dois souligner, déclare-t-il, que les deux nations qui peuplent le Canada sont aujourd'hui rassemblées pour unir un de leurs fils et une de leurs filles dans les liens du mariage. Nul doute que c'est l'Esprit saint qui éclaire ces jeunes amoureux, comme il vous a guidés pour venir célébrer avec eux leur union. C'est un signe de Dieu le Père, qui trace la voie de la destinée.

Un murmure s'élève aussitôt parmi les Canadiens. Les fiancés, qui boivent religieusement les paroles du prêtre, tournent la tête pour voir ce qui se passe. Le gouverneur est radieux et applaudit doucement. Les Anglais s'empressent de l'imiter. Jacques et Caroline, qui se sentent interpellés, se sourient.

Le curé revient à l'autel et la messe continue. Jacques est tenaillé par la faim et se demande si sa sœur va perdre connaissance, car elle n'a pas voulu déjeuner par crainte de pécher le jour de son mariage. Le tintement de la clochette accompagnant la consécration agit comme un baume sur son estomac. Il sait que le moment de la communion approche et que la messe sera bientôt terminée.

Arrive enfin l'échange des vœux. Richard est debout à la droite de Judith.

— Richard Ross, voulez-vous prendre Judith Pitre, ici présente, pour votre légitime épouse, selon le rite de notre sainte mère l'Église ?

— Oui, je le veux.

S'adressant à Judith, le curé dit :

— Judith Pitre, voulez-vous prendre Richard Ross, ici présent, pour votre légitime époux, selon le rite de notre sainte mère l'Église ?

— Oui, je le veux.

Jacques et Caroline se sourient pendant que le curé asperge les anneaux et les bénit d'un signe de la croix. Richard tient la main gauche de sa fiancée pour passer l'anneau à son doigt. À son tour, elle passe l'autre anneau à l'annulaire de son bel Écossais. Aspergeant le couple d'eau bénite, le curé consacre leur union. Heureux, les époux se tournent l'un vers l'autre et s'embrassent. Jacques et Caroline, eux, s'embrassent du regard.

La chorale reprend ses chants pendant que les nouveaux mariés et les témoins signent le registre du curé, sur une petite table près de la balustrade. Cette formalité accomplie, Judith prend le bras de son mari, et le couple avance lentement dans l'allée centrale vers le portail, suivi par l'assemblée. Le bedeau est déjà à l'extérieur, sur le côté de l'église, suspendu au câble de la cloche qu'il fait résonner allégrement. Les époux sortent sur le parvis. Il est midi, et le soleil éblouissant fait cligner les yeux. Une cinquantaine de curieux, attroupés sur le chemin en face, applaudissent. Les deux classes, riches et pauvres, se touchent presque. Seule une barrière de fantassins et de miliciens les sépare.

Les deux pères en profitent pour présenter les nouveaux mariés aux aristocrates, vite entourés par les invités impressionnés par leur présence. Chacun se sent le droit de leur sourire, de leur faire compliment et de leur tenir des propos légers. Le curé est ravi au point d'en oublier ses rancœurs contre les protestants.

Jacques et Caroline se tiennent un peu à l'écart. Tout le long de la cérémonie religieuse, il l'a cherchée du regard et elle lui a souri discrètement. Les yeux pétillants de sa belle Écossaise le fascinent. Elle a bouclé ses cheveux en longues spirales qui se balancent en suivant les mouvements de sa tête. Elle porte une robe violette légèrement décolletée et garnie de dentelles blanches. Suspendu à une fine chaîne en or, un médaillon ballotte dans le vallon entre ses seins rehaussés par une couture qui fait plisser le tissu sous le buste.

Les badauds déshabillent les noceux des yeux et passent des commentaires sur leurs tenues vestimentaires. Soudain, quelqu'un se met à crier et à gesticuler. Les miliciens et les soldats lèvent la tête en cherchant l'énergumène qui hurle comme un fou. Jacques s'étire le cou pour mieux voir. C'est Joseph Daigneault, accompagné de son fidèle ami, Hébert.

— Mes amis, harangue Daigneault, les bras dans les airs, écoutez-moi! Regardez leurs habits et comparez-les avec vos hardes! crie-t-il en pointant les invités de la noce. À moins que vos filles marient un protestant comme la fille du capitaine Pitre, vous resterez toujours pauvres.

Judith est insultée par la remarque. Richard est révolté, lui qui s'est converti au catholicisme pour épouser une Canadienne. Jacques et Caroline les regardent, désolés.

— Voyez les Ellice, les Durham et les Grey, continue Daigneault en les montrant du doigt, ils s'enrichissent sur votre dos. Ça fait cent ans que vous travaillez pour les Anglais, que vous leur vendez vos récoltes à des prix ridicules et que vous achetez dans leurs magasins à gros prix. Ils gèrent votre vie et votre argent. Rares sont vos fils qui ont obtenu une position honorable dans le gouvernement. Ceux qui ont été chanceux sont payés deux fois moins que les Anglais.

Jacques se souvient que son père a déjà dit la même chose. Caroline est inquiète et cherche son père des yeux. Ce dernier a abandonné sa femme pour se rapprocher des Ellice. Le père de Jacques est avec lui. Geneviève tient le petit Louis contre elle et lui bouche les oreilles afin qu'il n'entende pas les paroles du rebelle. Les nouveaux mariés ont l'air piteux.

Lord Durham, qui se tient droit et qui brave les humbles de sa prestance, écoute ce que dit Daigneault. Son jeune fils est à côté, tandis que sa femme et ses trois filles se sont réfugiées derrière lui. Charles Grey est à sa droite, sa main cherchant en vain son sabre à sa ceinture. Il semble avoir oublié qu'il avait jugé inconvenant de s'en munir.

Intimidés par la présence du gouverneur et des soldats, les badauds ne réagissent pas au discours, même si Daigneault fait tout pour déchaîner les passions.

— Même vos médecins et vos notaires sont pauvres! À Noël passé, le gouverneur vous a forcés à prêter le serment d'allégeance à la reine d'Angleterre parce qu'il a peur de vous. Allez-vous passer toute votre vie à croire leurs promesses? Il n'y a que des sots pour servir leur reine. Rebellez-vous! Prenez les armes pour renverser le gouvernement! Vive la liberté! Vive la république!

Plus les rebelles crient, plus la riche assemblée recule. Elle est maintenant adossée à la porte de l'église. Seuls le gouverneur et Grey restent immobiles.

— Arrêtez-les! ordonne Lawrence Brown au lieutenant qui garde le landau avec ses hommes.

L'officier et ses trois miliciens foncent sur les badauds. Les deux fermiers tournent aussitôt les talons et filent vers le presbytère situé derrière eux. Les miliciens frappent ceux qui refusent de leur ouvrir un passage avec la crosse de leurs mousquets. Les rebelles contournent le calvaire et courent en direction de la rivière. Des chiens excités par la course les prennent en chasse. Ils les talonnent en aboyant et en mordant le bas de leurs pantalons. Les deux hommes les frappent à coups de pied pour leur faire lâcher prise. La lutte semble stimuler encore plus les molosses qui déchirent le tissu. Ils grognent férocement en attrapant les deux hommes aux mollets.

Tout le monde observe la scène en silence. Les Canadiens sont inquiets. Jacques souhaite que son ami puisse se sauver.

Daigneault et Hébert ont les chevilles en sang. Ralentis dans leur course, ils sont rattrapés devant l'oratoire de la petite chapelle et projetés à terre. Les miliciens leur attachent les mains dans le dos avant de les relever. Puis, ils les poussent devant eux jusqu'à une charrette dans laquelle ils les forcent à grimper pour être conduits en prison, à l'auberge.

Si les invités soupirent de soulagement, Jacques, lui, se sent triste pour Daigneault. Usant de prudence, le curé s'avance vers les badauds en gesticulant.

– Allez-vous-en chez vous, ordonne-t-il avec de grands gestes, il n'y a plus rien à voir ici!

Personne ne bouge, les gens ont l'air renfrogné. Sur l'ordre de Charles Grey, les fantassins s'avancent d'un pas, la baïonnette pointée. Apeurés, les habitants reculent. Ils se dispersent ensuite vers le village et la campagne.

L'incident a divisé la noce en deux groupes : les Canadiens et les Anglais. Chacun s'observe en silence, ayant déjà oublié le beau discours du curé. Jugeant la situation critique, François lève les bras dans les airs pour attirer l'attention.

– C'est terminé ! dit-il sur un ton qu'il veut rassurant.

Puis, sur un ton enjoué, il ajoute :

– Allons fêter, mes amis ! Suivez-moi !

Prenant sa femme par le bras, il avance lentement vers les voitures. Jacques fait de même avec Caroline. Les nouveaux mariés lui emboîtent le pas, imités par Mme Ross, qui tire son mari par le bras pour le forcer à les suivre. Fins diplomates, les Durham donnent l'exemple en se dirigeant vers leur landau, les Ellice et les Grey derrière eux. Encouragés, les autres invités montent à leur tour dans leurs voitures.

Au claquement du fouet de Jacques, l'attelage des mariés part au trot, suivi par la voiture de ses parents et celles du cortège. Ils descendent la côte en direction du village. Les badauds se pressent sur le bord du chemin pour éviter les roues des voitures. Quand passent les Ellice, quelques audacieux crient des insultes et lancent des pierres aux chevaux. Cependant, ils n'osent pas s'attaquer au gouverneur escorté par des habits rouges, et la noce arrive finalement au Château.

Chapitre XXIV

Les voitures se sont arrêtées devant la maison. Le père de Jacques descend aussitôt pour se hâter vers celle du gouverneur qui arrive en trombe. Sa mère le rejoint en relevant le bord de sa robe pour ne pas trébucher.

— Tout va bien, affirme Lord Durham en voyant l'inquiétude sur leurs visages.

— Je suis terriblement embarrassé par ce qui vient de se passer, milord ! s'excuse François.

Les Ellice descendent alors de voiture.

— Nous sommes sains et saufs, rassure le seigneur.

Des miliciens se déploient rapidement pour bloquer les accès de la rue Richardson, encombrée de voitures. Des soldats entourent aussi le Château.

Les invités sont rassemblés devant l'entrée ensoleillée et parlent fort avec de grands gestes. La consternation se lit sur leurs visages. On entend surtout John Ross, que sa femme Elizabeth tente de calmer.

— Entrons boire à la santé des nouveaux mariés ! lance François, accompagnant son invitation d'un signe de la main.

Geneviève précède les Durham, les Ellice et les Grey dans le vestibule. Ils pénètrent ensuite, à gauche, dans une vaste pièce au tapis marron. La lumière qui entre par les grandes fenêtres percées sur la façade de la maison enrichit le rose antique des murs et illumine le vert pomme d'un sofa placé devant les rideaux diaphanes. Le mur qui fait face à l'entrée est agrémenté d'une cheminée raffinée et d'un fauteuil au-dessus duquel est accroché un tableau encadré de dorures représentant les chutes Montmorency, l'hiver, avec à leurs pieds une butte géante de bruine gelée. À côté, une délicate table ronde habillée d'une nappe blanche brodée exhibe ses pattes finement sculptées. Elle se pare aussi d'un vase de fleurs coupées, qui embaument la pièce.

Pour l'occasion, Geneviève a fermé les portes coulissantes qui séparent le salon de la salle à manger. Une causeuse enjolive la cloison temporaire. Tout près, des coupes en cristal attendent le nectar des bouteilles de champagne frais qui suintent dans la chaleur de l'été. Au-dessus d'un sofa, sur le mur qui fait face au foyer, un tableau représente le bombardement de la forteresse de Louisbourg, en Acadie, par des navires de guerre britanniques. À droite de la porte, une grande horloge à balancier taillée dans l'érable écoule le temps. Un fauteuil a été placé de biais dans le coin à gauche.

À mesure que les invités entrent dans le salon, des jeunes filles du voisinage engagées comme servantes servent le vin des dieux. Les mariés font ensuite leur apparition sous les applaudissements des convives. François présente sa famille ainsi que son frère Pierre et les siens. Richard en profite pour présenter ses parents. John Ross est si impressionné devant les Durham qu'il bégaie son compliment.

François ne manque pas l'occasion de faire un bref discours sur le bonheur qu'il partage avec sa fille

Judith, tandis que John Ross parle du bel avenir du jeune couple.

— Levons nos verres aux nouveaux mariés! dit François lorsque John Ross s'arrête.

— Aux mariés! acclament les invités.

— Levons aussi nos verres à Lord Durham! propose Edward Ellice.

— Au gouverneur!

— Longue vie à la reine! continue Durham.

— Longue vie à la reine! s'écrie tout le monde.

Il est déjà deux heures de l'après-midi, et les gens ont faim. À la demande de sa mère, Jacques ouvre les portes coulissantes de la salle à manger. Apparaît alors un festin mis en valeur par la clarté du jour de la fenêtre à carreaux percée sur le mur du fond. Sur la grande table en érable recouverte d'une nappe brodée qui pend jusqu'au sol reposent un saumon fumé, un énorme jambon au sirop d'érable piqué de clous de girofle, un chapon rôti, des plats en verre remplis de fèves vertes et jaunes, d'asperges et d'une infinité d'autres légumes cuits arrosés de beurre. Des petits pains sucrés et salés accompagnent du fromage du pays, des terrines de foie gras, de cretons et de tête de fromage.

Le spectacle excite les papilles, des invités s'exclament. Une desserte couverte de bouteilles de vin français, rouge et blanc, attend à côté.

— Monsieur le curé, à vous l'honneur! dit Geneviève.

Sans tarder, le prêtre se signe et récite le bénédicité. La mère invite ensuite les aristocrates à s'approcher. Une servante présente à chacun une assiette de faïence anglaise.

Lord Durham fait le tour de la table en picorant joyeusement dans les plats. Son épouse le suit discrètement. On forme ensuite une ligne derrière eux, par ordre de préséance. Chacun y va de bon appétit, et le vin coule à flots. Jacques converse avec Caroline et son frère Jim sous le regard sévère d'Anna Brown. Tout le monde a amené ses enfants. La petite Caldwell, que ses parents appellent *baby*, mange rapidement avec ses doigts et vide les verres de vin abandonnés ici et là. Ses parents ne s'en occupent pas, et la fillette boit trop. Elle a soudainement mal au cœur et court à l'extérieur, la main sur la bouche.

— Ton père m'a dit que les Brown étaient vulgaires, chuchote Jane Ellice à l'oreille de son époux, mais à ce point-là !

Repus, les invités parlent bruyamment. La comtesse de Durham et ses compagnes reçoivent des compliments sur leurs tenues à la mode européenne. On n'oublie pas de louanger Geneviève pour sa robe ensoleillée qui fait ressortir ses cheveux noirs.

L'apparition d'un énorme gâteau rond à trois étages attire les applaudissements des invités. Il est nappé de sucre bleu, blanc, rouge et ses contours sont bordés de crème fouettée piquée de cerises rouges. Les enfants écarquillent les yeux et peuvent difficilement se contenir devant la pâtisserie.

— Ce n'est pas aujourd'hui que je vais perdre du poids ! blague le gros Ralph Blackwood en se tapotant le ventre.

— Moi non plus ! renchérit David Normand, l'armurier.

On apporte aussi du lait caillé dans un grand plat en cristal, ainsi qu'un pot de crème et des framboises fraîches. Lord Durham est comblé.

— C'est mon dessert préféré! déclare-t-il à Geneviève.

— Je suis contente de vous plaire, monsieur, répond-elle.

Et elle se fait un honneur de lui servir elle-même son dessert favori.

Les invités achèvent leur thé ou leur café aromatisé au moka quand leur parviennent les premières notes d'une valse. Les femmes s'empressent de sortir dans le jardin, où les violoneux jouent sous un soleil éblouissant. Les enfants suivent en courant et vont former une ronde autour du puits et du caveau à légumes. Le monticule de terre ressemble à un bouquet de fleurs avec ses verges d'or, l'herbe à dinde et les épervières orangées qui poussent au sommet.

Les femmes entourent Lady Durham, chacune un verre de vin blanc fruité à la main.

— J'ai lu dans les journaux que votre arrivée à Québec a été difficile, dit Anna Brown.

— Notre logement n'était pas prêt et nous avons dû habiter au château Saint-Louis pendant plusieurs jours. Heureusement, le colonel Colborne nous a beaucoup aidés.

— Le Vieux Brûlot! laisse malencontreusement échapper Adeline.

— Comme vous dites! répond la dame en faisant rougir l'autre de gêne.

— Vous êtes aussi allés aux chutes du Niagara, enchaîne Helen Norval sur un ton enjoué.

– Oui, et c'était magnifique! Ma fille Mary a fait des croquis.

– J'aimerais beaucoup les voir, dit Geneviève en se tournant vers la jeune femme.

– Ils sont à Québec, madame! se désole Mary.

Les Canadiennes boivent les paroles de la comtesse, l'incarnation de leurs rêves. Quelle vie elle a, ainsi que Jane Ellice et Caroline Grey: les palais, les domestiques, les banquets, les belles robes, les bijoux, les voyages! Elles en soupirent rien qu'à y penser.

– Y avait-il autant de moustiques qu'ici? demande la mère Masson pour badiner.

– C'était abominable! s'exclame Lady Durham. Le vapeur était infesté de mouches noires et de moustiques! Il n'y avait pas moyen de dormir tranquille! J'avais les bras et les jambes enflées! Les filles ont été piquées sur le visage! Heureusement, le capitaine avait de la pommade au vinaigre pour faire diminuer l'enflure.

– Espérons que vous apprécierez votre séjour au Canada, dit Geneviève.

– Je suis souvent seule! se plaint la comtesse en regardant Jane Ellice. Mon mari travaille trop. Heureusement, M. Ellice lui sert de secrétaire particulier.

– Pensez-vous que votre mari va améliorer le sort des Canadiens? demande naïvement Adeline.

– J'en suis certaine! répond sèchement Lady Durham, outrée. Mon époux a été choisi personnellement par la reine pour faire rapport sur la situation de la colonie. Les changements qu'il proposera seront pour le bien de tous.

– La bonne réputation de votre époux l'a précédé, intervient Geneviève pour faire oublier l'écart de sa belle-sœur. C'est un homme de progrès et j'ai toute confiance en lui, mon mari aussi.

La dame feint de l'ignorer.

Les hommes, qui ont suivi les femmes à l'extérieur, se sont rassemblés autour du gouverneur et échangent des banalités. De but en blanc, François les invite à voir les sabres qu'il fabrique dans son atelier. En entrant dans le bâtiment, on aperçoit, au fond, près du foyer éteint, le soufflet en cuir qui repose à plat. À côté, de grands bacs d'eau noire attendent le travail des marteaux sur l'enclume, qui s'incline légèrement en s'enfonçant dans la terre. On entend presque le son infernal des outils frappant inlassablement les lames des sabres et des baïonnettes. Sur l'établi fait d'épais madriers, des outils sont rangés. Un étau est boulonné à chaque extrémité de l'établi. À côté, deux meules sont montées sur un chevalet de bois. Des tabliers et des mitaines en cuir sont accrochés au mur ainsi que des perceuses à métal, des pieds-de-roi, des compas et une variété d'outils spécialisés. Par terre, dans un coin, des lamelles d'acier huilé attendent le feu ardent. Près de la porte, à gauche, sont alignées des boîtes de bois contenant des manches de sabre en fer brut, des gardes, des lames et des baïonnettes avec leurs attaches. À droite, des caisses en planches d'épinettes reposent sur le sol. Sur un des côtés, on peut lire: «Major général John Clitherow, commandant du district militaire de Montréal». À l'intérieur, dans du papier huilé, sont enveloppées des armes blanches. Un exemplaire de chacune est exposé sur le mur. François décroche le sabre pour le montrer au gouverneur.

C'est une arme recourbée avec une garde grillagée qui protège bien la main. La poignée est entourée de larges lamelles de cuivre arrondi et poli, fixées en diagonale pour garantir une bonne prise. La lame, qui mesure trois pieds de long, est large et creusée de deux profondes gouttières pour l'alléger.

– C'est l'ancien modèle, fait savoir Charles Grey, mais il est très efficace. Le nouveau sabre est plus raffiné.

– J'en ai un, dit François en le décrochant du mur.

La lame est étroite et presque droite, avec deux fines gouttières creusées sur toute sa longueur. La garde est grillagée finement et la poignée de cuivre poli est identique à celle de l'ancien modèle. Les hommes examinent l'arme, la touchent et la trouvent belle. Ils la désirent tous intérieurement. Lord Durham la tient dans sa main pour la soupeser.

– Elle est légère et se manipule facilement, fait-il remarquer.

Il passe ensuite son pouce sur le tranchant. Un trait rouge apparaît aussitôt sur sa peau et une goutte de sang s'écoule. L'homme se lèche le doigt pour en calmer la brûlure.

– J'aimerais avoir des sabres comme ça pour mes officiers, dit Lawrence Brown. Le vieux modèle est trop lourd, et, en plus, nous devons les payer de notre poche.

– Je ne peux rien vous promettre, répond Lord Durham, ça dépendra du budget.

– De toute façon, c'est avec ça qu'on gagne une bataille, lance Charles Grey en prenant une baïonnette de dix-sept pouces qui traîne sur l'établi. Les sabres et les mousquets, c'est juste pour impressionner l'ennemi.

– Parlant d'ennemis, dit John Ross, nous avons eu beaucoup d'émotions, ce matin. J'ai même reçu une pierre sur un bras.

– C'est scandaleux! s'exclame le curé Quintal, prompt à mordre à l'hameçon.

– Il faut s'attendre à des choses comme ça en politique, tempère Lord Durham.

– Tout de même! objecte Robert Norval. Ils ont lancé des cailloux à M. Ellice.

– Sans compter l'assaut dont vous avez été victime dès votre arrivée! renchérit Charles Grey.

– C'est en première page des journaux, fait savoir Ross.

– Que disent-ils? demande Pierre Pitre.

– Que la langue française et la religion catholique doivent être abolies! affirme Ross, content de son intervention.

Le marchand se tourne vers Edward Ellice et ajoute:

– Les Canadiens doivent devenir de vrais sujets britanniques, n'est-ce pas, monsieur Ellice?

Le jeune aristocrate ne s'attendait pas à être mis sur la sellette. Tout le monde le regarde. Son cousin Durham sourit de son embarras.

– Je ne suis pas venu ici pour parler de politique, répond Ellice pour esquiver la question.

– Les journaux anglo-saxons ont toujours publié des articles racistes et haineux! déplore le notaire Leblanc.

– C'est malheureusement vrai, convient François.

– Ils ne font pourtant qu'exprimer ce que pense la majorité des Anglais de la colonie, rétorque Robert Norval.

– Vous oubliez que les Canadiens sont majoritaires au Canada, et de beaucoup, intervient Pierre Pitre en regardant Lord Durham. Pourtant, la rumeur dit que vous préconisez l'union du Bas et du Haut-Canada.

– Il est plus que temps d'assimiler les Canadiens! interjette John Ross sur un ton sévère.

La haine se lit sur son visage.

– Calmez-vous, messieurs! dit Lord Durham. C'est à moi de décider de ce qui est bon pour le Canada.

Le silence tombe comme une pause entre deux reprises d'un combat de boxe. La tension est palpable. Les Canadiens se taisent. John Ross est satisfait, pourtant François lui en veut d'être si méprisant. Parfois, comme son fils, il se demande si les rebelles n'ont pas raison.

– Sortons prendre l'air! propose-t-il pour alléger l'atmosphère.

Les hommes ne sont pas aussitôt à l'extérieur que Pierre se vide le cœur.

– C'est la faute de l'Angleterre si les gens sont divisés!

Sa phrase a l'effet d'un pavé jeté dans la mare. Toutes les têtes se tournent vers lui.

– Pourquoi dites-vous cela? demande Robert Norval, scandalisé.

– Parce qu'elle a suspendu la Constitution. Les Canadiens ne gouvernent plus leur pays.

– Vous avez touché le nœud du problème, admet candidement Lord Durham en regardant Pierre.

Les Anglais dévisagent le gouverneur, stupéfaits. Au fond d'eux-mêmes, ils savent que Pierre dit vrai, mais ils ne le reconnaîtront jamais de peur d'être accusés de trahison. Les Canadiens sourient à l'aristocrate devenu leur seul espoir de voir s'améliorer leur sort.

– Je pense plutôt que les problèmes des Canadiens découlent des mauvaises récoltes, reprend John Ross. Les hommes ont démissionné de la milice pour passer plus de temps sur leurs terres.

– *Ridiculous!* se récrie Lawrence Brown, exaspéré. Ils veulent l'indépendance du Canada, comme les Américains ont fait chez eux! Plusieurs ont rejoint l'armée rebelle de Robert Nelson aux États-Unis. Ils sont payés douze piastres par mois pour faire la guerre.

– Ça fait beaucoup d'argent! s'exclame François en se tournant vers le docteur Henri Brien. Je me demande d'où il provient…

– Je me tiens loin de la politique, argue ce dernier, la santé des gens me suffit. Je peux vous dire, cependant, que le docteur Nelson est un chirurgien de renom et qu'il a passé plusieurs années dans les réserves indiennes à soigner gratuitement ces pauvres gens. Personne d'autre ne voulait le faire, faute d'argent du gouvernement.

– C'est un rêveur! affirme Brown.

– Un idéaliste, monsieur! corrige Brien.

– Il a mille hommes avec lui, déclare fièrement le fils Masson. Et ils ont tous des mousquets.

– Et trois canons, précise Norval. Mais ce n'est rien à côté de l'armement de nos soldats.

– Leur chef Louis-Joseph Papineau avait pourtant dit qu'il était contre la rébellion, commente Edward Ellice.

– C'est pour cela qu'il n'est plus le chef, explique le père Masson en mettant son lorgnon. C'est Nelson qui l'a remplacé.

– Je ne crois pas qu'il soit bien dangereux, estime le marchand Ross en ajustant son pince-nez. L'armée pourrait en venir à bout facilement.

– C'est plutôt le contraire, réplique le fils Masson. On voit que vous ne connaissez rien aux stratégies militaires.

Le fils ressemble à son père avec son crâne dégarni. Pour le reste, il est plus petit et porte une barbe courte et une moustache.

– Vous avez raison, mon ami, reconnaît le lieutenant-colonel Grey. Les rebelles ne lâcheront pas facilement.

Regardant les hommes autour de lui, il ajoute :

– Souvenez-vous de la rébellion de l'automne dernier, à Saint-Charles-sur-Richelieu. Mes fantassins ont eu beaucoup de difficulté à la réprimer. Les rebelles étaient bien organisés.

– Ils n'ont jamais accepté la défaite et veulent encore se battre, continue Lawrence Brown.

– Ce serait une tuerie inutile ! déplore François.

– Ce serait bon pour les affaires, laisse échapper David Normand.

Le marchand d'armes sourit en se frottant les mains.

– *My God,* que vous êtes durs ! lance Lord Durham. Et c'est moi qu'on appelle Radical Jack !

– Pendons-les tous ! propose John Ross.

– Je serai juge de cela ! tranche Lord Durham en le toisant d'un air sévère.

– Votre haine vous emporte, monsieur Ross, lui reproche le curé Quintal. Vous devriez vous en confesser.

Le protestant rougit de se faire dicter la morale par le papiste. Devant l'embarras du marchand, Lawrence Brown se met à rire. Profitant de cet intermède, Edward Ellice veut conclure.

– Je vois que vous êtes bien informés, messieurs, et que je peux dormir sur mes deux oreilles.

On rit d'un rire forcé, puis un silence lourd se produit. Les violoneux jouent un rigodon dans le jardin. Les femmes reviennent à l'extérieur après avoir visité le

Château et les enfants jouent à la cachette autour des bâtiments.

— Allons voir ce que font les hommes! propose Jane Ellice en prenant Lady Durham par le bras.

Des jeunes gens, avec les nouveaux mariés, se sont réfugiés près d'une plate-bande de roses rouges. Tout près, le pommier, le prunier et le poirier montrent déjà leurs fruits verts. Assise sur un banc, Judith est entourée de sa sœur et d'autres jeunes filles qui la taquinent sur sa nuit de noces et qui la trouvent bien chanceuse d'avoir épousé un si beau garçon. Richard est un peu à l'écart et parle de ses projets d'avenir avec d'autres hommes de son âge.

L'accordéoniste joue un air populaire. Le docteur Brien danse avec Madeleine, resplendissante dans sa robe orangée qui fait ressortir ses yeux verts et ses cheveux noirs. Le gentilhomme sait trouver les mots pour lui plaire, et elle le regarde, fascinée, avec admiration. Elle se sent en sécurité dans les bras de ce bel étranger.

Jacques tient sa blonde par la taille et la fait tourner au rythme des sons nouveaux. Son cœur bat. Depuis qu'ils se sont aimés, dans la grange, il se languit et cherche toutes les occasions pour être avec elle. Anna Brown, qui soupçonne sa belle-fille de quelque péché mortel, la surveille de plus près. Quant à Geneviève, elle trouve que son fils est impatient et collabore difficilement. Elle ne sait plus quoi penser. Le père, lui, préfère ne pas s'en préoccuper, prétextant que c'est une amourette.

Ne pouvant plus se retenir, Jacques embrasse Caroline sur la joue.

— J'ai tellement hâte d'être avec toi! lui murmure-t-il.

L'amoureux sort ensuite une alliance en argent de la poche de sa redingote. Caroline le regarde avec des yeux attendris pendant qu'il passe la bague à l'annulaire de la main gauche de la jeune fille. Enhardi, il dépose un baiser sur sa bouche. Un sourire éclaire le visage de la belle Écossaise. Soudain, elle se dégage de l'étreinte de son amant pour exécuter un tour sur elle-même, dans un mouvement lascif. Elle se sent aimée et désirée de celui qu'elle a choisi et elle est heureuse. L'accordéoniste, qui les a remarqués, attaque une marche nuptiale pour les accompagner. Tout le monde tourne la tête pour voir ce qui se passe. Jacques est gêné, et Caroline sourit en le tenant par le bras.

Geneviève rage intérieurement. C'est trop aussi pour Anna Brown. Rouge de colère, elle quitte brusquement le groupe de femmes sans s'excuser et se dirige vers le jeune couple. Elle prend rudement sa belle-fille par le bras et l'attire à l'écart.

— Je ne veux pas que tu fréquentes ce garçon-là! jette-t-elle d'une voix forte. Redonne-lui son anneau!

Les gens autour l'entendent. Elle blêmit de dépit en constatant qu'elle est le point de mire. Caroline en profite pour se libérer.

— Je garderai toujours cet anneau! rétorque-t-elle en lui faisant face.

Humiliée, Anna est devenue livide. Ébranlée par la riposte, elle scrute le parterre à la recherche de son mari. Soudain, elle voit un banc sous les branches du poirier et va s'y réfugier pour calmer sa fureur.

Pendant que sa femme se donnait en spectacle, Lawrence Brown en a profité pour sortir un flacon de whisky de sa poche et l'a vidé d'un trait. Dans les brumes de l'alcool, il aperçoit Geneviève et se dirige vers elle en titubant. Au passage, il attrape un verre de vin sur un plateau. Sur son visage cramoisi par l'alcool se dessine un sourire lubrique, tandis qu'il promène son regard sur le décolleté convoité. Geneviève se sent mal à l'aise, son cœur bat la chamade. Elle se souvient de l'incident au manoir. Autour d'eux, des gens intrigués les regardent. Brown, dans un geste théâtral, lève soudainement son verre.

– Quelle belle réception ! s'exclame-t-il.

Les gens se mettent à rire, croyant à une blague d'ivrogne. Geneviève reprend contenance.

– Merci, répond-elle sèchement.

Il la dévisage sans rien dire, le visage empreint d'amertume. Puis, d'un mouvement incertain, il s'élance vers sa femme en bousculant au passage une jeune servante. Il a l'air agressif, les cheveux défaits. Il s'appuie sur les gens pour ne pas tomber et, finalement, se laisse choir sur le banc. Sa femme n'ose pas le contrarier.

L'après-midi tire déjà à sa fin. Quelques invités sont partis.

– Caroline ! hurle Brown en faisant sursauter les gens autour de lui.

– Oui, père ! répond-elle de loin.

– Nous partons !

Déçue, la jeune femme embrasse Jacques sur la joue. Ses parents prennent déjà congé des aristocrates.

– C'est un homme étrange, ce M. Brown, chuchote Lady Durham à l'oreille de son mari.

– Edward m'a dit que c'est un agent efficace, mais qu'il boit trop.

Brown ne peut aider son épouse à monter dans la calèche tellement il est ivre et la petite Caldwell en profite pour se faufiler sur le siège arrière. De mauvaise humeur, la mère retrousse sa robe pour monter sur le marchepied. En galant homme, Jacques lui offre le bras.

Les invités les regardent avec un air moqueur. Grimpé sur le marchepied, l'agent s'arc-boute sur les côtés de la voiture pour se soulever. Il perd l'équilibre et tombe sur sa femme. Les invités pouffent de rire pendant qu'Anna Brown tente de relever son mari tout en l'invectivant.

Jacques est contrarié. Mortifiée, Caroline fait claquer les rênes sur le dos du cheval, qui part brusquement. Son père a un haut-le-cœur et se penche pour vomir.

Chapitre XXV

Le lendemain, Jacques est réveillé en sursaut par sa mère qui l'appelle, du bas de l'escalier. Il se laisse retomber sur sa couche en pensant à la veille. Il a trouvé la soirée longue après le départ de Caroline. Tous les invités qui restaient ont accompagné les nouveaux mariés au quai pour leur départ en voyage de noces à Québec, et plusieurs sont revenus au Château prendre une bouchée avant de rentrer chez eux.

Enfin décidé à se lever, Jacques descend lourdement les marches jusqu'à la cuisine, où son père grignote un toast en buvant son thé. Sa mère et sa sœur mangent du bout des lèvres. Seul le petit Louis semble avoir faim.

– Lord Durham retourne à Québec cet après-midi, dit le père à l'intention de Jacques. Nous allons solidifier les piquets sur la plage et réinstaller le câble. Tu vas venir m'aider avec l'apprenti.

– J'espère que ce n'est pas toi qui le paies? demande la mère.

– Non, c'est Brown.

À midi, le travail est terminé. Après le dîner, le père s'empresse de retourner au quai pour les derniers préparatifs, tandis que Jacques et le reste de la famille attendent l'oncle Pierre pour partir. Il y a moins de monde que lors de l'arrivée du gouverneur, mais tous les Anglais sont là, fidèles à leur chef. Ils sont arrivés de bonne heure afin d'avoir les meilleures places devant l'appontement. Une centaine de Canadiens se tiennent derrière eux. Il y en a d'autres éparpillés le long du câble, qui s'étire jusqu'au manoir. À l'entrée du débarcadère, une vingtaine de miliciens en bloquent l'accès. Un détachement de fantassins est aussi en faction près du *Dragon* et du *Henry Brougham*. La fanfare s'est installée près du lourd drapeau de lin, qui flotte mollement sous la brise du fleuve.

Jacques franchit le câble avec sa mère pour rejoindre les notables rassemblés devant l'entrée du quai. Son père est occupé à coordonner les opérations avec le colonel Brown et d'autres officiers. Mme Brown bavarde avec les Ross. Heureuse de l'arrivée de son amant, Caroline part avec lui. Sa belle-mère ne proteste pas, mais la haine déforme son visage.

Pendant ce temps, un détachement de miliciens est allé chercher Claude Vincent, Joseph Daigneault et Geoffroy Hébert dans leur prison à l'auberge. Ils se dirigent à pied vers l'embarcadère. Le jeune lieutenant qui commande l'escorte appréhende la réaction de ses compatriotes. Quand il atteint leurs arrières, il les pousse vivement pour se frayer un passage. Apercevant son mari, la Daigneault se met à le tirer par le bras pour le libérer. Elle est vite repoussée par un milicien, mais elle ne lâche pas prise.

— Il n'a rien fait de mal, s'écrie-t-elle, rendez-moi mon mari!

— Ils n'ont tué personne, hurlent d'autres femmes, libérez-les!

En dépit des protestations, les miliciens continuent de se forcer un passage parmi les hommes, les femmes et les enfants, traînant les prisonniers derrière eux.

– Liberté, liberté ! réclame un petit groupe de Canadiens en criant, les poings dans les airs.

D'autres se joignent à eux. Bientôt, les cris deviennent une clameur. L'oncle Pierre se retient, par respect pour sa famille, ses neveux et sa nièce. Adeline et ses trois filles se serrent contre lui, inquiètes.

Les miliciens atteignent le câble sans coup férir. Soudain, des Anglais se mettent à injurier les prisonniers.

– *Murderers ! Traitors !*

Ils leur assènent des coups de poing. Submergés, les miliciens protègent les prisonniers du mieux qu'ils peuvent. Brown et d'autres officiers accourent aussitôt à leur rescousse. Claude Vincent est tombé par terre. Les miliciens repoussent les Anglo-Saxons de leurs mousquets. Dans l'échauffourée, un coup de feu retentit. Un protestataire est blessé au bras et saigne abondamment. Les autres ont peur et reculent. Les miliciens en profitent pour entraîner les détenus hors de la cohue. Le lieutenant se hâte ensuite jusqu'au *Henry Brougham*, où Jim Brown lui indique la passerelle.

Près du bastingage, Daigneault lève soudainement les bras dans les airs.

– Vive la république ! s'écrie-t-il.

Un milicien le frappe d'un coup de crosse aux reins. Le rebelle tombe à genoux, le visage grimaçant de douleur. Les Anglais crient de joie, tandis que les Canadiens hurlent de dépit. On traîne Daigneault jusqu'à l'arrière du vapeur pour l'enfermer dans une cabine avec les autres prisonniers.

Dans la foule, l'épouse Daigneault se tire les cheveux en hurlant. D'autres femmes l'imitent pour inciter les hommes à réagir. Les Anglais se tournent pour les regarder, inquiets. Comme une masse mouvante, les Canadiens avancent lentement, comprimant les Anglo-Saxons sur le câble. Plusieurs tombent par terre. Sans égard pour eux, les Canadiens les piétinent.

Les miliciens sont vite submergés par les assaillants et Jacques et Caroline sont emportés par la vague. Pierre et Adeline portent chacun une fillette dans leurs bras pour éviter qu'elles ne soient piétinées. Jacques agrippe son frère tandis que Madeleine protège la petite Marguerite. La bonne, apeurée, fait des signes de croix.

Des audacieux traversent la barricade. Ils courent vers le quai, où les notables se sont réfugiés derrière une rangée de soldats qui en contrôlent l'accès. Les forcenés sont repoussés à coups de baïonnette, et quelques-uns se retrouvent par terre, blessés.

Des fantassins en réserve sur l'appontement tirent une salve dans les airs pour ramener l'ordre. Ils foncent ensuite sur les émeutiers, baïonnettes en avant. Les belligérants s'arrêtent quand ils ont la pointe des armes appuyée sur le ventre. Les soldats repoussent ensuite la foule. Lentement, le tumulte cesse et le calme revient. Jacques et Caroline se retirent en arrière avec Madeleine, le petit Louis et Rosalie. Pierre et Adeline les suivent avec leurs fillettes. Sur le quai, les blessés reviennent en titubant vers le câble.

Il est près de trois heures et les gens ont chaud sous le soleil de plomb. Ils s'épongent le front en pestant contre l'humidité et le gouverneur qui n'arrive pas. Soudain, les cornemuses se mettent à sonner. On tourne la tête vers le manoir. Les Durham s'en viennent à pied avec leur suite, entourés de fantassins. Le comte se tient éloigné du câble et marche la tête haute avec sa femme à son bras. Leurs enfants suivent derrière. Il sourit en saluant les Canadiens éparpillés derrière la clôture improvisée. Quelques-uns l'applaudissent. Il arrive bientôt près du quai sous les acclamations de ses compatriotes. Ému, il s'arrête malgré les conseils de Charles Grey et s'offre fièrement à la foule en arborant son plus beau sourire.

— *Thank you, thank you!* dit-il à travers le tumulte.

Le couple se dirige ensuite vers l'embarcadère. Après un échange de poignées de main avec les notables, il grimpe sur la passerelle du *Dragon*. Arrivé au bastingage, il se tourne vers la foule. Les cornemuseurs se mettent à jouer le *God save the Queen*. Lord Durham se tient droit devant l'*Union Jack,* qui flotte librement vers l'est.

Quand la musique s'arrête, il envoie la main. Avant de s'engouffrer dans la cabine du capitaine, il se tourne de nouveau vers son public et salue une dernière fois.

Chapitre XXVI

Après le départ du gouverneur, le village retrouve sa quiétude habituelle. La soirée s'annonce splendide et Jacques s'assoit sur les marches de la galerie pour regarder s'effilocher les moutons blancs dans le ciel. Les événements de l'après-midi défilent dans sa tête. Il songe à sa blonde, au fossé qui les sépare, et cela le révolte. Il se réconforte en pensant que Judith et Richard se sont quand même mariés.

Tout à coup, le quêteux surgit devant lui. Jacques sursaute, car il ne l'avait pas entendu venir. Le vieil homme retire sa pipe de plâtre de sa bouche, embarrassé.

— Ne restez pas là, dit François, venez vous asseoir!

Jacques se tasse pour laisser passer l'homme. Madeleine, qui ne veut pas sentir son odeur, va chercher une chaise et s'installe à côté de sa mère. Contrairement à sa sœur, le petit Louis est content d'être près de Gédéon.

— Avez-vous mangé? demande Geneviève.

— Oui, madame. Vous êtes bien bonne de vous soucier de moi.

— Je vais aller chercher du thé, dit Rosalie.

Le vieillard semble agité, nerveux.

—J'avais hâte de vous voir, monseigneur! commence-t-il en gesticulant. J'ai quelque chose d'important à vous dire.

Tout le monde le regarde, intrigué. On se doutait bien qu'il n'était pas venu pour rien.

—Vous ne devinerez jamais qui j'ai vu débarquer du *Henry Brougham*, à matin…

—Qui? demande le père.

—Chevalier de Lorimier, un notaire de Montréal.

—Je ne le connais pas.

—Vous vous souvenez de la réunion chez votre frère, la nuit de la Saint-Jean? Je vous avais parlé d'un boiteux qui s'entretenait tout le temps avec le docteur Henri Brien. Je vous avais dit qu'il avait l'air d'un chef.

—Oui! Comment est-ce que vous avez su son nom?

Les yeux de Gédéon sont remplis d'eau. Il les essuie du bout des doigts avant de répondre.

—C'est le jeune Jim Brown, l'officier du bateau, qui me l'a dit.

—De quoi a-t-il l'air? demande Madeleine.

—Il n'est pas vieux, une trentaine d'années. Il est bâti comme le petit docteur Brien. Il avait mis des lunettes pour ne pas se faire reconnaître. À un moment donné, il les a enlevées, et je l'ai regardé comme il faut. Il a un air triste. Ça le fait paraître plus vieux.

—Où est-ce qu'il est allé?

—À l'hôtel. Il n'en est pas sorti de la journée.

—Pensez-vous qu'il se prépare quelque chose d'important? demande François sur un ton suggestif.

—C'est certain! affirme le quêteux en se levant. Si j'étais vous, j'irais rôder autour de l'auberge.

—Ne vous en allez pas tout de suite! supplie le père.

—Je ne veux pas qu'on me voie ici, répond l'autre. On ne sait jamais ce qui peut arriver!

La servante revient quelques instants plus tard, un plateau dans les mains, chargé d'une théière, de tasses et de crêpes de sarrasin froides et beurrées, mais le mendiant est déjà dans la rue.

—Tant pis pour lui! s'exclame-t-elle en levant les épaules, déçue.

—Je suis sûre que les enfants vont manger tout ça, la console Geneviève.

Il est près de neuf heures et c'est la brunante. Les journées ont commencé à raccourcir. Le silence s'est installé quand le père se lève soudainement de sa chaise.

—Viens avec moi, dit-il à Jacques, j'ai besoin de toi!

—Où est-ce qu'on va?

—À l'auberge.

—Tu ne vas pas le faire entrer là-dedans, proteste Geneviève, c'est plein de soûlards!

—Il va m'attendre dehors.

—Je n'aime pas ça! dit-elle avec un air soucieux.

—Moi aussi, je veux y aller! s'écrie le petit Louis.

—Non! tranche la mère, visiblement inquiète. Il est temps d'aller te coucher! ordonne-t-elle. Et n'oublie pas de te laver le visage et les mains! Après, tu viendras m'embrasser. Ta sœur va te faire dire tes prières.

Sans s'arrêter aux inquiétudes de sa femme, le père s'en va dans la nuit avec son fils. Du coin de la rue, l'auberge paraît inondée de lumière à travers les rideaux fermés de la salle à manger. Un bruit confus de voix d'hommes leur parvient.

— Je pensais que tout le monde était parti après le départ du gouverneur, dit Jacques.

— Ils n'ont pas coutume de fermer les rideaux! grogne François.

Ils traversent la rue. La porte de l'établissement est barrée.

— C'est pire que pire! s'exclame le père.

— C'est bizarre! fait Jacques.

Les deux hommes remontent ensuite la rue Richardson. Les écuries de l'auberge vibrent des coups de sabots et des hennissements des chevaux.

— C'est plein, là-dedans! constate Jacques.

— Plus j'y pense, plus je trouve que ce n'est pas normal, laisse tomber François.

Ils reviennent vers la rue Saint-Laurent quand ils aperçoivent le père Masson et son fils qui entrent dans l'hôtel.

— Je me demande ce qu'ils vont faire là, dit le père. Ils n'ont pas l'habitude de boire, pourtant.

Il se dirige aussitôt vers la façade de l'auberge. Tout est tranquille à l'exception de quelques chiens qui rôdent dans la rue en quête de nourriture. Jacques trouve une fenêtre aux rideaux mal fermés et fait signe à son père. À l'intérieur, des hommes sont assis aux tables de la salle à manger, tandis qu'un autre, debout en avant du comptoir, parle en faisant de grands gestes. Malheureusement, Jacques est son père n'entend rien, car les fenêtres sont fermées, mais ils devinent facilement qu'il s'agit de Chevalier de Lorimier. Assis à sa droite se trouve un inconnu âgé de vingt-cinq à trente ans, qui ressemble à s'y méprendre à John MacDougall. Des documents sont étalés sur la table devant lui.

Jacques aperçoit son oncle Pierre. Il y a aussi l'aubergiste Prévost et les deux Masson, Désiré Bourbonnais, André Montigny, Louis Hainault, Henri Brien, Toussaint Rochon et les deux Roy. François reconnaît François-Xavier Prieur, l'obèse marchand général de Saint-Timothée, et Narcisse Cardinal, jeune notaire de Châteauguay et député de La Prairie, qui louche d'un œil. Il fait signe à Jacques qu'il est temps de partir.

Geneviève et Madeleine les attendent sur la galerie, enveloppées par l'obscurité.

– Puis? demande la mère, inquiète.

– C'est une réunion de Chasseurs, répond François. À part un étranger, c'est les mêmes gens qu'il y avait chez Pierre, la nuit de la Saint-Jean.

– Mon oncle est là aussi, précise Jacques.

– Ça ne me surprend pas! rétorque la mère.

Puis, se tournant vers son mari, elle demande:

– Qu'est-ce que tu vas faire?

– Il faut que j'en parle à Brown. Je ne lui dirai rien pour mon frère. Je ne lui ai jamais parlé de la réunion à la ferme, d'ailleurs. C'est un secret de famille.

Le lendemain matin, dès l'ouverture de la forge, l'agent se présente.

– Ça parle au diable! s'exclame François.

– Qu'est-ce qui se passe? demande l'agent.

– Je pensais à vous.

– Est-ce que les armes sont prêtes? s'informe Brown, l'air pressé.

Jacques le trouve pâlot. Il se dit que ça doit être à cause de la boisson.

– Pourquoi? demande le père.

— Je vais à Montréal cet après-midi. Je pourrais les laisser au dépôt de l'armée en passant.

— Ça ferait mon affaire. Elles sont dans les caisses près de la porte.

— N'oubliez pas de faire le compte comme d'habitude, rappelle Brown.

Avec l'aide de l'apprenti, Jacques entreprend de charger la charrette. Son père va chercher le livre de compte sur la tablette au-dessus de l'établi, et rédige la facture, ajoutant au total cinq pour cent de commission pour l'agent.

— En passant, dit Brown, il y a quelque chose que vous devez savoir.

Jacques s'arrête et tend l'oreille.

— Je vais former un corps de volontaires armés, annonce l'Écossais. J'en ai besoin pour parer à une attaque des Chasseurs.

Jacques est étonné. Son père lève la tête.

— Est-ce que M. Ellice est au courant ? demande ce dernier, incrédule.

— C'est lui qui m'en a donné l'ordre, répond Brown.

Le père est bouche bée. Quelques secondes s'écoulent.

— Je pensais qu'il était différent des autres, dit-il, déçu.

— Nous allons recruter seulement des Anglais, continue Brown sans relever la remarque.

On se regarde de part et d'autre. Jacques écoute attentivement.

— Ne comptez pas sur moi pour faire du recrutement, prévient François.

— Ce serait mal vu de toute façon, réplique Brown. C'est Robert Norval et moi qui allons nous en occuper.

Jacques sent que la guerre est proche. Le père a l'air grave.

— Venez avec moi dans la maison, demande-t-il à Brown, j'ai quelque chose d'important à vous dire.

Une légère pluie chaude fait lever la poussière, puis, juste avant l'angélus, un vent léger se met à éloigner les nuages et chasse l'humidité. Jacques trouve que sa mère a l'air inquiet. Elle a les yeux rouges, comme si elle avait pleuré. Sa sœur ne dit rien et la bonne est songeuse.

— Nous devrions aller passer quelques jours à Montréal, propose le père avec un sourire. Ça nous ferait du bien après les derniers événements. Après tout, c'est notre anniversaire de mariage, aujourd'hui.

La mère est surprise. Son désarroi disparaît aussitôt.

— Tu y as pensé! s'exclame-t-elle.

Elle lui saute au cou et l'embrasse.

— Nous partirons demain matin, dit François.

— Quand est-ce que tu veux revenir?

— Dans quatre ou cinq jours. Jacques s'occupera de la forge.

Geneviève regarde son fils. Confiante, elle se tourne vers son mari.

— C'est la fête de sainte Anne, demain. Il faut aller à la messe.

— On ira l'année prochaine.

— Qui va s'occuper du petit?

— Je vais m'en occuper, madame, rassure la servante en lui versant du thé.

— Je suis là, moi aussi, dit Madeleine.

La mère est contente.

– Je vais préparer les valises, annonce-t-elle.

Durant la soirée, des coups de feu retentissent dans le village. Surpris, tout le monde se lève pour chercher à savoir d'où proviennent les détonations. Le canon tonne tout à coup.

– C'est la guerre! s'affole Rosalie en bondissant de son siège.

– Ça vient encore de l'autre bord de la côte! s'écrie Madeleine.

La mère se signe.

– Je m'inquiète pour Judith! gémit-elle.

– Elle est bien loin de tout ça, la rassure le père.

Jacques ne dit rien. Depuis la Saint-Jean, la situation a empiré. On entend des coups de feu tous les jours. Dans la rue, les Canadiens dévisagent les Anglais effrontément. Ces derniers sont désemparés, mais ne veulent pas le laisser voir, même quand ils se font insulter par des rebelles sur la voie publique. Les commerçants se font aussi voler effrontément. Tout se passe si vite que les coquins se sauvent avant que la milice arrive sur les lieux. Les Anglais ont peur et barricadent les portes de leurs maisons. Ils empêchent aussi leurs enfants de s'éloigner.

On a également remarqué que les Masson vont de maison en maison pour recruter des Chasseurs. On chuchote dans le village que leur nombre grandit de jour en jour et que des hommes masqués et armés font des incursions nocturnes pour forcer les habitants récalcitrants à se joindre à eux. Même le notaire Hainault, qui a un air farouche, fait campagne pour la cause. Il est toujours accompagné d'un homme dans la vingtaine, le sosie de John MacDougall. Il le présente en tant que colonel

Édouard-Élisée Malhiot, commandant en chef des Chasseurs de la vallée du Richelieu. Plus d'un lui reproche d'être un étranger et de ne pas connaître la paroisse. «Ce n'est pas grave, réplique chaque fois le colosse, parce que tous mes officiers sont d'ici et connaissent tous les recoins de la région.»

Les riches industriels et commerçants anglo-saxons ont réagi en harcelant les Canadiens qu'ils emploient, sous prétexte d'augmenter la production. Ils ne se gênent pas pour les congédier ou les punir à la moindre peccadille. Au moulin à scie, John MacDougall les insulte et va même jusqu'à cracher sur eux. Les pauvres ouvriers ne se défendent pas, de peur de perdre leur emploi.

Le dimanche venu, tout redevient calme, comme si rien ne s'était passé. Cependant, les rues sont désertes. Ceux qui vont à la messe marchent rapidement en direction de l'église ou du temple tout en jetant des regards apeurés autour d'eux. Plusieurs préfèrent y aller en voiture, par prudence.

Depuis le départ de ses parents pour Montréal, Jacques ne s'est pas éloigné de la maison. Il s'est aussi assuré du bon fonctionnement du fusil de son père et de l'emplacement des munitions. Il a également demandé à Madeleine d'aviser Caroline de venir le rejoindre après le dîner.

Comme le petit Louis s'ennuie de ses parents, ils l'amènent dans le champ à côté du cimetière pour faire voler son cerf-volant. La bonne, qui se berce sur la galerie, les regarde de loin, un peu inquiète. À leur retour, elle s'empresse de leur servir du lait au chocolat froid et des biscuits à l'avoine. Elle leur fait aussi la conversation pour les garder auprès d'elle.

– J'ai entendu dire que la femme de chambre des Ellice a rapporté devant tout le monde, au magasin général, que les chambres que ses maîtres ont louées chez les Masson étaient sales et qu'elle avait dû faire un grand nettoyage. Mme Ellice aurait même changé les rideaux et mis des housses sur les fauteuils.

– C'était sale pour vrai! s'exclame Madeleine, étonnée.

– De plus, la bonne aurait dit à Mme Masson qu'elle était une truie. Vous pouvez vous imaginer si elle était insultée! Elle l'aurait mise à la porte en lui disant qu'elle était insolente. Apparemment, la seigneuresse aurait fait des excuses pour que sa bonne revienne.

– Ça me surprendrait que Mme Ellice se soit excusée, commente Caroline.

Jacques en profite pour inviter sa blonde à souper. Surpris, les autres regardent la belle Écossaise.

– Je ne peux pas, répond Caroline, troublée, ça mettrait Rosalie dans l'embarras.

– Vous êtes gentille de penser à moi, dit la servante.

– Je veux que tu restes! insiste le petit Louis. Je vais m'asseoir à côté de toi.

– Non, c'est réglé! tranche Madeleine.

Caroline rentre chez elle, mais revient après le souper et reste tard pour écouter Rosalie raconter des souvenirs de jeunesse.

CHAPITRE XXVII

Le lendemain matin, Jacques se lève tard. Le petit Louis est à table et boude devant son déjeuner. Sa sœur et la bonne sont déjà à l'œuvre pour faire la lessive.

– Il m'énerve ! se lamente Madeleine.

Fâché, le gamin se lève et va lui donner un coup de pied dans le tibia. Impatiente, elle le saisit par le bras pour le rasseoir.

– Si tu continues, tu vas aller en pénitence ! Finis ton assiette !

Le gamin se met à pleurnicher. Madeleine soupire d'exaspération.

– Heureusement que les parents reviennent aujourd'hui ! s'exclame-t-elle. Je ne sais plus quoi faire avec lui !

Rosalie s'approche du benjamin.

– Mouche-toi, dit-elle avec douceur en lui tendant un mouchoir. C'est normal que tu t'ennuies, ça fait longtemps que ta mère est partie. Nous irons chercher tes parents tout à l'heure, au quai.

L'enfant lève des yeux mouillés vers elle et esquisse un faible sourire. Elle l'embrasse sur le front. Jacques profite de l'accalmie pour aller travailler. Il a reçu une nouvelle commande du manoir pour des barreaux de fenêtre.

Deux heures plus tard, son père entre dans la boutique.

— Comment ça va, mon gars ?

— Bien !

— Rien de nouveau ?

— Une commande de M. Ellice pour des étripe-chats.

— Ah ! fait François, surpris. Est-ce qu'il aurait peur de quelque chose ?

— Je ne le sais pas.

— Je vais me changer et je vais vous aider.

Quand sonne l'angélus, Jacques se précipite dans la maison, affamé. La cuisine est encombrée par la lessive, mais une odeur de poulet rôti couvre celle du savon.

— Ça sent bon ! s'exclame-t-il en humant l'air.

La table de la salle à manger est dressée comme pour un dimanche.

— C'est pour fêter le retour de vos parents, explique Rosalie. Le petit avait tellement hâte de les revoir.

— Moi aussi ! ajoute Madeleine.

Jacques est content de les retrouver, mais il ne veut pas trop le montrer, surtout à sa mère. Tout en mangeant, il l'écoute raconter son voyage.

À la fin de la journée, il se réjouit de se retrouver sur la galerie avec son père. Il prend le journal pendant que sa mère continue à raconter ce qu'elle a vu à Montréal. Jacques écoute d'une oreille distraite tout en parcourant la première page du journal. Un court article attire son attention.

— Écoutez ça, dit-il, coupant sa mère. Ils disent que des Canadiens tirent du mousquet en plein jour à Montréal.

Offusquée de ce qu'elle est interrompue, Geneviève le fusille du regard. Madeleine s'empresse de venir au secours de son frère.

— Il y a des fous partout! réplique-t-elle vivement.

Jacques lève la tête, surpris par le ton.

— En tout cas, intervient le père, les rebelles de Beauharnois vont avoir des problèmes. Brown m'a dit, l'autre jour, qu'il voulait recruter mille volontaires. Il a déjà envoyé Robert Norval et David Normand faire le tour des villages.

— Est-ce que je peux continuer? revendique la mère en toisant son mari.

Le petit Louis, qui est au potager, en revient en courant.

— Mme Gauthier arrive! s'écrie-t-il.

La voisine surgit dans la cour, les yeux hagards, et s'arrête en apercevant les Pitre. Elle reste là, immobile, comme si elle attendait quelque chose. Puis, elle se met à pleurer en se cachant le visage dans les mains. Pressentant un malheur, François dévale les marches pour se précipiter vers elle. La mère, un peu craintive, reste sur la galerie avec Madeleine et le petit Louis.

— Qu'est-ce qui se passe? demande François à la dame.

— Ils vont brûler notre maison! bafouille la jeune femme à travers ses larmes.

— Venez vous asseoir, lui offre le père pour la calmer.

— Non! répond-elle avec force, à la surprise de tous. Je dois m'en aller chez moi, mes enfants sont seuls! Mon mari est blessé, ils l'ont frappé!

Elle repart en courant, traverse la rue et entre chez elle en trombe. Le père fait signe à Jacques de le suivre. C'est une maison aux murs extérieurs recouverts de planches de pin posées à la verticale et devenues grises avec le temps. Deux petites fenêtres sont percées dans la façade du rez-de-chaussée, avec une trappe à feu dans le pignon. Le toit pentu en bardeaux de cèdre est enjolivé d'une lucarne et surmonté, à l'arrière, d'une cheminée.

La porte avant est grande ouverte et les enfants chahutent dans la maison. Leur père est assis à la table, au fond, devant le poêle à bois, la tête penchée en arrière, tenant un linge imbibé de sang sur son nez.

— M. Pitre est ici, dit sa femme pour le prévenir.

L'homme se redresse un peu sur sa chaise.

— Tu n'aurais pas dû le déranger pour ça, reproche-t-il, c'était juste des menaces en l'air !

François fronce les sourcils.

— Qui vous a menacé ? demande-t-il.

— Les Masson !

François ne dit rien.

— Ils voulaient me forcer à devenir un Chasseur, continue l'homme. On va libérer le Canada, qu'ils disaient, et former une république. Quand je leur ai répondu non, ils ont menacé de brûler notre maison.

La femme se remet alors à pleurer. Jacques trouve que les rebelles exagèrent.

— Ne t'en fais pas, ma femme ! rassure le mari. Je leur ai fait tellement peur qu'ils ne reviendront pas.

Puis, se tournant vers François, il explique :

— Je les ai traités de fous. Je leur ai dit qu'il y avait eu assez de morts l'automne passé lors de la rébellion et que ça ne me tentait pas de mourir.

Jacques est choqué. Il se dit qu'ils ne sont pas morts pour rien.

– Qu'est-ce qui s'est passé ensuite ? demande François.

– Je les ai prévenus que je brûlerais leur maison s'ils brûlaient la mienne ! Après, j'ai vu rouge et j'ai poussé le père Masson pour le faire sortir. C'est là que Damase m'a frappé.

– Il est tombé par terre, atteste sa femme. Il avait du sang qui lui coulait du nez.

Jacques est quand même impressionné par le courage du voisin.

– Êtes-vous prêt à témoigner contre les Masson ? demande François au mari.

– Je ne le sais pas ! Il y en a d'autres comme eux qui font le tour de la seigneurie pour recruter du monde. Ils sont dangereux ! Je ne veux pas prendre de risque.

– Ouais !

– Merci quand même d'être venu ! termine Gauthier.

Chapitre XXVIII

Le lendemain, Jacques a prévu de se rendre chez son oncle. Comme chaque année, il doit passer quelques jours à la ferme pour ramasser les foins. Madeleine est contente d'aller le conduire, car elle sait que sa tante la retiendra tout l'avant-midi pour placoter. Elle n'aura donc pas à faire le repassage.

Tom est assis à table avec Pierre pour le déjeuner. En apercevant son ami, Jacques s'empresse de lui tendre la main.

– On va travailler ensemble, lui dit Tom.

– Je suis content de te voir ! s'exclame Jacques. Justement, je me demandais ce que tu faisais ces temps-ci.

– Ça fait une semaine que je fauche avec ton oncle. Il m'a engagé.

Dans la cour, Ti-Gars se met soudainement à aboyer.

– Il va s'époumoner ! peste Adeline.

Puis, on entend les hennissements d'un cheval apeuré. Jacques se précipite aussitôt dehors. La jument de Caroline se cabre et tente de piétiner le chien, qui ne cesse de tourner autour d'elle en aboyant. Caroline s'agrippe fermement à la bride pour ne pas tomber. Jacques accourt et donne un coup de pied au chien.

—Va-t'en! vocifère-t-il.

L'animal se sauve en gémissant, la queue entre les pattes. Le jeune homme attrape ensuite les rênes et retient la jument, qui se calme. Caroline est blême de peur. Esquissant un sourire, elle se laisse glisser de sa selle. Surpris par son geste, Jacques la prend à bras-le-corps. Ils sont pressés l'un contre l'autre et leurs visages se touchent presque. Il lui vole un baiser.

Sur la galerie, tout le monde les regarde, même ses cousines. Madeleine est stupéfaite, car Jacques ne lui avait pas dit qu'il avait invité Caroline. Embarrassé, il dépose sa blonde par terre, puis il reprend les rênes et conduit la jument dans l'enclos. Les fillettes accourent alors vers Caroline et lui sautent au cou. Elles ont envie de s'amuser et la ramènent avec elles sur la galerie.

—Tu es toujours coquette! la complimente Adeline tout en l'accueillant.

Caroline porte une jupe brun pâle et une blouse blanche échancrée en lin fermée par un fin lacet de cuir et des boutons bruns aux poignets. Un foulard à carreaux blanc et brun couvre partiellement ses longs cheveux attachés en queue de cheval.

—Je suis contente de te voir! dit Madeleine. Avoir su, je me serais habillée autrement pour vous aider.

—Si c'est pas la belle fille! s'exclame Pierre en l'embrassant sur les joues.

—Vous ne saviez pas que je venais? demande Caroline, embarrassée.

—Bien sûr que oui, se hâte de répondre Adeline. Il aime ça, embarrasser les gens.

—Salut! lance Tom du seuil.

— Es-tu prête? demande Jacques de retour parmi eux. Tu vas conduire la voiture et placer le foin.

— Tu es trop pressé, mon neveu! reproche Pierre. On va prendre le temps de boire une tasse de thé.

Quand ils se lèvent de table, ils prennent chacun un pot d'eau froide sur le comptoir de la cuisine. L'oncle emporte aussi un baquet d'eau fraîche pour le cheval.

— Je vais préparer le dîner pendant ce temps-là, dit la tante. J'irai vous le porter. N'oubliez pas vos chapeaux de paille sur la galerie.

Le quatuor se dirige ensuite vers les bâtiments, suivi par le chien, qui se méfie de Jacques. Ils attellent un cheval placide à une grande plate-forme roulante avec des échelettes à chaque extrémité. Pierre suspend le baquet d'eau à un travers sous le plancher et dépose quatre fourches et des gants de lin dans la caisse. Il grimpe ensuite dans la charrette pour rejoindre son neveu et Tom. Caroline tient les guides qui passent à travers les échelettes. À ses pieds, une planche dépasse de dix-huit pouces vers la croupe du cheval.

— À quoi sert cette planche? demande-t-elle.

— Pour t'asseoir dessus en revenant, explique Jacques. La voiture va être pleine de foin.

— Je vais avoir les pieds sur les fesses du cheval! s'étonne-t-elle.

— Tu n'auras qu'à te mettre les pieds sur les menoires de chaque côté. Tu vas voir, c'est facile.

Rassurée, elle fait claquer doucement les guides sur le dos de l'animal. Le percheron part lentement en suivant les ornières qui mènent aux champs, tout près.

— Fais arrêter le cheval, commande Pierre, on va commencer ici!

– Woh! fait Caroline en tirant sur les guides.

Les trois passagers empoignent leur fourche et descendent de voiture. Ils se mettent ensuite à y lancer du foin que Caroline répartit sur la plate-forme pour en assurer une distribution égale. Les hommes, qui ont vite chaud sous le soleil de plomb, enlèvent leur chemise. Ils ne cessent de boire de l'eau pour remplacer la sueur qui leur sort par tous les pores de la peau. Caroline se sent à l'aise avec ces mâles au torse nu détrempé, presque indécents. Elle aime l'air de la campagne et le parfum du foin frais coupé. Elle se sent libre sous le ciel bleu foncé. Elle s'assoit parfois pour se reposer, tout en se laissant bercer par son imagination qui l'emporte vers sa vie future avec son amoureux.

– Hé, la belle fille! crie Pierre. Fais avancer la voiture un peu!

Ti-Gars ne cesse de renifler les pistes des animaux sauvages. Il disparaît souvent dans le boisé en bordure des champs pour réapparaître un peu plus loin. Après un certain temps, las de sa chasse, il revient errer autour de la voiture. Comme on ne lui prête pas attention, il finit par retourner à la ferme.

L'avant-midi passe rapidement. La voiture déborde bientôt de foin jusqu'en haut des échelettes. Juchée sur le faîte, Caroline aperçoit Adeline et ses filles qui s'en viennent à pied, les bras chargés de victuailles. Le chien les précède. On entend au loin la cloche de l'église sonner douze coups. Tout le monde se signe.

– On ira vider le wagon dans la grange après le dîner, dit Pierre. Avant, on va prendre le temps de manger.

– Où est Madeleine? demande Caroline.

– Elle vient juste de partir, répond Adeline. Elle fait dire bonjour.

Pierre décroche le baquet d'eau pour l'apporter au cheval, qui y plonge aussitôt la tête. L'oncle met aussi une brassée de foin devant lui.

– Il faut qu'il mange en même temps que nous, sinon il va être jaloux, tente-t-il de faire croire à Caroline.

– Blagueur! Je commence à vous connaître.

– Tu peux me tutoyer! Appelle-moi Pierre!

Ils s'assoient ensuite à l'ombre de la voiture, adossés aux rais des grandes roues. Les fillettes sont excitées à l'idée du pique-nique. Leur mère a sorti le jambon, le fromage et le pain. Tiffanie et Élodie distribuent la bière d'épinette.

– J'ai apporté un gâteau à la mélasse pour le dessert, fait savoir Adeline.

Après avoir bien mangé, elle se lève et remballe les restes.

– Je vous laisse, dit-elle, j'ai à faire. À ce soir!

L'oncle suit sa femme des yeux. Elle a pris du poids et ses hanches se sont élargies depuis la naissance de leurs enfants, mais il l'aime et la trouve encore belle. Il regarde aussi ses filles, qui ressemblent beaucoup à leur mère dans leurs manières. Elles traînent derrière elle en sautillant à gauche et à droite pour s'amuser. Le chien, excité, se faufile constamment entre leurs jambes. Les gamines se mettent à faire des pirouettes, et l'animal, qui ne sait plus où donner de la tête, jappe en signe de protestation.

Entre-temps, Jacques et Caroline ont grimpé sur le tas de foin. Couchés sur le dos, ils se tiennent la main, le chapeau sur le visage pour se protéger du soleil, heureux.

Le lendemain après-midi, tout le foin est engrangé et Jacques retourne au Château. Il a hâte au samedi pour revoir sa blonde. Il la rejoint au quai.

— Viens veiller chez nous, demande-t-il d'une voix suppliante, Judith et Richard sont là! Ils vont être contents de te voir.

Caroline hésite.

— Je ne me sens pas à l'aise devant ta mère, dit-elle.

— Il y a juste une femme qui compte dans ma vie, réplique-t-il, c'est toi!

En voyant arriver la jeune femme, Judith et Richard se lèvent et s'empressent de l'embrasser. Le petit Louis s'agrippe à elle comme une sangsue. La mère la salue du bout des lèvres.

— Ça fait plaisir de vous revoir! lance François, accueillant.

Madeleine lui fait une place sur le banc.

— Quand êtes-vous revenus de Québec? demande Caroline, curieuse, à Judith et à Richard.

— Vendredi soir, répond Judith. Nous avons accosté à Lachine et nous avons dû dormir sur le bateau en attendant de traverser, ce matin.

— Je vous dis que c'est un gros bateau! s'exclame Richard. Encore plus gros que le *Henry Brougham*! Il s'appelle le *John Bull*. Il mesure cent quatre-vingt-deux pieds de long. Apparemment, c'est le plus gros vapeur à naviguer sur le fleuve. Il appartient à la famille Molson, de Montréal.

— Je vais aller à Québec, un jour! déclare Jacques.

Sa mère jette les yeux sur lui, puis les tourne vers Caroline. La jeune femme sent son regard méprisant sur elle.

– Ça coûte cher, mon gars! dit le père.

– Dix piastres chacun, fait savoir Richard. Puis, à ce prix-là, vous avez seulement un lit dans la grande salle sur le pont. En plus, vous devez apporter vos provisions. Nous avons quand même pris une cabine, le voyage était trop long, dix-huit heures.

– Ça vaut la peine! reprend aussitôt Judith, emballée. La falaise, les plaines d'Abraham, la basse ville, la porte Saint-Louis, le château, le Parlement, la place Royale!

Les femmes boivent ses paroles.

– Puis, il y a les magasins, continue la nouvelle mariée. J'ai vu tellement de belles choses!

– Ah oui! s'exclament les femmes.

Les hommes se mettent à rire.

– Il y a Lévis, de l'autre côté du fleuve, ajoute Richard. On n'a qu'à prendre le traversier pour y aller. De là, on a une vue incroyable sur la ville et sur le cap Diamant. On peut voir la forteresse qui se dresse au sommet.

La soirée se passe à parler des projets des nouveaux époux. La bonne ne cesse d'apporter des biscuits à la mélasse, du thé et de la bière d'épinette. Ils ont même droit à quelques bonbons à l'orge. L'obscurité tombant, Jacques offre à sa blonde de la raccompagner. Le petit Louis les arrête au pied des marches de la galerie.

– Vous avez oublié la lanterne, dit-il.

– Ce n'est pas nécessaire, répond le grand frère, la lune est claire. Je peux voir mon ombre.

Le couple s'éloigne, main dans la main, en silence. Au coin de la rue Ellice, Jacques se tourne vers Caroline pour l'embrasser. Ses mains courent sur elle.

CHAPITRE XXIX

La vie à Beauharnois bat de dimanche en dimanche. Même si les gens ne travaillent pas ce jour-là, ils s'amusent peu, habitués à trimer dur. Il faut dire qu'il n'y a pas beaucoup de distractions dans la paroisse.

Ce matin, un soleil orangé entouré d'un halo s'est levé au-dessus de la côte. Il brille d'un éclat inhabituel, tournant du rose à l'orange, puis au rouge sang. Il se cache derrière les nuages noirs teintés de vert, poussés par le suroît qui laisse un air chaud sur le fleuve.

– Je n'aime pas ce soleil-là, s'alarme Jacques, c'est un signe de tempête !

– Ça me surprendrait, répond Madeleine, on voit des grands pans de ciel bleu.

Depuis presque deux semaines que David Normand et Robert Norval parcourent la région jusqu'à la frontière américaine, ils ont déjà recruté plusieurs centaines d'Anglais pour former un corps de volontaires, les Beauharnois Loyal Volunteers, afin de combattre les Chasseurs. Chaque homme a reçu cinquante cents et un bon habit. Ils se sont donné rendez-vous aujourd'hui, dimanche 5 août, à l'église presbytérienne, après la messe.

Ils arrivent de Saint-Timothée, de Sainte-Martine et même de Norton Creek, au fond des bois. Plusieurs viennent d'aussi loin que Châteauguay, Napierville et Huntingdon. Ils voyagent depuis l'aurore, entassés dans des calèches et des charrettes. Des miliciens les rassemblent sur le terrain à côté de l'église protestante. Les volontaires gardent le silence, car l'office n'est pas encore terminé.

Le temple est une construction neuve, datant de quelques années seulement. Ses murs, en pierres des champs, sont percés de quatre hautes fenêtres avec des vitraux. Sur la façade, un clocher en forme de coupole surplombe un porche spacieux pour accueillir les croyants. Il est cependant moins luxueux et moins grand que l'orgueilleuse église catholique. « C'est bien normal que l'église protestante soit plus petite, répète le curé Quintal à qui veut l'entendre, il y a juste une centaine d'Anglais dans le village. En plus, c'est le père Ellice qui l'a payée, alors que nous devons payer la nôtre. » Le révérend Roach est fier de son temple et se vante d'avoir la plus belle construction presbytérienne de tout le Canada, en dehors de Montréal.

En route pour l'église, les catholiques sont stupéfaits d'apercevoir le rassemblement d'hommes armés. Les portes du temple presbytérien sont grandes ouvertes et l'on entend chanter la chorale.

Le curé Quintal a aussi laissé ouvertes les portes de son église, de sorte que le soleil puisse y pénétrer. Même s'il y a des fidèles jusque sur le parvis, il a l'air grognon comme d'habitude. Au sermon, il s'appuie sur la balustrade de la chaire, le corps penché en avant pour montrer son mécontentement.

— Vous enfoncez des épines dans la tête du Christ par vos péchés ! reproche-t-il à ses paroissiens en criant. Surtout les recruteurs de rebelles qui menacent vos âmes de brûler en enfer ! Je vous préviens : ils ont amené quelqu'un de Montréal pour se donner de l'importance et faire de belles promesses ! A beau mentir qui vient de loin. N'ayez pas peur, ils ne brûleront pas vos maisons si vous leur dites non. Si vous les écoutez, ce sont les habits rouges qui vont le faire quand ils vont envahir la paroisse. Vous vous retrouverez dans la rue en plein hiver, comme les gens de Saint-Charles-sur-Richelieu. Est-ce cela que vous voulez ?

Le berger scrute ses brebis en tendant l'oreille, comme s'il s'attendait à une réponse. Mal à l'aise, les gens se regardent. Personne n'ose émettre un son, ni rire, ni tousser, ni même se racler la gorge. Des têtes accusatrices se sont tournées vers les Masson. Après une minute interminable, le prêtre se redresse.

— Je vais prier l'Esprit saint pour qu'il vous éclaire !

Il ferme ensuite son missel, descend de la chaire et retourne à l'autel. Des murmures parcourent les bancs. Le curé doit constamment tourner la tête pour ramener l'assistance à l'ordre.

— Repentez-vous, clame le curé après la communion, il n'est peut-être pas trop tard ! Mettez-vous à genoux ! ordonne-t-il brutalement.

Dans un bruissement de vêtements, chacun s'agenouille sur le prie-Dieu devant lui. Le prêtre commence alors à réciter une dizaine de chapelet pour demander la protection divine.

Les gens ont hâte que la messe finisse pour aller voir ce que font les protestants. En sortant, ils se dirigent vers le côté de la chapelle. Le révérend Roach et son épouse, des femmes et des enfants distribuent des provisions aux volontaires. Lawrence Brown est là avec les Ellice, Ross, Normand, Blackwood ainsi que John MacDougall.

— Ça doit être une réunion de presbytériens, suppose la mère Masson.

— Ça me surprendrait, répond le mari, il n'y en a jamais eu avant. Je vais revenir après le dîner pour voir ce qui se passe.

— Je vais revenir moi aussi, dit son voisin. Je n'ai pas confiance dans les Anglais.

— Moi non plus! lancent plusieurs autres.

Fidèle à ses habitudes, François Pitre s'est attardé avec sa famille sur le parvis de l'église. Soudain, le notaire Hainault le bouscule en voulant éviter la foule compacte.

— Excusez-moi! dit-il.

L'homme a de petits yeux perçants surmontés de sourcils broussailleux qui s'inclinent exagérément vers l'intérieur. Il est crispé et cela accentue son air farouche. Un étranger l'accompagne. Jacques s'est reculé en l'apercevant. Richard et Judith se montrent prudents. La mère aussi l'a aperçu et cherche un prétexte pour retenir le notaire.

— Comment va votre mère? demande-t-elle.

L'homme est agacé, cela se voit sur son visage. François observe l'inconnu d'un air amusé. Jacques a les poings serrés.

— Je vous présente M. Élisée Malhiot, dit le notaire, exaspéré. C'est un étudiant en droit, de Montréal.

L'autre est plutôt intéressé par Madeleine, laquelle tient la tête relevée pour montrer qu'elle ne l'est pas.

Comme il insiste, elle recule de quelques pas pour se placer derrière son père.

Le notaire donne un coup de coude à son compagnon pour attirer son attention. Ce dernier tend aussitôt la main à François.

— Enchanté de vous connaître, dit-il. Il fait beau, aujourd'hui, n'est-ce pas !

François ne peut retenir un sourire, car le jeune homme a touché le bas de sa manche avant de lui serrer la main, un des signes de reconnaissance des Chasseurs. Le notaire est furieux.

— Nous devons partir, fait-il sèchement, je suis pressé !

Il entraîne Malhiot par le bras. Au même moment, Pierre et Adeline arrivent.

— Le notaire n'a pas l'air de bonne humeur, dit Adeline en embrassant Geneviève.

— Je pense qu'il n'a pas aimé le sermon du curé. Il était pressé de partir.

François a l'air de s'amuser.

— Le jeune m'a pris pour un rebelle ! dit-il en riant.

— Pourquoi tu dis ça ? s'alarme Pierre.

— Il m'a fait deux signes de reconnaissance.

— Ah oui ! Comment tu le sais ?

— Je ne suis pas capitaine de milice pour rien.

Pierre est ennuyé. Il est persuadé que son frère sait qu'il est un Chasseur et il a aussi le sentiment d'avoir été trahi. Adeline a perdu sa jovialité. Le malaise du couple est évident.

— Il doit avoir vingt-cinq ans passés, cet homme-là ! lance Geneviève pour stimuler la conversation.

— En tout cas, il était fatigant ! se plaint Madeleine. Il n'arrêtait pas de me regarder. En plus, il a un gros nez.

– Ce n'est pas sa faute s'il ressemble à MacDougall !
se moque le père en l'embrassant sur le front pour la
consoler.

L'oncle et la tante ne disent rien, l'air maussade.
Leurs trois filles, tout endimanchées, n'osent pas bouger
de peur de salir leurs vêtements.

– Venez dîner à la maison ! offre Geneviève.

– J'ai trop à faire, prétexte Pierre.

L'oncle et la tante prennent congé et s'en vont d'un
pas rapide en rabrouant leurs fillettes qui traînent en arrière.
Déçue, Geneviève entraîne les siens pour aller dîner.

En début d'après-midi, plusieurs centaines de paroissiens sont revenus à l'église, poussés par la curiosité. Ils
ont amené avec eux leurs vieux parents, leurs voisins et
même leurs amis pour voir le spectacle. Le curé s'y trouve
avec sa femme de ménage, que les hommes reluquent
avec convoitise.

C'est le moment qu'attendait Lawrence Brown pour
former une parade devant leurs yeux incrédules. Campés
sur leurs montures, Brown et Norval prennent la tête des
troupes en tenant leur sabre à la verticale devant eux.
David Normand les suit, un drapeau britannique accroché au bout d'une lance. Viennent ensuite l'unité des cavaliers avec leurs mousquets Brown Bess en bandoulière
et huit compagnies d'infanterie, le fusil à baïonnette sur
l'épaule, dirigées chacune par un capitaine, dont John
Ross avec son sabre à la ceinture. MacDougall et Blackwood, qui font partie des officiers, portent une bande de
coton blanche nouée autour de l'avant-bras en signe de
reconnaissance.

En tête, Brown et Norval ont voulu se distinguer en
portant leur baudrier blanc. Sur un signe du colonel, les

tambours se mettent à rouler, puis les cornemuses commencent à sonner. La colonne se met aussitôt en marche dans la rue Saint-Joseph et avance en direction de l'église catholique en soulevant de la poussière.

Les Canadiens reculent instinctivement lorsque le bataillon passe devant eux. Brown est content et gratifie le curé Quintal d'un large sourire. Le prêtre n'y répond pas et place les mains sur les hanches pour montrer sa colère.

Les volontaires descendent ensuite la côte Saint-Louis. En entendant du bruit, les habitants sortent de leur maison pour se rendre au chemin. Impressionnées par la démonstration de force, les mères retiennent leurs enfants tandis que les pères se placent devant eux pour les protéger. En bas, près du pont, une foule de curieux regarde la colonne descendre la côte, enveloppée d'une nuée brunâtre. Jacques et Caroline y sont, avec leurs amis. Les cornemuses continuent leurs plaintes irritantes. Un sentiment mêlé de crainte et d'envie de fuir fait palpiter le cœur des Canadiens. Une cinquantaine de Chasseurs les encouragent à rester pour montrer leur bravoure. Un ancien milicien remarque François en compagnie du notaire Leblanc.

– Capitaine, vous êtes du mauvais bord ! hurle-t-il en pointant le doigt vers lui. Vous devriez être dans la parade avec vos amis !

François est ennuyé, car les gens les regardent. Il change de place pour se perdre de nouveau dans la foule.

Arrivé au coin de la rue Saint-Laurent, Brown fait tourner son bataillon sur l'artère commerciale. À la hauteur de l'auberge, il lève le bras gauche dans les airs et crie « *Halt!* ». La file d'hommes, qui s'étire du pont jusqu'à l'hôtel, s'arrête. Brown et Norval rengainent leurs armes blanches et quittent leur position, suivis par l'enseigne, pour se placer en face de la quatrième compagnie. Entre-temps, la cavalerie s'est mise en rangs derrière l'infanterie.

– *Left turn!* hurle le colonel.

Comme une mécanique, les hommes tournent à gauche pour faire face à leur commandant. Les capitaines se placent ensuite devant eux.

– *Eyes right!* hurle Brown pour aligner les rangs. *Captain John Ross!* appelle-t-il ensuite.

– *All accounted for, Sir!* répond le marchand.

Le colonel continue en appelant les autres capitaines.

– *At ease!* crie-t-il enfin.

Tout le village est accouru pour voir le nouvel ordre envahir la place. Les familles anglaises applaudissent à tout rompre, car les pères font partie des volontaires, ainsi que les trente-quatre Anglais de la milice. Seul Richard Ross a refusé de s'y joindre, malgré les menaces de Brown.

Les cornemuseurs jouent quelques pièces entrecoupées d'applaudissements nourris. Caroline se réjouit, alors que Jacques est confus. Il se sent étranger dans son propre pays.

Les instruments de musique s'arrêtent. Le commandant lève son sabre.

– *Attention!* hurle-t-il.

Les volontaires se redressent et tournent à droite sur un nouveau commandement. Norval et Normand prennent ensuite position en avant du bataillon. La cavalerie a repris sa place. Le colonel Brown a le sabre pointé en avant.

— By the left, quick march!

Les tambours se mettent à rouler pour annoncer le départ. Des centaines de pieds gauches frappent le sol à l'unisson. Les cornemuses redémarrent ensuite et la parade continue son chemin, escortée par la foule. Jacques préfère retourner au Château. Déçue, Caroline le suit.

Chapitre xxx

La parade se termine à temps, car le vent s'est levé en poussant des nuages lourds du fond des terres vers le village. Ils sont traversés de courts éclairs qui illuminent le ciel. Les gens retournent chez eux à la hâte. Les Pitre sont devant la grande fenêtre du salon à guetter la tempête qui s'approche. Caroline se tient derrière Jacques, craintive. Soudain, le père pense à ses chevaux et part en courant. Quand il revient de l'écurie, il a les cheveux ébouriffés par le vent.

– Il était temps que j'y aille, dit-il, les chevaux avaient les yeux sortis de la tête. Je leur ai donné de l'avoine et de l'eau pour les calmer.

Tout à coup, le vent tombe. C'est le silence, le calme plat, à l'exception des éclairs qui transpercent l'obscurité. Un sentiment de menace envahit les cœurs.

– J'ai peur que ça tourne mal ! dit le père, inquiet.

– Mon Dieu, protégez-nous ! prie la mère, les mains jointes.

Les nuages noirs continuent leur avance inexorable. Ils voyagent si bas que tous se regardent, craintifs. L'obscurité est devenue presque totale. Jacques et son père vont chercher des lampes à huile pendant que la mère et sa fille s'occupent des chandelles.

Soudain, la poussière de la rue s'élève dans les airs, aspirée par un énorme tourbillon. Le vent déchaîné fait plier les arbres. Des feuilles s'envolent, arrachées, des branches se brisent. Une pluie de débris s'abat sur les murs de pierres et sur le toit du Château. Soudain, une tourterelle s'écrase contre la fenêtre. Caroline lâche un cri et se réfugie dans les bras de son amant. Prise de pudeur, elle se retire aussitôt, craignant d'avoir été vue. François sourit à son geste. Heureusement, la mère est allée dans la cuisine pour allumer des chandelles. Elle revient avec une fiole d'eau de Pâques et asperge la fenêtre, malgré le sang répandu de l'oiseau qui l'effraie. Elle s'assoit ensuite dans un sofa avec Rosalie et le petit Louis, qu'elle oblige à rester auprès d'elle pour réciter un chapelet.

— Je n'ai jamais vu un vent si violent, dit Jacques, impressionné par la tempête.

— Reculez-vous, les jeunes, ordonne le père, c'est dangereux si la vitre éclate!

Après quelques minutes de fureur, la tornade se change en rafales. Le tonnerre gronde et de grosses gouttes d'eau rebondissent dans la poussière. La pluie tombe à torrents et l'eau couvre rapidement le sol en cherchant une issue. Un éclair gigantesque frappe soudainement un orme solitaire qui règne en haut de la côte. L'arbre explose et des débris sont projetés partout. Une deuxième lance lumineuse atteint la croix qui sert de flèche à l'église catholique. Tout le monde retient son souffle. Pendant quelques secondes, la foudre tourne autour de la boule métallique qui soutient la croix, puis elle s'enfonce dans le toit par le paratonnerre.

– Ouf! lâche le père. Le curé a dû avoir peur. Heureusement que l'église n'a pas pris feu.

Le flot ininterrompu d'éclairs donne un air blafard à l'atmosphère. On dirait de grandes fourches blanches. Le vent pousse les nuages qui se pressent les uns contre les autres. Le tonnerre éclate sans relâche et fait trembler le sol et les habitations. Le vaisselier tremble et on entend le cliquetis des objets dans les armoires. La pluie balaie la rue d'une suie liquide qui coule comme de l'encre jusqu'au fleuve. Une odeur de soufre flotte dans l'air.

Vers cinq heures, le calme revient un peu et Jacques en profite pour conduire Caroline chez elle. Au retour, il est pris sous des rafales. Les nuages sont redescendus au sol et déversent leur trop-plein. Les ruisseaux débordent en charriant de la mousse blanche qui fait penser à l'eau de lessive. Jacques se met à courir au milieu de la rue Saint-Laurent, la tête penchée en avant pour se protéger du vent et de la pluie qui l'aveuglent dans l'obscurité. La rue est déserte et les volets des maisons sont fermés, excepté ceux de l'auberge où des gens se sont réfugiés. Ils sont assis aux tables ou debout devant les grandes fenêtres et regardent la tempête. Dans la lueur d'un éclair, Jacques surgit devant eux. À l'intérieur, des femmes lâchent un grand cri.

– C'est le diable! hurle l'une d'elles, les yeux exorbités.

Tout le monde se signe.

– Il est sorti de terre! renchérit sa voisine, apeurée. Il avait des cornes comme un bouc!

– C'est seulement le Juif errant, dit un vieillard pour les rassurer. Il est condamné à errer toute sa vie, beau temps, mauvais temps. Il ne ferait pas de mal à une mouche.

— Je vous dis que c'est Lucifer ! s'obstine la femme, offusquée qu'on mette sa parole en doute.

— Il vient chercher une âme perdue ! argue l'autre.

— C'est peut-être le bonhomme Sept heures, propose alors un gamin.

Les hommes se mettent à rire.

— C'est toi qui as raison, mon petit gars ! assure un vieil homme.

Le lendemain matin, il fait tellement noir qu'on dirait que le soleil a oublié de se lever. Il n'y a pas de vent et la pluie tombe doucement malgré les éclairs et le tonnerre.

— Ce n'est pas normal qu'il fasse noir si longtemps ! se lamente Geneviève. Le bon Dieu doit vouloir nous dire quelque chose. Je m'en vais à l'église.

— Voyons donc, se moque François, tu n'es pas sérieuse !

— Je vais vous y mener, propose Jacques, heureux de l'aventure. Attendez-moi, je vais aller atteler.

Elle se rend aussitôt dans le vestibule pour mettre ses chaussures. Elle prend aussi un parapluie et ouvre la porte. C'est la dévastation partout. Le fossé déborde jusque sur le terrain, à quelques pieds de l'entrée. La rue est ravinée par l'eau. Il y a des branches d'arbres et des débris partout, même sur les toits des maisons. Des feuilles d'arbres couvrent le sol, d'autres sont collées aux murs des maisons. La mère ne se sent plus la force de franchir le seuil.

— Venez-vous, maman ? crie Jacques de la calèche dans l'entrée de la cour.

Elle prend une grande inspiration pour se calmer. Ragaillardie, elle patauge dans l'eau noire avec ses bottines de cuir neuves. Jacques l'aide à grimper dans la voiture. Elle s'assoit sur le siège mouillé et s'abrite sous son parapluie. Au coin de la rue Ellice, elle est étonnée de voir d'autres voitures monter la rue. Quelques arbres centenaires sont couchés sur le côté, déracinés par le vent. En chemin, elle voit des granges effondrées, le poulailler de la ferme seigneuriale penché sur le côté, des toitures arrachées.

Jacques arrête la calèche devant l'église et conduit sa mère à l'intérieur. Les bancs sont remplis et Geneviève est obligée de rester debout à l'arrière. Le curé a suspendu des lanternes au plafond pour éclairer les pêcheurs, des faibles, comme il les appelle du haut de sa chaire. Le tonnerre fait trembler le bâtiment.

– La fin du monde est proche! clame-t-il. Tremblez, incroyants! Quand je vous dis de ne pas envoyer vos enfants à l'école protestante, vous ne m'écoutez pas. Quand je vous dis d'obéir au gouvernement, vous ne m'écoutez pas. Quand je vous dis de ne pas vous laisser séduire par les rebelles, vous ne m'écoutez pas. Aujourd'hui, Dieu vous envoie un signe pour montrer sa colère. La parade des volontaires que vous avez vue, hier, n'est que le prélude du châtiment qui vous attend si vous persistez dans votre entêtement. Dieu n'est plus avec vous. Il vous a abandonnés par la faute de vos péchés. Je vous l'ai dit et je vous le redis : vous ne recevrez pas les sacrements et vous ne serez pas enterrés dans le cimetière tant que vous ne vous serez pas repentis. Maintenant, je vais aller dans le confessionnal pour entendre vos péchés. Ceux qui ne veulent pas se confesser, retournez chez vous.

L'assemblée est médusée. Elle garde le silence en suivant des yeux le prêtre qui descend de la chaire, puis traverse la nef pour s'engouffrer dans le confessionnal en claquant la porte derrière lui. Tel qu'il l'a prévu, les fidèles se mettent aussitôt en ligne pour se confesser. Geneviève en profite pour s'avancer jusqu'à la balustrade et allumer deux lampions. Elle se met ensuite à genoux pour réciter une prière. Puis, elle retourne vers la sortie pour voir si son fils est revenu. Elle ne voit rien tellement il fait noir. Une place s'est libérée dans le dernier banc, à côté de Scholastique Masson. Elle va donc s'asseoir. La femme est contente de la voir.

— Si vous saviez à quel point j'ai eu peur! se lamente-t-elle. Je pensais que mon cœur allait s'arrêter. Quand j'ai dit à mon mari que j'allais prier à l'église, il s'est moqué de moi.

— Le mien aussi, répond Geneviève.

— Il prétend que c'est le volcan du mont Royal qui s'est réveillé.

— Ridicule!

— Il a même raconté que l'île de Montréal serait détruite par un tremblement de terre, un jour. C'est Tom qui lui a dit ça.

— C'est une histoire absurde!

— Damase a dit que c'était une vieille légende indienne, puis il a ajouté: «Ne vous en faites pas, maman, Beauharnois ne sera pas touché, Tom me l'a assuré!» Ensuite, ils se sont mis à rire, lui et son père.

— Ils n'ont pas confiance dans le bon Dieu, vos hommes!

— Je leur ai pourtant répété que c'est un message du ciel. Pensez-vous comme moi?

— Tout à fait! répond Geneviève en appuyant ses paroles d'un signe de tête.

– Vous me faites plaisir ! Je vais leur dire, ça va leur fermer la margoulette.

– Pardonnez-moi, je dois partir, mon garçon m'attend.

– Venez me voir à la quincaillerie, nous jaserons.

– Je n'y manquerai pas.

Quand Geneviève ouvre la porte de l'église, un éclair traverse le ciel. Un visage surgit à quelques pouces du sien.

– Ahhh ! s'écrie-t-elle, effrayée.

– C'est moi, Jacques !

– Mon Dieu, que tu m'as fait peur ! s'exclame-t-elle, une main sur le cœur pour en calmer les battements.

– J'ai apporté un fanal, dit Jacques, il fait trop noir. Je suis presque tombé dans la boue, tout à l'heure, en retournant dans la voiture.

Au cours du dîner, Madeleine remarque que l'obscurité a diminué.

– Il me semble qu'il fait plus clair, dit-elle.

Tout le monde regarde par la fenêtre.

– Il y a des nuages jaunâtres en direction du manoir, dit Jacques.

– Enfin, on va voir quelque chose ! lance Geneviève. C'est plus normal ainsi.

– Hourra ! se réjouit le petit Louis.

Les nuages volent plus haut en laissant filtrer un peu de lumière grise. À l'est, du côté de Châteauguay, les derniers éclairs de la tempête continuent leur route sur le fleuve. En fin d'après-midi, des coins de ciel bleu apparaissent, accompagnés d'un arc-en-ciel. Comme des rescapés, les Pitre sortent sur la galerie. La servante les suit avec des biscuits et du thé.

– Ne vous bourrez pas trop, prévient-elle, on va souper tout à l'heure.

Jacques se tourne vers sa mère, l'air déterminé.

– J'aimerais que Caroline vienne souper avec nous, demande-t-il.

– Non ! répond sèchement la mère.

– On fêterait le retour du soleil, suggère Madeleine. Je jouerai de la guitare.

– J'ai dit non !

Jacques est rouge de colère et s'efforce de rester calme.

– Pourquoi ? demande-t-il sur un ton agressif.

– Je ne suis pas prête ! réplique froidement la mère.

Le silence se fait. La mère se lève brusquement et s'en va dans la maison. Tout le monde se regarde, exaspéré.

– Quelqu'un veut m'aider à éplucher le blé d'Inde ? demande Rosalie, sur le seuil de la porte.

– Moi ! répond aussitôt le petit Louis en bondissant de son siège.

Caroline arrive après le souper, comme d'habitude. Remarquant le trouble sur le visage de son amoureux et l'air fâché de Geneviève, elle se dit que ça la concerne sûrement. Elle a envie de partir, mais Jacques la retient d'une main. Heureusement que Madeleine est là pour la mettre à l'aise. Il y a aussi le petit Louis qui lui témoigne de l'affection. Le père se met à parler de la tempête sans trouver d'explication à la suie. Les spéculations vont bon train.

– Le diable y est pour quelque chose, affirme Madeleine, qui est aussi superstitieuse que sa mère.

– Ce sont plutôt les vents qui charrient les suies d'un feu de forêt, avance Jacques.

– J'espère que non, dit Caroline. Mon père est parti avec les Ellice faire le tour de la seigneurie.

– Les chemins vont être affreux après la pluie qui est tombée, prévient Jacques.

– Ce n'est pas grave, ils ont loué une diligence.

– Quand est-ce qu'ils reviennent ? demande le père.

– Samedi prochain, je pense.

Madeleine est partie chercher sa guitare. Au grand bonheur de tous, la mère ne boude pas Caroline. Elle chante même avec tout le monde. Soudain, le gong de l'horloge du salon vient déranger les veilleux.

– Déjà neuf heures ! se lamente la belle Écossaise. Le temps passe trop vite.

Jacques se lève pour la raccompagner. Ils passent par la rue Ellice, sombre et tranquille pour les amoureux.

Chapitre XXXI

Une semaine plus tard, au cours de leur errance amoureuse, Jacques et Caroline se retrouvent sur le pont de la rivière Saint-Louis. Les amants sont accoudés au garde-fou et regardent couler l'eau dont le niveau a beaucoup monté depuis la tempête. La belle Écossaise s'ennuie de son père et espère le voir revenir prochainement.

En début de soirée, elle rejoint Jacques chez lui. Judith est là avec Richard, et il y a aussi Tom, qui n'a pas l'habitude de veiller sur la galerie. On parle de choses et d'autres, et la conversation tombe bientôt sur la sorcière, un personnage légendaire de Beauharnois qu'évoquent les parents pour faire peur aux enfants qui n'obéissent pas.

– Est-ce que quelqu'un l'a déjà vue? demande Caroline.

– Non! répondent les jeunes à tour de rôle.

– Il paraît qu'elle habite avec un homme beaucoup plus jeune qu'elle, avance Madeleine.

– Elle s'appelle Thivierge, intervient Geneviève.

Toutes les têtes se tournent vers elle.

– Elle vit avec son garçon, continue la mère. Elle le garde avec elle parce qu'il est arriéré.

– C'est quoi son nom ? demande Madeleine.

– Tout le monde l'appelle Ti-Père, répond Geneviève.

– C'est un drôle de nom ! se moque le petit Louis.

– C'est parce qu'il a l'air vieux, explique la mère. Je ne connais pas son vrai nom.

– Sa mère n'était pas mariée quand elle l'a eu, lance Tom.

On regarde Tom d'un air scandalisé.

– Comment est-ce que tu sais ça ? demande Jacques, intrigué.

– Ma mère m'a dit que la sorcière avait quatorze ans quand elle est tombée amoureuse d'un homme de Caughnawaga.

Les femmes se regardent, l'air surpris.

– Je parie qu'il était beau ! murmure Madeleine, rêveuse.

– On dit qu'il avait de beaux cheveux noirs luisants, répond Geneviève pour jouer le jeu.

– Tous les Indiens ont les cheveux noirs, fait remarquer Jacques.

– Il ne te ressemblait sûrement pas, blague Judith en passant la main dans les cheveux roux de son mari.

Tout le monde se met à rire.

– Il avait dix ans de plus qu'elle, reprend Tom.

Madeleine fait la grimace.

– Elle était allée dans la réserve avec ses parents pour acheter des mocassins d'hiver, continue le jeune Mohawk. C'est là qu'ils se sont vus pour la première fois. Il travaillait au comptoir du magasin général. Ça a été le coup de foudre. Elle est retournée le voir en cachette, une fois seulement, et c'est là qu'elle est tombée enceinte. Son père l'a mise à la porte, et elle est partie vivre dans la réserve où elle a accouché d'un garçon. Apparemment, il était laid en venant au monde, le visage tout ratatiné.

— Ses parents ont dû quand même aider cette pauvre femme? s'enquiert Madeleine.

— Ils ne sont jamais allés la voir, répond Tom sur un ton amer, son père ne voulait pas. «Elle est devenue une sauvagesse, qu'il a dit à sa femme, qu'elle reste là. Elle est quand même notre fille, que la mère a répliqué. Pourquoi est-ce qu'elle ne vient pas nous voir, alors? qu'il a demandé. Elle attend ton pardon», qu'elle lui a dit.

— Après ça, ils ont dû aller la voir, suppose Madeleine.

— Non, jamais!

— Il est bien sans cœur, cet homme-là! s'indigne la jeune femme.

Personne ne dit mot, le temps que s'apaise la colère de Madeleine.

— Qu'est-ce qui est arrivé après? demande Caroline.

— Sa mère n'a pas passé l'hiver, répond Tom. Elle est morte d'une pneumonie.

— Ça doit être le chagrin qui l'a tuée, commente Caroline. Pauvre elle!

— Quelques années plus tard, l'amant de sa fille est mort lui aussi, je ne sais pas de quoi.

— Qu'est-ce qu'elle a fait, ensuite? demande la belle Écossaise.

Curieuse, Geneviève se tourne pour la regarder, mais Caroline garde les yeux sur Tom.

— Son petit a grandi, puis la belle-mère les a chassés de son feu parce qu'elle ne pouvait plus les nourrir, répond Tom. Elle a donc dû accepter de vivre avec un autre homme. Mais il buvait et les battait.

— Mon père dit que les Indiens de Caughnawaga parlent seulement anglais et méprisent les Canadiens, intervient Madeleine.

François bouge sur sa chaise, mal à l'aise. Le jeune Mohawk ne relève pas la remarque.

— Une nuit, pendant que son homme dormait, saoul comme d'habitude, elle s'est sauvée à cheval avec son enfant. C'est Gédéon qui les a recueillis. Il les a amenés avec lui chez les Poissant, pour y passer l'hiver. Elle s'est mise à fabriquer des allumettes pour vivre. Elle est restée au Marais jusqu'au début de l'été, puis elle a voulu partir. Gédéon lui a trouvé une cabane en bois rond que les bûcherons avaient abandonnée. C'est là qu'elle vit encore aujourd'hui.

— Où ça ? demande Madeleine, intriguée.

— Dans le Bois de la sorcière, répond Tom, sur le chemin de Châteauguay.

— Il manque des bouts à ton histoire, observe Jacques, parce qu'il y a plein de monde qui va la voir pour lui acheter du p'tit blanc.

— Mon père lui en achète, avoue naïvement Caroline. Il fait mariner des gousses d'ail dedans. Il dit que c'est bon contre la grippe.

— Ma mère aussi en achète comme médecine, dit Tom.

François se redresse sur sa chaise.

— Je ne veux pas que vous alliez les déranger ! prévient-il en regardant sa cadette dont il devine les intentions.

— Ce n'était pas mon idée, rétorque-t-elle en prenant un air angélique.

Sur ce, elle se tourne vers Jacques. Entre son frère et elle, les idées passent facilement. Lisant dans les pensées de sa sœur, Jacques articule un « demain » muet. Caroline est déçue, elle qui voulait être seule avec Jacques.

Le lendemain, après la messe, il y a foule sur le parvis. Judith et Richard ainsi que Pierre et Adeline et leurs filles sont venus rejoindre François et Geneviève. Toussaint Rochon est monté sur un petit banc et annonce la tenue de la foire agricole dans une semaine, du 20 au 26 août. Il lit ensuite à haute voix le programme écrit sur des affiches que Lawrence Brown et Robert Norval, respectivement président et secrétaire de la Société d'agriculture, ont fait imprimer à Montréal. La Société existe depuis bientôt dix ans et, cette année encore, ils ont obtenu une subvention gouvernementale de deux cents piastres.

— C'est triste pour les Ellice, dit François, ils vont manquer ça. Ils partent en voyage samedi prochain, aux États-Unis.

— Qu'est-ce qu'ils vont faire là-bas ? demande Adeline, curieuse.

— Ils ont des terres près de la frontière. Ensuite, ils vont visiter Washington et revenir par les chutes du Niagara.

— J'aimerais bien voyager comme eux ! s'exclame Judith.

— Ils prennent le train de La Prairie jusqu'à Saint-Jean-sur-Richelieu, continue François. Ensuite, ils continuent par la route.

— Le train a été inauguré il y a deux ans, précise Richard. C'est le premier train au Canada. La locomotive est toute petite et est surnommée *Kitten*.

– C'est un drôle de nom! se moque le petit Louis.

– C'est un mot anglais pour dire chaton, explique le rouquin.

– Les Ellice vont être partis pendant un mois et demi! s'exclame Judith, rêveuse.

– Ils sont riches, répond Richard. Ma mère m'a dit qu'ils ont des parts dans la Compagnie de la Baie d'Hudson. Leur manoir en Angleterre est aussi grand que le palais de la reine Victoria.

– En tout cas, ils ont la plus grosse ferme de la région, renchérit Pierre.

– Ils y ont investi vingt milles piastres depuis treize ans, affirme François.

– C'est une vraie fortune! s'étonne Adeline.

Jacques et Madeleine trépignent d'impatience. Ils ont hâte de partir, car ils doivent aller faire une balade à Châteauguay, avec la permission de leurs parents.

– Est-ce que nous rentrons bientôt à la maison? demande Madeleine, le visage suppliant.

– J'avais oublié! répond François, peiné.

On retourne aussitôt au Château. Jacques s'empresse de sortir la calèche et de prendre les provisions que la bonne leur a préparées pendant que sa sœur monte se changer.

– Grouille-toi, lui crie-t-il, nous n'avons pas toute la journée!

Dix minutes plus tard, ils prennent Caroline chez elle. Tout en roulant sur le chemin du Roy, ils avalent des viandes froides, du pain et du fromage que Rosalie a enveloppés dans des linges blancs et déposés dans un panier d'osier avec des bouteilles de bière d'épinette de sa fabrication. Les amants sont confortablement assis sur la banquette capitonnée, tandis que Madeleine change constamment de fesse sur le siège étroit du conducteur.

C'est le plus beau moment de l'année pour faire une promenade. Les feuillus, les conifères, les plantes et les herbages exposent leur éventail de verts, les fleurs se fardent de leurs couleurs les plus éblouissantes. Les moustiques sont moins voraces et les oiseaux commencent déjà à se rassembler. Madeleine voit une volée de bruants traverser le chemin.

– Regardez, il y a un mariage d'oiseaux, là-bas! s'exclame-t-elle naïvement.

Après une demi-heure vite passée, les voyageurs arrivent au Bois de la sorcière. Une colonne de fumée blanche s'élève au cœur de la forêt.

– Ça doit être là qu'elle habite, dit Madeleine en pointant la fumée du doigt.

– Il ne faut pas faire de bruit, recommande Jacques.

Le chemin du Roy passe sous une arche formée par les branches d'un bosquet de grands arbres sur la gauche, et de la forêt, à droite. Madeleine arrête la jument au bord du fossé et saute en bas de la voiture.

– Tu n'attaches pas ta jument? s'étonne Caroline.

– Si des bêtes viennent l'attaquer, je veux qu'elle puisse se sauver.

La jeune fille précède les amoureux dans le sentier qui s'enfonce à l'intérieur de la forêt. Seulement quelques filets de lumière percent la voûte formée par les arbres. Après quelques minutes, leurs yeux s'habituent à la pénombre et ils aperçoivent des pins gigantesques dont les aiguilles jaunies couvrent le sol pour y former un tapis sec et moelleux. Un peu plus loin, là où les érables remplacent les géants, des touffes d'azalées pourprées, d'ancolies rouges et de violettes apparaissent entre les troncs gris. On voit aussi des cerisiers noirs, grands et minces, à côté d'humbles sureaux chargés de grappes de fruits et fréquentés par les oiseaux. Des écureuils roux s'affairent sur les branches des chênes et des noyers, faisant provision de glands et de noix pour l'hiver.

Les maringouins bourdonnent autour des promeneurs avant de planter leurs dards dans leur chair. Ils les piquent sur la nuque, derrière les oreilles, sur le visage, jusque dans le cuir chevelu pour en pomper le précieux sang. Jacques s'empresse d'arracher des fougères et de s'en couvrir la tête. Il en donne aux filles.

— Essayez, dit-il pour les convaincre, les maringouins vous laisseront tranquilles.

— C'est à cause de l'odeur, lâche Madeleine, fâchée de ne pas y avoir pensé avant.

Confiants dans leur stratagème, ils poursuivent leur chemin à travers une talle de vinaigriers aux énormes grappes de fruits rouges. Après une descente de terrain apparaît un bois de bouleaux blancs qui resplendissent au soleil. Le sol est détrempé par une source souterraine, qui mouille les racines dénudées à la surface de la terre boueuse. La source ressort plus loin dans un affaissement de terrain, qui forme une immense cuve tapissée d'ail sauvage, inondée de rayons de soleil filtrés par les hautes branches des hêtres et des ormes. Les amoureux se sentent envahis par un sentiment de plénitude. Ils s'embrassent devant Madeleine, un peu gênée.

Ils longent ensuite le sentier spongieux en remontant une pente, que le ruisseau contourne par une petite décharge creusée au cours des âges. Par la magie de l'eau, des cèdres, des pruches blanches et des épinettes apparaissent maintenant parmi les feuillus.

– Chut! fait Madeleine.

– Qu'est-ce qu'il y a? demande Jacques.

– J'ai entendu quelque chose.

Les jeunes gens se regardent, inquiets, en tendant l'oreille. Au signal de Madeleine, ils avancent lentement sur la pointe des pieds, sans faire de bruit. Après dix minutes, ils débouchent dans une clairière, et voient la maison de la sorcière. Jacques se précipite derrière un arbre.

– Cachez-vous! dit-il aux filles.

Caroline a le cœur qui bat, tandis que Jacques retient sa respiration pour se calmer. Ils surveillent la baraque en tâchant de ne pas se faire surprendre.

La cabane est percée, sur la façade, de deux petites fenêtres vitrées et d'une porte pleine en planches brutes. La toiture en bardeaux de cèdre est envahie d'herbes, qui lui donnent un air vieillot.

Les jeunes avancent à quatre pattes, cachés derrière les mûriers dont les branches plient sous le poids des fruits noirs un peu acides. À côté, des framboisiers offrent encore quelques fruits roses et doucereux. Le trio en oublie sa quête pour se gaver, s'égratignant les mains et les bras sur les épines des arbustes.

Tout à coup, Jacques fait signe aux filles de le suivre.

– Nous devrions passer de l'autre côté, propose Madeleine.

– Nous aurions le vent dans le dos, objecte son frère. S'ils ont un chien, il va nous sentir tout de suite.

Ils font donc un détour vers l'est pour venir se poster derrière la maisonnette. À la vue de Ti-Père, ils s'immobilisent. L'homme tourne la tête vers eux comme s'il les avait entendus. Son visage plissé et brûlé par le soleil est partiellement caché par une barbe touffue et ses cheveux sont emmêlés. D'apparence chétive, il fait penser à un vieillard. Ses vêtements sont usés et décolorés. Il est assis sur une bûche de bois et caresse un vieux chien au poil grisonnant couché par terre à côté de lui. L'animal, qui a aussi entendu du bruit, a lâché un *wouf* rauque avant de laisser choir sa tête sur ses deux pattes de devant.

– Ça sent drôle, chuchote Jacques. On se croirait à l'auberge.

Devant Ti-Père, un feu nourri chauffe une grande marmite. Un tube en spirale sort du couvercle pour plonger, six pieds plus loin, dans une jarre en grès placée sur le sol. L'arriéré trempe constamment des guenilles dans un bac d'eau et les enroule autour du serpentin.

– Qu'est-ce qu'il fait ? demande Caroline, intriguée.

– Il fait condenser la vapeur en alcool, répond Jacques. C'est un alambic.

– Je comprends pourquoi mon père vient ici.

Derrière Ti-Père, plusieurs cordes de bois sont empilées contre le mur de la baraque. Tout près, un tas de branches entremêlées gît à côté d'une pile de billots qui sèchent au soleil. De l'autre côté de la cabane, près d'un puits, deux pommiers sont chargés de pommettes vertes teintées de rouge. Au fond de la clairière, un grand jardin potager clôturé montre le feuillage des légumes coutumiers. À l'orée de la forêt, on peut voir la bécosse.

Une vieille femme s'en vient du côté du jardin. Les jeunes se baissent de peur d'être aperçus. Elle transporte deux seaux d'eau, qu'elle va vider dans un baril de chêne. Elle a les cheveux gris, longs et ébouriffés comme son fils. Elle est maigre et ridée, avec de grands yeux et un petit nez retroussé. Quelques furoncles gâchent son visage, peut-être beau jadis. Quand elle ouvre la bouche pour dire à son fils que le baril est plein, on peut voir les quelques dents qui lui restent. Ses vêtements sont ternes et élimés.

La femme disparaît dans une petite remise et en ressort après quelques minutes avec une brouette remplie de grains de blé concassé qu'elle transvide dans le baril. Elle retourne encore au hangar pour en revenir avec des jarres de mélasse, qu'elle ajoute aussi au mélange. Elle se dirige ensuite vers les pommiers, ramasse les fruits tombés, les coupe en quartiers et les jette dans la barrique. Puis, avec un bout de planche, elle brasse lentement le mélange.

– Il est temps que je fasse du moût, lance-t-elle à son fils, nous allons bientôt manquer de p'tit blanc.

La mère et le fils font penser à un vieux couple. Ils parlent peu, habitués l'un à l'autre, chacun sachant ce qu'il a à faire. Ils triment dur pour survivre, en priant Dieu de leur conserver la santé. Intérieurement, elle souhaite qu'il meure avant elle, car il est faible d'esprit et son caractère sauvage l'isole des hommes.

Jacques signale aux filles qu'il est temps de partir. Lentement, sur la pointe des pieds, ils reviennent sur leurs pas, protégés par le crépitement du feu et le bruit de la spatule de la sorcière sur les parois intérieures du baril.

Madeleine retrouve facilement le sentier, mais une ourse bloque le passage. Terrifiées, les filles se réfugient derrière Jacques. Inquiète, la mère ourse épie les jeunes gens. À côté d'elle, deux oursons mangent des mûres à même l'arbuste, bien installés sur leur fessier. Soudain, la mère charge. Les filles se mettent à hurler. Jacques recule de frayeur, bute contre elles et tombe. L'animal s'arrête net, surpris, la gueule ouverte et les babines retroussées. Il grogne en montrant ses crocs. Jacques ne veut pas laisser voir sa peur, même si son cœur bat à tout rompre. Il se relève lentement pour ne pas provoquer l'animal. Tout près, on entend le vieux chien aboyer.

– Reculez avec moi, dit-il aux filles, à voix basse.

La bête sauvage continue à grogner. Soudain, elle fait un bond en avant.

– Courez ! crie Jacques.

Les filles décampent aussitôt dans le bois, Jacques derrière elles.

– Vite, vite ! hurle-t-il, apeuré.

Ils courent à perdre haleine, tournant la tête à chaque instant pour voir si l'ourse les suit. Jacques se guide sur le soleil en faisant un grand détour pour ne pas être senti par la bête. Il rejoint finalement le sentier, un demi-mille plus bas, et s'arrête pour reprendre son souffle, le cœur défaillant. Les filles halètent bruyamment. Elles ont perdu leurs chapeaux de fougères et suent à grosses gouttes. Au loin, le vieux chien continue à aboyer.

– *My God,* que j'ai eu peur ! lâche Caroline.

– J'étais terrifiée ! dit Madeleine.

Jacques est plié en deux, les mains appuyées sur les genoux pour se calmer.

– Quand l'ourse a bondi vers moi, j'ai cru mourir, avoue-t-il.

Soudain, Madeleine pousse un cri en se couvrant le visage. Une mouche à chevreuil l'a mordue, près d'un œil.

– Ça fait mal ! se plaint-elle.

Son œil enfle si rapidement qu'en l'espace de quelques minutes elle ne voit plus rien.

– Il faut s'en retourner, conseille Caroline, tu fais une allergie.

– Il ne faut pas raconter aux parents ce qui est arrivé, prévient Jacques.

– Qu'est-ce qu'ils vont dire en voyant mon œil ? s'inquiète Madeleine.

– Tu diras que c'est arrivé en chemin, répond son frère.

Le retour paraît interminable. Madeleine gémit constamment malgré les paroles rassurantes de Caroline, ce qui exaspère Jacques. Au coin du chemin de la Beauce, Caroline descend de voiture pour rentrer chez elle. Quand Jacques entre au Château avec sa sœur, la mère bondit.

– Bon Dieu ! Qu'est-ce qui t'est arrivé ?

Madeleine se met à pleurer.

– Je me suis fait piquer par une mouche, répond-elle.

La mère se tourne vers son mari, désemparée.

– Il ne me reste plus de contrepoison, déclare-t-elle sur un ton plaintif.

Une idée jaillit dans sa tête.

– Jacques, s'écrie-t-elle, va chez l'Indienne, dépêche-toi !

– Mets-lui de la glace en attendant, suggère François, ça va engourdir le mal.

Jacques ne met pas de temps à revenir, rapportant de la prunelle vulgaire comme contrepoison, du chardon des champs comme antibiotique et de la vipérine pour l'enflure et la fièvre.

Chapitre XXXII

Avant-dernière semaine d'août. Après les messes catholiques et protestantes, Beauharnois subit le va-et-vient des voitures et de la foule qui se dirigent vers la ferme seigneuriale pour la foire agricole. Les charrettes et les animaux se suivent à la queue leu leu dans les rues du village.

Dans son rôle d'agent seigneurial, Lawrence Brown tire des revenus de toutes les activités qui se déroulent sur la ferme seigneuriale. Un fermier y entretient un troupeau de vaches et de moutons en plus de s'occuper d'un énorme poulailler pour la production d'œufs. Il s'occupe également d'une étable située sur un petit terrain adjacent au manoir, à l'est, où sont engraissés une vingtaine de bœufs dont la viande est vendue à Montréal.

Les bâtiments ont été nettoyés de fond en comble pour la foire agricole. Des étals sont recouverts de produits de la ferme. Geneviève Pitre expose des pots de betteraves et de concombres tranchés et conservés dans une marinade mi-sucrée. En face, des tartes, des gâteaux fins et des biscuits délicats attisent la gourmandise. Tante Adeline a fait une tarte au sirop d'érable décorée de noix hachées et de tranches de pommes finement coupées, tandis que Rosalie présente un gâteau doré à l'érable décoré d'un glaçage d'or et de mûres noires. Le boulanger montre ses talents artistiques en faisant étalage d'une panoplie de pains aux formes humoristiques. Les gens admirent aussi les belles courges, les petits melons et les citrouilles obèses. Viennent ensuite le miel liquide ou en rayons, les carrés de sucre d'érable, le beurre d'érable, le sirop et autres sucreries. Tout près, sur l'étalage de graminées du moulin seigneurial, sont classés les grains et les farines de blé, d'orge, de sarrasin, d'avoine et de maïs.

À l'extérieur, la Société expose divers instruments aratoires et des charrues pour labourer la terre. Plusieurs commerçants sont là pour vanter leurs produits. Le charron Rochon préfère laisser parler ses belles voitures copiées sur les modèles anglais. MM. Blackwood et MacDougall expliquent le fonctionnement des nouvelles scies rondes du moulin. Un sellier exhibe ses belles selles et ses attelages de cuir teinté. Dans un kiosque de fortune, les Prévost vendent de l'alcool. Même Ti-Père, le fils de la Thivierge, se promène dans la foule, vendant des allumettes et du p'tit blanc à rabais. Derrière d'autres comptoirs, des femmes vendent des piqués, des courtepointes, des chemises en lin, des pantalons d'étoffe du pays et des tabliers. Judith Pitre propose des taies d'oreillers brodées. La couturière et le tailleur présentent leurs robes et leurs redingotes, tandis que le tisserand expose ses beaux tissus près des ballots de laine et de lin. Des hommes entourent le quincaillier Masson qui leur montre les nouveautés de la grande ville et sa panoplie d'outils, de chaînes, de broches, de cordes et de câbles de chanvre.

Au début de la semaine ont lieu les concours de tir de chevaux et de bœufs attelés à des bobsleighs lestés de pierres. Le curé Quintal, les Roach, les notables et même des étrangers assistent aux spectacles. C'est la fête tant pour les Canadiens que pour les Anglais et leurs alliés iroquois. On se croise en s'ignorant mutuellement. Jacques passe ses après-midi avec Caroline. Il y a aussi le concours de labourage. Chaque jour se tiennent des courses de calèches et de charrettes. Caroline gagne une course dans sa voiture bleu foncé, et Tom perd encore une fois contre MacDougall.

Deux familles mohawks de Caughnawaga ont monté des kiosques où elles vendent des pendants d'oreilles, des bracelets, des colliers, des capteurs de rêves, des mocassins, des jambières et des vêtements de peaux d'animaux. C'est étrange et beau en même temps de voir ces hommes sauvages vêtus de chemises de lin et de pantalons d'étoffe du pays, un long couteau passé dans leur ceinture. Des bottines de cuir couinent à leurs pieds. Les plus jeunes portent des vêtements en peau de daim et ornent leurs cheveux de plumes colorées. Les yeux légèrement bridés des femmes leur donnent un air exotique et attirent le regard des hommes. Elles portent des robes de toutes les couleurs, de belles jambières rouge sang boutonnées sur le côté, et se couvrent la tête de couvertures ou de grands morceaux de tissu rouge ou bleu, qui descendent sur leurs épaules comme une mantille. Elles se tiennent droites et marchent d'un pas assuré et feutré, malgré leurs petits pieds cachés dans des mocassins brodés. Elles se promènent, leur nourrisson attaché sur le dos avec des tissus multicolores, sur une planche ovale qu'elles peuvent suspendre à un crochet du kiosque lorsqu'elles sont fatiguées. Les lobes des oreilles de leurs bébés sont traversés de bouts de paille, de bois ou d'épines de porc-épic de diverses couleurs. Elles-mêmes portent deux ou trois paires de pendants d'oreilles en métal blanc, en plus des colliers et des bracelets fabriqués de graines multicolores.

Les concours des plus beaux animaux attirent beaucoup d'amateurs. On voit de superbes chevaux aux crinières et aux queues tressées, des vaches immaculées et des veaux aux grands yeux, des bœufs énormes, des cochons monstrueux, des béliers aux cornes blanchies, des moutons à la laine jaunâtre, des coqs aux coloris enflammés et des poules dodues. L'oncle Pierre en profite pour vendre des cochons, des veaux du printemps et une vieille vache qui ne donne plus de lait. À la fin de la semaine, la Société aura remis cinquante piastres en prix.

CHAPITRE XXXIII

On est presque à la mi-septembre. D'instinct, on appréhende de plus en plus l'hiver qui s'infiltre sournoisement. Le temps est plus frais, les rosées, plus abondantes, le ciel est plus gris et les feuilles des arbres commencent à jaunir.

Depuis la tempête du début d'août, qu'on a surnommée la Grande Noirceur, les recruteurs de Chasseurs préfèrent attendre la sécurité de l'obscurité pour faire leur tournée. Ni le discours du curé ni la peur des volontaires n'arrêtent les coups de canon en campagne. Le quêteux vient au Château dire que le jeune menuisier Goyette fabrique des canons en bois pour Élisée Malhiot, mais les bouches se fendent sous l'effet de l'explosion, car les anneaux de fer ne sont pas assez résistants. André Montigny s'occupe d'en fabriquer de plus épais, plus solides, rapporte-t-il.

— Ils songent aussi à voler des canons de l'armée, ajoute Gédéon.

Depuis une semaine, Jacques passe son temps chez son oncle à faucher le blé, l'avoine et le sarrasin. Il a eu beau argumenter avec sa mère, lui opposer qu'il avait l'habitude d'y aller seulement pour l'engrangement du foin, elle a tenu mordicus à ce qu'il y aille les deux semaines suivantes. Même si François a fait valoir qu'il avait absolument besoin de son fils à la forge, elle n'a pas changé d'idée. Jacques s'est retenu de lui crier sa colère. Il était fâché comme jamais auparavant.

Chez son oncle, il s'enferme dans un quasi-mutisme. Il ne sourit pas et répond par des oui ou par des non. En compagnie de Tom et de son oncle, il travaille du lever au coucher du soleil pour calmer la rage qui l'habite. Chaque soir après le souper, il monte dans sa chambre, à l'étage de la maison qui l'a vu naître. Là, il souffre de l'intransigeance de sa mère. Il se jure de faire sa vie le plus tôt possible avec Caroline.

Enfin le samedi arrive. Après le souper, sans rien dire à personne, Jacques s'empresse de se diriger vers l'enclos. Sans prendre le temps de seller son cheval, il part en direction du village, malgré la pluie qui s'est mise à tomber.

Quand il parvient au quai, il est trempé de la tête aux pieds. Caroline l'attend près du rocher, abritée sous un parapluie.

— Je savais que tu viendrais, dit-elle en se jetant dans ses bras.

— C'est plus fort que moi, je t'aime tant!

Ils s'embrassent sans gêne devant les quelques pêcheurs qui bravent le mauvais temps. Ils restent là, serrés l'un contre l'autre sous le parapluie de la belle Écossaise, n'ayant nulle part où aller. La pluie a levé un voile de soie sur le fleuve. Jacques entraîne sa blonde sous le pont de la rivière pour se mettre à l'abri, car il frissonne dans ses vêtements mouillés. Caroline se serre contre lui pour le réchauffer. Ils passent la soirée à échafauder des projets d'avenir. Ils rient et s'embrassent, heureux.

Le lendemain, Jacques se met à la tâche plutôt que d'aller à la messe. Son ami Tom est déjà reparti chez lui pour la journée. Inquiets du comportement de leur neveu, Pierre et Adeline décident d'en parler à ses parents au sortir de l'église. Mais la détermination de Jacques est plus forte que tout. Quand ils reviennent à la maison pour préparer le dîner, il a disparu. Il manque aussi une jument.

Jacques est déjà à mi-chemin de la pointe du Buisson avec Caroline. La maison de Tom est bientôt en vue, et ils empruntent le sentier qui longe la demeure. Le jeune Mohawk est occupé à fendre du bois de poêle pendant que sa mère déterre des patates. Jacques les salue de la maison avant de continuer en direction du sentier de pêche, un peu plus bas. Une voiture surgit au croisement. C'est MacDougall et deux de ses comparses. Jacques a le cœur qui bat. Il cherche à l'éviter, mais le sentier est trop étroit et les arbres de chaque côté l'empêchent de passer. Son cœur bat de plus en plus fort.

L'Écossais est aussi surpris que lui de le voir sortir du bois, surtout avec Caroline. Les deux hommes se dévisagent. Le colosse se tourne vers la jeune femme.

— As-tu oublié qui tu es, s'emporte-t-il, tu es une Écossaise, comme moi! Ton père est le chef des volontaires, en plus! Tu n'as pas le droit de fréquenter un Canadien! On va se débarrasser de lui, ce ne sera pas long! ajoute-t-il en bravant Jacques du regard.

Sans attendre de réponse, il attrape son fouet.

— Hue, hue! hurle-t-il en frappant son cheval.

La voiture disparaît sous le couvert des arbres en direction du bord de l'eau. Intimidés par les menaces, les amants continuent leur chemin sans dire un mot. Ils arrivent au monticule et s'assoient sur le piqué que Caroline étend sur les feuilles humides. Ils n'osent pas se toucher, encore révoltés par les paroles fielleuses de MacDougall qui résonnent dans leur tête. Ils regardent déferler les vagues en direction du village. Jacques a mal à la poitrine tellement il se retient de crier sa haine. Caroline a aussi l'âme déchirée et refoule ses larmes, pressentant que l'avenir sera difficile pour eux. Tout à coup, elle lâche un cri en frappant le sol de ses poings.

– Je le déteste !

– Moi aussi ! dit Jacques, le cœur plein de rage.

– J'aimerais être à des centaines de milles d'ici, continue la jeune femme. Il n'y aurait personne pour nous dire quoi faire, pour nous empêcher de nous aimer librement, comme les Indiens.

Jacques prend sa dulcinée dans ses bras. Il presse sa tête contre la sienne pour calmer leurs craintes. Joue contre joue, ils sentent battre leurs cœurs. Ils ne bougent pas, blottis l'un contre l'autre, mêlant leurs haleines. Soudain, elle relève la tête.

– Penses-tu que les Anglais et les Canadiens vont vivre en paix, un jour ?

– Je ne le sais pas. On est tellement différents.

Un voile de tristesse passe sur le visage de la belle Écossaise.

– Un jour, le Canada sera une république ! déclare Jacques.

Cherchant à la rassurer, il lui prend la main.

– Tu t'en fais trop, mon amour.

Caroline fond en larmes. Il l'étreint entre ses bras.

– Je rêve parfois qu'il t'arrive quelque chose, dit-elle en reniflant. Je me réveille en sursaut, tout en sueur, et je me mets à pleurer.

– Je serai toujours avec toi, répond-il pour l'apaiser.

Elle lève de grands yeux troublants vers lui.

– Je t'aime tellement! dit-elle.

Il l'embrasse doucement sur les lèvres. Puis, il boit les larmes sur ses joues.

– Nous allons nous marier, un jour, affirme-t-il.

– Ah oui, je le veux! répond-elle.

Elle passe les bras autour du cou du jeune homme et l'embrasse avec passion.

L'espoir a jailli au fond de leurs cœurs. Réconfortés, ils partent se promener à pied sur le sentier du portage en traînant leurs montures derrière eux. À chaque plante, à chaque fleur ou à chaque fruit, ils s'arrêtent et échangent un nouveau baiser. Ils imaginent toutes sortes de projets pour se consoler des conflits entre les hommes.

Sous le couvert de la forêt, ils ne se sont pas rendu compte que le soleil s'était caché derrière les nuages. Un vent glacial de l'ouest traverse le fleuve. Caroline frissonne tout à coup.

– Ça sent la pluie, dit Jacques, nous devrions partir.

– Regarde, il y a des nuages noirs au-dessus de nous! s'écrie-t-elle, inquiète, en montrant le ciel.

Ils montent aussitôt en selle. À peine ont-ils croisé le sentier de pêche que la grêle se met à tomber. Affolés, les chevaux expulsent l'air par les naseaux en secouant la tête. Ils veulent se sauver, mais leurs maîtres les retiennent. Les bêtes tournent en rond pour tenter de se libérer des mors qui leur blessent la gueule. Rien n'y fait. Changeant de tactique, elles se cabrent en hennissant, leurs cavaliers agrippés au pommeau de la selle pour ne pas être désarçonnés.

Les chevaux se calment enfin. Sur un commandement, ils s'élancent au galop sur le sentier, et les amoureux les conduisent jusqu'à la petite écurie de Tom pour s'y réfugier. Il était temps, car des grêlons d'un pouce de diamètre se mettent à tomber. Ils bondissent sur le sol et frappent durement le toit du petit bâtiment en faisant tout un vacarme. Dans le jardin de l'Indienne, le feuillage des patates, des carottes, des navets, des betteraves et des oignons est détruit. Les choux aussi sont frappés, mais leurs dures carapaces semblent tenir le coup.

— Les pauvres, s'émeut Caroline, ils vont tout perdre!

— Ce n'est pas grave, assure Jacques, c'est le temps de les ramasser, de toute façon, et ça ne les abîmera pas pour autant.

La grêle cesse aussi rapidement qu'elle a commencé. Le vent a tourné et accumulé des nuages au-dessus de la pointe du Buisson. Ils sont poussés par des bourrasques de vent chaud, qui font incliner les sapins et secouent les branches des feuillus dont les plus fines sont arrachées et projetées au sol.

Tom sort par la porte arrière de la maison pour fermer les volets. Il fait signe à Jacques et à Caroline d'entrer. Les amoureux se mettent à courir.

— Il y a un orage qui vient, dit le jeune Mohawk en hurlant pour dominer le rugissement du vent.

Pressé d'entrer, il pousse ses amis à l'intérieur de la maisonnette. Sa mère est dans la cuisine, assise devant une vieille table en pin, une chandelle éclairant faiblement son visage. Elle murmure des prières, les mains jointes, devant un petit crucifix fait de deux bouts de branches nouées avec de la ficelle, dressé sur un socle en pin. Caroline est intimidée par la scène et tient Jacques par le bras.

– Bonjour, madame, dit-il, un peu gêné.

Il la connaît depuis longtemps. Ses manières et ses potions magiques l'ont toujours impressionné. Elle lui fait penser un peu à sa mère avec ses superstitions.

Elle a levé les yeux pour le regarder. En apercevant Caroline, elle sourit tout en continuant sa prière.

– Assoyez-vous, offre Tom. Je vais faire du thé pour vous réchauffer.

Jacques s'assoit à l'autre extrémité de la table, face à l'Indienne. Caroline s'installe entre les deux, sur une chaise en branches d'érable au siège tressé avec des lanières de cuir. Le mobilier est placé au centre de la cuisine qui occupe la moitié de la superficie de la maison et dont les murs sont recouverts de planches de sapin blanchies à la chaux. L'autre moitié est divisée en deux chambres à coucher dont l'intimité est assurée par des rideaux d'un vert délavé. Sous une fenêtre du mur de façade, près de la porte d'entrée, se trouve une chaise à bascule à côté du banc du quêteux, pour les jours où il vient faire son tour.

Tout le monde attend la tempête, qui n'arrive pas. L'intérieur de la maison est sombre. L'Indienne s'est levée et allume quelques lampes. Même si elle a arrêté ses prières, elle ne parle pas pour autant. On se regarde en souriant un peu, gênés.

– Je m'appelle Marie, dit enfin la femme à l'intention de Caroline.

– Enchantée, madame !

Caroline tente de faire la conversation, mais Marie, pas très loquace, se contente de répondre par oui ou par non. Tom, qui est habitué à ses manières, intervient en parlant de choses et d'autres.

La pluie a commencé à tomber en grosses gouttes, puis elle s'abat en rafales. La charpente en bois rond résiste aux assauts de l'orage, malgré les pluies précédentes qui se sont infiltrées dans le coin sud en laissant des traces noires de moisissure entre les planches. Le tonnerre se met de la partie et on l'entend rouler à l'ouest, sur le fleuve. Il s'approche en grondant et éclate si fort qu'on dirait des coups de marteau sur l'enclume. La terre tremble sous les accès de colère du ciel. Les jeunes gens regardent la mère de Tom pour se faire réconforter.

— Ne vous en faites, dit-elle, ça prend plus que ça pour ébranler la cabane.

Un coup de tonnerre les fait sursauter.

— Je ne l'attendais pas, lâche Jacques, il m'a fait peur.

Des éclairs sillonnent le ciel et illuminent la pièce comme en plein jour, comme un feu d'artifice. C'est l'heure du souper. La mère invite les amoureux à partager son repas.

— Je dois absolument rentrer chez moi, s'excuse Caroline, sinon mon père va s'inquiéter.

— Vous ne pouvez pas sortir par un temps pareil, proteste Tom. Attendez que ça passe.

Jacques et Caroline se regardent. Elle hésite, puis sourit en signe d'acquiescement, malgré l'inquiétude qu'aura sûrement son père.

— À condition que je vous aide, répond-elle finalement.

Tom lui fait signe de le suivre au comptoir. Elle épluche des épis de blé d'Inde pendant qu'il met une marmite d'eau à bouillir. La mère a étendu une nappe de lin blanche sur la table. Elle sort un pot de graisse pour accompagner le pain, et une terrine de viande qu'elle pose au centre.

— Servez-vous! dit-elle en s'assoyant.

Jacques se tranche une bonne épaisseur de viande blanche. Il attaque le repas sans attendre les autres.

— C'est bon! s'exclame-t-il.

— Qu'est-ce que c'est? demande Caroline.

— Un blanc-manger, répond Marie.

La jeune femme prend un morceau et goûte du bout des lèvres.

— Surprenant! dit-elle.

L'Indienne sourit.

— C'est facile à faire, explique-t-elle, contente. Je fais bouillir des morceaux de panache de cerf pour faire de la gelée. Vers la fin de la cuisson, j'ajoute de la viande hachée, du lait, du sucre et des noisettes. Je fais chauffer le tout pendant cinq minutes et je laisse ensuite refroidir. Je transvase dans des terrines que je garde au frais pour les figer. C'est un plat idéal pour les journées chaudes.

Caroline mange tout en écoutant. Marie rapporte le blé d'Inde. Tom se frotte déjà les mains rien qu'à penser au dessert.

— De la bonne tarte à la farlouche! annonce-t-il en levant les sourcils.

— Rosalie aussi en fait, dit Jacques pour partager sa joie.

— Oui, mais tu n'as pas goûté à celle de ma mère. Elle mélange de la mélasse à la farine pour faire la garniture, pas des confitures.

Il se lève pour aller la chercher pendant que sa mère prend la théière sur le poêle.

— Au lieu de thé, j'ai fait du café à l'orge aromatisé au moka. Est-ce que vous en voulez ?

Les jeunes lèvent la main en guise de réponse. Marie se met à rire. On peut voir ses dents gâtées.

Il est sept heures, et la vaisselle est lavée et rangée. Caroline et Jacques songent à partir en dépit des éclairs gigantesques qui fendent les nuages noirs.

— Vous ne pouvez pas partir, proteste Tom, c'est trop dangereux !

— Je ne peux pas rester ! réplique Caroline d'un ton anxieux. Mon père va être mort d'inquiétude si je ne rentre pas.

— Ma mère aussi, ajoute Jacques.

N'écoutant que leur devoir, Jacques et Caroline embrassent Marie sur les deux joues et sortent du refuge. Ils atteignent l'écurie complètement trempés et détachent les chevaux pour monter en selle. Prenant une grande inspiration pour se donner du courage, ils quittent l'abri en trombe, la tête rentrée dans les épaules pour se protéger du ciel. Ils s'engagent sur le chemin du Roy quand la foudre frappe un érable en bordure du fossé dont une grosse branche s'écrase devant Caroline tandis que des morceaux tombent autour d'elle.

Les chevaux se cabrent en hennissant de peur, et Caroline est désarçonnée. Sa jument, épouvantée, se sauve en direction de Saint-Timothée. Jacques a réussi à calmer sa monture en s'éloignant de l'arbre, qui brûle maintenant comme une torche. Caroline boite d'un pied et garde un bras contre elle. De l'autre main, elle enlève les cheveux qui lui collent au visage. Elle a l'air d'un chat mouillé.

— Es-tu blessée ? s'inquiète Jacques en criant au milieu du fracas du tonnerre, du vent et de la pluie.

– Non, je ne pense pas. Mais j'ai mal au pied et à l'épaule.

Il la soutient jusqu'à la maison où Tom s'occupe du cheval. Sa mère et lui ont tout vu de la fenêtre. Marie conduit vite Caroline dans sa chambre et la déshabille avant qu'elle ne prenne froid.

– Apporte-moi de l'eau chaude dans une bassine, ordonne-t-elle à son fils.

Elle enveloppe la jeune femme dans une couverture de laine et examine ensuite sa jambe et son épaule. Heureusement, Caroline n'a rien, à part quelques contusions. La mère de Tom se dépêche de l'éponger avec de l'eau chaude pour faire remonter la chaleur. Elle lui prête aussi des vêtements secs.

Caroline se sent bien humble dans les vieux habits prêtés. Jacques, lui, porte les vêtements démesurés de son ami. On se retrouve dans la cuisine, autour de la table. Marie fait infuser du thé. Tom songe à l'arbre en feu.

– J'espère que le Buisson ne brûlera pas.

– Le Créateur nous protégera, affirme l'Indienne dont les croyances ancestrales sont mêlées de christianisme. Il nous a envoyé le feu et l'eau en même temps.

Caroline est inquiète malgré son air serein. Elle pense à son père qui doit se faire du mauvais sang. Il doit même être parti à sa recherche.

– Si je connais bien ma mère, dit Jacques dans le silence qui entoure la table, elle ne dormira pas de la nuit.

On parle de choses et d'autres en attendant que la tempête se calme. La soirée est longue à ne rien faire, et l'endroit est infesté de mouches vertes qui tournent autour des chandelles et des lampes à huile. Le temps est toujours humide et collant, et la pluie tombe à torrents. On entend le chant des criquets qui ont fait leurs nids à l'intérieur des murs.

– Il fait chaud ici! se plaint Jacques.

Il est près de onze heures et le couple attend encore. Le tonnerre continue de résonner dans la nuit illuminée d'éclairs.

– Ça ne finira donc jamais! peste Jacques, impatient.

– Nous en aurons pour la nuit, répond Marie, désolée.

À contrecœur, les amoureux acceptent l'hospitalité de la femme. Soudain, Caroline se met à pleurer. Troublée, elle se cache le visage entre les mains. Jacques lui prend la main pour la rassurer.

– Ça va faire un scandale! bafouille la jeune femme.

– Vous êtes si puritains, vous, les Anglais, interjette Marie avec un soupir.

Caroline rougit. L'Indienne s'est levée pour aller dans sa chambre. Elle en ressort presque aussitôt avec une robe de nuit usée et décolorée, qu'elle lui remet.

– Vous coucherez dans la chambre de Tom, dit-elle. Votre ami va dormir sur le plancher de la cuisine avec mon fils. Je vais me coucher, ajoute-t-elle en éteignant les lampes. Bonne nuit!

Abandonnant les garçons à eux-mêmes, Caroline va dans sa chambre. Elle profite de la lueur des chandelles qui s'infiltre dans la pièce pour se changer. Elle s'allonge ensuite sur le matelas. Tout à coup, il fait noir. Tom a éteint les chandelles. Heureusement, la lumière des éclairs pénètre par les fentes des persiennes. Une mouche s'est posée sur son visage. Agacée, elle la chasse avec précipitation. Elle se sent angoissée et pense à son amant dans la pièce à côté. Elle aimerait être dans ses bras, réconfortée. Elle n'arrive pas à dormir et se lève pour ouvrir un peu la fenêtre et faire entrer l'air frais. Dehors, la pluie tombe dru. Elle se retourne dans son lit en cherchant le sommeil, mais la chaleur étouffante et les mouches l'empêchent de dormir. Quand le tonnerre claque un grand coup, elle sursaute. À la lueur d'un éclair, elle aperçoit soudainement son amoureux dans l'embrasure de la porte. Elle veut crier sa joie, mais elle se retient. Il s'avance lentement vers elle sur la pointe des pieds. Tom ronfle, et on entend le souffle de l'Indienne.

Elle se sent gênée, couchée avec son amant dans cette maison qui n'est pas la sienne. Les mains de Jacques caressent sa chair fiévreuse sous son vêtement de nuit. Quand il lui frôle le ventre, elle retient sa respiration. Ils s'embrassent. Elle le sent entre ses cuisses et ne peut résister. Jacques la pénètre doucement. Leurs corps trempés de sueur glissent l'un sur l'autre. Elle n'a plus de retenue et laisse parler son corps. Ils s'embrassent pour ne pas crier leur jouissance. Ils n'osent pas bouger et restent longtemps l'un dans l'autre, dans l'amour.

Il s'allonge ensuite à côté d'elle. Ils s'endorment parmi les coups de tonnerre et le crépitement de la pluie sur le toit.

Chapitre XXXIV

Il est trois heures du matin et la foudre secoue encore la cabane. Une série de grands coups font sursauter Caroline. Elle a les yeux grands ouverts et le cœur battant. Les coups se remettent aussitôt à résonner dans la baraque. Elle s'assoit dans son lit, craintive. Les coups redoublent de fureur. Quelqu'un tente de forcer la porte d'entrée. Apeurée, elle secoue Jacques.

– Réveille-toi, crie-t-elle, il y a quelqu'un à la porte!

Le jeune homme saute en bas du lit et, dans l'obscurité, enfile vite son pantalon. Il avance à tâtons dans la lueur des éclairs. Tom est assis sur sa couche et fixe la porte. Marie sort de sa chambre, une chandelle à la main. Elle s'appuie sur la table de cuisine sans aller plus loin, par prudence.

– Qui est là? demande-t-elle d'une voix forte.

– *Militia!* répond-on entre les coups de crosse de mousquet dans la porte.

– C'est MacDougall, s'écrie Jacques, n'ouvrez pas!

D'un coup d'épaule, l'Écossais enfonce la porte. Les volontaires pénètrent dans la maison derrière leur chef, l'arme en avant. Tom a bondi sur son vieux mousquet accroché au mur.

– Lâche ton fusil, ordonne MacDougall, sinon on tire !

La mère s'adresse à son fils en mohawk, d'une voix suppliante. Tom dépose finalement son arme. L'Indienne a les mains sur les hanches pour tenter d'impressionner les Anglais, mais MacDougall ne s'intéresse qu'à Jacques. La haine déforme ses traits.

– Qu'est-ce que vous voulez ? demande Marie.

– Nous cherchons Caroline Brown, répond-il. Je suis certain qu'elle est ici.

– Qu'est-ce qui vous fait croire ça ?

– Lui, répond-il.

Ce disant, il flanque à Jacques un coup de crosse dans le ventre. Le jeune homme en a la respiration coupée. Plié en deux, il râle en tentant de reprendre son souffle. Au même moment, Caroline surgit dans la pièce tel un spectre blanchâtre.

– Noooon ! hurle-t-elle.

MacDougall reste médusé devant l'apparition de la jeune femme. Avant qu'il ait le temps de réagir, la jeune femme s'avance, lui plante les ongles dans le visage et lui déchire la peau des joues. Le colosse lâche un gémissement de douleur et attrape l'assaillante par les poignets, mais elle se débat et l'agrippe par les cheveux. L'homme, devenu enragé, lui assène un coup de poing au menton. Assommée, Caroline s'écroule aux pieds de son amant.

MacDougall se tâte le visage, affolé par les égratignures qui le brûlent atrocement. Il a les mains pleines de sang. Jacques profite de cet instant de distraction pour lui donner un coup de pied dans le bas-ventre. L'Écossais tombe sur les genoux en gémissant.

Jacques tente alors de prendre l'arme de Tom mais un volontaire le frappe dans le dos avec sa baïonnette. Il pousse un cri et s'affaisse sur les genoux, une main posée sur sa blessure. Il a tout de même réussi à saisir le mousquet et s'apprête à tirer quand il reçoit un autre coup au menton qui lui fend profondément la lèvre inférieure. Jacques est si tendu qu'il ne sent pas la douleur. Mac-Dougall, qui s'est relevé péniblement, l'atteint à l'avant-bras avec son sabre, y laissant une large entaille qui se met à saigner.

Le visage crispé de l'Écossais exprime sa haine.

– *You son of a bitch!* maugrée MacDougall.

Il le frappe avec son épée. La vue de Jacques se brouille et il sent ses forces l'abandonner. Il chancelle, puis s'effondre à côté de Caroline, sans émettre un son, une grande tache sombre au milieu de la poitrine.

Horrifiée, l'Indienne prend un couteau qui traîne sur la table.

– Sortez de ma maison! hurle-t-elle en s'avançant, l'arme à la main.

– Non, maman, crie Tom, ils vont te tuer!

La mère s'arrête, le bras toujours tendu, le visage devenu hideux par la colère.

Caroline a repris ses esprits. Son amant est à côté d'elle et baigne dans son sang.

– Jaaaacques! geint-elle en l'apercevant.

Elle se cramponne à lui, pressant son visage contre le sien pour entendre sa respiration.

– Assassins, hurle-t-elle, vous l'avez tué!

Sur son visage se mêlent ses larmes et le sang de son amoureux. Elle l'embrasse et répète *my love* comme une incantation pour détourner la fatalité. Dans un geste brusque, elle déchire le bas de sa robe de nuit et l'applique sur la plaie pour arrêter l'hémorragie.

– Jacques, *my love*! murmure-t-elle sans cesse à travers ses pleurs.

Le linge devient vite imbibé de sang. Elle presse la blessure avec ses doigts, mais le sang continue à s'échapper. Affolée, elle se met à genoux derrière Jacques, lui soulève le torse et l'appuie contre elle. Elle l'entoure de ses bras en le berçant comme un enfant. Les yeux hagards, elle chantonne un air que lui chantait sa mère quand elle était toute petite.

– Amenez-la dans la charrette! finit par ordonner MacDougall.

La jeune femme se débat vigoureusement. Les volontaires l'arrachent à son amant et la traînent brutalement à l'extérieur, dans la boue, où le froid et l'humidité la saisissent. Heureusement, la pluie a cessé. Le tonnerre roule faiblement en direction de Beauharnois. On aperçoit aussi les derniers éclairs de la queue de la tempête dans le ciel noir.

Caroline est pieds nus dans la charrette. Elle crie sa haine et son désir de vengeance pendant qu'ils l'enchaînent par un pied à un des brancards. Quand elle voit les hommes sortir de la maison avec Jacques, elle se tait. Ils le transportent en le tenant par les bras et par les jambes, puis ils le jettent sans ménagement dans la caisse à côté d'elle. Les larges blessures se remettent à saigner abondamment.

MacDougall grimpe ensuite dans la charrette à côté du conducteur. Les autres volontaires montent dans la voiture derrière eux. Marie s'approche du convoi avec des linges blancs dans les mains.

– *Go away!* l'avertit brusquement l'un des hommes.

La femme l'ignore.

– Mets-lui ça sur ses blessures et presse fort, dit-elle à Caroline. Ça va arrêter le sang.

Le convoi s'ébranle. La belle Écossaise s'empresse de soigner son amant à moitié nu dont la pâleur détonne dans le noir. Le corps inerte du jeune homme est constamment secoué par les cahotements de la charrette. Les entailles se remettent souvent à saigner et Caroline ne cesse de les éponger et de tordre les linges. Elle grelotte dans sa robe de nuit déchirée, trempée de sang. La route est longue.

Elle s'agenouille près de Jacques pour lui soulever le torse et le déposer sur ses cuisses. Soudain, le corps de Jacques est secoué par un spasme. Bouleversée, elle l'étend sur le plancher de la voiture et se penche sur lui pour écouter son cœur. Le sien bat si fort qu'elle ne peut entendre le faible battement dans la poitrine de son amoureux. Elle fixe ses pupilles, qui se mettent à bouger.

– Il est vivant, s'écrie-t-elle, il est vivant!

Folle de joie, elle l'embrasse partout sur le visage.

– *Thank you, God!* dit-elle en joignant les mains vers le ciel.

MacDougall s'est tourné pour vérifier ce qu'il vient d'entendre.

– Je pensais l'avoir tué! raille-t-il.

– Tu es un monstre! réplique-t-elle avec hargne.

L'Écossais et le conducteur se mettent à rire. Jacques vit, et c'est tout ce qui compte pour elle. Il respire difficilement et gémit sans cesse. Il tremble aussi de froid et claque des dents. Son teint est plus pâle que jamais. Caroline lui caresse le front et les cheveux. Elle l'encourage en répétant qu'ils approchent du village.

– Plus vite, plus vite! hurle-t-elle au conducteur.

La jeune fille se blottit contre son amoureux pour le réchauffer de son corps.

La charrette arrive enfin au pont de la rivière Saint-Louis. Caroline exhale un soupir de soulagement. «Dieu merci, se dit-elle, Jacques va se faire soigner!» Puis, la voiture dépasse la rue Richardson.

– Arrêtez, crie-t-elle, il faut aller au Château!

Faisant mine de ne pas l'entendre, les volontaires continuent leur chemin.

– *Please!* implore Caroline à genoux.

– Nous allons chez vous! jette MacDougall.

Caroline n'avait pas prévu cela. Elle s'assoit sur ses talons, de plus en plus inquiète du sort de son amant. Sa belle-mère ne lui pardonnera jamais son incartade. Elle tremble de peur et de froid, les idées se bousculent dans sa tête. Elle se sent perdue et se met à pleurer.

Au loin, les lumières du rez-de-chaussée de sa maison jettent une lueur blafarde dans la rue. Quelqu'un est debout devant la porte. C'est son père. Elle l'avait oublié, accablée par son malheur. Il quitte son poste et accourt vers elle. Elle se sent délivrée de la sauvagerie de MacDougall et ferme les yeux pour retrouver son calme. Tout à coup, elle pense à son apparence. Elle est presque nue dans sa robe de nuit déchirée et ensanglantée, sa joue est tuméfiée, son visage, ses bras et ses mains sont tachés de sang, ses cheveux sont en pagaille et ses pieds sont boueux. Quand son père grimpe dans la voiture, elle éclate en sanglots.

– Elle est saine et sauve, colonel, déclare MacDougall pour faire l'important.

Le père soulève doucement le menton de sa fille et aperçoit son visage raviné. Les larmes ont tracé des sillons blancs sur les joues noircies de sang séché. Il la serre contre lui. Blottie sur son épaule, elle se sent rassurée malgré les émotions qui lui nouent la gorge.

— *Are you all right?* demande-t-il.

— *Yes!*

MacDougall les regarde. Soudain, Jacques se met à gémir.

— Lui? demande Brown.

— Il est vivant! laisse tomber l'autre sur un ton méprisant.

Puis, l'agent remarque la chaîne qui retient la jambe de sa fille. Il rugit de colère.

— *You, bastard!* crache-t-il à la face de MacDougall.

Le geôlier saute aussitôt par-dessus la banquette et retire l'entrave. Le père soulève sa fille dans ses bras, où elle s'évanouit. Avec précaution, il descend de la charrette et se dirige vers sa demeure avec le corps inerte qui ballotte au rythme de ses pas. Il grimpe les marches, s'arrête sur le seuil et se tourne vers les volontaires.

— Ramenez-le chez lui! ordonne-t-il.

Il disparaît ensuite à l'intérieur. On entend alors le cri d'effroi de sa femme.

Dehors, MacDougall fait face à un dilemme. Soit il va au Château et affronte le père de Jacques, soit il laisse les autres le faire à sa place. «Ça ne sert à rien de le provoquer», se dit-il pour se convaincre. Il descend de voiture.

— Je n'irai pas avec vous, annonce-t-il à ses hommes sur un ton hautain. J'ai autre chose à faire.

Surpris, les volontaires le regardent partir.

— Maudit peureux! lance l'un d'eux.

D'un commun accord, ils abandonnent le blessé au conducteur.

– Ça ne sert à rien d'y aller tout le monde, expliquent-ils pour le convaincre.

Le brouhaha a réveillé les habitants. Dans la faible lueur du jour qui se lève, des lumières s'allument dans les maisons. Des gens sont aux fenêtres. Le conducteur de la voiture est accablé. Il craint d'aller au Château, mais il ne veut pas non plus abandonner Jacques, même si c'est un catholique. Il doit se décider vite, car il risque d'avoir les Canadiens sur le dos. Il espère presque un miracle.

Derrière lui, au loin, une calèche est immobilisée au milieu de la rue. Soudain, elle se met en mouvement et vient vers lui. Il reconnaît Marie et Tom, qui ont suivi la troupe en espérant pouvoir venir en aide à Jacques. Le volontaire a une idée.

– L'Indien, viens ici ! crie-t-il.

Tom fait avancer lentement la voiture, sa mère assise à côté de lui, emmitouflée dans une couverture de laine. Elle serre la poignée d'une vieille mallette en cuir que lui a donnée le dernier docteur avant de mourir du choléra, il y a six ans. Elle y a mis une bouteille de p'tit blanc avant de partir, de la pommade antiseptique, des herbes contre la fièvre, des bandages et des aiguilles avec du fil.

– Qu'est-ce que vous voulez ? demande Tom, méfiant.

L'homme saute de sa voiture et se dirige vers lui. Tom saisit son fouet.

– Tu vas ramener ton ami chez lui, ordonne le volontaire.

Soulagé, le Mohawk acquiesce. Il remet les guides à sa mère, descend de son siège et s'approche de la charrette, où il voit Jacques qui gît sur le dos, blanc comme un linge, dans une mare de sang. Tom prend peur et grimpe aussitôt dans la charrette. Il fait demi-tour et mène la voiture à toute bride vers le Château. La guérisseuse suit son fils. En tournant dans la rue Richardson, ils aperçoivent le Château dont l'intérieur est éclairé.

La mère de Jacques est assise à la table, devant la fenêtre de la cuisine, en robe de nuit, une tasse de thé devant elle. Elle est si absorbée dans ses pensées qu'elle n'a pas vu les voitures arriver.

Marie s'approche et cogne à la porte. Geneviève sursaute et s'approche de la fenêtre, les mains de chaque côté du visage pour mieux voir dans la nuit. Surprise d'apercevoir l'Indienne, elle se précipite vers l'entrée. Après quelques paroles échangées, son regard fixe la charrette, une expression de frayeur sur son visage. Elle se met à courir, pieds nus, vers son fils.

– Jaaaacques! appelle-t-elle en hurlant.

Penchée par-dessus les brancards, elle voit Jacques ensanglanté et inerte sur les planches froides de la caisse noircie de sang. Elle veut crier sa détresse, mais aucun son ne sort de sa bouche. Elle grimpe sur les rayons de la roue et s'approche de son fils pour détecter quelque signe de vie.

– Il respire, il est vivant! s'écrie-t-elle, la main sur la bouche pour retenir un sanglot.

– Il a perdu beaucoup de sang, madame, fait savoir Tom, compatissant.

Jacques a senti la présence de sa mère. Il ouvre légèrement les yeux.

– Maman, dit-il dans un souffle.

– Oui, mon gars, je suis là! Je vais prendre soin de toi.

Le cri aigu de la mère appelant son fils a réveillé le père, couché dans le salon, tout habillé, prêt à intervenir. Il sort de la maison en courant.

—Aide-moi! supplie Geneviève en l'apercevant près d'elle. Nous allons le transporter à l'intérieur.

—Je vais prendre votre place, madame, offre Tom, il est trop lourd.

—Laisse faire, intervient le père, je vais le prendre sur mon dos.

Il se rend à l'arrière de la voiture pour en enlever la barrière, pendant que Tom soulève le torse de Jacques. François le charge ensuite sur ses épaules. Geneviève le suit, énervée. Tom la soutient de peur qu'elle ne glisse ou ne trébuche sur le sol détrempé. Toute la maisonnée est debout et regarde la scène. Madeleine tient le petit Louis en pleurs contre elle. La bonne est sidérée, la main sur la bouche.

—Amène-le dans ma chambre! dit Geneviève à François.

Il dépose lentement son fils sur le lit. L'Indienne s'empresse aussitôt auprès de lui. Après de brèves explications, les parents comprennent la gravité des blessures.

—Je vais aller chercher le docteur Brien à Sainte-Martine, dit le père en se précipitant hors de la chambre. Je vais prendre votre calèche, ajoute-t-il à l'intention de Marie, je n'ai pas le temps d'atteler!

Madeleine soutient son petit frère, qui pleurniche devant le corps tailladé de Jacques. La bonne veut les aider.

—Je vais faire chauffer de l'eau pour le laver, dit-elle en sortant de la pièce, bouleversée.

La guérisseuse examine les blessures de Jacques.

—Il a beaucoup saigné, dit-elle, mais ça n'a pas l'air infecté. Je vais nettoyer les plaies avec de l'alcool en attendant le docteur.

Elle sort une bouteille d'alcool de sa mallette et en imbibe un petit carré de lin blanc. Les bords des entailles sont rouges et enflés. Doucement, elle en nettoie les contours. Jacques gémit quand une goutte de p'tit blanc glisse dans la chair ouverte. Geneviève, crispée, se lève pour aller pleurer dans la cuisine. Quand elle revient au chevet de Jacques, elle a une tasse de bouillon de poulet chaud dans les mains.

— Je vais lui faire boire ça, dit-elle à l'Indienne. Ça va lui redonner des forces.

Marie sourit. Elle tend ensuite un sachet d'herbes à son fils.

— Prépare-moi une tisane, dit-elle.

Geneviève est prudente.

— Qu'est-ce que c'est? demande-t-elle.

— C'est pour prévenir l'infection, répond Marie. Ça va l'empêcher aussi de faire de la fièvre.

Rosalie arrive bientôt avec une bassine d'eau chaude dans les mains, des débarbouillettes et des essuie-mains sur les bras.

— Va faire à déjeuner pour tout le monde, ordonne Geneviève à Madeleine. Amène Louis avec toi pendant que je vais laver ton frère. Je veux qu'il soit présentable pour le docteur.

Tom, Marie et le petit Louis suivent Madeleine dans la cuisine. Après avoir mangé, la guérisseuse retourne dans la chambre. Rosalie en profite pour entraîner sa maîtresse dans la cuisine.

— Il faut manger, Madame, dit-elle, pour garder vos forces.

— Bon! cède Geneviève.

Tom est encore attablé.

– Qu'est-ce qui s'est passé, tu peux me le dire? demande-t-elle.

Un silence se fait. Tous les yeux sont braqués sur le jeune Mohawk. La mère ne peut réprimer sa colère pendant qu'il raconte brièvement son histoire.

– Maudit MacDougall! jure-t-elle. Que le diable l'emporte!

– Vous blasphémez, maman! reproche Madeleine.

– Oui, ma fille! réplique-t-elle. Ce n'est pas une créature du bon Dieu, cet homme-là, c'est un démon!

Jacques a recouvré un peu de chaleur et il tremble moins. Il repose dans le grand lit, sous les regards bienveillants de sa mère et de la guérisseuse. Ses blessures brûlent au contact de l'air. Il communique avec les yeux, encore trop faible pour articuler. Soudain, on entend des voitures entrer dans la cour.

– C'est papa avec le docteur Brien, crie Madeleine, de la cuisine.

L'horloge sonne dix heures au salon. Madeleine accourt à la porte arrière pour les accueillir. Le jeune médecin lui sourit.

Les deux hommes pénètrent ensuite dans la chambre, où Jacques est étendu sur le drap blanc, le torse nu. Sa mère lui a mis un pantalon. Des linges humides couvrent ses blessures au dos, au bras, à la poitrine et à la mâchoire. Sur le plancher, une bassine d'eau propre voisine une plus grande, noircie de sang coagulé et visqueux.

Le docteur fait enlever les linges avant d'ausculter le blessé. Puis, écartant légèrement les lèvres des coupures, il les examine à la loupe. Jacques grimace. Madeleine tient la main de son petit frère.

— Tu as eu de la chance, mon gars, déclare le médecin, aucun organe n'a été touché. La lame a glissé sur une côte. Il n'y a rien de grave, à part le fait que tu as perdu beaucoup de sang.

Geneviève soupire de soulagement.

— Merci, mon Dieu! dit-elle, la main sur le cœur, émue.

Elle se sent étourdie, tout à coup. François l'aide à s'asseoir sur une chaise à côté du lit.

— Penchez-vous la tête entre les deux jambes pour ne pas perdre connaissance, lui conseille le docteur Brien.

Le médecin reporte son attention sur Jacques.

— Je vais coudre tout ça, maintenant, dit-il.

Le blessé le considère, l'air effaré. Il jette un coup d'œil à Tom, au pied du lit, qui lui sourit pour l'encourager.

— Nous allons te transporter sur la table de cuisine pour avoir plus de lumière, dit le médecin. Avant, je vais te donner un peu de laudanum pour t'endormir.

Jacques regarde sa mère, inquiet.

— Ne t'en fais pas, mon gars, rassure le docteur, ça va bien aller! Tu ne sentiras rien.

Il fouille dans sa mallette de cuir et sort une petite bouteille brune, puis il se tourne vers Madeleine.

— J'ai besoin d'une cuillère, dit-il.

Devançant sa sœur, le petit Louis part en courant vers la cuisine. Le médecin remet une pince et deux fines aiguilles courbées à Madeleine.

— Faites tremper ça dans l'eau bouillante pendant quelques minutes, demande-t-il avec un sourire.

Le bambin est déjà de retour avec la cuillère. Le docteur débouche le flacon pour verser le soporifique.

Jacques avale le sirop amer en grimaçant, trop faible pour se plaindre.

Les trois hommes transportent ensuite le blessé, à demi inconscient, dans la cuisine et le déposent sur la table, que Rosalie a recouverte d'un drap blanc. Le docteur va chercher la pince et les aiguilles dans l'eau chaude sur le poêle et les place sur un essuie-mains.

D'un geste sûr, il commence par coudre le bras. Jacques ne bronche pas. Quand le médecin plante l'aiguille au-dessus du sein, Jacques sent la pointe transpercer sa chair, entraînant le fil brûlant derrière elle. Il ne peut retenir une grimace et ferme les yeux pour mieux dominer la douleur. Des larmes coulent de chaque côté de sa tête.

Autour de lui, on serre les dents à chaque boucle de l'aiguille. C'est le silence complet; on entendrait une mouche voler. La mère retient sa respiration et prie intérieurement. Le père est debout derrière elle, la main sur son épaule. Madeleine s'est retournée pour ne pas voir. La guérisseuse, au contraire, ne veut rien manquer. Tom lui a offert une chaise, mais elle a refusé. Rosalie tient le petit Louis contre elle.

Le médecin se tourne vers l'Indienne.

— Vous avez fait un excellent travail, dit-il.

— Merci, docteur, bafouille Marie, gênée.

Elle fait ensuite mine de s'en aller.

— Ne partez pas! proteste le docteur. J'ai oublié mon onguent.

Tout le monde les regarde. La femme fouille dans sa mallette, un sourire aux lèvres.

Le docteur s'attaque alors à la blessure du dos. Jacques ne sourcille pas. Le médecin entreprend ensuite la suture de la lèvre, et Jacques a un léger mouvement de retrait. Étrangement, il n'émet aucun son.

— Les lèvres, c'est comme les bouts d'oreilles, explique le médecin, ça fait moins mal qu'ailleurs.

Les spectateurs soupirent de soulagement. Puis, s'adressant à Marie, il dit :

— J'ai terminé ! Nettoyez le sang sur les points de suture et couvrez-les d'onguent. Quand vous aurez terminé, je ferai les pansements.

Les parents sont contents. Geneviève se lève de sa chaise.

— Merci beaucoup, docteur ! dit-elle.

— C'est un voyage qui valait la peine, répond-il.

— Restez à dîner avec nous, offre Madeleine, rougissante.

Surprise, sa mère la regarde, son père aussi.

— Vous êtes gentille, mademoiselle, répond le médecin, mais je n'ai pas le temps. Je dois retourner à Sainte-Martine. J'ai ma tournée à faire.

— Combien est-ce que je vous dois, docteur ? demande François.

— Trois piastres.

On ramène ensuite le blessé dans la chambre des parents et on raccompagne le jeune docteur à la porte.

— Je ne sais pas comment vous remercier pour ce que vous avez fait, tous les deux, dit Geneviève à Marie et à Tom.

Émue, elle les serre dans ses bras, la larme à l'œil.

— Nous sommes vos obligés, dit François en imitant sa femme.

— On met les beaux couverts ! lance Geneviève à Rosalie. Aujourd'hui, c'est un grand jour !

Marie fait mine de résister, mais Geneviève insiste.

– Vous ne pouvez pas dire non, dit-elle, vous faites partie de la famille! Restez à dîner avec nous, s'il vous plaît!

Impressionnée par le luxe de la salle à manger, l'Indienne ne se sent pas à l'aise. Aussitôt le repas terminé, elle se lève de table, prétextant une visite médicale à faire.

Sur le seuil de la porte, François glisse un billet de dix piastres dans la main de la guérisseuse. La femme essaie de le lui rendre.

– Je ne peux pas accepter, proteste-t-elle, c'est beaucoup trop!

Le père referme ses doigts rugueux sur le billet de banque.

– C'est à vous, dit-il. Vous l'avez plus que mérité.

Il l'embrasse sur les joues.

– Vous me faites penser à mon défunt mari, bafouille Marie.

Tom est ému. Le père lui serre la main tout en lui faisant un clin d'œil. Il remarque alors que la charrette des volontaires n'est plus dans la rue. «Quelqu'un a dû venir la chercher», se dit-il. Il retourne dans la cuisine avec sa femme. Son visage est grave et déterminé.

– Qu'est-ce que tu as l'intention de faire? demande Geneviève.

– Je vais arrêter MacDougall, répond-il, sinon il va se croire tout permis.

– C'est un homme dangereux, intervient la bonne, un assassin!

– Il mérite la prison! renchérit Madeleine.

– Je vais aller voir Brown, demain, avec un mandat d'arrestation, dit François.

La calèche de Pierre et d'Adeline vient de s'arrêter devant la maison.

— Voilà ton frère, annonce Geneviève. Il doit avoir entendu parler de l'attaque contre Jacques. Tiens! Voilà aussi Judith et Richard.

Elle se lève prestement pour aller les accueillir.

— Ne vous en faites pas, les rassure-t-elle en ouvrant la porte, tout va bien!

Cédant aux instances de sa fille aînée, elle les conduit dans sa chambre, où Jacques dort profondément.

— Il est pâle, constate Judith.

— Il a l'air faible, s'attriste Adeline.

— C'est à cause du laudanum, explique Geneviève. En plus, il a perdu beaucoup de sang. D'ici trois ou quatre jours, il se sentira mieux.

— Est-ce que c'est vrai que MacDougall a essayé de le tuer? demande Pierre, incrédule.

— Lui, il ne perd rien pour attendre! répond François, le visage dur.

— Je n'aurais jamais pensé qu'il aurait pu faire ça! s'étonne Richard.

— Comment est-ce que tu as appris la nouvelle? lui demande Pierre.

— C'est mon père qui l'a dit à ma mère.

— Est-ce qu'il était avec MacDougall? s'informe aussitôt l'oncle.

— Voyons donc! rétorque le rouquin, insulté. Il l'a appris d'une cliente.

— Tu m'as fait peur, mon gars!

— Allons dans le salon en attendant le souper, suggère Geneviève. Je vais vous raconter ce qui est arrivé.

Richard a l'air maussade. Judith l'interroge du regard.

— Je n'aime pas ton oncle, chuchote-t-il à son oreille, il se pense trop malin.

Chapitre XXXV

François a de la difficulté à s'endormir, ne pouvant chasser de sa tête l'idée que Lawrence Brown est responsable de la violence dont son fils a été victime. Il a passé quelques heures à rédiger un mandat d'arrestation et, au matin, il déjeune lentement en songeant à ce qu'il va lui dire. Puis, il fourre le mandat d'arrestation dans la poche de son pantalon et attelle Noiraud, déterminé à régler cette affaire.

Il cogne à la porte de son associé, qui lui ouvre presque aussitôt. Les deux hommes se mesurent du regard. Brown prend l'initiative.

– Entrez, dit-il d'une voix ferme, je vous attendais!

Du vestibule, François entrevoit Anna Brown dans la cuisine. Elle lui jette un coup d'œil sans le saluer. Caroline ne se montre pas. Il suit l'agent dans une ancienne chambre à coucher, à gauche, transformée en bureau.

Brown se réfugie derrière son secrétaire. Les deux hommes se dévisagent pendant quelques secondes sans cligner des yeux, sans rien dire. Puis, François sort le mandat de sa poche pour le lui mettre sous le nez.

– Je veux arrêter MacDougall pour tentative de meurtre, dit-il froidement.

Brown prend le document et le lit. Il s'assoit ensuite pour le signer.

— Comment va votre fils ? demande-t-il.

— Vous savez très bien comment il va ! fulmine François. Comptez-vous chanceux qu'il ne soit pas mort !

L'autre bondit de son fauteuil.

— Je ne savais pas que MacDougall avait l'intention de le tuer ! réplique-t-il sur le même ton.

— Pourquoi l'avez-vous envoyé à la poursuite de mon fils ?

L'accusation rend Brown furieux. Il rugit.

— Il n'a jamais été question de votre fils ! J'ai donné ordre à MacDougall de ramener ma fille, un point c'est tout ! Il m'a dit qu'il savait où elle était. Il se faisait tard et j'étais inquiet.

— Comment pouvait-il savoir où elle était ?

— Il l'avait vue en compagnie de votre fils à la pointe du Buisson. Il était persuadé qu'ils étaient chez l'Indienne, à cause de l'orage.

François est confus. Il regrette d'avoir accusé son protecteur et ne sait plus quoi dire. Brown se rassoit.

— Ma fille est encore sous le choc ! confie Brown d'une voix tremblante. Elle dort tout le temps.

— L'état de mon fils est stable depuis que le docteur a cousu ses blessures, dit François.

— Caroline ira mieux quand je lui donnerai des nouvelles de votre garçon.

— Elle peut venir le voir n'importe quand.

François se tire une chaise et s'assoit, plus détendu. Vite réconciliés, les deux hommes échangent des informations sur l'agression nocturne contre leurs enfants.

– Quand voulez-vous arrêter MacDougall ? demande Brown.

– Aujourd'hui.

– Allez chez Robert Norval et dites-lui que je veux qu'il vous accompagne, ordonne le colonel.

François acquiesce.

– Je vais aller le voir tout de suite.

Brown se lève et lui tend la main, puis le conduit jusqu'à vers la porte.

– Je suis désolé pour ce qui est arrivé à votre fils, dit Brown, sur le seuil.

– Dites à Caroline qu'elle est la bienvenue chez nous.

– Soyez prudent !

François galope aussitôt vers Maple Grove. Il a hâte d'en finir. La jeune épouse du comptable répond à la porte et amène le visiteur dans le bureau de son mari. L'homme est penché sur un livre de compte. Il se lève en tendant la main.

– Je vais m'occuper moi-même de l'arrestation, dit le major après avoir écouté François. Je ne veux pas de problèmes avec les Anglais, comme vous dites. Comme je dois me rendre à Montréal après-demain, j'en profiterai pour escorter MacDougall au Pied-du-Courant, avec l'aide de quelques hommes bien entendu.

François, satisfait, serre la main de Norval. Il retourne chez lui le cœur léger et entre triomphalement dans la maison.

– Il a signé ! s'écrie-t-il.

– C'est le moins qu'il pouvait faire, répond sèchement Geneviève.

Deux jours plus tard, tout de suite après le déjeuner, quelqu'un cogne à la porte. Madeleine va ouvrir, et Caroline Brown apparaît, un léger sourire sur les lèvres.

– Caroline! s'exclame Madeleine.

Elle se jette à son cou.

– Je suis si contente de te voir! dit-elle. Je pense à toi tout le temps.

Elle lui prend la main.

– Entre! dit-elle en l'entraînant à l'intérieur.

– Maman, c'est Caroline! annonce-t-elle. Jacques sera content.

La jeune femme est intimidée. On entend résonner le pas rapide et sec de la mère en provenance de la cuisine.

– Bonjour madame, salue poliment Caroline. Je suis venue prendre des nouvelles de Jacques.

Geneviève est estomaquée. «Ça prend du sans-gêne à cette dévergondée pour se présenter ici!» se dit-elle. Elle se sent tiraillée entre l'envie de la gifler et la froide politesse.

– Amène-la dans la chambre, dit-elle rudement à Madeleine. Ça ne la gênera sûrement pas!

Caroline rougit sans répliquer. Elle suit son amie. Jacques l'a entendue arriver et s'est relevé sur les coudes pour l'accueillir. Il a l'air tout petit dans le grand lit des parents. Il a les traits tirés et les cheveux en pagaille, mais ses yeux sont remplis d'amour. Debout dans l'encadrement de la porte, Caroline le regarde et se met à pleurer. Il lui fait signe de venir s'asseoir sur le lit. Il lui prend la main, mais se laisse ensuite retomber sur le matelas, épuisé. Elle essuie ses larmes tout en caressant le visage de son amant. Il soupire sous ses caresses. Il tente encore de se relever, mais elle l'en empêche.

— Ne bouge pas, dit-elle, je vais rester avec toi.

Geneviève apparaît dans la porte.

— Donne-lui une chaise! ordonne-t-elle à Madeleine.

Elle tourne aussitôt les talons. Madeleine la suit afin de laisser seuls les amoureux. Trop faible pour parler, Jacques ne peut même pas murmurer les mots tendres qu'il voudrait dire à Caroline. Elle lui tient la main et il s'endort presque immédiatement.

Des hommes viennent d'entrer dans la maison. Leurs voix graves retentissent jusque dans la chambre. Jacques se réveille brusquement, tout en sueur, les yeux hagards. Il veut se lever pour aller voir qui sont les intrus. Caroline l'en dissuade.

— Je vais aller voir, dit-elle pour le rassurer.

Ce sont Robert Norval et le notaire Ovide Leblanc accompagnés de deux lieutenants de milice. Ils viennent chercher François pour procéder à l'arrestation de MacDougall. Ils se sont couverts d'une grande capote pour dissimuler leur mousquet et ne portent pas d'insigne pour ne pas attirer l'attention.

Sans tarder, la petite troupe quitte la maison en direction de la rue Saint-Laurent, encombrée de voitures. Leur présence passe inaperçue. Au moulin à scie, ils pénètrent dans le bureau de Ralph Blackwood à qui le major Norval tend le mandat.

— Faites venir John MacDougall, ordonne-t-il.

Blackwood regarde Norval d'un air incrédule et promène ensuite son regard sur les quatre Canadiens. Le major lui fait signe d'obtempérer. L'autre hésite, puis s'en va dans l'usine pour revenir quelques minutes plus tard avec MacDougall. Le colosse se fige en apercevant

François. Il se tourne vers Norval avec un air interrogateur.

— Vous êtes en état d'arrestation pour tentative de meurtre, lui signifie ce dernier. Suivez-nous !

Des mousquets apparaissent soudainement dans les mains des miliciens. MacDougall se sent trahi. D'un mouvement brusque et rapide, il se tourne, bouscule le jeune lieutenant qui garde la porte et se sauve dans l'usine. Les miliciens se lancent à sa poursuite dans le bruit strident des scies et les claquements des longues courroies des poulies. Le criminel pousse les ouvriers pour se frayer un chemin. Il louvoie dangereusement entre les machines, sautant par-dessus des billots, puis rampant sous une gigantesque scie ronde. Il a presque atteint la sortie quand François hurle aux ouvriers de l'arrêter. L'un d'eux fait un croc-en-jambe au fuyard et MacDougall s'affale par terre, le visage dans le bran de scie mêlé de graisse et d'huile à machine.

— Hourra ! s'écrient les travailleurs autour de lui.

Les miliciens accourent. Avant que MacDougall ait le temps de se relever, François le cloue au sol d'un genou dans le dos. Il appuie de toutes ses forces, car l'autre se démène. Un lieutenant l'agrippe par un bras pour lui passer les menottes.

— Vous me faites mal ! se plaint l'Écossais.

Insensible à la plainte, le lieutenant tire l'autre bras. MacDougall se débat comme un forcené et profère des menaces. L'officier se redresse la clé dans les mains, souriant.

Encadré par les miliciens, le prisonnier est amené à l'extérieur sous les acclamations des ouvriers. Il ne cesse de crier des injures. À bout de patience, un lieutenant le frappe dans le dos avec le canon de son mousquet pour le faire taire. MacDougall se tourne vers lui, le visage haineux.

– *God damn frog!* dit-il pour l'insulter.

Le milicien réagit vivement et lève la crosse de son fusil pour le frapper.

– C'est assez! intervient Norval en se plaçant entre les deux.

MacDougall est sauvé de justesse. On le traîne ensuite jusqu'au débarcadère, bondé comme d'habitude. La passerelle du *Dragon* est descendue, et les journaliers s'activent à transporter des marchandises.

Les gens s'arrêtent en voyant MacDougall entouré de miliciens armés. Les Canadiens applaudissent, tandis que les Anglais montrent un visage inquiet, voire menaçant. Les miliciens se fraient un passage à travers la cohue pour se rendre au bateau.

– Capitaine, capitaine! interpelle quelqu'un dans la foule.

François cherche celui qui l'appelle.

– Ici! crie l'homme en agitant les bras dans les airs.

L'inconnu se rapproche. François a l'impression de le connaître, mais il ne peut lui mettre un nom sur le visage.

– Qui êtes-vous? demande-t-il.

– C'est moi, Daigneault! s'exclame l'homme, surpris. Lui, c'est Hébert! ajoute-t-il en riant.

Les deux hommes ont tellement maigri que leur physionomie en est changée. On dirait des vieillards. Même leurs vêtements sont devenus trop grands pour eux.

– Diable! Je ne vous ai pas reconnus!

– Nous venons de débarquer! annonce Daigneault, tout joyeux. Ils nous ont libérés sous condition! Malheureusement, mon ami Vincent n'a pas pu sortir. Ils vont sûrement le laisser croupir en prison.

François n'aime pas la tournure que prend la conversation. Il ne veut pas s'embourber dans une affaire politique.

– Je n'ai pas le temps de parler, dit-il.

– C'est un beau poisson que vous avez là! reprend le petit homme en toisant MacDougall. J'espère que tu vas mariner longtemps en prison, le gros! ajoute-t-il à l'adresse du prisonnier. C'est humide là-dedans. Ça va te faire du bien de maigrir.

– Maudit Français! jette l'autre.

Ce disant, il crache sur Daigneault, qui recule, ayant prévu le coup. Sans perdre de temps, les miliciens grimpent sur le pont du navire.

Chapitre XXXVI

Depuis deux semaines que Jacques est en convalescence, ses blessures se referment peu à peu. Elles ne se sont pas infectées en dépit d'une légère rougeur autour des points de suture. Le docteur Henri Brien est venu à quelques reprises pour s'enquérir de sa santé. Il lui a dit qu'il pouvait marcher un peu dans la maison. Jacques en a profité pour réintégrer sa chambre.

À chaque visite, le médecin a pris l'habitude de suivre la mère et la fille au salon, où il écoute religieusement les deux femmes en prenant le thé. Parfois, il raconte des anecdotes pour les faire rire. Il a le sourire facile, le verbe chaleureux et invitant, sans jamais parler de lui. Son tempérament plaît à Geneviève, qui ne cesse d'observer sa fille, essayant de deviner ses sentiments. À chaque visite, elle les laisse seuls dans le salon quelques instants et les soupirants semblent apprécier ces moments d'intimité. Avant de se lever pour s'en aller, il déclare toujours : « Je dois malheureusement vous quitter, car le devoir m'appelle. » Il lui baise ensuite la main, avant de l'abandonner, troublée, dans le vestibule, devant la bonne qui tient sa mallette d'une main en le regardant d'un air glacial. Il franchit ensuite le seuil en échangeant un dernier sourire avec Madeleine.

Plusieurs personnes viennent s'informer de la santé de Jacques. Aujourd'hui, c'est Jane Ellice qui se présente et en profite pour transmettre les vœux de son mari, occupé à une affaire urgente depuis leur retour des États-Unis. Elle trouve bonne mine au convalescent, qui se désole de la cicatrice sur sa lèvre inférieure.

— Ne vous inquiétez pas, dit-elle d'un air coquin, ça fait plus viril et les dames aiment ça!

Jacques sourit et sa mère rit de bon cœur, charmée par cette visite. Elle invite donc la seigneuresse au salon pour entendre le récit de son voyage aux États-Unis et aux chutes du Niagara.

Le lendemain, pendant que le reste de la famille est parti à la messe, Jacques tourne dans la maison comme un lion en cage. Sa santé et son teint se sont améliorés à tel point qu'il a repris du poids. Pour tuer le temps, il se berce sur la galerie en attendant Caroline, qui vient le voir chaque jour. Sa lèvre est moins enflée, mais elle reste un constant rappel de l'assaut dont il a été victime. Le médecin est censé venir le lendemain pour vérifier son état.

Jacques est content de voir la parenté qui vient dîner.

— C'est pour fêter ton rétablissement, lui dit Geneviève.

Même le curé Quintal est là. Il a apporté un vin de Bourgogne. La bonne a fait son potage à la vierge, un mélange de lait, de chou blanc et d'œufs. Elle a aussi préparé un bouilli de bœuf et de légumes. Geneviève a sorti ses pots de betteraves sucrées et de concombres marinés. Pour dessert, il y a trois tartes aux pommes, au cas où les hommes en voudraient une deuxième pointe.

– À la santé de Jacques! lance François en levant son verre de cidre.

– À Jacques! acclame tout le monde.

Le jeune homme esquisse un sourire poli, mais il a le cœur lourd et il en veut à sa mère de ne pas avoir invité Caroline. Il pense à sa blonde, qui va l'attendre au quai tout l'après-midi. Décidé à la rejoindre, il se lève, mais sa mère lui fait signe de se rasseoir. Il la défie du regard pour lui montrer son désaccord, tout en se rasseyant pour ne pas provoquer de dispute. Il se dit qu'elle devrait être reconnaissante à Caroline plutôt que de la mépriser; il serait mort sans son aide. Il ne comprend pas pourquoi elle ne veut pas l'inviter au Château. Il la trouve sévère, et surtout trop possessive.

La voix du gros curé vient interrompre sa réflexion. Il récite le bénédicité. Chacun pioche ensuite dans les plats pendant que Tiffanie, Élodie et Marguerite se chamaillent pour attirer l'attention de Louis.

– Tu t'es sauvé de la récolte des légumes! se moque Pierre en regardant son neveu.

– Je pourrais conduire le tombereau. Ça me ferait quelque chose à faire.

– Il n'en est pas question! interjette Geneviève sur un ton autoritaire. Le docteur t'a dit de ne rien faire avant quelques mois pour laisser le temps aux blessures de guérir.

Pierre se met à rire.

– Tu n'as pas assez de ta blonde pour te désennuyer! raille-t-il encore.

– Mêlez-vous donc de vos affaires! rétorque Jacques, offusqué.

Toute la rancœur du jeune homme a explosé d'un seul coup, il n'a pas pu la contenir. Il baisse la tête pour ne pas avoir à affronter le regard de son parrain. Madeleine le considère, bouche bée. François préfère ne pas intervenir même si son fils a été impoli. Il se dit que son frère l'a cherché. Ce dernier rit jaune.

– Tu vois ce que ça donne, tes farces plates! jette Adeline à son mari sur un ton de reproche.

Un faux sourire erre sur les lèvres du curé, qui promène ses yeux sur les protagonistes et les arrête sur Jacques.

– Il faudra penser à vous marier, un jour, pontifie-t-il. Vaut mieux se marier que brûler!

Jacques n'écoute pas; il regrette son accès de mauvaise humeur.

– Excusez-moi, dit-il à Pierre, je ne voulais pas m'en prendre à vous!

Geneviève se sent visée par la remarque de son fils. Elle se redresse sur sa chaise, mal à l'aise. Le curé, qui la connaît bien, vient à son secours.

– Vous avez une cuisinière hors pair! s'exclame-t-il. Je vais vous envoyer la mienne pour qu'elle suive des cours.

– Non, monsieur! riposte Geneviève. Gardez-la chez vous, votre pouliche!

Tout le monde s'esclaffe. Les femmes de la paroisse connaissent bien la ménagère du curé, les hommes aussi. C'est une veuve italienne au début de la quarantaine, que le Vatican a envoyée au Canada pour des raisons obscures. Elle est bien en chair avec des lèvres charnues et un sourire resplendissant qui dévoile ses dents blanches. Elle marche en roulant les hanches, et François se souvient d'avoir plongé son regard, une fois, dans l'ouverture de la blouse de la veuve dont un bouton détaché révélait la poitrine généreuse. Il n'en a jamais parlé à Geneviève.

La bonne humeur est revenue, et le père remplit à nouveau les verres en ajoutant du p'tit blanc de la Thivierge. Le repas s'étire jusqu'au milieu de l'après-midi. Les veilleux sortent ensuite sur la galerie. Geneviève laisse sa chaise à bascule au curé et s'assoit près de Judith.

— J'ai une bonne nouvelle à vous annoncer, dit cette dernière. Je suis enceinte!

— Je vais être grand-mère! s'émeut Geneviève.

Elle prend sa fille dans ses bras et la serre contre elle. Heureux lui aussi, François va l'embrasser.

— J'ai hâte de voir de quoi il aura l'air, ce petit gars-là, dit-il.

— Il va ressembler à Richard, répond Judith. Les premiers-nés ressemblent toujours au père.

— Pourquoi pas une fille? demande Madeleine, frondeuse.

Elle ne peut s'empêcher de mettre son grain de sel, c'est plus fort qu'elle.

— Si c'est un garçon, répond tout bonnement sa sœur, il pourra nous aider sur la ferme, plus tard.

— Félicitations! Je suis content pour toi, dit Jacques en embrassant sa sœur.

— Tu es chanceuse, déclare tante Adeline, tu vas pouvoir manger tout ce que tu veux! Surtout, ne touche pas au vin, ton bébé pourrait avoir des taches rouges sur le visage.

Jacques n'en revient pas. «Encore des balivernes!» se dit-il.

— Ne prépare pas son berceau avant qu'il vienne au monde, prévient Geneviève, ça porte malheur!

— Si tu veux des garçons, ajoute Madeleine, tu devras manger quatre grains de blé par mois. Pour une fille, il en faut cinq.

— Ce sont des histoires! proteste Jacques.

Les hommes se mettent à rire.

— Adeline avait mis des plumes sous mon oreiller! se moque Pierre. Une plume pour une fille et deux pour un garçon.

— Vous pouvez dire ce que vous voulez, intervient Judith. Je vais mettre toutes les chances de mon côté.

Le petit Louis et ses cousines jouent à la cachette dans la cour. Autour d'eux, l'automne montre ses couleurs. Les feuilles des érables se parent de rouge vif, d'ocre, de brun et d'or. Les feuilles jaunies des bouleaux et des trembles contrastent avec le vert foncé des pins, des sapins et des épinettes. Les aiguilles des mélèzes commencent à jaunir le sol.

— Les légumes ont tellement poussé cette année qu'il n'y aura pas de disette, dit Pierre.

— Tu devrais engager Tom pour la récolte, conseille François. À vingt cents par jour, c'est raisonnable.

— Ça n'a pas été fameux pour moi, se plaint Richard, vu que la terre est neuve.

— Laisse-moi savoir si tu manques de quelque chose, compatit Pierre.

— Je vous remercie, mon oncle! répond le jeune Écossais.

— Avez-vous entendu la dernière nouvelle? demande Pierre. Le gouverneur Durham retourne en Angleterre.

— Il y a eu plusieurs démonstrations en sa faveur, à Montréal et à Québec, précise le curé.

—Et même une pétition de cinq mille signatures pour demander qu'il reste en poste, ajoute Richard.

—Ça devait être juste des Anglais! lâche Pierre.

—C'est bien le contraire, réplique Richard, ce sont tous des Canadiens. Les Anglais le critiquent en raison de ses méthodes douces envers vous.

—C'est difficile à croire, proteste Pierre. Un Anglais, ça reste toujours un Anglais!

—Vous êtes de mauvaise foi! se récrie le jeune Écossais, insulté.

—Il ne faut jamais parler de politique en famille, tranche le curé. Ça finit toujours mal.

Pierre regrette ses paroles et se verse un autre verre de cidre pour se donner une contenance.

—Je ne disais pas ça pour toi, Richard, dit-il pour s'excuser.

La bonne apporte alors un pot de café. La petite Marguerite arrive en pleurant et se réfugie dans les bras de sa mère.

—Tu t'es fait mal? demande Adeline.

—Tiffanie et Élodie ne veulent pas compter! pleurniche la fillette. Je ne peux jamais aller me cacher avec Louis!

—Je vais leur parler, dit la mère. En attendant, va voir ton père. Il va t'essuyer les yeux.

—Hé, les filles! s'écrie-t-elle ensuite. Ce n'est pas seulement à Marguerite de compter! N'attendez pas que je me fâche!

Pierre sort un mouchoir de la poche de son pantalon et sèche les larmes de sa cadette. La chaînette qui pend au cou de son père la distrait de son chagrin et elle tire le pendentif de sous sa chemise.

—Touche pas! proteste Pierre en arrachant le bijou de sa main.

Mais tout le monde a vu le fétiche. Étonnés, ils dévisagent Pierre avec un air de reproche, à l'exception de Jacques qui trouve cela sympathique. Son père voit l'occasion d'intervenir.

—C'est la croix des Chasseurs! lance-t-il, comme un blâme.

Pierre pâlit. Puis, il sort de nouveau la croix de sous son vêtement. Il l'exhibe, le visage empreint de fierté.

—Je n'ai pas de compte à rendre à personne! réplique-t-il sur un ton de défi.

—Tu cours après les problèmes! avertit son frère.

—Tu risques ta vie éternelle, mon fils! prévient le curé.

Jacques est penché vers son oncle pour examiner la croix. Richard, lui, se montre distant. Les femmes regardent sans mot dire.

—C'est de la rébellion contre le gouvernement, continue le prêtre. C'est aussi contre l'enseignement de l'Église.

—L'Église n'a rien à voir là-dedans, rétorque Pierre.

—Voyons, mon mari! s'interpose Adeline d'une voix mielleuse. Ce n'est pas le temps de se chicaner.

Rouge de colère, il se tourne vers elle en replaçant la croix sous sa chemise.

—Nous ferions aussi bien de partir! dit-il sèchement.

—Restez avec nous, mon oncle! plaide Jacques.

—Voyons donc! insiste Geneviève en posant la main sur le bras de son beau-frère.

Trop orgueilleux, il se lève quand même.

Chapitre XXXVII

Le lendemain, Madeleine doit s'habiller en hâte pour aller chez le boulanger, car il ne reste plus de pain pour le déjeuner. Sur le mur près de la porte du commerce, une affiche est placardée : *Grand rassemblement des Patriotes, dimanche après-midi, au quai. Venez entendre les orateurs. Apportez vos drapeaux.*

En sortant de la boutique avec ses pains enfouis dans un sac de toile, Madeleine remarque la même pancarte sur la devanture du magasin général, juste à côté. Il y en a une aussi chez les Normand, en face. Il y en a partout sur les murs des commerces et des maisons. Madeleine s'empresse d'aller le dire à son père.

Curieux, François se dépêche de manger pour aller voir cela, en compagnie de Jacques. Des Anglais sont en train d'arracher les affiches sur les murs et les déchirent au vu et au su de tout le monde. David Normand, devant son armurerie, regarde John Ross engueuler des enfants qui jouent dans la rue. Tout à coup, leur père sort en trombe de la maison pour lui dire de se mêler de ses affaires. Le marchand répond par des injures. Furieux, le voisin s'approche à grands pas pour lui clouer le bec. Sourire en coin, le boulanger observe aussi la scène par

377

la fenêtre de sa boutique. André Montigny est devant sa forge, au coin de la rue Sainte-Catherine, et s'amuse également du spectacle. Apeurée, Elizabeth Ross entraîne son mari.

Durant la journée, des volontaires arrachent les placards qui restent, mais le lendemain, ils réapparaissent sur les murs, au grand mécontentement des Anglais qui doivent faire une nouvelle rafle. Le surlendemain, le même manège recommence. Vendredi, des Canadiens sont dans la rue avec leurs mousquets. Intimidés, les Anglais n'osent pas les affronter.

On craint maintenant une guerre civile.

— Est-ce que tu as eu des nouvelles de ta famille ? demande François à Geneviève pendant le souper.

— J'ai reçu une lettre de ma sœur, ce matin, répond-elle. Elle dit qu'elle est prête à prendre les enfants n'importe quand.

— Youpi ! s'écrie le petit Louis.

Madeleine aussi est contente.

— Ça fait longtemps que je n'ai pas vu ma tante, dit-elle.

— Je ne veux pas aller à Nicolet, proteste Jacques, c'est trop loin !

— Dis plutôt que c'est ta blonde qui te retient ! nargue sa mère.

Jacques rougit de colère, mais ne réplique pas.

— De toute façon, intervient son père, vous ne partirez pas tout de suite. On verra comment les choses se passeront.

Le jour du rassemblement des Patriotes est arrivé. Jacques ne va pas à la messe avec ses parents, utilisant sa convalescence comme prétexte.

— L'église était presque vide ! se plaint Geneviève, au retour.

— Tout le monde se prépare pour le rassemblement des Patriotes, répond François.

— Je vais y aller, moi aussi, dit Jacques.

— Si tu n'es pas capable d'aller à la messe, tu n'es pas capable d'aller au rassemblement ! tranche la mère.

Son père aussi le regarde de travers.

— Je vais rester sur le côté de l'auberge, promet Jacques pour les rassurer.

Il se demande cependant ce qu'en pense Caroline. Après le dîner, elle arrive.

— Entre ! lui dit Madeleine.

Jacques est déjà derrière elle, prêt à partir.

— Tu devrais rester ici, recommande son père. M. Brown a dit que c'était dangereux.

Du regard, Caroline interroge son amant, qui fait un pas en avant.

— Je ne veux pas que tu ailles au bord de l'eau ! s'écrie Geneviève. Tu n'es pas encore assez bien pour ça !

— Ne vous inquiétez pas, maman, nous n'irons pas au quai.

— Dans ce cas-là, je vais y aller avec vous, dit Madeleine.

— Je veux que tu restes avec moi, ordonne la mère, j'ai trop peur !

Les amoureux descendent la rue en direction de l'auberge. Ils s'adossent au mur de l'écurie pour regarder les gens au bord de l'eau, une centaine de Canadiens en tout. Contrairement à leurs habitudes, les Anglais brillent par leur absence. Joseph Daigneault et Geoffroy Hébert sont sur le quai avec un drapeau des Patriotes qui flotte au bout d'une perche. Tout est tranquille, pour l'instant du moins. Il y a même des pêcheurs.

Ils sont là depuis une heure et une grande foule s'est rassemblée en face du débarcadère. Ils sont plus de six cents, hommes, femmes et enfants, qui crient en agitant leurs drapeaux tricolores dans les airs. Une dizaine de Chasseurs, dirigés par Hébert, bloquent l'entrée du quai où les Goyette ont érigé une plate-forme. Le notaire Louis Hainault est sur l'appontement avec les Masson, Toussaint Rochon et François-Xavier Prévost, et tous semblent attendre quelqu'un ou quelque chose. Une centaine d'autres Chasseurs armés de gourdins, dirigés par Joseph Roy et son père Charles, sont postés derrière la foule et forment un cordon de protection.

– Ton oncle est là! s'écrie Caroline en pointant le doigt vers Pierre.

Jacques regarde sans rien dire. Son père, qui vient d'arriver avec le notaire Leblanc, a entendu les paroles de Caroline. Il scrute la foule pour vérifier les dires de celle-ci.

– C'est pire que pire! lance-t-il en apercevant Pierre. Il ne comprendra donc jamais!

Le notaire n'ose pas faire de commentaires.

– Ma tante n'est pas là, tente de la rassurer Jacques. Elle a dû rester à la maison avec mes cousines.

François a allumé sa pipe. Le notaire ne fume pas. Quelques Anglais se joignent à eux pour bavarder. Au bord de l'eau, quatre hommes sont montés sur la tribune érigée sur le débarcadère. Jacques reconnaît le docteur Henri Brien et Élisée Malhiot, de Montréal.

– Je me demande qui sont les deux autres, dit-il.

– Le gros, c'est François-Xavier Prieur, tu sais, le marchand général de Saint-Timothée, répond François.

L'autre, c'est le notaire Narcisse Cardinal, le député de La Prairie.

Joseph Daigneault est monté sur la tribune et agite son drapeau dans les airs.

– Liberté, liberté, liberté! hurle-t-il sans cesse.

Quelques cris lui font écho. Une clameur générale s'élève bientôt. La foule est bruyante, même si l'assemblée ne fait que commencer. Toussaint Rochon rejoint Daigneault sur la plate-forme et lève les bras pour imposer le silence. Il veut présenter le député. Des cris de joie fusent de toutes parts.

Cardinal prend la parole pour dénoncer les politiques coloniales de l'Angleterre. Sa voix est monotone et il ne réussit pas à soulever l'enthousiasme des gens, qui se mettent à scander «liberté» pour couper court à son discours.

– Vive la république! s'écrie Cardinal, les bras dans les airs, pour leur plaire.

Il descend ensuite de l'estrade, et la foule répond par des cris d'approbation en faisant balancer ses drapeaux. Le colonel Malhiot parle ensuite de la libération du joug de l'Angleterre par les forces patriotiques. Il a une voix forte, et on l'écoute. Des hommes et des femmes hurlent leur haine de la reine pendant que des agents provocateurs tirent des coups de feu dans les airs.

Caroline recule un peu, effrayée. Jacques lui prend la main pour la rassurer. Les Anglais autour d'eux sont sur le qui-vive. Seuls François et le notaire Leblanc semblent calmes.

L'auditoire se met encore à scander le cri de ralliement.

– Liberté, liberté, liberté!

Daigneault, les bras dans les airs, et Malhiot, avec son sabre, encouragent la foule. Le jeune officier présente ensuite ses trois assistants : les commandants Rochon, Brien et Prieur. Le public les ovationne.

Un homme de stature moyenne grimpe sur l'estrade, escorté par Geoffroy Hébert. Il a l'allure d'un aristocrate. On l'accueille avec respect en lui tendant la main. C'est un bel homme d'une quarantaine d'années, avec des cheveux courts à la mode anglaise. Il fait penser à un savant avec son front volontaire, sa moustache et sa barbe bien soignée qui rejoint ses favoris. À côté de lui, le docteur Brien fait signe à la foule de se taire.

— Mesdames et messieurs, commence-t-il, voici le sauveur tant attendu, le futur président de la république du Canada, le docteur Robert Nelson !

La foule explose de joie. Des cris, des sifflements et des applaudissements fusent de toutes parts. On accueille l'homme comme un héros.

— C'est un Anglais ! s'exclame Caroline, surprise.

Jacques se met à rire.

— Je pensais que tu le savais, dit-il.

— Il n'est pas peureux, commente François sur un ton admiratif. Si les volontaires apprennent qu'il est ici, ils vont l'arrêter !

— Il a sûrement pris ses précautions, avance le notaire Leblanc.

Nelson lève les bras pour indiquer à la foule qu'il a l'intention de parler. Les acclamations diminuent lentement pour laisser place au silence, car tout le monde veut entendre les paroles du libérateur qui leur a promis un pays. C'est la première fois qu'ils le voient et ils ont les yeux fixés sur lui, observant ses gestes, étudiant son allure. «Il est célibataire», chuchote une mère à sa fille. «Il vient d'une famille riche! affirme sa voisine. Ils ont une distillerie à Saint-Denis-sur-Richelieu.» «Il travaille chez les Indiens!» s'indigne une autre sur un ton affecté. «C'est un homme bon, riposte la première, intelligent en plus! Il a beaucoup voyagé.» «Qui vous a dit ça?» demande l'autre. «Ma belle-sœur, répond son interlocutrice. Elle l'a appris de sa voisine qui a une sœur qui a marié un de ses cousins.» «Hum!» fait la guindée en esquissant une moue suspicieuse.

— Mes amis, dit Nelson, le grand jour de la libération approche! L'année dernière, nos Patriotes ont perdu la bataille parce qu'ils n'avaient pas d'armes. Cette année, nous avons de l'argent, des hommes et des mousquets. Courage! Bientôt, nous aurons libéré notre pays de la tyrannie de l'Angleterre et conquis notre liberté!

C'est l'euphorie dans la foule. Des coups de feu retentissent. Nelson et ses amis sont resplendissants. Daigneault leur donne à chacun un mousquet. Comme un signal du début des hostilités, les huit hommes tirent une salve dans les airs et des détonations répondent dans l'assistance.

Caroline est impressionnée par cette démonstration de solidarité. Jacques ressent de la fierté. Son père est plutôt inquiet. D'instinct, il s'est tourné vers le Château. Sa femme est dans la rue, devant la maison, avec Madeleine, le petit Louis et la servante. Elle lui envoie la main. Il lui répond pour la rassurer.

— Les coups de feu ont dû les effrayer, dit-il à Leblanc.

Les orateurs descendent de la tribune pour suivre François-Xavier Prévost en direction de l'auberge. Les

Chasseurs peinent à retenir les admirateurs qui veulent toucher Robert Nelson. Ils progressent lentement, suivis par la cohue bruyante qui acclame ses héros. C'est une parade de drapeaux, la plus belle que Beauharnois ait jamais connue.

Tenant Caroline par la main, Jacques suit son père au coin de la rue Saint-Laurent pour ne pas obstruer la procession. À peine la parade a-t-elle atteint l'écurie de l'hôtel qu'une trentaine d'Anglais munis de bâtons sortent d'une maison à côté de l'auberge et s'engouffrent dans la rue Richardson.

– Les volontaires ! hurle Prévost, alarmé.

Après un instant d'hésitation, les Chasseurs se placent coude à coude devant leur chef pour former un mur, le gourdin à la main. Les volontaires crient comme des sauvages en faisant tournoyer leurs massues dans les airs. Les Canadiens se défendent férocement en frappant les têtes, les épaules et les bras qui se présentent à eux. Geoffroy Hébert et André Montigny s'en donnent à cœur joie. Même Pierre semble à l'aise dans cet affrontement. Vite submergés par le nombre, les assaillants déguerpissent en abandonnant leurs blessés. Les rebelles se dépêchent d'escorter Nelson à l'intérieur de l'auberge.

La foule en colère envahit ensuite la rue, piétinant les volontaires qui gémissent au sol, les membres fracturés ou le visage ensanglanté. Les blessés se protègent du mieux qu'ils peuvent avec une main ou un bras, et leurs cris de douleur percent le tumulte. Caroline est horrifiée. Jacques ne bouge pas. François et le notaire, qui tentent de secourir les blessés, sont vite refoulés par l'afflux des émeutiers qui courent dans tous les sens.

CHAPITRE XXXVIII

Les journaux anglais de la métropole commentent à pleines pages la fureur sanguinaire des Canadiens à Beauharnois. On exige la tête des rebelles. Le général Colborne, responsable des armées, déclare que plusieurs régiments sont en route pour Montréal afin de parer à toute éventualité. Des fanatiques réclament l'élimination de la langue française et de la religion catholique, allant même jusqu'à proposer l'union du Canada avec l'Ontario pour assimiler les Canadiens une bonne fois pour toutes.

Les répliques enflammées des journaux français font oublier les volées de bernaches qui traversent le ciel en direction du sud. Depuis quelques jours, le matin, une gelée blanche couvre le sol. On est déjà à la mi-octobre et Geneviève sort ses lainages.

La situation politique pèse sur Jacques et Caroline. Ils se sentent unis et divisés en même temps. Ils font de courtes promenades au-delà du pont, main dans la main, pour se rassurer, l'espoir au cœur.

Puis l'été des Indiens arrive, comme une soupape à la tension. Jacques se fait chauffer au soleil, le visage tourné vers le ciel, savourant cette caresse avant l'hiver.

Des jours remplis de ciel bleu sans nuage, ni pluie, ni froidure, seulement de la chaleur. On se croirait en juillet, et on en profite pour ouvrir les fenêtres et les portes afin d'aérer l'intérieur. La rue Saint-Laurent et le quai retrouvent même leurs habitués.

Mais les couleurs des arbres rappellent que ce n'est qu'un sursis. Après cinq journées estivales, l'automne reprend sa place, et le fond de l'air redevient vite froid en dépit du soleil perché haut dans le ciel.

Le lendemain, Jacques se rend à l'église avec ses parents en calèche. Il peut sortir, car sa blessure à la poitrine est presque guérie. Le curé Quintal annonce que le mois des trépassés s'en vient et que l'on doit penser à la criée des âmes.

– Qu'est-ce qu'il dit? demande le petit Louis.

– Il veut faire chanter des messes pour les âmes du purgatoire, chuchote Geneviève à son oreille.

– Ti-Jean est là-bas, ajoute Jacques.

– Ah! s'exclame l'enfant, surpris à l'idée d'avoir à prier pour son cousin.

– C'est parce qu'il n'écoutait pas ses parents, dit la mère sur un ton triste.

Le lundi matin, à l'aurore, les Ellice partent pour Québec en abandonnant leurs compatriotes aux soins de Lawrence Brown. Les Anglais sont moroses, comme les jours qui raccourcissent à l'approche de l'hiver. Les femmes ont peur et ne vont plus dans les magasins, préférant envoyer leurs enfants ou leur mari faire les commissions à leur place. Les volontaires patrouillent les rues pour assurer un minimum de sécurité. Les Chasseurs surgissent du coin d'une bâtisse ou de l'arrière d'une voiture pour les attaquer et leur voler leurs armes.

Depuis quelques semaines, les églises catholique et presbytérienne débordent de fidèles. Ce n'est pas seulement par piété, mais parce que les gens prévoient des troubles et qu'ils ont peur.

Ce dimanche, Geneviève fait déjeuner les siens copieusement, car ils dîneront plus tard à cause de la criée des âmes. C'est si humide à l'extérieur que le froid traverse les manteaux de laine. Il a plu un peu, hier, et le sol glaiseux est à moitié gelé et glissant.

L'oncle Pierre et la tante Adeline, après avoir croisé la famille de Jacques sur le parvis, s'assoient sur le banc derrière eux. Quelque chose a changé, car ils ne sont pas venus au Château depuis un mois. Content de retrouver ses cousines, le petit Louis se tourne constamment vers elles pour jouer.

Les paroissiens arrivent à l'église avec des offrandes qu'ils déposent sur les comptoirs de fortune installés par le chantre sur le parvis. Après la messe, en sortant, on trébuche sur les cages de volailles, de lapins et de cochonnets qui encombrent la porte. À côté, sur des bouts de planches posées à même le sol, attendent des poches de patates. Sur une table sont empilés des légumes, des fruits, ainsi que des melons et des petites citrouilles. Sur une autre table, on offre des vêtements d'hiver, des pièces d'étoffe du pays, des balles de laine et du tabac canadien en tresses. Un étal se distingue avec ses pots de faïence remplis de confitures, de miel, de sirop d'érable, de betteraves et de cornichons. Il y a aussi de la tête de fromage et des pâtisseries. Des gens ont apporté des assiettes, des ustensiles de cuisine, des chandelles et des allumettes. À ces articles s'ajoutent des marteaux usagés, des scies, des pinces et des bricoles de toutes sortes.

Toute la paroisse est là. Des retardataires sont arrivés un peu avant la fin de la messe pour ne pas manquer l'événement. Le curé Quintal est debout derrière les étalages, à côté du chantre qui dirige la criée.

– Souvenez-vous de vos morts au purgatoire! clame-t-il pour stimuler la foule. Et montrez-vous généreux!

Sans attendre, le maître chantre propose un prix pour une pile de belles assiettes aux motifs fleuris. Des bras se lèvent aussitôt et l'article est adjugé au plus offrant. Le ténor continue, présentant la marchandise en hurlant les prix. Quand vient le temps de vendre la nourriture, personne ne renchérit sur les pauvres, au grand mécontentement du curé. Pour les intimider, le prêtre rappelle à leur mémoire le souvenir d'un cher disparu.

Ti-Père, le fils de la sorcière, est là et marche entre les gens, tentant de vendre des allumettes, des jeux de cartes usagés et des onguents qui sentent le goudron. Il retourne souvent à sa charrette, au bord du chemin, pour aller chercher des bouteilles remplies de p'tit blanc que sa mère cache derrière elle sous une bâche. Le curé, qui s'est aperçu de leur manège, se dirige vers l'homme d'un pas rapide. Fâché, il le prend fermement par le bras. Les gens autour de lui le regardent. Le prêtre n'en a cure, car il se sent dans son droit.

– Suis-moi! dit-il en entraînant l'arriéré vers la voiture.

Ti-Père suit la robe noire sans rechigner. On leur ouvre même un chemin. La Thivierge, emmitouflée dans une vieille capote de laine verte, ne bouge pas et se prépare à subir la mauvaise humeur de l'homme de Dieu. Arrivé près de la charrette, le curé pousse le fils de la Thivierge dans la direction de cette dernière.

– Allez-vous-en ! ordonne-t-il sur un ton autoritaire.

Les mains sur les hanches pour montrer son impatience, il regarde la voiture s'éloigner sous les regards réprobateurs des gens autour de lui. Derrière, une calèche vient de s'arrêter. Le prêtre tourne la tête et reconnaît Caroline Brown, vêtue d'un tartan écossais. Sans se soucier de la présence du prêtre, elle se juche sur le siège de sa voiture pour parcourir la foule du regard. Le curé la dévisage, puis tourne les talons.

– Jacques, crie quelqu'un dans la foule, ta blonde te cherche !

Le garçon se tourne pour voir. Apercevant Caroline, il se faufile parmi les gens.

– J'ai l'impression que c'est une mauvaise nouvelle, dit Geneviève à François.

– Qu'est-ce qui te fait penser ça ? demande-t-il.

– Mon intuition.

Jacques a grimpé dans la voiture, content de voir sa blonde. Il lui prend la main, mais elle la retire aussitôt. Jacques a un pincement au cœur.

– Tu es belle dans ton nouveau manteau ! dit-il pour lui plaire. Le rouge te va bien.

– Merci, répond-elle froidement sans le regarder.

Le visage de la jeune femme est grave, mais son comportement trahit sa nervosité. Brusquement, elle fait claquer les guides sur la croupe du cheval, qui part en trombe. Du coup, Jacques s'inquiète.

– Qu'est-ce qui se passe ?

Des larmes coulent des yeux de son amoureuse. Se raidissant, elle fait siffler le fouet dans les airs. Le cheval allonge la foulée, puis file à toute allure. Ses sabots soulèvent la boue du chemin, qui les éclabousse. Soudain, la voiture bondit sur une pierre pour retomber durement dans un trou.

— Ralentis, s'écrie Jacques, tu vas nous faire renverser!

Caroline est debout et crie des encouragements à la bête pour la faire accélérer. La calèche est secouée en tous sens, cognant au fond des nids-de-poule, bondissant sur les bosses et planant sur les trous d'eau gelée.

— Arrête, tu vas nous tuer! hurle Jacques.

Soudain, Caroline tire sur les guides et immobilise la calèche en bordure d'un champ labouré. L'endroit est désert, à l'exception d'une biche et de son faon à l'orée de la forêt, qui les observent. La jeune femme reste debout en fixant la route en avant, le visage stoïque.

— Je suis enceinte! lâche-t-elle de but en blanc.

Un sourire se dessine sur le visage de Jacques.

— Je n'ai pas eu mes règles, ce mois-ci, continue-t-elle, et ma belle-mère s'en est aperçue.

— Marions-nous! propose Jacques en se levant à côté d'elle.

Caroline le regarde. Son visage exprime la douleur.

— Ma belle-mère menace d'en parler à mon père!

Elle se met à pleurer, le visage caché dans les mains.

— Elle est partie chez l'Indienne, ajoute-t-elle. C'est pour ça que j'ai pu me sauver pour venir te le dire.

— Qu'est-ce qu'elle est partie faire là-bas?

— Acheter une potion pour me faire avorter!

Jacques est atterré. Sa blonde sanglote.

— Elle ne peut pas faire ça, s'insurge-t-il, c'est notre enfant!

Il lui prend les mains pour la consoler. Les yeux noyés de larmes, elle se calme peu à peu. Ils s'assoient.

Puis, il pose la tête sur ses cuisses, et elle caresse machinalement les cheveux du jeune homme en regardant au loin, l'œil vague, l'esprit ailleurs. Lui aussi est songeur. Tout à coup, il place son oreille sur son ventre.

— Je l'entends bouger, dit-il.

— Nigaud, il est trop petit pour ça! dit-elle en s'esclaffant, triste et rieuse à la fois. C'est mon estomac qui gargouille.

Jacques se relève en prenant ses mains dans les siennes.

— Allons-nous-en loin d'ici, propose-t-il. Je trouverai du travail facilement, je suis forgeron.

— Je ne sais pas, répond-elle en soupirant. Je ne sais plus quoi faire, j'ai peur pour l'avenir! Je veux tellement que nous soyons heureux!

— Tu dois te décider tout de suite, sinon il sera trop tard, supplie-t-il.

— Ça va faire un scandale! Tout le monde va nous condamner…

— Ça ne me fait pas peur. Nous garderons notre enfant, il est à nous.

Il passe les bras autour d'elle. Son visage est près du sien, il la dévore des yeux, puis leurs lèvres se touchent. Ils s'embrassent violemment comme si c'était leur dernier baiser. Ils s'appuient ensuite le front l'un contre l'autre.

— Viens avec moi, dit-il d'une voix tendre.

— Je ne peux pas, répond-elle sèchement en relevant la tête.

Jacques est surpris.

— Pourquoi?

— Ma belle-mère a raison, pour une fois.

Jacques se raidit.

– Tu me fais peur !

– Ne t'inquiète pas, ça va bien aller, murmure-t-elle. Je connais deux femmes qui l'ont fait et il ne leur est rien arrivé.

– Voyons donc ! Ça ne veut pas dire qu'il ne t'arrivera rien !

– Ma décision est prise, tranche Caroline.

– Tu vas le regretter toute ta vie, ajoute Jacques, en désespoir de cause.

Caroline se montre froide, insensible à ses arguments. Jacques ne sait plus quoi dire et sent la colère monter en lui. Dépité, il saisit les guides.

– Hue ! crie-t-il à l'animal.

Il fait faire un demi-tour à la voiture. Quand ils repassent devant l'église, il y a encore foule, mais ses parents ne sont plus là et il continue son chemin jusqu'au Château.

– J'espère que tu vas changer d'idée, dit-il doucement devant la maison de pierres, l'âme angoissée.

Elle l'embrasse sur la joue.

– Je ne promets rien, répond-elle.

Le cœur lourd, il descend de voiture. Elle prend ensuite les guides et s'éloigne. Il la suit des yeux. Il voudrait lui crier son amour, combien il tient à elle, mais les mots restent dans sa gorge.

– Veux-tu bien me dire où tu étais ! s'écrie Geneviève en l'apercevant dans le vestibule. J'étais morte d'inquiétude ! Regarde ta canadienne, elle est pleine de boue !

Jacques est si désemparé que le reproche ne l'affecte même pas.

– Caroline avait envie de faire un tour, répond-il simplement.

Chapitre XXXIX

Depuis quatre jours, Jacques n'a pas eu de nouvelles de Caroline. Inquiet, il tourne en rond dans la forge, incapable de s'appliquer à son travail. Il regarde devant lui, l'air absent, pendant que son père lime l'intérieur d'une fixation métallique pour l'ajuster au mousquet. L'apprenti est plus loin, occupé à polir des baïonnettes.

– Qu'est-ce qui te tracasse, mon gars? demande François. Tu as l'air de te morfondre.

La voix de son père le fait sursauter.

– Caroline est malade, répond-il sur un ton maussade.

– J'espère que ce n'est pas grave.

– Non. Je vais aller prendre de ses nouvelles, ce soir.

– En attendant, tu devrais aller faire un tour avec ta mère et ta sœur. Ça te changerait les idées.

– Où ça?

– Au cimetière. C'est le premier novembre aujourd'hui, la Toussaint.

Jacques est ébranlé. L'association qu'il a involontairement établie avec la mort de Caroline lui fait craindre le pire. Il sort de la forge, anxieux. Sa mère, qui est dans le vestibule avec Madeleine, est surprise de le voir arriver.

– Je vais vous accompagner, dit Jacques.

– Tu n'as pas coutume de venir.

– Ça fait longtemps que je n'y suis pas allé.

– Tu as l'air songeur depuis quelques jours, hasarde Geneviève en cherchant son regard. J'espère que tu n'as pas fait de bêtise !

– Mais non ! proteste-t-il.

Madeleine dévisage son frère d'un air inquisiteur. Elle suit ensuite sa mère à l'extérieur.

– Mon Dieu qu'il fait beau ! s'exclame Geneviève. D'habitude, il pleut à la Toussaint.

– Il fait froid ! se plaint Madeleine. Ça me prendrait un manteau de fourrure comme le vôtre.

La mère fait ce pèlerinage depuis vingt ans en souvenir de son premier-né, un garçon, trouvé mort dans son berceau. Aujourd'hui, elle en profite pour entraîner ses enfants au calvaire et s'arrêter à chaque station du chemin de croix tout en égrenant son chapelet. « C'est pour ramener la paix dans la paroisse », dit-elle devant l'air ennuyé de sa fille. Jacques prie intérieurement pour Caroline.

Le souper se passe tranquillement. Soudain, François se souvient de quelque chose.

– Lord Durham est reparti pour l'Angleterre cet après-midi, dit-il.

– Déjà ! s'exclame la mère. Ça faisait à peine quelques mois qu'il était arrivé au pays.

– C'est mauvais signe qu'il parte à la Toussaint ! lance Rosalie, la servante.

Sa remarque jette un froid autour de la table.

— Est-ce que le colonel Grey est parti lui aussi ? demande Madeleine.

— Non, il est resté à Québec.

Geneviève est scandalisée par la question de sa cadette, car Grey est un homme marié. Elle se tourne vers elle, les yeux lourds de reproche. La jeune fille fixe son assiette pour ne pas l'affronter. Jacques semble indifférent. Depuis dimanche, il est plutôt silencieux, songeant uniquement à Caroline.

— Je suis surprise que les Ellice ne soient pas partis avec le gouverneur, dit Geneviève.

— Je les ai vus mardi, répond François. Ils revenaient de Québec. Ils ne sont pas partis avec Lord Durham parce qu'ils avaient des affaires personnelles à régler, qu'Edward m'a dit.

— S'ils traînent trop longtemps, intervient la bonne, ils vont être obligés de passer l'hiver ici. Mme Ellice n'aimera pas ça. En tout cas, les Brown doivent avoir hâte de retourner au manoir.

Jacques se met à rire nerveusement. Rosalie s'esclaffe à son tour. François est irrité des interventions constantes de la bonne.

— Tu ne devineras jamais qui va remplacer le gouverneur, dit-il à sa femme.

— Non, qui ? demande-t-elle machinalement.

— John Colborne.

— Encore lui ?

— Oui, madame !

— C'est qui ? s'informe Madeleine.

— C'est lui qui a brûlé le village de Saint-Charles-sur-Richelieu, l'année passée.

— Il a aussi incendié Saint-Denis-sur-Richelieu, Saint-Eustache et Saint-Benoît, ajoute Jacques sur un ton réprobateur. Il a été nommé lieutenant général, il n'y a pas longtemps.

Tout le monde le regarde, étonné.

— Tu as retrouvé ta langue, mon gars! nargue François.

Jacques ne répond pas. Le repas terminé, il se lève pour aller pendre un fanal sur le comptoir de cuisine.

— Où est-ce que tu vas? demande Geneviève.

— Chez Caroline. Je veux avoir de ses nouvelles.

— Ce n'est pas convenable d'aller chez elle à cette heure-ci.

— Je suis inquiet! insiste-t-il. Elle est malade.

— Qu'est-ce qu'elle a?

Dans un réflexe défensif, Jacques détourne la tête.

— Je ne le sais pas, répond-il.

— Passe par la rue Ellice, conseille François, tu risqueras moins de rencontrer des volontaires.

— Tu ne devrais pas le laisser sortir, reproche la mère, c'est trop dangereux!

À l'extérieur, le froid mordant surprend le jeune homme, mais le ciel étoilé et la lune le réconfortent. Il avance lentement au milieu de la rue. De chaque côté, l'éclairage intérieur des maisons révèle l'intimité des gens. Il ne peut résister à la tentation de regarder, même s'il se sent indiscret.

Chez les Brown, il cogne à la porte. Pas de réponse. Après une minute, il cogne de nouveau. La porte s'ouvre brusquement sur Anna Brown. Surprise d'apercevoir l'amant de sa belle-fille, la femme reste bouche bée, puis son visage se crispe de colère.

– *Go home!* jette-t-elle en claquant la porte.

Jacques est déçu, même s'il s'attendait à cet accueil. Il voulait seulement forcer la chance. Il descend l'escalier du balcon pour retourner chez lui, mais, soudain, il se dit que Caroline l'attend peut-être à la fenêtre de sa chambre. Il court aussitôt à l'arrière de la maison, mais n'aperçoit pas de lumière à la fenêtre. Il lance quelques cailloux pour attirer l'attention de sa bien-aimée. Cela ne fait que piquer la curiosité du voisin, qui apparaît subitement sur le seuil de sa porte, un gourdin à la main. Jacques ne bouge pas, invisible dans l'obscurité. Ne voyant rien, l'homme rentre chez lui en claquant la porte.

Jacques pousse un soupir. Il l'a échappé belle ! La lumière n'est toujours pas apparue à la fenêtre et il se demande où est Caroline. Il se dit qu'elle n'est plus dans la maison, qu'elle est peut-être partie se cacher dans sa parenté ou dans un couvent. Les pires suppositions lui viennent à l'esprit : elle est à l'hôpital ou encore morte, empoisonnée par la tisane du diable.

Jacques ne sait plus quoi penser. Il s'éloigne vers la rue Saint-Laurent, déserte à cette heure, pour chercher un endroit où cacher sa tristesse. Il bifurque vers l'habitation d'en face, qu'il longe en direction du fleuve. Sur la rive, le vent froid du large le fait frissonner et il se réfugie près d'une touffe de cèdres. Fatigué, il s'assoit par terre, sur une pierre, et regarde s'échouer les vagues que la lune teinte de bleu acier. L'humidité et le froid le transpercent et il se croise les bras sur la poitrine pour se réchauffer.

Une vision se forme dans son esprit. Caroline a un nourrisson dans les bras, leur enfant, un garçon peut-être. Il se sent fier. Il se voit dans leur nouvelle maison blanche, recouverte de larges planches en clin, lui travaillant dans la forge et elle s'occupant du jardin. Il a obtenu une terre par l'entremise de son beau-père.

Fort de cette idée, il se lève et se dirige d'un pas ferme vers la rue Saint-Laurent.

La plupart des maisons ne sont pas éclairées, les occupants étant déjà au lit. Quelques curieux ont le nez collé aux fenêtres, les mains placées en œillères pour mieux voir dans la rue noire. D'autres ont fermé leurs volets, qui laissent néanmoins filtrer un peu de lumière. Jacques se sent mal à l'aise, soudainement. Un sentiment d'insécurité le saisit aux tripes. Il scrute l'obscurité autour de lui, mais ne détecte rien de suspect. Il a pourtant l'impression d'être en danger et regrette de ne pas avoir pris la rue Ellice. Il passe devant l'auberge, dont toutes les fenêtres sont noires, même celle de la grande salle du rez-de-chaussée. Il se tourne pour regarder derrière lui. Tout est tranquille. Il soupire de soulagement en se disant qu'il s'est inquiété pour rien et continue sa route vers le Château.

Il se couche serein, plein d'espoir en un avenir meilleur. Durant la nuit, il fait pourtant un sinistre cauchemar : *Caroline est sur le quai et il entend sa voix au loin. Elle apparaît brusquement, enveloppée du brouillard matinal dont elle a émergé. Un pâle soleil éclaire la scène remplie des cris des pluviers qui courent sur la plage tranquille où viennent mourir de petites vagues. Elle a dénoué ses longs cheveux qui flottent dans l'air. Jacques s'approche d'elle et elle lui sourit, le visage resplendissant de bonheur. Son rire cristallin bondit sur l'eau comme un écho invitant. Elle tend les mains vers lui puis l'embrasse tendrement sur la bouche. Il tente de la prendre dans ses bras, mais elle se débat en criant et en le frappant avec ses poings. La brise légère se change subitement en vent violent, qui chasse les nuages de brume. Le soleil disparaît et l'obscurité envahit les lieux. De grosses vagues se mettent à déferler, balayant le débarcadère. Horrifié, Jacques constate que Caroline a disparu.*

Jacques se réveille en sursaut, haletant de frayeur. Il est assis dans son lit, le cœur battant. Il se lève pour aller au secours de Caroline, incapable de faire la différence entre le rêve et la réalité. Il s'empresse de s'habiller. Dans sa hâte, il s'empêtre dans son pantalon et tombe sur le plancher.

— Maudit bâtard! jure-t-il.

— Qu'est-ce qu'il y a? demande le petit Louis, que le bruit a réveillé.

Jacques ne répond pas. Il se rassoit sur son lit, se rendant compte que ce n'était qu'un mauvais rêve. Dans la chambre d'en bas, sa mère aussi s'est réveillée.

— Qui est-ce qui se passe, en haut? crie Geneviève.

— Rien, maman! répond Jacques. C'était juste un rêve.

Il se recouche, mais son cauchemar le poursuit. Il voit Caroline emportée par le fleuve, comme son cousin Jean. Il lutte pour chasser les images de son esprit, se répétant que ce n'est qu'un rêve et que Caroline n'est pas morte. Il s'endort enfin, après s'être juré de harceler les Brown jusqu'à ce qu'il voie Caroline. Il forcera leur porte, s'il le faut.

Chapitre XL

Le lendemain matin, son frère le dépasse en dévalant l'escalier.

— Il a neigé! s'écrie le gamin, fou de joie.

À l'extérieur, le jour semble s'être levé une heure plus tôt tellement il fait clair. Jacques a mal aux yeux, car il n'a presque pas dormi de la nuit. Le petit Louis s'empresse de déjeuner pour aller jouer dans la neige avant d'aller à l'école. Encore accablé par son rêve, Jacques se montre impatient.

— Il faut que je te parle, chuchote-t-il à Madeleine.

Surprise, sa sœur le regarde.

— Il faut que j'aille à l'écurie, ce matin, répond-elle. Je te ferai signe.

Un peu plus tard, à l'abri des regards, Jacques raconte son rêve à sa sœur. Sans s'en rendre compte, Madeleine a mis la main devant sa bouche, effrayée. Jacques craint le pire.

— Qu'est-ce que tu en penses? demande-t-il, anxieux.

Madeleine hésite. Elle ne sait pas quoi dire et ne veut pas effrayer inutilement son frère.

— Il a dû se passer quelque chose entre vous deux, dit-elle, la puce à l'oreille.

Jacques fait signe que non.

— J'ai l'impression que tu as peur de la perdre, ajoute-t-elle.

— Je te dis qu'il ne s'est rien passé! se défend violemment Jacques.

— Je suis sûre que tu caches quelque chose. En tout cas, tu peux toujours aller voir l'Indienne. Apparemment, elle est bien bonne pour interpréter les rêves.

— Elle en a déjà assez fait de même.

— Qu'est-ce que tu veux dire?

— Rien!

Madeleine soupire, déçue du manque de confiance de son frère.

— Si jamais tu veux te confier, dit-elle, je suis là.

— Je le sais. Merci!

Jacques est quand même réconforté par la présence de sa sœur.

Après le dîner, il s'empresse de retourner chez les Brown. Il a raconté à ses parents qu'il n'avait pas vu Caroline, la veille, parce qu'elle dormait. Il passe et repasse lentement devant la maison dans l'espoir de l'apercevoir, mais il n'obtient aucun signe d'elle. Tenace, il décide de se poster devant la résidence et d'attendre.

Il est planté là depuis une demi-heure quand la jeune femme apparaît à la fenêtre du bureau de son père. Elle a l'air tourmentée. On dirait qu'elle a pleuré. Jacques est bouleversé. Il saute le fossé et s'avance vers elle. Le rideau de la fenêtre se referme aussitôt, tiré par une main inconnue.

Jacques s'arrête, dépité. Après de longues minutes à observer la fenêtre, il comprend qu'elle ne se montrera pas. À regret, il quitte son poste et retourne chez lui, déterminé plus que jamais à la revoir. Son visage douloureux le hante.

Il se met au lit assez tôt, mais n'arrive pas à trouver le sommeil. Dehors, la pluie s'est mise à tomber. Au moment où l'horloge du salon sonne minuit, Jacques se lève sans faire de bruit pour ne pas réveiller son frère et descend l'escalier, qui craque sous ses pas. Dans le vestibule, il endosse une cape de toile cirée, cale sa tuque sur sa tête et sort dans le dessein de se rendre chez Caroline, persuadé qu'elle l'attend.

Il pleut à verse. La rue n'est qu'une masse de boue glaiseuse, noire et sale. Au coin, l'auberge est illuminée comme en plein jour. Les rideaux de la salle à manger sont fermés. Jacques se rappelle la réunion secrète des Chasseurs.

Intrigué, il s'approche et tente de voir à l'intérieur. Les rafales de pluie lui fouettent le visage et l'eau glacée dégouline dans son cou. Il est vite trempé et transi de froid. « Elle va comprendre », se dit-il en décidant de retourner chez lui.

Au matin, le soleil est de retour. Jacques avale rapidement son déjeuner, puis va cacher ses bottines mouillées dans l'écurie, craignant que sa mère ne les remarque dans le vestibule. Il rejoint ensuite son père à la forge. Il n'a qu'une seule idée en tête : renouveler son escapade de la veille. Il est nerveux et distrait, et le père, qui connaît bien son garçon, sait qu'il lui cache quelque chose, mais qu'il n'apprendra rien à le questionner.

Le soir arrivé, Jacques se glisse de nouveau hors de son lit. Alors qu'il descend les marches traîtresses, l'horloge se met à sonner. Il sursaute, s'arrête et tend l'oreille. Personne ne semble s'être réveillé. Les onze coups résonnent dans la maison. Tout est calme, et il continue à descendre l'escalier.

Dehors, le firmament est parsemé d'étoiles et la fumée des cheminées monte en ligne droite dans le ciel. Une croûte de boue gelée couvre la rue et rend la marche hasardeuse. Jacques opte pour la rue Ellice. Il n'a ni fanal ni mousquet et se laisse guider par la lumière céleste. Au chemin de la Beauce, il tourne à gauche pour se rendre chez les Brown. Il remarque aussitôt la lueur d'une chandelle à la fenêtre de la chambre de Caroline. Le cœur battant, il se met à courir, franchit le fossé d'un bond et va se placer sous la fenêtre, d'où il lance un caillou dans la vitre pour attirer son attention.

La fenêtre s'ouvre aussitôt et le visage de sa belle apparaît. Fou de joie, Jacques ne peut se retenir de sauter dans les airs. Elle lui impose le silence, un doigt sur la bouche, puis elle lance quelque chose à ses pieds. Jacques se penche pour ramasser l'objet, une pochette de lin blanc parfumée, nouée avec un ruban. Il tiraille le nœud, qui se défait enfin. Une missive pliée en quatre se trouve à l'intérieur. Soudain, un bruit de galopade se fait entendre et un cavalier passe à toute allure devant la maison. Des chiens se lancent à ses trousses en aboyant. Craignant que sa belle-mère se réveille, Caroline fait signe à Jacques de s'en aller.

– Va-t'en! lui enjoint-elle à voix basse.

– Je t'aime!

– Moi aussi!

Jacques voudrait lui parler, mais il se retient. Le cœur joyeux, il lui souffle un baiser.

De la lumière vient d'apparaître chez le voisin. Jacques prévient Caroline avant de se cacher sur le côté de la maison. Il entend alors le galop d'un cheval qui arrive de la rue Saint-Laurent, des chiens derrière lui. Il se dit que ça doit être le même cheval. Le cavalier s'arrête devant la maison des Brown. Jacques s'avance un peu, juste assez pour voir. L'homme est déjà devant la porte et se met à cogner. N'obtenant pas de réponse, il cogne encore plus fort. Après quelques minutes, la porte s'ouvre sur Lawrence Brown, un fanal au bout du bras. Ébloui, le visiteur se cache les yeux avec l'avant-bras.

– Que voulez-vous? demande rudement l'agent.

– Je me nomme Bean et je viens de Châteauguay. C'est John Ross qui m'a dit où vous habitiez.

– Entrez! dit sèchement l'autre, sur un ton grognon.

Bean passe le seuil et ferme la porte derrière lui. Mal ajusté, le loquet ne s'enclenche pas et la porte reste entrouverte. Jacques peut tout entendre.

– Qu'est-ce qui se passe? demande Brown.

– Les rebelles ont attaqué Châteauguay! répond l'homme, énervé. Ils ont envahi la résidence de mon maître et l'ont arrêté! J'ai réussi à me sauver et à me cacher dans l'écurie! Je suis venu vous avertir aussitôt que j'ai pu.

– *Goddamn!* jure Brown. Je dois aller avertir M. Ellice tout de suite.

– Je vais partir, dit Bean.

– Non, s'exclame Brown, j'ai besoin de votre cheval! Attendez-moi ici!

Toute la maisonnée est debout, probablement aussi chez les voisins dont toutes les lumières sont allumées. «Ils ne dorment jamais, ces gens-là!» se dit Jacques. Il quitte aussitôt sa cachette pour sauter le fossé et s'en aller vers la rue Ellice. Caroline n'est plus à la fenêtre malgré la lumière qui éclaire sa chambre.

Au coin de la rue Sainte-Catherine, il entend des voix en provenance de la rue Saint-Laurent. Une douzaine d'Anglais sont devant le magasin de John Ross, un mousquet à la main et une lanterne dans l'autre, et semblent agités. Des chiens rôdent autour d'eux. Comprenant tout à coup qu'il s'agit de volontaires, il se met à courir en direction du Château.

Chapitre xli

À peine Jacques est-il de retour dans sa chambre que des hurlements transpercent la nuit.

– Les Indiens, les Indiens! crie le petit Louis, apeuré.

L'enfant se cache sous sa couverture et continue à hurler.

– Maman, papa, j'ai peur!

Jacques aussi a eu peur. Le cœur lui débat.

– Calme-toi, dit-il pour le rassurer, il n'y a pas d'Indiens dans la maison.

En même temps, il cherche à tâtons des allumettes pour allumer une chandelle. À l'extérieur, les hurlements continuent. Son frère pleure à chaudes larmes. Il se remet à crier.

– Papa, maman, j'ai peur!

– Arrête, fulmine Jacques, j'essaie de faire de la lumière!

Le père arrive en courant, un fanal à la main. Madeleine et la servante sont sorties de leurs chambres, l'air effaré. Le petit Louis est déjà dans les bras de son père.

– Qu'est-ce que tu fais habillé? demande François à son aîné.

Sans attendre la réponse, il descend l'escalier pour rejoindre sa femme au rez-de-chaussée. Madeleine et la bonne le suivent. Tout à coup, une pétarade de coups de feu retentit à l'extérieur. Les hurlements continuent de plus belle. La mère a peur et allume des chandelles et des lanternes pour éclairer toutes les pièces de la maison. L'horloge sonne une heure du matin.

Jacques est demeuré dans sa chambre pour lire la lettre de Caroline. Il en respire le parfum. «Nous sommes en bonne santé et je suis heureuse! Tu dois l'être aussi en attendant.»

Jacques jubile, car sa blonde se porte bien et le bébé aussi. Il attendra donc le temps nécessaire pour la revoir. Cependant, il ne sait pas comment annoncer la nouvelle à ses parents, puis il se dit qu'il verra bien. Il prend la chandelle et descend. La bonne est dans le vestibule et s'apprête à ouvrir la porte. Dehors, les hurlements ont cessé.

— Je vais aller fermer les volets, dit Rosalie.

— Non, s'écrie Geneviève, c'est trop dangereux!

La servante n'en fait qu'à sa tête. Cinq minutes plus tard, elle revient dans la cuisine, énervée.

— Il y a beaucoup de monde rue Saint-Laurent! dit-elle. Il y a de la lumière partout!

Le père est intrigué. Il dépose le bambin par terre.

— Je vais aller voir ce qui se passe, annonce-t-il.

— N'y va pas, supplie la mère, j'ai un mauvais pressentiment! Ça doit être les rebelles! Reste avec moi, j'ai peur!

Il voit l'angoisse sur son visage, mais décide quand même d'y aller.

— J'y vais avec vous, papa, dit Jacques.

– Reste ici ! ordonne la mère d'un ton ferme.

Le père va dans sa chambre et endosse son parka brun.

– Vous oubliez le mousquet, papa ! prévient Jacques.

– Je te le laisse, répond le père.

– Bonne sainte Anne, protégez-nous ! gémit la bonne, les mains jointes.

Jacques s'empresse de barrer la porte après le départ de son père. Il barricade aussi celle de derrière et sort les munitions de l'armoire.

Pendant ce temps, François arrive rue Saint-Laurent, bondée d'hommes et de femmes qui crient.

– Vive la république !

– À bas l'Angleterre !

– Vive la liberté !

La rue est éclairée comme en plein jour et les gens dansent et chantent. Les ombres s'allongent sur les murs des maisons, avançant et tournoyant au gré des humeurs. Des fioles de p'tit blanc vont de main à main et on tire des coups de feu dans les airs. Certains courent de maison en maison pour inciter les occupants à se joindre à eux. C'est la fête.

Des hommes en parkas gris perquisitionnent les résidences des Anglais. Ils arrêtent les hommes et saisissent leurs armes. « Des Chasseurs ! » se dit François. Soudain, il aperçoit son frère à côté d'une charrette remplie de prisonniers. Pierre est surpris de le voir arriver.

– Qu'est-ce que tu fais ici ? demande ce dernier.

François est choqué. Il agrippe son frère par le devant du manteau.

– Retourne chez toi avant qu'il soit trop tard ! commande-t-il.

– Il est trop tard, la rébellion est commencée.

– Pense à tes enfants!

– C'est pour eux que je fais ça.

François ne répond pas et regarde son frère dans les yeux. Il le prend ensuite dans ses bras pour le serrer contre lui. Dans son cœur, c'est un adieu, une acceptation de quelque chose qu'il ne peut changer. Il se détourne ensuite et continue en avançant parmi les ombres mouvantes, ses sens aux aguets. Au coin de la rue Sainte-Catherine, des Chasseurs sortent du magasin de David Normand, les bras chargés de mousquets. Un autre transporte un baril de poudre. Ils traînent aussi le gros marchand derrière eux, les mains attachées dans le dos, jusqu'à une charrette où se trouvent déjà une quinzaine de prisonniers. Edward Ellice, le révérend Roach et des volontaires sont parmi eux. François a le réflexe d'intervenir.

– Qu'est-ce que vous faites là? lance-t-il comme un reproche aux Chasseurs.

Il s'approche d'Ellice pour détacher ses liens.

– Arrêtez-le! commande le chef des rebelles.

C'est un villageois que François connaît bien, mais la colère se lit dans ses yeux. François est vite maîtrisé, attaché et jeté dans la charrette avec les prisonniers. Edward Ellice, le révérend Roach, John Ross et Lawrence Brown sont attachés ensemble. David Normand, Ralph Blackwood ainsi que le majordome et le cocher de Brown forment un autre quatuor. Ce dernier, plus chanceux que les autres, est détaché afin de conduire la charrette. Finalement, on détache aussi Ellice pour l'asseoir à côté de lui. Une voiture vient d'arriver du manoir, c'est celle des Ellice. On y transfère des hommes.

Les deux voitures se mettent ensuite en marche. Un fermier de Sainte-Martine commande la troupe de quarante Chasseurs qui escortent les prisonniers. Il est deux heures du matin et il fait froid. L'humidité transperce les vêtements.

– Où est-ce qu'on va ? demande François à Brown.

– À Châteauguay.

L'homme tient son pouce replié dans la paume de sa main. Même dans l'obscurité, on peut voir le sang qui tache le bandage.

– Qu'est-ce qui est arrivé ?

– Les rebelles ont foncé sur le manoir en hurlant et en tirant à travers les fenêtres. J'ai reçu une balle. De vrais sauvages ! Nous avons été chanceux de ne pas être tués. Par contre, la femme de chambre a reçu des morceaux de vitre dans le visage. Elle est coupée au-dessus de l'œil.

– C'est incroyable !

– J'avais rassemblé une douzaine de volontaires pour défendre M. Ellice, mais les bandits étaient plus de deux cents à nous attaquer. C'était inutile d'essayer de résister.

– Vous avez bien fait. Avez-vous reconnu du monde ?

– Seulement le docteur Brien, répond Brown en resserrant son bandage sanguinolent. C'est lui qui commandait.

François ne semble pas surpris.

– Les autres venaient de Sainte-Martine, continue l'agent.

– Pourquoi est-ce qu'ils vous ont attaqué ?

– Ils cherchaient des mousquets et des canons.

– Ils pensaient qu'il y avait trois cents mousquets et trois canons dans la maison ! intervient John Ross, ironique.

– C'est complètement ridicule! réplique François. Ce n'est pas un dépôt de l'armée!

– J'ai ri d'eux, évidemment, répond Brown.

– Ils ont fouillé quand même, continue Ross. Puis, ils se sont mis à frapper M. Brown avec la crosse d'un fusil.

– Est-ce que vous êtes blessé? s'inquiète François.

– Ça va, répond Brown en hésitant. Heureusement que le docteur Brien était là pour me protéger. Quand il s'est interposé entre eux et moi, les autres n'ont pas aimé ça. Pendant un moment, je pensais qu'ils allaient le tuer devant moi. Ce qui m'a fait le plus souffrir, c'est de me faire enlever mon épée. Vous savez à quel point j'y tiens!

– Ils ont emporté toute la nourriture et la boisson du manoir, se plaint le majordome. Il ne reste plus rien. Je m'inquiète pour Mme Ellice! Elle est retenue prisonnière dans le grenier.

En entendant le nom de sa femme, Edward Ellice se tourne vers les hommes.

– Soyez tranquilles, rassure-t-il, ils n'oseront pas lui faire de mal. Ils le paieraient de leur vie. En passant, monsieur Pitre, merci de votre aide, tout à l'heure!

François regrette d'avoir agi sans trop réfléchir. Les prisonniers sont blottis les uns contre les autres et subissent le cahotement des voitures. Il fait noir comme en enfer. Le convoi s'approche de Maple Grove et s'arrête devant la résidence de Robert Norval. Des Chasseurs se dirigent aussitôt vers la maison et cognent fort à la porte. Une lumière apparaît à l'étage. La porte s'ouvre sur le comptable, l'épée à la main. Les rebelles s'emparent de lui pour le désarmer.

Sa femme, alertée par le bruit, crie son nom. On traîne Norval à l'extérieur et on le fait grimper dans la charrette, à côté de François. Il grelotte dans sa chemise de nuit et supplie qu'on lui donne un parka. Sa femme est dans l'embrasure de la porte et hurle des injures aux Chasseurs. Sur les instances d'Edward Ellice, deux rebelles retournent dans la maison pour aller chercher un manteau. Ils ramènent aussi des couvertures pour les prisonniers.

Le convoi reprend ensuite sa route. Un silence de mort règne sur le cortège. Quand il arrive à Châteauguay, les prisonniers tremblent de froid et claquent des dents. Ils sont contents de se retrouver à l'auberge, dans une chambre chauffée.

Chapitre XLII

Au Château, tout le monde est dans le salon à attendre le retour du père, visiblement inquiet. Jacques a posé le mousquet à côté de lui, sur le plancher. Il pense aussi à Caroline sans pouvoir s'imaginer ce qui se passe. La mère a les yeux hagards, persuadée que quelque chose est arrivé à son mari. Madeleine se tient auprès d'elle pour la soutenir. Personne ne peut dormir, à part le petit Louis qui s'est assoupi sur un sofa. La bonne a fait du thé et a sorti les biscuits à l'avoine. Il est une heure et demie du matin. La mère se lève et se met à marcher de long en large dans la maison, rongée d'inquiétude. « Ils me l'ont tué, j'en suis sûre ! » répète-t-elle sans cesse.

Pierre a assisté à l'arrestation de son frère sans intervenir. Pris de remords, il se décide enfin à prévenir sa belle-sœur, même s'il prévoit une réaction vive de sa part. Quand elle l'aperçoit dans l'encadrement de la porte, elle a peine à retenir ses émotions. Malgré tout, la présence de son beau-frère la rassure un peu. Il l'embrasse sur les deux joues.

— As-tu vu François ? demande aussitôt Geneviève, anxieuse.

— Oui, répond-il, le regard fuyant.

413

Elle exhale un long soupir, la main sur la poitrine pour calmer son cœur qui bat.

– Tu m'enlèves un gros poids! dit-elle.

Elle entraîne Pierre dans la cuisine, suivie de Jacques et de Madeleine. La servante est devant la cuisinière, à préparer du thé frais.

– Où est-ce qu'il est? s'informe-t-elle en s'assoyant à table.

Pierre reste debout, mal à l'aise. Il prend une grande inspiration.

– Il est en route pour Châteauguay, dit-il. Il a été arrêté pour avoir tenté de libérer les prisonniers.

– Quels prisonniers? demande vivement Jacques.

Sa mère a pâli. Pierre juge préférable de s'asseoir. Il raconte ensuite l'arrestation de François. Geneviève est en colère et considère son beau-frère avec un air de reproche.

– Je ne pouvais pas l'aider, ils auraient brûlé la ferme! se justifie Pierre.

– Quand est-ce que vous allez le lâcher? demande-t-elle durement.

– Je ne sais pas, dans quelques jours, je suppose. Après qu'on aura gagné la guerre.

– Vous ne réussirez jamais! rage Geneviève. Vous n'avez pas assez d'armes! Les Anglais vont vous massacrer!

Elle se met alors à pleurer.

– Tu vas peut-être mourir, toi aussi, grand nigaud! dit-elle à travers ses larmes.

Pierre se sent fautif et baisse les yeux. Puis il relève fièrement la tête, pour reprendre courage.

– Est-ce que M. Brown a été arrêté? demande intuitivement Jacques.

– Oui, répond l'oncle.

– Caroline ?

– Toutes les femmes ont été conduites au presbytère.

– Mme Ross aussi ? s'enquiert Geneviève.

– Non.

– J'espère qu'ils n'ont pas arrêté Richard ! lance-t-elle
sur un ton acide.

– Non. Tout le monde sait qu'il ne fait pas partie des
volontaires.

Un silence gêné s'installe autour de la table. Pierre
se sent de trop et se lève pour indiquer son intention de
partir. Il s'avance vers Geneviève et se penche pour l'embrasser, mais elle détourne la tête. Il se redresse, désolé.

– Aussitôt que j'aurai des nouvelles de François, dit-
il, je vous tiendrai au courant !

Il s'en va ensuite dans la nuit froide.

Chapitre XLIII

Trop inquiète, la mère amène le petit Louis avec elle dans son lit. Madeleine et la bonne montent à l'étage. Jacques prend la place de son petit frère sur le sofa, le mousquet à ses pieds. Il songe à sa blonde et se demande si elle dort, si elle pense à lui. Il sourit à l'idée que le curé doit être anéanti à l'idée de devoir héberger des protestants. Quand il pense à son père, il espère surtout que les Chasseurs ne seront pas brutaux avec lui. L'agitation au dehors l'empêche de trouver le sommeil. L'horloge sonne trois heures, puis quatre heures. N'en pouvant plus, il se lève, endosse son parka bleu marine et sort.

Dehors, le froid et l'humidité le saisissent de plein fouet. Il remonte vite son collet et referme l'encolure. La lueur d'un feu près du presbytère attire son attention. Il se dit que ça doit être les rebelles. Il choisit d'aller vers l'auberge, devant laquelle une foule bruyante est rassemblée. Les hommes, une tuque enfoncée sur les oreilles, sont emmitouflés dans leur parka gris. Les plus frileux ont relevé leur capuchon. Quelques-uns portent leur canardière ou le vieux mousquet français de leur ancêtre en bandoulière. La plupart des hommes ont seulement un long bâton au bout duquel sont fixés une faucille et un couteau passé à leur ceinture. Jacques en reconnaît plusieurs, même si la majorité vient des villages voisins. Ce sont surtout des cultivateurs et des ouvriers. Il estime leur nombre à cinq cents.

Soudain, un coup de feu retentit. C'est François-Xavier Prévost, l'aubergiste, qui veut attirer l'attention des hommes. Il a grimpé sur un banc devant la porte de son commerce. Toutes les têtes se tournent vers lui pour l'écouter. Chevalier de Lorimier se tient derrière l'hôtelier, dans un grand manteau bleu marine au large collet. Malgré l'obscurité, il porte des lunettes pour éviter d'être reconnu. Il se tient la cuisse droite, douloureuse depuis qu'il a reçu une balle au cours d'une échauffourée contre des volontaires, à Montréal, l'année dernière. Trois visages connus encadrent Prévost : Toussaint Rochon, François-Xavier Prieur et Louis Hainault. L'aubergiste harangue les hommes pour qu'ils s'emparent du *Henry Brougham* qui accostera dans quelques heures et qui transporte peut-être des armes. Des sceptiques bougonnent.

– De toute façon, s'écrie Prévost pour répondre à leur objection, c'est plein d'Anglais sur le bateau ! Il faut les arrêter !

Les Chasseurs se divisent en deux groupes. Les plus nombreux se dirigent vers la salle paroissiale, d'autres vers l'embarcadère. Jacques suit ces derniers jusqu'à l'écurie derrière l'auberge, où il s'arrête pour les observer de loin, adossé au mur de la bâtisse. Les rebelles continuent vers une pile de troncs d'arbres sur la rive, à l'entrée de l'appontement. Cachés derrière le monticule, ils attendent le vapeur qui arrive de la pointe des Cascades, sur la rive nord du fleuve, en provenance de l'Ontario.

Il est près de cinq heures. C'est l'aurore et le ciel commence à se dégager. Une brise glaciale chasse lentement l'humidité. Jacques ramène son capuchon sur sa tête et enfouit ses mains dans les poches de son manteau. Il pense à Caroline endormie au presbytère et aimerait être avec elle, au chaud, dans son lit.

Le navire accoste enfin dans la faible lueur du jour. À bord, tout semble tranquille. Des travailleurs s'affairent à attacher les amarres aux pilotis du débarcadère. Jim Brown est sur le pont et surveille les hommes. La manœuvre terminée, il commande de jeter la passerelle. Rochon et Prieur sortent subitement de leur cachette, suivis par cent cinquante Canadiens, et courent en direction du vapeur. Le jeune lieutenant Brown les regarde arriver sans comprendre. Les Chasseurs grimpent sur la passerelle, bondissent sur le pont et l'arrêtent. Ils envahissent ensuite les cabines et les salles du navire. Des cris de terreur fusent de partout. Jacques n'ose pas s'approcher. Les passagers sortent bientôt du navire, escortés par les Chasseurs qui les rassemblent sur le quai et les placent en file indienne. La colonne se dirige ensuite vers la côte Saint-Louis et monte jusqu'à la salle paroissiale transformée en prison provisoire. Fatigué, Jacques retourne chez lui.

Dans la maison, tout est tranquille. Sa mère s'est finalement endormie, épuisée par les émotions, le petit Louis serré contre elle. Jacques retourne donc se coucher dans le salon, où l'aube s'infiltre entre les lattes des volets des fenêtres. Il s'endort rapidement.

Les heures passent. Dans son sommeil, il entend des coups. Inconsciemment, il se retourne et se rendort. Les cris de détresse soudains de sa mère le font sursauter.

– François, François !

Hébété, le cœur battant, il se lève précipitamment et trébuche sur son mousquet. Il surgit dans la chambre de sa mère, qu'il trouve assise dans son lit, l'air affolé. Le petit Louis est à genoux à côté d'elle et lui caresse les cheveux. Elle a les yeux bouffis de fatigue et se met à pleurer en voyant son plus vieux.

– J'ai fait un cauchemar, dit-elle, la voix étranglée de larmes. J'ai rêvé que les Chasseurs venaient nous arrêter.

– Vous vous tourmentez pour rien, maman, ce serait déjà fait si c'était leur intention.

Les coups continuent à résonner à la porte, de plus en plus insistants.

– Je vais aller voir, dit Jacques.

Il va prendre son fusil dans le salon avant d'ouvrir la porte, l'arme pointée. Ébloui par le soleil, il grimace sans reconnaître Judith, qui recule, effrayée.

– Es-tu fou, s'écrie-t-elle, c'est moi, ta sœur !

De la main, Jacques se protège les yeux de la lumière.

– Je ne voyais rien, dit-il en abaissant son mousquet.

Les gestes de Judith trahissent sa nervosité.

– Ça t'en a pris, du temps, pour répondre à la porte ! fait-elle remarquer. J'étais morte d'inquiétude. Je pensais qu'ils vous avaient arrêtés.

Sans lui répondre, Jacques se pousse pour la laisser entrer.

Leur mère est dans la porte de la cuisine avec le reste de la maisonnée.

– Ma grande fille ! s'écrie-t-elle en se précipitant dans les bras de celle-ci.

— Vous êtes encore en chemise de nuit ? s'étonne Judith. Il est passé dix heures.

— Si tu savais ce qui nous arrive ! se lamente Geneviève. Ton père a été arrêté et ils l'ont amené à Châteauguay. Ton oncle Pierre est de connivence avec eux.

Judith veut se montrer forte devant elle.

— Allons nous asseoir, dit-elle calmement.

Elle entraîne sa mère dans la cuisine. Les autres s'assoient aussi autour de la table.

— Je vais faire du thé, dit la bonne.

Judith approche sa chaise de sa mère pour lui tenir la main.

— Savez-vous quand papa va être relâché ? demande-t-elle.

— Je ne le sais pas, répond Geneviève en essuyant ses larmes. Dieu sait quand nous le reverrons ! ajoute-t-elle sur un ton pessimiste.

— Richard m'a dit que l'armée va arriver bientôt, ça ne sera pas long.

— Que Dieu vous entende ! J'ai peur que les rebelles fassent mal à ton père.

— Il n'y a pas de raison, maman. Il n'a jamais fait de mal à personne.

— On ne sait jamais, ma fille. Il y a eu des mécontents au moment de la construction du moulin.

— Des mauvaises raisons, on peut toujours en trouver, maman.

— Je sais bien.

— Nous allons le revoir bientôt, j'en suis sûre.

Geneviève lève les yeux vers sa fille, l'espoir au cœur. Cette dernière l'embrasse sur le front.

— Quelqu'un a-t-il faim ? demande Rosalie.

– Moi! répondent les jeunes d'une seule voix.

– Je vais préparer à déjeuner.

Geneviève sourit. Elle sort un mouchoir de sa manche pour se sécher les yeux. Tout à coup, elle recule pour mieux voir le ventre légèrement arrondi de sa fille.

– Sais-tu que tu n'as pas changé, dit-elle. Ça ne paraît même pas que tu es enceinte. Trois mois déjà, ça passe vite.

Le visage de Judith s'éclaire d'un grand sourire.

– Au fait, comment va Richard? reprend Geneviève.

– Il travaille au magasin avec sa mère. Il n'a pas le droit de sortir du village.

– Au moins, il est avec toi.

– Mme Ross est venue se réfugier chez nous. Elle avait trop peur, seule dans son logis.

– Pauvre Elizabeth! Je la comprends.

L'horloge du salon se met à sonner.

– Onze heures! s'exclame Geneviève. Mon Dieu, je ne pensais pas qu'il était si tard. Avec toutes ces émotions, j'ai oublié qu'on était dimanche. La messe! On est en retard.

– Il n'y aura pas de messe aujourd'hui, intervient la bonne, j'en suis sûre. Le curé est trop occupé avec les prisonnières.

Rosalie se trompe. C'est mal connaître le prêtre que de croire qu'il laisserait passer une occasion de ramener les protestants dans le droit chemin.

– Je vais monter à Châteauguay, cet après-midi, pour essayer de trouver votre père, déclare tout à coup Geneviève.

– Ils ne vous laisseront jamais passer, prévient Judith, il y a des sentinelles partout.

– L'oncle Pierre pourrait nous aider, suggère Jacques.

– J'en doute, répond la mère. Peut-être M. le curé.

– Je vais y aller avec vous, propose Madeleine.

– Je préférerais que tu restes avec Rosalie et ton petit frère pour garder la maison, répond Geneviève.

Madeleine s'insurge.

– Je ne vois pas pourquoi!

– Bon, d'accord! cède la mère en soupirant.

– Je veux y aller, moi aussi! dit le petit Louis.

– Il n'en est pas question! répond Geneviève sur un ton catégorique.

Judith reste à déjeuner avec la famille, puis prend congé. Jacques va atteler Noiraud, et le trio part, laissant derrière lui le petit Louis, fâché qu'on le considère comme un bébé.

À l'auberge, il y a un va-et-vient de Chasseurs. Pierre n'est pas là. Dans la rue Saint-Laurent, Jacques s'informe auprès des rôdeurs qui affirment ne pas avoir vu Pierre. Tout le monde se surveille, et la prudence est de mise. Des Chasseurs, mousquet en bandoulière, patrouillent à cheval les rues du village. Ils ne connaissent pas l'oncle de Jacques.

– Ils ont l'air fiers! s'exclame Jacques.

Sa mère le regarde d'un air de reproche. Au coin de la rue Sainte-Catherine, ils croisent Désiré Bourbonnais sur sa monture. Le jeune homme les salue d'un signe de tête. Pris d'un soudain remords, il rebrousse chemin pour rattraper la voiture et fait signe à Jacques de s'arrêter.

– Bonjour, madame! dit-il à Geneviève. J'ai des nouvelles de votre mari. Je ne lui ai pas parlé personnellement, mais j'ai su qu'il était dans une auberge et qu'il allait bien.

Geneviève est rassurée. Elle se tourne vers Madeleine, ravie, puis elle regarde le forgeron pour connaître la suite. L'homme lorgne Madeleine, de trois ans sa cadette. Elle lui sourit, sous l'emprise de son air angélique.

— Qu'est-ce que vous savez de plus ? demande Geneviève, la main sur le cœur.

— Ils ne maigriront pas, en tout cas ! s'exclame Bourbonnais pour faire une blague. Ce sont les bonnes sœurs qui leur font à manger.

Geneviève sourit.

— Vous êtes gentil d'être venu me le dire, fait-elle.

Le cavalier salue de la tête et s'en va. La mère, folle de joie, étreint sa fille.

— Il est vivant ! s'exclame-t-elle.

Jacques envie Bourbonnais, à peine plus âgé que lui et libre de faire à sa tête. Lorsqu'ils arrivent à la hauteur du chemin de la Beauce, une charrette, de travers dans la rue, bloque le passage. Des Chasseurs montent la garde.

— Avez-vous un laissez-passer ? demande l'un d'eux d'un air fanfaron.

— Non, répond Jacques.

— Vous ne pouvez pas passer !

Geneviève fait signe à son fils de tourner en direction de la vieille ferme. Au coin de la rue Hannah, d'autres Chasseurs les empêchent d'aller plus loin. Ils tournent donc pour repasser devant le Château et le côté de l'auberge. Surpris de ne pas apercevoir le *Henry Brougham*, Jacques continue jusqu'à la pile de troncs d'arbres à l'entrée du quai. Les longs mâts aux perches supérieures chargées de voiles émergent de l'eau. Le bout de la cheminée dépasse à peine de la surface.

– Ils ont coulé le bateau! s'exclame Jacques, ébahi.

Impressionnée, Madeleine prend sa mère par le bras. La place est presque déserte, à l'exception de quelques enfants qui jouent sur l'appontement. Le rocher, plus loin, rappelle à Jacques sa belle Écossaise.

Sur les indications de sa mère, il fait claquer les rênes sur le dos de Noiraud et repart en direction du manoir. Des Chasseurs gardent la barrière d'entrée. Au fond de l'allée, d'autres rebelles entrent et sortent de la maison pendant que des ouvriers s'affairent à boucher les fenêtres avec des planches.

Un cavalier s'en vient au trot dans l'allée. C'est le docteur Henri Brien. Quand il arrive près de la calèche, il cravache son cheval et continue son chemin sans même regarder Madeleine, les traits crispés.

– On dirait qu'il se sauve! raille Jacques.

Sa sœur s'est raidie, offensée. Les larmes lui montent aux yeux. Pour la réconforter, la mère pose une main sur la sienne.

– Il avait l'air soucieux, dit-elle. Il ne s'est même pas aperçu de notre présence.

Une charrette avance lentement vers la barrière d'entrée, escortée par des Chasseurs à pied. Jane Ellice est assise à côté du conducteur, tandis que le curé Quintal marche derrière la voiture, dans la boue. Geneviève est estomaquée.

– Madame Ellice, crie-t-elle pour attirer son attention.

Elle descend aussitôt de voiture et, pataugeant dans la terre vaseuse, vient se placer devant la charrette. Le cheval s'arrête. La seigneuresse se lève pour la prévenir, mais un rebelle s'approche déjà de Geneviève. Il la prend par le bras.

– Ôtez-vous de là, madame! lui enjoint-il.

– Ne lui faites pas de mal! supplie Jane Ellice.

Jacques saute en bas de la calèche. Un Chasseur pointe son arme sur lui.

– Reste tranquille, mon garçon! prévient-il.

– Lâchez ma mère, bande de voyous! s'écrie Madeleine.

Le curé, qui arrive de l'arrière, s'empresse de ramener Geneviève vers sa voiture.

– Je vais monter avec vous, dit-il. Mme Ellice va être incarcérée au presbytère avec les autres prisonnières. Nous allons la suivre. Ne vous inquiétez pas, tout ira bien.

La charrette de la prisonnière reprend sa course. Au fond de la caisse, derrière Jane Ellice, sont éparpillés des toiles vierges sur cadre, une mallette, un chevalet et sa guitare, qu'elle a emportés.

– Comment se fait-il que vous marchiez au lieu de monter dans la voiture avec Mme Ellice? demande Geneviève au curé.

– Je ne voulais pas prendre parti pour un bord ou pour l'autre, répond-il.

– Ah bon! fait Geneviève, surprise par sa réponse.

– J'espère que Mme Ellice va me pardonner, dit le prêtre.

– Voyons donc! réplique Geneviève pour le consoler. Ce n'était pas votre rôle de vous battre avec les rebelles.

Le prêtre se met à rire nerveusement. Il prend ensuite les guides. Jacques les suit à pied à côté de la voiture. Le petit convoi passe devant le pont de la rivière Saint-Louis. «Encore des sentinelles!» se dit Jacques.

Les voitures grimpent ensuite la côte Saint-Louis. Jacques interroge le curé au sujet de Caroline, mais ce dernier répond avec réticence.

— J'aimerais que vous fassiez libérer mon mari, lâche Geneviève, tout à coup.

— Oublie ça, ma fille, c'est impossible, répond le prêtre. Les rebelles n'ont pas confiance en moi. Ils m'accusent d'être du bord des Anglais.

— Vous avez beaucoup de relations, pourtant.

— Je peux essayer d'avoir de ses nouvelles.

— C'est peu, répond Geneviève, déçue.

— Vous m'enverrez votre garçon. Il servira de messager.

Le camp des Chasseurs apparaît bientôt en haut de la côte, en face de la salle paroissiale.

— Mon Dieu, qu'il y a du monde! s'exclame Geneviève. On dirait une armée.

— Une bien petite armée, se moque le prêtre, quelques centaines de combattants au plus. Ils ne sont même pas assez nombreux pour former un régiment. Ils ont seulement quelques mousquets pour se défendre. Ils vont se faire descendre comme des lapins. Ensuite, leurs familles vont venir me voir en braillant.

— Mon beau-frère Pierre est parmi eux, déclare Geneviève d'une voix inquiète.

— Pardonnez-moi, dit le curé, je ne voulais pas vous effrayer. Mais ces gens-là ont le don de m'exaspérer.

— Arrêtons-nous ici! prie-t-elle, intimidée par l'imposante présence des rebelles.

— Ne vous inquiétez pas, ils ne vous feront pas de mal. Ils sont doux comme des agneaux.

Les Chasseurs entrent et sortent de la salle paroissiale. Un drapeau aux lignes horizontales verte, blanche et rouge, flotte à l'entrée. Des hommes font des exercices militaires dans le chemin, tandis que d'autres flânent nonchalamment autour. Jacques aperçoit Chevalier de Lorimier, Toussaint Rochon et Louis Hainault qui discutent ensemble. Il se tourne alors vers sa mère.

— Ce sont eux, les chefs! dit-il en pointant le doigt vers eux.

— Sois discret, mon garçon, avertit le curé, sinon tu vas le regretter. N'oublie pas qu'on est en guerre.

La calèche s'arrête au bord du fossé, derrière la charrette qui transporte Jane Ellice. La dame se tourne pour sourire à Geneviève. Jacques en profite pour la rejoindre.

— Je suis Jacques Pitre, dit-il.

— Je me souviens de vous, répond-elle d'un air condescendant.

— Aidez-moi, madame, je vous en prie!

— Pourquoi donc?

— Caroline Brown est retenue prisonnière dans le presbytère et je dois absolument lui parler.

Le curé vient d'arriver derrière Jacques, furieux. Il se retient de s'interposer pour ne pas envenimer la rancœur de la dame envers lui.

— Je ne savais pas qu'elle était ici, dit la seigneuresse, étonnée.

— Elle a été amenée chez moi à l'aube, intervient le prêtre. Elle est avec sa mère et sa sœur.

— *My God!* lance la dame. Aidez-moi à descendre.

Jacques lui tend le bras malgré l'air renfrogné du curé. La dame s'appuie sur lui pour ne pas trébucher et se dirige vers le presbytère. Le gros prêtre se met à courir pour les devancer et ouvrir la porte. Le voyant arriver, les sentinelles le font à sa place, pensant lui plaire. Dans le vestibule, il attrape Jacques par le bras.

– Reste ici! ordonne-t-il en passant devant lui.

Le jeune homme se sent injustement traité. Il a le front plissé comme celui de son père. Devant lui s'étire le couloir qui mène aux différentes pièces. Il y a un va-et-vient continuel de femmes et d'enfants, de quelques hommes aussi. Dans la chaleur excessive, les odeurs humaines se mêlent à celles de la nourriture. «Ça manque d'air», pense-t-il. On entend des cris, des gémissements, des pleurs, des discussions et parfois des rires. Jacques se sent étranger dans ce refuge surpeuplé où tout le monde parle anglais. Il songe à s'en aller, mais son cœur lui dicte de rester.

Soudain, Caroline apparaît au bout du corridor, en compagnie de la seigneuresse. Jacques est ému et bredouille le nom de son amante, craignant que la vision ne s'évanouisse comme dans son rêve. Elle fait un pas vers lui, le visage épanoui, et il s'avance à sa rencontre, les bras tendus. Elle se met à marcher plus vite.

Ils se tiennent enlacés. Jacques a le visage enfoui dans les cheveux de sa belle. Ils ne bougent pas et ne disent rien, savourant l'étreinte trop longtemps attendue. Puis, ils redressent la tête et se regardent, les yeux dans les yeux. Leurs nez se touchent presque. Du bout du doigt, Jacques chasse les larmes qui coulent sur les joues de sa blonde.

– *I love you!* dit-elle.

– Je t'aimerai toujours! répond-il.

Il l'embrasse sur les lèvres, et elle résiste par pudeur. Des curieux sont dans le couloir et les regardent. Il lui prend la main.

– Comment vas-tu ? demande-t-il.

Elle dirige sa main sur son ventre à peine arrondi.

– Je vais très bien, chuchote-t-elle en souriant.

Jacques sourit. Sans qu'il s'y attende, son trop-plein d'angoisse et d'inquiétude déborde. Caroline le prend dans ses bras pour le consoler. Il est niché dans le creux de son épaule. Quand il redresse la tête, il a déjà oublié ses soucis. Elle se met à rire, contente de le retrouver. Les indiscrets dans le corridor se mettent à rire, Jane Ellice aussi. La dame chasse ensuite les badauds et disparaît dans sa chambre. Soudain, la porte du presbytère s'ouvre.

– Qu'est-ce que tu fais ? demande Geneviève à son fils, sur un ton de reproche. On t'attend dehors.

– Caroline ! s'exclame Madeleine en apercevant son amie.

Elle se jette aussitôt dans les bras de son amie.

– Mon fils m'a dit que vous étiez malade ? demande Geneviève pour être polie.

– Je suis enceinte, madame, répond Caroline sans détour.

Geneviève est estomaquée. Elle reste la bouche ouverte pendant quelques secondes et prend le bras de sa fille pour s'appuyer. Madeleine dévisage son amie avec des yeux hébétés. Jacques est surpris par l'audace de sa blonde. Il se sent gêné. Caroline lui prend la main pour le rassurer.

– Êtes-vous certaine ? balbutie Geneviève.

– Oui.

– Est-ce que votre belle-mère est au courant ?

– Oui. Mon père aussi.

– Nous allons nous marier, ajoute Jacques.

La mère se tourne vers lui sans rien dire, le regard rempli de ressentiment. La perspective d'être apparentée à Lawrence Brown la révolte. Elle ne peut en tolérer l'idée et se tourne brusquement vers la porte.

– Allons-nous-en! commande-t-elle à Madeleine.

Caroline est déçue, même si elle s'y attendait. Jacques est embarrassé.

– Il fallait que je le lui dise, s'excuse Caroline. Je ne voulais pas qu'elle l'apprenne par quelqu'un d'autre.

– Tu as bien fait, dit-il après une hésitation. Tout va s'arranger quand mon père va revenir. Ton père va sûrement lui en parler, de toute façon.

L'apparition de Mme Brown au bout du corridor bouscule les amoureux.

– Caroline, viens m'aider! lance-t-elle rudement.

Jacques regarde vers sa blonde.

– Je vais revenir te voir tous les jours, promet-il.

– *I love you!* chuchote-t-elle.

Il lui prend la main pour y déposer un baiser.

– *Hurry up!* s'écrie la belle-mère.

À l'extérieur, c'est déjà la brunante. Les sentinelles ont allumé un feu de camp. Un canon en bois, placé en bordure du chemin, pointe vers le bas de la côte. Il est fabriqué de couches de planches épaisses, retenues par des cerceaux d'acier. « Il doit mesurer cinq pieds de long », se dit Jacques, qui n'en a jamais vu auparavant.

Sa mère et sa sœur sont parties avec la calèche. Il retourne donc chez lui à pied, inquiet de l'accueil qu'on lui réserve. Il est surpris par le silence de sa mère, elle ne semble plus lui en vouloir. Elle lui montre même du respect, ce qu'il n'a pas ressenti depuis longtemps de sa part.

Madeleine ne cesse de le regarder et Rosalie lui sert à souper avec une crainte mêlée de déférence.

La soirée n'en finit plus. Installés au salon, on se regarde, les yeux pleins d'incertitude. La mère, silencieuse, s'affaire à rapiécer des mitaines percées. Jacques joue aux cartes avec son petit frère. Sa sœur joue des complaintes sur sa guitare. La servante chantonne.

– Je ne veux pas que tu retournes à la forge tant que ton père ne sera pas revenu, ordonne soudain Geneviève à son fils. Je ne veux pas attirer les rebelles.

– Ne vous inquiétez pas, maman, répond Jacques, les dernières caisses d'armes sont parties la semaine passée. Il ne reste plus rien.

– Tant mieux, fait sèchement la mère. En attendant, je ne veux pas te voir traîner dans le village. Tu nettoieras l'écurie pour te tenir occupé. Tu finiras aussi de couper le bois pour l'hiver. Louis va t'aider à le corder.

CHAPITRE XLIV

Le lendemain matin, au presbytère, Caroline se lève tôt, fourbue. C'est la deuxième nuit qu'elle passe sur une paillasse, tout habillée, entre la bonne du curé et celle de Jane Ellice. La servante de la seigneuresse souffre le martyre avec son œil tailladé qu'elle a bandé du mieux qu'elle peut. Elle n'a pas dormi depuis qu'elle est arrivée, gémissant tout le temps. Mme Norval et ses enfants couchent aussi sur le plancher, tandis que la petite Caldwell est allongée entre sa mère et Mme Roach, dans l'autre lit.

Dans une deuxième chambre se trouvent le notaire Leblanc, le voisin Gauthier et plusieurs autres Canadiens loyaux à la couronne. Mmes Normand et Blackwood occupent la troisième chambre avec d'autres Anglaises. Le curé Quintal est seul dans la sienne et refuse de la partager avec quiconque.

Les nuits sont pénibles, entrecoupées de chuchotements, de toux, de rots, de ronflements, de pleurs, de cris soudains et de prières murmurées trop haut. Les corps sales, enveloppés dans des couvertures de laine, commencent à dégager des odeurs nauséabondes.

Dans le salon, deux gardes passent, à tour de rôle, les nuits confortablement allongés sur le sofa. Cette pièce sert aussi de salle à manger supplémentaire, car la vraie ne peut accueillir les quarante-deux prisonniers en même temps.

Aussitôt levée, Mme Brown a rajusté sa coiffure avec ses mains. Elle a aussi ajusté sa blouse et sa jupe. Laissant Caroline avec la seigneuresse, elle demande à la servante du curé et aux dames Normand et Blackwood de la suivre à la cuisine, où elles préparent le déjeuner pour tout le monde : du gruau bouilli, des toasts et des confitures, sans oublier le thé. Le curé préfère ne pas s'en mêler et attendre que tout soit prêt, ce à quoi il est habitué, de toute façon.

Caroline trouve l'avant-midi interminable dans cette promiscuité forcée. Pour passer le temps, elle regarde par la fenêtre. Elle aimerait se promener dans le jardin, mais les gardes obligent les prisonniers à rester à l'intérieur. Elle bavarde donc avec Jane Ellice, inquiète pour son mari.

– J'espère qu'ils ne lui feront pas de mal, confie cette dernière en versant une larme.

Le curé Quintal est parti à l'église dire la messe. Mme Roach fait le tour des chambres pour consoler les ouailles de son mari, qui sont aussi les siennes par défaut.

L'Indienne et son fils viennent d'arriver. La femme de chambre de la seigneuresse est assise sur le lit de Mme Brown, la main sur son œil blessé pour en calmer la douleur. La guérisseuse tire doucement sur le pansement noirci de sang séché qui adhère à la peau. La pauvre blessée serre la main de Caroline pour se donner du courage. Quand Marie ouvre la plaie pour extraire les éclats de verre incrustés dans la chair, la blessée se met à gémir. Tout à coup, elle blêmit et tombe évanouie sur le lit. L'Indienne en profite pour enlever les éclats qui restent. Elle lui applique ensuite de l'onguent et fait un nouveau pansement. Lorsque la servante revient à elle, l'Indienne lui fait boire une tisane contre le mal de tête et une autre pour dormir.

Jane Ellice a posé son papier sur une table, et Caroline la fournit en peinture. Lentement, sous son pinceau, apparaissent des silhouettes de révolutionnaires armés de mousquets, de longs couteaux et de faucilles emmanchées sur de longs bâtons. Ils sont jeunes ou vieux avec des visages exaltés ou tourmentés. Qu'ils soient féroces ou tendres, leurs capotes grises et leurs tuques bleues les unissent dans un seul but : l'indépendance.

Soudain, la rumeur se répand que la grand-mère Masson est morte. On en parle surtout dans la chambre de Caroline.

— C'est Eustache Masson et son fils qui l'ont fait mourir avec leur histoire de rébellion ! accuse la servante du curé.

Caroline a le nez collé à la fenêtre.

— Regardez ! s'écrie-t-elle.

Deux compagnies de Chasseurs sont rassemblées dans le chemin, deux cents hommes en tout.

— Ils sont de Sainte-Martine, annonce la bonne du curé, qui connaît bien la clientèle du prêtre. L'homme en avant, c'est James Perrigo, leur commandant. Je ne comprends pas qu'il soit là, il est franc-maçon.

L'officier a le visage allongé et mince, sans aucune ride malgré ses cinquante ans. Il cache sa calvitie en ramenant sa couronne de cheveux sur le dessus de son crâne. Il harangue ses hommes en faisant de grands gestes. Des charrettes chargées de provisions arrivent. Aussitôt, Perrigo fait un signe et le convoi se met en marche en direction de Sainte-Martine.

– On dirait qu'ils retournent chez eux, dit la servante.

– Ça me surprendrait, réplique Jane Ellice. Ils vont plutôt prendre position.

D'autres capotes grises les remplacent aussitôt. On en compte cent cinquante.

– Ceux-là sont de Saint-Timothée, fait savoir encore la ménagère.

– Ils font pitié! raille la seigneuresse. Les volontaires sont mieux armés qu'eux!

On est tous d'accord sur ce point. En silence, on suit des yeux la colonne qui descend la côte et emprunte ensuite le pont pour se diriger vers la pointe du Buisson.

Après le dîner, Jacques se présente au presbytère pour essayer d'avoir des nouvelles de son père. Son oncle est en faction devant la porte, avec Joseph Daigneault et Geoffroy Hébert.

– Comment va ta mère? demande Pierre.

– Elle s'inquiète pour papa.

– Je n'ai pas de nouvelles de lui. Désolé!

– Viens-tu te joindre à nous, le jeune? demande l'exubérant Daigneault.

Jacques n'aime pas se faire narguer.

– Vous n'auriez pas dû arrêter mon père, rétorque-t-il.

À côté d'eux, devant la salle paroissiale, un feu brûle jour et nuit. C'est le quartier général des Chasseurs. André Montigny et Charles Roy montent la garde devant la bâtisse. Leur chef, Toussaint Rochon, discute avec le notaire Louis Hainault, à l'extérieur.

À ce moment-là, un convoi de Chasseurs arrive en face de l'église. Ils escortent trois charrettes chargées d'une vingtaine d'hommes, de femmes et d'enfants enveloppés dans des couvertures. Rochon se précipite à leur rencontre. Le curé sort en hâte du presbytère pour aller les rejoindre. Jacques reconnaît Jim Brown.

– Ce sont les prisonniers du vapeur! s'exclame-t-il, étonné. Pourquoi les ramener ici?

– Il ne devait pas y avoir assez de place à Châteauguay, répond Pierre.

– Je me demande où ils vont les mettre, fait Daigneault.

Un à un, les prisonniers sont libérés de leurs liens et dirigés vers la salle paroissiale. Le curé les accompagne.

– Monsieur le curé! appelle Jacques.

– Je n'ai pas le temps, mon garçon, je suis trop occupé. Viens me voir demain.

Jim Brown passe alors devant lui, l'air effaré, et le regarde. Bouleversé, Jacques s'avance. Son oncle l'attrape aussitôt par le collet.

– Ne recommence jamais ça! avertit ce dernier. Il y a assez de ton père qui est en prison!

– C'était plus fort que moi! répond le neveu, désolé.

– Pense à ta famille. Ton père n'est plus là pour veiller sur elle.

Jacques, la main de Pierre posée sur son épaule, regarde Jim Brown se diriger vers le presbytère.

– Tes parents sont chanceux de t'avoir, dit-il pour l'encourager. T'as du cœur.

Jacques esquisse un sourire.

– Je veux aller voir Caroline, demande-t-il. Je lui ai promis de venir la voir tous les jours.

– Je vais aller lui dire que tu es ici. Tu devras attendre dans le vestibule, car je dois demander au curé, avant.

Jacques suit son oncle à l'intérieur du presbytère. Il y a beaucoup de bruit, surtout en provenance de la cuisine. Des gens vont et viennent d'une pièce à l'autre. Pierre arrive avec «la belle fille», comme il l'appelle.

– Dix minutes, dit-il, c'est le règlement!

Dans le brouhaha et le va-et-vient de la prison, les amoureux se tiennent la main, sans oser s'embrasser. Caroline est réconfortée de voir Jacques, qui se sent tout miel et la dévore des yeux. Rassurés, ils échangent des nouvelles. Elle parle beaucoup de Jane Ellice, qui l'a prise en affection. Les dix minutes vite passées, les amants se séparent à regret.

Chapitre XLV

Durant la nuit, des nuages gris se sont accumulés au-dessus de la région. Au matin, l'orage éclate, et le tonnerre secoue le Château. Jacques en profite pour dormir plus tard. Il nettoie ensuite l'écurie pour passer le temps.

Après le dîner, il sort pour aller aux nouvelles. La côte Saint-Louis est boueuse et l'eau coule dans les fossés, tel un torrent. Tout est sombre et triste. « Un vrai temps des morts », se dit-il.

L'oncle est fidèle à son poste.

— Je n'ai rien entendu de nouveau sur ton père, dit-il en ouvrant la porte du presbytère à Jacques.

La chambre du curé est au fond du couloir, à droite, et celle de Caroline juste en face. La porte entrouverte laisse échapper un filet de lumière dans le corridor sombre. Il s'approche pour mieux voir. Sa blonde est assise sur le lit de Jane Ellice et joue aux cartes avec elle. L'envie de l'appeler le démange, mais il n'ose pas, car le prêtre lui a défendu de la rencontrer sans sa permission. Tout à coup, elle tourne la tête vers lui. Il recule, craignant d'être aperçu. Le dos collé au mur, il ne bouge pas, confus, n'écoutant que les battements rapides de son cœur. Des gens dans le corridor le regardent. Résigné, il lâche un grand soupir avant de cogner à la porte du curé.

L'homme ouvre presque aussitôt, tout sourire.

— J'ai de bonnes nouvelles pour toi, dit-il, entre!

Jacques pénètre dans l'intimité de Dieu. Il est surpris par l'austérité des lieux: un lit simple, un fauteuil, un bureau de chêne et quelques chaises. Il y a aussi un prie-Dieu sous une croix accrochée au mur. Le prêtre se rend à son bureau.

— Ce matin, Mme Ellice a reçu une lettre de son mari, annonce-t-il. Il a écrit que les prisonniers sont en bonne santé et qu'ils trouvent le temps long. Ils ne manquent de rien et espèrent revoir leurs familles bientôt.

Jacques fronce les sourcils.

— Est-ce tout? demande-t-il.

— Évidemment, qu'est-ce que tu espérais?

— Je ne sais pas, répond Jacques en haussant les épaules.

Il aurait aimé obtenir plus de détails, mais le gros curé marche déjà vers la porte.

— N'oublie pas de le dire à ta mère, recommande le prêtre en tournant la poignée, c'est important.

Jacques ne bouge pas, car il veut lui demander l'autorisation de parler à Caroline. Las d'attendre, le curé lâche la poignée.

— Qu'est-ce que tu attends? fait-il, grognon.

— J'aimerais voir Caroline, répond l'amoureux.

Devant son regard insistant, le visage du curé se contracte d'exaspération. De la main, il désigne une chaise derrière Jacques.

— Assieds-toi! ordonne-t-il.

Il se dirige ensuite derrière son bureau. Il se tient debout, le corps incliné en avant, les mains appuyées sur le meuble. Il pousse alors un grand soupir.

— Tu t'en vas directement en enfer, jeune homme, le sais-tu ?

Jacques est stupéfait. Il se sent rapetisser sur sa chaise, prêt à assumer la faute mortelle. Il penche la tête.

— Tu n'as pas le droit de fréquenter une protestante, tonne l'homme de Dieu, c'est défendu par l'Église !

Jacques soupire de soulagement, car il s'attendait à pire. Il croyait que le curé savait que Caroline était enceinte. Il se redresse sur son siège, sûr de lui.

— Elle croit en Dieu, elle aussi, réplique-t-il. Il n'y a pas de différence avec moi.

— Il y en a beaucoup ! fulmine le prêtre. Premièrement, les protestants ne croient pas au pape ni à la Sainte Vierge.

Brusquement, dans un geste d'impatience, il se redresse.

— Ça ne me tente pas de te donner un cours de religion, aujourd'hui !

Il s'assoit dans son fauteuil. Jacques ne dit rien. Le curé, lisant l'entêtement sur le visage de Jacques, décide de changer de tactique.

— Elle est trop vieille pour toi, dit-il sur un ton plus doux.

— Qu'est-ce que ça peut bien faire ?

— Tu vas succomber au péché de la chair, réplique l'autre, d'un air dégoûté.

— C'est déjà fait, nargue le jeune amoureux.

L'homme de Dieu est estomaqué.

— Quoi ?

Jacques se sent mal pris. Les mots lui ont échappé.

– Parle! hurle le prêtre.

Jacques hésite. Puis, il se lève de sa chaise, prêt à foncer.

– Caroline est enceinte, lâche-t-il.

La réponse frappe le curé en plein cœur. Il est atterré.

– Bonne Sainte Vierge! lance-t-il en joignant les mains.

Impassible, Jacques attend la suite. Le prêtre se lève brusquement et va s'agenouiller sur le prie-Dieu. Il récite un *Pater Noster* à haute voix, comme s'il était seul dans la pièce.

– Va-t'en! somme-t-il sans se retourner.

Jacques obtempère. Des curieux qui s'étaient massés derrière la porte pour écouter reculent pour le laisser passer. La porte de la chambre de Caroline est fermée. Les indiscrets le suivent effrontément des yeux jusque dans le vestibule. Toussaint Rochon entre à ce moment-là.

Caroline a raté la venue de son amant qui est parti dans la bourrasque. Le commandant des Chasseurs est maintenant sur le seuil de sa porte et tout le monde le regarde, à l'exception de Jane Ellice.

– Nous manquons de viande pour les prisonniers et de lait pour les enfants, dit l'homme d'une voix ferme.

La seigneuresse jette aussitôt ses cartes sur le lit, fâchée.

– Alors? dit-elle en se tournant vers lui. Qu'est-ce que vous voulez que j'y fasse?

– Les réserves de farine du moulin et du manoir sont épuisées, madame, continue calmement le rebelle. J'ai préparé une lettre nous autorisant à traire vos vaches et à abattre des animaux de votre cheptel pour la boucherie.

La jeune aristocrate ne répond pas et continue à le regarder d'un air hautain. Rochon ne s'en préoccupe pas et sort le document de la poche de son parka.

– Voici la lettre, madame, dit-il.

Elle prend le document en le foudroyant du regard.

– Cette lettre est ridicule! s'emporte-t-elle. Vous vous êtes approprié tous mes biens et vous venez ensuite m'en demander la permission.

– Nous ne sommes pas des sauvages, madame.

– Je crois plutôt que vous assurez vos arrières en cas de défaite.

– Vous ne laisserez pas vos compatriotes mourir de faim, madame.

– Qui va protéger mes intérêts?

– C'est déjà fait, madame, assure le charron en la regardant droit dans les yeux. J'ai placé des gardes sur votre ferme depuis le début. Tout est en bon état.

– Donnez-moi une plume! répond-elle sèchement après une légère hésitation.

Dehors, quelques Chasseurs bravent les éléments, le capuchon de leur parka relevé, presque invisibles dans la poudrerie. Caroline se met à rêver que des bateaux s'approchent peut-être du quai pour venir les libérer, mais de violents coups de vent anéantissent ses espoirs. Résignée, elle se dit qu'il fait beaucoup trop mauvais pour se risquer sur le fleuve. Depuis le dîner, la petite Caldwell la harcèle pour jouer avec elle, mais elle n'a pas le cœur à ça. C'est la bonne de Mme Ellice qui s'en occupe, malgré son œil bandé, car la mère de la petite consacre ses journées dans la cuisine à préparer les repas. Mme Norval,

qui passe son temps libre avec Mme Roach, laisse ses enfants rôder partout. Ce soir, Jane Ellice jouera de la guitare et chantera pour divertir les prisonniers.

Chapitre xlvi

Caroline a passé une meilleure nuit, s'adaptant peu à peu à la promiscuité. À son réveil, la chambre est illuminée d'une clarté inhabituelle. Intriguée, elle se lève pour aller voir à la fenêtre. Un soleil orange naît à l'est. La tempête de neige est terminée.

– C'est blanc partout! s'exclame-t-elle, les yeux encore lourds de sommeil.

– Je vais en profiter pour peindre, répond Jane Ellice, assise sur son lit.

Les deux femmes passent l'avant-midi devant l'aquarelle d'un groupe de Chasseurs armés, que la seigneuresse a commencé à peindre quand elle était retenue prisonnière au manoir. Vers onze heures, elles aperçoivent Rochon, de Lorimier et Hainault au bord du chemin.

– Je me demande ce qui se passe, dit Caroline.

La seigneuresse, qui a un tempérament optimiste, tente de la réconforter.

– Nos troupes doivent se rapprocher! dit-elle d'une voix forte afin que tout le monde l'entende.

Peu de temps après, la dame aperçoit les rebelles de Saint-Timothée qui remontent la côte Saint-Louis, François-Xavier Prieur à leur tête.

– Ils ont abandonné leur position à la pointe du Buisson, commente-t-elle. C'est de bon augure pour nous.

Caroline ne sait quoi répondre et se contente de regarder la manœuvre militaire. Elle vit dans l'anxiété depuis ces rumeurs au sujet du mouvement des troupes britanniques, qu'elle craint beaucoup plus que les Chasseurs. Ces derniers, elle les connaît bien, vivant parmi eux depuis qu'elle est petite. Jane Ellice, qui n'est pas de son avis, vante plutôt les mérites du général John Colborne.

– Il s'est acquis une réputation à toute épreuve dans la bataille contre Napoléon Bonaparte, à Waterloo, assure-t-elle.

En début d'après-midi, une centaine d'insurgés de Beauharnois se joignent, dans le chemin, aux cent cinquante hommes de Saint-Timothée pour former une colonne. Un cortège de charrettes chargées de provisions, de tentes, de couvertures de laine et de munitions suit, en direction de Sainte-Martine.

– Le jour de la libération approche, prédit Jane Ellice. Il reste à peine cent rebelles dans le village. La partie va être facile pour nos soldats.

– Ne me dites pas que vous les avez comptés, Madame! s'étonne sa femme de chambre.

– Pourquoi pas? Ça peut servir, on ne sait jamais.

Jacques arrive au presbytère à ce moment-là. Caroline, qui l'a aperçu par la fenêtre, le salue de la main. Son oncle et ses deux compagnons montent toujours la garde devant la porte.

– Où est-ce qu'ils vont? demande Jacques en indiquant la colonne.

– À Sainte-Martine, répond Pierre. Il y a trois cents volontaires et une cinquantaine d'Iroquois assemblés dans une auberge, là-bas, prêts à nous attaquer!

Soudain, des coups de feu retentissent en provenance du quai. Les hommes se tournent vers le fleuve. Quelques canots remontent le courant, au-delà de l'embarcadère.

– Encore des Indiens! peste Joseph Daigneault.

– Ils passent souvent afin de nous espionner, précise Hébert. On est obligés de tirer dessus pour les éloigner.

Jacques est impressionné, mais il ne veut pas le montrer. Il s'adresse à son oncle.

– Avez-vous des nouvelles de papa?

– Non. Le curé m'a dit qu'il n'en avait pas non plus.

– Je reviendrai demain, dans ce cas-là.

– Je parie que tu veux voir ta blonde, dit Pierre pour le taquiner.

Daigneault et Hébert se mettent à rire.

– Viens! fait l'oncle tout en passant un bras sur les épaules de son neveu pour lui montrer son affection.

En fin de soirée, la pluie se met à tomber. Au matin, il pleut encore. Mme Norval et la bonne de Jane Ellice sont parties aider Mme Brown dans la cuisine. Un petit cortège funéraire arrive en face de l'église. La parenté du mort s'engouffre à l'intérieur pendant que M. Lamarre, le croquemort, s'occupe de sortir le cercueil du corbillard avec l'aide d'Eustache Masson, son fils Damase et quelques autres.

– C'est sûrement la grand-mère Masson, dit Caroline.

Ces images lui font penser à sa mère, morte depuis longtemps. Elle se sent triste de ne plus l'entendre dire ses «je t'aime!» si réconfortants. Des larmes coulent sur ses joues. Son père lui manque aussi. Elle aimerait tant se blottir dans ses bras. Elle pense à lui depuis son arrestation en pleine nuit, et chasse l'idée qu'il pourrait lui arriver malheur; il est beaucoup trop fort pour ça. Pour la consoler, Jane Ellice lui caresse l'épaule.

Des enfants entrent alors dans la chambre en courant pour en ressortir aussitôt. La jeune femme sourit en se séchant les yeux. Elle s'imagine avec Jacques dans leur nouvelle maison, leur château, et cette pensée la ragaillardit. Elle se sent forte et pleine de vie tout à coup, l'éternité devant elle.

Pendant le dîner, les nuages gris s'envolent, poussés par un vent glacial. Jacques arrive en disant qu'il ne peut rester que quelques minutes, car il a trop de travail à la maison. Les gardes sont nerveux, on ne sait pourquoi.

Caroline passe le reste de l'après-midi à jouer aux cartes et à regarder par la fenêtre, le village à ses pieds. Sur le fleuve, le vent souffle en rafales sur les eaux sombres. Jane Ellice est assise sur le lit, les jambes croisées, l'air songeur. Depuis cette lettre de son mari, elle n'a rien reçu d'autre. Soudain, elle exhale un long soupir, une lamentation presque.

– C'est demain, vendredi, que nous devions retourner en Angleterre! dit-elle.

Elle commence alors à évoquer sa rencontre avec Edward et leur vie de châtelains en Angleterre : les voyages, les bals, les belles robes et les bijoux.

– Si vous saviez comme j'aimerais partir avec vous! dit Caroline.

Jane Ellice est surprise de la confidence. Elle regarde la jeune femme, qui s'est tournée vers la fenêtre, absorbée dans ses pensées.

– Pourquoi donc ? demande-t-elle.

– Pour me cacher, répond Caroline.

Jane se lève du lit pour la rejoindre. Elle lui touche le bras.

– Pourquoi vous cacher ?

La belle Écossaise raconte alors ses amours avec Jacques.

– Je vous envie ! dit la dame.

– Je ne vois pas pourquoi, réplique Caroline.

– Ça fait quatre ans que nous sommes mariés et nous n'avons pas encore d'enfant. Je n'en aurai probablement jamais.

Caroline la regarde, les yeux empreints de compassion.

– Vous êtes jeune et belle, madame, les chances sont de votre côté.

– C'est ce que je me dis, pourtant.

Les deux femmes se regardent, puis s'esclaffent pour oublier leur malheur.

Depuis cinq jours qu'elle est prisonnière, la belle Écossaise a vu bien des hommes venir supplier la seigneuresse de leur pardonner, invoquant le fait qu'ils ont été forcés de se joindre à la révolution sous peine de voir leur maison incendiée. Mais Jane Ellice n'est pas dupe et sait reconnaître ceux qui ne sont pas sincères.

Comme pour confirmer son intuition, Eustache Masson apparaît dans l'encadrement de la porte, un sourire imprimé sur le visage. Son fils Damase l'accompagne, l'air tendu. Les deux hommes enlèvent leurs parkas gris et le père s'avance vers la seigneuresse en lui tendant la main. La jeune femme se raidit. L'homme s'arrête, mal à l'aise.

— J'espère que vous êtes bien installées, mesdames, dit-il. Si vous désirez quoi que ce soit, faites-le-moi savoir, j'y verrai.

— M. Rochon est assez aimable pour s'en occuper! répond sèchement Jane Ellice.

— Alors, je serai direct. Je viens solliciter votre appui pour ma famille, au cas où les choses tourneraient mal.

— Vous êtes effronté, monsieur! Comment pouvez-vous espérer que je vous aiderai?

— Notre amitié, madame, et celle de mon épouse, aussi.

— Vous avez un bien grand mot pour parler de notre relation.

— Je suis peiné de votre malheur, soyez-en assurée.

— Sûrement pas plus que moi! C'est à cause de gens comme vous qu'on me retient prisonnière.

Damase ne dit rien, déstabilisé par cette réponse directe.

— Qu'est-ce que je peux faire pour vous aider? s'affole le père.

— Me libérer, répond la seigneuresse.

— C'est impossible, madame, vous le savez bien.

— Alors, il m'est impossible de vous aider moi aussi.

— Pensez à ma famille, madame! supplie le vieil insoumis. Nous avons subi un grand malheur avec le décès de ma mère. D'autres pertes seraient fatales.

— Je suis désolé pour vous. Vous auriez dû y penser avant.

Le visage du Chasseur est livide. Il ne s'attendait pas à un refus aussi virulent. Dans un dernier effort, il salue bas la seigneuresse, puis sort de la chambre, suivi par son fils.

– C'est lâche de profiter de l'enterrement de sa mère pour tenter de m'influencer ! s'emporte Jane Ellice devant Caroline. Il devra payer pour ses crimes.

Dehors, des vents froids de l'ouest hurlent dans les corniches. L'hiver approche à grands pas. On s'assoit à table pour souper, sans grand appétit. La seigneuresse pense à son mari, tandis que le cœur de Caroline est avec Jacques. Elle n'a jamais vu sa chambre au Château, mais elle s'imagine quand même blottie contre lui dans son lit.

La petite Anna se met à faire des pitreries pour dérider tout le monde. On s'esclaffe devant son imitation de la femme de chambre de Mme Ellice, avec son œil bandé et ses manières à la française. Le ton est donné. On se couche tard, malgré les grognements du curé.

Chapitre XLVII

Pendant ce temps-là, le lendemain de leur arrestation, François Pitre et ses compagnons d'infortune ont été transférés dans une maison abandonnée. Ils sont sans nouvelles de leurs familles et des événements à Beauharnois, confinés dans un salon poussiéreux aux volets clos, éclairés seulement par la lueur blafarde d'une chandelle. Ils dorment à même le plancher, à l'exception d'Edward Ellice qui a eu droit à une paillasse. Les repas, que les sœurs du couvent viennent leur porter dans des paniers d'osier, sont leur seule distraction, avec les offices religieux du révérend Roach. La chaleur du foyer est suffocante et, les hommes ne pouvant se laver, une forte odeur de sueur corrompt l'air qu'ils respirent.

Les rebelles sont tendus, François s'en rend compte à leur brusquerie. La nuit tombée, il se couche anxieux, redoutant l'arrivée des soldats que ses compagnons souhaitent. Il dort mal et se réveille pour un rien. Cette nuit-là, il fait un cauchemar : du sang coule sous la porte d'entrée de la vieille maison de ferme et se répand à l'extérieur, sur la galerie, dans une grande tache.

Il se réveille en sursaut, assis par terre, le cœur battant. Il craint le pire pour son frère. Ses pensées sont confuses et il fait noir dans la pièce. Quelques tisons rouges finissent de se consumer dans le foyer. Cette petite lueur de vie le réconforte.

Il se voit entouré d'Anglo-Saxons, ceux-là mêmes dont il se méfie depuis la création du corps des volontaires. Et Lawrence Brown qui ronfle en duo avec le gros Blackwood. Les deux hommes donnent l'impression de s'étouffer à chaque inspiration.

Il se lève pour aller mettre des bûches dans le foyer. Dehors, le vent siffle dans les volets mal ajustés de la fenêtre. Il se recouche en cherchant le sommeil, troublé par son rêve.

Quelques heures plus tard, la porte s'ouvre brusquement sur un garde, une lanterne à la main.

— Debout tout le monde! crie-t-il. Habillez-vous, on s'en va!

Il dépose ensuite sa lanterne sur la table. François est attiré par la lumière, tel un papillon de nuit.

— Où est-ce que nous allons? demande-t-il.

— À Napierville, répond le rebelle.

— Pourquoi? demande Brown.

— Ça ne te regarde pas, maudit Anglais! Grouillez-vous, on n'a pas de temps à perdre!

Les prisonniers s'habillent en hâte. Après avoir endossé leur parka, ils sortent. C'est l'aube. Une brise glaciale leur mord les joues et leur fait rentrer la tête. Devant la vieille baraque grise, deux charrettes vides attendent, flanquées de cavaliers en gris dont les chevaux piétinent d'impatience. De la fumée sort des nasaux aux poils givrés de blanc des chevaux. Derrière eux, cinq autres voitures sont alignées, chargées d'hommes armés qui maugréent d'avoir à rester dans le froid. Les prisonniers grimpent dans les caisses. On leur lie les pieds et les mains. Cette fois, Edward Ellice se retrouve à l'arrière avec les autres.

– En avant! lance le jeune lieutenant qui précède le convoi.

La troupe progresse à bonne allure, empruntant des chemins enneigés et coupant parfois à travers champs, boisés et fossés pour arriver plus vite. Les voitures cahotent sur les labours gelés, les pierres et les racines des arbres. Les prisonniers sont secoués dans tous les sens et se cognent les uns sur les autres ou contre les bras de la caisse. Les os leur font mal d'être si rudement traités. Le révérend Roach s'est même assommé. Le pauvre Lawrence Brown a le pouce écrasé à plusieurs reprises et il le tient replié pour le garder au chaud et l'empêcher de saigner. Les hommes ont froid malgré le soleil qui s'est levé. Ils ont aussi l'estomac vide depuis la veille.

Après deux heures de route, le convoi sort d'un boisé et débouche sur le chemin mal entretenu de Lapigeonnière, une plaine fertile parsemée de fermes, à une heure de Châteauguay, au sud-est. Les insurgés sont à mi-chemin de Napierville, où se trouve le Grand Camp des Chasseurs.

Devant eux, un millier d'hommes s'en viennent à pied, en charrette ou à cheval. Le lieutenant s'empresse d'amener sa troupe dans l'entrée d'une ferme pour laisser passer le régiment. L'habitant sort aussitôt de sa maison pour regarder défiler le convoi. Sa femme et ses enfants sont restés à l'intérieur, le nez collé aux fenêtres.

– Où allez-vous? crie le lieutenant aux Chasseurs qui passent devant lui.

– L'armée britannique s'en vient, répondent plusieurs voix. Sauvez-vous !

François reconnaît François-Xavier Prieur et James Perrigo parmi les insurgés. Les deux hommes s'avancent vers le lieutenant.

– Robert Nelson s'est enfui aux États-Unis, informe Prieur. Il a attaqué les volontaires d'Odelltown près de la frontière américaine, avec six cents hommes. Malheureusement, ils ont perdu la bataille. Il y a eu cinquante-huit morts, un vrai massacre ! Ils sont morts au bout de leur sang, à la baïonnette !

Les Chasseurs sont sidérés, François aussi. Les Anglais jubilent.

– Ce matin, continue Perrigo, il y avait trois mille hommes au Grand Camp pour affronter l'armée britannique. Depuis la mauvaise nouvelle, tout le monde se disperse. Les hommes ne veulent pas risquer leur vie pour rien.

– Qu'est-ce que je vais faire de mes prisonniers ? demande le lieutenant.

– Relâchez-les, conseille Prieur.

L'officier ne répond pas, songeur.

– Bonne chance ! lance Perrigo en faisant tourner sa monture pour s'en aller.

François est inquiet. Confiants, les Anglais parlent fort entre eux. Le lieutenant descend de sa monture et vient délier les poignets de François. Les autres prisonniers attendent leur tour, en silence.

– Qu'est-ce que vous faites là ? s'écrie un des Chasseurs, à l'arrière.

– Je les libère, répond l'officier, surpris par la question.

— Non! gueule l'autre.

Pierre Héroux s'avance aussitôt en bousculant ses compagnons et se fraye un passage jusqu'au lieutenant. C'est un homme d'âge mûr, un ancien colonel dégradé de la milice. Il toise le jeune officier. Lawrence Brown contient difficilement sa colère. Il aimerait bien remettre le fanfaron à sa place et lui rappeler la discipline militaire.

— Écoutez-moi, dit le rebelle en se tournant vers les Chasseurs. Vous allez tous être pendus ou jetés en prison si vous êtes pris. L'armée va brûler vos fermes. Tuons les prisonniers, ce sera notre vengeance.

— Tuons-les! hurlent une douzaine d'hommes en levant leurs armes.

Héroux se tourne vivement vers Ellice et pointe son mousquet sur lui. Apeuré, l'aristocrate se jette dans le fond de la caisse pour éviter la balle fatale. Ne s'attendant pas à cette réaction, le Chasseur s'esclaffe. Ses yeux sournois pétillent de voir l'autre si petit. Une douzaine de mutins s'approchent pour être certains de ne rien manquer.

— Bande de lâches! hurle François dans une tentative désespérée.

Les rebelles sont surpris d'entendre parler français. François saute en bas de la charrette et se place entre Héroux et Ellice.

— Vous allez mourir sur l'échafaud si vous nous tuez, affirme-t-il. Si vous nous libérez, ce sera en votre faveur.

Le regard d'Héroux se charge de colère. Il dirige son mousquet vers François et en relève le chien, prêt à faire feu.

— Je ne me suis pas engagé dans la rébellion pour rien, réplique-t-il.

D'un geste si rapide que le Chasseur n'a pas le temps de réagir, François lui arrache l'arme des mains et lui donne un coup de crosse dans le ventre. Héroux s'écroule en râlant et cherche son souffle, à quatre pattes dans la neige.

Les rebelles ont pointé leurs armes sur François. Le lieutenant bondit devant eux, les deux mains dans les airs pour les retenir.

— La guerre est finie, proteste le jeune officier. Vous n'avez pas le droit d'assassiner ces gens.

Un silence lourd d'indécision se produit parmi les mutins. Les prisonniers, effrayés, prient intérieurement. Héroux se lève en se tenant le ventre et s'en va derrière les rangs sans mot dire. Décontenancés, les hommes ne savent plus quoi faire. Le reste de la troupe n'ose pas intervenir. Un des mutins s'avance alors et se place à côté du lieutenant. Un deuxième le suit, puis un troisième et un quatrième. L'officier est rapidement appuyé par la majorité des hommes. Les Anglais soupirent de soulagement.

François s'empresse de détacher les prisonniers, qui sont blêmes et grelottent de froid. Ils se frottent les poignets et les chevilles pour en soulager la douleur et y faire circuler le sang, se comptant quand même chanceux d'être encore vivants. Ellice tend la main à François.

— Je vous dois la vie, dit-il.

Les autres s'approchent aussi pour exprimer leur gratitude. Ellice se tourne vers le lieutenant.

— Je ne vous oublierai jamais, dit-il. Vous êtes un brave homme.

— Je n'ai fait que mon devoir, monsieur, répond le jeune homme. Malheureusement, je dois vous abandonner ici. Si vous rencontrez des Chasseurs, vous n'aurez qu'à donner le mot de passe : nul homme.

Sur ce, il donne l'ordre de se remettre en marche et la troupe part aussitôt rejoindre le régiment de Napierville, dont les arrières viennent de disparaître dans le boisé au bout du chemin. Les prisonniers, affamés, se tournent vers le fermier devant la maison.

– Monsieur ! appelle François.

L'homme se sauve vite à l'intérieur. Sa femme et ses enfants ne sont plus aux fenêtres. On ferme les rideaux.

Chapitre xlviii

À Beauharnois, les prisonnières du presbytère ont passé une bonne nuit après avoir appris la fuite de Nelson. En se levant, Jane Ellice se met à imiter le mouvement de tangage du bateau avec les mains.

– J'ai rêvé que je voguais vers l'Angleterre! dit-elle pour faire rire.

– Vous êtes chanceuse, soupire Caroline. Vous avez quelque part où aller.

La seigneuresse ne veut pas l'écouter. Elle la prend par la taille et se met à danser avec elle dans l'espace qui sépare les deux lits.

– Souris, ma fille, tu seras bientôt libre. Veux-tu gâcher mon plaisir?

Caroline s'efforce de plaire. Son anxiété est au paroxysme depuis la nouvelle de la défaite des Chasseurs. Pressentant la fin de la rébellion, le curé Quintal ne cesse d'aller et venir dans le presbytère, s'enquérant du bien-être de chacun. Les protestants se méfient de lui malgré la bonne humeur et l'empathie qu'il affiche. Ils ne sont pas habitués à de tels égards de sa part.

– Il cherche à nous amadouer, prévient Mme Roach. Ne soyez pas dupes.

Dehors, il n'y a plus personne à part les sentinelles. Tous les Chasseurs se sont rassemblés dans la salle paroissiale, cent hommes tout au plus. Dans l'attente, les prisonniers ne font rien qui puisse les contrarier.

Vers dix heures, un cavalier en gris arrive sur un bel étalon noir. Il est âgé d'à peine trente ans, et n'a qu'un bras. Il descend de son cheval, replace son sabre à sa ceinture et entre. C'est le capitaine David Gagnon, que les Chasseurs attendaient avec impatience. Ils se mettent à crier leur dépit, bouleversés par la fuite de Nelson et le repli de leurs compatriotes de Sainte-Martine. De plus, Chevalier de Lorimier, Louis Hainault et Toussaint Rochon se sont volatilisés. Les Canadiens sont découragés.

Après les avoir écoutés, le capitaine Gagnon lève son mousquet dans les airs pour imposer le silence. Sa verve fait vite oublier qu'il n'a qu'un bras. Cependant, un sentiment d'abandon mine le moral des hommes, furieux d'être laissés seuls face à trois compagnies de volontaires et un détachement de Mohawks, qui peuvent arriver d'un moment à l'autre pour les attaquer.

Rapidement, des cris de joie commencent à retentir derrière eux. Les prisonniers, qui ont tout entendu, ne peuvent plus se contenir et ils se donnent l'accolade et certains dansent sur place.

Pour ramener le calme, Gagnon tire un coup de feu au plafond. Surpris, les Anglais se figent en regardant le tireur à travers l'épaisse fumée qui le cache presque. Les femmes, apeurées, se bouchent les oreilles avec les mains.

– Vous êtes encore nos prisonniers, que je sache! tonne le capitaine.

Les Chasseurs sont impressionnés par la détermination de leur chef. La réunion se termine sur une note héroïque : défendre Beauharnois à tout prix. Malgré la grogne de quelques-uns, le jeune officier est content.

– Vous allez vous faire tuer, lance Jim Brown pour les prévenir.

– *Surrender!* crie un autre prisonnier.

Les rebelles font semblant de ne pas comprendre et gardent la tête haute. Il est presque midi. Un ragoût de mouton vient calmer temporairement leurs appréhensions. Vers une heure, Jacques arrive au presbytère, fidèle à son rendez-vous. Son oncle lui apprend les mauvaises nouvelles, puis, à contrecœur, lui ouvre la porte du presbytère.

– Dépêche-toi ! dit-il. Après, va-t'en ! Je serai plus tranquille de te savoir chez toi !

Tous les prisonniers sont dans le salon en train de parler des événements. Jane Ellice bloque partiellement l'entrée, tournant le dos à Jacques, un verre à la main. Elle a réquisitionné les bouteilles de vin du curé pour fêter la défaite de Robert Nelson. Mme Roach se tient près d'elle, mais le curé a disparu, ayant refusé de trinquer, de même que les prisonniers canadiens.

– Levons nos verres à notre libération ! dit la seigneuresse.

Caroline est calée dans un fauteuil avec sa sœur, qui maugrée de ne pouvoir faire à sa guise. Soudain, les yeux de la petite s'illuminent, car elle a aperçu Jacques dans l'entrée et elle sait que sa sœur ira le rejoindre.

Les amoureux vont se cacher dans la pénombre du vestibule pour s'embrasser.

– Tu as l'air triste, s'inquiète Jacques.

– J'ai peur !

– Quand tu seras libérée, nous nous marierons.

– C'est ce que je souhaite le plus au monde !

Les amants sont tellement occupés à échafauder toutes sortes de projets qu'ils ne voient pas le temps passer, et l'oncle Pierre semble les avoir oubliés. Pierre angoisse à l'idée d'une attaque. Il songe à sa famille, à la belle vie qu'ils mènent depuis qu'ils sont à Beauharnois. Il veut devenir grand-père, un jour, et jouer avec ses petits-enfants. Il aidera son gendre aux travaux de la ferme, tandis qu'Adeline effectuera de menus travaux. Des larmes brouillent ses yeux. Il ne veut pas mourir.

– Pierre! appelle Joseph Daigneault.

– Quoi? répond-il sur un ton grognard.

– Ça fait longtemps que ton neveu est au presbytère.

Pierre se précipite aussitôt dans le vestibule. Le jeune couple sursaute en le voyant apparaître.

– Il est temps de retourner chez toi, semonce l'oncle, ta mère doit être morte d'inquiétude.

À l'extérieur, Daigneault et Hébert attendent, l'air moqueur. Jacques sourit, un peu gêné.

– Tu diras à ta mère que je vais aller souper chez vous, lui dit son oncle. Ça fait longtemps que je n'y suis pas allé.

L'après-midi passe, puis l'heure du souper arrive. Au Château, l'horloge du salon sonne bientôt sept heures et Pierre n'est pas encore arrivé.

– Maman, j'ai faim! se plaint le petit Louis.

– Ton oncle devrait bientôt être ici, se désole la mère. Mange un biscuit en attendant.

– Je vais aller le chercher, dit Jacques. Ça ne sera pas long.

Dehors, les rues sont désertes. La fumée blanche des cheminées grimpe vers la lune blafarde. Une mince couche de neige couvrant le sol feutre les pas. En haut, vers l'église, tout est plongé dans l'obscurité. «Ils ont oublié de faire un feu de camp», se dit Jacques.

Après avoir suivi la rue Ellice, il grimpe la côte Saint-Louis. À mi-chemin, il glisse et tombe sur le fessier. Il se relève en bougonnant.

Parvenu en haut, il est inquiet de l'absence de lumière aux fenêtres du presbytère et de la salle paroissiale. Instinctivement, il ralentit le pas. Soudain, des voix d'hommes parviennent à ses oreilles. Plus il approche, plus le volume s'intensifie et il distingue une volée de cris et de jurons. Dans la lumière de la lune, des silhouettes vocifèrent en se démenant sur la neige tachée de boue. Jacques n'en reconnaît pas un seul, car il fait trop noir. «Tous les rebelles sont ici! se dit-il, étonné. Ils ont abandonné le village.»

Il avance prudemment entre les charrettes, les carrioles et les chevaux. Les bêtes sont nerveuses, ressentant la colère des hommes. Le tumulte des voix remplit l'air. Un jeune cheval s'ébroue. Jacques lui-même éprouve cette peur qui précède l'action. La curiosité l'emporte et il avance vers le presbytère. Soudain, une main l'agrippe par-derrière. Apeuré, il donne un coup pour se libérer et frappe dans le vide. L'autre le retient à bout de bras.

– Qu'est-ce que tu fais, mon gars? demande une voix rude.

Le jeune homme se débat, prêt à défendre sa vie.

– C'est moi, Pierre! ajoute l'homme pour le calmer.

Jacques arrête de s'agiter, soulagé de voir son oncle.

– Il faut que tu t'en ailles, recommande Pierre, c'est trop dangereux, ici!

– Nous vous attendons pour souper, dit-il.

Pierre devient plus conciliant.

– Je ne peux pas y aller. Je dois rester ici.

– L'armée britannique arrive! peste Joseph Daigneault en apparaissant derrière lui. Elle est à deux milles d'ici, à mi-chemin de la pointe du Buisson. Ils sont au moins mille hommes.

Surpris par l'arrivée soudaine de Daigneault, Jacques recule d'un pas.

– Ils ont brûlé les maisons et les bâtiments de Saint-Timothée, ajoute Geoffroy Hébert. Ils ont volé les chevaux et les voitures. Ils détruisent tout sur leur passage. Il y a juste l'Indienne qui a été épargnée.

– Vous allez vous faire massacrer, dit Jacques. Vous n'êtes qu'une poignée d'hommes!

L'oncle ne semble pas ébranlé. Ses deux amis le regardent.

– Nous attendons les ordres du capitaine Gagnon, répond Pierre, stoïquement.

– Vous allez vous faire tuer! insiste Jacques.

Personne ne parle. Jacques est en plein désarroi. Il aimerait retenir son oncle, lui dire qu'il l'aime, mais les mots restent bloqués dans sa gorge. De toute façon, il sait que son oncle ne l'écoutera pas. Il le regarde avec des yeux suppliants.

Pierre ne peut soutenir son regard. Il détourne la tête pour se montrer fort.

– Ne t'en fais pas, mon gars, dit-il, tout va bien aller.

Jacques, complètement désemparé, pense à son père.

– Avez-vous des nouvelles de papa?

– Rien!

– Je vais aller voir Caroline, dans ce cas-là.

Pierre est choqué. Le sang lui monte à la tête.

– Es-tu fou! s'écrie-t-il. Cours plutôt avertir ta mère et dis-lui de se barricader!

Jacques a déjà ouvert la porte du presbytère. À l'intérieur, le couloir est vide et toutes les pièces sont fermées. Le curé sort de sa chambre en trombe, une lanterne à la main, pour s'enquérir du bruit. Il s'avance vers Jacques, les yeux exorbités, le visage blême de peur.

– Qu'est-ce que tu veux? demande-t-il sur un ton bourru.

– Je veux voir Caroline.

– Tu vas te faire tuer si tu restes ici, va-t'en!

– Quelques minutes seulement.

– Non, va-t'en!

Le jeune homme ne bouge pas. Le prêtre, hors de lui, l'empoigne par le bras et l'entraîne dehors.

– Je ne veux plus voir personne entrer ici! tonne-t-il à l'intention de Pierre.

À l'intérieur, Caroline est assise sur un lit avec Jane Ellice et sa femme de chambre. Mme Brown et la petite Caldwell sont sur un autre lit, avec Mme Norval et ses enfants. Elles sont atterrées, inquiètes de l'assaut pourtant libérateur qui approche.

– Faisons confiance à Dieu et prions! dit la seigneuresse.

Dans la salle paroissiale, des Chasseurs ouvrent les volets des fenêtres et brisent les vitres pour se défendre en cas d'attaque. On entend au loin le tapage de l'armée britannique. Un rebelle monte la côte en courant.

– L'armée anglaise est à un mille d'ici! répète-t-il sans cesse, énervé.

Les Chasseurs se regardent, puis se mettent à courir en tous sens, affolés. Jacques est étonné d'entendre l'avancée des soldats à une telle distance. On dirait le bruit de la débâcle sur le fleuve.

— Va-t'en chez toi! ordonne son oncle.

— Non, je veux rester avec vous!

— Il n'en est pas question! Ta mère ne me le pardonnerait jamais!

Il se signe pour conjurer le mauvais sort.

— Tout le monde à l'abri! hurle le capitaine Gagnon.

Daigneault et Hébert quittent aussitôt leur poste et se dirigent vers la salle paroissiale. Jacques hésite. Il regarde le presbytère un instant, en se demandant s'il ne devrait pas plutôt aller rejoindre Caroline.

— Ta blonde n'est pas en danger! lui crie son oncle. Va-t'en chez toi! Ta mère a besoin de toi!

Jacques n'écoute pas. Son entrée dans la salle dérange les Chasseurs. Certains maugréent, car ils détestent son père. D'autres voient dans sa présence la justification de leur cause.

— Ça nous fait une paire de bras de plus! tranche le capitaine Gagnon.

Le jeune homme est vite oublié dans la peur généralisée qui étreint les hommes. Leurs traits sont crispés et leurs gestes sont brusques. Ils sursautent au moindre bruit. L'atmosphère est lourde. Personne ne dit un mot. Les vingt-deux prisonniers du *Henry Brougham* sont couchés sur le plancher de la salle paroissiale, près du mur du fond, paralysés par la terreur. Ils craignent beaucoup plus les balles des soldats britanniques que celles des rebelles. Leurs yeux vont en tous sens, comme fous. Quelques femmes étouffent leurs larmes, accrochées au cou de leur mari. Seule une chandelle est allumée. La faible lueur permet aux Chasseurs de charger leurs armes.

On entend seulement, au loin, l'armée traverser le pont de la rivière que les insurgés ont oublié de détruire. Elle mène un vacarme épouvantable. Les Canadiens ont le nez collé aux fenêtres et regardent la colonne anglaise qui s'étire sur le chemin enneigé.

– Personne ne tire avant mon signal! ordonne le capitaine Gagnon. Ils doivent tirer les premiers! On est ici pour se défendre, seulement.

L'armée ontarienne de mille trois cent vingt hommes du major Louis Carmichael se déploie. Une compagnie de fantassins du 71e régiment de la Highland Light Infantry, de Kingston, sous le commandement du lieutenant-colonel Charles Grey, se place au pied de la côte. Derrière lui hurlent des centaines de volontaires Highlanders de Glengarry et les hommes de la cavalerie de Cornwall. De plus, l'artillerie volontaire de Brockville et les sapeurs se barricadent dans le moulin à farine que les rebelles n'ont pas jugé utile d'occuper. Les Anglais sont bien équipés avec des mousquets Brown Bess et vingt cartouches chacun.

Les Canadiens ont le visage livide et le cœur qui bat à tout rompre. La tension est si forte que l'un d'eux s'évanouit. Une quinzaine d'hommes s'enfuient par la porte arrière en abandonnant leurs armes. Dehors, les Goyette attendent près du canon de bois pointé vers les attaquants. Soudain, les cris sauvages des volontaires cessent. C'est le silence. Puis, les tambours se mettent à rouler. Les cornemuses se mettent ensuite à sonner. D'un même pas, les Anglais grimpent la côte.

Dans le presbytère, Caroline Brown et Jane Ellice sont dans les bras l'une de l'autre. Mmes Brown et Norval entourent leurs enfants pour les protéger. La femme de chambre de Mme Ellice et celle du curé se tiennent par la main. Les femmes écoutent le vacarme grandissant qui s'approche. La seigneuresse, qui connaît bien les cornemuses, sait que l'attaque est imminente. Elle garde les yeux fermés en priant intérieurement.

Dehors, les canonniers battent en retraite devant la marée humaine qui s'avance vers eux. Le colonel Grey peut ainsi déployer facilement ses soldats en rangées devant la salle paroissiale. Les volontaires s'installent sur la route près de l'église, afin de couvrir le presbytère et l'arrière de la salle paroissiale. Les Canadiens retiennent leur souffle. Jacques veut regarder, mais son oncle le repousse constamment.

– *Fire!* entend-on hurler à l'extérieur.

Trente-trois mousquets crachent leur balle en même temps. Elles passent par les fenêtres et vont se loger dans le mur du fond. Les prisonniers hurlent de peur et se bouchent les oreilles avec les mains. Les Chasseurs sont protégés par le mur de pierre de la façade. Par miracle, personne n'a été touché.

– Feu! hurle le capitaine Gagnon.

Les Chasseurs ripostent. Une deuxième salve de la part des fantassins suit de près. Pierre tombe à la renverse. Jacques se précipite sur lui. Son oncle a un trou au milieu du front. Sa tête baigne dans une mare de sang. Ses yeux et sa bouche sont grands ouverts. Il est mort. Le jeune homme est atterré et se sent impuissant. La rage lui monte au cœur. Il veut se venger et s'empare du mousquet de son oncle, qu'il pointe aussitôt vers la fenêtre. Il relève le chien et appuie sur la détente. Une ombre s'écroule devant lui. De chaque côté, c'est une pétarade de coups de feu. Jacques est assourdi par le bruit des détonations. Il n'entend plus rien, à part un sifflement aigu à l'intérieur de sa tête. Les éclairs des coups de feu percent l'épaisse fumée qui remplit la salle. L'odeur de la poudre le fait suffoquer. L'atmosphère est étouffante.

Un deuxième Canadien tombe. Ses compatriotes continuent quand même à défendre âprement leur vie. Les fantassins tirent une troisième salve et tuent encore deux Chasseurs. Les hommes s'affaissent aux pieds de leurs camarades. Soudain, la porte principale est défoncée. Des soldats se bousculent pour entrer, l'arme pointée. Apeurés, les Canadiens laissent tomber leurs fusils.

Chapitre XLIX

Le presbytère a été pris d'assaut en même temps que la salle paroissiale, les balles faisant voler en éclats les vitres des fenêtres ou s'écrasant contre le mur en pierre. Tous les occupants sont couchés par terre, tremblant de peur. Ils ne savent pas si les pas précipités dans le vestibule sont ceux des soldats ou ceux des rebelles. Les hommes n'osent pas bouger et retiennent leur souffle en fixant la porte de la chambre. Les femmes gémissent et les enfants pleurent.

Soudain, la porte s'ouvre. Terrifiées, les femmes laissent échapper un grand cri. Des habits rouges apparaissent, le mousquet pointé sur elles. Jane Ellice se met à pleurer, sous le choc. Le cœur encore tremblant, Caroline l'entoure de ses bras. Les mères n'osent pas bouger et retiennent leurs enfants effrayés par les uniformes écarlates qui envahissent la chambre. La bonne de Mᵐᵉ Ellice est si contente qu'elle se lève et embrasse le premier venu. La servante du curé sourit, ne sachant pas à quoi s'attendre. Un officier britannique arrive, un sabre à la main. En apercevant les femmes, il rengaine son arme.

— Tout le monde dehors! ordonne-t-il à ses hommes.

Oubliant ses manières, Jane Ellice se lève avec un grand sourire pour l'embrasser. Elle a reconnu le major Carmichael. Elle se tourne ensuite vers les femmes et les enlace chacune à tour de rôle. Mais Caroline s'inquiète pour Jacques.

Son amoureux est en train de pleurer en silence sur la dépouille de son oncle, la main posée sur son épaule. Il lui a fermé les paupières pour ne plus lire l'horreur dans ses yeux. Il se sent tellement seul.

Soudain, une douleur vive au bras lui fait pousser un cri. Instinctivement, il pose une main sur sa blessure. L'image de MacDougall surgit dans son esprit. Il tourne la tête pour se défendre. Un habit rouge pointe sa baïonnette sur lui et lui fait signe de se lever. Jacques obtempère et va rejoindre les Chasseurs entassés contre le mur du fond. Les prisonniers du *Henry Brougham* sont déjà sortis.

Le colonel Charles Grey entre alors dans la salle, le sabre à la main. Il est imposant dans sa tunique écarlate avec ses épaulettes d'argent. Voyant les mousquets traîner sur le plancher, il ordonne aux soldats de les ramasser. Il passe ensuite devant les rebelles. Plusieurs se souviennent de lui. Il en reconnaît aussi quelques-uns : Joseph Daigneault, Geoffroy Hébert, les Masson, les Goyette, les Roy, André Montigny, Désiré Bourbonnais et François-Xavier Prévost. Il s'arrête devant le capitaine Gagnon dont le sabre pend encore à sa ceinture, dans son fourreau. Il le regarde droit dans les yeux et sourit en tendant une main ouverte. Le jeune capitaine défait sa ceinture et laisse tomber l'arme blanche à ses pieds.

Le colonel continue ensuite son inspection. Quand il aperçoit Jacques, il s'arrête, étonné.

– Que faites-vous ici ? demande-t-il.

Jacques regarde franchement l'Anglais, sans rien dire.

– *Silly boy!* lui dit Grey, d'un air sévère.

Il se tourne ensuite vers ses hommes.

– Fouillez les prisonniers et enfermez-les dans le moulin! ordonne-t-il. Sortez aussi les morts à l'extérieur!

Sur ce, le colonel quitte la salle. Jacques réprime la peur qui monte en lui. Daigneault lui a dit tant de choses sur les cachots humides et froids du Pied-du-Courant. L'idée de s'échapper lui vient alors à l'esprit. La salle est remplie de soldats et la porte d'entrée est loin. Par contre, celle de derrière est proche et il n'aurait qu'à bousculer deux gardes pour sortir. Il traversera le chemin pour se sauver dans la forêt. Il se réfugiera ensuite aux États-Unis, comme Robert Nelson.

– *Let's go!* commande soudain un sergent.

Jacques doit agir vite. Aux aguets, il tente de se faufiler. Un habit rouge pointe sa baïonnette sur lui.

– *Move!* ordonne-t-il.

Jacques doit abandonner son plan. Résigné, il se place derrière Geoffroy Hébert. Après quelques pas, il trébuche contre les jambes d'un rebelle qui gît sur le plancher. L'homme a le visage blême et la tête penchée de côté. Sa langue sort de sa bouche ouverte. Saisi par cette horrible vision, Jacques bondit sur ses pieds pour reprendre sa place. Les soldats se moquent de lui.

Les insurgés sont escortés devant la salle paroissiale. Le drapeau tricolore est descendu de son mât et le canon en bois, chargé dans une charrette. Les morts sont ensuite étendus par terre devant eux. Pierre est allongé à côté d'un fantassin, sur le dos, la tête dans la neige sale, sans sa tuque. « Il va avoir froid », pense Jacques, troublé. Il se tourne pour ne pas regarder.

Le soldat mort semble dormir, sa tunique rouge camouflant sa blessure mortelle à la poitrine. Des dizaines de torches et de lanternes illuminent la scène. Derrière les militaires se tiennent les volontaires de Glengarry coiffés d'un grand béret bleu foncé surmonté d'un pompon rouge, en souvenir du régiment dont ils faisaient partie quand ils étaient soldats en Angleterre.

Les rebelles sont ensuite conduits au moulin et enfermés à l'étage de l'entrepôt à grains. L'endroit, immense, occupe tout le plancher. Les hommes sont libres de s'y promener à leur guise, car il est vide en cette période de l'année. La roue à aubes a d'ailleurs été retirée pour l'hiver. Jacques se rappelle l'incendie de mai dernier. Il pense à son oncle qu'il ne reverra plus. Les yeux mouillés, il se promène de long en large, les bras croisés sur la poitrine, en tentant de refouler sa peine. Il passe et repasse devant les soldats en faction devant l'escalier qui descend au rez-de-chaussée. Une lanterne est allumée en permanence à côté d'eux. L'humidité traverse son parka et il a froid. Il est fatigué, aussi. De la buée se forme dans l'air à chaque respiration. Au-dessus de lui, un givre blanc tapisse le plafond.

Par les fenêtres, il voit une multitude de lanternes éclairer le camp de l'armée. On dirait des feux follets. Une centaine de tentes en toile se dressent derrière le temple presbytérien jusqu'à la clôture du cimetière catholique. Des soldats sont occupés à solidifier les abris, à transporter des vivres et du matériel et à allumer des feux. On plante aussi des perches avec des fanions et des étendards pour identifier les diverses unités et les compagnies.

Une charrette s'arrête devant la salle paroissiale et des soldats en descendent. Ils se dirigent vers les cadavres étendus par terre, qu'ils prennent par les bras et les jambes pour les balancer dans la caisse. Jacques est révolté par leurs manières rustres. Une boule d'amertume s'est bloquée dans sa gorge. Il se met à cogner dans la vitre avec son poing.

– Bande de sauvages! crie-t-il.

Une main se pose sur son épaule. Jacques se tourne, agressif. Un homme d'une quarantaine d'années le regarde.

– Calme-toi, mon petit gars, dit-il, tu te fais de la peine pour rien.

– Laissez-moi tranquille! réplique Jacques.

Il fulmine, le nez collé à la fenêtre, mais sa respiration couvre la vitre de buée et il ne voit plus rien. Il l'essuie brusquement de sa manche. Son œil capte alors Caroline, devant le presbytère, qui monte à l'arrière d'une voiture. Énervé, il s'écrase le nez contre la vitre glacée pour mieux voir. De la buée se forme de nouveau. Rageur, il l'enlève vite pour ne rien manquer. Sa blonde est encore là, assise sur un brancard de la charrette avec son frère. Sa belle-mère et sa demi-sœur ont pris place sur la banquette avant. Caroline regarde vers le moulin. D'un geste de la main, au hasard, elle envoie un baiser. Jacques lui répond, mais elle ne retourne pas son salut.

– Elle ne me voit pas! se lamente-t-il tout haut.

Il se met à taper fort dans la vitre.

– Je suis ici! hurle-t-il pour qu'elle l'entende.

Son voisin le regarde, excédé.

– Ne casse pas la vitre, le jeune!

La voiture s'en va, suivie par celle des Norval. Caroline regarde toujours vers le moulin. Soudain, de la main, elle envoie encore un baiser. Jacques la regarde disparaître dans la noirceur. Les yeux mouillés, il s'éloigne ensuite de la fenêtre pour se chercher un coin et être seul. Il s'endort en pensant à elle, son corps fiévreux pressé contre le sien.

Chapitre l

Il est minuit et les ronflements des hommes emplissent l'entrepôt du moulin. Soudain, les cloches de l'église se mettent à sonner. Dans son rêve, Jacques se voit un dimanche matin ensoleillé, en route pour la messe. Il aime le son des cloches et se laisse bercer par le tintement familier. Plus il approche de l'église, plus les cloches sonnent fort. Tout à coup, il se rend compte que c'est le tocsin. Il bondit sur ses pieds.

– Au feu, au feu! hurle-t-il.

Tout le monde se précipite aux fenêtres. Jacques doit se faire une place pour mieux voir. Sur la côte Saint-Louis, en face, des maisons brûlent. Elles semblent faites de papier tellement elles se consument rapidement. Le voisin de Jacques est bouleversé, incapable de se détourner du spectacle.

– Ma maison! gémit-il.

Sa femme et ses enfants sont dans le chemin, devant leur demeure qui s'envole en fumée. Ils n'ont eu que le temps de prendre des couvertures pour se protéger du froid. Les jeunes s'accrochent à leur mère en larmes. Le pauvre homme cogne fort sur la vitre pour attirer leur attention.

– Georgette, Georgette ! hurle-t-il.

Elle ne peut pas l'entendre. Affolé, le Chasseur tourne en rond, à la recherche d'une issue. Il regarde un instant en direction de l'escalier, mais change rapidement d'idée en voyant les gardes. Il revient à la fenêtre, l'air abattu et le regard fixe. Les flammes sortent par les fenêtres de sa maison et lèchent les murs. Elles grimpent ensuite sur le toit de bardeaux, enveloppant l'habitation de langues orangées qui montent au ciel en crépitant. Le bois est rapidement dévoré et, bientôt, la toiture s'effondre entre les murs, qui s'écroulent à leur tour.

– Maudits Anglais ! jure le rebelle, le poing dans les airs. Un jour, je me vengerai.

Dans les maisons voisines, c'est le même drame. Des volontaires de Glengarry entrent de force dans les résidences et en ressortent avec des effets et des meubles, qu'ils chargent dans des charrettes. Ils vont aussi dans les étables pour s'approprier les chevaux et les bestiaux. Puis, ils incendient maisons et bâtiments. Les Canadiens sont dans le chemin, en proie à la panique. Certains courent en tous sens, alors que d'autres tentent d'entrer dans le brasier pour y chercher quelque bien ou souvenir précieux.

Soudain, Jacques n'en croit pas ses yeux. Il a reconnu la silhouette de John MacDougall, son vieil ennemi. Il ne comprend pas qu'il soit sorti de prison.

– John MacDougall est avec eux ! s'écrie-t-il pour que tout le monde l'entende.

– Je reconnais sa bande, répond Damase Masson.

– Maudits voleurs ! hurle son père Eustache, comme si on pouvait l'entendre.

– Ils essaient d'entrer dans l'église ! prévient le charpentier Goyette.

476

Tous les yeux sont braqués sur les brigands qui défoncent les portes avec des barres de fer.

Des lueurs rouges apparaissent dans le ciel au-delà de l'église. Elles font penser à des aurores boréales.

— La forêt est en feu! se lamente François-Xavier Prévost.

Dans la rue Saint-Laurent, des habitations se mettent à brûler. Des cris et des hurlements s'élèvent au milieu des flammes qui se propagent de maison en maison. Des coups de feu retentissent. On appréhende le pire.

— J'espère que le Château sera épargné! souhaite Jacques, tout haut.

— Ne t'en fais pas, le nargue son voisin, ton père est du bon bord.

Jacques est trop préoccupé pour répondre à l'insulte. Il se contente de braver le fermier du regard. Tous les hommes ont les yeux rivés sur la scène, fascinés par les feux démoniaques qui détruisent leur vie. Des charrettes remplies de volontaires descendent la côte Saint-Louis, entraînant une dizaine de chevaux avec eux.

— Je suis certain qu'ils les amènent dans les étables du manoir, affirme Joseph Daigneault.

— Mes chevaux et mes vaches doivent être là aussi, suppose le voisin de Jacques.

Il est trois heures du matin et la fumée âcre des incendies s'est infiltrée dans le moulin, faisant toussoter les prisonniers. Jacques est épuisé et retourne dans son coin, pour tenter de se reposer. À l'extérieur, les Highlanders continuent à ravager la paroisse.

Chapitre li

Pendant ce temps, au Château, on attend le retour de Jacques. La mère est morte d'inquiétude. Judith vient la voir durant la soirée et lui annonce la mauvaise nouvelle : Jacques est accusé du meurtre d'un habit rouge. Son mari ne l'accompagne pas, il est resté chez lui avec sa mère.

D'abord incrédule, Geneviève se met à maudire Pierre d'avoir entraîné son garçon. Quand elle apprend sa mort, elle devient blême et doit s'asseoir pour ne pas tomber. Puis, elle reste immobile, figée de stupéfaction. Quelques larmes coulent sur ses joues. Elle retient son mal. Soudain, elle se met à râler, ne pouvant plus respirer. Apeurée, Judith bondit sur ses pieds pour lui lever les bras dans les airs. Sa mère éclate alors en sanglots.

Quand les feux éclatent, rue Saint-Laurent, elle sort dans le jardin avec Madeleine, le petit Louis et la bonne, de peur que le feu ne se propage au Château. Des flammmèches virevoltent dans l'air, emportées par la chaleur des brasiers.

– Une chance que la toiture est en tôle, dit Madeleine.

On entend des cris, des hurlements et des détonations. Les femmes se regardent, horrifiées, persuadées que des gens sont assassinés ou brûlés vifs dans leur demeure. Elles se tiennent collées les unes sur les autres, le petit Louis au centre.

Les incendiaires de Glengarry arrivent maintenant dans la rue Richardson, John MacDougall et sa bande à leur tête. Geneviève n'en croit pas ses yeux. D'instinct, Madeleine et la bonne se placent à côté d'elle pour faire face aux bandits. Geneviève toise le colosse sans dire un mot. L'Écossais fait son fanfaron.

— On dirait que vous êtes étonnée de me voir, lui dit-il.

— Vous devriez être en prison! rétorque Geneviève.

— Ils voulaient faire de la place pour votre fils, se moque l'autre.

— *Limey!* lance Madeleine pour l'insulter.

Un vieux Highlander l'agrippe brusquement par le bras pour la châtier. MacDougall s'interpose.

— *Let her go!* dit-il.

Les hommes se regardent, surpris, puis se mettent à rire d'un air entendu.

— *Let's go!* s'écrie MacDougall sans perdre de temps.

Il part aussitôt en entraînant ses comparses avec lui. Rouge de colère, Geneviève serre le bras de sa fille.

— Ne fais plus jamais ça! rage-t-elle.

La jeune fille se met à bouder.

— Tu es chanceuse que MacDougall ait pris ta défense, la sermonne Rosalie.

— C'est à cause de Judith, réplique sèchement Madeleine.

— Ne dis pas ça, s'indigne Geneviève, c'est une femme mariée !

— Bonne sainte Anne, protégez-nous ! prie la bonne.

Les lueurs des feux dans la rue Saint-Laurent ramènent vite les femmes à la réalité. Une idée surgit dans la tête de Geneviève.

— Attendez-moi ici, dit-elle.

Le petit Louis craint d'être abandonné.

— Maman ! implore-t-il.

Il a les bras tendus vers elle, la peur inscrite sur le visage.

— Reste avec ta sœur ! ordonne-t-elle.

Elle part aussitôt en direction de l'auberge. La rue Saint-Laurent est comme un fourneau et il n'y a personne. Geneviève revient sur ses pas et court jusqu'à la rue Ellice. MacDougall et sa bande sont là, s'introduisant de force dans les maisons pour voler et y mettant ensuite le feu. Les gens ne se défendent pas, submergés par le nombre d'hommes armés. Un père se fait battre sauvagement en tentant de résister. Sa femme et ses enfants sont derrière lui, horrifiés, et hurlent leur désespoir. La rue est pleine de malheureux qui pleurent et courent en tous sens. Plusieurs se dirigent vers la rue Hannah. Geneviève leur fait signe de s'en venir chez elle. Elle court même au-devant d'eux pour les ramener.

Le Château se remplit vite de femmes, d'enfants et de vieillards grelottants. Mme Masson est parmi eux. Énervés, les gens parlent fort, certains pleurent. Pour faire plus de place, Rosalie ouvre les portes coulissantes du salon et pousse la table de la salle à manger contre le mur du fond.

La grande résidence est devenue un havre de paix au cœur du village en flammes. À l'aube, plusieurs réfugiés s'endorment finalement, entassés les uns sur les autres sur les sofas et le tapis du salon. Quelques anxieux veillent encore dans la cuisine, les yeux étirés, devant une tasse de thé et des galettes à la mélasse.

CHAPITRE LII

Au moulin, la nuit a été pénible pour les rebelles, qui n'ont presque pas dormi, tenaillés par le froid, l'humidité et l'angoisse. À l'aube, le premier geste de Jacques est de regarder par la fenêtre. Dans les rues Ellice et Hannah, quelques maisonnettes continuent à se consumer. Jacques pense à Caroline et se demande ce qu'elle fait. Il est inquiet aussi pour sa mère, seule au Château.

Dans le camp militaire, tout est tranquille. Seules les sentinelles sont debout, occupées à nourrir le feu de camp devant leur tente en prévision du déjeuner. La cavalerie de Cornwall patrouille les rues tandis qu'un barrage de fantassins contrôle l'accès au pont. Beauharnois est en état de siège.

Les prisonniers se lèvent à tour de rôle. Ils marchent pour se réchauffer. Vers huit heures, des soldats arrivent enfin avec le repas : du pain et de l'eau. C'est la grogne générale dans l'entrepôt. On réclame plus. Daigneault sème la pagaille. Les militaires ont peur et pointent leurs baïonnettes. Ils font venir des renforts.

Après avoir dévoré son morceau de pain, Jacques retourne à la fenêtre. Des sinistrés fouillent les ruines de leur maison à la recherche de leurs biens ou d'un peu d'argent. Plusieurs errent dans le chemin, un maigre baluchon sur l'épaule, à l'affût de quelque nourriture. Une cinquantaine de femmes, d'enfants et de vieillards montent la côte avec des sacs ou des poches sur le dos. Devant l'église, ils bifurquent vers la salle paroissiale et entrent. Le groupe qui les suit continue sa route vers Sainte-Martine. Dans les rues Ellice et Hannah, des gens s'en vont vers Châteauguay. D'autres traversent le pont en direction de Saint-Timothée.

Chapitre LIII

Au Château, tout le monde est debout. Madeleine et la bonne sont occupées à préparer le déjeuner pour les réfugiés. Des crêpes s'empilent dans des assiettes sur la table où l'on mange à tour de rôle. D'autres préfèrent des toasts. Tout y passe : jambon, fromage, confitures, sirop d'érable et beurre. Geneviève s'occupe du thé, du café et du lait. Elle voit aussi à l'organisation.

Soudain, des cornemuses se mettent à sonner à l'extérieur. Tous tournent la tête vers les fenêtres pour voir ce qui se passe. Des ordres retentissent, suivis du vacarme des hommes qui se mettent en rangs pour subir une inspection. Mme Masson s'inquiète de manquer la messe.

– Dieu sait que vous avez mieux à faire aujourd'hui ! fait remarquer Geneviève.

Tous sont d'accord avec elle. Heureusement, car il n'y a pas de place pour tout le monde dans la salle paroissiale, où le curé a décidé de dire sa messe pour les réfugiés. Il en a fait barricader les fenêtres à la hâte, car il ne voulait pas les accueillir à l'église, dont les portes ont été défoncées par les Highlanders. Le tabernacle a été forcé et les armoires et les coffres ont été fouillés, à la recherche d'argent.

Après le repas, les sans-logis quittent l'un après l'autre le Château. La plupart vont se réfugier à la campagne dans leur parenté, ou chez des voisins plus chanceux qui ont encore leur maison, ou bien dans d'autres villages. Des malheureux s'enfoncent dans les bois où ils vont passer l'hiver dans des cabanes de bûcherons abandonnées. Ils vivront de chasse, disent-ils. Geneviève se demande combien de familles survivront au froid et à la neige. Elle ne les laisse pas partir sans leur donner des provisions.

– Le village va se vider, fait-elle remarquer à la bonne.

– Il va rester juste des Anglais! répond Rosalie, dépitée.

– Dommage que leurs maisons n'aient pas brûlé aussi, réplique Madeleine.

La mère et sa fille sortent ensuite pour aller voir Jacques. Le sol est couvert de cendres. La moitié de la rue Saint-Laurent a été détruite par les incendies. Il ne reste que les squelettes fumants des poutres noircies. L'auberge est encore intacte, les deux soldats sont en faction devant la porte. Des femmes et des enfants regardent les ruines de leur demeure d'où s'échappe de la fumée âcre. Au pied de la côte Saint-Louis, des cheminées de pierre se tiennent encore debout comme des trophées.

Geneviève n'est pas la seule à se rendre au moulin. D'autres pères, mères, épouses, grands-pères et grands-mères y vont aussi. Caroline est parmi eux. Les deux rivales se regardent en coin.

Des soldats bloquent la porte de l'escalier qui monte à la prison.

– Revenez demain! dit l'un d'eux dans un mauvais français.

Les Canadiens protestent. On crie fort et on lance des injures. Les gardiens se raidissent devant le ton colérique. Même s'ils ne comprennent rien, ils reculent, dos à l'entrée, baïonnette en avant. Heureusement, le curé arrive, accompagné du notaire Leblanc et de deux Canadiens, transportant un poêle à bois à l'aide de madriers calés sur leurs épaules.

– Poussez-vous, grogne le prêtre, nous devons monter ça aux prisonniers !

Les gens ne bougent pas et l'assaillent plutôt de plaintes. Les quatre hommes sont obligés de déposer leur fardeau par terre pour les écouter. Les gens en ont gros sur le cœur. La haine se lit sur leurs visages quand ils parlent de leurs maisons incendiées. « Ils nous ont tout volé ! » se lamentent d'autres. Plusieurs se plaignent d'avoir à héberger et à nourrir des Highlanders. « Ils s'imposent de force et ne cessent de réclamer sous peine de représailles ! » disent-ils. Les femmes ont de la difficulté à empêcher leur mari de se battre contre eux. Quelques-uns ont été blessés grièvement en voulant les remettre à leur place.

Le calme revenu, le prêtre lève un bras pour montrer qu'il veut parler.

– Écoutez-moi ! J'ai vu vos maris et vos enfants, tout à l'heure. Ils sont en bonne santé. Il y en a même plusieurs qui se sont confessés et qui ont communié.

Malgré les propos rassurants du curé, la foule recommence à protester.

– Nous voulons les voir de nos propres yeux, réclame Mme Masson.

– Vous les verrez demain, répond le curé. Tout sera mieux organisé. Je m'en occupe personnellement.

Lentement, les gens se calment, confiants dans l'homme de Dieu. La présence du notaire les rassure également. Le prêtre fait signe à ses aides de monter le poêle.

Chapitre LIV

Depuis l'arrestation de son amoureux, Caroline ne cesse de penser à lui, et l'idée qu'il puisse être pendu lui vient parfois à l'esprit. Elle repousse vite cette pensée qui la bouleverse et la fait pleurer. Elle se dit que si son père était là, il pourrait faire quelque chose.

Au Château, Rosalie encourage sa maîtresse à garder espoir.

– Il n'y a pas de danger pour votre mari, Madame, M. Ellice est avec lui ! Les rebelles n'oseront pas toucher à un seul de ses cheveux !

Geneviève s'inquiète aussi de sa belle-sœur. Au moins, la ferme a été épargnée, d'après ce que Tom lui a dit. « Pauvre Adeline, pense-t-elle, elle doit être atterrée ! Ça fait juste six mois que son garçon est mort, et là, son mari ! Elle doit se demander pourquoi je ne vais pas la voir ! Si François n'est pas revenu demain, j'irai faire un tour dans l'après-midi. »

Elle va donc à la messe, ne pouvant rien faire de plus pour l'instant. La salle paroissiale est bondée de miséreux qui se parlent à voix basse et regardent autour pour graver dans leur mémoire cet endroit où leurs compatriotes ont combattu pour reconquérir leur pays. On voit des traces de balles sur les murs. Même si la bonne du curé a frotté le plancher avec énergie, on discerne encore des taches noires de sang.

Dans l'après-midi, alors que la mère ressasse ses inquiétudes, un grincement de porte se fait entendre. Son cœur se met à palpiter d'espoir. Elle reconnaît le bruit feutré des pas.

– François? appelle-t-elle.

– Oui, c'est moi!

Elle se lève précipitamment et va à sa rencontre. Il est déjà dans l'entrée de la cuisine et sourit. Elle se met une main sur la bouche pour cacher ses émotions. Ses yeux pétillent de joie et d'amour. Elle se retient un instant, étonnée de le voir si sale, avec la barbe longue et les vêtements en pagaille.

Comme il la trouve belle! Il a l'impression de la rencontrer pour la première fois. Il la revoit avec ses yeux de jeunesse, d'innocence.

Elle se jette à son cou en pleurant. Il la serre dans ses bras, humant l'odeur de ses cheveux. Elle laisse couler ses larmes et parler son cœur. Rassasiée, elle relève la tête pour le regarder, le visage mouillé, et lui sourit, heureuse. Elle se met soudain à rire aux éclats.

– Tu ressembles au quêteux! dit-elle.

Il s'esclaffe aussi. Puis elle l'embrasse à pleine bouche, sans gêne ni retenue. La bonne, debout à côté de sa chaise, rougit d'envie et se frotte nerveusement les mains sur son tablier. Impressionnés, Madeleine et son petit frère échangent un regard timide. Le père fait un clin d'œil à son benjamin qui se précipite sur lui et se jette dans ses bras.

– Ça pique! geint-il en passant sa main sur sa barbe.

C'est au tour de Madeleine d'étreindre son père. Ils se regardent comme s'ils ne s'étaient pas vus depuis une éternité.

– Je vous aime, papa !

– Moi aussi, ma grande !

La bonne s'est avancée. François l'embrasse sur les deux joues.

– Est-ce que je peux vous tenir dans mes bras ? demande-t-elle avec candeur.

Sans attendre sa réponse, elle se blottit contre lui. François l'entoure de ses bras pour lui montrer son affection. Elle ferme les yeux pour savourer l'étreinte, se sentant revivre, la tête appuyée sur son épaule. Son mari est mort depuis si longtemps qu'elle a oublié le réconfort d'une caresse. François est un peu embarrassé. Sa femme sourit. Rosalie relève la tête sans le regarder, par pudeur, les yeux tristes et doux. Elle se dirige vers le poêle.

– Vous devez être affamé, dit-elle sans se retourner. J'étais en train de faire chauffer du ragoût de pattes de cochon pour le souper.

– Hum ! Ça sent bon !

– Viens t'asseoir ! dit la mère. Je vais te préparer du thé en attendant.

Tout le monde est énervé, essayant d'être agréable pour le père, qu'ils ont cru mort à un moment ou à un autre.

– Je vais mettre la table, dit Madeleine.

– Je vais sortir les betteraves marinées, ajoute le petit Louis. Je sais que vous aimez ça.

Geneviève s'assoit à côté de son mari pour être le plus près de lui possible.

– Raconte-moi, dit-elle. Comment es-tu arrivé ici ?

– Par bateau avec Edward Ellice, Lawrence Brown et les autres. On vient juste d'arriver de Montréal.

Le père n'a pas envie de raconter son aventure pour l'instant. Il pense à son aîné qui n'est pas là malgré l'heure tardive. Il n'a pourtant pas vu de lumière dans la forge en arrivant.

– Où est Jacques ? demande-t-il.

Toutes les têtes se tournent vers Geneviève. Ses traits crispés la font paraître plus vieille, tout à coup. Depuis hier, une mèche de cheveux a blanchi sur son front. Elle se met à raconter les événements qui se sont produits à Beauharnois au cours des derniers jours.

François est stupéfié d'apprendre l'arrestation de son fils, la mort de son frère et l'état de Caroline. C'est trop d'un coup, ses idées s'entremêlent. Il se sent impuissant et a envie de pleurer à l'idée qu'on pendra Jacques. Une douleur vive lui traverse le front et il repousse brusquement son assiette devant lui en frappant un verre qui se fracasse aussitôt. Sa femme lui prend la main pour le calmer. Des larmes perlent dans ses yeux.

– Comment va Adeline ? demande-t-il.

– Je n'ai pas eu le temps d'aller la voir. Je voulais aller veiller le corps, demain.

François éclate en sanglots. Il cache son visage dans ses mains pour mieux laisser cours à sa peine. Geneviève caresse ses cheveux.

– Je n'en reviens pas qu'il soit mort, bafouille-t-il, la voix coupée de hoquets.

Quand il relève la tête, il a le visage meurtri et les yeux rouges. Sa barbe est mouillée. Sa femme lui tend un mouchoir.

– Je vais aller voir le commandant de l'armée, dit-il, l'air déterminé.

– Penses-tu qu'il puisse faire quelque chose pour Jacques?

– Je ne le sais pas! répond-il avec impatience.

Il est atterré et cherche des solutions, n'importe quoi. Il faut que ça marche, le temps presse. Les propos que lui a tenus Ellice sur le bateau lui reviennent à l'esprit: «C'est grâce à vous que je peux retourner chez moi aujourd'hui, lui a dit le seigneur. Vous avez fait preuve d'un courage exceptionnel devant les rebelles. Vous avez risqué votre vie pour sauver la mienne, je vous en saurai toujours gré.»

– Je vais aller voir Charles Grey et Edward Ellice, aussi, dit-il. Ils pourront sûrement nous aider.

– Tu as l'air bien sûr de toi, remarque Geneviève.

– Et toi, tu es bien pessimiste! lui reproche-t-il, l'air sévère.

– J'ai peur! répond-elle, un sanglot dans la gorge. Je prie le bon Dieu tout le temps pour qu'Il libère notre enfant!

François n'écoute plus. Il veut sauver son fils à tout prix.

– Si ça ne marche pas, dit-il tout haut, j'irai voir le gouverneur.

– Le Vieux Brûlot! Il ne voudra jamais s'en occuper!

– Diable! fait-il, contrarié. J'avais oublié que c'était lui qui le remplaçait!

Il réfléchit quelques secondes.

– J'écrirai à Lord Durham s'il le faut! reprend-il.

Les enfants et la bonne écoutent en silence. Le père est tendu, car la vie de son fils est en jeu. Le sang bat fort dans ses tempes.

— Papa, intervient le petit Louis, est-ce que vous vous êtes sauvé de prison ?

— Pas ce soir, s'il te plaît ! Ce n'est pas le temps.

L'enfant se met à pleurnicher. Il pousse aussi son assiette devant lui.

— Je n'ai plus faim ! rechigne-t-il.

— Finis ton assiette, mon chéri, l'encourage la mère. Rosalie a fait cuire une bonne tarte à la citrouille pour le dessert.

Le père reste impassible. Il sirote son thé, concentré sur son problème.

— Je vais te faire chauffer de l'eau pour un bain, dit Geneviève. Ça va te détendre.

— Laissez faire, maman, dit Madeleine, je vais m'en occuper.

Le mari regarde sa femme. La tristesse se lit sur son visage.

— Tu as raison, dit-il. Une bonne nuit de sommeil ne me fera pas de tort non plus.

Il se lève de table et va embrasser le petit Louis sur le front.

— Je vais aller me changer.

Vingt minutes plus tard, il revient dans sa longue jaquette blanche, les pieds nus. Un grand bac a été déposé sur le plancher au milieu de la cuisine. Sur le poêle, des casseroles et des marmites remplies d'eau laissent échapper de la vapeur.

— Ça t'en a pris, du temps ! fait remarquer Geneviève.

– Je m'étais assoupi, répond-il. Je me suis réveillé en sursaut.

– Ça ne sera pas long, papa, dit Madeleine, l'eau est presque chaude.

– Ce n'est pas nécessaire qu'elle soit bouillante, ma fille. Ça va être bon, ça fait longtemps que je ne me suis pas lavé.

– Tout le monde dans le salon! commande la mère.

Le père sourit.

– Viens dans l'eau avec moi, propose-t-il.

– Voyons donc, on ne dit pas des choses pareilles devant les enfants.

– Pourquoi pas!

– Attends avant de te déshabiller, prévient-elle. Je vais aller fermer les rideaux.

L'horloge sonne neuf heures. François est dans l'eau depuis si longtemps qu'il en a la peau plissée.

– Il est temps que tu sortes, dit sa femme.

Après avoir remis sa jaquette, il va rejoindre les autres dans le salon. Il a l'air calme, reposé. Il passe sa main dans les cheveux de son fils.

– Je vais te raconter ton histoire, dit-il.

Il se cale dans son fauteuil.

– Rosalie, prie-t-il, merci de m'apporter du thé. Je vais en avoir besoin si je ne veux pas tomber endormi. Je sens la fatigue me gagner.

– Tout de suite, Monsieur, répond la servante. Attendez-moi avant de commencer.

L'attente ne fait pas l'affaire de Louis, qui s'est déjà assis sur le tapis devant son père pour ne rien manquer. Madeleine lâche un soupir. Geneviève regarde son mari d'un air langoureux. Il lui fait un clin d'œil.

La bonne revient bientôt, poussant une desserte devant elle. Le père se met alors à faire le récit de la semaine qu'il a passée enfermé dans une chambre noire, à Châteauguay. Au moment de raconter sa libération à Lapigeonnière, il s'arrête pour se verser du thé. Louis, impatient de connaître la suite, ne cesse de gigoter.

– As-tu des vers? demande la mère.

L'enfant s'arrête, offusqué.

– On était dans l'entrée d'une ferme, reprend le père. On avait faim et froid. Le cultivateur était sur la galerie et regardait ce qui se passait. Quand les Chasseurs sont partis, j'ai crié «Hé! monsieur, monsieur!» Il m'a jeté un coup d'œil et il est rentré dans la maison. Puis, il a fermé les rideaux des fenêtres.

– Il est méchant, commente Louis.

– On a fait le tour des fermes en espérant trouver un bon samaritain. Les gens n'ouvraient pas ou nous fermaient la porte au nez. On avait l'air de brigands, avec la barbe longue et les vêtements sales.

– C'est parce qu'il y avait des Anglais avec vous, dit la bonne.

– Heureusement, continue le père, on a pu casser la glace d'un ruisseau pour boire. Elle était mince. M. Brown disait qu'il menait à la rivière à la Tortue et qu'on n'avait qu'à le suivre pour se rendre à La Prairie. On ne pouvait pas revenir à Beauharnois, parce qu'on ne savait pas ce qui se passait. On a donc marché en suivant le cours du ruisseau, à travers les broussailles, les sous-bois et les champs labourés. Il y avait des loups qui nous suivaient de loin. On a cassé des branches d'arbres pour se faire des bâtons, en cas d'attaque. On avait froid et nos mocassins étaient trempés par la neige qui fondait au soleil. Le sol était dur et nous blessait le dessous des pieds. On avançait lentement. Il y avait des fermes, ici et là, mais on ne voulait pas s'arrêter pour gagner du temps. On buvait beaucoup d'eau pour nous bourrer l'estomac.

Tous sont captivés par le récit. Madeleine a la bouche ouverte et le petit Louis ne bouge pas, fasciné par l'aventure. Ses yeux changent continuellement d'expression, passant de l'étonnement au tourment, de la peur à la détermination.

– On a marché pendant des heures et des heures sans compter nos efforts, continue le père. Le ruisseau s'est changé en bras et finalement en rivière. On savait qu'on approchait. Le village de Saint-Constant était juste en face de nous. On a hâté le pas, car il commençait à faire noir. On ne s'est arrêtés nulle part, de peur d'être rejetés par les gens, encore une fois. En mettant le pied sur le chemin du Roy, j'ai lâché un cri de joie. On savait que La Prairie était le prochain village. Le pouce de M. Brown lui faisait atrocement mal. Il l'élançait et n'arrêtait pas de saigner. Il avait peur que ça tourne en gangrène à cause de l'infection et craignait de se le faire amputer.

Les visages de Louis et de Madeleine grimacent, mais celui de la mère est indifférent.

– On a forcé encore plus le pas. Une demi-heure plus tard, on a aperçu des lumières. On était enfin arrivés. M. Brown nous a amenés à la caserne militaire où était cantonné le 7e régiment des Hussards de la Reine. C'était juste en face de la gare. Sur le coup, les cavaliers nous ont pris pour des vagabonds. Ils voulaient nous chasser. Soudain, un officier a reconnu M. Ellice. On était sauvés.

– Hourra! s'écrie le petit Louis, les bras dans les airs.

– On a mangé comme des cochons, affirme le père, le révérend aussi. Je pense que j'ai bu une bouteille de vin à moi tout seul. Après, j'ai dormi comme une bûche. Malgré la fatigue, on s'est levés à l'aurore. Comme on n'avait pas de nouvelles de Beauharnois, on a pris le premier vapeur en partance pour Montréal. À notre arrivée, le quai était bondé d'Anglais. Quand ils ont aperçu M. Ellice, ils se sont mis à crier de joie. Ils l'avaient cru mort. On a alors appris la fin de la rébellion. M. Ellice voulait revenir à Beauharnois tout de suite, mais il n'y a pas de bateau le dimanche et on a dû attendre qu'ils en affrètent un. En attendant, les Anglais nous ont amenés à l'hôtel Rasco pour fêter notre retour. Ils faisaient des discours et nous félicitaient sans arrêt. On a passé la journée à manger et à boire. On n'a même pas eu le temps de se laver et de se raser.

Louis tape des mains, car l'histoire lui plaît. Tout le monde rit. Puis il se lève pour aller se blottir contre son père.

– Je vous aime beaucoup! dit-il.

Le père l'entoure de ses grands bras en fermant les yeux pour savourer l'étreinte. Personne n'ose les déranger. Il se met alors à penser à Jacques, repassant dans sa tête les solutions possibles.

Chapitre lv

L e lendemain, François se réveille en sursaut. Pendant un instant, il s'est vu prisonnier à Châteauguay. Il est assis dans son lit, le cœur battant, épuisé. Il n'a presque pas dormi, trop préoccupé par le sort de son fils. Quelqu'un cogne à la porte de sa chambre.

– Entrez! répond-il en tirant la couverture sur lui. C'est la bonne.

– L'apprenti est là depuis une demi-heure, Monsieur. Je l'ai fait asseoir dans la cuisine en attendant.

– Il doit vouloir les clés de la forge, répond le père. Il faudra qu'il revienne la semaine prochaine, j'ai trop à faire.

Il fait rapidement sa toilette, revêt sa redingote et part pour l'auberge. À sa demande, les sentinelles lui indiquent le commandant, assis à table près d'une fenêtre de la salle à manger avec le lieutenant-colonel Charles Grey. Mme Prévost est auprès d'eux, le visage sévère. Elle sert les officiers britanniques avec des gestes mécaniques, saccadés.

Grey aperçoit François et lui fait signe de s'approcher. Il le présente au major Carmichael, un homme au visage rougeaud, d'allure autoritaire.

– C'est un plaisir de vous rencontrer, monsieur ! dit François.

– Veuillez m'excuser, messieurs, dit Grey, j'ai à faire.

– Je ne voulais pas vous déranger, fait François, mal à l'aise.

– Je dois vraiment me sauver, mon ami. Vous voulez sûrement parler avec le commandant.

Ce dernier offre alors à François de déjeuner avec lui. L'homme a l'air détendu, tandis que François a des poches sous les yeux.

– Voulez-vous manger ? demande la femme Prévost.

– Oui. Des œufs et du jambon, s'il vous plaît. Du thé aussi.

L'aubergiste se dépêche d'enlever le couvert du colonel.

– Charles m'a parlé de vous, dit le major Carmichael avec un accent britannique. C'est vous qui avez sauvé la vie d'Edward Ellice. Je vous félicite !

– Merci, monsieur !

– Vous devez être content de rentrer chez vous après une telle aventure.

– Vous pouvez le dire ! Ma femme était tellement inquiète qu'une mèche de ses cheveux a blanchi.

– *My, my !* s'exclame le major dont les manières raffinées ne correspondent pas à son physique.

– Votre épouse vous a-t-elle accompagné ? risque François dans une tentative pour percer la carapace du soldat.

– Elle est restée en Ontario. C'est trop dangereux pour elle, ici. J'irai la retrouver plus tard.

François cherche une manière polie d'orienter la conversation, mais le commandant ne tient pas à connaître la raison de sa visite. Il est seulement content d'avoir de la compagnie pour déjeuner.

L'aubergiste revient et dépose devant François une assiette remplie d'œufs, de jambon, de patates rôties et de toasts beurrées ainsi qu'une théière au centre de la table.

– Avez-vous des enfants ? demande François en attaquant son déjeuner.

L'autre le regarde d'un air interrogateur, se demandant où il veut en venir.

– *Two boys!* répond-il fièrement. Ils se dirigent eux aussi vers une carrière militaire. Ils sont déjà officiers dans la milice.

– Comme moi ! s'empresse de dire François. Je suis capitaine. Mon garçon fera peut-être comme moi, un jour. Pour l'instant, il est prisonnier au moulin.

Carmichael le regarde, surpris.

– Ça doit être le jeune garçon dont m'a parlé le lieutenant-colonel Grey. Il s'appelle Jack, je crois.

– Jacques, corrige François.

Il marque ensuite une pause, le temps de rassembler ses idées.

– Mon garçon n'est pas un rebelle, monsieur, reprend-il. Il était allé chercher son oncle pour l'inviter à souper quand il s'est retrouvé pris dans la mêlée. Vous savez comment sont les jeunes. Leurs impulsions les entraînent souvent.

Le major l'écoute.

– Il faisait noir quand l'attaque a eu lieu, continue François.

– La lune éclairait, affirme Carmichael.

– Il faisait trop noir pour bien voir, assure François. Si les rebelles ont tué seulement un soldat, c'est qu'ils tiraient à l'aveuglette.

– Vous avez peut-être raison, cher monsieur. Ils n'ont fait mouche qu'une seule fois sur une trentaine de coups de feu.

– Il faisait encore plus noir à l'intérieur de la salle paroissiale.

– Il y avait une chandelle d'allumée, argumente le major.

– Ils ne devaient pas voir grand-chose, insiste François, la salle était enfumée par le tir des mousquets.

– Je suis d'accord avec vous.

– Alors, les témoins ne pouvaient pas voir non plus, conclut François.

Carmichael ne répond pas à la remarque, se contentant de sourire. François est satisfait de lui. Le major baisse la tête en se grattant le cuir chevelu. François est inquiet.

– Je vais être franc avec vous, dit le commandant sur un ton défaitiste. Les deux témoins sont des hommes d'affaires écossais de Montréal et ils font partie du bataillon de volontaires du lieutenant-colonel John Molson. Le procès sera difficile pour votre fils dans le contexte politique actuel.

François se lève brusquement, outré. Il met les mains sur la table en fixant l'officier dans les yeux, rouge de colère.

– Ce n'est pas parce qu'ils sont anglais qu'ils peuvent faire pendre mon garçon juste sur leur parole ! s'emporte-t-il.

– Calmez-vous, monsieur !

— Si jamais vous touchez à un seul cheveu de mon fils, dites à vos témoins de se considérer comme morts! Je les poursuivrai au bout du monde, s'il le faut!

Le major saute sur ses pieds, outragé.

— Vous ne savez plus ce que vous dites!

À la table voisine, deux officiers se sont levés, prêts à intervenir. François les brave du regard. Se rendant compte de sa bêtise, il baisse la tête sans oser regarder Carmichael. Il regrette de s'être fâché et sent qu'il s'est mis à dos l'homme qu'il voulait, au contraire, s'allier à tout prix.

— Pardonnez-moi! dit-il.

Se sentant humilié, il tourne les talons et sort de l'auberge. Dehors, le soleil a percé le drap de nuages blancs qui couvrait le ciel. Le temps est froid, même trop pour ce temps-ci de l'année. François est gêné de rentrer au Château et son visage crispé en dit long sur son humeur. Judith et Richard viennent juste d'arriver.

— Ça a mal été? demande la mère en l'apercevant.

— Oui et non. Il m'a compris, mais j'ai tout gâché.

— Ah!

— Je te parlerai de ça plus tard. Allons voir Jacques.

Chapitre LVI

Avant de monter l'escalier qui mène à la prison, les visiteurs doivent se soumettre à une fouille au corps. Geneviève a beau protester quand vient le tour du petit Louis, rien n'y fait. Quand arrive son tour, elle est soulagée de n'avoir qu'à ouvrir son manteau pour une inspection visuelle. En haut des marches, il y a un poste de gardes. À côté, des visiteurs conversent avec des prisonniers. Au centre de l'entrepôt, un mur de planches de dix pieds de haut a été monté jusqu'au plafond pour isoler le quartier des détenus.

Une porte s'est ouverte et Jacques apparaît derrière un gardien, les mains et les pieds attachés, reliés entre eux par une chaîne. À la vue des siens, il est si nerveux qu'il a un haut-le-cœur. Son père est pâle et sa mère tente de cacher son trouble sans y parvenir.

– Mon Dieu! s'émeut Geneviève.

Elle s'avance vers son fils, les larmes aux yeux, et lui prend les mains.

– Ils t'ont enchaîné! se lamente-t-elle.

– C'est juste pour m'empêcher de me sauver, maman. Ça ne fait pas mal. Ils vont me détacher tantôt, quand vous serez partis.

Le père se racle la gorge plusieurs fois pour cacher ses émotions. Il a un pincement au cœur, la main posée sur l'épaule de son fils pour montrer son affection.

— Comment tu vas ? demande-t-il.

— Au moins, je ne gèle plus. M. le curé est venu hier pour installer un poêle à bois. Il a aussi fait bâtir un mur pour rapetisser l'espace à chauffer.

Sa mère le trouve amaigri, le teint pâle.

— Manges-tu ? s'enquiert-elle, inquiète.

— C'est loin d'être comme à la maison !

Elle sourit un peu. Judith et Madeleine se sont approchées de leur frère pour l'embrasser. Richard lui donne une tape amicale sur l'épaule. Le petit Louis, plus à l'aise maintenant, est intrigué par les fers. Il cherche à les ouvrir.

— Tu n'y arriveras pas, assure le grand frère, ça prend une clé.

— Je vais tout faire pour te sortir d'ici ! déclare François.

Jacques se sent accablé, oppressé tout à coup.

— Ce n'est pas moi qui ai tué le soldat, dit-il, le visage suppliant. Le mousquet était vide quand j'ai tiré. Je m'en suis aperçu après.

— Je te crois, mon gars.

Il baisse la tête, revoyant son oncle mort à ses pieds, un trou au front. Quand il la relève, il aperçoit Caroline, qui sourit timidement. Personne ne l'a entendue arriver.

La jeune femme se précipite sur lui. Elle l'embrasse devant tout le monde, sans gêne. Puis, elle garde les yeux rivés sur lui. Autour d'eux, on passe des commentaires désobligeants sur son geste indécent. Richard et Judith dévisagent les insolents. Le petit Louis, intimidé, se contente de tenir la main de Madeleine, qui sourit. La mère est en colère alors que le père est content pour son fils.

– Mon frère Jim est certain que ce n'est pas Jacques qui a tué le fantassin, dit Caroline en se détachant de son amoureux. Il a vu Pierre faire feu avant de tomber.

– Je t'adore! s'exclame François en s'approchant d'elle pour l'embrasser.

– Vous remercierez votre frère pour moi, mademoiselle! dit Geneviève, froidement.

Madeleine se jette sur elle pour la serrer dans ses bras.

– Je suis tellement contente de te voir! dit-elle. Je pense souvent à toi.

Judith et Richard l'imitent. Le petit Louis lui prend la main. Un soldat s'approche.

– *Time is up!* dit-il.

Les jeunes bougonnent. Les parents sont déçus. La mère embrasse son fils sur la joue. Le père passe la main dans ses cheveux. Caroline lui donne un baiser sur la bouche, malgré les spectateurs.

– À demain, mon amour! chuchote-t-elle.

Les parents jubilent d'avoir un témoin crédible, de bonne réputation et d'un bon rang social. On se dépêche de dîner, puis François attelle Noiraud à la carriole pendant que Madeleine s'occupe du berlot. La bonne s'en vient, les bras chargés de provisions. On est prêts à aller veiller le corps chez Adeline.

Chapitre LVII

À l'entrée de la ferme des Pitre, le Christ en croix est couvert de neige. Le cœur en bois teinté de sang de bœuf est tombé, ne laissant que deux clous rouillés plantés dans la poitrine du Sauveur. Apeurée, la mère se signe. Les autres ne disent rien, se contentant de regarder cette scène étrange.

Tiffanie répond à la porte. Sa sœur Élodie les conduit ensuite dans la cuisine auprès du corps de son père, pour prier. Étrangement, leur mère ne s'est pas levée de sa chaise à bascule pour accueillir la parenté. Elle se balance si fort qu'on craint qu'elle ne bascule. Échevelée, un vieux châle beige couvrant ses épaules, elle semble avoir perdu l'esprit, avec ses yeux hagards qui fixent le plafond pour ne pas voir le cercueil devant la fenêtre. « Pour moi, elle est devenue folle ! » chuchote une femme à sa voisine.

Tiffanie et Élodie répondent de leur mieux aux questions des visiteurs. Caroline vient d'arriver. Marguerite grimpe sur le prie-Dieu à côté d'elle pour regarder son père mort. Obéissant à une impulsion, elle touche la plaie au front. Les gens autour sont horrifiés et lui font les gros yeux. Marguerite se met à pleurer, jusqu'à ce que Caroline la prenne dans ses bras pour la consoler. Geneviève observe la jeune femme avec des yeux hostiles, ayant l'impression qu'elle s'immisce de plus en plus dans les affaires de la famille.

L'atmosphère est insoutenable, à cause d'Adeline qui marmonne continuellement des chansons tout en se berçant. Geneviève, qui appréhende la catastrophe, s'assoit à côté d'elle et lui prend la main. Sa voix douce et familière agit. Les yeux d'Adeline s'abaissent un instant, mais retournent vite à leur égarement. Au moins, elle a cessé de chanter. Geneviève continue son monologue.

— Je vais rester coucher ici, ce soir, dit-elle finalement. Je ne veux pas que tu restes seule.

Les paroles touchent l'âme de la veuve. Elle tourne les yeux vers sa belle-sœur et se met à pleurer doucement, puis elle éclate en sanglots, la tête penchée sur sa poitrine, laissant sortir le chagrin qu'elle retient depuis deux jours.

— Pleure, dit Geneviève pour l'encourager, ça va te faire du bien !

Tout le monde regarde les deux femmes. Tiffanie a mis un bras autour des épaules de sa mère pendant qu'Élodie lui caresse une main, inquiète. Marguerite est restée avec Caroline, qui la tient contre elle.

Après plusieurs minutes, Adeline lève la tête, épuisée, le visage trempé de larmes. Ses yeux sont cernés, rougis par la fatigue et les pleurs, et sa poitrine est agitée de soubresauts. Elle met une main sur son cœur et soupire pour évacuer sa peine.

— Ça fait mal en dedans ! dit-elle faiblement.

Au matin, seuls les parents des quatre Chasseurs tués sont présents au cimetière. Les amis et les voisins n'ont pas osé venir, craignant d'être pris pour des insurgés et d'être arrêtés. Cependant, Elizabeth Ross est là, mais sans son mari. Dans un instant, les dépouilles seront descendues dans les fosses païennes, le curé ayant ordonné au bedeau de creuser les trous dans la partie des anges, là où les enfants qui n'ont pas reçu le baptême sont enterrés. On remarque tout près plusieurs pierres tombales de protestants, ainsi que celles d'un juif et d'un Africain. Malgré l'insistance de François, le prêtre a refusé de réciter la prière des morts. Il a aussi refusé de dire une messe de requiem. «J'ai averti tout le monde que les rebelles ne recevraient pas de sépulture catholique s'ils mouraient», a-t-il répondu sans ménagement à François.

Adeline s'est agrippée au bras de sa belle-sœur, l'âme vide, toutes ses joies et ses espérances envolées. François tient la main de Tiffanie tandis que Madeleine s'occupe d'Élodie. Marguerite s'est encore réfugiée auprès de Caroline, au grand déplaisir de Geneviève. Le petit Louis s'est faufilé entre Richard et Judith dont le ventre s'arrondit. La bonne est derrière eux.

Soudain, le son des cornemuses leur fait tourner la tête. Au centre du nouveau cimetière presbytérien, les volontaires de Glengarry jouent une musique funèbre. Des fantassins en armes sont alignés devant la tombe de leur compagnon tué.

Les sons tristes et langoureux remplissent les âmes de chagrin et d'amertume. Les femmes pleurent et les hommes penchent la tête pour cacher leur trouble.

Par une des fenêtres du moulin, Jacques assiste à la cérémonie mortuaire. Les autres rebelles écoutent aussi, en silence, les notes stridentes des cornemuses. À un moment donné, Jacques voit Caroline tourner la tête vers le moulin.

Les cornemuses se sont tues. Une salve de coups de mousquet retentit. Jacques voit son père s'avancer au milieu des quatre cercueils. Au mouvement de ses lèvres, il sait qu'il récite une prière. L'assistance a la tête baissée et prie avec lui.

Les corps sont ensuite mis en terre. Adeline garde la tête haute pour ne pas voir son mari dans le trou noir. Ses yeux clignent nerveusement et les traits de son visage sont affaissés. On dirait qu'elle a vieilli tout d'un coup. Geneviève l'entraîne lentement hors du cimetière. En passant devant la tombe de son fils, Adeline s'arrête un instant pour regarder, puis repart en s'appuyant sur sa belle-sœur, les jambes chancelantes. Elle se laisse emmener au Château avec ses filles.

Madeleine et la bonne dressent la table dans la salle à manger, sans apparat. L'invitée, repliée sur elle-même, sirote en silence un bouillon de poulet avec sa cuillère.

— Tu devrais rester ici avec tes filles, propose Geneviève.

— Oui, oui ! s'écrient les trois fillettes.

— Si vous voulez, répond faiblement la mère après une légère hésitation.

— Hourra ! fait le petit Louis, content d'avoir ses cousines pour jouer avec lui.

— Je vais demander à Tom de s'occuper de la ferme, dit François.

Adeline lève les yeux sans rien dire, en signe d'acquiescement.

— En parlant de la ferme, continue-t-il, il faudra que j'aille voir Brown cette semaine pour payer les droits seigneuriaux. Il y a aussi la dîme à verser au curé. C'est dû depuis avant-hier.

Madeleine bondit, le visage empourpré. Elle qui n'a rien dit depuis le retour du cimetière, la mention du prêtre la fait s'indigner.

– Je ne comprends pas pourquoi vous lui donnez de l'argent, papa!

– Qu'est-ce que tu veux dire?

– C'est scandaleux que mon oncle soit enterré avec les païens! Il devrait être avec Jean.

Adeline relève la tête, le regard plein de ressentiment.

– Je lui revaudrai ça, au curé, un jour! dit-elle.

François et Geneviève regardent leur belle-sœur, étonnés. Madeleine est contente. Richard et Judith n'osent pas intervenir.

– Nous allons rentrer bientôt, annonce cette dernière à brûle-pourpoint. Richard doit aller travailler.

– Je vais accompagner ma tante pour aller chercher ses affaires, propose Madeleine.

– Tu emmèneras ton petit frère avec toi, demande Geneviève. Je veux aller voir Jacques, après-midi. J'espère que Caroline Brown ne sera pas là! ajoute-t-elle sur un ton sarcastique.

– Ne soyez pas méchante, maman! riposte Judith. Vous savez combien ils s'aiment tous les deux. Elle va faire une bonne mère.

Tout le monde est mal à l'aise. C'est la première fois que Judith s'oppose à sa mère, qui fait comme si de rien n'était.

– Je vais aller voir Tom après dîner, dit François pour briser le silence. Les animaux ne peuvent pas attendre.

Seule Rosalie est restée à la maison. Dans la soirée, le père s'installe au salon avec son journal pendant que les femmes débarrassent la table. Un vapeur a accosté ce matin, derrière le *Henry Brougham* que des travailleurs tentent de renflouer. Il apportait des nouvelles, comme avant le soulèvement. Ce que lit François le révolte. Il se lève brusquement pour rejoindre sa femme dans la cuisine.

— C'est criminel ce que les Anglais disent de nous dans le journal! lance-t-il sur un ton agressif.

Elle le regarde en tenant la porte de la glacière ouverte, un plat de viande dans les mains.

— Ils exigent une vingtaine de pendaisons parmi les Chasseurs arrêtés.

Geneviève lâche son plat, qui se brise sur le plancher.

— Bonne sainte Anne! fait la servante.

François leur traduit un extrait de l'article: «Qu'ils soient innocents ou coupables, il faut assurer la sécurité des Anglo-Saxons, même aux dépens des Canadiens. Seule leur disparition de la terre préviendra de nouvelles rébellions.»

— Notre Jacques!… s'écrie la mère, affolée, les larmes aux yeux.

François reste pantois. L'idée que son fils puisse faire partie de ceux dont on réclame la tête ne lui était pas venue. Une grande détresse mêlée de peur l'envahit.

— Je vais aller voir Grey avant qu'il soit trop tard, déclare-t-il.

— J'y vais avec toi, dit Geneviève.

— Voyons, maman! intervient Madeleine. Avez-vous vu l'heure?

Les parents se regardent, angoissés.

Chapitre lviii

Dehors, il se met à neiger. Le temps est plus doux, annonciateur de bonnes nouvelles. François n'arrive pas à dormir, tourmenté par les remords depuis sa rencontre avec le commandant britannique. Sa femme, également éveillée, sanglote à l'idée de perdre son fils.

Après une nuit éprouvante, ils sont impatients d'en finir. Même si François a le sentiment que sa démarche sera inutile, il ne veut rien négliger, car il s'en blâmerait pour le reste de sa vie. Il est déjà huit heures et il n'en peut plus d'attendre.

– Dépêche-toi! grogne-t-il à l'adresse de sa femme.

– Ne crie pas après moi! réplique-t-elle.

Madeleine n'en croit pas ses oreilles. Elle n'a jamais vu son père si tendu.

Dans la rue, François marche à petits pas, avec l'impression d'aller à l'échafaud. Au contraire, Geneviève a l'air bien décidée. Devant l'auberge, François s'arrête, doutant encore de sa décision. Les deux gardes dévisagent le couple. François pense aux Ellice qu'il veut aussi aller voir et craint de tout gâcher en insistant indûment auprès de leur cousin, Charles Grey.

– Qu'est-ce qu'il y a? demande Geneviève.

Il la regarde en secouant la tête.

— Je me fais trop de bile pour rien, répond-il finalement.

Il ouvre la porte et laisse passer sa femme. La salle à manger est bondée d'habits rouges. Mme Prévost va de table en table en faisant le service. Ça sent la friture mêlée à l'arôme de café et à l'odeur de toasts brûlées.

— Bonjour, monsieur, madame ! se réjouit la propriétaire en les voyant.

— Est-ce que le colonel Grey est ici ? demande François.

— Non, il dort au camp de l'armée. Il vient ici seulement pour manger.

Ils sortent, déçus, et remontent la rue vers le temple presbytérien. La tente du colonel est la première à côté du sanctuaire. Elle est facile à reconnaître avec son drapeau britannique à l'entrée. C'est une grande structure de toile grise percée d'un tuyau de poêle, d'où s'échappe une fumée blanche. Sur le devant, une toile soutenue par deux courtes perches fait office d'auvent. Deux sentinelles y montent la garde.

Après avoir décliné leur identité, François et Geneviève entrent. La chaleur est suffocante. Le sol est couvert de rameaux d'épinettes et de cèdres qui embaument l'air. Charles Grey fait dos à l'entrée, assis dans un fauteuil devant une table démontable sur laquelle sont déployées des cartes géographiques. Une lanterne éclaire l'intérieur. Près d'un minuscule poêle à bois où chauffe une théière, une malle ouverte contient de la vaisselle, des couverts et divers ustensiles de cuisine. Sur le lit de camp, tout près, repose une chemise en lin blanche repassée. Deux tuniques rouges et des vêtements civils pendent aux poteaux transversaux de la tente et au dossier d'une chaise.

Le colonel se tourne en les entendant entrer. Apercevant Geneviève, il se lève, confus, et s'empresse d'enlever les tuniques qui gênent la vue.

– Pardonnez-moi, dit-il, je n'ai pas été prévenu!

– Nous sommes désolés de vous importuner, s'excuse François.

– Je suis ravi de vous revoir, répond Grey en serrant la main de François. Allons ailleurs, cet endroit n'est pas convenable.

Geneviève ne peut s'empêcher de promener son regard sur la pièce, dévorée par la curiosité. C'est la première fois qu'elle pénètre dans l'antre d'un soldat.

– Je trouve cela très bien, réplique-t-elle, le sourire aux lèvres.

Le colonel est enchanté.

– Je m'incline! répond-il, content.

Empressé, il lui offre son fauteuil, puis débarrasse l'autre chaise des vêtements qui l'encombrent.

– Assoyez-vous, monsieur Pitre, dit-il à François sans le regarder.

Il se penche ensuite sur la malle et en sort des tasses et des soucoupes en porcelaine fleurie.

– Prendriez-vous un thé? demande-t-il à Geneviève.

– Volontiers.

L'homme est un bon hôte et sait être agréable. On se regarde d'un air embarrassé, chacun attendant que l'autre engage la conversation. Geneviève commence en parlant de diverses choses.

– Saviez-vous que je vais être grand-mère? dit-elle.

– Mes félicitations ! s'exclame le colonel en lui tendant la main.

– Deux fois, même ! ajoute François.

Grey paraît surpris.

– Votre plus jeune fille est enceinte ? laisse-t-il échapper, stupéfait.

Les parents se mettent à rire.

– Ce n'est pas d'elle qu'il s'agit, répond François, mais de Caroline Brown.

– La fille de Lawrence Brown ?

– Oui ! Elle porte l'enfant de mon fils Jacques. C'est de lui que je veux vous parler.

Le colonel pousse un soupir. Inévitablement, on en arrive à la raison de la visite.

– Je sais, répond-il.

– Pouvez-vous me donner les détails ? demande François.

Le colonel prend une gorgée de thé.

– Il était parmi les rebelles que nous avons arrêtés, samedi soir. J'ai été surpris de le trouver là. Je lui ai demandé ce qu'il faisait là et il ne semblait pas le savoir. Il avait l'air plutôt désorienté. Deux témoins disent l'avoir vu tuer un de mes hommes. Ils l'ont vu prendre le mousquet de son oncle et tirer par la fenêtre.

François et Geneviève écoutent, le visage crispé.

– Je suis impardonnable ! s'exclame Grey en se levant pour tendre la main à François. Je vous offre mes condoléances pour votre frère.

François lui est reconnaissant de ce geste. Il pense tristement à Pierre. Il a la gorge nouée et doit se concentrer.

– J'ai été stupide avec le commandant, avant-hier, dit-il.

Grey est surpris de son aveu. Geneviève a perdu son sourire, car elle aurait aimé aborder le sujet d'une autre manière.

– Sous un dehors tranquille, vous êtes un homme enflammé, cher monsieur ! déclare le colonel.

Prenant un air entendu, il ajoute :

– J'imagine que je le serais autant si j'avais des enfants.

Malgré leur rang social différent, les deux hommes se ressemblent par leur franchise et leur détermination. Geneviève tente de charmer le militaire avec son sourire. L'homme prend tout à coup un air sérieux.

– Je n'ai pas appris grand-chose, dit-il, à part l'entêtement des témoins. Ils maintiennent leurs déclarations et disent que d'autres personnes sont prêtes à confirmer leurs dires.

– Jim Brown peut témoigner que ce n'est pas mon garçon qui a tué le soldat, dit François.

– Avez-vous d'autres témoins ? demande Grey.

– Non, admet François.

– C'est peu, fait le colonel.

Geneviève perd contenance. Elle prend une grande inspiration pour se calmer. Son âme crie à l'injustice.

– Je ne peux pas croire qu'ils détestent les Canadiens à ce point ! s'indigne-t-elle.

– Avez-vous lu les journaux anglais, hier, madame ?

– Non, pourquoi ?

Grey se tourne vers François, qui l'interroge du regard.

– Ils réclament la tête du notaire Lorimier et celle du député Cardinal, dit-il. Ils n'ont tué personne pourtant, mais la population veut la tête des rebelles. Les gens se rassemblent en face du Parlement. Je me demande si les politiciens vont leur résister. C'est à la suite de leurs plaintes que Lord Durham a dû démissionner. Ils disaient que le gouverneur prenait trop la part des Canadiens, à leur détriment.

Geneviève est découragée. Elle a envie de pleurer. François sent ses espoirs s'envoler et cherche vite une solution.

– Qu'est-ce qui va arriver aux soldats qui ont tué les quatre Chasseurs?

– Rien, c'était leur devoir.

François est désemparé. Il bredouille quelques mots incompréhensibles. Geneviève est atterrée et se signe.

– Je suis désolé! compatit Grey.

Les pauvres parents se lèvent. Geneviève sent que ses jambes vont se dérober et s'accroche au bras de son mari pour ne pas tomber. François est blanc comme un drap. Le couple se dirige lentement vers la sortie.

Dehors, le grand air les saisit. Geneviève ferme le collet de son manteau d'une main. Le révérend Roach est debout devant eux, impatient d'aller voir le colonel.

– *Excuse me!* dit-il sur un ton exaspéré.

Sans répondre, les époux s'écartent en baissant la tête.

Le retour se fait dans un silence lourd de ressentiment. Sur la galerie du Château, François s'arrête brusquement.

– Qu'est-ce que tu fais? demande sa femme sans même le regarder.

– Ça ne se passera pas comme ça! rugit-il. Je vais aller voir Edward Ellice!

– Je ne vois pas ce qu'il peut faire.

– Il m'a dit qu'il me revaudrait ça.

– De quoi tu parles ?

– Je lui ai sauvé la vie quand nous étions prison-niers.

– Tu ne m'avais pas dit ça, reproche-t-elle, surprise.

– Je te raconterai ça une autre fois.

– C'est important que je le sache maintenant, avant d'aller le voir ! insiste-t-elle.

– Pas ici, proteste-t-il pour éviter d'avoir à lui relater l'affaire. C'est l'heure de dîner, en plus, ajoute-t-il comme prétexte.

– Très bien, dit-elle, les enfants vont l'apprendre en même temps que moi.

Chapitre LIX

Après un dîner rapide au cours duquel les explications du mari ne sont jamais assez détaillées au goût de sa femme, le couple se rend à l'auberge voir les Ellice.

– Ils sont dans leur chambre, répond Mme Prévost. Madame m'a demandé de leur apporter du thé.

– Nous vous accompagnons, dit François.

– Je mets deux tasses de plus, au cas?

– Vous êtes gentille, répond Geneviève.

Les deux femmes montent à l'étage, chacune un plateau dans les mains. François les suit.

– Quelle belle surprise! s'exclame Jane Ellice en voyant son amie. Vous faites le service en plus! Entrez, ma chère!

Mme Prévost la précède et dépose son plateau sur une desserte, au pied du lit. Geneviève pénètre dans la chambre en dépit de la présence intimidante du seigneur. Le jeune aristocrate s'avance en leur tendant la main.

– Comment allez-vous, monsieur Pitre?

– Pardonnez-nous cette visite à l'improviste, dit François.

– C'est toujours un plaisir de vous revoir, répond Ellice.

– Vous prendrez sûrement le thé avec nous ? demande la seigneuresse.

– Avec plaisir !

Geneviève sourit.

– Donnez-moi votre manteau, lui dit Edward. Il fait chaud, ici.

Il saisit le manteau qu'elle lui tend et le dépose ensuite sur le lit. François fait de même avec le sien. Un journal anglais est déplié et François lit rapidement le grand titre. Jane Ellice, qui s'est assise sur la causeuse, dos à la fenêtre, fait signe à Geneviève de s'approcher.

– Venez vous asseoir à côté de moi, dit-elle.

Geneviève se plie volontiers à son désir. Edward tire une chaise pour François, puis s'assoit lui-même, en face de sa femme. La mèche de cheveux blancs de Geneviève est retombée sur son front.

– Comment allez-vous ? demande Jane en versant le thé.

– Je respire mieux depuis que mon mari est revenu à la maison, répond Geneviève en replaçant sa mèche de cheveux.

– À qui le dites-vous ! s'exclame la dame. J'étais morte d'inquiétude, moi aussi ! Je me suis arraché quelques cheveux blancs, ce matin, dit-elle en souriant.

– Je m'en souviendrai toute ma vie, continue Edward Ellice. C'était angoissant de savoir que nous pouvions être exécutés à tout moment. Chaque fois qu'un rebelle entrait dans la chambre, je pensais que c'était la fin. La dernière journée a été la pire. Heureusement que votre mari est intervenu, madame ! Il nous a sauvé la vie, à tous.

– Je l'ai appris seulement tout à l'heure, avoue Geneviève en jetant un œil à son mari.

– Votre mari a fait montre d'un altruisme extraordinaire, déclare le seigneur.

– Je suppose qu'il n'y a plus rien qui vous retient ici, maintenant, demande Geneviève.

– Non, ma chère! répond la dame. Les rebelles ont saccagé le manoir à un tel point qu'il n'est plus habitable. Heureusement, ils n'ont rien volé.

– C'est très différent des volontaires de Glengarry, lâche involontairement Geneviève.

– Ce sont des sauvages! convient Edward.

– Nous partons lundi prochain pour New York, annonce la seigneuresse. Nous prendrons ensuite le bateau pour traverser l'Atlantique.

Elle allonge le bras vers son mari et pose une main sur la sienne.

– Dieu merci, tout est terminé! poursuit-elle. Mais il y a des moments où j'étais découragée de ne pas avoir de ses nouvelles. Par bonheur, Caroline Brown était avec moi pour me remonter le moral. Elle est si gentille, et si prévenante, en plus. Je l'estime beaucoup

– Elle est avant-gardiste, moderne, si j'ose dire! ajoute Geneviève d'un ton qu'elle veut neutre.

– Vous avez raison! Et sa place n'est pas ici, à la merci de tous. J'ai l'intention de la ramener avec moi, en Angleterre. Son père est d'accord, mais elle ne le sait pas encore.

Geneviève est estomaquée. François s'est étouffé. Il dépose vite sa tasse de thé sur la desserte, sort un mouchoir de la poche de son pantalon et se met à tousser fort. Tout le monde le regarde.

– Ça va! les rassure-t-il, une main sur la poitrine.

Ayant retrouvé son souffle, il dit :

– Je vais devoir l'annoncer à mon fils.

– Si j'étais vous, je n'en ferais rien, dit Jane Ellice. Laissez Caroline s'en charger.

– Vous avez sans doute raison, répond le père, songeur.

– Ne t'en fais pas, dit Geneviève pour l'encourager, tout va bien aller.

Elle boit ensuite une gorgée de thé pour contenir sa joie de ravoir son fils pour elle seule. François se sent pressé tout à coup. Aussi décide-t-il d'en finir.

– Je veux vous parler de notre fils, justement! déclare-t-il abruptement.

– J'allais le faire, mon ami, répond doucement Edward. J'ai parlé à Charles Grey, et nous croyons bien minces ses chances de libération. Les témoignages contre lui sont trop accablants. Dès notre retour à Londres, j'en parlerai à mon père et à mon beau-père, Lord Grey. Ils interviendront personnellement auprès du ministre de la Justice.

– Ce sera beaucoup trop long! proteste Geneviève. Nous n'aurons pas de nouvelles avant le printemps!

– Le courrier passera par New York, assure Edward. Le port est ouvert toute l'année.

– Ils vont le pendre bien avant cela! s'écrie François. Vous pourriez intervenir auprès du gouverneur, en attendant!

– Le général Colborne ne voudra jamais entendre raison, explique Ellice. Il a trop à perdre, politiquement.

François désigne le *Montreal Herald* sur le lit.

– Il a ordonné la construction d'un échafaud au Pied-du-Courant, dit-il, le visage sévère. C'est écrit dans votre journal.

– Je suis désolé! Je ne peux rien faire de plus pour l'instant.

François est anéanti. Geneviève pâlit d'horreur, submergée par de violentes émotions. Dans son esprit, elle a vu l'image de son fils au bout d'une corde. Elle se sent défaillir et s'appuie sur le bras de la causeuse. L'idée de ne plus revoir l'enfant qu'elle chérit depuis dix-sept ans lui est insupportable. Elle suffoque. François se penche sur elle pour l'aider.

Jane Ellice est fâchée et regarde son mari avec un air de reproche. Sans dire un mot, il se lève et va chercher de l'eau sur la commode. Il revient, un verre à la main.

– Buvez lentement, dit-il.

Geneviève boit le liquide sans grand résultat. Embarrassée, elle tente de se lever pour s'en aller, mais retombe assise sur la causeuse. François l'attrape par un bras pour la soutenir et l'aide ensuite à se relever et à mettre son manteau. Elle ne cesse de hoqueter, une main sur la poitrine pour contenir sa douleur. Ils se dirigent vers la sortie. Jane Ellice fait signe à son mari, qui se précipite aussitôt pour leur ouvrir la porte.

– Je vous préviendrai dès que j'aurai des nouvelles, promet-il.

– Je vais prier Dieu qu'il vous entende! répond François.

Ils longent ensuite le corridor en se soutenant l'un et l'autre comme deux vieillards, le dos courbé par le chagrin.

CHAPITRE LX

Lawrence Brown a entraîné sa fille dans la cuisine pour lui annoncer qu'elle part pour l'Angleterre. Outrée, Caroline se lève de sa chaise.

– Je ne quitterai jamais Jacques! s'écrie-t-elle.

– C'est pour ton bien et celui de ton bébé, explique doucement son père. Mme Ellice désire t'avoir comme dame de compagnie. Là-bas, tu pourras vivre dans le manoir des Ellice, à Birmingham. Ils ont aussi un pavillon de chasse dans les Highlands, en Écosse. Je suis certain que tu vas être heureuse!

– Jamais, papa!

Lawrence Brown fait comme s'il n'avait rien entendu.

– Tu accompagneras Mme Ellice dans ses voyages, dans sa vie mondaine. Tu auras une gouvernante pour ton enfant, de belles robes, des bijoux.

– Je ne veux rien de tout cela, papa! Je veux rester avec Jacques! Je l'aime!

– *You cannot stay!* intervient la belle-mère.

Brown se tourne vers sa femme, le visage menaçant.

– *Can't you shut up for once!* lui jette-t-il.

Caroline est blême. Son père est rouge de colère. Il se lève lentement.

— Penses-y, ma fille, dit-il. Tu pourras toujours revenir à Beauharnois dans quelques années. C'est une chance unique pour toi et ton enfant.

Caroline court s'enfermer dans sa chambre. Elle pense à Jacques et à son amour, ses maladresses, ses espérances, sa détermination. Il est prisonnier là-haut, dans le moulin, il a faim et froid, et ne vit que dans la seule consolation de la voir chaque jour. Hier, il lui a même touché le ventre pour sentir leur enfant. Déchirée à l'idée de se séparer de lui, elle se jette sur le lit en pleurant.

Au Château, François et Geneviève se sont réfugiés dans leur chambre pour cacher leur désespoir. Ils sont assis sur le lit et ne disent rien, songeant aux jours sombres qui s'annoncent. Madeleine a rejoint Rosalie dans la cuisine pour tenter de comprendre ce qui se passe.

— Ils cherchent une solution pour faire sortir ton frère de prison, explique la bonne.

La réponse ne rassure pas la jeune fille. Craignant de ne plus revoir son frère, elle s'assoit à table et attend ses parents. Une demi-heure plus tard, François et Geneviève apparaissent, les traits tirés.

— Nous allons voir Jacques, dit la mère, viens-tu ?

À l'extérieur, c'est déjà la brunante. Heureusement, la neige éclaire leurs pas. Après une brève fouille, les soldats les laissent passer. Le père et la mère ont l'impression d'aller voir leur fils pour la dernière fois. Ils s'arrêtent à mi-chemin dans l'escalier, angoissés.

— Qu'est-ce qu'il y a, maman ? demande Madeleine.

— J'ai peur ! répond-elle.

Quand Jacques leur est amené, ils se mettent à trembler. Le jeune homme est si inquiet de l'absence de sa blonde qu'il ne s'aperçoit pas de leur désarroi. Il se confie à eux, et ils l'écoutent sans rien dire pour ne pas lui causer de faux espoirs ni l'angoisser davantage.

Chez les Brown, Caroline passe la soirée dans sa chambre, sans souper, déchirée par le terrible choix qu'elle doit faire. Elle veut protéger son enfant, lui donner la meilleure vie possible, loin des bigots de Beauharnois. Cependant, elle ne se sent pas la force d'abandonner l'homme qu'elle aime. Elle donnerait tout pour l'emmener avec elle.

Elle passe une nuit affreuse, se tournant constamment dans son lit, en proie à un indicible tourment. Au matin, elle se lève tard, fourbue, les yeux enflés d'avoir trop pleuré. Elle déjeune sans appétit. Soudain, elle redresse la tête, déterminée. Elle dépose sa tasse de thé, sort de table et se dirige vers le couloir. Son père la suit des yeux, inquiet.

– Où vas-tu ? demande-t-il.

– Voir Jacques.

Elle endosse son manteau, chausse ses mocassins et part. Elle arrête sa calèche derrière le moulin. Tout à coup, elle n'est plus sûre d'elle. Les guides glissent de ses mains et son cheval en profite pour brouter les brins d'herbe qui percent la neige. Caroline ferme les yeux pour se donner du courage. Les gardes l'observent. Elle descend finalement de sa voiture et s'avance lentement vers eux. Ils n'osent pas la fouiller, impressionnés par la tristesse de son visage. Elle tremble de peur en grimpant l'escalier qui mène à la prison. Elle s'arrête à mi-hauteur, songeant même à rebrousser chemin. Mais l'amour qu'elle ressent pour Jacques lui dicte de continuer. Elle monte donc les marches pour accomplir son destin. Le jeune gardien la reconnaît.

– *Good morning, Miss !* lance-t-il sur un ton enjoué.

Il est si content de la voir qu'il ne remarque pas ses yeux remplis d'eau. Caroline ne répond pas, tirant plutôt son capuchon sur sa tête pour cacher son visage. Elle espère seulement qu'il aille chercher Jacques. Déçu, le fantassin décroche des fers du mur et s'en va vers le quartier des prisonniers.

Heureux à l'idée de revoir sa blonde, Jacques déchante vite en l'apercevant. Elle se tient au milieu de la place, immobile, le visage dans l'ombre. Il s'approche d'elle pour l'embrasser sur la joue, mais elle ne réagit pas. Il a un mauvais pressentiment tout à coup, sans savoir pourquoi. Il chasse vite cette idée et se déplace pour voir son visage, ses chaînes cliquetant à chaque mouvement. Il veut la serrer dans ses bras, mais elle ne répond pas, accablée. Il sent la colère monter en lui. Son corps se raidit.

– Qu'est-ce qu'il y a ?

Elle prend une grande inspiration pour ne pas pleurer. Il attend anxieusement sa réponse.

– Mon père veut que je parte pour l'Angleterre avec Mme Ellice, lâche-t-elle d'une traite.

Jacques la regarde, incrédule. Caroline lui raconte ce que son père lui a dit. Jacques sent un vide, une angoisse, le prendre à l'estomac. Son âme se révolte. Il veut hurler sa colère, le visage dur. Soudain, il a un doute.

– Quand est-ce que tu pars ? demande-t-il sèchement.

Elle lui saute alors au cou et se met à pleurer.

– Je t'aime ! bafouille-t-elle. Je ne veux pas m'en aller !

Les derniers mots ont raison de l'amertume de Jacques. Rassuré, il la prend dans ses bras. Les gens autour d'eux ont tout vu, tout entendu, et les observent du coin de l'œil. Les deux amants se sourient. Ils s'appuient le front l'un contre l'autre pour calmer leur douleur.

— Comment va notre bébé ? chuchote Jacques pour ne pas causer de scandale.

— Il ressent ma peine, j'en suis certaine, répond Caroline.

— Si c'est un garçon, je veux que tu lui donnes mon nom, dit-il.

— Si c'est une fille, je l'appellerai Catherine, comme ma mère, ajoute-t-elle.

Caroline regarde son amoureux, l'âme en paix, et constate que son visage change soudainement d'expression. Il semble plus calme, plus serein.

— Qu'y a-t-il ? demande-t-elle.

— Rien ! répond Jacques.

— Il y a quelque chose, insiste-t-elle, je le lis dans tes yeux.

— Ce n'est peut-être pas une si mauvaise idée après tout, répond-il, hésitant.

— Quoi ?

— Que tu ailles vivre en Angleterre pendant une couple d'années. Ça me laisserait le temps de m'établir. Ton père me donnerait une terre, j'en suis sûr. Je continuerais à travailler pour mon père en attendant de me bâtir un atelier de forge.

Caroline est bouche bée.

— Ça serait plus facile pour toi d'accoucher, continue-t-il. Tu aurais de l'aide pour élever notre enfant, tandis qu'ici on aura tout le monde contre nous. À ton retour, on se mariera. Plus personne ne pourra rien dire.

Caroline reste silencieuse. Elle a écouté Jacques, soupesant chaque mot.

— Ma belle-mère a l'intention de me chasser de toute façon, dit-elle finalement. Je ne sais pas ce que je vais faire.

— Penses-y! dit-il.

Elle se réfugie dans ses bras, le pressant fort contre elle. Quelques larmes coulent sur ses joues. Tout à coup, la famille de Jacques apparaît. Caroline est gênée et cache ses yeux bouffis. Geneviève est de glace. Jacques considère son père, le regard implorant. Ce dernier est ébranlé et le serre contre lui.

— Les soldats me traitent comme si j'étais un meurtrier! se plaint Jacques. Ils crient tout le temps après moi et menacent de me tuer!

François est révolté et toise les gardiens du regard. Bientôt, l'un d'eux s'amène pour les avertir que le temps de visite est écoulé. On se quitte déchirés, sans savoir ce que réserve le lendemain. Madeleine se sent bousculée par les événements. Elle a une idée en tête.

— Nous devrions faire évader Jacques, propose-t-elle, une fois dehors.

— Voyons donc, réplique la mère, c'est bien trop dangereux! Es-tu devenue folle?

François regarde sa fille. Elle a le visage renfrogné. Il se tourne vers sa femme.

— Ce n'est peut-être pas si fou que ça, dit-il, les yeux brillants.

Madeleine nargue sa mère du regard. Cette dernière ne s'en préoccupe pas.

– Tu ne trouveras personne pour t'aider, dit Geneviève, même si tu leur as sauvé la vie! Tu as vu ce que tout le monde a répondu. Personne n'a eu pitié de nous.

L'argument ramène vite François à la réalité.

– Ouais! fait-il, déçu.

Le trio continue sa route. François s'arrête au milieu du pont.

– Qu'est-ce qu'il y a? demande Geneviève.

– Je dois trouver le moyen de faire casser l'accusation contre Jacques, répond-il.

– Vous pourriez demander aux Ellice d'amener Jacques avec eux en Angleterre, suggère cette fois Madeleine.

– Je ne vois pas comment je pourrais les en convaincre après ce qu'ils nous ont dit, rétorque le père, agacé.

– Ils ne feront rien pour nous, ajoute la mère en haussant le ton, surtout pas devenir les complices d'une évasion. De toute façon, c'est sauver la vie de Jacques qui est important, pas l'expatrier en Angleterre.

Madeleine trouve sa mère égoïste. François prend sa femme par le bras.

– Je vais aller voir Brown pour qu'il me recommande un bon avocat, dit-il en se remettant à marcher.

– J'en parlerais plutôt au notaire Leblanc, conseille Geneviève. Il y a aussi le notaire Hainault.

François la regarde en se demandant quelle mouche l'a piquée.

CHAPITRE LXI

Les jours suivants sont une torture pour Jacques et Caroline. À peine ont-ils quelques minutes par jour pour se voir. Chaque fois, ils se quittent le cœur déchiré. Et demain sera la dernière fois qu'ils se verront avant le départ de Caroline.

Durant la nuit, Jacques se met à trembler de tout son corps, recroquevillé sur lui-même dans sa couverture de laine. Il ne peut pas dormir, tourmenté par un sentiment d'abandon. «Elle ne viendra pas aujourd'hui», pense-t-il, sûr de lui. Il se met à claquer des dents.

— Tu ne dors pas? s'inquiète Daigneault, allongé près de lui.

— Je fais de la fièvre, répond Jacques.

— Enlève ta couverture pour te rafraîchir. Si tu ne vas pas mieux, demain matin, je vais faire venir l'Indienne.

Caroline ne dort pas non plus. Elle tourne dans son lit, affligée d'avoir à quitter son amant. Elle préférerait s'en aller maintenant sans le revoir, car la dernière rencontre risque d'être une torture pour eux. Épuisée et lasse d'attendre le sommeil, elle allume une chandelle et prend un livre sur sa table de chevet pour se changer les idées, mais elle est incapable de lire deux lignes tellement son malheur l'accable. Elle éteint donc la mèche du bout des doigts et se couche repliée sur elle-même, l'oreiller serré sur sa poitrine pour se rassurer.

À l'aube, les amants se réveillent chacun de leur côté, les traits tirés. La fièvre de Jacques est retombée. Il reste allongé en pensant à Caroline. Elle aussi pense à lui. Une heure plus tard, les soldats viennent servir du gruau bouilli aux prisonniers. Mme Brown en fait autant pour sa famille. Elle est heureuse de la décision de sa belle-fille. La petite Caldwell s'amuse à lever sa cuillère pleine de gruau dans les airs et à la faire retomber dans son bol, en éclaboussant la nappe. Caroline est assise en face d'elle, le visage pâle et triste. Son père n'a plus de mots et garde le silence. Même s'il est content pour sa fille, il pleure déjà son départ. Anna Brown sourit.

Au Château, les Pitre se sont levés tard. Tout le monde est tendu et on se prépare pour la messe. À l'extérieur, il fait gris et humide.

— Les portes ont été réparées, fait remarquer François en arrivant devant l'église.

Le curé ne semble pas à l'aise, le dos voûté, comme s'il portait un fardeau sur les épaules.

— On dirait qu'il a pris un coup de vieux, chuchote Geneviève.

— J'espère qu'il n'est pas malade, répond François.

Dans son homélie, le prêtre compatit aux malheurs de ses paroissiens. Il les prévient aussi de la tyrannie, du racisme et de l'appauvrissement auxquels les soumettront encore plus les Anglais.

— Vous n'avez encore rien vu! clame-t-il de sa chaire. Les Anglais ne se contenteront pas d'avoir brûlé la moitié du village pour se venger, ils vous réduiront à l'état d'esclaves. Ils vous ignoreront quand vous les croiserez dans la rue et ils feront tout en leur pouvoir pour vous enlever votre seule dignité, la langue française. Ils ne permettront pas que vous ouvriez des commerces. Ceux qui en ont verront leurs affaires péricliter, car ils n'achèteront rien chez eux. Tous les postes au gouvernement vous seront fermés. Ils pilleront vos ressources naturelles et prendront le contrôle total de l'économie. Ce sera la pauvreté abjecte pour la majorité d'entre vous. Plus que jamais, il faut vous serrer les coudes. Montrez que vous êtes un peuple solidaire.

Les Canadiens sont silencieux, un vent défaitiste soufflant au-dessus de leur tête. À la sortie de la messe, Geneviève invite Judith et Richard à dîner, bien qu'elle ne se sente pas bien. Madeleine et Adeline s'occupent de dresser la table dans la salle à manger. C'est là qu'on prend les repas depuis que la tante et ses trois filles habitent au Château. Geneviève est allée s'étendre sur le sofa du salon, une débarbouillette d'eau froide sur le front. Elle a commencé à faire de la fièvre durant la messe. Le père est calé dans un fauteuil, près d'elle, le *Montreal Herald* dans les mains.

– Je vais te raconter ce qui est écrit, dit-il.

Elle ne répond pas, les yeux fermés.

– Dors-tu ?

– Non, je t'écoute, répond-elle nonchalamment.

Le petit Louis a grimpé sur son père. Ce dernier traduit lentement pour graver les mots dans sa mémoire.

– « Quatre cents rebelles ont été arrêtés et emprisonnés. Une cour martiale s'assemblera lundi, le 19 novembre, à onze heures, au palais de justice de Montréal, pour le début des procédures. »

– Mon Dieu, s'exclame la mère, c'est demain! Le jour du départ de Caroline Brown.

– «La cour sera présidée par le major général John Clitherow», continue François.

– C'est à lui que vous envoyez les caisses d'armes, papa, dit Louis.

– «Elle sera composée de quatorze militaires, continue le père en élevant le ton, et les accusés n'auront pas tous droit à des avocats comme dans une cour criminelle.»

– C'est scandaleux! explose la belle-sœur, qui écoutait aussi.

François lève la tête, surpris de l'entendre. Il la croyait dans la cuisine.

– Aussi bien dire qu'ils sont condamnés d'avance! continue Adeline, en colère. Je suis bien contente que mon mari ne soit plus là pour vivre ça.

Geneviève se redresse, le visage pâle. Tout le monde arrive dans le salon pour voir ce qui se passe. François fait descendre son fils.

– «Parmi les premiers à être jugés, reprend-il, comparaîtra Narcisse Cardinal, le jeune notaire de Châteauguay et député de La Prairie, grand ami du notaire Chevalier de Lorimier, un autre chef de la rébellion qui sera jugé plus tard. Espérons que la potence leur procurera un sommeil profond et d'agréables rêves!»

– Qu'est-ce que je vous avais dit? s'emporte de nouveau Adeline. Ils vont pendre tout le monde, ces bandits-là!

Geneviève sent son cœur s'affoler. Elle tombe évanouie sur le sofa. Le père se précipite auprès d'elle, colle l'oreille sur sa bouche pour entendre sa respiration, puis lui tapote la joue. Reprenant ses sens, la mère reste étendue sur le dos, pâle comme la mort. Soudain, des coups se font entendre à la porte. Madeleine se dépêche d'aller ouvrir. Caroline se jette aussitôt à son cou en pleurant.

– Je ne veux pas y aller, se lamente-t-elle, c'est trop difficile, je veux mourir!

Madeleine essuie tendrement les larmes de son amie, du bout des doigts, pour la consoler.

– Je vais y aller avec toi, dit-elle.

Elle s'empresse d'endosser son parka.

– Tu n'as même pas dîné! lui reproche la mère du salon.

– Ce n'est pas grave, répond Madeleine, je mangerai plus tard.

Reconnaissante, Caroline tente de sourire pour se montrer brave. Devant la prison, elle ne se sent plus la force de gravir l'escalier. Madeleine lui offre la main. Elle refuse, préférant laisser passer les autres visiteurs le temps de rassembler son courage. Elle ferme les yeux, prend de grandes respirations, s'humecte les lèvres, puis met le pied sur la première marche et s'arrête aussitôt en levant la tête. L'escalier lui semble long, interminable. «Je ne réussirai jamais», se dit-elle. Elle commence quand même à monter, lentement, une marche à la fois. Avant d'émerger du puits d'escalier, elle s'arrête une autre fois pour se donner du courage.

Ayant reconnu la jeune femme, le garde part chercher Jacques. Elle entend le cliquetis de ses chaînes de l'autre côté du mur. Quelques instants plus tard, Jacques apparaît, le visage sombre. Les chaînes semblent lourdes. Désemparée, Caroline se met à pleurer. Madeleine presse la main de son amie qui tremble de tous ses membres.

Quand il aperçoit sa blonde, Jacques veut crier son nom, mais il se retient par pudeur devant les autres. Caroline essuie ses larmes et, le cœur lourd d'appréhension, elle s'approche et embrasse son amant sur la joue. Ne pouvant se retenir, elle le serre dans ses bras, la tête enfouie dans son cou. Jacques la tient pressée contre lui de toutes ses forces.

– Je t'aime ! chuchote-t-il à son oreille.

Elle redresse la tête pour le regarder, puis elle l'embrasse passionnément sur la bouche. Pour elle, c'est la fin d'un rêve qui a débuté un après-midi d'hiver sur le fleuve. Elle éclate en sanglots, la tête enfouie dans ses mains. Madeleine veut la prendre dans ses bras pour la consoler, mais la jeune femme s'enfuit en direction de l'escalier. Jacques se précipite vers elle, mais les chaînes entravent ses pas et il tombe sur le plancher. Il relève la tête et voit sa belle Écossaise disparaître dans la cage de l'escalier.

– Caroline, Caroline ! hurle-t-il pour la retenir.

Un gardien accourt, l'arme à la main. Les gens observent la scène, inquiets. Jacques est désespéré. Le soldat est devant lui, le mousquet pointé sur sa poitrine. Madeleine pleure à fendre l'âme.

Chapitre LXII

Caroline s'est réfugiée dans sa chambre, les yeux enflés d'avoir trop pleuré. Puis l'heure du souper arrive, la dernière cène. L'atmosphère est lourde et empreinte de tristesse. L'agent appréhende le départ de sa fille, une enfant de l'amour. Elle est assise à sa droite, le cœur déchiré. Elle grignote du bout des lèvres pendant qu'il lui parle de sa nouvelle vie chez les Ellice et elle s'efforce de lui sourire pour se montrer réceptive. Il aimerait lui dire combien il se sent malheureux, mais il ne veut pas ajouter à l'accablement de sa fille. Elle connaît bien le cœur de son père et la profonde meurtrissure qu'elle y laissera.

Jacques n'a pas soupé non plus. Depuis le départ de sa blonde, il est assis dans un coin, la tête appuyée sur ses genoux repliés contre sa poitrine. Il est plein d'amertume, et la peur de l'inconnu l'étreint. Ni Daigneault ni Hébert n'ont réussi à le tirer de sa prostration.

– Couche-toi, conseille Daigneault, il est minuit.

Jacques semble ne pas l'entendre. Puis, peu à peu, il sort de sa torpeur et se rend compte qu'il est transi de froid. Il se lève péniblement pour aller mettre des bûches dans le poêle. Son ami le suit. Autour d'eux, tout le monde dort. Dehors, il neige. Les sentinelles se réchauffent les mains au-dessus des feux de camp. Les tentes de toile sont couvertes de neige.

Soudain, un vacarme se fait entendre dans l'escalier. Des hommes montent lourdement en parlant fort.

– Ils sont saouls, dit Daigneault.

Jacques fronce les sourcils. Les veilleux arrivent à l'étage en gueulant.

– Des Écossais, fait remarquer Daigneault.

Soudain, une dispute éclate entre eux et les gardes.

– *Shut up!* crie quelqu'un.

– *Show me your order!* dit un autre.

Les hommes se lancent des insultes et se chamaillent. Jacques reconnaît l'accent gaélique.

Réveillés par le tapage, les prisonniers se sont assis. Soudain, la porte s'ouvre brutalement.

– Des Highlanders! s'écrie quelqu'un.

On les reconnaît facilement avec leurs grands bérets. Ils se bousculent l'un et l'autre pour entrer. Ils sont trois, et ivres en plus. Deux d'entre eux ont une lanterne à la main, l'autre a un pistolet. Ce dernier, qui est plus costaud, semble être le chef.

Les prisonniers rouspètent, abreuvant les intrus d'injures. Les volontaires restent indifférents et scrutent le dortoir dans la lueur jaunâtre de leurs lanternes.

– Pitre! appelle le colosse d'une voix tonitruante.

Pas de réponse.

– Pitre! hurle-t-il.

C'est le silence. L'homme s'avance vers les prisonniers, ses comparses sur les talons. Le capitaine David Gagnon se lève, prêt à se défendre. Impressionnés par sa hardiesse, les Chasseurs se lèvent aussi. Les Highlanders zigzaguent entre eux en éclairant leurs visages. Les Canadiens sont sur le qui-vive. Les Écossais sentent l'alcool à plein nez.

Après avoir fait le tour de la pièce, le chef lâche un juron.

– *Where are you, Pitre?*

Toujours pas de réponse. Il repasse derrière Gagnon et l'enserre sournoisement par le cou avec le bras gauche. L'homme étouffe. Les prisonniers font un mouvement vers lui pour le libérer, mais l'autre pointe son pistolet sur sa tempe. Le capitaine a les yeux exorbités et tire de toutes ses forces sur l'avant-bras de son assaillant pour respirer. Un des saoulons se met à rire. Le chef recule vers la porte en entraînant son otage avec lui. Personne ne bouge, de crainte que le forcené n'étrangle leur compagnon.

– Pitre ! crie de nouveau le Highlander.

Jacques a le cœur qui bat. Il est passé inaperçu dans la demi-obscurité, derrière Daigneault, qui reste immobile pour l'inciter à rester caché.

N'obtenant pas de réponse, l'Écossais arme son pistolet avec son pouce, prêt à faire feu. D'un geste vif, il approche le canon de la tempe de Gagnon. Jacques a peur et sort de l'ombre. L'autre l'a vu.

– *Come here !* ordonne-t-il.

Le jeune homme s'avance lentement, suivi par Daigneault. Tout le monde les regarde. Il s'arrête devant le chef, et un volontaire lui éclaire le visage. Jacques cligne des yeux, aveuglé par la lumière vive.

– *It's him !* affirme l'homme.

Il le saisit aussitôt par le devant de son parka.

– Nous allons te pendre, *frenchie !* grogne-t-il.

Il a un air sadique, la bouche fendue jusqu'aux oreilles. Jacques s'élance pour le frapper, mais l'homme l'attrape par le poignet. Daigneault bondit. Un coup de feu retentit. Le rebelle s'effondre par terre, blessé à l'épaule. Derrière lui, les Chasseurs, révoltés, s'avancent en bloc. Le chef des Highlanders relâche aussitôt Gagnon. Son comparse met son couteau sur la gorge de Jacques et recule lentement en l'entraînant avec lui. Les deux gardiens sont accourus pour voir ce qui se passe. Ils refoulent les détenus, l'arme pointée sur eux. Les volontaires en profitent pour déguerpir avec leur prisonnier.

CHAPITRE LXIII

Au Château, François et Geneviève se sont réveillés brusquement, certains d'avoir entendu un coup de feu. Ils sont redressés dans leur lit, inquiets.

– On dirait que ça venait du moulin ! dit Geneviève, d'une voix défaillante.

– Ça doit être un braconnier, répond François. À cette heure-ci, tout le monde dort depuis longtemps.

Il se recouche, mais ne parvient pas à se rendormir. Geneviève aussi reste éveillée, emplie d'angoisse quant au sort de son fils. Le père craint énormément l'effet du départ de Caroline Brown sur Jacques. La mère, de son côté, dit qu'il s'en remettra rapidement, du moins, c'est ce qu'elle espère. L'horloge du salon sonne une heure du matin. On entend des chevaux s'ébrouer à l'extérieur.

– Pas moyen de dormir tranquille ! se plaint Geneviève.

– C'est sûrement la patrouille, dit François.

Geneviève remonte les couvertures jusqu'à son cou.

– C'est humide ! se lamente-t-elle.

– Je vais mettre du bois dans le poêle, répond François.

Il nourrit le feu dans la cuisine et en profite pour mettre de l'eau à chauffer.

– Veux-tu du thé? crie-t-il à sa femme.

– Si tu en fais, je vais en prendre, répond-elle.

Elle entre dans la cuisine et se dirige vers la boîte à pain.

– Je vais me faire des toasts, dit-elle. En veux-tu?

– Oui.

François apporte la théière sur la table. Geneviève a sorti le beurre. Ils sont assis à chaque extrémité de la table et regardent par la fenêtre aux coins givrés. Dehors, il neige. Les gros flocons descendent lentement en se balançant, comme suspendus dans l'air. Du côté de la colline, on aperçoit les lueurs des feux de camp de l'armée.

Le couple grignote en silence, rongé d'inquiétude. Soudain, quelqu'un cogne à la porte. L'horloge sonne deux heures du matin. François se lève et s'approche de la fenêtre.

– Il n'y a personne dans la rue, dit-il.

– Je me demande bien qui c'est, fait Geneviève. À cette heure-ci, c'est toujours du malheur.

Les coups redoublent. François se dirige vers le vestibule et prend son fusil caché derrière la porte avant d'ouvrir. Geneviève se tient dans l'entrée de la cuisine. François est surpris d'apercevoir un Highlander. Geneviève recule derrière le mur, apeurée, pendant que l'Écossais tend un pli à François. L'homme repart immédiatement s'en va ensuite sans donner d'explications. Geneviève, qui sent son cœur battre à toute allure, a un mauvais pressentiment.

– Ouvre! dit-elle, empressée.

– Il fait trop sombre, répond François, allons dans la cuisine.

– Qui est-ce? demande Madeleine, du haut de l'escalier.

– Personne, lui crie la mère, agacée. Retourne te coucher !

Le petit Louis apparaît à côté de sa sœur.

– Il y a beaucoup de bruit ici ! se plaint-il, en se frottant les yeux.

La mère est exaspérée.

– Descendez, dit-elle, résignée.

Le couple retourne s'asseoir à table. Sur l'enveloppe blanche, il n'y a pas de sceau, rien qui permette de savoir qui est l'expéditeur. François l'ouvre, intrigué. Un message est écrit à l'encre noire sur du papier fin. « Si vous voulez savoir où est votre fils, rendez-vous à la gare de La Prairie, ce matin, pour sept heures. »

François est stupéfait.

– Ça doit être une blague ! dit-il.

Il relit la missive. Geneviève ne tient pas en place.

– Puis ? demande-t-elle.

– Un message de fou, répond François. Ce n'est même pas signé. Tiens, lis-le.

La mère parcourt la phrase des yeux.

– Il est arrivé quelque chose à Jacques ! lâche-t-elle, effrayée.

– Voyons donc ! réplique François. Il est au moulin et il dort.

– On n'a pas écrit ça pour rien ! riposte Geneviève, fâchée.

Elle se lève prestement.

– Je vais aller au moulin, annonce-t-elle, déterminée.

– J'y vais avec vous, dit Madeleine.

Le père pousse un soupir, excédé.

– Laissez faire, je vais y aller! maugrée-t-il, partagé entre l'inquiétude pour son fils et la contrariété d'avoir à sortir en pleine nuit dans le froid.

François s'habille chaudement. Du pont de la rivière, il aperçoit de la lumière au moulin. Toutes les fenêtres de l'entrepôt sont éclairées. Il a un mauvais pressentiment et se met à courir. « Ils ont doublé les sentinelles », se dit-il voyant les quatre gardes à l'entrée. Il est persuadé que quelque chose de grave est arrivé. Les soldats pointent leurs armes sur lui.

– *Halt!* ordonne l'un d'eux.

– Je veux voir mon fils, dit calmement François.

– Les visites sont interdites, la nuit. Allez-vous-en! Les soldats sont nerveux.

– Il s'appelle Jacques Pitre, insiste le père.

– Il n'est plus ici, répond sèchement le fantassin.

– Ils vont le pendre! nargue un autre, l'air satisfait.

– *Shut up!* lance le premier.

– Ça lui apprendra à tuer un soldat! continue quand même l'autre.

François est atterré. Il sent battre ses tempes et a l'impression que sa tête va exploser. Ses idées s'entrechoquent, il refuse de croire ce que disent les sentinelles. Il dévisage le soldat, le visage dur.

– Où est mon fils? demande-t-il d'une voix ferme.

– Allez-vous-en! ordonne l'autre.

François avance d'un pas. Le soldat a peur et le pique au ventre avec sa baïonnette. François regarde le jeune homme, droit dans les yeux, pour tenter de l'intimider. Soudain, un coup de feu retentit. Un des gardes a tiré dans les airs en guise d'avertissement. Les trois autres pointent leurs baïonnettes sur lui. Soudain, la porte d'entrée s'ouvre sur un autre fantassin, un mousquet à la main, qui vient prêter main-forte à ses camarades.

Dépité, François s'en va d'un pas lourd. Il lâche soudainement un grand cri, une plainte déchirante dans la nuit, et se met à pleurer de rage. Il court pour calmer sa peine et arrive au Château le cœur rempli d'amertume. Déterminé plus que jamais à libérer son fils, il entre en trombe dans la maison, se rue dans sa chambre et fouille dans un tiroir de sa commode. Inquiète, Geneviève le suit, une chandelle à la main. François a l'air déchaîné.

– Où est Jacques? demande-t-elle.

– Je ne le sais pas! répond-il avec brusquerie.

Il sort un coffret brun caché sous des vêtements de corps.

– Qu'est-ce que tu vas faire avec ça? s'informe Geneviève.

Il ne répond pas et s'en va dans la cuisine. L'horloge sonne trois heures du matin. Il dépose le coffret sur la table, à côté de la lanterne, et l'ouvre devant les enfants. Ils sont surpris d'apercevoir deux pistolets sur un fond de velours vert. Le petit Louis se penche pour les examiner. Madeleine fronce les sourcils. Rosalie regarde les armes, craintive. Adeline et les fillettes viennent de descendre, intriguées. Le père a pris la poudre et les munitions dans l'armoire pour charger les armes. Ses gestes sont rapides, précis, et son regard, froid et meurtrier.

– Je veux savoir où tu vas, insiste Geneviève.

– Je vais aller chercher Jacques, répond-il sur un ton ferme.

– J'y vais avec toi, fait-elle spontanément.

Les enfants la regardent, étonnés. François lève la tête, ennuyé.

– Tu ne trouves pas que j'ai assez de soucis de même ? dit-il.

Geneviève est offusquée, mais elle ravale sa fierté.

– Tu ne réussiras pas tout seul, dit-elle. À deux, nous avons des chances.

François baisse la tête et entreprend de charger le deuxième pistolet. Il réfléchit.

– Je suis capable ! insiste Geneviève.

Elle saisit un pistolet et le pointe vers la fenêtre en armant le chien avec son pouce.

– C'est de même qu'on tire, dit-elle, sûre d'elle.

– Non ! lance le petit Louis, grimaçant, les deux mains sur les oreilles.

Madeleine n'en revient pas.

– Où est-ce que vous avez appris ça, maman ? demande-t-elle.

– C'est ton père qui m'a montré ça, il y a longtemps.

Geneviève sourit, fière d'elle, et dépose le pistolet sur la table. Le petit Louis se précipite aussitôt pour le prendre.

– Ne touche pas à ça, gronde le père, c'est trop dangereux !

Il remet les armes dans le coffret, ferme le couvercle et l'emporte avec lui dans sa chambre où il va changer de vêtements. Sa femme le suit. Les deux ressortent un peu plus tard, prêts à partir.

– Je vais aller atteler Noiraud, dit-il. Je veux être là d'avance.

– Je vais vous préparer de quoi manger, dit la bonne. Vous aurez besoin de toutes vos forces.

François sort pour aller à l'écurie, tandis que Geneviève se rend dans la chambre de Jacques. Elle a besoin d'être rassurée, de sentir la présence de son fils, de communier avec lui avant de partir. Elle s'assoit sur le lit et parcourt la pièce des yeux. Soudain, elle étire les bras pour ouvrir les tiroirs de la commode. Elle prend des vêtements de corps en flanelle, des bas de laine, une chemise et un pantalon. Elle sort aussi le couteau de chasse que Jacques a reçu en cadeau de son oncle Pierre. Elle ne sait pas pourquoi elle fait tout ça. Elle suit son instinct avec le sentiment qu'elle ne reverra peut-être même plus son fils.

Tout est empilé sur le lit. La chambre semble vide tout à coup, sans âme. Geneviève a l'impression qu'on lui arrache le cœur, et la douleur est terrible. Elle prend de grandes respirations pour ne pas pleurer. « Je dois être forte! » se dit-elle. Les larmes jaillissent quand même. Elle s'effondre sur la pile de linge et l'odeur de Jacques lui remplit les narines. Elle sanglote en serrant les vêtements contre elle.

Alarmé par les lamentations de sa mère, le petit Louis court dans l'escalier. Madeleine veut le suivre, mais sa tante lui fait signe d'attendre. En entendant les pas du gamin, la mère relève la tête, le visage couvert de larmes. Elle étend les bras et le presse contre elle.

– Tu me serres trop fort! se plaint-il.

Lentement, elle relâche son étreinte et le regarde dans les yeux.

– Prie le petit Jésus pour qu'il nous aide, dit-elle.

L'enfant ne répond pas, emprisonné dans son regard. Elle l'embrasse.

– Je m'ennuie de Jacques! confie l'enfant.

– Moi aussi, répond-elle.

Il l'aide ensuite à placer les effets de son frère dans une valise.

– Va chercher sa canadienne dans le vestibule, dit-elle.

Tout est prêt, maintenant. Ils descendent l'escalier, main dans la main. L'enfant sourit. Son père est dans le passage, prêt à partir.

– Qu'est-ce que tu as l'intention de faire? demande Adeline à son beau-frère.

– Je vais aller cacher Jacques aux États-Unis, répond François.

Tout le monde le regarde, inquiet. Geneviève endosse son manteau de fourrure et chausse ses mocassins doublés. L'horloge se met à sonner. Chacun compte les coups dans sa tête. Il est quatre heures du matin.

– Dépêchons-nous! s'exclame Geneviève, tendue.

François se rend dans sa chambre chercher les pistolets. Il en glisse un à la ceinture de son pantalon et remet l'autre à Geneviève, qu'elle cache aussitôt dans la poche de son manteau.

– Bonne sainte Anne! fait Rosalie, intimidée.

Les autres observent la scène sans bouger, impressionnés par la hardiesse du couple. La mère sent son cœur battre. Son regard croise celui d'Adeline. Elle s'élance dans ses bras.

– Prends soin de mes enfants! prie-t-elle.

– Sois prudente! répond la belle-sœur.

Ils s'embrassent tous, la gorge serrée, comme pour des adieux.

CHAPITRE LXIV

Dehors, le ciel est dégagé et le froid, mordant. Geneviève grimpe dans la carriole et se couvre les jambes d'une peau d'ours pour se garder au chaud. Elle se tient droite. François prend les guides.

— Hue! crie-t-il.

Le cheval part lentement. Il monte la rue Richardson, puis tourne dans la rue Ellice, en direction de l'est. Le traîneau glisse sur la neige au rythme du trot de l'animal et du tintement des grelots. De la fumée blanche sort de ses naseaux. Ils traversent bientôt le chemin de la Beauce et continuent leur route vers Maple Grove. En passant devant la résidence des Norval, François ne peut s'empêcher de penser à l'arrestation du comptable. À Châteauguay, le long du fleuve, ce ne sont que ruines à demi dissimulées sous la neige. Seules quelques maisons ont survécu dans la rue principale, car, dans leur folie meurtrière, les Anglais n'ont pas pris garde à éviter que les flammes ne se propagent à leurs propres demeures.

— Voilà ce qui reste de l'auberge où nous étions emprisonnés, dit François en montrant les ruines du doigt.

L'auberge n'est plus qu'un amas de planches, de madriers et de poutres noircies. Deux énormes cheminées se dressent encore, tels deux grands bras implorant la clémence du ciel.

La voiture remonte ensuite la rivière Châteauguay. Cette partie du village est désertée, ravagée et pillée par les volontaires de Lachine et les Mohawks de Caughnawaga. Les voyageurs passent ensuite devant l'église neuve à deux tours, chacune surmontée d'un clocher, puis ils empruntent le pont couvert pour se diriger vers la réserve indienne. Une heure plus tard, ils aperçoivent les premières maisonnettes en planches grises.

– On dirait des maisons de Canadiens, fait remarquer Geneviève.

Des cabanes en bois rond bordent aussi le chemin. Des chiens rôdent partout à la recherche de nourriture. Au centre du village, une chapelle catholique rappelle la présence des hommes blancs. Un peu plus loin, à la sortie de la réserve, un vieux totem aux motifs d'animaux décore la façade d'une *long house* ancestrale. Une vigne sauvage grimpe jusqu'au sommet en lançant ses tentacules en tous sens pour s'agripper. La grosse construction en forme de tunnel, qui, autrefois, était recouverte d'écorce, mesure une cinquantaine de pieds de long sur une quinzaine de pieds de large. Une colonne de fumée blanche s'échappe de la cheminée de l'habitation, qui peut abriter jusqu'à vingt-quatre familles installées les unes en face des autres, devant une douzaine de feux.

À la sortie de la réserve, le chemin se rapproche du fleuve. Il fait plus froid, car le vent vient du large. Geneviève se couvre la tête et le dos avec une couverture de laine. Elle couvre aussi son mari.

La nuit passe trop rapidement, chaque minute étant comptée. Une heure plus tard, les maisons de La Prairie sont en vue. François consulte sa montre. Il est six heures et demie.

François arrête devant la gare, qui est située au bord du fleuve, près du quai. En face, la silhouette d'un train se dessine. Le monstre de métal, silencieux, cache la caserne militaire qui se trouve juste derrière. C'est là que François a passé une nuit avec Edward Ellice, Lawrence Brown et les autres. La locomotive ressemble à un gros baril renversé avec une cheminée plantée dans son flanc. Des employés ont allumé un feu sous la chaudière pour chauffer l'eau. Elle est attelée à un wagon minuscule qui contient des bûches de bois franc et un énorme baril d'eau. Suivent derrière les wagons destinés aux passagers.

Le couple descend du traîneau afin de se dégourdir les jambes. Pour éviter les questions, François laisse la valise de Jacques sous le siège de la carriole. Geneviève lui prend le bras et ils se dirigent vers le bâtiment. La porte est grande ouverte et des employés entrent et sortent en transportant des caisses jusqu'au train. François reconnaît les caisses de munitions et de baïonnettes destinées au fort de Saint-Jean-sur-Richelieu. À l'intérieur, un homme balaie le plancher pendant que le guichetier prépare sa journée, barricadé derrière son comptoir, un parka sur le dos.

Le couple s'assoit sur un banc, le long d'un mur, pour attendre. Dehors, des charretiers viennent d'arriver, leurs voitures remplies de ballots et de marchandises diverses. Il y a un va-et-vient continuel devant la gare. Des gens entrent aussi à l'intérieur pour discuter avec le guichetier. Le jour se lève lentement et les minutes passent, interminables. François est sur le qui-vive, et Geneviève est inquiète.

– Je me demande où il est, dit Geneviève.

– J'aimerais bien le savoir, répond François.

On entend alors le clapotis de la roue du bateau à vapeur, qui tourne à contresens pour accoster le quai. François regarde sa montre : sept heures. Il soupire d'impatience. Tout à coup, Geneviève se lève de son siège.

– C'est lui ! lâche-t-elle dans un cri d'espoir.

Elle se précipite vers les fenêtres givrées, suivie par son mari. Dehors, trois Highlanders discutent avec le contrôleur du train. Jacques est avec eux. François met la main à sa ceinture pour se rassurer. Son pistolet est toujours là.

– Ils arrivent de l'auberge ! dit-il, fâché contre lui-même. J'aurais dû y penser.

Il sort aussitôt, sa femme derrière lui. Dans le vacarme et l'agitation des chevaux et des gens, le couple passe inaperçu, adossé à la façade de la bâtisse. Les quatre hommes, qui sont partis vers l'arrière du train, pénètrent dans le dernier wagon. L'un d'eux, un colosse, en ressort presque aussitôt et marche dans leur direction.

– C'est le moment, lance François à Geneviève. Va chercher la carriole et viens me rejoindre.

Sans perdre de temps, il fonce en direction du volontaire, la main enfouie à l'intérieur de son manteau sur la crosse de son arme. Il dégaine devant le Highlander et pointe son arme sur lui. Le vieux soldat s'arrête, plus surpris qu'effrayé. Persuadé que son assaillant ne tirera pas en public, il le fixe dans les yeux pour l'intimider. François presse le canon de son pistolet dans son ventre.

– Tournez-vous ! ordonne-t-il sur un ton ferme.

L'homme se tourne et sent maintenant le canon du pistolet dans son dos. Personne ne s'est aperçu de rien.

De chaque côté d'eux, des voitures passent sans que les conducteurs leur jettent un seul regard.

— Avancez! ordonne François.

Déterminé, il presse son arme dans les côtes du Highlander pour le faire avancer. Il respire profondément pour calmer sa nervosité. Devant le dernier wagon, il lui enjoint de monter.

— Personne ne bouge! hurle François en pénétrant dans la voiture.

Assis sur le banc du fond, les volontaires ne les ont pas vus venir. Ils regardent, interloqués, leur compagnon que François tient en joue. Jacques bondit sur ses pieds et se précipite vers son père.

— Vite, sors! commande François.

Geneviève est devant la porte du wagon avec la carriole. Elle a l'air tendu, les yeux agrandis par la peur. Jacques saute dans le traîneau, suivi par son père. Ce dernier arrache les guides des mains de sa femme, qui ne cesse de regarder son fils.

— Hue, hue! hurle François en faisant claquer les rênes sur le dos de Noiraud.

Le cheval part en trombe en direction du chemin de Saint-Jean. Arrivé au coin, il est arrêté par un flot de voyageurs, à pied ou en voiture, qui s'en viennent prendre le train ou le vapeur. François est debout dans la carriole et crie aux gens de se tasser en leur faisant signe. Rien n'y fait, personne ne s'écarte. François regarde autour de lui pour trouver une issue. Il est devant l'auberge et les Highlanders sont à une centaine de pieds derrière lui, venant rapidement dans sa direction. Il saute en bas de la voiture.

— Vite, dépêchez-vous! dit-il.

Il tend la main à Geneviève pour l'aider à descendre. Jacques les suit, sa valise à la main. Dans sa hâte, François heurte quelqu'un.

– Pardonnez-moi! dit-il sans même regarder.

– C'est la deuxième fois que vous me bousculez! reproche une voix d'homme.

– Madame Ellice! s'exclame Geneviève, bouche bée.

François se sent pris au piège. Geneviève rougit, embarrassée. Jane Ellice, emmitouflée dans son manteau d'hermine, sourit tandis qu'Edward tend la main à François. On se regarde de part et d'autre, gênés. Les Ellice font semblant de ne pas voir Jacques.

– Comment allez-vous? demande Edward.

– Excusez-moi, je suis pressé! répond François en faisant mine de partir.

Jane Ellice met alors une main sur le bras de Geneviève pour la retenir. Elle sourit pour la rassurer.

– Je suis content que vous soyez au rendez-vous, continue Edward.

François est interloqué, soupçonnant quelque piège.

– C'est vous qui avez écrit le billet au sujet de mon fils? demande-t-il sur un ton agressif.

– Je l'ai fait écrire par quelqu'un, répond Edward Ellice. Ç'aurait été une preuve trop évidente.

François se défie.

– Qu'avez-vous fait de mes hommes? Vous ne les avez pas trop amochés, j'espère? demande l'aristocrate pour plaisanter.

– Allez au but! rétorque François, irrité.

Tout à coup, les trois Highlanders surgissent près d'eux. Désespéré, François sort son pistolet. Les soldats s'arrêtent. Geneviève s'est raidie, la main enfouie dans la poche de son manteau, prête à intervenir. Jane Ellice la retient par le bras, sans savoir qu'elle a une arme. Edward pose la main sur le pistolet de François.

– Ce ne sera pas nécessaire, dit-il, ce sont des amis.

François redoute un piège. Il surveille les trois Écossais qui, les bras ballants, ne manifestent aucune agressivité.

– C'est moi qui leur ai demandé d'amener votre fils ici, explique Edward Ellice. Nous avons l'intention d'emmener Jacques en Angleterre avec nous, si vous le permettez.

François baisse son arme et regarde sa femme, qui est aussi étonnée que lui. Jacques est ravi. C'est ce qu'il espérait le plus au monde. Il a tellement hâte de revoir Caroline! Il a du mal à modérer sa joie.

– Allons dans le train, dit le jeune seigneur, ce sera plus prudent. Mon majordome s'occupera de votre carriole.

Les deux couples marchent d'un pas rapide. Jacques suit avec sa valise. Arrivé devant le wagon, Ellice se tourne vers François, l'air soucieux.

– Nous avons fait un pacte avec les Highlanders, dit-il.

Sa femme Jane se serre contre lui pour montrer sa solidarité.

– Nous allons les rapatrier avec nous, continue Edward, sinon ils vont se faire pendre s'ils retournent à Beauharnois. C'est leur désir de rentrer en Écosse. J'espère que vous comprenez que nous risquons beaucoup dans cette affaire. Nous exigeons le secret absolu de votre part, sinon ce serait la ruine pour notre famille. Ne vous fiez à personne, même pas au curé Quintal. On ne sait jamais!

–D'accord! répond François.

Geneviève est partagée entre le soulagement et la tristesse à l'idée du départ de son fils. Elle cherche une solution pour le garder près d'elle.

–Nous préférons emmener notre garçon aux États-Unis, tranche-t-elle d'une voix ferme. Nous pourrons aller le voir de temps en temps.

–Ce serait une grave erreur, riposte Edward Ellice. Le gouverneur obtiendrait facilement son extradition, vu que la rébellion est terminée. Croyez-moi, vous n'avez pas le choix!

Le visage de la mère, désappointée, se voile de tristesse.

–Votre garçon aura un bel avenir en Angleterre, assure Jane Ellice pour tenter de les convaincre. Il vivra avec nous, à Birmingham, dans le manoir familial des Ellice. Jacques pourra travailler là-bas ou faire carrière à Londres, dans le bureau d'affaires de M. Ellice, le père. En plus, il y a notre parenté: les Lambton, les Grey et les Balfour. Il aura une vie merveilleuse.

Geneviève est bouleversée, prise de court par les événements. Des larmes coulent sur ses joues. Soudain, des clameurs leur font lever la tête. Devant la gare, une vingtaine de personnes encombrent le chemin. Edward Ellice est pris au dépourvu.

–*My God!* lâche-t-il. Ce sont nos amis de Montréal.

Il se tourne aussitôt vers François.

–Ils ne doivent pas nous voir ensemble! dit-il, énervé. Vite, entrez dans le wagon! Nous devons aller les rejoindre!

François entraîne aussitôt sa femme et son fils à l'intérieur. À peine Jacques a-t-il fermé la portière que sa mère se jette sur lui pour le prendre dans ses bras. Son cœur est tiraillé entre la joie de le retrouver et la peine de le perdre de nouveau. Elle serre son fils de toutes ses forces, lui caresse ensuite le visage de ses mains comme pour s'assurer qu'il est bien là. Il sourit, content d'être enfin libre. Il est sale, ses cheveux sont ébouriffés et ses vêtements sont dans un état lamentable. De plus, il sent mauvais. Geneviève ne sait plus si elle doit rire ou pleurer. Elle se tourne finalement vers son mari pour lui montrer son bonheur. François étreint son fils, les yeux débordant d'amour.

— Allons nous asseoir, dit-il. Je veux que tu nous racontes ce qui s'est passé.

Tous trois se dirigent vers l'arrière. Le jeune homme raconte son enlèvement, sans oublier le geste héroïque de Daigneault.

— Ils m'ont ensuite amené jusqu'ici en berlot, dit-il. J'étais terrifié, car ils avaient dit qu'ils voulaient me pendre. C'est seulement à l'auberge que j'ai compris que ce n'était pas ça. Quand ils m'ont enfermé dans le train, j'ai eu peur de ne plus jamais vous revoir.

Ses parents l'ont écouté attentivement. Des larmes coulent sur les joues de Geneviève.

— Ne t'en fais plus, maman, dit Jacques, je suis là, maintenant.

— Oui, mais tu vas partir loin! se lamente-t-elle.

— Vous n'aurez qu'à venir me voir, réplique-t-il.

Geneviève sourit pour le rassurer, mais elle n'a pas eu le temps encore de s'habituer à l'idée de perdre son fils. C'est trop vite pour elle, trop soudain. François, lui, garde son sang-froid et son sens pratique. Il sort une bande en lin de son manteau.

– Tiens, mon gars, dit-il en lui présentant la ceinture. C'est ta mère qui l'a confectionnée. Il y a cent piastres à l'intérieur. Noue-la autour de ta taille sous ta chemise et ne la montre à personne. Tu pourrais te la faire
voler.

– C'est beaucoup trop, papa! Je ne pourrai jamais
dépenser tout ça.

– Tu vas être père de famille, bientôt, mon garçon,
et tu vas en avoir besoin. C'est notre cadeau de noces. Si
tu en manques, écris-nous!

Jacques est touché. Il embrasse son père et sa mère.

– Mme Ellice m'a dit que vous serez là-bas un peu
avant Noël, dit François.

– N'oublie pas d'écrire! recommande Geneviève, mélancolique.

– Aussitôt que j'arriverai! promet Jacques.

Soudain, la porte du wagon s'ouvre. Les trois Highlanders pénètrent à l'intérieur. On se salue poliment d'un
signe de tête.

Dehors, les Ellice sont allés rejoindre leurs amis venus
de Montréal pour les saluer. Ce sont des aristocrates
comme eux, habillés richement de peaux de vison, d'ours,
de renard et d'autres fourrures à la mode. Les hommes
portent aussi des chapeaux de castor. Les femmes ont le
capuchon relevé sur la tête. La femme de chambre de Jane
Ellice porte un long manteau de laine vert qui lui descend
jusqu'aux chevilles. Ses mains sont emmitouflées dans un
manchon de renard roux. Un grand sac fleuri en lin gît à
ses pieds.

Les Brown viennent d'arriver. Caroline est ravissante
dans son tartan, mais elle a l'air triste, contrariée. La belle-
mère, qui tient la main de la petite Caldwell, est l'élégance

même dans son manteau de vison. Ils rejoignent les Ellice, au milieu de leurs admirateurs. La seigneuresse embrasse Caroline affectueusement sur les joues. Elle la prend ensuite par le bras. Tout le monde les regarde.

— C'est ma protégée! déclare-t-elle, haut et fort. Nous l'amenons avec nous en Angleterre.

Les aristocrates applaudissent. Caroline sourit timidement.

— Elle est charmante! s'exclame une dame.

— N'est-ce pas elle qui fréquentait un Canadien? chuchote méchamment une bigote à l'oreille de son mari.

Jim Brown a abandonné la malle de Caroline aux manutentionnaires. Il arrache sa sœur à la seigneuresse et l'entraîne près de la locomotive. La machine arrive à peine à la hauteur de la tête du jeune homme. Des jets de vapeur s'échappent de la grosse chaudière noire. La cheminée mince et haute qui la surplombe laisse sortir des bouffées de fumée blanche. Sur une plate-forme derrière la chaudière, le conducteur et son assistant surveillent les cadrans à pression et manipulent les manettes qui servent à conduire le train.

— C'est le même principe qu'un bateau à vapeur, explique Jim. Il suffit de faire augmenter la pression pour faire tourner les roues.

Derrière le wagon qui contient le bois et l'eau, un autre semblable renferme des pièces d'équipement et des outils. Suivent les wagons de passagers aux fenêtres bien découpées et aux portes peintes de couleurs vives. Ils ont fière allure et semblent agréables. La toiture est solide pour supporter le poids des lourdes malles et des bagages des voyageurs.

Soudain, la seigneuresse arrive. Elle se penche et chuchote quelque chose à l'oreille de Caroline. La jeune femme a l'air surprise, puis son visage s'éclaire. Elle embrasse la dame sur la joue et part en courant en direction du wagon de queue.

— Que lui avez-vous dit? demande Jim.

— C'est un secret de femme! répond Jane Ellice, taquine.

Caroline ouvre la porte de la voiture et pénètre à l'intérieur. Toutes les têtes se tournent vers elle. Jacques est avec ses parents au milieu de l'allée.

— Caroline! s'exclame-t-il.

Il s'élance et la prend dans ses bras. Ils s'embrassent sans se soucier des autres. Puis, ils se regardent, ravis, voyant se réaliser leurs espoirs les plus fous, leurs plus beaux rêves.

Coupant court à leurs effusions, le sifflet du train se fait entendre. Les parents s'avancent lentement vers le jeune couple, François tenant la main de Geneviève.

— *All aboard!* crie le contrôleur du train.

Jacques embrasse sa mère. Elle contient ses larmes en le serrant contre elle. François étreint son garçon en se fermant les yeux pour refouler ses émotions. Ému, Jacques tremble de tout son corps. Caroline s'approche pour les embrasser.

— Je vous écrirai souvent! promet-elle.

Ils sortent tous du wagon, sauf Jacques qui doit rester avec les Highlanders pour ne pas être vu. Caroline rejoint son père pour l'embrasser. Le pauvre Lawrence est rouge d'émotion. Jim serre sa sœur dans ses bras, tandis que la petite Caldwell se pend à son cou en pleurant.

Mme Brown se contente d'embrasser froidement sa belle-fille sur les joues.

Caroline grimpe dans le wagon qui précède celui de son amoureux. Toutes les places sont prises à l'exception de deux banquettes qui se font face, réservées pour elle et ses bienfaiteurs. Le contrôleur l'invite à s'asseoir.

Sur le quai de la gare, tout le monde attend le départ, joyeux ou mélancolique. La fenêtre du wagon de Caroline est ouverte et Lawrence Brown n'en finit plus de prodiguer des conseils à sa fille.

François et Geneviève se tiennent un peu à l'écart, les épaules basses, l'air abattu. Le train siffle une dernière fois et les Ellice montent à bord. Caroline sort la tête par la fenêtre pour saluer de la main, déjà ivre de sa nouvelle existence. Jacques reste caché. Ses parents lui envoient la main, certains d'être vus.

Les soupapes de la chaudière du *Kitten* lâchent des filets de vapeur. Des bouffées de fumée blanche sortent de la cheminée. Les bruits métalliques du train qui se met en marche se font entendre. Les roues d'acier grincent quelques instants sur les rails et le convoi s'ébranle, emportant les amants vers leur destinée.

ÉPILOGUE

En quittant Beauharnois, les amants laissaient derrière eux un pays en grand désarroi. Un article du *Montreal Herald* résume bien la situation : « Dieu seul sait ce que vont devenir les Canadiens survivants, leurs femmes et leurs familles pendant l'hiver qui approche, attendu qu'ils n'ont devant les yeux que les horreurs de la faim et du froid. Néanmoins, il faut que la suprématie des lois soit maintenue inviolable, l'intégrité de l'empire britannique respectée, la paix et la prospérité assurées aux sujets britanniques, même aux dépens de la nation canadienne entière. L'histoire du passé prouve que rien de moins que leur disparition de la terre et la réduction en poussière de leurs habitations ne préviendra de nouvelles rébellions. La pendaison des chefs aura plus d'effet que de tuer deux cents hommes dans l'action. »

Depuis l'attaque contre le manoir Ellice et le sabordage du vapeur *Henry Brougham*, huit cent seize Canadiens des deux rives du Saint-Laurent ont été arrêtés pour haute trahison et emprisonnés à la vieille prison du champ de Mars, au Pied-du-Courant et dans un hangar désaffecté de la pointe à Callières. Les conditions de détention sont pénibles. Les rebelles couchent sur des dalles de pierre, enroulés dans une simple couverture, alors que les murs et le plafond sont tapissés de givre.

Une cour martiale a été constituée et placée sous la présidence du major John Clitherow, aidé d'avocats de l'armée et d'un jury composé d'officiers militaires. Les procès se passent toujours de la même manière. Les accusés arrivent de la prison à pied ou en voiture, enchaînés deux par deux, escortés par un détachement de cavalerie. Peu après leur arrivée à la cour, ils sont délivrés de leurs chaînes et doivent se tenir debout pendant toute la durée de l'audience, qui se déroule en anglais seulement. Ils doivent aussi se contenter des avocats assignés par l'armée, car ils n'ont pas droit à des avocats civils.

La plupart des Chasseurs sont relâchés sans procès. Des autres, vingt-sept sont mis en liberté sous caution, dont le notaire Louis Hainault, Joseph Daigneault et Geoffroy Hébert. Leurs propriétés ont été pillées et brûlées par les volontaires.

Neuf rebelles sont acquittés, dont James Perrigo, marchand et capitaine des Chasseurs de Sainte-Martine. Sa propriété a également été incendiée par les volontaires. On dit que le fait d'être membre des francs-maçons l'a sauvé, malgré les preuves accablantes présentées contre lui.

Le docteur Henri Brien, qui a commandé la prise du manoir Ellice a été banni. Ayant trahi ses compatriotes pour sauver sa tête, il se serait réfugié aux États-Unis.

Cinquante-huit Canadiens sont déportés en Australie parmi lesquels figurent Désiré Bourbonnais, qui a forgé les croix des Chasseurs, André Montigny, aussi connu sous le nom d'André Papineau dit Montigny, capitaine d'un groupe de Chasseurs détachés à Sainte-Martine, David Gagnon, capitaine des Chasseurs, qui a défendu

Beauharnois jusqu'à la fin, Jacques Goyette et son neveu Joseph, canonniers, François-Xavier Prévost, dont l'auberge servait de quartier général aux Chasseurs, François-Xavier Prieur et Toussaint Rochon, capitaines qui ont dirigé l'attaque du vapeur *Henry Brougham*, ainsi que Joseph Roy, capitaine, et son père Charles. Tous les biens de ces hommes ont été saisis et leurs propriétés détruites par le feu. Ils reviendront au pays plusieurs années plus tard, attendus par leur famille.

Eustache Masson et son fils Damase, qui recrutaient des Chasseurs, se sont enfuis aux États-Unis avec leurs familles et n'ont jamais été arrêtés. Leur quincaillerie et leurs maisons ont été pillées et incendiées.

Le docteur Robert Nelson, qui a pris la tête du mouvement à la suite de l'échec de la rébellion menée par Louis-Joseph Papineau, en 1837, ne fut pas arrêté non plus. Il a fui aux États-Unis, où il a préféré demeurer sans jamais revenir au Canada. Ce fut une grande perte pour le pays, tant en raison de sa réputation mondiale de scientifique qu'en raison de son humanisme.

Cependant, tous n'auront pas cette chance, car on devine facilement l'intention du gouverneur Colborne quand il regarde les ouvriers construire une potence en face de la prison du Pied-du-Courant, sur le chemin Sainte-Marie, à Montréal. En effet, douze Patriotes sont condamnés à mort. Heureusement pour Beauharnois, aucun n'est originaire de la paroisse. Cependant, le 15 février 1839, Chevalier de Lorimier, le stratège de la rébellion, est pendu. Il était père de trois enfants et sa femme était enceinte d'un quatrième.

L'horreur des exécutions publiques se révèle dans toute son ampleur avec celle de Joseph Duquette, capitaine de Chasseurs à Châteauguay. Ce matin-là, quatre jours avant Noël, il y a foule devant la prison malgré le froid glacial. Mme Duquette est au premier rang avec ses trois filles pour accompagner son fils unique jusqu'à la fin.

Les spectateurs piétinent pour se réchauffer. La buée blanche de leur respiration monte dans l'air. On se regarde de part et d'autre en cherchant un visage familier. La plupart des gens viennent de Montréal. Il y en a aussi de Longueuil et de La Prairie, qui ont traversé par le pont de glace pour venir assister aux exécutions. D'autres viennent d'aussi loin que Beauharnois et Saint-Jean. Il y a bien sûr des Anglais parmi la foule, qui tiennent à savourer leur vengeance. Des carrioles sont aussi alignées le long du chemin, remplies des spectateurs emmitouflés dans des fourrures et des couvertures de laine.

La prison est un bâtiment de pierres grises et froides, entouré d'une muraille percée d'une porte monumentale en bois. Un échafaud de madriers équarris se dresse au-dessus de l'entrée afin que tout le monde puisse voir les mises à mort.

Tout à coup, la lourde porte se met à grincer atrocement sur ses gonds. Les gens tournent la tête pour regarder. Un roulement assourdissant de tambours se fait entendre. Des habits rouges surgissent de l'enceinte, l'arme à l'épaule, passent sous l'échafaud et viennent se placer tout autour.

Dans la foule, c'est le silence. Joseph Duquette et Narcisse Cardinal, en chemise de lin, apparaissent, les mains liées dans le dos, encadrés par des soldats. Duquette, avec ses beaux yeux gris, est âgé de vingt-deux ans seulement. C'est un grand ami du notaire Narcisse Cardinal, qui est à peine plus vieux que lui. Ce dernier est le chef de la rébellion à Châteauguay et député de La Prairie.

Parvenus au pied de l'escalier, les deux hommes s'arrêtent pour regarder en haut. Ils hésitent, puis grimpent les échelons un à un. Les gardes les placent sous les cordes, côte à côte. Étrangement, Duquette jette un œil sur la trappe pour s'assurer qu'elle est bien fermée. Cardinal, père de quatre enfants, regarde le fleuve Saint-Laurent, en face. Il sait qu'il mourra seul, car sa femme est enceinte et elle n'est pas assez forte pour l'accompagner. La glace du fleuve lui rappelle la mort. Au milieu des bancs de neige et des amas de glace s'étend l'île Sainte-Hélène. Au bout de l'île, à l'est, les casernes militaires sont ensevelies sous la neige.

Le shérif a entamé la lecture de la sentence, en anglais seulement. « *Until death!* » hurle l'homme pour conclure. Les tambours commencent à rouler. Les soldats se mettent au garde-à-vous, le mousquet droit le long du corps. Duquette et Cardinal ravalent leur salive. La peur les envahit et leur cœur bat à tout rompre. Ils ne voient pas d'autre issue possible et leur pomme d'Adam monte et descend sans arrêt devant leur mort imminente. Le bourreau s'apprête à leur passer la corde au cou. Soudain, un crucifix apparaît devant les yeux des condamnés. Un prêtre dans sa soutane noire, portant un tricorne, s'est faufilé devant le bourreau pour les soutenir. Cardinal et Duquette tremblent de tout leur corps. Le bourreau a un geste d'impatience pendant que le prêtre les asperge d'eau bénite. Cardinal ouvre la bouche comme s'il voulait dire quelque chose, mais un claquement sec se fait entendre sous ses pieds. Son corps tombe dans l'abîme. La foule, qui retenait son souffle, pousse un lourd soupir, aussitôt suivi d'un cri d'horreur.

En même temps, en Angleterre, Caroline lâche un cri, la main sur son ventre. Jacques est énervé, ne sachant que faire. Jane Ellice est penchée sur elle. Caroline ne cesse de pleurer, sans savoir pourquoi.

Le corps de Duquette gît dans la neige sous l'échafaud. Le bourreau a mal ajusté la corde et le corps du Patriote a basculé de côté, sa tête frappant le rebord de la plate-forme. Mme Duquette s'est évanouie et ses filles sont autour d'elle pour essayer de la ranimer.

Malgré ses liens, Duquette réussit à se relever, chancelant, le visage ensanglanté. Il a les lèvres déchirées et le visage écorché. Du sang coule de son nez.

La foule est à genoux et crie «Grâce, grâce!». L'exécuteur arrive rapidement auprès de Duquette et le ramène sur l'échafaud, plus mort que vif. La foule proteste et hurle des invectives. Les soldats pointent alors leurs mousquets. Le bourreau place de nouveau la corde autour du cou de Duquette malgré les huées. Le jeune homme ne résiste pas et embrasse le crucifix que lui présente le prêtre.

– Noooon! hurle Mme Duquette, qui est revenue à elle.

Pendant que le fils puise des forces dans les yeux de sa mère, la trappe s'ouvre sous ses pieds. On racontera partout au pays qu'il a été pendu deux fois pour sa patrie.